GOLDMANN

Buch

Als Ryder Remington, Marquis von Newbury, mit Freunden in einer Charlestoner Hafenkneipe landet, fällt ihm sofort eine mädchenhaft wirkende Schönheit ins Auge, die dort das Bier ausschenkt. Aus einer Laune heraus wettet Ryder, der für jeden Streich zu haben ist, mit seinen Freunden, daß er die Schöne noch in derselben Nacht in sein Bett locken wird. Doch schon bald muß er feststellen, daß Natalie Desmond erstens kein Mädchen mehr ist und zweitens schon gar keine Unschuld vom Lande. Urplötzlich sieht sich Ryder in ein Abenteuer verstrickt, bei dem ihm Hören und Sehen vergeht. Völlig blind vor Liebe und Begehren wird er zum Spielball der bezaubernden Natalie, die es sogar schafft, ihn von Amerika nach England zu locken, damit er ihr bei einem äußerst gefährlichen Unternehmen zur Seite steht...

Autor

Fabio – allein der Name läßt Millionen Frauenherzen auf der ganzen Welt höher schlagen. In den letzten Jahren war er das begehrteste Model für die leidenschaftlich-sinnlichen Buchumschläge historischer Liebesromane. Seine markante Erscheinung machte über vierhundert Bücher zu Verkaufserfolgen bei weiblichen Lesern. Heute gilt Fabio als einer der Traummänner der neunziger Jahre, der wie kaum ein anderer Romantik und Erotik zu vereinen weiß. Die Zeitschrift *Cosmopolitan* kürte ihn zum »sexiest man in the world«, und *McCall's* nannte ihn »einen der 15 tollsten Männer der Erde«. Mit seinem zweiten Roman *Freibeuter der Herzen* hat sich Fabio erneut seinen Traum von einer romantisch-erotischen Liebesgeschichte verwirklicht.

Bei Goldmann liegt von Fabio bereits vor:

Piratenherz. Roman (42832)

FABIO

FREIBEUTER DER HERZEN

Deutsch von Uta Hege

GOLDMANN VERLAG

Die amerikanische Originalausgabe entstand unter Mitarbeit
von Eugenia Riley.

Originaltitel: Rogue
Originalverlag: Avon Books, New York

Umwelthinweis:
Alle bedruckten Materialien dieses Taschenbuches
sind chlorfrei und umweltschonend.
Das Papier enthält Recyclinganteile.

Der Goldmann Verlag
ist ein Unternehmen der Verlagsgruppe Bertelsmann

Deutsche Erstveröffentlichung November 1995

Umschlaggestaltung: Design Team München
Umschlagillustration: Duillo/Schlück, Garbsen
Druck: Elsnerdruck, Berlin
Verlagsnummer: 43180
Lektorat: Silvia Kuttny
Redaktion: Angela Kupper
Herstellung: Heidrun Nawrot
Made in Germany
ISBN 3-442-43180-8

1 3 5 7 9 10 8 6 4 2

Der Autor bedankt sich bei Eugenia Riley
für ihre wertvolle Unterstützung,
ohne die dieses Buch niemals entstanden wäre.

1. Kapitel

Charleston, South Carolina, März 1821

Ryder Remington, Marquis von Newbury, starrte ans andere Ende der schmierigen Taverne und erblickte, was er am meisten begehrte – ein Frauenzimmer mit flammend rotem Haar.

An diesem kühlen Frühlingsabend war die Atmosphäre in der Tradd-Street-Taverne rauh und ungemütlich. Eine dichte Rauchwolke hing in der Luft und vermischte sich dort mit dem Gestank von ungewaschenen Körpern, abgestandenem Tabak, Sauerbier und dem ranzigen Geruch von Hammeleintopf, der zu lange vor sich hin geköchelt hatte. Ryder hörte, wie im Nebenzimmer Billardkugeln aneinanderklackten, eine Gruppe französischer Matrosen über ihrem Farospiel stritt und ein paar andere Kerle in lautstarkes Grölen ausbrachen, als die Dartpfeile die Scheibe trafen.

Aber Ryders Aufmerksamkeit galt dem attraktiven Weib. Sie bediente gerade drei zerlumpte, ungepflegte Matrosen. Sie schenkte ihnen Grog in die Humpen, und da sie ihm dabei zugewandt war, konnte er jedesmal, wenn sie sich vornüberbeugte, die Vertiefung zwischen ihren wohlgerundeten Brüsten sehen. Er spürte, wie die Lust in ihm aufwallte. Sie war wirklich ein hübsches Ding. Ihr tief ausgeschnittenes Musselinkleid mit dem dunklen, bedruckten Rock und dem weißen Oberteil brachte ihre Figur bestens zur Geltung, und ihr herzförmiges Gesicht wies lustige Grübchen auf, helle, lachende Augen und einen vollen roten Mund. Ihr Haar war leuchtend rot – doch die Farbe wirkte irgendwie unnatürlich. Es war auf ihrem Kopf zusammengesteckt, und an den Seiten hingen ein paar Strähnen lose herab.

Als sie die drei Humpen gefüllt hatte, streckte einer der schmutzigen Matrosen die Hand nach ihr aus und zog sie auf seinen Schoß. Ryder wäre beinahe aufgesprungen, um sie zu befreien, aber das heitere Lachen der Frau hielt ihn davon ab. Er sah, wie sie ihre Arme um den Hals des alten Hurenbocks legte und ihm einen Kuß auf die Wange gab. Diese Frau brauchte keine Hilfe – offensichtlich war sie eine erfahrene Dirne.

»Heute abend ist hier wirklich nichts los, Ryder«, drang eine gereizte Stimme an sein Ohr. »Was hältst du davon, wenn wir zu Madame Chloe gehen?«

Ryder drehte sich zu seinem Freund Harry Hampton um. Hampton war immer schrecklich ungeduldig, dachte er zynisch. Zusammen mit ihm und den drei anderen Männern an seinem Tisch – Richard Spencer, George Abbott und John Randolph – war Ryder vor vier Jahren aus England nach Amerika gekommen. Sie alle stammten aus angesehenen, aristokratischen Familien; und sie alle waren ziellos in den Kolonien herumgereist und hatten das Leben von Draufgängern und Abenteurern geführt. Letzten Herbst waren sie im »sündigen« Charleston angekommen, wo sie den Winter und Frühling verbringen wollten, bis die Stadt in der »ungesunden Jahreszeit« von Malaria und Gelbfieber heimgesucht würde.

Ryder dachte über Harrys Vorschlag nach, das Bordell in der nahegelegenen Simmons's Alley aufzusuchen. Er sah die anderen an. »Wollt ihr auch zu Madame Chloe?«

»Warum nicht«, sagte der betrunkene George und hob erneut seinen Humpen an die Lippen.

»Ich hätte nichts gegen ein williges Weib einzuwenden«, meinte John.

»Vielleicht ist Opal ja frei«, überlegte Richard. »Sie ist Frau genug, um uns alle zufriedenzustellen.«

»Alle fünf auf einmal?« fragte George.

Die Männer brachen in dröhnendes Gelächter aus, aber Ryders Blick fiel erneut auf die Frau am anderen Ende der Taverne. Er beobachtete sie, wie sie sich geschickt dem Griff des Matrosen entwand und sich an einen anderen Tisch begab. Er musterte ihr wohlgerundetes Hinterteil und bemerkte, wie sie beim Gehen die Hüften schwang. Wieder wallte die Lust in ihm auf, mit einer solchen Macht, daß er lächeln mußte.

»Warum geht ihr nicht alleine?« murmelte er, während er sich den Hals verrenkte, um das Prachtweib besser zu sehen. »Ich bleibe noch hier.«

Seine Freunde wußten sofort, weshalb er bleiben wollte. Alle vier drehten sich um und starrten die rothaarige Schönheit an.

»Die habe ich noch nie gesehen«, murmelte Harry.

»Anscheinend möchte unser werter Lord Newbury die Dame ein wenig näher betrachten«, meinte George.

»Sieht aus, als hätte unser lieber Marquis ein neues Opfer auserkoren«, spottete John.

»O weh – wieder so ein unglückseliges Weib, das am Morgen gnädig entlassen wird, nachdem es die Nacht auf Ryders sturmumtosten Mast verbracht hat«, fügte Richard grinsend hinzu.

Ryder hatte genug von den herausfordernden Scherzen. »Ach, laßt mich doch in Ruhe. Verschwindet und geht Chloe auf die Nerven«, knurrte er.

»Damit wir den ganzen Spaß verpassen?« sagte Harry. Er steckte zwei Finger in den Mund und pfiff. Als sich die Bedienung umdrehte und ihn anstarrte, winkte er sie zu sich heran. George, Richard und John fielen begeistert in seine Pfiffe ein.

Natalie Desmond hatte gerade ihren Krug neu füllen wollen, als sie die lauten, rüden Pfiffe und das heisere Grölen vom anderen Ende der Taverne her vernahm. Sie sah wütend in Richtung der fünf *Gentlemen*, die an einem Tisch in einer Ecke saßen. Sie alle starrten sie lüstern an, und drei von ihnen winkten und schrien wie die Verrückten. Diese Widerlinge hatte sie – Gott sei Dank – noch nie zuvor gesehen. Sie kannte solche Männer – reiche, verantwortungslose englische Dandys, die Frauen als Freiwild betrachteten.

Sie war wütend über die Störung, denn sie hatte wahrlich Wichtigeres zu tun, aber da Sybil, die eigentlich für den Tisch zuständig war, gerade den Boden wischte, seufzte sie und setzte sich in Bewegung. Sie tröstete sich mit dem Gedanken, daß diese fünf ihr vielleicht einen wichtigen Hinweis geben könnten.

Als sie zu dem Tisch kam und die Männer musterte, blieb ihr Blick am größten und bestaussehenden von ihnen hängen. *Nun, nicht übel, der Gute,* mußte sie sich eingestehen. Obgleich er saß, war offensichtlich, daß er ein Hüne war – die Größe seiner sonnengebräunten, wunderbar geformten Hände, die den Humpen hielten, war Beweis genug. Ein kurzer Blick auf den goldenen Siegelring an einem seiner langen Finger verriet ihr, daß er tatsächlich ein englischer Adliger war. Er hatte kohlrabenschwarzes Haar, das in dichten Wellen um seine Schultern fiel, Augen in der Farbe der See an einem warmen Frühlingstag und ein tief gebräuntes, aristokratisches Gesicht mit einer langen, geraden Nase, hohen Wangenknochen, einem festen Mund und ein energisches Kinn. Seine Haltung wäre eines Generals oder eines Königs würdig gewesen. Seine Schultern waren breit und stark, und sein halb geöffnetes Hemd verbarg kaum die glatte, gebräunte, herrlich muskulöse Brust. Er wirkte wie ein Mann, der jede Frau bekam und der sich dieser Macht durchaus bewußt war. Er verströmte eine rohe Kraft und Männlichkeit, die Natalie unwillkürlich erschaudern ließ. Sie durfte ihm keinesfalls zeigen, daß sie eine Novizin in dem gefährlichen Spiel der Liebe war und daß sie im Grunde nicht wußte, wie man sich dabei verhielt.

Neben ihm saß ein blonder, blauäugiger Mann mit einem runden, jungenhaften Gesicht; er war ebenfalls recht hübsch, obgleich ihm die überbordende Vitalität des Hünen fehlte. Die anderen drei Männer sahen gewöhnlich aus – der eine hatte braune Haare und eine Hakennase, der andere war klapperdürr und hatte eine Glatze, und der dritte hatte verblaßtes, kastanienbraunes Haar und braune Augen.

Da die fünf vielleicht wichtige Informationen für sie hatten, zwang sie sich zu einem Lächeln. »Guten Abend, die Herrn«, begann sie. »Ich glaub' nich', daß ich euch schon mal gesehen hab'. Seid ihr Engländer?«

»Allerdings«, erwiderte die Hakennase stolz. »Wir kommen alle aus England, wo wir unter Wellington den französischen Tyrannen geschlagen haben, um den König und das Land zu retten.«

Natalie tat so, als sei sie fasziniert. »Ihr meint, ihr habt gegen Napoleon gekämpft?«

»Sie ist gar nicht so dumm«, sagte er, an seine Kumpane gewandt. »Immerhin hat sie schon mal was von Napoleon gehört.«

»Also bitte, die ganze verdammte Kolonie weiß über Napoleon Bescheid«, schnaubte Natalie verächtlich.

»Anscheinend sogar Frauenzimmer wie du«, meinte der hübsche Blonde mit einem Augenzwinkern. »Mit deinem Akzent bist du wohl erst vor kurzem aus den Londoner Slums herübergekommen.«

Die anderen lachten, und Natalie spürte, wie sich ihr die Nackenhaare sträubten. Trotzdem lächelte sie weiter. »Dann seid ihr also echte Soldaten.«

»Kavallerie-Offiziere«, verbesserte der mit der Glatze.

»Ah, Kavallerie-Offiziere. Un' was habt ihr feinen Offiziere in letzter Zeit so getrieben?«

Bei dieser doppeldeutigen Frage brachen die Männer in dröhnendes Gelächter aus, und der Kastanienbraune sagte: »Meine treuen Kameraden und ich vertreiben uns die Zeit damit, in ganz Amerika schöne Frauen zu erschrecken.«

Natalie riß gespielt furchtsam die Augen auf. »Ihr erschreckt schöne Frauen? Tja, wenn man euch und« – sie machte eine Pause und starrte auf die Schwerter, die die Männer trugen – »eure getreuen Rapiere sieht, kriegt man's wirklich mit der Angst zu tun.«

Diese Bemerkung führte erneut zu allgemeiner Erheiterung.

Natalie zwinkerte dem gutaussehenden Hünen zu. »Also, wozu hätten die Herrn Ex-Kavallerie-Offiziere denn heute abend Lust?«

Ihre Frage wurde mit noch lauterem Lachen quittiert.

»Einer von uns«, sagte der Blonde, »hat besonderen Gefallen an Ihnen gefunden, Miss.«

Natalie verdrehte die Augen. »Un' welcher der Herrn is' das?«

Die Hakennase zeigte auf den schwarzhaarigen Riesen, der bisher noch kein Wort gesagt hatte. »Lord Newbury.«

»Ryder Remington, Marquis vom Elend«, verbesserte der Glatzköpfige.

Natalie verzog das Gesicht zu einem Grinsen, als sie ihn ansah. Er grinste ebenfalls, so daß eine Reihe blitzweißer Zähne zum Vorschein kam, und seine blauen Augen maßen sie mit einer Lüsternheit, die sie erneut erschaudern ließ. Der Spitzname paßte, dachte sie. Zweifellos stürzte er die Frauen gleich reihenweise ins Elend.

»Lord Ryder?« fragte sie und stieß einen enttäuschten Seufzer aus. »Schade, ich hätte gedacht, daß ich vielleicht endlich mal jemand Besonderen kennenlerne.«

Die anderen vier brüllten vor Lachen, während der gutaussehende Draufgänger sie finster anstarrte.

»Nun«, spottete sie, als ob sie ihn für etwas beschränkt hielt, »ich hätte gedacht, daß Kavallerie-Offiziere etwas vom Parieren und Ripostieren verstehen.«

»Ryder führt seine Riposten immer erst im Dunkeln aus«, sagte sein hübscher Tischnachbar.

»Vor allem, wenn seine Gegnerin ein williges Frauenzimmer ist«, fügte die Hakennase hinzu.

»Ein *williges* Frauenzimmer?« wiederholte Natalie in gespielter Überraschung, ehe sie sich zuckersüß an Ryder wandte: »Sie Armer. Dann führen Sie sicher ein sehr keusches Leben, M'lord.«

Bei dieser Beleidigung sprangen zwei der Kumpane des Riesen von ihren Stühlen auf, aber der schwarzhaarige Hüne starrte Natalie weiterhin schweigend an.

Natalie glaubte, daß sie den Schuft in seine Schranken verwiesen hatte, und sah sich zufrieden um. »Wenn die Herren mich jetzt vielleicht entschuldigen würden – ich muß meinen Krug wieder füllen.«

Der Kastanienbraune sah sie an. »Lord Newbury würde bestimmt gern deinen Krug füllen – und zwar mehr als einmal.«

Erneut brachen alle in Gelächter aus, und Natalie sah den Hünen an, der sie immer noch mit den Augen verschlang. Mit einem kecken Lächeln schüttelte sie den Kopf. »Ich hätte mir denken soll'n, daß ihr nichts Gutes im Schilde führt.«

Doch als sie sich zum Gehen wandte, umfaßte der Riese plötzlich ihre Taille und zog sie auf seinen Schoß. Ihr Krug fiel krachend zu Boden, als seine große, starke Hand ihr Kinn umfaßte und sie zu sich drehte. Sie war zu überrascht, um sich dagegen zu wehren, als er sein herrliches, zorniges Gesicht ihrem näherte. Sie war wie gelähmt, und seine Kraft, sein Duft und seine Hitze überwältigten sie.

Sein lebendiger, glühender Blick hielt sie fest, als er mit tiefer, erregender Stimme sprach. »Das, wozu ich heute abend Lust habe, wird dir bestimmt gefallen.«

Er spricht nicht viel, aber was er sagt, wirkt, dachte Natalie verwirrt. Sie hörte noch nicht einmal das heisere Grölen der anderen, als Ryder Remington sie plötzlich küßte – fordernd, besitzergreifend, beherrschend. Zu spät wurde ihr klar, daß sie diesen Mann unterschätzt hatte. Seit sie mit der Arbeit in der Taverne angefangen hatte, war sie schon öfter von irgendwelchen Gästen auf den Mund geküßt worden, aber ihre feuchten Schmatzer waren nichts gewesen im Vergleich zu dieser feurigen Glut.

Die Lippen des Fremden verrieten heiße Leidenschaft. Seine Hände hielten ihre Hüfte fest umfaßt, drückten ihr den Stempel seiner Stärke auf, und sie wußte, daß er ihr problemlos das Rückgrat brechen könnte. Er verströmte Lust und Manneskraft. Trotz aller Scham und Erschütterung mußte sie sich eingestehen, daß sein Kuß in der Tat *sehr* angenehm war.

Dann spürte sie, wie er seine heiße Zunge fordernd zwischen ihre Lippen schob. Panik und Entsetzen brachten sie wieder zur Besinnung. Sie wand sich in seiner Umklammerung und schlug ihm auf die Brust, doch ihre Empörung schien den Schuft noch zu ermutigen. Ihre Schreie wurden von seinen Lippen erstickt, ihre Fäuste prallten von seinen harten Muskeln ab – und die anderen Kerle schienen sich köstlich zu amüsieren.

Ryder amüsierte sich ebenfalls. Die Frau zappelte und wand sich – vor Lust, wie er glaubte, genau, wie es ihm gefiel. Und sie hatte es nicht anders verdient, denn schließlich hatte sie ihn unnötig gereizt. Ihre anfängliche Verwirrung und die hilflose Wut erregten ihn. Es gefiel ihm, daß sie zitterte. Sie roch gut und schmeckte noch besser, und ihr warmer, geschmeidiger Körper war wie geschaffen für ihn ...

Natalie setzte sich immer noch verzweifelt zur Wehr. Plötzlich spürte sie, wie etwas Kühles zwischen ihre Brüste glitt, und ihr Zorn wurde so groß, daß es ihr schließlich gelang, sich ihm zu entwinden. Sie war außer sich, doch der Schurke lehnte sich mit einem idiotischen Grinsen zurück, bedachte sie mit einem triumphierenden Blick und zog arrogant eine seiner wohlgeformten schwarzen Brauen hoch.

»Ich bin also niemand Besonderes, wie?« fragte er spöttisch.

Das gnadenlose Gelächter der anderen Männer traf Natalie ins Herz. Irgendwie gelang es ihr, von seinem Schoß herunterzukommen, mit ihrer zitternden Hand auszuholen und ihm mitten in sein arrogantes Gesicht zu schlagen. Er lachte nur – dieser Widerling! – und auch seine Freunde hielten sich vergnügt die Bäuche. Als sie erneut die Kälte zwischen ihren Brüsten spürte, griff sie sich ins Dekolleté. Sie zog eine Fünfdollarmünze heraus und starrte entgeistert darauf. Als ihr die Bedeutung des Geldstücks bewußt wurde, starrte sie den Fremden zornbebend an.

Der miese Kerl blickte von ihrem zornroten Gesicht auf die Münze, und dann wagte er es auch noch, ihr zuzublinzeln!

»Soll ich sie lieber woanders hinschieben, Weib?« fragte er.

Natalie warf die Münze auf den Tisch und bedachte den widerwärtigen Engländer mit einem verächtlichen Blick. »Um mich zu bekommen, haben Sie weder genug Geld noch genug Manieren, Sir.«

Sie schnappte sich den Krug, drehte sich um und marschierte mit so viel Würde, wie sie aufbringen konnte, davon.

Als sie in der Küche erschien, sah Ned Hastings, der Besitzer der Taverne, sie fragend an. »Ist alles in Ordnung?«

Obgleich sie immer noch wie Espenlaub zitterte, setzte sie ein strahlendes Lächeln auf. Ned war der einzige, der ihr Geheimnis kannte und dem sie traute. »Alles in Ordnung, Ned.« Sie blickte durch die offene Küchentür und starrte voller Verachtung zu dem Tisch hinüber, von dem sie gerade gekommen war. »Ich hatte nur eine etwas unangenehme Begegnung mit ein paar ungehobelten englischen Dandys, die heute abend auf Frauenjagd sind.«

»Wenn diese Kerle dir Ärger gemacht haben, werfe ich sie raus«, sagte Ned.

Natalie mußte lachen. »Ned, jeder der Kerle hier macht Ärger – ausgenommen du.« Als er die Stirn runzelte, legte sie ihm die Hand auf den Arm. »Du machst dir einfach zu viele Sorgen. Tatsache ist, ich muß es einfach eine Weile ertragen. Sonst erfahre ich niemals die Wahrheit.«

»Ich weiß nicht, Natalie«, sagte Ned und wischte sich mit einem Küchentuch den Schweiß von der Stirn. »Ich weiß nicht.«

Ehe er noch etwas sagen konnte, schnappte Natalie sich ihren Krug und verschwand aus der Küche. Sie kehrte in das Lokal zurück und ging wieder an den Tisch, an dem sie zuvor die drei irischen Matrosen so erfolgreich ausgehorcht hatte.

»Ah, da bist du ja wieder, Mädchen«, rief der Seemann ihr entgegen, der sie zuvor auf seinen Schoß gezogen hatte.

Natalie zwang sich, den bärtigen Kerl mit der Lederhaut, der gebrochenen Nase und den schlechten Zähnen anzulächeln. »Ja, da bin ich wieder, Jungs«, sagte sie fröhlich und füllte die Humpen der Männer.

Sie stellte den Krug auf den Tisch und ließ sich auf den Schoß des Jüngsten sinken, einem blonden Kerlchen, dem vor Begeisterung bald die Augen übergingen. Sie hatte bereits erfahren, daß die Matrosen mit einem Handelsschiff aus London gekommen waren. Der junge Mann war ein gewöhnlicher Matrose, aber bei den beiden anderen handelte es sich um den Ersten Maat und den Navigator des Rahseglers.

Während der Junge noch nach Luft rang, wandte sich Natalie mit einem Lächeln an die anderen. »Un' jetzt müßt ihr mir mehr von eurer Reise erzählen. Was für schöne Sachen habt ihr denn aus London mitgebracht? Vielleicht Bier oder Leinen?«

Der bärtige Erste Maat sah sie argwöhnisch an. »Paß besser auf, was du für Fragen stellst, Mädchen«, warnte er. »Könnte sein, daß nich' alles, was wir an Bord haben, auch an Bord sein sollte.«

»Nun«, entgegnete Natalie mit einem unschuldigen Augenaufschlag, »es könnte auch sein, daß nich' alles, was *ich* an Bord habe, an Bord sein sollte.«

Die Männer brachen in lautes Gelächter aus, aber dann sah der Erste Maat Natalie nachdenklich an. »Warum willst du das eigentlich wissen, Mädchen?«

Sie zuckte mit den Schultern. »Ich bin einfach neugierig. Außerdem könnte ich ja auf die Idee kommen, mich an Bord eures Schiffes zu verstecken un' euch während der Reise ein bißchen zu, eh, unterhalten. Un' ich würde mich bestimmt nich' mit stinkenden Fischen oder anderen stinkenden Viechern zusammenstecken lassen.«

Die drei Männer lachten erneut. Natalies Vorschlag schien ihnen durchaus zu gefallen. Der Bärtige beugte sich vor und flüsterte: »Wir haben Stoff geladen, Mädchen. Aber du darfst keiner Menschenseele verraten, daß er aus England kommt.«

»Ach, englischer Stoff«, murmelte Natalie. Sie klimperte mit den Wimpern und kämpfte verzweifelt gegen die Übelkeit an, die der faulige Atem ihres Gegenübers bei ihr auslöste. »Grober Wollstoff oder feine Baumwolle?«

»Die weichste Baumwolle, die's gibt, Mädchen«, versicherte der Mann.

»Wie angenehm«, murmelte sie keck. »Ich hätte bestimmt nichts dagegen, auf ein, zwei Ballen rumzurollen, die« – sie machte eine Pause und fuhr sich mit der Zunge über die Lippen – »von so hübschen Kerlen wie euch verpackt worden sin'.«

Unter dem Gelächter der beiden anderen packte der Bärtige Natalie am Handgelenk und zog sie auf seinen Schoß. »Du bist in unseren Laderäumen herzlich willkommen, Mädchen – jederzeit.«

Vom anderen Ende des Raums her beobachtete Ryder mißmutig, wie das entzückende Weib munter auf dem Schoß des schmuddeligen Seemanns wippte und heftig mit ihm flirtete. Wie konnte sie es wagen, sich einem solchen Widerling an den Hals zu werfen und ihn, der mehr zu bieten hatte, verschmähen!

Der Geschmack des Weibs hatte ihm gefallen – viel zu sehr. In der Tat hatte ihre Reaktion auf seinen Kuß nahezu jungfräulich gewirkt, was angesichts ihrer Beschäftigung unglaublich war. Ryder sehnte sich danach, dieses forsche Frauenzimmer unter sich in seinem Bett zu haben, ihre reifen Brüste zu liebkosen und zu sehen, ob sie auch dann noch wie eine Novizin zappeln und keuchen würde, wenn er in sie drang.

Er wollte ihr Eis brechen, wollte sehen, wie sich ihr hochmütiges Grinsen in großäugige Bewunderung verwandelte. Er war es nicht gewohnt, daß sich ein Barmädchen seinen Wünschen widersetzte. Die meisten liefen ihm geradezu hinterher. Dieses Frauenzimmer schien jedoch darum zu betteln, in ihre Schranken verwiesen zu werden – und er war genau der richtige Mann dafür.

»Die hat's dir ja ganz schön gezeigt, Ryder.«

Er wandte sich zornig an den glatzköpfigen George. »Keine Angst, noch vor morgen früh werde ich *ihr* zeigen, wo es langgeht.«

»Ich wette, die kriegst du nie in dein Bett«, stichelte Harry.

Der hakennasige Richard nickte in Richtung des bärtigen Iren, der die Frau in den Armen hielt. »Tja, anscheinend hat sie eine Vorliebe dafür, wenn es zwischen ihren Brüsten kratzt.«

Bei diesem Kommentar verdunkelte sich Ryders glattrasiertes Gesicht. Aus irgendeinem Grund machte ihn die Vorstellung wütend.

»Tja, du mußt dich wohl damit abfinden, Newbury«, spottete John, »daß du es hier mit einer ebenbürtigen Gegnerin zu tun hast.«

Diese Bemerkung war nicht gerade dazu angetan, Ryders Laune zu verbessern. »Ich sage euch, noch vor morgen früh habe ich das Weib in meinem Bett.«

Diese Behauptung wurde mit lautem Gelächter und verächtlichem Schnauben quittiert.

»Wollen wir wetten?« fragte Richard herausfordernd.

»Warum nicht?«

Richard hob eine Hand mit einem schimmernden Rubinring in die Luft. »Ich setze meinen Familienring und das Siegel, das mein Vater von George III. bekommen hat, darauf, daß du sie heute nacht nicht mehr rumkriegst.«

»Abgemacht, ich setze die Duellpistolen meines Großvaters dagegen«, knurrte Ryder und sah die anderen kühl an. »Und was sagt ihr dazu? Wollt ihr euch vielleicht an der Wette beteiligen?«

»In Ordnung, ich setze zehn königliche Goldsovereigns«, sagte George, »wenn du im Gegenzug dein juwelenbesetztes Rapier als Einsatz bringst.«

»Abgemacht.«

»Ich wette meine Kavalleriemuskete gegen deine neuen Gummistiefel«, meinte John.

»Warum nicht?«

Harry lachte. Er machte eine wegwerfende Handbewegung und erklärte: »Ihr habt soviel Mut wie ein paar neunzigjährige Großmütter. Warum wollen wir die Einsätze nicht ein bißchen interessanter gestalten?«

»Was schlägst du vor?« fragte Ryder.

»Ich setze meinen Baltimore-Klipper«, sagte Harry, »wenn du dafür deine Apanagen der nächsten zwei Jahre setzt.«

Ryder zögerte kurz, doch dann gab er sich einen Ruck. »Einverstanden.«

Nachdem die Einzelheiten der Wette abgesprochen waren, verabredeten sich die fünf für den nächsten Morgen. Da Ryder die Frau nicht mit in das Haus nehmen wollte, das er mit den anderen in der Queen Street teilte, bat er seine Freunde, ihn im Speisesaal der heruntergekommenen Pension in der Roper's Alley zu treffen, in der er ein billiges Zimmer für derartige Zwecke unterhielt.

Er freute sich schon auf seinen leichten Sieg. Der dreiste Matrose hatte das Weib immer noch auf dem Schoß. Wenn er heute abend Erfolg haben wollte – und er war fest entschlossen dazu –, dann entledigte er sich am besten als erstes der Rivalen.

Seine vier Freunde beobachteten fasziniert, wie Ryder aufstand, selbstbewußt durch die Taverne ging, die überraschte Frau am Arm packte und sie vom Schoß des Seemanns zog.

Ehe das Mädchen reagieren konnte, war der Ire aufgesprungen, um Ryder zur Rede zu stellen. »Was soll das heißen, du verdammter –«

Ryder streckte den Mann mit einem Hieb zu Boden. Sämtliche Gäste der Taverne hatten die Szene verfolgt, und nun senkte sich gespanntes Schweigen über den Raum. Natalie zitterte vor Wut und Scham, und Ryder ragte bedrohlich über dem Matrosen auf.

Der Ire rieb sich das bärtige Kinn und starrte seinen Angreifer an. »Du –«

Aber dann überraschte und entwaffnete Ryder den Mann, indem er seine Hand nahm, ihn auf die Füße zog und ihm zwei Silberdollars gab.

»Vertrau mir, mein Freund«, murmelte er und nickte in Richtung der empörten Hure. »Um sie zu bekommen, hast du weder genug Geld noch *genug Manieren.*«

Der Ire blickte von dem grinsenden Ryder zu der zornroten Natalie. »Aber –«

Ryder beugte sich näher zu ihm und flüsterte mit mörderischer Entschlossenheit: »Und wenn du auch nur eine Sekunde länger hier herumlungerst, Freund, dann verspreche ich dir, daß du etwas wesentlich Wertvolleres als zwei Silberdollars in den Händen halten wirst.«

Der Ire warf einen Blick auf Ryders Schwert, schluckte, nickte seinen Freunden kurz zu und machte sich eilig davon.

Ryder wandte sich an die Frau. »Und du, Weib, kommst mit mir.«

Zum zweiten Mal an diesem Abend versetzte Natalie diesem widerlichen Bastard eine schallende Ohrfeige. »Fahren Sie zur Hölle, Sir.«

Während Ryder sich unter dem Gelächter der Anwesenden die brennende Wange rieb, stürmte Natalie davon.

»Später, meine Liebe«, murmelte er.

Und es war sein Ernst.

2. KAPITEL

Zwei Stunden später trat Natalie Desmond erschöpft und frustriert auf die Straße hinaus. Ihre Füße brannten, und ihr Kopf schmerzte von dem Rauch und dem Gestank. Noch nicht einmal die frische, kühle Brise, die von der Bucht herüberwehte, half. Sie blickte müde die Straße hinab über die Ansammlung halb verfallener Spelunken, windschiefer Läden und verwitterter Cottages. An der Ecke stand eine moderne Kutsche, deren Äußeres im sanften Schein einer Straßenlaterne blitzte. Auf dem Kutschbock saß ein Mann mit einem Hut.

Aber nirgends entdeckte Natalie ihren Diener Samuel oder die Familienkalesche. Gütiger Himmel, war ihr treuer Gefolgsmann wieder einmal dem Brandy verfallen? Sie hätte in keiner übleren Gegend der Stadt stranden können!

Natalie murmelte einen äußerst undamenhaften Fluch. Daß Samuel nicht da war, war die Krönung des höchst unangenehmen Abends. Obgleich sie einen ganz bestimmten Zweck damit verfolgte, haßte Natalie die allabendlichen Vorstellungen, die sie in letzter Zeit in der Tradd-Street-Taverne gab. Doch zugleich erschütterte sie die Erkenntnis, daß ihr diese Rolle so leichtzufallen schien. Es war beinahe so, als versuche irgendein bisher verborgener Teil ihrer Selbst, an die Oberfläche zu dringen.

Wie bei ihrer Begegnung mit diesem widerlichen Draufgänger! Natalie ballte zornig die Hände zu Fäusten, als sie an seine empörenden Annäherungsversuche dachte. Nicht nur, daß der Schuft ihre Geduld überstrapaziert hatte – sein dreister Kuß hatte ein erschütterndes, verbotenes Gefühl in ihr geweckt, eine skandalöse Erregung, die sich eine anständige Frau nicht leisten konnte. Der Zwischenfall hatte sie aufgeregt und Furcht vor einer weiteren Gefahr ihrer nächtlichen Maskerade geweckt.

Und nun trat auch noch ein offenbar betrunkener Landstreicher aus einer nahegelegenen Taverne und torkelte auf sie zu. Der Kerl hatte trübe Augen, er war unrasiert, seine groben Wollkleider waren verfilzt, und alle paar Schritte setzte er eine Flasche mit irgendeinem Gebräu an die Lippen.

Allzu schnell hatte der Säufer Natalie erreicht und wedelte ihr mit der Flasche vor dem Gesicht herum. Sein stinkender Atem nahm ihr die Luft.

»He, Kleine«, nuschelte er. »Willste vielleicht'n Schluck?«

»Lassen Sie mich in Ruhe, Sie Widerling!« zischte Natalie und widerstand nur knapp dem Drang, vor ihm zurückzuweichen. »Mein Diener wird jeden Moment auftauchen, und er wird mit Kerlen wie Ihnen mit Leichtigkeit fertig.«

»Bißchen hochnäsig für ein billiges Flittchen, wie?« stieß der Mann hervor. Als er näher kam, nahm sein lüsternes Gesicht bedrohliche Züge an. »Gib mir 'n Kuß, Kleine. Vielleicht kriegst du dann sogar ein, zwei Münzen von mir.«

Er versuchte, sie zu packen. Mit einem leisen Aufschrei fuhr Natalie zurück, doch ehe sie flüchten konnte, hatten sich seine knochigen Finger um ihren Arm gelegt. Sie kämpfte mit aller Kraft, schrie lautstark um Hilfe, trommelte auf seine Brust und seine Arme. Er stöhnte auf, ließ aber nicht los.

Bis er plötzlich fortgerissen wurde! Natalie sah, daß der Engländer, der sie heute abend in der Taverne so gereizt hatte, den Angreifer am Kragen gepackt hatte und ihn grimmig anstarrte.

»Verschwinde, du räudiger Hund. Laß die Lady in Ruhe!« knurrte der Riese und stieß den Betrunkenen von sich.

Stöhnend ging der Mann in die Knie. Er warf Natalie und dem Engländer noch einen zornigen Blick zu, dann schnappte er sich seine Flasche und stolperte davon.

Der Engländer wandte sich an Natalie. »Ist alles in Ordnung, Miss?«

Einen Augenblick lang starrte sie ihn nur an. Seine Größe war wirklich überwältigend. Sie war keine kleine Frau, aber dieser

Titan überragte sie um gute zwanzig Zentimeter. Und ebenso wie seine Größe verwirrten sie sein teuflisch schönes Gesicht und seine langen, rabenschwarzen Haare, die im weichen Licht der Laterne schimmerten. Unwillkürlich dachte sie an den Kuß, den er ihr so schamlos aufgezwungen hatte.

Aber keinesfalls würde sie sich ihre Furcht oder gar ihre Reaktion auf sein unverschämt gutes Aussehen anmerken lassen. »Ja, alles in Ordnung, danke.«

Er lächelte. »Darf ich Sie sicher nach Hause begleiten?«

Sie schüttelte den Kopf. »Mein Diener müßte jeden Augenblick mit der Kutsche kommen.«

Bei dieser Bemerkung zog er fragend eine Braue hoch. »Ein Schankmädchen mit einem Diener und einer eigenen Kutsche?« murmelte er zynisch. »Wie seltsam.«

Sie bedachte ihn mit einem gehässigen Grinsen. »Schankmädchen sind eben hin und wieder für eine Überraschung gut, Sir.«

»Allerdings«, gab er reumütig zu und rieb sich die Wange, was sie zum Lächeln brachte. Er sah sich um. »Trotzdem muß ich darauf bestehen, daß Sie nicht allein in dieser gefährlichen Gegend bleiben. Dieser, eh, Diener, von dem Sie sprachen, scheint nicht da zu sein, und offensichtlich ist es nicht sicher für Sie, weiter hier herumzustehen.«

Als Natalie zwei Seemänner sah, die aus einer der Tavernen torkelten, hätte sie vor Verzweiflung fast geweint. Sie hatte das Gefühl, in der Falle zu sitzen – sie hatte die Wahl zwischen zwei Übeln.

»Miss?« drängte der Schuft mit einem freundlichen und für Natalie äußerst ärgerlichen Lächeln. »Finden Sie nicht auch, daß dies keine sichere Gegend ist?«

»Offensichtlich nicht«, erwiderte sie zynisch, aber als die beiden Betrunkenen näher kamen, seufzte sie. »Also gut. Ich nehme Ihr Angebot an.«

Er bot ihr höflich seinen Arm, und auch wenn sie dem teuflischen Blitzen in seinen Augen nicht eine Sekunde vertraute, blieb ihr nichts anderes übrig, als seinen Begleitschutz anzunehmen, wenn sie nicht von den beiden Halunken angesprochen werden wollte. An der Ecke half der Engländer Natalie in seine Kutsche. Sie fühlte sich höchst unwohl, als er sich neben sie setzte, und überlegte, ob sie vielleicht flüchten sollte, aber in diesem Moment schloß er die Tür und befahl dem Kutscher loszufahren.

»Und jetzt…«, murmelte er heiser.

»Jetzt?« wiederholte sie verblüfft.

Er legte seine Hand auf die nackte Haut des Unterarms. Sie erschauderte und hörte, wie boshaft er lachte.

»Du zitterst ja. Warte, ich wärme dich.«

Als nächstes spürte Natalie, wie er seine starken Arme um sie schlang und seinen heißen Mund auf ihre Lippen preßte. Empört setzte sie sich zur Wehr und versuchte, seinen massigen Körper von sich fortzuschieben. Doch genausogut hätte sie versuchen können, eine Mauer zu verrücken. Oh, sie hätte es wissen müssen! dachte sie mit einem Anflug von Panik. Dieser Schuft war eindeutig gefährlicher als der Säufer, der sie eben angesprochen hatte.

Und während seine Lippen versuchten, die ihren zu öffnen, merkte sie, daß sie nicht nur ihn bekämpfen mußte, sondern ebenso ihr Verlangen, sich ihm einfach zu ergeben! Aber auf *keinen* Fall würde sie zulassen, daß dieser Schurke sie heute abend noch einmal aus der Fassung brachte!

Ryder spürte den Widerstand des Schankmädchens, aber tat ihre Gegenwehr als Teil des lüsternen Spielchens ab. Er konnte es kaum erwarten, dieses muntere Persönchen endlich in seinem Zimmer und unter sich zu haben. Seine Männlichkeit schwoll schmerzhaft an, als er sich den trüben Blick ihrer Augen und ihre süßen Seufzer des Vergnügens vorstellte, wenn er sie bis zum Schaft anfüllen und zum befreienden Höhepunkt bringen würde…

Zum Glück für Natalie kam die Kutsche nach kurzer Zeit zum Stehen. Ryder ließ sie los und sprang hinaus. Sein dreister Kuß hatte sie verwirrt, und sie blickte ihn fragend an, als er ihr mit einem großspurigen Grinsen die Hand hinhielt. Wutschnaubend sah sie hinüber zu der heruntergekommenen Pension, die neben einer Reihe von Bordellen stand, und endlich wurde ihr klar, was er vorhatte.

»Gleich ist es soweit, meine Liebe«, murmelte er mit einem anzüglichen Grinsen.

Mit einem zornigen Schrei sprang Natalie aus der Kutsche und holte aus, um ihm das unverschämte Grinsen aus dem Gesicht zu wischen.

Aber er packte einfach ihre Hand, hob sie hoch und warf sie sich über seine breite Schulter. Lachend – lachend! – ging er mit ihr auf die Tür zu.

Sie trommelte schreiend auf seinem Rücken herum, als er sie in die stinkende Absteige trug, aber er ignorierte ihre Gegenwehr. Geschmacklose Möbel, skandalöse Bilder und verblichene Tapeten verschwammen vor ihren Augen, als er mit ihr die Treppe hochging. Ihren sich windenden Körper immer noch über eine starke Schulter geworfen, stieg er mit überraschender Sicherheit die Stufen hinauf, ehe er in einen engen Korridor einbog. Sie hörte, wie er einen Schlüssel in ein Schloß steckte und eine Tür öffnete. Nachdem er sie hinter sich zugeworfen hatte, ließ er Natalie endlich runter.

Natalie stand schwankend vor ihm, aber der Widerling ließ ihr nicht eine Sekunde Zeit. Ehe sie zur Besinnung kam, hatte er sie mit seinem harten Körper an die Tür gedrückt und seinen Mund auf ihre Lippen gepreßt.

Plötzlich fuhr er mit einem leisen Aufschrei zurück. Sie hatte sein Schienbein gut getroffen.

»Gütiger Himmel!«

Trotz ihrer Angst bedachte sie ihn mit einem triumphierenden Grinsen.

Doch ihr Sieg sollte nur von kurzer Dauer sein, denn er packte sie erneut, zog sie an sich und versohlte ihr kräftig den Hintern, ehe er sie von sich schob. Und dann begann er zu ihrem Entsetzen, sein Hemd aufzuknöpfen.

»Ich gebe zu, daß eine gewisse Gegenwehr das Spiel interessanter macht«, teilte er ihr mit. »Aber wenn sie von einer Frau deines Schlages kommt, dann ist ein Mann wirklich versucht, gewalttätig zu werden. Also, zieh dich aus, leg deinen kämpferischen Leib ins Bett und sieh zu, daß du dein Geld verdienst.«

Nie zuvor in ihrem Leben war Natalie Desmond derart beleidigt worden. »Du widerlicher Bastard!« schrie sie und stürzte sich mit geballten Fäusten auf ihn.

»Verdammt!«

Der Schuft runzelte die Stirn, packte ihre Handgelenke und zog sie unsanft an seine Brust. Sie versuchte, nicht zusammenzuzucken, als sie seine männliche Stärke spürte und seine wutblitzenden Augen sah.

»Paß auf«, donnerte er, »wen du einen Bastard nennst.«

»Wenn Sie mich nicht sofort loslassen«, schrie sie zurück, »brülle ich mir die Lunge aus dem Hals.«

»Ich habe Mittel, um dich zum Schweigen zu bringen, Weib!«

»Indem Sie mich vergewaltigen?« fragte sie zornig. »Müssen Sie dazu greifen, um eine Frau zu bekommen?«

Er stieß sie von sich. »Wenn du keine Frau wärst, würde ich dich an Ort und Stelle erwürgen! Nie zuvor hat mir eine Frau solchen Ärger gemacht, und bestimmt kein billiges Flittchen!«

»Das liegt vielleicht daran, daß ich kein billiges Flittchen bin!«

Noch während Natalie diesen Satz ausstieß, wußte sie, daß sie einen schweren Fehler gemacht hatte. Aber jetzt war es zu spät. Der Engländer kniff die Augen zusammen und machte einen drohenden Schritt auf sie zu.

»Was soll das heißen?« fragte er.

»Nichts!« kreischte sie angewidert, duckte sich und eilte zur Tür.

Seine stählernen Finger legten sich um ihren Arm und drehten sie um, so daß sie ihm in sein zorniges Gesicht sehen mußte. »O nein! Du verläßt nicht eher diesen Raum, als bis du mir erklärt hast, was diese Bemerkung sollte. Bei Gott, wenn du mich getäuscht hast –«

Sie schüttelte ihn zornig ab. »Was soll das heißen, ich hätte Sie getäuscht? Ich habe alles getan, was in meiner Macht stand, um Ihnen aus dem Weg zu gehen – aber Sie laufen mir ja nach wie ein Hund!«

Zu ihrer Überraschung grinste er, aber seine Stimme verriet immer noch stählerne Entschlossenheit. »Noch mal, Weib, du gehst nirgendwohin, ehe du mir nicht erzählst, was du heute abend im Schilde geführt hast.«

Sie nahm all ihren Mut zusammen und machte einen Schritt in Richtung der Tür, aber er verstellte ihr mühelos den Weg.

»Also gut!« schrie sie. »Bei Gott, Sie sind wirklich der widerlichste Mensch, der mir je begegnet ist!«

Bei diesen Worten zerrte Natalie einige Nadeln aus ihrem Haar, zog sich die rote Perücke vom Kopf und schleuderte sie auf einen Stuhl.

Ryder starrte sie entgeistert an. »Mein Gott!« Eine Wolke kastanienbraunen Haars ergoß sich über ihre schmalen Schultern. »Erzähl mir, wer du wirklich bist – sofort!«

Sie starrte ihn wütend an. »Wenn ich Ihnen die Wahrheit sage, bringe ich einen Menschen in Gefahr.«

»Wenn du mir nicht die Wahrheit sagst, bringst du *dich* in Gefahr.«

Sie knirschte mit den Zähnen.

»Los, rede oder –«

»Mein Name ist Natalie Desmond«, stieß sie hervor.

»Weiter.«

Sie bedachte ihn mit einem verächtlichen Blick; aber er streckte drohend die Hand nach ihr aus.

»Also gut!« Sie weinte fast. »Ich bin kein Schankmädchen. Ich leite zusammen mit meiner Tante, Love Desmond, eine Textilfabrik hier in Charleston.«

Ryder starrte sie einen Augenblick lang verständnislos an, aber dann schnalzte er mit den Fingern. »Ich habe schon von dir gehört! Meinst du die Fabrik in der Wentworth Street?«

»Ja.«

»Du bist eine echte Lady?«

»Allerdings.«

»Warum in Gottes Namen verkleidest du dich dann als Hure und arbeitest in einem Wirtshaus?«

»Das ist eine lange Geschichte.«

»Wir haben die ganze Nacht.«

»Das hoffe ich nicht!«

Er kreuzte die Arme vor der Brust und lehnte sich an die Tür. Natalie wurde klar, daß sie ihn niemals loswürde, wenn sie ihm nicht die Wahrheit sagte. Sie unterdrückte einen Seufzer und starrte ihn finster an. »Vor sechs Jahren kamen meine Tante und ich nach Amerika. Der Sohn von Tante Love, mein Cousin Rodney, hatte versucht, hier in Charleston eine Textilfabrik aufzubauen. Aber er war nicht besonders erfolgreich, was wahrscheinlich an seinem Hang zum, eh, billigen Vergnügen liegt.«

»Ah«, murmelte Ryder bedeutungsvoll. »Weiter.«

»Tante Love und ich kamen, um Rodney zu helfen, und schließlich haben wir die Fabrik so gut wie alleine geführt. Wir hatten mit vielen Problemen zu kämpfen – nicht zuletzt mit der Tatsache, daß es für zwei Frauen nicht gerade leicht ist, sich in einer Männerwelt zu behaupten.«

»Allerdings«, pflichtete er ihr bei.

»Außerdem mußten wir mit den billigeren englischen Stoffen konkurrieren – bis der amerikanische Kongreß vor fünf Jahren Einfuhrzölle für englische Baumwolle erhob. Danach wurde es besser – bis vor kurzem.«

»Vor kurzem?« Ryder grinste zynisch. »Bitte spann mich nicht länger auf die Folter.«

Sie sah ihn grimmig an, doch dann fuhr sie fort: »Tante Love und ich verkauften ziemlich viel Stoff an die Händler in der King Street. Wir hatten sogar ein paar Kunden in Boston und New York. Aber das alles änderte sich vor ungefähr neun Monaten, als der Markt mit billigeren englischen Stoffen überschwemmt wurde – die offensichtlich ins Land geschmuggelt werden. Dadurch haben wir viele unserer alten Kunden verloren.«

Ryder runzelte die Stirn. »Und was hat das alles damit zu tun, daß du dich als Schankmädchen ausgibst und in einer Taverne arbeitest?«

»Darauf wollte ich gerade zu sprechen kommen. Wissen Sie, Tante Love und ich erkannten, daß unsere einzige Hoffnung darin bestand, herauszufinden, wer die Stoffe nach Charleston schmuggelt. Die Zollbehörden waren keine große Hilfe. Und dann kam ich vor zehn Tagen nach Hause und fand eine Nachricht von Tante Love. Sie meinte, daß wir drastische Maßnahmen ergreifen müßten, um die Fabrik zu retten, und daß sie beschlossen hätte, sich heimlich in den Kreisen der Schmuggler umzuhören.«

Ryders Stirnrunzeln verstärkte sich. »Was soll das heißen, ›sich heimlich in den Kreisen der Schmuggler umzuhören‹?«

»Keine Ahnung!« Natalie sah ihn verzweifelt an. »Ich weiß nur, daß sie seitdem verschwunden ist!«

»Ich verstehe«, sagte Ryder. »Also hast du in der Taverne angefangen.«

»Weil sie in der Nähe des Hafens liegt und von vielen Seemännern aufgesucht wird. Ich will versuchen, Informationen über die Schmuggler oder über Tante Loves Aufenthaltsort zu bekommen.« Sie richtete sich zu ihrer ganzen Größe auf. »Und heute abend hatte ich eine höchst interessante Unterhaltung mit ein paar echten Schmugglern, bis Sie sich eingemischt und alles verdorben haben!«

»Sprichst du von dem bärtigen Iren, auf dessen Schoß du gesessen hast?« fragte er angespannt.

»Allerdings!«

»Er war also ein Schmuggler?«

»Was sonst?«

Ryder lächelte. »Eine wirklich amüsante Geschichte.«

»Es ist die Wahrheit.«

Er sah sie skeptisch an, aber dann seufzte er. »Ich nehme an, die Geschichte ist einfach zu phantastisch, um *nicht* wahr zu sein. Entweder das oder du hast deinen Cockney-Akzent mit einer Schnelligkeit abgelegt, die mich verblüfft.«

Natalie lächelte, als ihr klarwurde, daß sie unwillkürlich in ihrer normalen Redeweise mit ihm sprach. »Wie gesagt, ich bin kein Schankmädchen.«

»Also gut.« Jetzt war er es, der lächelte. »Dann habe ich dir heute abend ganz schön dazwischengefunkt, wie?«

»Allerdings.«

Er bedachte sie mit einem tadelnden Blick. »Und ist dir vielleicht schon der Gedanke gekommen, daß du mir ebenfalls dazwischengefunkt haben könntest?«

»Ich Ihnen?« Sie starrte ihn zornig an. »Ich habe alles getan, um Ihnen aus dem Weg zu gehen! Wie hätte ich Ihnen dann bei irgend etwas dazwischenfunken können?«

»Du hast dich als billiges Schankmädchen ausgegeben.«

»Na und?«

»Solche Frauen sind nicht gerade dafür bekannt, daß sie besonders hohe Moralvorstellungen haben.«

»Stimmt.«

»Und du hast mich gnadenlos aufgezogen«, fuhr er fort.

»Sie haben es verdient.«

Er unterdrückte ein Grinsen. »Also habe ich mit meinen Freunden gewettet, daß ich dich noch heute nacht flachlege.«

»Sie haben *was*?« kreischte sie empört.

»Und jetzt bist du dafür verantwortlich –«

»Warum sollte *ich* für irgend etwas verantwortlich sein?«

»Weil ich die Wette nur deshalb eingegangen bin, weil ich dachte, daß du ein Flittchen bist.«

Sie verdrehte die Augen. »Um Himmels willen! Das ist einfach lächerlich! Sie können ja wohl unmöglich mir die Schuld daran geben, daß Sie derart falsche und unehrenhafte Vorstellungen von meiner Moral hatten.«

»Aber ich gebe dir die Schuld daran.« Er maß sie mit einem bedeutungsvollen Blick. »Weißt du, ich habe noch *nie* eine Wette verloren, Natalie.«

Sie blitzte ihn wütend an.

Er trat auf sie zu, nahm ihr Kinn in seine Hände und hob ihren Kopf, so daß sie ihn ansehen mußte. In seinen Augen entdeckte sie ein teuflisches Blitzen. »Also, was schlägst du vor, meine Liebe?«

Ihr Blick verriet ihm, daß sie ihn am liebsten in der Hölle sähe.

Und es war ihr Ernst.

3. Kapitel

Ryder grinste der attraktiven Xanthippe, die so voller Überraschungen steckte, ins Gesicht. Nie zuvor war er einer rätselhafteren Frau begegnet. Die Lady in der Rolle des billigen Flittchens war noch wesentlich amüsanter, als es die Hure in der Rolle der Dame gewesen war.

»Nun, Natalie, was sollen wir deiner Meinung nach tun?« fragte er erneut.

»*Wir* sollen meiner Meinung nach überhaupt nichts tun«, entgegnete sie zornig. »Ich werde jetzt nach Hause gehen und beten, daß ich das Glück haben werde, Sie niemals wiederzusehen.«

Er packte sie am Arm. »Nicht so eilig, meine Liebe.«

»Ich bin nicht Ihre Liebe. Lassen Sie mich los.«

»Nur, wenn du versprichst, mir zuzuhören.«

»Meinetwegen.«

Er ließ sie los und runzelte nachdenklich die Stirn. »Ist dir vielleicht schon mal der Gedanke gekommen, daß ich dir helfen könnte? Vielleicht könnten wir ja eine Abmachung treffen, die uns beiden dienlich ist?«

»Ich brauche Ihre Hilfe nicht – und ich habe schon gar kein Interesse an einer Abmachung, die *uns beiden dienlich ist*«, stellte sie fest.

»Ach nein?« fragte er. »Vorhin vor der Taverne kam mir die Sache aber ganz anders vor.«

»Ich war nur deshalb in Gefahr, weil mein Diener nicht aufgetaucht ist.«

»Und was wirst du beim nächsten Mal machen, wenn er nicht kommt? Weißt du denn nicht, daß es sowohl gefährlich als auch dumm ist, wenn eine Lady wie du sich in einer Taverne am Hafen rumtreibt?«

»Es ist deshalb gefährlich«, erwiderte sie, »weil man Kerlen wie Ihnen in die Hände fallen kann.«

Er warf den Kopf in den Nacken und lachte, aber seine Stimme klang immer noch ernst, als er sagte: »Vielleicht helfe ich dir bei der Suche nach deiner Tante.«

»Sie?«

Seine Miene verfinsterte sich. »Ich habe so meine Quellen, Natalie – und außerdem habe ich durchaus so etwas wie Ehrgefühl.«

Sie starrte verächtlich auf seinen Siegelring. »Ach ja – Lord Newbury.«

»So nennen mich die Leute in England«, gab er vorsichtig zu.

»Mir erscheinen Sie eher wie Lord Frauenheld.«

»So hat man mich zweifellos auch schon genannt«, stimmte er grinsend zu.

Sie stemmte die Fäuste in die Hüften und musterte ihn von Kopf bis Fuß. »Nun, ich will – ich brauche – Ihre Hilfe nicht, Lord Newbury.«

Er zog eine Braue hoch. »Bist du sicher, Natalie? Schließlich ist es möglich, daß deine Tante in der Gewalt dieser Schmuggler ist. Sie könnte in Lebensgefahr sein.«

Natalie knirschte mit den Zähnen. »Und Sie meinen, Sie könnten es mit diesen Schurken aufnehmen?«

Er zuckte mit den Schultern. »Meine Freunde werden mir dabei behilflich sein.«

»Diese Taugenichtse?«

Seine Augen blitzten vor Zorn. »Diese Taugenichtse, wie du sie nennst, sind alle erfahrene Kämpfer, die sich in den Napoleonischen Kriegen durch ihren Mut und ihre Tapferkeit hervorgetan haben. Außerdem werden sie über ein bißchen Abwechslung froh sein.«

Sie schnaubte verächtlich. »Ein bißchen *Abwechslung*! Ich habe den Eindruck, Sie nehmen die Sache nicht ernst.«

Er lachte. »Und ob ich die Angelegenheit ernst nehme – seit dem Augenblick, in dem ich Sie zum ersten Mal gesehen habe, M'lady.«

»Und was ist mit Ihnen, Sie Schuft?« fragte sie zornig. »Sind Sie auch bereit, für mich in den Kampf zu ziehen?«

Wieder zuckte er mit den Schultern. »Ich war mit Wellington in Waterloo. Ich würde also sagen, daß mein Rapier kampferprobt ist.«

»Ich bin sicher, daß es das ist«, stellte Natalie trocken fest.

Ryder unterdrückte ein Lächeln, als er fragte: »Willst du nun meine Hilfe oder nicht?«

»Sie haben von einer Abmachung gesprochen, die uns beiden dienlich wäre«, sagte sie mißtrauisch.

»Ja.«

»Was genau erwarten Sie als Gegenleistung?«

In seinen Augen blitzte ein teuflisches Vergnügen auf. »Vielleicht deine Jungfräulichkeit?«

»Niemals!«

Er seufzte. »Tja, das habe ich mir gedacht. Dann muß ich mich wohl mit dem Zweitbesten zufriedengeben –«

»Und das wäre?«

Er zwinkerte ihr zu. »Ich möchte, daß du morgen früh vor meinen Freunden so tust, als hättest du mit mir geschlafen.«

Natalie starrte ihn entgeistert an. »*Was?* Allein der Gedanke ist völlig absurd! Sie wollen nicht nur, daß ich die Hure spiele, sondern daß ich zudem noch Ihre Freunde belüge?«

»Du brauchst ja nicht unbedingt zu lügen. Es reicht, wenn du so tust, als wärst du, eh, in mich verliebt.«

»Aber warum?«

»Warum?« Er setzte ein strahlendes Lächeln auf. »Damit ich meine Wette gewinne.«

Sie war sprachlos. »Sie sind wirklich abscheulich!«

Er grinste. »Allerdings.«

»Sie würden allen Ernstes Ihre Freunde betrügen, nur um eine Wette zu gewinnen?«

»Sie würden nicht eine Sekunde zögern, mit mir dasselbe zu tun.«

»Aber finden Sie es richtig, Ihre Freunde zu bestehlen und sie zu betrügen?«

»Sie haben mich heute abend gnadenlos gefoppt. Sie meinten, ich würde dich niemals bekommen.«

»Da hatten sie recht«, schnauzte sie.

Er strich sich über das Kinn und versuchte verzweifelt, nicht zu lachen. »Nun, ich finde, sie haben eine Lektion verdient.«

Natalie starrte diesen widerlichen Schurken ungläubig an, und dann schüttelte sie den Kopf. »Warum höre ich Ihnen überhaupt zu? Ich würde Ihnen niemals vertrauen, auch wenn Sie sagen, daß Sie mir helfen wollen. Sie sind einfach skrupellos.«

In seinen Augen blitzte es gefährlich auf, und seine Erheiterung wich Zorn und stählerner Entschlossenheit. Er streckte die Hand aus und packte ihren Arm. »Natalie, vielleicht bin ich, gemessen an deinen Ansprüchen, ein zügelloser Mensch, aber ich bin trotzdem ein Ehrenmann. Und ich gebe dir mein Wort, daß ich dir bei der Suche nach deiner Tante helfen werde, wenn du mir morgen früh aus der Klemme hilfst.«

Aus irgendeinem unerfindlichen Grund war Natalie versucht, ihm zu glauben. »Sie sind wirklich bereit, mir zu helfen?«

»Ja.« Er lachte trocken. »Und ich habe das Gefühl, daß du dringend Hilfe brauchst.«

Damit hatte er durchaus recht. »Versprechen Sie mir, daß Sie weder Ihren Freunden noch sonst irgendwem erzählen, wer ich bin oder warum ich mich in der Taverne als Schankmädchen ausgebe?«

»Meine Liebe«, sagte er geduldig, »wie sollte ich je meine Wette gewinnen, wenn ich meinen Freunden die Wahrheit sagen würde?«

Natalie mußte lachen. »Sie haben recht.« Sie biß sich auf die Lippe. »Wenn Sie tatsächlich ein Ehrenmann sind, würden Sie mich dann bitte jetzt nach Hause bringen?«

»Kommst du morgen früh zurück, um meine Freunde davon zu überzeugen, daß wir ein Liebespaar sind?«

Sie zögerte, doch dann seufzte sie ergeben. »Also gut. Ich bin verrückt, aber im Augenblick bin ich einfach zu müde und zu frustriert, um mich weiterhin mit Ihnen zu streiten.«

»Hervorragend.« Er trat auf sie zu, doch sie hob abwehrend die Hand.

»Wenn Sie mich hintergehen und versuchen, Ihren Teil der Abmachung nicht einzuhalten, dann werde ich dafür sorgen, daß Sie den Tag bereuen, an dem Sie geboren sind.«

Unerschüttert strich er den Spitzenbesatz auf ihrer Schulter glatt. »Und du, meine Liebe, wirst noch den Tag bereuen, an dem du mir begegnet bist, denn ob du es glaubst oder nicht – es wird dir schwerfallen, mich wieder loszuwerden.«

Sie räusperte sich.

Er drehte sich um und nahm ihre Perücke vom Stuhl. »Und jetzt vergiß deine Verkleidung nicht. Wir müssen uns aus der Hintertür schleichen, damit meine Wirtin nichts merkt. Meine Freunde kommen morgen früh zum Frühstück hierher, und ich will nicht, daß Mrs. Greentree uns verrät, indem sie ihnen erzählt, daß wir nicht die ganze Nacht hier verbracht haben.«

Natalie verdrehte die Augen und setzte ihre Perücke auf.

Als sie zur Tür ging, nahm er ihre Hand. »Wollen wir unser Abkommen nicht mit einem Kuß besiegeln?«

»Von mir aus können Sie eine Wasserschlange küssen, aber mich bestimmt nicht.«

Einen Augenblick später saß Natalie in der abgedunkelten Kutsche und fragte sich, in was für einen Schlamassel sie sich soeben hineinmanövriert hatte. Einerseits wußte sie es durchaus zu schätzen, daß der Engländer sie auf der Straße vor dem Betrunkenen gerettet hatte, aber andererseits fühlte sie sich bei dem Gedanken an das Abkommen, das sie mit diesem Teufel geschlossen hatte, mehr als unwohl.

Sicher – die Wahrheit zu sagen, war die einzige Möglichkeit gewesen, um diesen lüsternen, arroganten Draufgänger davon abzuhalten, sie einfach zu vergewaltigen. Und es war mehr als wahrscheinlich, daß sie die Hilfe eines Mannes brauchen würde, wenn sie die gefährlichen Schmuggler und ihre verschwundene Tante aufspüren wollte. Aber sie war sich immer noch nicht sicher, ob es vernünftig gewesen war, ihm alle Einzelheiten ihrer momentanen Situation zu erzählen. Wie sollte sie ihm trauen, wenn sie noch nicht einmal ihren eigenen Gefühlen traute? Sein erster, unverfrorener Kuß hatte ein Verlangen in ihr geweckt, das sie sich einfach nicht leisten konnte. Sie fürchtete sich vor ihrer gefühlsmäßigen Reaktion auf seine teuflische Art.

Er war offensichtlich ein Höllenhund, ähnlich den lasterhaften Männern in Natalies Familie – wie ihr Cousin Rodney und wie ihr eigener Vater. Ihr Leben lang hatte Natalie mit ansehen müssen, wie die Frauen in ihrer Familie endlose Demütigungen und unermeßliches Leid ertragen hatten, weil die Desmondschen Männer alle einen übermächtigen Hang zur Zerstreuung hatten. Aufgrund dieser Erfahrung hatte Natalie bereits vor langer Zeit beschlossen, niemals zu heiraten. Eine Vernunftehe kam für sie nicht in Frage, denn sie wollte keinesfalls wie die anderen Desmond-Frauen enden, die versuchten, sich und ihre Kinder gegen einen lieblosen Familienvater zu verteidigen.Und genausowenig kam natürlich eine Affäre in Frage – vor allem nicht mit einem so zügellosen Schurken wie Ryder Remington! Außerdem hatte Natalie mit ihren zweiundzwanzig Jahren ihre Freiheit zu schätzen gelernt, und die Leitung der Fabrik machte ihr Spaß. Wenn sie doch nur ihre Tante fände und alles wieder so würde wie früher, ehe ihre verwegene, verzweifelte Maskerade sie einem Halunken auslieferte wie dem, der gerade so selbstzufrieden neben ihr saß.

Auch Ryder war in Gedanken vertieft. Als die Kutsche unter einer Straßenlaterne hindurchratterte, betrachtete er im sanften Licht ihr hübsches Profil. Warum hatte er nicht sofort die zarten Brauen, die feine Nase und die schön geschwungenen Wangenknochen bemerkt, die ihre Herkunft verrieten? Um den Mund und die Augen herum hatten sich feine Kummerfalten in die zarte Haut gegraben, aber ihr trotzig gerecktes Kinn verriet große Entschlossenheit.

Er war wie verzaubert von dieser offenen, temperamentvollen Engländerin, die mit Leichtigkeit sowohl die feine Dame als auch das billige Flittchen verkörperte. Der Gentleman in ihm wollte ihr helfen, aber mehr als alles andere war der Draufgänger in ihm entschlossen, sie zu bekommen! Er hatte beobachtet, wie sie kokettierte und er sehnte sich danach, daß sie mit ihm noch einen Schritt weiter ging. In der Tat verwirrte es ihn, daß sie sich manchen Männern so einfach an den Hals warf, während sie sich ihm gegenüber spröde und hochnäsig zeigte. Er wollte doch nur dasselbe wie die anderen. Wie würde er es genießen, sie zum Höhepunkt ihrer eigenen Niederlage zu treiben! Wäre es eine solche Sünde, ihre hochmütige Fassade und ihr ängstliches Stirnrunzeln durch ein sinnliches Lächeln zu ersetzen?

Natalie Desmond war clever, verschlagen und zweifellos viel zu dickköpfig für eine Frau. Aber vor allem war sie einfach unwiderstehlich. Und der Heiligenschein, mit dem sie sich selbst umgab, machte sie nur noch verlockender. Erneut wallte Lust in ihm auf, als er sich an das Gefühl ihrer warmen, weichen Lippen erinnerte, an die sanfte Rundung ihres Hinterteils, an ihr empörtes und zugleich lustvolles Keuchen. Unter der züchtigen Fassade verbarg sich bestimmt glühende Leidenschaft, und er fragte sich, wie tugendhaft diese verführerische Frau wohl in Wirklichkeit war.

Auf jeden Fall würde sie von dem Abkommen und von seinem Schutz profitieren. Sich selbst überlassen würde sie in kürzester Zeit in allergrößten Schwierigkeiten stecken ...

Ihm überlassen wäre sie allerdings ebenso schnell ruiniert.

Die Kutsche hielt vor einem hübschen Haus in der Upper Church Street. Das im Charleston-Stil errichtete zweistöckige Backsteingebäude lag seitlich zur Straße. Ryder blickte bewundernd zu den geschlossenen Fenstern und zu dem spitzen Giebeldach hinauf. Auf der linken Seite des Hauses befand sich eine doppelte Galerie, die im rechten Winkel zur Straße verlief. Die Veranda war zur Straße hin durch eine von kleinen Säulen flankierte und von elegantem Gebälk gekrönte Tür abgeschlossen. Auf der oberen, offenen Galerie erblickte er Hängekörbe voller blühender Blumen, und das eiserne Tor und der Zaun waren von Geißblatt umrankt.

Der Anblick dieses gemütlichen Heims löste in ihm ein eigenartiges Gefühl aus. Das elegante Haus repräsentierte eine Welt, der er vor langer Zeit den Rücken zugewandt hatte.

»Und hier lebst du?« fragte er.

»Ja, zusammen mit meinem Cousin Rodney und meinem Diener Samuel.« Sie seufzte. »Und bis vor zehn Tagen lebte auch meine Tante hier.«

»Wir werden sie finden, meine Liebe.«

Natalie hätte am liebsten noch einmal klargestellt, daß sie nicht seine Liebe war, aber dann unterdrückte sie es. Vielleicht brauchte sie ja wirklich die Hilfe dieses Draufgängers. Als er aus der Kutsche sprang und ihr seine Hand hinhielt, ließ sie sich von ihm auf die Veranda führen. Es war dunkel, und nur in der Ferne brannte eine einzige, schwache Straßenlaterne. Die für Charlestoner Nächte typische Mischung aus Sternenhimmel, schwerer, feuchter Luft, Jasminduft und Grillenzirpen hüllte sie beide ein.

Als sie die Eingangstür erreicht hatten, zögerte er. »Ich hole dich morgen früh kurz vor der Dämmerung ab. Wir werden mit meinen Freunden frühstücken, und dann werde ich meinen Gewinn einkassieren.«

»Gut«, sagte sie zögernd.

Er sah sie an. »Ich würde dir empfehlen, dich nicht allzu elegant zu kleiden. In der Tat, je zerzauster du aussiehst, um so besser. Schließlich wollen wir ja den Eindruck erwecken, daß –«

»Sie brauchen nichts mehr zu sagen!« unterbrach sie ihn. »Ich darf also annehmen, daß Sie mir nach dem Treffen mit Ihren Kumpanen bei der Suche nach meiner Tante helfen werden?«

»Das darfst du.«

»Dann gute Nacht.«

Er schob sich eilig zwischen sie und die Tür.

»Habe ich noch etwas vergessen?« fragte sie erbost.

»Allerdings.« Er trat einen Schritt auf sie zu und sagte heiser: »Ich brauche unbedingt noch einen Kuß.«

»Was?« rief sie empört und wich vor ihm zurück. »Wagen Sie es bloß nicht! Sie haben bereits mehr als einen Kuß von mir erzwungen.«

»Aber das war etwas anderes.«

»Wie bitte?«

»Da habe *ich dich* geküßt – und du hast dich heftig dagegen zur Wehr gesetzt. Um die Wahrheit zu sagen – ich werde meine

Freunde unmöglich davon überzeugen können, daß wir die Nacht miteinander verbracht haben, wenn du mich nicht wenigstens einmal freiwillig küßt.«

»Das ist ja lächerlich!«

»Anders kann ich unmöglich das passende selbstzufriedene Lächeln aufsetzen«, beharrte er mit einem bereits jetzt äußerst selbstzufriedenen Lächeln.

»Es ist Ihnen den ganzen Abend über hervorragend gelungen, arrogante Selbstzufriedenheit zur Schau zu stellen.«

»Bitte, meine Liebe«, drängte er. »Bring meine Augen zum Strahlen.«

»Ach, jetzt sollen auf einmal Ihre Augen strahlen?«

»Das ist ja wohl nicht zuviel verlangt. Immerhin willst du deine Tante finden.«

Natalie schnaubte. »Sie sind ein widerlicher Schuft.«

»Ich bekenne mich schuldig, Mylady.« Er zog sie an sich, und während sie ihn wütend anblitzte, wartete er lächelnd ab.

Sie erwiderte sein Lächeln, und gleichzeitig trat sie ihm kräftig auf den Fuß.

»Verdammt, Weib!« Er machte einen Satz und starrte sie entgeistert an. »Du bist wirklich gemeingefährlich!«

»Oh, ersparen Sie mir Ihr Gejammere!« schnauzte sie. »So kräftig habe ich nun auch wieder nicht getreten. Außerdem haben Sie sich das selbst zuzuschreiben.«

»Na warte! Jetzt wirst du erleben, was *du dir* zuzuschreiben hast!«

Aber Natalie war nicht bereit, sich bezwingen zu lassen. Sie legte den Kopf schief und sagte: »Nicht, wenn Sie wollen, daß ich mich morgen früh an Ihrer Komödie beteilige.«

Seine Reaktion war beinahe komisch. Erst runzelte er verblüfft und ungläubig die Stirn, dann sah er sie unsicher an, und schließlich setzte er ein wohlberechnetes, verführerisches Lächeln auf. »Aber was ist mit dem Strahlen in meinen Augen?«

Natalie schnaubte. »Holen Sie es sich doch einfach auf die Art, auf die Sie es sich auch sonst immer holen – suchen Sie sich irgendein billiges Flittchen, das Ihnen gefällt.«

Seine Riposte war tadellos: »Aber *du* bist das billige Flittchen, das mir gefällt.«

Als sie zu einer Ohrfeige ausholte, packte er ihr Handgelenk. »Also gut, du streitsüchtiges Biest! Dann suche ich mir eben eine andere Frau!«

»Oje, da werde ich bestimmt die ganze Nacht in mein Kissen weinen!«

»Zum Teufel mit dir!« fluchte er.

Als er sich umdrehte und zu seiner Kutsche eilte, hörte er, wie Natalie leise lachte. Zur Hölle mit dieser Frau! Er war verwirrt und maßlos enttäuscht, aber vor allem war er fasziniert.

4. Kapitel

Natalie öffnete leise die Eingangstür und trat ins Haus. In der Eingangshalle wirkte alles normal. Das Licht der Wandleuchter fiel auf den zart rosafarbenen persischen Läufer, die geschnitzten Mahagonitische und das Duncan-Phyfe-Sofa aus Rohrgeflecht. Als sie weiterging und ihr Blick in den Spiegel mit dem vergoldeten Ebenholzrahmen und dem ebenfalls vergoldeten Adler fiel, seufzte sie. Der stolze Vogel schien ihren Anblick zu mißbilligen, und er hatte durchaus recht. Himmel, sie *sah* vielleicht aus in ihren grellen Kleidern und mit der von den Kämpfen mit dem Engländer zerzausten Frisur!

Aber immerhin hatte sie es ihm ganz schön gezeigt. Die Genugtuung zauberte ein Lächeln auf ihr erschöpftes Gesicht.

Sie schob den Gedanken an die skandalöse Begegnung beiseite und ging zu dem Blumentischchen, in dessen Schublade sie gewohnheitsmäßig die Perücke verbarg. Als sie sich die Haare glattstrich, fiel ihr auf, daß der Farn, der auf dem Tischchen stand, braune Blätter aufwies. Sie runzelte die Stirn. Sie mußte unbedingt daran denken, Tante Loves herrliche Blumen zu gießen. Sie hatte die Arbeit immer vor sich hergeschoben, als wäre die Übernahme der Pflichten ihrer Tante ein endgültiges Eingeständnis ihres Verschwindens.

Außerdem mußte sie das Zimmer ihrer Tante lüften, damit alles frisch war, wenn sie zurückkam, sagte sie sich schon etwas optimistischer. Sie und ihre Tante hatten keine Sklaven; sie fanden diese im Süden so weit verbreitete Einrichtung unmenschlich und würdelos. Ihre gesamte Dienerschaft bestand aus einer deutschen Witwe, die sie dafür bezahlten, daß sie zweimal die Woche zum Waschen und Putzen kam, und aus Samuel, einem freien Farbigen, der gleichzeitig Kutscher, Gärtner und Mädchen für alles war.

Wo in aller Welt steckte er bloß?

Mit einem nachdenklichen Stirnrunzeln betrat Natalie das Wohnzimmer, wo ihr Blick auf das Porträt ihrer Tante fiel, das am anderen Ende des Raums über dem Sandelholzsekretär hing. Das leuchtende Gemälde, das Samuel Morse im vorletzten Sommer während eines Urlaubs in Charleston angefertigt hatte, zeigte eine Frau mittleren Alters mit hellen Augen, einem angenehmen, kantigen Gesicht, zu einem Knoten aufgesteckten, braunen Haaren und einem fröhlichen Lächeln auf den vollen Lippen. Natalie wurde traurig. Tante Love mochte eine exzentrische, flatterhafte Seele sein, aber für sie war sie wie eine zweite Mutter. Natalie war erst vierzehn Jahre alt gewesen, als sie 1813 ihre französische Mutter verloren hatte. Diese hatte ihre Familie von einem Tag auf den anderen verlassen und war nach Paris zurückgekehrt, obwohl sich England und fast alle anderen europäischen Länder gegen den Tyrannen Napoleon erhoben hatten. Soweit Natalie wußte, lebte Desiree Desmond auch heute noch in Paris.

Wenn sie nur wüßte, wo ihre Tante war!

Natalie verließ das Zimmer und suchte weiter nach Samuel. Nach kurzer Zeit fand sie ihn, doch der Anblick, der sich ihr im Eßzimmer bot, war jämmerlich. Samuel und Rodney waren beide am Tisch eingeschlafen. Sie hatten ihre Köpfe auf die Tischplatte gelegt und schnarchten zufrieden vor sich hin. Trotzdem hätten die beiden Männer nicht gegensätzlicher sein können: Samuels Haar war grau und kraus, Rodneys blond und gelockt. Samuels grobe Baumwollkleider waren alt und schmutzig, Rodneys samtener Frack trotz diverser Flecken elegant. Überall auf dem Tisch lagen Karten herum, verschmierte Gläser und eine offensichtlich leere Brandyflasche, die auf dem feinen Holz einen dunklen Fleck hinterlassen hatte. Natalie knirschte mit den Zähnen, als sie sah, daß in Tante Loves bester Wedgwood-Schale mehrere Zigarrenstummel lagen und daß der Holztisch einen neuen Brandfleck aufwies.

Zur Hölle mit Rodney! Schlimm genug, daß er seine Tage mit Trinken und Spielen verbrachte, aber mußte er auch noch Samuel verderben? Der Diener war ein verantwortungsbewußter, zuverlässiger Mensch, außer wenn Rodney mit ihm trank. Sie überlegte, woher in aller Welt ihr Cousin das Geld für den Brandy hatte – sein nächstes Gehalt bekam er schließlich erst in ein paar Wochen.

Natalie kam ein schrecklicher Verdacht. Sie eilte zur Anrichte, zog die Schublade auf und atmete erst auf, als sie feststellte, daß noch das gesamte Silber vorhanden war. Sie drehte sich um und blickte nachdenklich zu ihrem bedauernswerten Cousin hinüber. Wahrscheinlich sollte sie nicht so hart über ihn urteilen; vielleicht war es nicht allein seine Schuld, sondern einfach ein grausamer Scherz der Natur, daß er so war, wie er war, ein genaues Abbild all der anderen Herumtreiber in der Desmondschen Familie. Und immerhin hatte er sein Leben noch nicht ganz vergeudet.

Schließlich hatte er von seinem Erbe dieses Haus und die Fabrik gekauft, auch wenn beide bei Natalies und Loves Ankunft in Amerika in einem äußerst beklagenswerten Zustand gewesen waren. Trotzdem war es Rodneys Heim, in dem sie lebten, Rodneys Fabrik, in der sie arbeiteten. Ihr Cousin war ihr immer wie eine süße, verlorene Seele vorgekommen, und auch wenn er jeden Penny seines geringen Gehalts vertrank oder verspielte, war er bisher erst zweimal so verzweifelt gewesen, daß er tatsächlich einen Teil des Silbers verkauft hatte.

Aber woher hatte er jetzt den Brandy?

Natalie ging zu Rodney hinüber und schüttelte ihn sanft. »Rodney, wach auf – bitte.«

Nach einem Augenblick rührte er sich und blinzelte sie mit seinen blutunterlaufenen blauen Augen an. Obwohl er erst siebenundzwanzig war, war seine Haut bereits fleckig und von kleinen blauen Äderchen durchzogen, und sein kleiner, runder Mund verschwand fast völlig zwischen seinen feisten Hängebacken. In seinem momentanen Zustand schien Rodney Natalies recht gewagte Aufmachung gar nicht zu bemerken. Es war geradezu ein Segen, daß er in seiner Umnebelung nicht in der Lage war, die Einzelheiten ihrer gewagten Mission zu verstehen.

»Ah, Natalie, meine Liebe«, sagte er gedehnt. »Schön, dich zu sehen.«

Natalie knirschte mit den Zähnen, als ihr sein Alkoholgeruch entgegenschlug. »Wie ich sehe, hast du wieder einmal getrunken.«

»Tut mir leid, meine Liebe«, murmelte er und machte eine bedauernde Handbewegung. Zu allem Überfluß bekam er auch noch einen Schluckauf. »Mir dröhnt vielleicht der Schädel.«

Sie räusperte sich. »Das überrascht mich nicht.«

»Hast du, eh, was von Mutter gehört?«

»Nichts. Ich hatte gehofft, du wüßtest vielleicht was.«

Er schüttelte traurig den Kopf. »Wir müssen die Polizei...« Er kämpfte einen Augenblick, und dann starrte er sie hilflos an. »Was müssen wir mit der Polizei?«

»Wir müssen sie verständigen. Das habe ich bereits getan, und man hat mir versprochen, nach ihr zu suchen.«

»Ah, sehr gut«, murmelte er und gähnte. »Ich wünschte, ich

wüßte, wo sie hin ist. Weißt du, es paßt so gar nicht zu ihr, einfach zu verschwinden.« Sein Kopf fiel wieder auf seine Unterarme.

Natalie schüttelte ihn erneut. »Rodney!«

»Ja, meine Liebe?« murmelte er.

»Hast du Samuel wieder zum Trinken verführt? Er sollte mich heute abend abholen, aber er ist nicht gekommen.«

Rodney hob den Kopf und versuchte, sich auf ihre Frage zu konzentrieren.

»Was?«

»Ich möchte wissen, ob du Samuel wieder zum Trinken verführt hast.«

Rodneys wäßriger Blick wurde nicht klarer. »Aber meine liebe Cousine, Samuel war derjenige, der den Brandy mitgebracht hat.«

Als Rodney den Kopf wieder sinken ließ und anfing zu schnarchen, eilte Natalie verwirrt zum anderen Ende des Tisches und schüttelte ihren Diener. »Samuel!«

Er blickte sie aus ebenso trüben Augen an wie Rodney. »Ja, Ma'am?« murmelte er und kratzte sich am Kopf.

»Wo warst du heute abend? Warum hast du mich nicht um die verabredete Zeit abgeholt?«

»Sie waren nicht da, Missus.«

»Und ob ich da war!«

Er schüttelte den Kopf. »Ich war da, aber Sie waren nich' da.«

»Dann mußt du zur falschen Zeit gekommen sein, denn als ich aus der Taverne kam, warst du nicht da.«

Er unterdrückte ein Gähnen und ließ den Kopf erneut auf die Tischplatte sinken. »Tut mir leid, Missus. Sie waren nich' da.«

Natalie hatte genug. »Samuel!«

»Ja, M'am?« Der betrunkene Mann blickte noch nicht einmal zu ihr auf.

»Woher hast du den Brandy?«

Er schwieg einen Augenblick, und dann murmelte er: »Beim Würfeln.«

»Du meinst, du hast den Brandy bei einem Würfelspiel gewonnen?«

Die einzige Antwort war ein lautes Schnarchen.

Natalie stieß einen frustrierten Seufzer aus, löschte die Lampen, zündete eine Kerze an und ging die Treppe hinauf. Sie hatte entsetzliche Kopfschmerzen. Mit Samuel und Rodney war einfach nicht zu reden – zumindest heute abend nicht. Am besten ging sie ins Bett, um wenigstens ein paar Stunden zu schlafen, ehe dieser Heißsporn wiederkam und sie abholte, um seine Freunde zu betrügen. Oh, was hatte sie nur getan? Wie hatte sie sich mit diesem Teufel einlassen können?

Wenn überhaupt, schien dieser Kerl nur sehr wenige Skrupel zu haben. Trotzdem zog er sie stärker an als jeder andere Mann zuvor – verdammt! Himmel, wie hatte sie nur auf eine derart skandalöse Art auf seine dreiste Umarmung reagieren können?

Sie war eine anständige Frau, und sie war entschlossen, niemals zu heiraten – da mußte ihr gewagtes Spiel ja unweigerlich in einer Katastrophe enden. Würde sie Tante Love finden und dabei ihre Seele verlieren? Sie fürchtete ernsthaft, daß irgendein heimtückischer Teil ihrer selbst – zweifellos ein Erbteil ihrer verwegenen französischen Mutter – ein perverses Vergnügen an der Maskerade in der Taverne fand, die durch das Auftauchen dieses englischen Satanskerls noch gefährlicher geworden war.

Bei diesen Gedanken wurden Natalies Kopfschmerzen noch stärker, aber sie schwor sich, Rückgrat zu beweisen und jeden ihrer unberechenbaren Instinkte zu beherrschen, damit die anständige, rechtschaffene Seite ihrer Person die Oberhand behielt.

Als sie an dem verlassenen Zimmer ihrer Tante vorbeiging, biß sie die Zähne zusammen. Blieb ihr denn etwas anderes übrig, als mit ihrer Maskerade fortzufahren – und die Hilfe dieses Schurken anzunehmen? Sie fürchtete den unbekannten Feind, der ihrer Tante etwas angetan haben könnte, sie fürchtete Ryder Remington, und vor allem fürchtete sie sich vor sich selbst.

In der Pension in der Roper's Alley saß Ryder nackt auf seinem Bett. Er würde heute nacht hierbleiben müssen, denn wenn er nach Hause fuhr, wüßten seine Freunde sofort Bescheid.

Durch das Fenster fiel das schwache Licht des Mondes, und mit der Brise wehte der Gestank von Fisch und Abfällen durch die mottenzerfressenen Vorhänge. Unregelmäßige Schatten tanzten über die zerkratzte Kommode und das durchhängende Bett, an der gegenüberliegenden Wand kroch langsam eine Kakerlake hinauf, und in einer Ecke knabberte eine Maus an irgend etwas herum.

Ryder nippte an seinem Wein und hörte dem obszönen Geplänkel eines Matrosen und einer Prostituierten zu, die unten auf der Straße standen. Die beiden waren offensichtlich betrunken und stritten sich über den Preis für die Nacht. Schließlich endete die Auseinandersetzung mit einem lustvollen Schrei der Hure; Ryder hörte, wie beide lachten und in der Nacht verschwanden.

Nicht, daß es in dieser anrüchigen Gegend in der Nähe des Hafens jemals ruhig gewesen wäre. Selbst in den frühen Morgenstunden drangen zahllose Geräusche zu ihm hinauf: das Schimpfen der Nachtwächter, die ihre Runden drehten und die Betrunkenen in den Hauseingängen weckten, das Grölen der Seemänner, die aus den Tavernen torkelten, das Rattern der Wasserwagen, das Schlurfen der Laternenanzünder, die die Straßenlaternen löschten, und das Klappern des Straßenkehrers, der den Dreck und Abfall einsammelte.

Aber keines der Geräusche dämpfte die unerwartete Leere, die Ryder plötzlich empfand, das beißende, nagende Gefühl sexueller Frustration – eine Qual, die er der kleinen Abenteuerin verdankte, die er heute abend kennengelernt hatte.

Ryder war es gewohnt, vom schönen Geschlecht verwöhnt zu werden; Augenblicke wie dieser, in denen er ganz allein war und über sein trauriges Leben nachdachte, waren eher selten. Er fand, daß das geschmacklose Zimmer, in dem er gerade war, genauso schmutzig und unaufgeräumt war wie die Wohnung, die er mit seinen vier Landsleuten in der Queen Street teilte. Er fragte sich, was aus dem feinen jungen Mann geworden war, der noch vor ein paar Jahren in London in einem eleganten Mahagonibett geschlafen hatte, in zarter, bestickter Leinenbettwäsche hinter weichen Seidenvorhängen, der die teuersten Weine und das beste Essen genossen und in diversen Clubs in der St. James Street gespielt hatte, der mit seinen Vollblutpferden durch die Rotten Row im Hyde Park geritten war und sich höflich vor kichernden Debütantinnen verbeugt hatte, die er zugleich zu faszinieren und einzuschüchtern verstand.

Natürlich war er nicht gerade versessen darauf, nach England zurückzukehren, wo ihn die bittere Erinnerung erwartete. Er genoß sein freies, ausschweifendes Leben in Amerika, obwohl er sich in Augenblicken wie diesem eingestehen mußte, daß seine hedonistische Existenz irgendwie sinnentleert war.

Er fragte sich, warum er diese langen, dunklen Stunden alleine verbrachte. Ein kurzer Besuch im nahegelegenen Bordell hätte ihm zweifellos ein williges Weib beschert, mit dem er den Rest der Nacht auf dem liederlichen Laken hätte verbringen können. Er hatte Natalie Desmond geschworen, genau das zu tun – und dann war er allein in sein Zimmer zurückgekehrt.

Warum? Seine Finger schlossen sich fester um den Stiel des Weinglases. Weil keine Nutte den Schmerz stillen könnte, der ihn verzehrte. Weil er von dem Gedanken besessen war, Natalie Desmond und keine andere zu besitzen. Das kleine Biest hatte ihm den Fehdehandschuh mitten ins Gesicht geworfen, und jetzt mußte er sie erobern, ehe er weiterziehen konnte.

Plötzlich grinste er. Sie war ihm wirklich ein Rätsel – eine Lady, die den Mut besaß, eine Textilfabrik zu leiten, eine Dame, die verwegen genug war, um in einer Taverne als billiges Flittchen aufzutreten, nur um ihre Tante zu finden.

Ob sie im Bett wohl ebenso erfinderisch und ungewöhnlich war? Der Gedanke zauberte ein erwartungsvolles Lächeln auf sein Gesicht. Er sehnte sich danach, hinter die Fassade zu blicken und zu sehen, wer sie wirklich war. Eine Heilige oder eine Sünderin? Obgleich sie ihm gute Gründe für ihre skandalöse Maskerade genannt hatte, hatte ihre erste Begegnung Zweifel an ihrer Moral in ihm geweckt. Sie mochte sich wie eine Dame verteidigen, wenn es die Umstände erforderten, aber in der Taverne war sie herumstolziert wie eine Hure. Allein die Erinnerung an ihre prickelnde kleine Scharade erregte ihn und weckte die Hoffnung auf große Leidenschaft.

Aber zugleich wußte Ryder, daß es gefährlich werden würde, der Frau bei der Suche nach ihrer Tante zu helfen. Er fürchtete nicht die Schmuggler, die sie gemeinsam verfolgen würden, sondern Natalie selbst. Er sehnte sich danach, die seriöse Lady in seine Welt ungehemmter Sinnlichkeit zu entführen, aber ihre Anständigkeit könnte ihn durchaus in eine ganz andere Richtung führen. Er erinnerte sich daran, wie er sie vor dem gepflegten, stattlichen Haus in der Church Street abgesetzt hatte. Bei aller Exzentrik war Natalie Desmond doch Mitglied einer vornehmen Gesellschaft, die Ryder bereits vor langer Zeit verlassen hatte.

Gab es irgendwo in seinem Herzen noch einen Teil des englischen Adligen, der zu retten war? Oder hatte der Draufgänger ihn vollkommen ersetzt?

Irgendeine innere Stimme warnte ihn davor, daß Natalie Desmond versuchen könnte, ihn in eine Welt zurückzulocken, die vor vier Jahren seinen Geist erwürgt und seinen Frieden geraubt hatte, als er in einer kalten Londoner Nacht seine Mutter verlor.

5. Kapitel

Als am nächsten Morgen die Dämmerung anbrach, saßen Natalie und Ryder an einem kleinen Tisch im Frühstücksraum der schmierigen, kleinen Pension. Die Pensionsbesitzerin, Gerta Greentree, eine große, schwerfällige Frau in einem fleckigen Kleid und einem schäbigen Umhängetuch, schenkte ihnen Kaffee aus einer angeschlagenen Zinnkanne ein. Natalie sah zu, wie sie sich vornüberbeugte, um einen ungepflegten Seemann und seine Begleiterin – ein abstoßendes Geschöpf, das tatsächlich eine Zigarre rauchte! – zu bedienen, und verspürte so etwas wie Mitgefühl für diese weltverdrossene Frau, die sich mit so verruchten Gästen abgeben mußte, um sich ihren Lebensunterhalt zu verdienen. Sie sah, wie die ersten Strahlen der Dämmerung durch die verschmierten Fenster drangen und auf die angeschlagene und fleckige Tontasse fielen, die vor ihr stand. Mit Ekel bemerkte sie die Fettschicht auf der Brühe, die ihr stinkend entgegendampfte. Auch wenn sie todmüde war, würde sie heute morgen auf ihren Kaffee verzichten.

»Die anderen müßten jeden Augenblick kommen, meine Liebe.«

Sie blickte zu Ryder auf. Ihr Komplize saß ihr gegenüber, eingehüllt in das fahle Morgenlicht, dessen goldene Strahlen sein schimmerndes schwarzes Haar zum Glänzen brachten. Es war wirklich schockierend, daß er die langen Locken noch nicht einmal mit einem Band zusammenhielt. Aber noch schockierender war das ständige Grinsen, das seinen hübschen Mund umspielte, und das boshafte Glitzern in seinen hellblauen Augen. Der Schuft schien sich auf die Komödie, die sie gleich aufführen würden, auch noch zu freuen! Sie musterte seine edle Nase, seine aristokratisch geschwungenen dunklen Brauen, seine hohen Wangenknochen. Die dunklen Bartstoppeln betonten noch seine dunkle Schönheit und Verderbtheit. Himmel, er war wirklich schön wie die Sünde – und zugleich der Teufel in Person!

Die Zigarre rauchende Hure am Nebentisch maß Ryder ebenfalls und zu Natalies Verärgerung mit begehrlichem Blick. Hatte er sich letzte Nacht wirklich von einer solchen Schlampe beglücken lassen? Natalie schäumte innerlich. Diesem Lüstling traute sie alles zu! Angewidert beobachtete sie, wie er seine Tasse an die Lippen hob. »Wie können Sie dieses Zeug nur trinken?«

Mit einem Schulterzucken stellte er die Tasse wieder ab. »Ich habe schon Schlimmeres getrunken.«

Das hatte er bestimmt, dachte sie.

Ryder musterte die schöne Frau, die ihm gegenübersaß. Natalie trug dasselbe Kleid, das sie gestern abend angehabt hatte. Der tiefe Ausschnitt gestattete ihm einen erregenden Blick auf die Spalte zwischen ihren wohlgerundeten Brüsten. Am liebsten hätte er seine Hände um ihre schmale Taille gelegt und sie auf seinen Schoß gezogen, um ihr einen anständigen Gutenmorgenkuß zu geben. Was für eine schöne Haut sie hatte – bleich wie Elfenbein, aber mit einem zarten, rosafarbenen Hauch. Sie trug wieder die rote Perücke, aber auf einmal wirkten die leuchtenden Zöpfe schrill im Vergleich zu ihrem vollen kastanienbraunen Haar, dessen goldene Strähnen hervorragend zu dem sanften Schimmer ihrer hellbraunen Augen paßten. Als sein Blick auf ihre feingeschwungene Nase und ihre vollen Lippen fiel, wurde sein Verlangen, sie zu kosten, immer stärker. Bald, versprach er sich, bald.

»Gut, daß du dasselbe Kleid und dieselbe Perücke wie gestern trägst«, murmelte er. »Aber« – er machte eine Pause und starrte auf ihre ordentliche Frisur – »du siehst einfach zu gepflegt aus für eine Frau, die angeblich die ganze Nacht in meinem Bett verbracht hat.«

»Sie sind ein abscheulicher Schuft!« zischte sie.

»Das bin ich bestimmt.« Er grinste und strich sich über das Kinn. »Trotzdem, was sollen wir deiner Meinung nach tun, um dir das passende Aussehen für den, eh, Morgen danach zu verleihen?«

Sie wollte gerade etwas sagen, als er plötzlich ihre Hand ergriff, sie auf die Füße zog und zu sich herüberzerrte.

»Was bilden Sie sich eigentlich ein?« fragte sie, während sie vergeblich versuchte, sich ihm zu entwinden.

Er zog sie auf seinen Schoß und sah sie mit einem teuflischen Grinsen an. »Ich denke, ich sollte dafür sorgen, daß du so aussiehst, als wärst du soeben geküßt worden.«

Ihre Proteste wurden von seinem Mund erstickt. Während er sie küßte, begannen seine Finger, einzelne Strähnen aus ihrer Perücke zu zupfen.

Zitternd vor Zorn und Scham kämpfte Natalie gegen ihn an, und schließlich gelang es ihr, den Kopf frei zu bekommen. »Hören Sie sofort auf!« rief sie und schlug auf seine Hände ein. Als sie merkte, daß die anderen Frühstücksgäste zu ihnen herübersahen, wäre sie vor Scham am liebsten im Boden versunken.

»Ich kann nicht aufhören, sonst verliere ich meine Wette«, erwiderte er ungerührt. »Weißt du, wenn wir die Nacht miteinander verbracht hätten, wären deine Lippen wahrscheinlich rot und geschwollen. Dein Blick wäre verträumt, und du wärst vollkommen erledigt.«

»Erledigt?« fragte sie empört.

»Ich bin nicht gerade als sanfter Liebhaber bekannt«, murmelte er mit einem heiseren Lachen.

»Sie, Sir, könnten Attila der Hunne sein«, fauchte Natalie. »Aber Sie sollten wissen, daß englische Ladys niemals vollkommen erledigt sind!«

»Ach, nein?«

»Und wenn Sie mich mit Ihren üblen Scherzen schockieren wollen, muß ich Sie ebenfalls enttäuschen. Ich bin wesentlich härter, als Sie glauben.«

»Ach, ja?« Er musterte sie mit einem anmaßenden Grinsen. »Natürlich haben wir noch gar nicht darüber gesprochen, wie, eh, ausgelaugt ich nach einer Nacht mit dir sein könnte.«

»Genügt es vielleicht, wenn ich Ihnen kräftig eins auf die Ohren gebe?«

Er strich ihr so sanft über die Wange, daß ihr der Atem stockte. »Nein, aber ich werde dich schon zu dem passenden Gesichtsausdruck bringen, Natalie«, fügte er hinzu und beugte sich erneut über ihren Mund. »Ich werde dich schon dazu bringen, meine Liebe.«

Während sich sein Gesicht dem ihrem näherte, wurde Natalie zu ihrem Entsetzen bewußt, daß der belustigte Glanz in seinen bösen

Augen sie verzauberte. Oh, es war einfach hoffnungslos! Sie holte tief Luft, um sich erneut gegen ihn zur Wehr zu setzen, aber er überraschte sie, indem er seine Lippen auf ihren Hals legte und anfing zu saugen und zu beißen.

Entgeistert erkannte Natalie, daß er die Absicht hatte, einen Beweis seiner Leidenschaft an ihrem Hals zu hinterlassen! Sie zappelte wild auf seinem Schoß, aber dieser widerliche Blutegel ließ sich einfach nicht abschütteln.

»Hören Sie sofort auf«, zischte sie. »Was meinen Sie eigentlich, was Sie sind – ein blutrünstiger Vampir?«

Er lachte leise, und sein heißer Atem ließ sie wohlig erschaudern. »Ich bin bekannt dafür, daß ich wie ein Vampir meine Spuren hinterlasse.«

Als er sich erneut an ihrem Hals festsaugen wollte, hörten sie plötzlich ein lautes Lachen und Pfeifen vom anderen Ende des Raums her. Beide erstarrten. Ryder blickte stirnrunzelnd auf und sah, wie seine vier Freunde auf den Tisch zukamen. Natalie versuchte, von seinem Schoß zu springen, aber er hielt sie fest.

»Lassen Sie mich los!« Sie zappelte wie eine Verrückte, doch ein warnender und zugleich peinlicher Kniff in ihren Hintern ließ sie zusammenfahren. »Ah, da sind ja meine Freunde«, murmelte er. »Mach bloß einen munteren Eindruck, meine Liebe.«

Während Natalie ihn zornig anfunkelte, traten seine vier Kumpane an den Tisch. Harry sah von Ryder zu der rotgesichtigen, sinnlichen Frau, und als er den Fleck an Natalies Hals bemerkte, verzog er das Gesicht zu einem Grinsen. »Ja, was haben wir denn da, Lord Newbury?«

Die Arme immer noch fest um Natalie gelegt, grinste Ryder die anderen an. »Was wir hier haben, Gentlemen, ist eine verlorene Wette.« Als seine Freunde stöhnten, blinzelte Ryder Natalie verstohlen zu. »Natalie, meine Liebe, ich möchte dir meine Freunde vorstellen – Harry Hampton, George Abbott, John Randolph und Richard Spencer.«

Als Ryder den vier Männern nacheinander zunickte, wußte Natalie, daß Harry Hampton der blonde Blauäugige war, George Abbott der dünne Glatzkopf, John Randolph der Braunäugige mit dem kastanienbraunen Haar und Richard Spencer der Mann mit der Hakennase. Alle vier waren elegant gekleidet mit weißen Hemden und dunklen Reithosen. Sie alle trugen Säbel oder Rapiere.

Natalie dachte an das Versprechen, das sie Ryder gegeben hatte, und verwandelte sich widerwillig in das Schankmädchen. Sie bedachte die Neuankömmlinge mit einem frechen Grinsen. »Morgen, die Herren.«

Die Männer murmelten einen Gruß.

»Wollt ihr uns nicht beim Frühstück Gesellschaft leisten?« fragte Ryder. »Ich habe bereits Kaffee, Haferschleim und Würstchen für uns alle bestellt.«

Die Männer nahmen unwillig Platz. Richard Spencer musterte Natalies zerzauste Frisur und wandte sich mit hochgezogenen Brauen an Ryder. »Du hast also eine schöne Nacht mit dem Weib verbracht, Newbury?«

Ryder küßte Natalie auf die Wange und strich ihr lässig mit den Fingern über die Brust. »Was glaubst denn du?«

Während Richard und George bedeutungsvolle Blicke wechselten, sagte Harry: »Ich würde es gern von ihr persönlich hören.«

Ryder sah Natalie an. »Nun, Weib?«

Am liebsten hätte sie diesen widerwärtigen Teufel erwürgt, vor allem, da seine begierigen Fingerspitzen nah an ihrer Brustwarze vorbeifuhren, die zu allem Überfluß wie in Erwartung seiner ungehörigen Berührung hart wurde und prickelte! Gütiger Himmel, was war nur mit ihr los? Am liebsten hätte sie Ryder Remington vor den Augen seiner Kumpane umgebracht – aber gerade noch rechtzeitig fiel ihr ein, daß sie seine Hilfe brauchen würde.

Aber vielleicht konnte sie sich ja am Spiel dieses Schurken beteiligen? Er hatte sie bereits genügend in Verlegenheit gebracht; vielleicht sollte sie *ihn* jetzt ein bißchen zappeln lassen?

Sie wandte sich mit einem Lächeln an Harry. »Seine Lordschaft un' ich ham uns wirklich prächtig amüsiert. Ich bin noch ganz erschlagen.«

Während die anderen Männer in lautes Gelächter ausbrachen, wurde Ryders Miene finster. Sie freute sich über ihren kleinen Triumph und fuhr ihm wie zur Betonung ihres kecken Ausspruchs mit den Händen durchs Haar, was seine Kumpane noch mehr erheiterte.

»He, Ryder, meinst du, das Weib hätte Lust, sich heute abend mit einem von uns zu amüsieren?« fragte George mit einem gehässigen Grinsen.

»Ich hätte nichts dagegen, von ihr erschlagen zu werden«, fügte John hinzu.

Ryder hätte die plötzlich so anhängliche Natalie am liebsten von sich geschoben. »Daran hat sie kein Interesse«, erwiderte er ungewöhnlich kühl.

George pfiff. »Anscheinend hat er Gefallen an dir gefunden, was?«

»Ja, das glaub' ich auch«, erwiderte Natalie und kniff Ryder zum Vergnügen der anderen kräftig ins Ohr. »Er hat meine Augen richtig zum Strahlen gebracht.«

Natalie genoß das boshafte Kichern der anderen und Ryders offensichtliches Unbehagen. Plötzlich war sie richtiggehend vergnügt; anscheinend konnte sie ihn ebenso in die Pfanne hauen wie er sie. Sie merkte, daß er nervös wurde – vor allem, als sie verführerisch mit den Fingerspitzen über die Bartstoppeln an seinem Kinn strich. Doch anschließend riß sich Ryder zusammen. Knurrend packte er Natalies Handgelenke und wandte sich an seine Freunde. »Also gut. Ich denke, es ist an der Zeit, die Wetteinsätze herauszurücken.«

Die anderen stöhnten, doch dann schob Richard einen blitzenden Rubinring und ein Goldsiegel über den Tisch, und George warf einen schweren Geldbeutel dazu.

Ryder sah die beiden anderen an. »Nun, meine Herren?«

»Meine Muskete liegt zu Hause«, sagte John mit mürrischem Blick.

Ryder sah zu Harry. »Hampton?«

Harry seufzte. »Die *Wind* liegt im mittleren Dock. Aber deine Mannschaft kannst du dir selber suchen.«

»Aber, aber, Harry«, schalt Ryder grinsend. »Wie geizig du doch manchmal bist.«

Natalie wandte sich besorgt an Ryder. »Die *Wind*?«

»Ein Klipper.«

Natalie riß entsetzt die Augen auf. »Sie meinen, Sie nehmen Ihrem Freund das Schiff weg?« schrie sie und vergaß einen Augenblick ihren Cockney-Akzent.

»Sieh da«, rief Richard. »Eine Hure mit einem Gewissen.«

Ryders Kopf fuhr zu Richard herum. »Paß auf«, schnauzte er, »wen du eine Hure nennst!«

»Aber Ryder, wenn sie die Nacht mit dir verbracht hat, dann ist sie ja wohl –«

»Hüte deine Zunge, Spencer, sonst fordere ich dich zum Duell!« brüllte Ryder.

Bei dieser Bemerkung sahen sich die Männer verwundert an, doch dann wurde das peinliche Schweigen durch die Tochter der Wirtin unterbrochen, die mit einem Tablett herüberkam und jedem von ihnen eine Schüssel Haferschleim vorsetzte. Ryders Kumpane stürzten sich hungrig darauf und begannen, sich über ihre Pläne für den Tag zu unterhalten. Sie wollten zuerst Wachteln jagen, dann einem Pferderennen zusehen und anschließend eine Spielhölle besuchen. Die Lasterhaftigkeit und Sinnlosigkeit ihres Vorhabens stieß Natalie ab.

Doch was sie am meisten ärgerte, war, daß sie die ganze Zeit über auf Ryders Schoß verharren mußte. Er nutzte seine Position schamlos aus und brachte sie immer mehr in Bedrängnis – er begrapschte sie, strich mit seinen Lippen über ihr Gesicht und fütterte sie sogar mit dem klumpigen Haferschleim. Daß ihr im wahrsten Sinne des Wortes die Hände gebunden waren und daß sie ihn nicht vor seinen Freunden zurechtweisen konnte, machte sie fast wahnsinnig. Als ein bißchen Haferschleim von seinem Löffel neben ihren Mundwinkel tropfte, nutzte er die Gelegenheit, nahm das Klümpchen zwischen seine Finger und schob es ihr in den Mund. Der lüsterne Glanz in seinen Augen und die unverkennbare Sinnlichkeit der Geste erschütterten sie bis ins Mark. Fast hätte sie ihm in den Finger gebissen – ob aus Verzweiflung oder aus Fassungslosigkeit wußte sie nicht. Die Verwegenheit, die er in ihr zum Leben erweckte, gefiel ihr keineswegs!

Gerade als die Männer ihre Mahlzeit beendet hatten, torkelte der Betrunkene, der sie am Abend zuvor belästigt hatte, an den Tisch. Sein abstoßender Atem schlug ihr entgegen, als er sich an Ryder wandte.

»Guten Morgen, Eure Lordschaft. Freut mich zu sehen, daß alles geklappt hat.«

»Was hat geklappt?« mischte sich Natalie mißtrauisch ein.

Der schäbig gekleidete Kerl blinzelte ihr verschmitzt zu. »Tja, Seine Lordschaft hat mir gestern eine Münze dafür gegeben, daß ich Sie anspreche, Miss. Er hat mich wirklich gut dafür bezahlt, jawohl.« Er grinste zufrieden. »Wenn ich das Weib noch mal anfassen soll, damit Sie den Helden spielen können, brauchen Sie's nur zu sagen.«

»Das werde ich tun«, versicherte Ryder ihm trocken, während seine Freunde in Gelächter ausbrachen.

»Du hast wirklich nichts dem Zufall überlassen, was, Ryder?« stichelte Harry.

»Newbury ist ein durchtriebener Kerl, nicht wahr, meine Liebe?« sagte George zu Natalie.

Natalie bedachte Ryder mit einem mörderischen Blick. »Sie haben diesen Kerl dafür bezahlt, daß er mich belästigt?« fragte sie, außer sich vor Wut.

»Freust du dich etwa nicht darüber?« fragte er mit gefährlich leiser Stimme.

Sie starrte ihn ungläubig an. »Haben Sie meinem Diener vielleicht auch den Brandy gegeben?«

»Sie hat einen Diener?« fragte Harry verblüfft.

Ryder kniff Natalie kräftig in den Hintern. »Manchmal hat sie eine blühende Phantasie.« Er grinste seine Kumpane an. »Ich vermute, das liegt an einem allzu sündigen Nachtleben.«

Natalie sprang auf, doch Ryder packte ihre Hand. »Also bitte, Natalie«, warnte er leise. »Du kannst nicht einfach so verschwinden, meine Liebe. Dann denken meine Freunde vielleicht, daß du mich nicht mehr magst.«

»Gott bewahre!«

Zornbebend beugte sich Natalie über ihn und starrte ihn wütend an. Als sie die lüsterne Erwartung in seinen Augen sah und die anfeuernden Rufe der anderen vernahm, trat sie ihm unter dem Tisch mit aller Kraft gegen das Schienbein. Sein Stöhnen vernahm sie mit Genugtuung.

Sie richtete sich auf und sah hämisch grinsend in sein leichenblasses Gesicht. Dann schnappte sie sich ihren Umhang, legte ihn sich um die Schultern und stolzierte aus dem Raum.

6. Kapitel

»Natalie, warte! Warte!«

Obwohl Natalie Ryders verzweifeltes Rufen hörte, eilte sie weiter in Richtung des Hafenbezirks. Sie blickte sich kurz um und bemerkte zu ihrer Zufriedenheit, daß er humpelte. Als sie sich wieder umdrehte, um ihre hastige Flucht fortzusetzen, fuhr sie zusammen und unterdrückte nur mit Mühe einen Schrei. Direkt vor ihr breitete ein Bussard, der in den Abfallbergen entlang der

Straße nach Nahrung gesucht hatte, kreischend seine Flügel aus und erhob sich majestätisch in den blauen Himmel über ihr. Mit wild klopfendem Herzen rannte sie weiter, bis sie an die Kreuzung zur Meeting Street kam. Sie blickte vom St.-Philip's-Dom zu ihrer Rechten über die Läden und die Fuhrwerke, die bereits jetzt die Straße verstopften. In diesem Teil von Charleston bestand die Möglichkeit, daß man sie erkannte, so daß sie sich in einem Hauseingang versteckte, ihre Perücke abnahm und sie in die große Tasche in ihrem Umhang schob.

Sie begab sich wieder auf die Straße und ließ einen Wagen an sich vorbei, als Ryder sie schließlich einholte.

»Natalie, warte«, sagte er und packte sie am Arm. »Du mußt mir wenigstens gestatten, dich nach Hause zu fahren.«

»Mein Haus ist nur zwei Blöcke weiter«, antwortete sie und schüttelte seine Hand ab. »Danke, ich kann problemlos zu Fuß gehen.«

Er bückte sich und rieb sich das Schienbein. »Das wäre zweifellos sicherer für mich, aber trotzdem verstehe ich nicht, warum du einfach so davonläufst.«

Sie starrte ihn verblüfft an. »Das verstehen Sie nicht?«

»Willst du denn nicht, daß ich dir helfe?« fragte er ebenso verblüfft.

Sie lachte trocken. »Nein, das will ich nicht.«

Er humpelte ihr nach. »Aber warum nicht?«

»Warum nicht? Sagen Sie, Lord Newbury, gibt es irgend etwas auf der Welt, das Sie ernst nehmen?«

»O ja, dich nehme ich ernst«, erwiderte er.

Sie senkte ihre Stimme. »Es ist Ihnen ernst damit, mich in Ihr Bett zu bekommen.«

Er verzog die Lippen zu einem schuldbewußten Grinsen. »Natalie, wir haben ein Abkommen, und das nehme ich ernst. Du hast deinen Teil des Vertrages erfüllt, und nun ist die Reihe an mir.«

»Ihre Ritterlichkeit ist wirklich beeindruckend, M'lord«,

schnaubte sie, »aber ich entbinde Sie von Ihrem Versprechen. Ich würde mich glücklich schätzen, wenn ich Sie endlich los wäre.«

»Warum denn das? Schließlich bin ich derjenige, der soeben zum dritten Mal deinen mörderischen Fuß zu spüren bekommen hat. Warum also spielst du plötzlich die Heilige?«

Sie sah ihn verwundert an. »Das fragen Sie noch, nach dem, was eben in der Pension vorgefallen ist?«

Er mimte den Enttäuschten. »Meine Küsse haben dir also nicht gefallen?«

Am liebsten wäre sie ihm an die Gurgel gegangen. »Bilden Sie sich ja nicht ein, daß Ihre Küsse mich in irgendeiner Weise bewegt hätten!«

»Aha – dann hast du dich also über die Wette geärgert?«

»Sie sind ein abscheulicher Schuft. Wie konnten Sie Ihre Freunde nur derart hintergehen? Ich dachte, es wäre eine harmlose kleine Wette. Aber um Himmels willen, wie konnten Sie ihnen den Familienschmuck, Beutel voll Gold, ja sogar einen Klipper abknöpfen?«

Er grinste sie an. »Wie gesagt, meine Freunde haben es verdient, daß man ihnen eine Lektion erteilt. Außerdem habe ich vor, ihnen die Dinge später zurückzugeben.«

Sie verdrehte die Augen. »Also haben Sie selbst die Wette nicht ernst genommen. Sagen Sie, besteht das Leben für Sie eigentlich nur aus Spaß und Vergnügen?«

»Größtenteils ja«, gab er zu.

»Dann danke ich Ihnen, Lord, aber ich brauche keinen oberflächlichen Mann, der weder vertrauenerweckend noch ehrenwert ist.«

Jetzt war er wirklich erbost, und seine starken Hände packten ihre Arme und zogen sie an sich. »Einen Moment mal. Vielleicht bin ich ein Draufgänger, aber ich habe durchaus Ehrgefühl, und man kann mir auch vertrauen. Ich werde meinen Teil unseres Abkommens erfüllen, ob es dir paßt oder nicht. Und wenn du dich erst einmal beruhigt hast, wirst du sehen, daß es höchste Zeit ist, die Sicherheit deiner Tante über deinen verletzten Stolz zu stellen.«

»Ich habe keinen verletzten Stolz!«

»O doch. Ich kenne dich noch nicht besonders lange, Natalie, aber ich habe bereits festgestellt, daß du ein dickköpfiges, halsstarriges Weib bist. Aber es gibt einen großen Unterschied zwischen Tapferkeit und Einfallsreichtum und gedankenlosem Leichtsinn. Die Gewässer, in denen du dich bewegst, sind gefährlich, und ob du es nun zugibst oder nicht, du brauchst meine Hilfe.«

Sie bedachte ihn mit einem mörderischen Blick.

»Nun, Natalie?«

Sie seufzte. »Versprechen Sie mir, daß Sie Ihren Freunden ihr Eigentum zurückgeben werden?«

»Zu gegebener Zeit.«

»Was soll das heißen?« fragte sie argwöhnisch.

Er zuckte mit den Schultern. »Innerhalb von vierzehn Tagen.«

»Und was ist, wenn wir meine Tante nicht *innerhalb von vierzehn Tagen* finden?« fragte sie sarkastisch. »Wollen Sie etwa behaupten, daß Sie mir auch dann noch helfen werden, wenn Sie Ihren Freunden ihr Eigentum zurückgegeben haben?«

»Natürlich. Vereinbarung ist Vereinbarung. Und schließlich haben wir eine Abmachung getroffen, oder nicht?«

»Nein.« Sie wandte sich zum Gehen.

»Verdammt, Frau, was hast du denn jetzt schon wieder?« fragte er frustriert, während er ihr nachhumpelte.

»Da fragen Sie noch?« Sie blitzte ihn an. »Darf ich Sie vielleicht darauf hinweisen, daß Sie alles in Ihrer Macht Stehende getan haben, um mich vor Ihren Freunden zu demütigen?«

»Ach, und was hast du mit mir gemacht?«

Ihr Gesicht glühte vor Zorn und Verlegenheit. »Das haben Sie ja wohl nicht anders verdient, Sie Wüstling, und außerdem geht's darum nicht –«

»Worum geht es dann?«

Sie blieb stehen. »Ich kann Ihre Hilfe unmöglich annehmen, solange Sie mir nicht versprechen, sich mir nicht länger aufzudrängen, Lord Newbury.«

Der Teufel grinste nur. »Mich dir aufzudrängen?« Nur mit Mühe konnte er ein Lachen unterdrücken und machte eine spöttische Verbeugung. »Natürlich gebe ich Ihnen mein Wort, daß ich mich Ihnen nicht länger aufdrängen werde, Mylady.«

Sie sah ihn zweifelnd an. »Meinen Sie das auch ernst?«

Er zog eine Braue hoch. »Ich meine es genauso ernst, wie wenn ich sage, daß dein Fuß eine wahrhaft tödliche Waffe ist. Nun, wo sollen wir mit der Suche nach deiner Tante anfangen?«

Sie stöhnte. »Ich muß verrückt sein.«

»Nicht verrückter als ich. Also, irgendwelche Vorschläge, Natalie?«

Sie schüttelte den Kopf. Inzwischen waren sie in der Church Street angelangt und hatten ihr Haus fast erreicht. »Ich wünschte, ich wüßte, wo ich anfangen soll. Gestern abend hatte ich wirklich gedacht, ich könnte etwas herausfinden, aber dann kamen ja Sie dazwischen.«

»Sprichst du von dem Iren, den ich niedergeschlagen habe?«

»Ja.«

»Nun, ich könnte mich ja ein wenig im Hafen umhören und versuchen, was herauszubekommen.«

Sie sah ihn nachdenklich an, als ihr klarwurde, daß er ihr wirklich helfen wollte.

»Das wäre ganz gut. Ich würde Ihnen ja gerne bei Ihren Nachforschungen helfen, aber ich muß unbedingt in die Fabrik.«

»Leitest du die Fabrik ganz alleine?«

»Bis vor kurzem hat mir Tante Love noch geholfen.«

Sie standen inzwischen vor der Gartentür. Als er ihren besorgten Blick bemerkte, sagte er: »Mach dir keine Sorgen, meine Liebe. Wir werden sie finden.«

Sie starrte ihn an, und instinktiv glaubte sie ihm.

»Aber vorher möchte ich mir gerne einmal die Fabrik ansehen«, fuhr er fort.

Sie nickte. »Wir haben ein paar Muster des geschmuggelten englischen Stoffs. Vielleicht wäre es ganz nützlich, wenn Sie sich die einmal ansehen würden.«

»Gut.« Er kratzte sich am Kinn. »Laß mich überlegen... Die Fabrik liegt in der Wentworth Street, nicht wahr?«

»Ja.«

Er bedachte sie mit einem tadelnden Blick. »Nicht gerade die passende Umgebung für eine Dame.«

»Stimmt. Aber die exaltierten Pflanzer hier haben dafür gesorgt, daß solche Unternehmen an den Rand der Stadt verbannt wurden.«

Er nickte. »Ich werde heute nachmittag vorbeikommen.«

Nachdem Natalie ins Haus gegangen war, kehrte Ryder in seine Pension zurück. Sein Schienbein pochte – verdammt, das Weib konnte vielleicht zutreten! –, als er in das Frühstückszimmer kam. Zufrieden stellte er fest, daß seine Freunde noch nicht gegangen waren. »Nun, meine Herren«, sagte er grinsend, als er sich setzte, »ist sie nicht eine wahre Schönheit?«

»Du brauchst nicht noch hämisch zu werden«, murrte Richard.

»Deswegen bin ich auch nicht zurückgekommen. Ich mache euch einen Vorschlag. Wie würde es euch gefallen, die Dinge, die ihr an mich verloren habt, zurückzugewinnen?«

Seine vier Freunde tauschten überraschte Blicke aus, dann sahen sie ihn interessiert an.

»Wir sind ganz Ohr«, sprach Harry für sie alle.

»Gut«, sagte Ryder. »Wißt ihr, meine Freundin hat eine Tante, die als Weberin in der Textilfabrik in Wentworth gearbeitet hat. Vor ungefähr einer Woche ist die Frau verschwunden, und Gerüchten zufolge haben irgendwelche Stoffschmuggler mit der Sache zu tun.«

Ryders Kumpane sahen ihn verwundert an. Richard kratzte sich am Kopf, und John und George runzelten die Stirn und flüsterten leise miteinander.

»Und was sollen wir deiner Meinung nach tun?« fragte Richard.

»Ich will, daß ihr den Hafenbezirk durchforstet und versucht, soviel wie möglich über Stoffschmuggel entlang der Küste herauszufinden – verdächtige nächtliche Schiffsfahrten, Fracht, die an geheimen Orten entladen wird, solche Dinge.«

»Warum bittest du uns nicht einfach, ein Kamel durch ein Nadelöhr zu schieben?« fragte Harry. »Wie sollen wir dabei vorgehen? Sollen wir einfach einen Matrosen ansprechen und ihn fragen, ob er irgendwelche Schmuggler kennt?«

»Nein, natürlich nicht«, sagte Ryder. »Ihr müßt diskret vorgehen. Geht in Kneipen und Restaurants am Hafen und unterhaltet euch mit den Leuten. Versucht, auf diese Art etwas herauszufinden. Als erstes könnt ihr den Iren suchen, den ich letzte Nacht niedergeschlagen habe.«

»Warum gerade ihn?« fragte John.

»Weil er und seine Kumpane meiner Freundin zufolge Schmuggler sein könnten.«

»Und was ist mit der verschwundenen Tante?« wollte George wissen.

»Um die werde ich mich selbst kümmern«, erwiderte Ryder. »Ich will, daß ihr euch darauf konzentriert, soviel wie möglich über heimliche Aktivitäten im Hafen oder an der Küste herauszufinden.«

»Und wenn wir dir helfen, kriegen wir unsere Sachen zurück?« fragte Richard.

Ryder nickte großmütig. »Jeder, der mir einen Hinweis zur Ergreifung der Schmuggler gibt, erhält das, was er heute verloren hat, von mir zurück. Ist das fair?«

Die anderen tauschten fragende Blicke aus, doch dann nickten sie.

George, John und Richard gingen, aber Harry blieb noch kurz da. Er schlug mit seinem Löffel auf die Tischplatte und sah seinen Freund aus zusammengekniffenen Augen an.

»Etwas stört mich, Newbury«, setzte er drohend an.
»Und das wäre, altes Haus?«
»Ist diese Frau –«
»Natalie.«
»Ah ja, Natalie.« Harry starrte Ryder an. »Ist sie wirklich ein Schankmädchen?«
Ryder zuckte innerlich zusammen, doch äußerlich blieb er vollkommen ruhig. »Warum fragst du?«
Harry lachte verächtlich. »In der einen Minute spricht das Weib mit starkem Akzent und in der nächsten vollkommen normal. Außerdem sagte sie, daß sie einen Diener hat – erstaunlich für eine Frau in angeblich so bescheidenen Verhältnissen. Außerdem glaube ich, daß ihr rotes Haar nicht echt ist.«
»Was willst du damit andeuten?«
Harry beugte sich vor und knurrte: »Wenn du uns betrogen hast, Newbury, wird es dir eines Tages leid tun.«
Ryder zuckte mit den Schultern. »Ist das alles?«
»Nun – ist die Frau ein Schankmädchen oder nicht?«
Ryders Augen blitzten zornig auf. »Sie ist meine Geliebte, und das ist das einzige, was für euch von Bedeutung ist. Außerdem, warum kümmerst du dich nicht um deine eigenen Angelegenheiten?«
Harry beobachtete mit einem zynischen Grinsen, wie sich sein Freund erhob und aus dem Zimmer humpelte.

7. Kapitel

Noch am selben Vormittag ging Ryder zur Zollbehörde und erkundigte sich nach möglichen Schmuggelaktivitäten in der Gegend von Charleston. Ein zerstreuter Angestellter informierte ihn, daß überall geschmuggelt werde und daß die überarbeiteten Beamten unmöglich jedes Schiff entdecken könnten, das die Zollkontrollen umging. Über Stoffschmuggel konnte er Ryder nichts sagen.

Da Ryder sichergehen wollte, daß seine Kumpane ihrer von ihm auferlegten Aufgabe nachkamen, machte er einen kurzen Abstecher in das Haus in der Queen Street. Dort warf er George und John aus ihren Betten und scheuchte die Drückeberger zum Hafen, wo sie sich gemeinsam mit Harry und Richard umhören sollten.

Um vier Uhr nachmittags ging er zu Natalies Fabrik in Wentworth. Im Flur traf er auf einen dünnen, gehetzt wirkenden jungen Mann, den er bat, ihn zu Natalies Büro im zweiten Stock des Gebäudes zu führen.

Als die beiden Männer durch die offene Bürotür traten, blickte Natalie, die an ihrem Schreibtisch saß, nicht auf. Ryder bemerkte verblüfft, wie anders sie aussah. Hätte er es nicht besser gewußt, hätte er geschworen, daß die graue Maus, die da vor ihm saß und etwas auf einen Zettel kritzelte, nichts mit dem hinreißenden, derben Weib mit den flammenden Haaren zu tun hatte, das ihn letzte Nacht so verzaubert hatte. Kein Wunder, daß sie keine Angst hatte, in der Taverne wiedererkannt zu werden! In den wenigen Stunden, seit sie ihn verlassen hatte, hatte sie sich vollkommen verwandelt. Statt des gewagten Kleids, das ihren üppigen Körper so vorteilhaft zur Geltung brachte, trug sie ein züchtiges, hochgeschlossenes Kleid aus dunklem Wollstoff. Das Haar hatte sie zu einem strengen Knoten zusammengebunden und auf ihrer Nase saß die häßlichste Brille, die er je gesehen hatte.

Aber trotz allem konnte sie ihre Schönheit vor ihm nicht verbergen. Ihr reiches, kastanienbraunes Haar mit den herrlichen Goldsträhnen, die das Sonnenlicht aufzufangen schienen, erregte ihn stärker als die schrille Perücke. Ihre Haut wies einen jugendlichen Schimmer auf, und er wußte, daß ihre Augen auch hinter diesen furchtbaren Gläsern verführerisch lohfarben glänzten. Ebenso erinnerte er sich nur allzugut an die wunderbaren Rundungen, die sie unter dieser trüben, braunen Kutte verbarg. Ihre Bescheidenheit erregte ihn genauso wie ihre Verwegenheit, und der Gegensatz zwischen der Lady und dem leichten Mädchen machte sie ungeheuer interessant. Er mußte ihr Geheimnis lüften – mußte ihr die Nadeln aus den Haaren ziehen, die kleinen Knöpfe ihres hochgeschlossenen Oberteils öffnen, sie befreien…

Der Angestellte sprach Natalie an. »Miss Desmond, Sie haben Besuch. Ryder Remington, Marquis von Newbury. Seine Lordschaft sagt, er habe geschäftlich mit Ihnen zu tun.«

Natalie blickte auf und starrte von ihrem offensichtlich neugierigen jungen Angestellten, Gibbons, zu dem großen, gutaussehenden Engländer, der lächelnd vor ihr stand.

Obgleich ihr Puls bei seinem Anblick zu rasen begann, stand sie gelassen auf und nickte Gibbons zu. »Ja, Seine Lordschaft hat geschäftlich mit mir zu tun. Sie können gehen.«

Der junge Mann verzog enttäuscht das Gesicht, doch dann zog er sich zurück. Natalie lächelte amüsiert und sah Ryder von oben bis unten an. »Nun, Sie haben sich sichtlich verändert – Lord Newbury.«

In der Tat, von dem Wüstling war nichts mehr zu erkennen. Statt dessen stand ein rasierter englischer Gentleman in einem langen, schwarzen Wollmantel, passenden Hosen, einer Weste aus braunem Samt, einem weißen Hemd und einer dezenten Krawatte in ihrem Büro. In einer Hand hielt er einen schwarzen Seidenzylinder, in der anderen einen vergoldeten Stock. Sein rabenschwarzes Haar wurde jetzt von einem Band zusammengehalten, was ihm ein respektables Aussehen verlieh. Alles in allem sah er aus wie ein harmloser Dandy auf einem Stadtausflug, aber Natalie fühlte sich trotzdem nicht sonderlich wohl in der Gegenwart dieses strahlenden Halunken, der ihr geordnetes Leben so empfindlich aus dem Gleichgewicht brachte.

»Ich muß sagen, du hast dich ebenfalls sehr verändert, Natalie«, sagte er. »Was mich angeht – ich wollte dich durch meinen Besuch hier in der Fabrik nicht in Verlegenheit bringen, also habe ich mir die passende Kleidung gesucht.« Er lächelte. »Ich weiß durchaus, wie ein Gentleman auszusehen hat.«

»Das sehe ich.« Sie trat auf ihn zu. »Möchten Sie sich die Fabrik ansehen?«

»Na sicher.«

Als sie sich zum Gehen wandte, hielt er sie mit einem Lächeln zurück. »Ich möchte dich etwas fragen.«

»Ja?«

Er berührte den Stahlrand ihrer Brille. »Brauchst du diese Brille, um besser sehen zu können, oder benutzt du sie, um dich vor der Welt zu verstecken?«

Sie nahm die Brille ab, legte sie auf den Schreibtisch und blickte ihn an. »Ich sehe auf kurze Entfernungen nicht besonders gut.«

»Kannst du mich sehen?«

»O ja.«

Er lachte.

»Auf jeden Fall brauche ich die Brille, wenn ich über den Büchern sitze.« Sie räusperte sich. »Wollen wir gehen?«

Aber er zögerte noch, verzog das Gesicht zu einem boshaften Grinsen und fuhr ihr langsam mit dem Zeigefinger über den Mund. Als sie keuchend vor ihm zurückwich und ihn böse anfunkelte, wußte Ryder, daß sie hinter der prüden Fassade alles andere als sittenstreng und verknöchert war.

»Vielleicht kann ich dich ja dazu überreden, mich wenigstens anständig zu begrüßen?« stichelte er. »Ich glaube, daß es ganz unterhaltsam wäre zu entdecken, wer du wirklich bist, Natalie – prüde Jungfrau oder schamloses Flittchen.«

Amüsiert stellte er fest, daß es jetzt ganz die wohlerzogene junge Dame war, die an ihm vorbei auf den Flur hinaustrat. »Sparen Sie sich Ihre Überredungskünste für die flatterhaften Wesen, die sich davon beeindrucken lassen«, schnauzte sie über ihre Schulter.

Kopfschüttelnd folgte Ryder ihr die Treppe hinab in die erste Etage der Fabrik, wo ihn ein Durcheinander von Bewegungen und

Geräuschen empfing. Das ganze Stockwerk war mit Krempelmaschinen und Selfaktoren vollgestellt. Die Maschinen wurden von Schwarzen und Weißen, Männern und Frauen bedient. Zylinder krempelten die entkörnte Baumwolle und zogen sämtliche Fasern in eine Richtung, während auf den Selfaktoren die Spindeln klickten und die Rollen summten und Meter um Meter fertiges Garn ausspuckten. Über ihren Köpfen rotierten Walzen auf ratternden Wellen, über die sich die Antriebsriemen der Maschinen bewegten.

»Wir kaufen unsere Baumwolle in Goose Creek«, schrie Natalie ihm ins Ohr. »Unsere gesamte Ausrüstung ist dampfgetrieben.« Sie zeigte auf die Walzen und Riemen.

»Ja, als ich gekommen bin, habe ich draußen schon die Dampfmotoren gesehen«, sagte Ryder. »Wirklich hochmodern.«

Sie führte ihn aus dem Gebäude hinaus über den Hof zur Webhütte, wo sie die ordentlich aufgereihten Webstühle sahen, die fast alle von Frauen bedient wurden. Auch hier herrschte ein unglaublicher Lärm – von fliegenden Schiffchen und auf und ab schlagenden Spindeln, die die Kett- und Schußfäden mit der rohen Baumwolle auf dem Kamm verwoben, und vom lauten Nachhall der Riemen und Wellen.

»Am hinteren Ende des Grundstücks gibt es noch ein kleines Gebäude, in dem wir bleichen und färben«, erklärte Natalie. »Wir haben hervorragende Farbstoffe dank der ganzen Indigo-Anpflanzungen in der Umgebung, und wir haben ein paar wunderbare Färber – französische Hugenotten, die ihr Handwerk in Paris gelernt haben. Außerdem haben wir eine Zylinderpresse für Drucke. Ich würde Ihnen gern alles zeigen, aber trotz der guten Belüftung ist der Gestank dort unerträglich. Ich muß die Arbeiter häufig auswechseln.«

»Wie ich sehe, ist die Fabrik vollkommen autonom«, sagte Ryder, als sie weitergingen. »Gekrempelt und gesponnen wird im ersten Stock des Hauptgebäudes, gewoben und gebleicht wird in den Hütten. Ich bin wirklich beeindruckt.«

»Tante Love und ich haben unser möglichstes getan.«

»Und woher kommen die Arbeiter – abgesehen von den französischen Färbern?«

»Ein paar von ihnen sind freie Schwarze, andere Einwanderer.« Sie lächelte schuldbewußt. »Als es sich erst einmal in der Stadt herumgesprochen hatte, daß Tante Love und ich faire Löhne zahlen, kamen auch ein paar – nun, wie soll ich sagen – gefallene Mädchen zu uns.«

»Aha! Dann hast du dich wahrscheinlich von ihnen unterweisen lassen?« fragte er mit einem Augenzwinkern.

»Ich weiß nicht, was Sie meinen«, sagte sie zugeknöpft.

»O doch, das weißt du ganz genau«, erwiderte Ryder mit einem spitzbübischen Grinsen. »Wie zum Beispiel hast du diesen entsetzlichen Akzent gelernt, den du in der Taverne benutzt?«

Sie lächelte. »War er so schlimm?«

»Grauenvoll«, versicherte er. »Ganz zu schweigen davon, daß du ihn jedesmal vergißt, wenn du wütend wirst. Hampton hat es ebenfalls schon gemerkt.«

»Oje.« Sie versuchte vergeblich, ein Lächeln zu unterdrücken. »Ein paar von unseren Weberinnen sind aus dem Londoner East End. Ich habe mir die größte Mühe gegeben, ihre Sprechweise nachzumachen.«

»Entweder nimmst du noch weiter Unterricht oder du gibst das Spiel besser auf.«

Ihre rehbraunen Augen blitzten trotzig auf. »Das kann ich nicht, und das wissen Sie auch ganz genau.«

Er beschloß, nicht weiter darüber zu sprechen. »Auf jeden Fall ist es gut, daß ihr so viele Menschen einstellt, die ansonsten vollkommen verloren wären.«

Sie nickte, aber ihre Miene verriet Besorgnis. »Ehrlich gesagt kann ich froh sein, wenn ich in den nächsten Wochen überhaupt noch die Löhne bezahlen kann. Eben saß ich über den Buchführungsbüchern, als Sie kamen. Bis letztes Jahr lief alles wunderbar – wegen der vor zwei Jahren stark gefallenen Baumwollpreise hatten wir sogar daran gedacht, die Fabrik zu vergrößern –, aber seit wir so viele Kunden an die Schmuggler verloren haben, machen wir nur noch Verluste.«

Er runzelte die Stirn. »Ist es wirklich so schlimm?«

Sie nickte. »Über kurz oder lang werde ich Arbeiter entlassen müssen – ein entsetzlicher Gedanke.«

»Und was ist mit dem Fabrikbesitzer – kann er euch nicht helfen?«

Ihr Blick sprach Bände. »Mein Cousin Rodney?«

»Ja. Wo treibt er sich herum, während hier alles zusammenbricht?«

Sie räusperte sich. »Ich nehme an, er ist dort, wo er meistens um diese Uhrzeit ist – daheim im Bett, wo er mal wieder seinen Rausch ausschläft.«

Er nahm ihre Hand. »Tut mir leid. Und sonst gibt es niemanden in deiner Familie –«

Sie zuckte mit den Schultern und sah ihn verbittert an. »Die anderen Männer in meiner Familie sind nicht anders als Rodney.«

Er blieb vor dem Eingang zum Hauptgebäude stehen und sah sie mit einem seltsamen Lächeln an. »Das ist auch der Grund dafür, daß du deine Schönheit versteckst, nicht wahr?«

Sie reckte das Kinn und blickte ihn mit kühlem Gleichmut an. »Ich weiß nicht, was Sie meinen.«

»O doch. Ich denke, du bist fest entschlossen, nie zu heiraten, nicht wahr?«

»Zumindest habe ich das in nächster Zeit nicht vor.«

»Ein echter Blaustrumpf«, murmelte er. »Aber vielleicht verbirgt sich ja dahinter nur ein scheues, kleines Mädchen, das Angst vor Männern hat?«

Sie preßte die Lippen fest aufeinander. »Ich mag es nicht, wenn Sie versuchen, meine Gedanken zu ergründen, Lord Newbury.«

»Genau deswegen hast du Angst vor mir.«

»Ich habe keine Angst vor Ihnen!«

»Wenn du meinst.« Aber sein wissendes Lächeln strafte seine Bemerkung Lügen, als er ihr die Tür aufhielt.

Sie kehrten in ihr Büro zurück, wo sie ihm Muster ihrer Produkte zeigte – feinsten Musselin und leuchtenden Kattun sowie allerweichste Baumwolle.

»Eine erlesene Auswahl«, murmelte Ryder, als er blauen Musselin beiseite legte. »Und ihr schafft es nicht, eure Produkte ausreichend zu vermarkten?«

Sie nickte traurig. »Wir haben Hunderte von Ballen, die in den Lagern verrotten – deshalb.« Sie öffnete ihre Schreibtischschublade, zog ein Stück grauen Stoff heraus und gab es Ryder.

Er hielt den Stoff ins Licht und untersuchte ihn genau. »Ein ganz besonderes Webmuster«, sagte er dann.

»Kennen Sie sich damit aus?« fragte sie.

Er zuckte mit den Achseln. »Als Gentleman habe ich feine Dinge wie zum Beispiel britischen Stoff schätzengelernt. Ist dir schon mal der Gedanke gekommen, daß du die Antworten auf deine Fragen vielleicht in England bekommst?«

Sie winkte müde ab. »Ja, aber ich kann unmöglich von hier fort. Was ist, wenn Tante Love noch irgendwo in der Nähe ist? Außerdem wüßte ich gar nicht, wo ich in England anfangen sollte.«

Er sah erneut das Muster an. »Ich würde sagen, in der größten und feinsten Fabrik des Landes.«

Sie schnappte sich den grauen Stoff und zerknüllte ihn. »Es ist guter englischer Stoff, nicht wahr?«

»Ja.«

Natalie wurde ganz aufgeregt. Sie warf den Stoff auf den Boden und begann, nervös auf und ab zu gehen. »Aber unser Stoff hat dieselbe Qualität – vielleicht sogar eine noch bessere.«

»Dagegen ist nichts einzuwenden.«

»Wir können nur nicht mit dem Preis konkurrieren!« erklärte sie weinend. »Als wir hier anfingen, war die Fabrik in einem beklagenswerten Zustand. Alles wurde noch von Hand gemacht. Tante Love und ich haben unser gesamtes Geld in neue Maschinen gesteckt. Wir haben Webrahmen und Selfaktoren aus Birmingham kommen lassen. Wir haben die Produktion um das Zehnfache erhöht. Alles lief wunderbar, vor allem, nachdem der Kongreß die Zölle erhoben hatte, die die einheimischen Stoffe schützen sollten. Und jetzt machen diese verdammten Schmuggler alles kaputt – vielleicht haben sie sogar meiner Tante was angetan!«

Er ging zu ihr und legte ihr die Hand auf den Arm. »Wir werden sie finden, und dem Schmuggel ein Ende machen.«

Sie rang sich zu einem Lächeln durch. »Es tut gut, daß Sie mir helfen wollen.«

»Es ist mir ein Vergnügen.«

Ihre Miene wurde wieder mißtrauisch. »Aber warum wollen Sie mir überhaupt helfen?«

»Falls du dich daran erinnerst – wir haben ein Abkommen getroffen.«

»Das ist nicht der wahre Grund für Ihr Interesse«, sagte sie gnadenlos.

Er zog die Brauen hoch. »Nun, mir fallen durchaus noch ein paar Gründe ein.«

»Das kann ich mir denken«, kam ihre trockene Erwiderung. Sie trat einen Schritt zurück und sah ihn ernst an. »Haben Sie diesen Iren schon gefunden?«

Er schüttelte bedauernd den Kopf. »Noch nicht, meine Liebe, aber so schnell gebe ich nicht auf. Ich habe meine Männer bereits losgeschickt.«

Sie sah ihn beklommen an. »Sie haben Ihren Freunden doch nicht gesagt, wer ich wirklich bin, oder?«

»Natürlich nicht«, beruhigte er sie. »Ich habe sie nur gebeten, ein paar allgemeine Informationen über den Schmuggel in dieser Gegend zusammenzutragen. Sie wissen nichts von deiner Maskerade.«

Mit dieser Erklärung gab sie sich zufrieden. »Ich muß heute abend unbedingt in die Taverne. Vielleicht habe ich ja heute mehr Glück.«

Diese Bemerkung veranlaßte ihn zu einem Stirnrunzeln. »Hältst du das wirklich für vernünftig? Du könntest –«

»Wieder zum Gegenstand einer ruchlosen Wette zwischen *Gentlemen* werden?« fragte sie schnippisch.

Er lächelte. »Natalie, ich wünschte, du würdest die Nachforschungen mir überlassen.«

»Das kommt nicht in Frage. Schließlich geht es um das Leben meiner Tante.«

Widerwillig nickte er. »Also gut. Aber wenn du darauf bestehst, dich weiterhin als Schankmädchen zu geben, muß ich darauf bestehen, dich dabei im Auge zu behalten.«

Sie heuchelte ein verwundertes Lächeln. »Was für ein Glück ich doch habe. Wer sonst hat schon einen persönlichen Schutzengel? Oder sollte ich vielleicht lieber sagen Schutzteufel?«

8. Kapitel

»Nun, Gentlemen, was darf ich Ihnen heute abend bringen?«

An diesem Abend war Natalie erneut in ihrem aufreizenden Kleid mit der schrillen Perücke in der Taverne aufgetaucht, wo sie gerade an einem Tisch mit sechs rauhen englischen Seemännern stand. Sie gab sich dreist, obgleich sie an dem Gestank der ungewaschenen Körper und dem Rauch der Zigarren und Pfeifen fast erstickte. Die Seemänner, die fast alle Bärte und kunterbunte Kleider trugen, kamen bestimmt nicht von einem ehrenwerten Handels- oder Marineschiff. Ihr wildes Äußeres erweckte eher den Eindruck, als hätten sie etwas mit Schmuggel oder gar Piraterie zu tun.

Der größte der sechs, der eine Augenklappe trug und dessen

malariagelbes Gesicht von einer zackigen, roten Narbe entstellt wurde, starrte sie lüstern an. »Was hast du uns denn zu bieten, Weib?«

Obgleich seine Kumpane in dröhnendes Gelächter ausbrachen, ignorierte Natalie die Zweideutigkeit der Frage. »Nun, Sir«, erwiderte sie mit einem kecken Lächeln. »Als Appetitanreger ham wir Grog, Rumpunsch, Bier und Madeira. Un' wenn die Herrn Hunger ham, ham wir gebratene Taube oder Shepherd's Pie.«

»Un' was is', wenn wir Appetit auf was anderes als Essen un' Trinken ham?« fragte großspurig ein pockennarbiger Seemann mit faulen Zähnen.

»Dann ham wir im Hinterzimmer Billard und Faro, un' in der Wragg's Alley fängt gleich ein Hahnenkampf an.«

Wieder brachen die sechs Seemänner in Gelächter aus. »Das is' wirklich 'ne flotte Biene, was?« sagte einer.

»Ja, un' ich hätte nichts dagegen, mich von ihr stechen zu lassen«, kam die laszive Antwort.

»Wann seid ihr Jungs denn hier eingelaufen?« fragte Natalie so beiläufig wie möglich.

»Heute abend«, antwortete der jüngste und hübscheste der sechs. Er musterte sie langsam und beleidigend. »Un' du solltest wissen, wie's für einen Mann is', wenn er so lange auf See is'. Es juckt ihn nach einem Weib.«

»Es juckt ihn, Sir?« Natalie beugte sich vor und sah ihn mit großen Augen an. »Dann brauchen Sie also 'ne Frau, die Ihnen die Läuse aus dem Pelz sammelt?«

Der Junge lief rot an, und seine Kumpane johlten vor Begeisterung. »Das hab' ich damit nich' gemeint«, schnauzte er.

Natalie spielte weiter die Unschuldige. »Tja, dann weiß ich nich', was für ein Jucken Sie meinen, Sir. Aber egal, was es is', ich bin sicher, daß Ihre Frau nich' gerade glücklich darüber is'.«

Der junge Mann errötete noch heftiger, und die anderen Seemänner fingen an, ihn zu verspotten.

»Du bist wirklich nich' ohne, Weib«, stellte der mit der Narbe fest. »Woher weißt du, daß Billie verheiratet ist?«

Natalie blinzelte dem blonden, blauäugigen Jungen zu. »So hübsche Kerle wie er werden vor dem Traualtar bestimmt nich' versetzt.« Als die Männer beifällig grinsten, fuhr sie sachlich fort. »Un' was bringt euch nach Charleston?«

Sofort starrten die Kerle sie mißtrauisch an. »Warum willst du das wissen, Weib?« fragte ihr Anführer.

Sie zuckte mit den Schultern. »Tja, vorhin war ein Kerl hier, der meinte, ihr hättet feinen Rum aus Jamaika an Bord.« Sie senkte die Stimme und fuhr verschwörerisch fort. »Falls ihr Jungs wirklich Rum dabeihabt, dann hätte Ned, mein Boß, bestimmt Interesse an einem kleinen Geschäft.«

»Wir ham keinen Rum an Bord«, knurrte der Mann.

»Jetzt werd nich' gleich sauer, Süßer«, sagte Natalie mit einem Augenzwinkern. »Ich versuche ja nur, mich nett mit euch zu unterhalten.«

»Tja, es gibt ein paar Sachen, die eine Frau besser nich' fragt«, kam die warnende Antwort.

»Allerdings«, fügte der Pockennarbige hinzu. »Der Käpt'n hier hat sich gerade in Savannah mit einem nervtötenden Bastard geprügelt, der zu viele Fragen gestellt hat.«

Während das Narbengesicht dem allzu gesprächigen Seemann einen finsteren Blick zuwarf, klatschte Natalie vergnügt in die Hände. »Ah, ihr lebt also wirklich gefährlich? Da habt ihr bestimmt ganz schön was zu erzählen. Ich liebe die Gefahr – und aufregende Geschichten.« Sie legte sich die Hand aufs Herz und lächelte gewinnend. »Ich verspreche euch, Jungs, meine Lippen sind versiegelt.«

Bei dieser Bemerkung lachte selbst der Kapitän, und die Spannung legte sich.

»Bring uns einen Krug Bier, Weib«, sagte der junge Hübsche. »Dann erzählen wir dir vielleicht mehr.«

Am anderen Ende des Raums saß Ryder, einen Humpen Rum vor sich auf dem Tisch, und verfolgte Natalie mit wütendem Blick. Dachte diese Frau denn nie an ihre Sicherheit? Wie konnte sie es bloß wagen, seine Verwegenheit zu kritisieren, während sie selbst unbedacht mit den widerlichsten Hafenratten flirtete, die er je gesehen hatte? Er mußte sich wirklich beherrschen, um nicht einfach zu ihr hinüberzustürzen und sie aus den Klauen dieser abscheulichen Schurken zu befreien. Obgleich er wußte, daß sie darüber nur wütend sein würde, verspürte er den beinahe unwiderstehlichen Drang, ein paar Gesichter einzuschlagen, sie mitzunehmen, ihr eine ordentliche Strafpredigt zu halten und – Gott helfe ihnen beiden – sich ein paar Küsse zu holen!

Er lächelte, als ihm klarwurde, sie sehr ihm diese Frau innerhalb von vierundzwanzig Stunden unter die Haut, ins Blut gegangen war. Die aufregende Mischung aus Engel und Hure machte ihn einfach rasend. Und zugleich faszinierte sie ihn. Warum erteilte sie ihm eine Abfuhr, warum spielte sie ihm gegenüber die hochnäsige Jungfrau, während sie zugleich keine Sekunde zögerte, mit anderen Männern gewagt zu flirten? Ihr Verhalten empörte und verwirrte ihn, aber trotz allem war er fest entschlossen, sie eines Tages zu besitzen.

Er überlegte, welcher Wesenszug von ihr sich in seinem Bett zeigen würde. Würde die anständige junge Dame errötend zurückschrecken? Würde das Flittchen vor Vergnügen kreischen und eifrig die Knie über seine Schultern werfen?

Beide Vorstellungen erregten ihn auf unerträgliche Weise. Und als er sie jetzt beobachtete, fragte er sich erneut, wie unschuldig sie wohl in Wirklichkeit war. Für eine Lady, die behauptete, keine amourösen Erfahrungen zu haben, spielte sie die Hure erstaunlich überzeugend.

Er seufzte erleichtert auf, als sie den Tisch der schmierigen Kerle verließ. Aber allzu schnell kehrte sie mit einem großen Krug Bier und sechs Humpen zurück. Nachdem sie jedem der Männer eingeschenkt hatte, zog der größte von ihnen sie auf seinen Schoß – und die schamlose Person wippte vergnügt auf und ab, was Ryder vor Wut schäumen ließ.

Er wollte gerade aufstehen, als plötzlich die Tür der Taverne aufflog und seine vier Kumpane hereinmarschiert kamen.

»Wir haben ein paar Neuigkeiten für dich«, begann Harry.

»Spann mich nicht auf die Folter«, knurrte Ryder, ohne Natalie aus den Augen zu lassen.

»Wir haben Informationen über den Iren, den du gestern niedergeschlagen hast«, sagte Richard. »Anscheinend sind er und seine Landsmänner heute auf einem Handelsschiff nach Liverpool ausgelaufen.«

»Sehr hilfreich«, stellte Ryder sarkastisch fest.

»Aber das ist noch nicht alles«, fügte John hinzu. »Drüben im Bowling Green House haben wir ein paar holländische Seemänner befragt, die uns erzählt haben, daß hin und wieder Schmuggler beim Abladen ihrer Waren westlich von Charleston auf dem Ashley River beobachtet worden sind.«

Ryder richtete sich kerzengerade auf. »Auf dem Ashley River?«

»Ja«, sagte Harry. »Anscheinend kommen die meisten Schmuggler durch die Hintertür nach Charleston. Sie kommen den Stono River herauf und fahren dann durch die Mündung in den Ashley River.«

»Ah, das ergibt einen Sinn«, sagte Ryder mit einem nachdenklichen Stirnrunzeln. »Natürlich wollen die Schmuggler die Zollkontrolle im Hafen am Cooper River umgehen. Habt ihr zufällig auch erfahren, an welcher Stelle geschmuggelt wird?«

George sah ihn an. »Nein, aber einer der Kerle sagte etwas davon, daß irgendwo nördlich des Broad Street Canal ein paar Schmuggler gesehen wurden – vor allem Schiffe, auf denen illegal Afrikaner ins Land gebracht werden sollten.«

Ryder nickte entschlossen. »Ich will, daß ihr die Gegend nachts überwacht.«

Seine Freunde stöhnten.

»Aber, Ryder«, protestierte Richard, »du hast gesagt, daß du uns unser Eigentum zurückgeben würdest, wenn wir dir ein paar Hinweise brächten.«

»Hinweise, die zur *Ergreifung* der Schmuggler führen«, stellte Ryder richtig. »Bisher habt ihr mir nur von irgendwelchen Gerüchten berichtet. Wenn wir diese Schurken tatsächlich erwischen, werde ich euch eure Besitztümer zurückgeben. Bis dahin wird es keinem von euch schaden, die Nachtstunden auf sinnvolle Art und Weise zu verbringen.«

Richard murmelte einen Fluch und sah durch den Raum zu Natalie hinüber; sie sang gerade zusammen mit den Seemännern ein obszönes Seemannslied. »Und das alles wegen diesem Schankmädchen und ihrer verschwundenen Tante?«

»Man sollte die Macht eines Schankmädchens nie unterschätzen«, murmelte Ryder zynisch.

Die anderen stöhnten erneut, standen auf und gingen ins Hinterzimmer, um Billard zu spielen.

Als Natalie spätabends die Taverne verließ, wurde sie bereits von Ryder erwartet. Seine hünenhafte Gestalt hob sich deutlich vom flackernden Licht der Straßenlaterne ab, und hinter ihm sah sie seine Kutsche.

»Darf ich Sie vielleicht sicher nach Hause geleiten, Mylady?« fragte er sarkastisch.

Natalie war nicht in der Stimmung für irgendwelche Scherze. »Nein, danke«, kam ihre spröde Antwort. »Samuel müßte jeden Augenblick mit der Kalesche kommen.«

»Oh, er war bereits hier, und ich habe mir erlaubt, ihn wieder nach Hause zu schicken«, erwiderte Ryder.

»Wie gestern abend?« Plötzlich wallte Zorn in ihr auf.

»Gestern abend?« fragte er unschuldig.

Sie stemmte die Fäuste in die Hüften und blitzte ihn wütend an.

»Ich habe mit Samuel gesprochen, und er hat behauptet, ich hätte ihm die falsche Zeit genannt.«

»Vielleicht«, meinte Ryder.

»Aber irgendwer hat ihm eine Flasche Brandy gegeben.«

»Möglich.«

Er war einfach aalglatt, und am liebsten hätte sie mit dem Fuß aufgestampft. »Oh, Sie sind einfach unerträglich!«

Statt einer Antwort nahm er ihren Arm und zog sie neben sich her. »Und Sie, Mylady, sind mir zumindest im Moment ausgeliefert. Also genießen Sie am besten einfach unseren kleinen Ausflug. Außerdem müssen wir miteinander reden«, sagte er geheimnisvoll.

»Wie schön«, schnaubte sie.

Er schob sie in Richtung der Kutsche und bat sie einzusteigen.

»Und, hat dir die Arbeit heute abend Spaß gemacht?« fragte er mit täuschender Sanftheit, als sich das Gefährt in Bewegung setzte.

»Spaß?« wiederholte sie. Sie zerrte an den Haarnadeln, zog sich die Perücke von Kopf, warf sie neben sich und fuhr sich mit den Fingern durch ihr geplättetes Haar. »Bilden Sie sich allen Ernstes ein, daß es mir Spaß macht, von jedem dahergelaufenen, stinkenden Widerling gekniffen, begrapscht und abgeküßt zu werden?«

»Nach allem, was ich gesehen habe, scheint es dir nicht besonders viel auszumachen«, kam seine gehässige Antwort. »Und hast du dir auch nur eine Minute lang überlegt, wie gefährlich es war, solche widerwärtigen Kerle derart zu locken? Schließlich hätte einer von ihnen dich einfach über die Schulter werfen und nach oben schleppen können –«

»Das wäre bestimmt nicht passiert!« fiel sie ihm ins Wort. »Ned hätte es niemals zugelassen.«

»Ned?« fragte Ryder.

»Ned Hastings, der Besitzer der Tradd-Street-Taverne. Seine Frau ist Weberin in unserer Fabrik. Sie beide mögen meine Tante sehr gern, da sie ihnen schon ein paarmal geholfen hat. Das ist auch der Grund, warum ich in seiner Taverne das Schankmädchen spielen kann. Ned weiß, wer ich bin, und er hat mir versprochen, niemandem etwas zu verraten und für meine Sicherheit zu garantieren, während ich versuche, meine Tante zu finden. Außerdem ist sein Laden sauber.«

»Sauber?« fragte Ryder spöttisch. »Also sind nur die Pfoten schmutzig, die dich betatschen?«

Es gelang ihr nur mit Mühe, sich zu beherrschen und ihm nicht in sein arrogantes Gesicht zu schlagen. »Diese Bemerkung finde ich ganz und gar unpassend.«

»Nun, vielleicht findest du es ja wenigstens *passend*, mir dieselbe Gunst wie den anderen Kerlen zu erweisen«, schnauzte er. »Komm her und gib mir ein bißchen von dem, was du den anderen so großzügig zuteil werden läßt.«

»Fahren Sie doch zur Hölle!«

Im nächsten Augenblick hatte Ryder Natalie auf seinen Schoß gezogen und seine Lippen hart und besitzergreifend auf ihren Mund gepreßt. Empörung und verräterische Erregung wallten mit ungeahnter Macht in ihr auf. Sie holte aus und schlug ihm ins Gesicht. Er fluchte und eine Sekunde später gelang es ihr, ihn fortzustoßen und sich wieder auf ihren Platz zu setzen.

Ryder hätte sie am liebsten erwürgt. »Kommt dieses Unschuldsgeheuchele nicht ein bißchen spät, meine Liebe?« fragte er, während er sich die Wange rieb. »In der Taverne hüpfst du auf einem halben Dutzend Männerschößen herum, und jetzt wagst du es, mich zu verschmähen?«

»Ich bin auf einem halben Dutzend Männerschößen herumgehüpft, um meine Tante zu finden!« schimpfte sie. »Haben Sie vielleicht eine Vorstellung davon, wie entwürdigend es ist, wenn all diese Kerle versuchen, meine Brüste zu begrapschen, mir in den Hintern zu kneifen und ihre stinkenden, widerwärtigen Küsse auf mein Gesicht zu drücken? Und jetzt muß ich feststellen, daß Sie kein bißchen besser sind – obwohl Sie versprochen haben, sich zu benehmen!«

Auf diese Bemerkung folgte eisiges Schweigen.

»Nun, was haben Sie zu Ihrer Verteidigung zu sagen, Sir?«

Er schwieg immer noch, dann sagte er: »Also gut, vielleicht habe ich...«

»Vielleicht haben Sie was?«

»Überreagiert.«

»Was Sie nicht sagen«, fauchte sie.

»Nun, ich war eben eifersüchtig«, kam seine heftige Erwiderung.

»Sie waren *was*?«

Er sah ihr in die Augen. »Eifersüchtig.«

Jetzt war Natalie vollkommen verblüfft. Seine Ehrlichkeit, die blendende Intensität seines Blickes verwirrten sie. Ihr Herz pochte zum Zerspringen. Sie war es nicht gewohnt, derartige Gefühle in einem Mann zu wecken – vor allem nicht in einem forschen, attraktiven Mann wie Ryder Remington. Sie merkte, daß sie unvernünftigerweise versucht war, die Distanz zwischen ihnen zu überwinden und seine gekränkte Eitelkeit zu trösten.

War sie wahnsinnig? Mit zitternden Fingern strich sie ihre Röcke glatt. »Oh«, murmelte sie. »Ich verstehe.«

Zu ihrer grenzenlosen Überraschung brach er in dröhnendes Gelächter aus. Als sie ihn verwundert ansah, bannte er sie mit seinem festen Blick.

»Natalie«, warnte er leise. »Noch so eine prüde Bemerkung, und es ist um mich geschehen.«

Sie starrte ihn an, zu aufgeregt, um etwas zu sagen. Doch schließlich fragte sie: »Was habe ich denn falsch gemacht?«

Er lehnte sich bequem zurück und sah sie an. »Du hast nichts falsch gemacht. Vielmehr machst du es genau *richtig*, meine Liebe – du spielst ein verführerisches, kleines Spiel, mit dem die Frauen die Männer seit Urzeiten in den Wahnsinn treiben.«

Sie wollte gerade wieder ein »Oh« ausstoßen, doch dann hielt sie sich die Hand vor den Mund. Sie war ernsthaft versucht, ihn nach Einzelheiten dieses »Spiels« zu fragen, doch dann entschied sie, daß ihr eine detaillierte Erklärung oder gar eine Demonstration auch nicht weiterhelfen würde. Sie ballte die Fäuste in ihrem Schoß und versuchte, sich zu beruhigen.

In diesem Moment bog die Kutsche in die Church Street ein. Er blickte aus dem Fenster und sprach mit angespannter Stimme. »Hast du heute abend wenigstens Erfolg gehabt?«

Sie hatte sich immer noch nicht ganz wieder in der Hand. »Erfolg – wobei?«

»Erfolg bei der Suche nach den Schmugglern«, sagte er geduldig.

»Oh, das.« Sie schüttelte den Kopf. »All meine Versuche waren vergeblich.«

»Ach ja?«

»Die Männer, mit denen ich heute abend gesprochen habe, waren zwar Schmuggler«, fuhr sie angewidert fort. »Das wußte ich, sobald wir anfingen, uns zu unterhalten. Ich habe sogar versucht, sie aus der Reserve zu locken, indem ich vorschlug, sie könnten uns vielleicht mit Rum beliefern. Aber anscheinend schmuggeln sie auf ihrem Schoner afrikanische Sklaven nach Charleston.«

Er lachte. »Ich vermute, daß Afrikaner seit dem Verbot des Sklavenhandels 1808 eine heiß begehrte illegale Ware sind.«

»Was ich sagen wollte, ist, daß ich mit meiner Suche nach Tante Love immer noch nicht weitergekommen bin!« erklärte sie verzweifelt.

»Meine arme Kleine«, sagte er voller Mitgefühl. »Und das nach all dem Gekneife und Gegrapsche.«

»Auch von Ihnen«, stellte sie höchst unhöflich fest.

Er rieb sich die Stirn. »Das verzeihst du mir nicht so schnell, was?«

»Nein!«

»Bestehst du darauf, daß ich mich entschuldige?«

»Ja!«

Er tätschelte ihr die Hand. »Also gut, meine Liebe, es tut mir leid. Ich habe dich eindeutig falsch beurteilt.«

»Und ich bin *eindeutig* überwältigt von Ihrer Ehrlichkeit.«

»Nur Mut, schöne Natalie«, fuhr er spöttisch fort. »Noch ist nicht alles verloren. Meine Freunde haben heute ein paar interessante Dinge herausgefunden.«

»Ach ja?« fragte sie zugleich erfreut und entsetzt.

»Anscheinend ist dein irischer Seemann heute ausgelaufen.«

»O verdammt«, murmelte sie.

»Also bitte, Natalie«, sagte er tadelnd. »Das sind die Worte eines billigen Schankmädchens, nicht die einer anständigen jungen Dame.«

Er hatte recht, und Natalie war froh, daß er in der Dunkelheit nicht sah, wie sie errötete. »Haben Ihre Freunde sonst noch etwas herausgefunden?«

»Ja. Offenbar kommen die meisten Schmuggelgüter über den Stono River und von dort über den Ashley nach Charleston.«

»Das ergibt Sinn.«

»Ich habe meine Freunde überredet, sich nachts in der Gegend umzusehen.«

Plötzlich hatte sie ein schlechtes Gewissen. Immerhin versuchte er, ihr auf seine Weise behilflich zu sein. »Dann sollte ich mich wohl ebenfalls bei Ihnen entschuldigen.«

Er grinste.

»Es tut mir leid, daß ich Sie so angefahren habe«, sagte sie steif. »Aber es war einfach ein frustrierender Abend für mich.«

»Für mich ebenfalls, das versichere ich dir. Aber ich hätte einen Vorschlag, wie wir unsere Enttäuschung mildern könnten.«

Sie sah ihn tadelnd an. »Also bitte. Wenn unsere Beziehung funktionieren soll, Lord Newbury, dann geht das nur auf strikt freundschaftlicher Ebene.«

»Freundschaftlich?« spottete er. »Nun, das ist nicht gerade das, was ich mir vorstelle, Miss Desmond, doch irgendwo müssen wir ja anfangen. Aber eins möchte ich von dir wissen.«

»Ja?«

Er starrte sie eindringlich an. »Findest du meine Küsse abstoßend, Natalie?«

»W-warum fragen Sie?« stammelte sie.

»Weil du eben gesagt hast, ich wäre nicht besser als die anderen, die dich betatschen und dir widerliche Küsse geben.«

Natalie kämpfte verzweifelt dagegen an, sich von seinem verletzten, doch äußerst verführerischen Gesichtsausdruck einnehmen zu lassen. »Sie erwarten doch wohl nicht ernsthaft, daß ich über so ein geschmackloses Thema rede.«

»Geschmacklos?« fragte er.

»Schließlich möchte ich Ihre Eitelkeit nicht noch fördern, Sir!«

In seinen Augen blitzte boshaftes Vergnügen auf. »Ach, Natalie, es gibt vieles an mir, was du fördern kannst.« Als er sah, wie sie zu einer zornigen Erwiderung ansetzte, hob er abwehrend die Hand. »Also gut, wir werden rein freundschaftlich miteinander umgehen. Aber ich denke, ein freundlicher, kleiner Kuß wäre die angemessene Besiegelung dieses Abkommens.«

Sie starrte ihn finster an.

»Ich warte, Natalie.«

Mit einem spitzbübischen Grinsen legte Natalie ihre Finger an ihre Lippen und hauchte ihm dann einen Kuß zu. »Das ist alles, was Sie jemals von mir bekommen werden, Sie Schuft.«

Ryder warf den Kopf in den Nacken und brach in schallendes Gelächter aus. »Ah, Natalie, das hättest du nicht tun dürfen.«

»Warum nicht?«

Sein Ton war sinnlich-spöttisch. »Der Kuß war wie ein Schlag ins Gesicht, wie eine Aufforderung zu einem Duell.«

»Ein Duell beginnt mit einer Beleidigung!«

»Stimmt. Aber darum geht es hier nicht.«

»Worum geht es dann?«

Er blinzelte ihr zu. »Mit diesem Kuß hast du mich herausgefordert, mehr zu verlangen. Zehn leidenschaftliche Küsse hätten nicht besser gewirkt.«

Natalie wandte sich ab, um ihre glühenden Wangen zu verbergen. Sie hatte Angst, daß der Draufgänger die Wahrheit gesagt haben könnte.

9. Kapitel

Nachdem er Natalie abgesetzt hatte, verspürte Ryder eine ungewohnte Nervosität. Er bat den Kutscher, ihn zu einer Taverne in der Nähe seines Hauses in der Queen Street zu fahren, wo er sich allein an einen Tisch setzte und mit gerunzelter Stirn die lärmende Heiterkeit der anderen Gäste verfolgte. Er versuchte, seine sexuelle Frustration mit einem Humpen Rum runterzuspülen. Als zwei raufende Schotten gegen seinen Tisch krachten, wollte er im ersten Moment hochspringen und die beiden Kerle quer durch den Raum jagen, doch dann blieb er sitzen. Er kam zu dem Schluß, daß Natalie ihn wahnsinnig machte mit ihrer Verwegenheit und ihrer Flirterei mit anderen Männern vor seinen Augen, während sie ihn bei jeder Gelegenheit abblitzen ließ. Er hatte das Gefühl, vor Begehr zu vergehen.

Ihm wurde klar, daß seine Qual nicht eher ein Ende hätte, als bis Natalie ihm gehörte. Das kleine Biest führte ihn permanent in Versuchung, doch er wußte, daß er nach einer besonderen Strategie vorgehen mußte, um sie zu gewinnen. Die direkte Annäherung hatte ihn nicht weitergebracht, außerdem hatte er ihr das Versprechen gegeben, sie nicht länger zu belästigen – ein Versprechen, worauf sie bestand.

Er wünschte sie zur Hölle, weil sie ihm dieses Versprechen überhaupt hatte abringen können. Sie besaß die erstaunliche Fähigkeit, den englischen Gentleman in ihm wachzurufen und seine Schuldgefühle sowie bestimmte Bereiche seines Körpers zu wecken – ohne sie auch nur zu berühren!

Es kam also nicht in Frage, daß er sie einfach überwältigte, aber vielleicht gelänge es ihm ja, sie zu überreden, zu umschmeicheln und irgendwie zu verführen? Allein der Gedanke brachte ihn zum Lachen. Wie lange war es her, seit er zum letzten Mal den Freier, den Schmeichler gespielt hatte? In den letzten vier Jahren hatte er es sich immer einfach gemacht und sich nur mit Mädchen eingelassen, die leichte Beute waren. Ein Schlag auf den Hintern, ein Kuß, eine schlüpfrige Bemerkung hatten ausgereicht, damit ihm die Frauen vor die Füße gesunken waren.

Aber diese Frau würde ihm *niemals* vor die Füße sinken, ohne daß er sich ihr auf verhaltene Art näherte, ihr schmeichelte, sie lockte, sie betörte, sie entzückte. Es bedurfte sicher seiner ganzen Verführungskunst, um ihre Gunst zu gewinnen.

Als er leichte Schuldgefühle wegen dieses hinterhältigen Plans bekam, erinnerte er sich daran, daß Natalie Desmond ein verklemmter Blaustrumpf war, der endlich einmal lernen mußte, die Freuden des Lebens zu genießen – nicht nur die Freuden des Bettes, sondern alle Freuden der Welt. Wäre es ein solches Vergehen, ihre Sinnlichkeit zu wecken, wo sie bereits so viele Reichtümer des Lebens entbehrte? Er wußte genau, daß sich unter der züchtigen Oberfläche feurige Leidenschaft verbarg, deren herrliche Geheimnisse nur darauf warteten, von ihm gelüftet zu werden. Er mußte sie nur dazu bringen, ihren Argwohn zu überwinden!

Als Ryder die Taverne eine Stunde später verließ, stellte er fest, daß sein Verlangen nach dieser bezaubernden Frau nur noch gewachsen war. Er pfiff die Melodie seines Lieblingsliedes, des »Draufgängermarschs«, und machte sich auf den Heimweg. Als er sein Haus beinahe erreicht hatte, tauchten plötzlich vier finstere Gestalten aus der Dunkelheit vor ihm auf. Ryder spannte jede Faser seines Körpers an, als er sich der bedrohlichen Gruppe gegenübersah. Unglücklicherweise waren Wegelagerer und Diebe in dieser üblen Gegend keine Seltenheit.

»Tja, wen ham wir denn da, Jungs?« rief eine mürrische Stimme.

»Einen verwöhnten Dandy mit einem prallen Geldbeutel«, krächzte ein anderer.

»Laßt mich in Ruhe, wenn euch euer Leben lieb ist«, warnte Ryder.

»Ein mutiges Kerlchen, was?« höhnte einer der Kerle gehässig.

Plötzlich stürzten sich alle vier auf ihn, aber Ryder war nicht bereit, sich einfach überwältigen zu lassen. Als die Schurken ihm schmerzhafte Hiebe auf Brust und Arme versetzten, wehrte er sich heftig. Er traf einen der Kerle am Kinn und einen anderen am Unterleib. Die Nacht war erfüllt von Schlägen, Stöhnen, Ächzen und Fluchen, während die Männer ihn von allen Seiten gleichzeitig angriffen. Als es Ryder gelang, einen der Gegner über die Schulter zu werfen, brüllten die anderen drei zornig und schlugen, traten und droschen auf ihn ein. Trotzdem schafften sie es nicht, ihn zu packen, da er sich mit kraftvollen Hieben verteidigte.

»Verdammt, Will, setz deinen Arsch in Bewegung un' hilf uns mal!« rief einer der Angreifer seinem am Boden liegenden Kumpel zu.

Als er sich mühsam hochrappelte, wurde Ryder klar, daß er wahrscheinlich bald von ihnen überwältigt werden würde. Er versuchte, sein Rapier zu ziehen, aber drei der Kerle packten seine Arme und hielten ihn fest, während der vierte auf ihn zugetaumelt kam. Ryder sah, daß sein groteskes, abstoßendes Gesicht zu einer zornigen Fratze verzogen war, als er die Fäuste ballte und ihm mit aller Kraft erst in den Magen und dann unter die Kinnlade schlug.

Die brutalen Hiebe endeten erst, als Ryder zu Boden ging. Sein Körper brannte, und als einer der Halunken ihn kräftig trat, stöhnte er vor Schmerzen auf. Ein zweiter versetzte ihm noch einen Tritt in den Rücken, während der dritte sich bückte und ihm seinen Geldbeutel entriß.

»Widerlicher Bastard!« schrie einer von ihnen, ehe sie sich aus dem Staub machten. »Merk dir eins: Du und deine Dandy-Freunde, ihr solltet euch nich' am Hafen rumtreiben. Neugierigen Schnüfflern wie dir kann schnell die Nase abgeschnitten werden – und auch noch andere Teile!«

Am nächsten Morgen taten Ryder alle Knochen weh. Als er aufwachte, war er so steif, daß es ihn einige Überwindung kostete, überhaupt aufzustehen, und ein Blick in den Spiegel bestätigte seine schlimmsten Vermutungen. Sein Gesicht sah aus, als wäre damit gekegelt worden. Sein Kiefer schmerzte, und sein Bauch und seine Rippen waren geprellt.

Mit Abscheu dachte er daran, wie er nachts von einem ausgebrochenen, schnüffelnden Hausschwein geweckt worden war. Starr vor Schmerz war er nach Hause gewankt, hatte sich hinter der Gartenmauer entkleidet, mehrere Eimer Wasser aus dem Brunnen gezogen und die Flüssigkeit über sich gekippt, bis er sich halbwegs sauber fühlte. Schließlich hatte er sich erschöpft und zitternd ins Haus geschleppt, wo er sich nur noch auf sein Bett hatte fallen lassen.

Mühsam zog er Hemd, Hose und Stiefel an und quälte sich die Treppe hinunter. In einem der unaufgeräumten Zimmer lag Harry angezogen auf seinem Bett und schnarchte zufrieden vor sich hin. Ryder ging zu ihm hinüber und schlug ihm unsanft auf den Rücken.

»Verdammt!« Harry schreckte hoch und sah sich mit trüben Augen um.

»Steh auf und weck die anderen. Zeit, an die Arbeit zu gehen.«

Harry rieb sich den Rücken und die Augen und starrte Ryder an. »Himmel, Newbury, was ist denn mit dir passiert? Dein Gesicht sieht aus, als hätte jemand damit die Straße gefegt.«

»So war es auch«, knurrte Ryder. »Ich bin heute nacht von vier Kerlen überfallen worden. Sie haben mich zusammengeschlagen, ausgeraubt und mich dann auf der Straße liegen lassen.«

Harry sah ihn aufmerksam an. »Was du nicht sagst, alter Freund!

Glaubst du, der Überfall hat etwas mit unseren Nachforschungen zu tun?«

»Ich denke schon. Zumindest haben sie mich gewarnt«, erwiderte Ryder mit grimmigem Zorn. »Am besten sagst du den anderen, daß die Sache wesentlich gefährlicher sein könnte, als wir zunächst dachten.«

Harrys Gesicht strahlte vor Aufregung, als er auf die Füße sprang. »Ich werde den anderen sofort Bescheid sagen.«

Ryder verdrehte die Augen, ging nach unten ins Wohnzimmer und versuchte, den auf dem Sofa liegenden Richard wachzurütteln. Der Schuft stöhnte kurz auf, als er zu Boden fiel, doch dann schnarchte er einfach weiter! Ryder setzte sich kopfschüttelnd auf einen Stuhl. Trotz der kühlen, frischen Brise, die von draußen hereinwehte, stank es im Zimmer abstoßend nach Alkohol. Überall lagen Kleidungsstücke, leere Flaschen, schmutzige Teller, Zigarrenstummel, Spielkarten und Dominosteine herum. Ryder wußte, daß ihre Putzfrau, Mrs. Smead, bald kommen würde, und er fragte sich, wie es die freundliche Dame bei ihnen aushielt, ohne durchzudrehen. Sogar ihr Kutscher Joseph, der sich um die Tiere kümmerte und in einem kleinen Raum neben dem Stall schlief, lebte verglichen mit diesem Saustall in königlichem Glanz.

Wieder einmal dachte er daran, wie ungeregelt und sinnentleert sein Leben war. Seltsam – er hatte keinen einzigen Gedanken an sein träges, ziellos dahintreibendes Leben verschwendet, bevor ihm vor zwei Tagen eine liebreizende Schönheit seine wohlverdiente Lektion erteilt hatte.

Nicht, daß er es eilig hatte, dieses dekadente Leben aufzugeben. In der Tat hemmte die Vorstellung vor einer möglichen Umgestaltung seines Daseins seinen Drang, Natalie zu erobern.

Und jetzt waren sie vielleicht beide in großer Gefahr. Er runzelte die Stirn, als er an die dunkle Warnung dachte, die die Schurken letzte Nacht ausgesprochen hatten. Es hatte sich wohl schnell herumgesprochen, daß er und seine Freunde den Schmugglern nachspionierten. Trotzdem wußte er nicht, ob der Angriff direkt von den Stoffschmugglern kam. Er und seine Freunde hatten vielleicht unwissentlich in einem anderen Wespennest herumgestochert. Soweit er wußte, wurden alle möglichen Waren heimlich nach Charleston eingeführt. Seine Angreifer konnten Sklavenhändler, Rum- oder Whiskyschieber sein – es gab zahllose Möglichkeiten.

Trotzdem war er mehr denn je davon überzeugt, daß Natalie ihre Maskerade in der Taverne aufgeben sollte. Doch zugleich wußte er, daß es schwierig werden würde, sie dazu zu überreden. Und wenn er ihr erzählte, daß er überfallen worden wäre, ginge der Schuß bestimmt nach hinten los, da sie alles riskieren würde, um ihre Tante aus den Händen dieser Unholde zu befreien.

Irgendwo in seinem Hinterkopf nagte die Angst, daß er, wenn er sich derart um Natalie und ihre Probleme kümmerte, sein Ziel, sie zu erobern und weiterzuziehen, nie erreichen würde. Aber er war einfach zu fasziniert von ihr, um einen Rückzieher zu machen.

10. Kapitel

In den nächsten Tagen versuchten Ryder und seine Freunde, weitere Hinweise auf die Schmuggler zu bekommen. Während Natalie tagsüber die Fabrik leitete, trieben sich die Männer in den finsteren Ecken von Charleston herum, tranken Grog mit Seemännern, stellten diskrete Fragen und hielten die Augen offen.

Trotz ihrer Vorsicht wurde Ryder immer klarer, was für ein gefährliches Spiel sie da spielten. Harry hatte eine lautstarke Auseinandersetzung mit ein paar verschlossenen walisischen Matrosen, die er auf dem Alten Markt ansprach; und Richard wurde eines Nachts auf dem Nachhauseweg mit einem Stein niedergeschlagen. Ryder vermutete, daß es in Charleston einen organisierten Stoffschmugglerring gab, dessen Zorn sie auf sich gezogen hatten.

Abends fuhren Ryder und Natalie in der Taverne mit ihren Nachforschungen fort. Als Natalie Ryders zerschundenes Gesicht gesehen und ihn nach dem Grund der Verletzungen gefragt hatte, hatte er ihr zwar gesagt, daß er überfallen worden war, aber von der Warnung, die die Schurken ausgesprochen hatten, hatte er nichts erzählt. Nun saß er jeden Abend in der Kneipe und überwachte sie mit Adleraugen, während seine Kumpane die Ufer des Ashley River nach verdächtigen Booten absuchten.

Am Samstag bot sich Ryder endlich die Gelegenheit, zu testen, ob er Natalie durch Sanftmut gewinnen konnte. Nachdem er inzwischen mehrere Nächte mit ihr in der Taverne verbracht hatte, war er es wirklich leid, mit ansehen zu müssen, wie jeder dahergelaufene Kerl ihr in den Hintern kniff, während er selbst sich zurückhalten mußte! Sie brauchten Zeit füreinander, in der sie von ihren Problemen abgelenkt wären. Also beschloß er, sie an diesem Nachmittag zu einem Konzert in den White Point Gardens einzuladen.

Elegant gekleidet und eine fröhliche Melodie auf den Lippen, erschien er bereits kurz vor Mittag mit einem Blumenstrauß und einer Pralinenschachtel vor ihrer Tür. Als sie ihm öffnete, hielt er ihr beides lächelnd hin.

»Für Sie, Mylady.«

»Was machen Sie denn hier?« fragte sie gereizt, wie vorherzusehen gewesen war.

»Nun, meine liebe Miss Desmond, ich bin gekommen, um Ihnen den Hof zu machen.«

Sie rollte die Augen. »Meinetwegen können Sie Ihre Spielchen gern woanders spielen!«

»Bitte, Natalie«, schmeichelte er ihr. »Ich finde, wir brauchen eine kurze Verschnaufpause von unseren anstrengenden und frustrierenden nächtlichen Nachforschungen. Nach ein paar vergnügten Stunden sind unsere Köpfe wieder klar, und dann kommen wir bestimmt auf gute Ideen für unsere Detektivarbeit, meinst du nicht? Deshalb möchte ich dich einladen, heute nachmittag um zwei mit mir ein Konzert in den White Point Gardens zu besuchen.«

Obgleich Natalie sich insgeheim über Ryders eloquenten Überredungsversuch amüsierte und gar davon angetan war, hatte sie seinen tödlichen Charme in letzter Zeit einfach zu oft genossen, als daß sie ihn heute schon wieder hätte ertragen können. Mit kühler Höflichkeit antwortete sie: »Vielen Dank für die freundliche Einladung, Lord Newbury, aber leider bin ich heute zu beschäftigt, um mit Ihnen das Konzert zu besuchen.«

Er tat so, als treffe ihn ihre Ablehnung sehr. »Auch wenn es mir das Herz bricht, wenn ich auf deine wunderbare Nähe verzichten muß?«

»Ersparen Sie mir Ihre Schönrederei. Ich weiß ganz genau, was Sie im Schilde führen.«

Er grinste. »Und das wäre?«

»Sie wollen mich verführen und verderben.«

»Ach ja? Was für eine anregende Vorstellung. Dann komme ich also um halb zwei, ja?«

»Bleiben Sie doch, wo der Pfeffer wächst.«

Mit einem abgrundtiefen Seufzer hielt er ihr erneut die beiden Präsente hin. »Wenn Sie nicht wenigstens meine Geschenke annehmen, Miss Desmond, dann werde ich hier vor der Tür stehenbleiben und meinen Schmerz in die Welt hinausschreien.«

»Gott bewahre.« Natalie entriß ihm die Blumen und die Pralinen, machte auf dem Absatz kehrt und schlug ihm die Tür vor der Nase zu.

Ryder spazierte grinsend davon.

Zehn Minuten später hörte Natalie auf der Straße einen ohrenbetäubenden Lärm. Da sie dachte, daß der nervtötende Teufel noch einmal zurückgekommen sei, stürmte sie aus der Tür und rannte zum Gartentor, wo vier stämmige, mürrisch aussehende Iren mit Wassereimern in den Händen standen.

»Kann ich etwas für Sie tun?« fragte sie verwirrt.

»Ja, Lady. Sagen Sie, wo brennt's denn nun?« fragte der schlechtgelaunte Anführer der kleinen Truppe.

»Wo es *brennt*?«

»Genau das. Sie haben doch Ihren Hausdiener in den Friseurladen geschickt, um Feueralarm zu geben.«

»Meinen Hausdiener? Aber ich habe gar keinen Hausdiener! Und wer sind Sie überhaupt?«

»Wir sind die Feuerwehr, Ma'am«, erklärte einer von ihnen.

»Die Feuerwehr!« schrie sie.

Der Anführer sah sich stirnrunzelnd um. »Tja, und wie's aussieht, haben Sie soeben falschen Alarm ausgelöst –«

»Was soll das heißen, falschen Alarm ausgelöst? Ich sage Ihnen doch, ich habe keinen Hausdiener und auch keinen Feueralarm gegeben!«

Während sich die Männer wütend ansahen, bemerkte Natalie, daß Ryder mit einem unschuldigen Grinsen die Straße heraufspaziert kam. Wütend starrte sie ihn an. Bestimmt steckte dieser unausstehliche Schuft hinter der ganzen Sache!

»Kann ich Ihnen in irgendeiner Weise behilflich sein, Gentlemen?« fragte er die Feuerwehrmänner in freundlichem Ton.

Der Chef der Truppe drehte sich zu Ryder um und zeigte auf Natalie. »Die Lady da hat falschen Feueralarm gegeben. Sie hat ihren Hausdiener geschickt –«

»Sie verdammter Idiot! Ich habe gar keinen Hausdiener!« platzte Natalie heraus. Als sie sah, wie Ryder mühsam ein Grinsen unterdrückte, hätte sie ihn am liebsten an Ort und Stelle erwürgt.

Der beleidigte Feuerwehrmann starrte Natalie finster an. »Ich bin also ein Idiot, wie, Miss? Ich hätte nicht übel Lust, Sie der Polizei zu übergeben, jawohl!«

»Oh!« kreischte sie empört.

Ryder strich sich nachdenklich über das Kinn. »Wann wurde denn der falsche Alarm gegeben, meine Herren?«

»Vor weniger als zehn Minuten, Sir.«

Ryder blinzelte Natalie zu. »Dann kann die Lady unmöglich den Alarm gegeben haben. Wissen Sie, ich war den ganzen Vormittag hier und habe versucht, Miss Desmond den Hof zu machen.«

Während Natalie nach Luft schnappte, begannen die Feuerwehrmänner vergnügt zu grinsen. »Sind Sie sich da ganz sicher, Sir?« fragte ihr Anführer Ryder.

»O ja«, erwiderte er ernst. »Ich habe das Gefühl, als würde ich Miss Desmond schon seit ewigen Zeiten umwerben. Sie wissen sicher, wie stur diese kleinen Südstaatlerinnen manchmal sein können.«

»Allerdings«, gaben die Männer zu.

»Auf jeden Fall habe ich Miss Desmond mit Pralinen und Blumen zu bewegen versucht, und kurz bevor Sie hier aufgetaucht sind, hat sie sich endlich einverstanden erklärt, mich heute nachmittag zu einem Konzert zu begleiten. Sie werden sie doch wohl hoffentlich jetzt nicht mit ins Gefängnis nehmen und all meine Pläne zunichte machen, oder?«

Der oberste Feuerwehrmann zögerte. »Nun, Sir –«

»In der Tat war ich gerade erst gegangen, und nur der laute Streit hier vor der Gartentür hat mich zurückgelockt. Sie sehen, die Lady kann also unmöglich einen Hausdiener losgeschickt haben, um Sie zu benachrichtigen.«

»Also gut«, murmelte der Mann, und die vier zockelten mit ihren Eimern davon.

Sobald die Feuerwehrmänner außer Hörweite waren, wandte sich Natalie zornig an Ryder. »Oh, Sie widerwärtiger Schurke! Wie können Sie es wagen, auch noch einen falschen Alarm auszulösen?«

»Ich?« Er legte eine Hand aufs Herz. »Wer sagt denn, daß ich den falschen Alarm ausgelöst habe? Ich war zufällig gerade in der Nähe und habe dich großmütig davor bewahrt, im Gefängnis zu landen – wofür du mir eigentlich dankbar sein solltest.«

»Sie Schuft! Das ist einfach der Gipfel! Und diesen Kerlen auch noch zu erzählen, Sie würden mich hofieren!«

Er grinste. »Aber ich hofiere dich tatsächlich, Natalie.«

Natalie wurde zunehmend fassungsloser. Vor Zorn stotterte sie: »U-und das, n-nachdem Sie versprochen haben, sich zu benehmen!«

»Ich habe versprochen, mich dir nicht aufzudrängen. Habe ich mich Ihnen vielleicht in irgendeiner Form unsittlich genähert, Miss Desmond?«

»Nein, Sie haben mich nur vollkommen blamiert! Sie schaffen es noch, meinen Ruf zu ruinieren!«

Ungerührt erwiderte er: »Das schaffe ich vielleicht tatsächlich, wenn du mir nicht versprichst, daß du mich heute nachmittag begleitest.«

Natalie war zu erregt, um etwas zu erwidern, aber ihr Schnauben war Antwort genug.

Er verbeugte sich elegant. »Miss Desmond, würden Sie mir die Ehre erweisen, mich –«

»Also gut!« unterbrach sie ihn entnervt. »Aber jetzt verschwinden Sie besser, ehe ich Sie erwürge und Ihnen die Mühe erspare, heute nachmittag noch einmal hierherkommen zu müssen!«

Er spazierte lächelnd davon, und sie stürmte zurück ins Haus, wobei ein heimliches Lächeln auf ihren Lippen lag.

Das Konzert fand in einem baumbestandenen Park am Rand der Festung statt, die sich über dem breiten, glänzenden Ashley River erhob. Ryder stand mit Natalie inmitten anderer Charlestoner Bürger und lauschte lächelnd dem Konzert. Als plötzlich der »Draufgängermarsch« ertönte, hatte er das Gefühl, als werde er nur ihm zu Ehren gespielt. Das Repertoire des Orchesters gefiel ihm, und er genoß es, an diesem sonnigen Frühlingstag im Grünen zu sein und den würzigen Geruch des Meeres sowie die schweren Düfte von blühendem Jasmin, Hartriegel und Magnolien einzuatmen.

Aber vor allem genoß er es, neben der eleganten jungen Dame zu stehen, die er so hartnäckig hatte überreden müssen, ihn zu begleiten. Heute nachmittag sah er Natalie zum ersten Mal als eine Vision wunderbarer Weiblichkeit. Der strahlende Sonnenschein erhellte ihr Gesicht, und sie sah aus wie eine zarte Frühlingsblume in ihrem rosafarbenen Seidenkleid mit dem schmalen Oberteil und den Puffärmeln. Dazu trug sie einen passenden, mit Seidenblumen und einer Schleife verzierten Hut und einen spitzenbesetzten Sonnenschirm. Als sie so mit großen Augen zu dem Orchester sah und im Rhythmus der Musik mit den Füßen wippte, wäre niemand auf die Idee gekommen, daß diese wohlerzogene junge Dame jede Nacht mit einer leuchtend roten Perücke und einem tief ausgeschnittenen Kleid in einer billigen Spelunke auf den Schößen wildfremder Kerle saß.

Genausowenig käme ein flüchtiger Beobachter auf den Gedanken, daß Ryder seine Zeit auch in anrüchigen Kneipen verbrachte. Aus Respekt vor Natalie hatte er einen schokoladenbraunen, einreihig geknöpften Frack und lederfarbene Hosen angezogen und sein Haar ordentlich zusammengebunden. Das einzige Zugeständnis an seinen Nonkonformismus war, daß er seinen Zylinder statt auf dem Kopf in den Händen trug. Wie sehr er unbequeme, eng sitzende Hüte haßte!

Ryder und Natalie applaudierten, nachdem das Orchester das letzte Lied beendet hatte, und als sich das Publikum zu zerstreuen begann, sah er sie an. »Nun, Natalie? War es so schlimm?«

Sie lächelte. »Nein – die Musik hat mir sehr gut gefallen. In der Tat hatte ich beinahe schon vergessen, wie nett so ein Ausflug sein kann. Danke, daß Sie mich eingeladen haben.«

Ryder pfiff. »Habe ich mich etwa gerade verhört?«

»Wenn Sie sich über mich lustig machen, gebe ich Ihnen gerne ein paar hinter die Ohren.«

Ryder wollte Natalie gerade lächelnd seinen Arm reichen, als plötzlich zwei gebrechlich wirkende, elegant gekleidete ältere Damen, gefolgt von einem schwarzen Bediensteten, zu ihnen traten.

»Hallo, Natalie«, sagte die größere der beiden und blickte neugierig durch ihr Lorgnon. »Wie schön, dich zu sehen – noch dazu in Begleitung eines so attraktiven Gentleman.«

Bei diesen Worten sah sich Natalie gezwungen, der Höflichkeit Genüge zu tun. »Miss Rose, Miss Grace, darf ich Ihnen einen Freund vorstellen? Ryder Remington, Lord Newbury, aus England.« An Ryder gewandt sagte sie: »Ich möchte Sie mit zwei der nettesten Damen von ganz Charleston bekannt machen, Miss Rose Peavy und ihre Schwester, Miss Grace. Wir gehören derselben Kirchengemeinde an.«

»Meine Damen, es ist mir eine Ehre«, sagte Ryder und gab den beiden alten Jungfern jeweils einen vollendeten Handkuß, was sie vor Freude erstrahlen ließ.

»Meine Schwester und ich sind froh, daß Sie Natalie zu diesem Konzert eingeladen haben, Lord Newbury«, sagte Rose. »Die junge Dame verbringt viel zuviel Zeit in ihrer Fabrik.«

»Das finde ich auch«, murmelte Ryder.

»Genau wie ihre Tante«, fügte Grace hinzu und sah sich verwundert um. »Übrigens, wo ist denn Love?«

Natalie zwang sich zu einem freundlichen Lächeln. »Meine Tante ist in Summerville, wo sie Freunde besucht.«

»Wie schön. Bitte grüße sie von uns«, sagte Rose.

»Das werde ich tun.«

»Wir freuen uns schon darauf, dich morgen in der Kirche zu sehen, Natalie«, fügte Grace hinzu und sah Ryder mit einem hoffnungsvollen Lächeln an. »Und vielleicht kommt Lord Newbury ja auch?«

Ryder verbeugte sich vor den beiden Damen, und immer noch lächelnd spazierten sie davon.

Natalie schüttelte den Kopf und sah Ryder mit einem ironischen Lächeln an. »Soso, Lord Newbury, Sie können also tatsächlich ein Gentleman sein, wenn Sie wollen.«

»Ich bin schließlich nicht gerade in den Londoner Elendsvierteln aufgewachsen, Natalie.«

Ihr Blick fiel auf den goldenen Siegelring an seiner Hand. »Nein – wahrscheinlich stammen Sie aus einer hochanständigen Adelsfamilie.«

Er bot ihr seinen Arm. »Ein wunderbarer Tag. Wollen wir nicht noch ein wenig spazierengehen?«

Es war wirklich ein wunderbarer Tag, dachte Natalie. Sie merkte, daß auch sie den gemeinsamen Ausflug noch nicht beenden wollte, da der Gentleman in Ryder sie insgeheim bezauberte. »Ja, das wäre schön.«

Sie überquerten den Rasen und gingen zu Ryders Kutsche, um Joseph zu sagen, daß sie noch ein wenig spazierengehen würden. Dann gingen sie die Battery Street entlang, die von einer Reihe Prachtbauten gesäumt wurde, die alle so gebaut waren, daß die kühle Brise vom Ashley River über die Veranden wehte. Dann gingen sie die Meeting Street hinab, in der sich heute zahlreiche Kutschen und Fußgänger drängten.

Ryder sah sich zwischen den modisch gekleideten Familien, den Sklaven, den Verkäufern und den paar Indianern in Kleidern von Weißen um. »Woher kommen plötzlich all diese Leute?« fragte er verblüfft.

»Im Augenblick herrscht in Charleston Hochsaison«, erklärte Natalie. »Von Januar bis Mai kommen alle Pflanzer aus der Umgebung mit ihren Familien hierher, um in der King Street einzukaufen und an gesellschaftlichen und kulturellen Veranstaltungen teilzunehmen.«

»Verkehrst du auch in diesen Kreisen, Natalie?«

»O nein«, kam die prompte Antwort. »Wahrscheinlich stamme ich aus einer ebenso guten Familie wie alle anderen hier, und als Tante Love und ich nach Charleston kamen, wurden wir gleich von einigen der großen Damen der hiesigen Gesellschaft eingeladen.« Sie lachte. »Ich glaube, am Anfang dachten die Leute, wir beide wären Abolitionisten, weil wir aus England kamen und keine Sklaven hatten. Aber als erst einmal herauskam, daß wir unsere Tage damit verbrachten, eine Fabrik zu leiten, statt irgendwelche Handarbeiten zu machen und Teegesellschaften zu geben, waren wir nicht mehr standesgemäß. Sie werden niemals erleben, daß eine von uns eine Einladung zum Ball des Jockey-Clubs oder zum Beitritt zur Akademie der Feinen Künste erhält.«

Er lachte in sich hinein. »Das alles scheint dir nicht gerade das Herz zu brechen.«

Sie zuckte mit den Schultern. »Ich habe keine besondere Vorliebe für Soireen, Maskenbälle, Theateraufführungen oder Handarbeitskreise. Ich habe wesentlich wichtigere Dinge zu tun.«

»Klar, du bist schließlich eine unglaublich vielbeschäftigte junge Frau.«

»Und Sie sind ein unglaublich fauler Kerl.«

»Touché», murmelte er. »Und was ist mit den beiden charmanten Damen, die du mir eben vorgestellt hast? Wissen sie nicht, daß du und deine Tante gesellschaftlich unannehmbar seid?«

Natalie mußte lächeln. »Miss Rose und Miss Grace sind zwei der freundlichsten und großartigsten Frauen, die ich je kennengelernt habe. Sie verbringen die meiste Zeit mit wohltätigen Arbeiten, ob sie nun gerade im Krankenhaus oder im Waisenhaus arbeiten oder Gelder für besondere Zwecke sammeln. Aber auch wenn sie in einem Dutzend Vereine sind, sind sie zwei unabhängige Frauen, denen es egal ist, ob sie wohlangesehen sind oder nicht. Wie ich besuchen sie den anglikanischen St.-Philips-Dom, auch wenn es momentan wesentlich schicker ist, in die Episkopalkirche St. Michael zu gehen.« Da sie durch diese Worte an ihre Christenpflicht erinnert wurde, fügte sie freundlich hinzu: »Und, wie die beiden Damen schon sagten, wir würden uns freuen, wenn Sie ebenfalls kämen.«

»Ich gehe nie in die Kirche, Natalie«, lehnte er schroff ab.

»Das denke ich mir«, erwiderte sie kühl.

Ryder preßte die Lippen zusammen. In dem Augenblick, in dem er die Worte ausgesprochen hatte, hatten sie ihm bereits leid getan.

Aber wie sollte er Natalie erklären, daß er der Kirche den Rücken zugewandt hatte, wenn ihn diese Entfremdung noch schmerzte? Und was noch schlimmer war, durch seine unbedachte Äußerung hatte er sich die Möglichkeit genommen, nicht nur erneut mit ihr zusammenzusein, sondern ihr auch zu zeigen, daß er mehr war als ein hoffnungsloser Taugenichts.

Schweigend gelangten sie an die Ecke Meeting und Broad Street. Hier, in der Nähe des Zentrums, herrschte noch mehr Trubel und Lärm. Einkäufer drängten sich, gefolgt von ihren Pakete schleppenden Sklaven, aneinander vorbei. Uniformierte Wachmänner salutierten auf dem Hof des Polizeihauses. Ein paar Damen in spitzenbesetzten Ausgehkleidern und mit Seidenhüten trippelten die Treppe zur St.-Michaels-Kirche hinauf. Ein halbes Dutzend älterer Männer lungerte Zeitung lesend oder Domino spielend auf den Stufen des Polizeihauses herum. In einiger Entfernung, an der Kreuzung zur belebten Broad Street, sah Ryder die prächtige Fassade der Börse, vor deren Türen gerade eine Sklavenversteigerung stattfand.

Natalie sah sich besorgt in dem allgemeinen Gedränge um. »Vielleicht sollten wir allmählich umkehren?«

Er nickte. »Laß uns durch die King Street gehen und dort noch einen Tee trinken.«

Sie wählten eine Pension an der Ecke Broad und King Street, wo ihnen die Frau des Besitzers Tee, köstliche Sauerteigfladen und Obst servierte.

Als Ryder Natalie einen mit Erdbeermarmelade bestrichenen Fladen reichte, merkte er, wie sehr er sich danach sehnte, mit ihr allein zu sein. Seltsam – selbst die förmlichen Kleider, die er normalerweise haßte, trug er in ihrer Gegenwart gerne. Dann dachte er an die kommende Nacht und wurde wieder mal frustriert und eifersüchtig.

»Ich hoffe doch, daß du heute abend nicht schon wieder in die Taverne willst«, sagte er.

Sie nahm den Fladen und biß vorsichtig hinein. »Ich werde ein paar Stunden dort arbeiten, aber ich habe Ned schon gesagt, daß ich früh gehen muß.«

Er stöhnte. »Mußt du heute abend denn überhaupt dorthin?«

»Ja.«

»Nun, wenigstens bleibst du nicht so lange wie sonst.« Doch plötzlich sah er sie argwöhnisch an. »Warum überhaupt?«

»Wissen Sie das wirklich nicht?«

»Nein. Aber eins sage ich dir – laß dir bloß nicht einfallen, dich zu einem mitternächtlichen Rendezvous mit einem anderen Mann zu schleichen.«

Sie unterdrückte ein Grinsen, legte ihren Fladen auf den Teller und strich sich die Ärmel glatt. »Sie vergessen, daß morgen Sonntag ist. Auch wenn das für Sie keine Bedeutung hat – ich habe eine Bibelklasse und muß mich darauf vorbereiten.«

Ryder hätte sich fast an seinem Tee verschluckt. Er stellte die Tasse ab und sah sie verwundert an. »Was für eine reizende Mischung – Lehrerin an der Sonntagsschule und zugleich Schankmädchen.«

Von seiner guten Laune angesteckt, fragte Natalie: »Und welche der beiden ziehen Sie vor, Lord Newbury?«

Er musterte sie mit einem teuflischen Funkeln in den Augen, ehe er heiser erwiderte: »Ich glaube, ich würde die Lehrerin mit zu mir nach Hause nehmen und dann mit dem Schankmädchen schlafen.«

»Oh!« Sie errötete bis unter die Haarwurzeln. »Und ich dachte, Sie würden sich heute nachmittag wie ein Gentleman benehmen.«

Er zog eine schwarze Braue hoch. »Wie bist du denn auf die Idee gekommen, Natalie?«

Sie warf ihre Serviette nach ihm, und er fing sie grinsend auf.

Obgleich sie züchtig den Blick senkte, war er nicht bereit, so schnell von diesem interessanten Thema abzulassen. »Du willst also nicht, daß ich uns hier ein Zimmer miete?« fragte er. »Schließlich sind wir beide so elegant gekleidet, daß ich den Besitzer bestimmt davon überzeugen könnte, daß wir ordnungsgemäß verheiratet sind.«

»Damit wir uns dann ins *unordnungsgemäße* Vergnügen stürzen?« Sie kämpfte gegen ein Lächeln an. »Sie sind wirklich fest entschlossen, mich zu ruinieren, nicht wahr?«

»Bist du dir sicher, daß das dein Ruin wäre?« fragte er leise. »Vielleicht wäre es einfach nur der Himmel auf Erden.«

»Ihre Bescheidenheit verblüfft mich immer wieder, Sir.«

Er bedachte sie mit einem verführerischen Blick, aber seine Worte klangen nicht mehr ganz so schlagfertig. »Liebling, du siehst heute so wunderbar und so bezaubernd aus, daß mir erneut klar wird, wie sehr ich es hasse, daß du in dieser schmierigen Spelunke arbeitest.«

Sie griff mit zitternden Fingern nach ihrer Teetasse. Er hatte tatsächlich »Liebling« zu ihr gesagt! »Ich weiß, daß Sie mit meiner Strategie nicht einverstanden sind, aber genauso müssen Sie wissen, daß Sie mir nichts zu sagen haben.«

»Ich bin davon überzeugt, daß dir diese ganze Maskerade nichts als Ärger einbringt. Ich denke, wenn du die Antworten auf deine Fragen in der Taverne finden würdest, hättest du sie inzwischen schon.«

»Das sehe ich anders«, widersprach Natalie bestimmt. »Wir haben jeden Abend andere Gäste. Jedesmal, wenn ein Schiff im Hafen einläuft, kommen neue Seemänner herein. Früher oder später werde ich auf jemanden stoßen, der etwas über Tante Loves Verschwinden weiß.«

»Ich glaube, du suchst die berühmte Nadel im Heuhaufen. Ich fände es immer noch vernünftiger, wenn wir nach England fahren und versuchen würden, den Schmugglerring direkt an der Quelle auszuheben.«

»Und Sie reden von der Nadel im Heuhaufen!« spottete sie. »Wie sollen wir denn jemals die Spur der Schmuggler bis nach England zurückverfolgen? Sollen wir etwa jede Fabrik in London, Manchester und Lancashire abklappern?«

Darauf schwieg er.

Als sie die Pension verlassen hatten und die King Street hinuntergingen, legte Natalie Ryder die Hand auf den Arm und bat ihn, vor einem Stoffgeschäft stehenzubleiben. Mit traurigem Blick wies sie auf einen Ballen im Schaufenster. »Sehen Sie den blauen Musselin da? Er wurde aus England herübergeschmuggelt, aber das wird der Ladenbesitzer niemals zugeben. Ich habe ihn bereits gefragt, aber er leugnet es.«

»Warum suchst du dir dann nicht einfach eine Stelle als Verkäuferin in der King Street und fängst hier mit Nachforschungen an?« schlug er vor. »Das wäre wenigstens sicherer als die Arbeit in der Taverne.«

»Sie vergessen, daß ich tagsüber in der Fabrik beschäftigt bin. Außerdem kennen mich sämtliche Ladenbesitzer. Bis vor kurzem haben sie fast alle ihren Stoff bei uns gekauft. Und dann, als plötzlich die billigere englische Ware kam, hatten sie nicht die geringsten Skrupel, uns einfach fallenzulassen. Aber sie sind viel zu verschlagen, um zuzugeben, daß sie die Gesetze übertreten.«

Er runzelte die Stirn und machte sich in Gedanken eine Notiz, ein paar der Geschäfte genauer unter die Lupe zu nehmen. »Man sollte meinen, daß die hiesigen Geschäftsleute ein ortsansässiges Unternehmen unterstützen.«

»Den meisten von ihnen geht es nur um das eigene Geschäft«, antwortete sie.

Schweigend setzten sie ihren Weg fort. Als sie die Tradd Street überquerten, erscholl plötzlich das laute Rattern einer heranrasenden Kutsche, und gerade noch rechtzeitig zog Ryder Natalie zurück, um sie vor den riesigen Rädern des Ungetüms zu bewahren. Die Pferde donnerten nur wenige Zentimeter an ihnen vorbei.

Halb benommen rangen sie beide nach Luft. »Ist alles in Ordnung?« fragte Ryder besorgt.

»Ja – aber wo in aller Welt kam die Kutsche bloß her?« sagte sie, die Hand aufs Herz gepreßt. »Ich habe sie gar nicht kommen sehen.«

»Ich weiß. Das war wirklich knapp. Wir müssen vorsichtiger sein.«

Der Zwischenfall beunruhigte Ryder stärker, als er Natalie gegenüber zugeben wollte. Als er und Natalie auf die Straße getreten waren, hatte er die Kutsche gesehen, aber sie war weit genug entfernt gewesen, um sicher auf die andere Seite zu gelangen. Dann hatte der Kutscher mit der Peitsche geknallt und das Gefährt war direkt auf sie zugerast. Es schien, als hätten sie überfahren werden sollen.

Dieser Gedanke ließ Ryder das Blut in den Adern gefrieren.

Abends in der Taverne war Ryder nervös wie ein rolliger Kater, als er Natalie beobachtete, die sich selbstsicher zwischen den Humpen schwingenden, grölenden Gästen bewegte. Nachdem er sie den ganzen Nachmittag für sich allein gehabt hatte, war er eifersüchtiger, frustrierter und nachdenklicher als je zuvor. Sie gehörte *ihm*, verdammt – zumindest hoffte er das!

Die Erinnerung an den Zwischenfall mit der Kutsche und das Wissen, daß sie auch jetzt in Gefahr sein konnte, schürten noch seinen Zorn. Als er sah, wie ein glatzköpfiger, schnauzbärtiger Seemann Natalie in den Hintern kniff, erstickte er fast vor Wut. Als Natalie sich umdrehte, um dem Lüstling eine Ohrfeige zu geben, und als dieser aufstand und sich drohend über sie beugte, beschloß Ryder, daß es endgültig genug war. Er sprang auf die Füße, eilte ans andere Ende des Raums und schlug dem Kerl, der es gewagt hatte, sie anzufassen, mitten ins Gesicht. Der Mann ging zu Boden, und noch ehe seine Kumpane reagieren konnten, packte Ryder Natalie am Arm und zerrte sie hinter sich her zur Tür.

»Was zum Teufel bilden Sie sich eigentlich ein?« schrie sie und versuchte, sich seinem Griff zu entwinden.

»Ich finde, daß es jetzt wirklich reicht.«

Draußen zog er sie mit zu seiner Kutsche. »Warum gebärden Sie sich plötzlich wie ein Wahnsinniger?«

»Wie ein Wahnsinniger?« wiederholte er voller Zorn. »Bedenkst du denn nicht, daß eine Frau, die es jeden Abend drauf anlegt, vergewaltigt zu werden, eine Menge zu verlieren hat?«

»Sie wissen ganz genau, daß ich so nur versuche, meine Tante zu finden. Was ist heute bloß los mit Ihnen?«

Er ließ sie los und holte tief Luft. »Natalie, ich glaube, daß wir beide in Gefahr sind.»

»Was soll das heißen?«

»Ich wollte nicht, daß du dir Sorgen machst, aber als ich letzte Woche überfallen wurde, haben mich die Kerle davor gewarnt, mich weiter am Hafen herumzutreiben. Und seitdem sind ein paar von meinen Freunden ebenfalls angegriffen worden. Ich glaube auch, daß der Zwischenfall mit der Kutsche kein Versehen, sondern eine Warnung war.«

Zu seiner Überraschung starrte sie ihn gebannt an. »Sie wissen, wie leid es mir tut, daß Sie von diesen Schurken überfallen wurden. Aber beweist das nicht, daß wir auf dem richtigen Weg sind?«

»Auf dem richtigen Weg?« rief er. »Du bist höchstens auf dem Weg in den Tod.«

Sie hob entschlossen das Kinn. »Bis jetzt ist mir noch nichts passiert.«

In diesem Augenblick verspürte Ryder den beinahe unwiderstehlichen Drang, sie zu erwürgen. »Für eine angeblich tugendhafte junge Dame«, schnauzte er, »bist du ziemlich töricht.«

Ihre Augen blitzten zornig auf. »Nun, Lord Newbury, ich habe Sie nicht nach Ihrer Meinung gefragt und Sie auch nicht um Hilfe gebeten. Wenn Sie meinen, daß die ganze Sache zu gefährlich wird, dann geben Sie doch einfach auf. Was mich betrifft, so bin ich bereit, jedes Risiko einzugehen, um die Wahrheit herauszufinden und meine Tante zu retten.«

Sie machte auf dem Absatz kehrt und marschierte zurück zur Taverne, und Ryder eilte ihr fluchend nach. »Du bist wirklich das sturste Weibsbild, das mir jemals begegnet ist! Irgendwann muß ich bestimmt noch gewalttätig werden, um dich vor deinem Leichtsinn zu retten! Aber jetzt bringe ich dich erst mal nach Hause.«

»Nein, das tun Sie nicht!«

Statt einer Antwort legte Ryder Natalie fluchend die Hände um die Hüfte und warf sie sich über die Schulter. Dann drehte er sich um und ging mit ihr zu seiner Kutsche zurück. »Ich habe gesagt, ich bringe dich jetzt nach Hause«, wiederholte er mit tödlicher Entschlossenheit.

Natalie kochte vor Wut. Sie zappelte, um sich von ihm zu befreien, und als er sie warnend in den Hintern kniff, wäre sie beinahe explodiert. Doch zugleich erregte die unvermeidliche Reibung ihrer Brüste an seinem warmen, harten Rücken ihre Sinne auf eine ganz andere, schockierende Art. Als er sie endlich absetzte, glühte ihr Gesicht vor Zorn und Scham.

Die Wut und die Spannung waren so stark, daß die Luft zwischen ihnen beiden flimmerte.

11. Kapitel

Am nächsten Nachmittag nach der Kirche erschien Ryder überraschend bei Natalie zu Hause. In ihren Sonntagskleidern öffnete sie die Tür am Ende der Veranda und entdeckte ihn auf den Stufen. Dieses Mal trug er ein lässiges weißes Hemd und dunkle Reithosen, und sein langes schwarzes Haar fiel lose bis auf seine Schultern. Hinter ihm auf der Straße stand seine Kutsche.

Bei seinem Anblick klopfte Natalies Herz vor Aufregung schneller. Unweigerlich fiel ihr ein, wie sich ihre Brüste am Vorabend an seinem harten Rücken gerieben hatten.

»Lord Newbury«, grüßte sie ihn dennoch einigermaßen gefaßt. »Sie scheinen es sich zur Gewohnheit zu machen, hier zu erscheinen.«

Er setzte sein gewinnendstes Lächeln auf. »Ich bin gekommen, um dir ein Friedensangebot zu machen.«

Sie zog eine ihrer zart geschwungenen Brauen hoch. »Ich wußte gar nicht, daß zwischen uns beiden Krieg herrscht.«

»Gestern abend haben wir uns wohl kaum im Einvernehmen voneinander getrennt.«

»Es überrascht mich, daß Sie sich überhaupt noch daran erinnern.«

»Miss Desmond, es gelingt Ihnen einfach immer, einen unvergeßlichen Eindruck bei mir zu hinterlassen«, stichelte er.

»Und aus welchem Grund kommen Sie heute?«

»Ich dachte, du hättest vielleicht Lust, mich auf einer Fahrt mit Harrys Schoner zu begleiten. Wir könnten nach James Island hinübersegeln.«

Sie verschränkte die Arme vor der Brust. »Wollten Sie Harry das Schiff nicht zurückgeben?«

Er sah sie belustigt an. »Du erwartest ja wohl nicht ernsthaft von mir, daß ich ihm den Schoner zurückgebe, bevor ich wenigstens einmal das Vergnügen hatte, damit zu segeln.«

»Und jetzt wollen Sie mich zu Ihrer Komplizin machen?«

»Liebling, bist du das nicht sowieso schon?«

Sie räusperte sich, aber er fuhr ungerührt fort: »Außerdem habe ich bereits eine Mannschaft angeheuert, und dann war ich noch in der netten Pension, in der wir gestern Tee getrunken haben, und habe die Frau des Besitzers gebeten, mir einen köstlichen Picknickkorb zurechtzumachen.«

»Himmel, Sie lassen sich wirklich nicht lumpen«, murmelte sie. »Aber ich habe heute so viel zu tun –«

»Am Tag des Herrn?« fragte er spöttisch. »Du bist aber keine gute Christin, Natalie.«

»Das, was Sie vorhaben, macht mich bestimmt nicht besser.«

Er grinste. »Bestimmt nicht.«

Natalie rang einen Augenblick mit sich, doch dann traf sie eine Entscheidung. »Lord Newbury, ich weiß Ihre freundliche Einladung wirklich zu schätzen, aber ich bin bereits gestern mit Ihnen ausgegangen, und das ist vorerst genug. Ich muß heute noch viel Arbeit erledigen.«

»Miss Desmond«, sagte er mit einem dramatischen Seufzer. »Sie brechen mir das Herz.«

Als er sich umdrehte und davonging, sah Natalie ihm stirnrunzelnd nach. Er hatte sich viel zu schnell geschlagen gegeben! Doch dann fiel ihr ein, daß seine Augen boshaft aufgeblitzt hatten, als er sich abgewandt hatte.

Sie sah, wie er zu seiner Kutsche ging und dort stehenblieb, um mit einem vorbeigehenden Polizeibeamten zu sprechen. Einen Augenblick später drehten sich die Männer um und starrten sie an.

Himmel! Was hatte Ryder jetzt schon wieder angestellt?

Natalie stürzte eilig auf die Straße. Sie bedachte den Polizisten mit einem kühlen Lächeln, ehe sie sich mit grimmiger Miene an Ryder wandte. »Also gut, ich komme mit.«

Bei ihren Worten lächelte der Polizeibeamte, tippte sich an den Hut und ging davon.

Ryder sah Natalie mit hochgezogenen Brauen an.

»Aber meine liebe Miss Desmond! Was hat Sie nur so plötzlich bewogen, Ihre Meinung zu ändern?«

Sie starrte ihn zornig an. »Wie können Sie es nur wagen zu fragen, Sie Schuft?« Als er verwundert den Kopf schüttelte, fragte sie: »Welche Schikane hatten Sie sich dieses Mal ausgedacht, um mich zum Mitkommen zu zwingen?«

Er legte die Hand aufs Herz. »Also bitte, Miss Desmond, Sie sehen die Sache völlig falsch –«

»Ersparen Sie mir Ihre Unschuldsbeteuerungen und gestehen Sie!«

Nur mit Mühe konnte er das Lachen unterdrücken, als er die Hand ausstreckte und mit einer Rüsche ihres Kleides spielte. »Nun, ich dachte, wenn ich dem Polizisten erkläre, daß du die Besitzerin eines Freudenhauses bist –«

»O nein! Das hätten Sie nicht gewagt!«

»Ach nein?«

»Sie sind ein Schuft!«

Ungerührt fuhr er fort: »Nun, bevor ich der Versuchung erliege und meinen Plan in die Tat umsetze, solltest du vielleicht ins Haus gehen und dir etwas Bequemeres anziehen.« Er musterte ihr hochgeschlossenes blaues Seidenkleid mit den unzähligen Perlmuttknöpfen. »Das Kleid ist bestimmt nicht dafür geeignet, um mit mir am Strand spazierenzugehen.«

Natalie bedachte ihn mit einem vernichtenden Blick und protestierte leise, aber schließlich gewannen Ryders Charme und seine gute Laune sowie das Wissen, daß dieser Draufgänger ihr das Leben unnötig schwermachen würde, wenn sie sich ihm nicht fügte, die Oberhand. Sie ging mit ihm ins Haus, ließ ihn im Wohnzimmer warten und ging die Treppe hinauf. Während sie ein tief ausgeschnittenes, tailliertes, weißes Musselinkleid anzog, mußte sie bei dem Gedanken an seine Lausbubenstreiche schmunzeln. Sie merkte, daß sie der Gedanke, erneut mit ihm auszugehen, erregte. Auch wenn er ein Taugenichts war, hatte Ryder das Talent, selbst die alltäglichste Unternehmung in ein Abenteuer zu verwandeln.

Natalie ließ ihr reiches, kastanienbraunes Haar locker um die Schultern fallen, zog bequeme Lederschuhe an und setzte einen breitkrempigen, mit kleinen Seidenblumen verzierten Strohhut auf. Als sie ins Wohnzimmer zurückkam, saß Ryder mit Rodney Brandy trinkend und Karten spielend am Tisch. Bei ihrem Eintreten legten beide Männer die Karten ab und erhoben sich. Natalie bemerkte, daß Ryder sie wohlgefällig musterte. Außerdem stellte sie verwundert fest, daß Rodney heute halbwegs elegant und nüchtern war. Er war zwar ziemlich blaß und schwankte leicht, aber er trug seinen besten Anzug, sein Leinenhemd war frisch gestärkt, er war glatt rasiert, und er hatte Pomade im Haar. Natalie hatte noch nicht einmal gewußt, daß Rodney schon aufgestanden war!

Verwirrt sah sie von ihrem Cousin zu Ryder. »Wie ich sehe, haben Sie meinen Vetter bereits kennengelernt.«

»In der Tat. Wir sprachen gerade darüber, wie sehr wir beide dich bewundern«, sagte Ryder fest.

Rodney räusperte sich. »Lord Newbury sagte, daß ihr beide ein Picknick machen wollt.«

Natalies Blick fiel erneut auf Rodney. »Stimmt. Hast du, eh, schon irgendwelche Pläne?«

»Allerdings«, entgegnete er. »Ich besuche mit Miss Prudence Pitney und ihrer Familie ein Harfenkonzert im Queen Street Theater.«

Natalie starrte ihren Cousin verwundert an. »Nun, das klingt wirklich gut, aber ich erinnere mich nicht daran, daß du vorher schon einmal über die junge Dame gesprochen hättest.«

Rodney errötete und trat verlegen von einem Fuß auf den anderen. »Ich habe Prudence erst vor zwei Tagen kennengelernt. Weißt du, ich – ich habe eine Nacht im Arbeitshaus verbracht. Prudence war eine von den Damen der Wohltätigkeitsgesellschaft, die am nächsten Morgen mit Essenskörben vorbeikamen. Sie hat sich, eh, bei dem Wachmann für mich verwendet und mir geholfen, das, eh, Mißverständnis zu beseitigen.«

»Wie großmütig von ihr«, murmelte Natalie.

Ryder machte einen Schritt auf sie zu. »Ich denke, wir sollten jetzt gehen.«

»Natürlich.«

Er nickte Rodney zu. »Es war nett, Sie kennenzulernen, Mr. Desmond.«

»Die Freude ist ganz meinerseits, Lord Newbury.«

Ryder bot Natalie seinen Arm und fügte trocken hinzu: »Viel Glück mit Prudence.«

Als sie beide in der Kutsche saßen, brachen sie in lautes Gelächter aus.

»Das also war dein Cousin Rodney«, sagte Ryder. »Ist er der Sohn deiner Tante?«

»Ja.«

»Und wo ist sein Vater, wenn ich fragen darf?«

Sie seufzte. »Onkel Malcolm ist bereits vor Jahren in London gestorben. Er starb bei einem Duell. Es ging um die Ehre einer Dame von schlechtem Ruf – und mein Vater gab Tante Love die Schuld daran.«

Ryder nahm ihre Hand. »Tut mir leid. Also gab es für Rodney kein positives männliches Vorbild?«

»Das ist noch milde ausgedrückt.«

»Wenn er ein so hoffnungsloser Fall ist, wie ist es ihm dann gelungen, die Fabrik aufzubauen?«

»Rodney war nicht immer ein Taugenichts. Vernünftigerweise hat er das Geld, das er geerbt hat, für den Kauf der Fabrik und des Hauses hier in Charleston ausgegeben.«

»Und was geschah dann?«

Sie bedachte Ryder mit einem tadelnden Blick. »Es wundert mich, daß ausgerechnet Sie das fragen. Charleston ist ein Sündenpfuhl.«

»Allerdings, meine Liebe«, sagte er lachend.

»Ich wüßte zu gerne, was Rodney angestellt hat, um im Arbeitshaus zu landen«, fuhr Natalie fort. »Ich werde nie vergessen, wie er eines Tages von der Polizei nach Hause gebracht wurde, nachdem sie ihn schlafend inmitten einer Kuhherde gefunden hatten.«

»Aber anscheinend gibt es noch gewisse Hoffnung für deinen Cousin«, stellte Ryder fest. »Schließlich ist es ein großer Schritt von einer Kuhherde zu einem Harfenkonzert.«

Ihre Miene wurde traurig. »Glauben Sie wirklich, daß diese junge Frau ihm helfen kann?«

Er nahm erneut ihre Hand und drückte ihre weichen Finger an seine Wange. »Liebling, gerade ich weiß, was für einen guten Einfluß die richtige Frau auf den schlimmsten Höllenhund haben kann.«

Obwohl sie ihm nicht eine Sekunde lang glaubte, mußte sie lächeln. Er war wirklich außerordentlich redegewandt.

Die Kutsche fuhr die Bay Street hinab und hielt schließlich am Ende der mittleren Werft am Cooper River. Als Ryder Natalie auf die Straße half, blieb sie stehen, und ihr Blick schweifte über die zahllosen Rahsegler, Marineschiffe, Paketdampfer und Fischerboote, die sanft auf den Wellen schaukelten. Obwohl der nahegelegene Markt und die Geschäfte sonntags geschlossen hatten, herrschte am Dock reges Treiben. Überall stapelten sich Taschen, Tonnen und Tanks, und Dutzende muskelbepackter Hafenarbeiter schleppten riesige Bananenstauden, Fässer mit Rum und Kisten mit Porzellan. Über den Schiffen segelten laut kreischende Möwen, und es stank nach verrottetem Fisch.

Ryder nahm den Picknickkorb und führte Natalie über die Gangway auf einen zweimastigen Schoner.

»Willkommen an Bord der *Wind*«, sagte er.

Natalie sah sich um und musterte das sauber geschrubbte Teakdeck, das blank polierte Steuerrad und die hohen, geraden Masten. »Armer Harry«, murmelte sie.

»Harry wird sein Eigentum schon früh genug zurückbekommen«, versicherte Ryder ihr.

Die sechs Seemänner, die Ryder für den Ausflug angeheuert hatte, waren bereits auf Posten, lichteten den Anker und setzten die Segel. Ryder ging los, um mit dem Steuermann zu sprechen, und Natalie spazierte zum Bug des Schiffes, von wo aus sie beobachtete, wie es aus der Bucht auslief. Es war ein warmer, sonniger Tag, und die kühle Seebrise streichelte ihre Haut und belebte ihre Sinne. Sie blickte zurück auf die vielen Schiffe in der Bucht: Segelschaluppen und Ruderboote, tief liegende Handelsschiffe und Passagierdampfer auf dem Weg ins Dock. In einiger Entfernung sah sie die Palmzäune von Fort Moultrie an der Spitze von Sullivan's Island. Eine Fregatte mit dem Union Jack war in der Nähe des Pesthauses vor Anker gegangen, wo sie wahrscheinlich kranke Passagiere zur Quarantäne absetzte, ehe sie in den Hafen einlief. Gegenüber von Fort Moultrie auf James Island am südlichen Hafeneingang ragten die Türme von Fort Johnson auf.

Als Natalie sich umsah, stellte sie fest, daß Ryder sich am Steuerrad versuchte, während der Steuermann nervös gestikulierte und ihm zahlreiche Anweisungen gab. Er benahm sich wie ein Kind, das ein neues Spielzeug bekommen hatte. Sie schüttelte den Kopf, blickte wieder über die Reling und dachte daran, mit was für einem Trick er sie dieses Mal dazu bewegt hatte, sich seinen Wünschen zu beugen. Ryder mochte gefährlich und unmoralisch sein, aber sein Sinn für Schabernack und seine Lebensfreude waren einfach ansteckend. Wie bei ihrem gestrigen Ausflug merkte sie, daß ihre Laune besser wurde. In der Tat fiel es ihr hier draußen in der glitzernden Bucht schwer zu glauben, daß sie überhaupt Probleme hatte. Der Wind sang in den Segeln, und die Gischt spritzte ihr kühl ins Gesicht, während sie sanft über die Wellen glitten.

Plötzlich machte der Schoner einen so starken Kurswechsel nach Steuerbord, daß Natalie sich an der Reling festklammern mußte, um nicht das Gleichgewicht zu verlieren. Hinter sich hörte sie laute Flüche und das Knirschen der Masten, während die Rahe lose über ihnen flatterten. Ohne das Geländer loszulassen, sah sie zu, wie zwei Matrosen in der Takelage herumkletterten, um die durchtrennten Leinen neu zu befestigen und die Segel in die richtige Lage zu bringen. In weniger als einer Minute hatte sich das Schiff wieder stabilisiert, und sie schipperten weiter gen Süden.

Ryder kam zu Natalie. »Alles in Ordnung?«

»Abgesehen davon, daß ich eben beinahe mein Frühstück losgeworden wäre, geht es mir hervorragend«, erwiderte sie. »Was war los?«

Er grinste. »Ich wollte mich mal als Steuermann betätigen, aber offensichtlich habe ich nicht das nötige Talent. Also hat man mir gekündigt.« Er legte die Hand unter ihr Kinn und bedachte sie mit einem treuherzigen Blick. »Und ich hatte so gehofft, einen guten Eindruck auf dich zu machen.«

»Für Sie ist das ganze Leben ein einziges großes Abenteuer, nicht wahr?« Er starrte auf die sanften Wogen und atmete tief ein, ehe er die Lippen spitzte und die Melodie des ›Draufgängermarschs‹ pfiff, den sie gestern gehört hatten. Natalie lächelte.

Sie standen schweigend an der Reling, während der Schoner in den breiten Ashley River einbog und sie an den üppigen Gärten und den prächtigen Häusern der Battery Street vorbeitrug. Südlich von ihnen erstreckten sich die Sümpfe, Palmenhaine und glitzernden weißen Strände von James Island.

In der Nähe der Insel gingen sie vor Anker und zwei Matrosen ließen das Beiboot ins Wasser. Ryder kletterte hinein, stellte den Picknickkorb ab und half Natalie die Strickleiter hinunter.

Kurz vor dem Strand sprang Ryder aus dem Boot und schob es auf den Sand, so daß Natalie trockenen Fußes aussteigen konnte. Er griff nach dem Korb und folgte ihr eine kleine Düne hinauf, wo er eine Decke ausbreitete.

»Und was ist mit der Mannschaft?« fragte sie.

»Die Männer bleiben an Bord.«

Sie blickte hinüber zu dem Schiff. »Es wäre nett gewesen, sie auch an Land gehen zu lassen.«

»Und das Zusammensein mit dir zu teilen?« fragte er verärgert. »Nein, so war es nicht geplant, Natalie.«

»Wie war es denn geplant?«

Darauf gab er keine Antwort, sondern sagte: »Miss Desmond, Sie sehen heute so bezaubernd aus, daß ich wirklich dankbar bin, daß es mir gelungen ist, Sie zu entführen.«

Natalie schüttelte den Kopf. »Wissen Sie eigentlich, was für ein unverschämter Kerl Sie sind?«

»Unverschämt?« Er sah sie unschuldig an. »Was habe ich denn verbrochen?«

Sie sah ihn böse an. »Hätten Sie dem Polizisten wirklich erzählt, daß ich ein Bordell leite?«

Er sah sie lüstern an. »Liebling, zur Not hätte ich sogar eine Maske aufgesetzt, mit meinem Schwert herumgefuchtelt und dich entführt.«

Insgeheim freute sich Natalie über diese Antwort. »Sie wollten also unbedingt, daß ich mitkomme?«

»Mehr als alles andere.« Während er sie erneut begierig ansah, griff er in den Picknickkorb. »Hast du Hunger?«

»Und wie!«

Ryder zauberte ein wahres Festmahl hervor: Bries, hauchdünne Scheiben Schinken und Corned beef, Orangenstückchen, Erdbeeren, Trauben, eine Apfeltorte und eine Flasche Madeira. Er füllte einen goldgerandeten Teller und reichte ihn Natalie zusammen mit einem Kristallkelch voller Wein.

»Sie verwöhnen mich«, sagte sie und nippte an dem süßen Getränk.

»Ich würde sagen, daß du es verdient hast, ein wenig verwöhnt zu werden«, erwiderte er. »Es ist wirklich höchste Zeit, daß du mal von deinen Problemen abgelenkt wirst und daß deine Wangen etwas Farbe bekommen.«

»Hier kann man tatsächlich alles vergessen«, sagte sie, blickte auf eine riesige, moosbewachsene Eiche hinter ihm, in deren Geäst viele Vögel zwitscherten, und sah dann auf die kleinen Wellen, die an den Strand plätscherten. »Ein wunderbarer Ort.«

Er beobachtete, wie sich der Wind in ihrem dichten, glänzenden Haar verfing. »Und er wird noch wunderbarer dadurch, daß du diese Düne zierst.«

Er war wirklich ein Charmeur, doch Natalie versuchte, die Unterhaltung auf unverfänglichere Themen zu bringen. »Das letzte Picknick, das ich gemacht habe, ist acht oder neun Jahre her.«

Er pfiff durch die Zähne. »So lange? Du mußt lernen, das Leben auch als erwachsener Mensch zu genießen. Du mußt ja noch ein Kind gewesen sein, als du deine letzten Ausflüge unternommen hast.«

Sie nickte traurig. »Als ich klein war und meine Eltern noch zusammenlebten, verbrachten wir den Sommer immer in Brighton. Wir gingen oft zum Picknicken an den Strand. Manchmal sehne ich mich nach dieser Zeit zurück.«

»Warst du ein Einzelkind?«

»Ja.«

»Und weshalb ist deine Familie zerbrochen? Aber du brauchst mir nicht zu antworten, wenn es zu schmerzlich für dich ist.«

Sie seufzte. »Meine Mutter stammte aus einer wohlhabenden, gutbürgerlichen französischen Familie. Mein Großvater hatte es nie bis in den Adelsstand geschafft, aber während der Revolution wurde er Mitglied des Direktoriums und später unter Napoleon sogar Minister. Gerade als Napoleon sich als Oberbefehlshaber der französischen Armee einen Namen machte, wurde meine Mutter volljährig.«

»Und wie haben sich deine Eltern kennengelernt?«

»Meine Mutter begegnete meinem Vater 1797 im Alter von achtzehn Jahren. Mein Großvater war mit seiner Familie auf Geschäftsreise in London. Wissen Sie, Großvater besaß eine große Möbelfabrik im Stadtteil Saint-Antoine in Paris, und mein Vater stand am Anfang seiner Karriere als Kommissionär an der Londoner Börse. Das war zu der Zeit, bevor Bonapartes Kontinentalsperre die Feindseligkeiten zwischen England und Frankreich eskalieren ließ und den britischen Handel empfindlich traf. Nun, die beiden Männer hatten geschäftlich miteinander zu tun, und so trafen sich meine Eltern ...«

»War die Eheschließung der beiden Teil des Geschäfts?«

Natalie lächelte. »Obwohl ich der festen Überzeugung bin, daß meine Mutter und mein Vater einander wirklich geliebt haben, haben sie eine äußerst turbulente Ehe geführt. Ihre Auseinandersetzungen nahmen noch zu, als Napoleon sich zum Kaiser von Frankreich krönen ließ und die Geschäfte meines Vaters infolge der Berliner Erlasse schlechter wurden. Trotzdem blieb meine Mutter überzeugte Anhängerin der Republik mit einer großen Leidenschaft für Bonaparte.«

Ryder zog fragend eine Braue hoch.

»Leidenschaft im politischen Sinn«, sagte Natalie.

Er grinste. »Das erleichtert mich ungemein.«

Ihr Blick wurde verbittert. »Lange bevor Bonaparte nach Elba verbannt wurde, hatten meine Eltern einen furchtbaren Streit wegen der Angriffskriege des Kaisers. Meine temperamentvolle Mutter packte ihre Sachen und kehrte nach Paris zurück.«

»Das tut mir leid«, sagte er und fügte nachdenklich hinzu: »Ich wußte gar nicht, daß wir so viele Gemeinsamkeiten haben.«

»So, haben wir das?«

Er nickte. »Erstens sind wir beide sozusagen mutterlos. Dann sind wir beide Einzelkinder und zudem das Produkt zweier Kulturen. Du bist zur Hälfte Französin und zur Hälfte Engländerin. Ich bin zur Hälfte Italiener und zur Hälfte Engländer.«

»Ach ja?« fragte sie ehrlich interessiert.

»Mein Vater lernte meine Mutter während einer ausgedehnten Reise über den Kontinent kennen.« Ryders Miene wurde steinern. »Nachdem die beiden in Florenz geheiratet hatten, brachte er meine Mutter und meine Großmutter mit nach London zurück. Die Ehe meiner Eltern war reine Formsache – meinem Vater ging es vor allem um seinen Status und darum, einen Erben zu bekommen –, aber meine Mutter war eine wunderbare Mutter. Leider kam sie vor vier Jahren bei einem Unfall ums Leben.«

»Oh, Ryder, das tut mir leid. Und dein Vater? Was macht er?«

»Er lebt immer noch in London.«

Sie sah ihn mitfühlend an. »Ich nehme an, du hast kein besonders gutes Verhältnis zu ihm?«

»Nein, das habe ich nicht.«

Sie konzentrierten sich schweigend auf ihr Essen. Ryder war vor Natalie fertig, stützte sich bequem auf einen Ellbogen und sah Natalie zu, wie sie ihr Obst und ihr Fleisch aß.

Die Traurigkeit, die sie beide während des Gesprächs verspürt hatten, hatte sich gelegt, aber dafür war die Luft zwischen ihnen nun von einer besonderen, gefährlichen Spannung erfüllt. Das leidenschaftliche Glitzern in Ryders Augen war höchst beunruhigend. Hin und wieder schob er ihr trotz ihres Protestes eine Erdbeere oder ein Stück Brot in den Mund, wobei er ihr jedesmal mit den Fingern über die Lippen strich, was ein verräterisches Verlangen in ihr weckte. Immer wieder füllte er ihr Weinglas und drängte sie, es zu leeren.

Als er ihr eine Traube gab, grinste er plötzlich. »Weißt du, ich bin wirklich froh, daß wir uns heute über unsere Familien unterhalten haben. Jetzt weiß ich endlich, woher du deinen Dickschädel und deine Leidenschaft hast.«

Sie stellte ihr Weinglas ab und starrte ihn trotzig an. »Was für einen Dickschädel und welche Leidenschaft?«

Er zog eine dunkle Braue hoch. »Natalie, du willst mir doch wohl nicht erzählen, daß eine Frau, die sich als Nutte verkleidet und sich permanent wissentlich in Gefahr begibt, schüchtern und zurückhaltend ist?«

Sie betupfte sich den Mund mit einer schneeweißen Serviette. »Ich wüßte nicht, was meine Familie damit zu tun haben soll.«

Er warf den Kopf zurück und lachte. »Meine Liebe, du bist eine halbe Französin. Das ist eine Erklärung dafür, daß du nicht nur die anständige, kleine Jungfrau bist, die ihr bebrilltes Gesicht in den Büchern einer Fabrik vergräbt, sondern daß du zugleich jeden Abend in tief ausgeschnittenen Kleidern in einer billigen Spelunke herumstolzierst und dich schamlos den abscheulichsten Kerlen an die Hälse wirfst.«

Sie bedachte ihn mit einem kühlen Blick. »Ich wüßte nicht, weshalb ich diese Dinge nicht miteinander verbinden sollte. Außerdem werfe ich mich niemandem an den Hals. Ich tue nur, was ich tun muß, um meine Tante zu finden.«

Er sah sie tadelnd an. »Willst du mir allen Ernstes weismachen, daß dir deine nächtliche Maskerade in der Tradd-Street-Taverne keinen Spaß macht?«

»Nicht den geringsten.«

»Und es gefällt dir kein bißchen, mit all diesen unbekannten und möglicherweise gefährlichen Männern zu flirten?«

»Kein bißchen.«

Er nahm ihren Teller, stellte ihn neben die Decke und beugte sich drohend über sie. »Und das hier gefällt dir auch nicht?«

Als er den Kopf neigte, um sie zu küssen, hätte sie sich ihm am liebsten entgegengestreckt. Statt dessen legte sie die Hände auf seine Schultern und schob ihn fort. »Wie wäre es mit einem Spaziergang?«

»Ein Spaziergang? Himmel, du bist wirklich eine fleißige kleine Engländerin. Statt wenigstens jetzt einmal das Nichtstun zu genießen, willst du, daß wir uns mit vollem Magen durch die Gegend schleppen.« Er strich ihr mit den Fingerspitzen über die Wange, und als sie leise stöhnte, maß er sie mit einem lüsternen Blick, der ihr das Blut in den Adern gefrieren ließ. »Ich glaube, bevor ich spazierengehe, möchte ich noch einen kurzen Mittagsschlaf mit meiner ungestümen, kleinen Französin halten.«

Natalie schwankte zwischen Panik und Leidenschaft, als er sich plötzlich über den Picknickkorb beugte. »Oh, beinahe hätte ich es vergessen.«

»Was?«

Sie hörte, wie er leise lachte, und eine Sekunde später zog eine seiner starken Hände sie sanft nach hinten, bis sie neben ihm lag.

»Ryder!« Da sie einen ruchlosen Überfall befürchtete, wollte sie aufspringen, aber dann entwaffnete er sie, indem er eine blaß rosafarbene Rose auf ihre Brust legte.

»Eine Rose für meine Lady«, flüsterte er und lächelte sie zärtlich an.

Sie rang nach Luft. Diese Geste war einfach zu süß! Gerührt strich sie mit dem Finger über die samtige, taubenetzte Blüte. »Wie wunderbar. Eine einzelne Rose.«

Statt einer Antwort beugte sich Ryder über ihre Brust und atmete den Duft der Blüte ein. »Ah, ja. Wunderbar.«

»Du Teufel!« Trotz ihrer Erregung lächelte sie. Insgeheim genoß sie seine Nähe. Sie fuhr erneut über die Blume. »Die Blütenblätter sind so weich ...«

»Ja, man muß sich nur vor den Dornen in acht nehmen.«

Natalie starrte ihn an. Sein Blick war so intensiv, als wäre sie eine köstliche Praline, die er unbedingt verzehren wollte. Sie spürte eine eigenartige Hitze in ihrem Bauch, fühlte sich seltsam verletzlich und unsicher. Als Ryder ihr zart über die Wange strich, erschauderte sie.

»Hast du jemals beobachtet, wie eine Blume erblüht, Natalie?«

Sie riß die Augen auf und schüttelte den Kopf.

Er senkte die Stimme zu einem verführerischen Flüstern. »Zuerst ist die Knospe geschlossen wie eine kleine, harte Faust. Dann öffnet sie sich langsam dem Sonnenlicht. Sie saugt vertrauensvoll die Wärme ein, und schließlich bricht sie freudig auf ...«

Natalie errötete. Sie wußte, daß er versuchte, sie zu erregen, aber was noch schlimmer war – sie erlag tatsächlich seinem Charme. Doch sie konnte unmöglich zugeben, daß sie die sexuelle Anspielung verstand!

Noch während sein Blick sie gefangenhielt, strichen seine Finger prickelnd über ihren Hals. Sie bekam eine Gänsehaut. »Ryder, bitte nicht –«

»Nicht was?« fragte er. »Sie können ja wohl kaum behaupten, daß ich Sie vergewaltige, Miss Desmond.«

Doch, mit Worten – und mit Blicken, hätte sie am liebsten gesagt.

»Du mußt unbedingt erleben, wie eine Rose erblüht, Natalie«, flüsterte er in gefühlvollem Ton. »In der Tat gibt es eine ganze Welt, die ich dir zeigen will. Eine Welt reiner, sinnlicher Freuden. Du würdest sie wirklich genießen. Du müßtest dich nur etwas gehenlassen, Liebling.«

Und ob sie es genießen würde, dachte sie halb fasziniert und halb entsetzt. »Ich kann nicht«, flüsterte sie atemlos.

»Warum nicht? Weil du Angst hast, wie deine Eltern in einer unglücklichen Ehe zu enden?«

Sie lachte traurig. »Ja. Obwohl du mich wahrscheinlich noch nicht einmal heiraten, sondern nur ruinieren würdest.«

»Oh, Natalie.« Seine verwegenen Finger glitten noch tiefer. Sie liebkosten zunächst die Rose und dann das zarte Fleisch ihrer Brust. »Warum sollen wir uns gerade heute über unsere Zukunft Gedanken machen? Warum genießen wir nicht einfach den Augenblick?«

»Du meinst, ich soll mich von der Herrlichkeit des Augenblicks *verführen* lassen?« fragte sie mit brüchiger Stimme.

»Ja, Liebling, das sollst du.«

Wider Erwarten blieb der direkte Angriff, für den sie sich innerlich wappnete, aus. Statt sie einfach zu küssen, strich Ryder ihr weiter langsam und zärtlich über das Kleid, spielte mit dem Spitzenbesatz ihres Dekolletés, erregte sie mit leidenschaftlichen Blicken und der Hitze seines Atems auf ihrem Gesicht.

»Entspann dich, mein Liebling. Atme den Duft des Meeres ein. Betrachte die Vögel hoch oben in der Luft.«

Sie atmete *ihn* ein, betrachtete *ihn*. Ryders Männlichkeit war so überwältigend, daß es ihr unmöglich war, noch irgend etwas anderes wahrzunehmen. Er war einfach zu nah und zu verführerisch! Das Verlangen in seinem Blick, die Schönheit seines edlen Gesichts, der Schimmer seines rabenschwarzen Haars verzauberten sie. Sie wollte sich seinen Worten widersetzen, doch sein Duft hüllte ihre Sinne ein wie ein betörendes Parfüm. Sie rang nach Luft und nach

Fassung, doch die Gründe, aus denen sie sich ihm widersetzen sollte, verschwanden aus ihrem Bewußtsein.

Ryder spürte ihre zunehmende Erregung. Um sich an den gefährlichen Dornen nicht zu verletzen, nahm er die Rose von ihrer Brust und begann, ihr süßes Gesicht mit vielen sanften Küssen zu bedecken. Er spürte ihr Zittern und die Glut ihrer Wangen an seinem Mund. Er schob ihr duftendes Haar zurück, um an ihrem Ohrläppchen zu knabbern, was ihr völlig den Atem nahm, und wartete, bis sie leise zu stöhnen begann. Als er endlich ihren hilflosen Aufschrei vernahm, legte er seine Lippen sanft auf ihren Mund.

Die Zärtlichkeit seines Kusses war Natalies Untergang. Irgend etwas in ihrem Inneren brach auf, als spüre sie Ryders warme, feste Lippen zum ersten Mal. Sie konnte nichts dagegen tun, daß sie sich ihm langsam öffnete wie die kleine Knospe, die sie die ganze Zeit vor ihrem inneren Auge sah. Die Glut seines Kusses erwärmte sie, und das Gewicht seines harten Körpers auf ihren weichen Brüsten erregte sie. Als sich seine Zunge zwischen ihre Lippen schob, verspürte sie eine nie gekannte glückselige Qual. Hitze und Verlangen wallten in ihr auf, und ihr Herz machte einen Satz. Der Wein, der inzwischen durch das Blut in ihren Adern floß, umnebelte ihre Sinne. Ohne es zu wollen, schlang sie die Arme um seinen starken Hals und preßte den Mund sehnsüchtig an seine Haut ...

Auch in Ryder stieg die Hitze des Verlangens auf, als er Natalies Lippen kostete und die unglaublich süße, zaghafte Erwiderung seines Kusses spürte. Wie sehr er sich nach diesem Augenblick gesehnt hatte, in dem sie sich begierig zitternd an ihn schmiegen würde. Er schob ihre Lippen weiter auseinander, ergötzte sich an ihrem schmerzlichen Seufzer und schob seine Zunge langsam und besitzergreifend tief in sie hinein. Sie gehörte *ihm*. Sie stöhnte leise auf, und die Brust wurde ihm eng vor Glück, als er sie an sich zog. Ah, sie war einfach himmlisch, sie schmeckte nach Obst und Wein und vor allem ganz nach sinnlicher Frau.

Verwegen begann er, ihren Hals ebenfalls mit zarten Küssen zu bedecken. Seine Lippen ertasteten ihren wilden Puls, und sein Herzschlag paßte sich diesem Rhythmus hämmernd an. Er schob sich tiefer und glitt mit seiner Zunge über ihre weiche Haut, bis er das warme, zitternde Fleisch ihres Busens erreichte, dessen süßen Moschusgeruch er tief einatmete. Aber als er versuchte, die Knöpfe ihres Kleides zu öffnen, spürte er, daß sie erstarrte.

»Ryder, nein, bitte hör auf«, keuchte sie.

Er schob sich neben sie und starrte sie an. Ihre Wangen glühten, und ihre Augen waren dunkel vor Verlangen, Frustration und Unsicherheit. Ihr Atem ging unregelmäßig, und ihre Lippen waren leicht geöffnet, als erflehe sie trotz allem weitere Liebkosungen. Freude wallte in ihm auf, als ihm klarwurde, daß er ihre Leidenschaft geweckt hatte. Er brannte darauf, ihr Verlangen zu steigern, bis sie die schwindelerregenden Höhen der Ekstase erreichte. Aber im Augenblick war es besser, sie nicht weiter zu drängen, denn sonst würde er ihren gemeinsamen Triumph vielleicht zerstören. Er sollte sie lieber noch etwas länger auf die Folter spannen.

»Wie bitte, Natalie?« murmelte er unschuldig.

Sie wiederholte ihr Flehen.

»Nein?« Er strich ihr sanft über die feuchten, sinnlichen Lippen. »Ich kann dich kaum verstehen, Liebling. Bist du sicher, daß du nein gesagt hast?«

»Nein, das heißt j-ja«, stammelte sie.

Zufrieden fuhr er mit seinen Lippen über ihre Wange. »Warum nicht, Liebling? Haben dir meine Küsse nicht gefallen?«

»D-darum geht es nicht.«

»Worum denn?«

Natalie holte tief Luft, schob Ryder zur Seite und setzte sich auf. Mit zärtlichem Vergnügen bemerkte er, daß sie wirklich aufgeregt war. Mit zitternden Fingern strich sie sich die Röcke und die zerzausten Haare glatt. Sie versuchte, erneut die anständige Jungfrau zu spielen, aber sein Kuß hatte sie nicht unbewegt gelassen ...

Er genoß diesen angenehmen, kleinen Sieg. »Nun, Natalie? Bist du ganz sicher, daß ich aufhören soll?«

Da inzwischen die wohlerzogene junge Dame die Oberhand gewonnen hatte, starrte sie ihn zornig an. »Wie können Sie nur eine solche Frage stellen? Schließlich wissen wir beide ganz genau, daß Sie sich von keiner Frau vor den Traualtar schleppen lassen wollen, und daß ich mein Leben lieber als alte Jungfer zubringe als in einer unglücklichen Ehe.«

Ryder brach in dröhnendes Gelächter aus. »Als alte Jungfer? Was für ein grausames Schicksal, meine Liebe.«

Ihre Miene war ernst. »Es ist das Schicksal, das ich gewählt habe.«

»Ein Leben als alte Jungfer! Was für eine unromantische Vorstellung!«

»Es tut mir leid, wenn Ihnen die ungeschminkte Wahrheit nicht gefällt, Lord Draufgänger. Ihnen würde es sicher besser gefallen, wenn ich mich mit amourösen Affären vergnügen würde.«

»Mit amourösen Affären«, wiederholte er nachdenklich. »Das klingt schon wesentlich netter. Könntest du dich mit dem Gedanken anfreunden?«

»Nein.«

Ryder unterdrückte mit Mühe ein Stöhnen, als er aufstand und ihr die Hand hinhielt. »Vielleicht sollten wir tatsächlich ein wenig spazierengehen.«

»Wenn Sie wollen.«

Während sie am Wasser entlanggingen, ließ die Spannung zwischen ihnen ein wenig nach, aber Natalie war immer noch verwirrt und erbost, weil sie Ryder Freiheiten gestattet hatte, die sie eindeutig erregten. Er führte sie an einen Salzsumpf, in dem sich verschiedene Vögel tummelten – ein Flußuferläufer, ein Reiher, ein langschnabeliges Brachhuhn. Die gesamte Umgebung schien ihn zu faszinieren: Er zeigte Natalie eine ungewöhnliche Schneckenmuschel, wies mit der Hand auf eine große Schildkröte, die gerade einen kleinen Fisch verschlang, und pflückte ein paar Wildblumen, die er am Rand ihres Strohhuts befestigte. Seine Lebensfreude war wirklich ansteckend, aber Natalie dachte traurig, daß sie einfach zu verschieden waren, um sie dauerhaft zu teilen.

Sie blickten zum Himmel und sahen den Vögeln nach. Als ein kleines, leuchtend buntes Kerlchen plötzlich ins Wasser stürzte, rannte Ryder los und rettete es. Natalie starrte verwundert auf das scharlachrot, violett und grün gefärbte Tier; es regte sich nicht, aber sein Herz raste wie wild.

»Was ist mit ihm?« fragte sie bestürzt.

»Ich nehme an, er kommt direkt aus Südamerika«, antwortete er. »Wahrscheinlich ist er von dem tagelangen Flug erschöpft.«

»Der Arme. Wird er überleben?«

Ryder fuhr dem Vogel sanft über die Federn. »Wenn wir ihm ein bißchen helfen, bestimmt.«

Er bat sie, ihm eine Serviette aus dem Picknickkorb zu holen, und sie beobachtete fasziniert, wie er das Tier abtrocknete, bis es plötzlich mit den Flügeln schlug. Das glückliche Gesicht, mit dem Ryder zusah, wie sich der leuchtende Vogel in den blauen Himmel erhob, würde Natalie niemals vergessen. Er hatte Ähnlichkeit mit dem Tier, dachte sie – beide waren ungezähmt und frei.

Auf dem Rückweg hob er ein Stück Treibholz auf und sah die grotesken Linien und verzerrten Kanten nachdenklich an. »Interessant«, murmelte er. »Das hier erinnert mich an das Gesicht meines Vaters.«

Sie sah ihn verwundert an. »Was für eine eigenartige Bemerkung.«

Er legte ihr die Hand auf den Arm. »Natalie, gestern wollte ich dich nicht so anfahren, als du mich eingeladen hast, dich in die Kirche zu begleiten. Eines Tages werde ich dir mehr von meiner Familie erzählen, dann wirst du mich verstehen.«

»Du brauchst mir nichts zu erklären.«

»Ach?«

Sie nahm das Stück Holz, das er fallen gelassen hatte, und sah es traurig an. »Ryder, du hast nichts, was dich irgendwo hält. Du hast keine Wünsche und keine Ziele im Leben. Du bist frei wie ein Vogel, launisch und unberechenbar wie ein Stück Treibholz.« Sie warf das Holz ins Wasser, sah zu, wie es von den Wellen herumgestoßen wurde, und nickte dann in Richtung des Schoners. »Und ich bin ruhig und beständig wie ein Anker.«

»Eine recht traurige Beschreibung von uns beiden.«

»Ich versuche nur, ehrlich zu sein. Du hast einfach keine Wurzeln.« Sie sah ihn müde an. »Keine Bindungen, keine Verpflichtungen.«

»Und weshalb helfe ich dir dann bei der Suche nach deiner Tante?« fragte er vorwurfsvoll.

Sie zuckte mit den Schultern. »Du hilfst mir, weil dich dieses Spiel amüsiert. Und du wirst aufhören, mir zu helfen, sobald du dich langweilst – oder sobald du erkennst, daß es dir nicht gelingen wird, mich zu verführen.«

Er packte sie am Arm. »Natalie, was sich eben zwischen uns abgespielt hat, ist mir wichtig.«

»Ich glaube dir, daß es dir im Augenblick wichtig ist«, räumte sie ein. »Aber du hast klar und deutlich zum Ausdruck gebracht, daß du niemals heiraten willst.«

Er sah sie stirnrunzelnd an. »Habe ich das gesagt?«

»Mußtest du es extra sagen?«

Er preßte die Lippen aufeinander und starrte hinaus aufs Meer.

Auch wenn er ehrlich betrübt war, mußte Natalie der traurigen Wahrheit endlich ins Auge sehen. »Ich verstehe, daß es deine männliche Eitelkeit kränkt, wenn ich mich dir nicht an den Hals werfe. Aber wir sind einfach zu verschieden. Du bist ein Draufgänger, und ich bin eine Dame –«

»Ich dachte, du wärst eine alte Jungfer«, warf er ein.

Sie ignorierte seine Bemerkung und fuhr fort: »Du bist nicht bereit, dich irgendwo niederzulassen. Du würdest mich höchstens als

Geliebte haben wollen, aber niemals als Frau. Nun, ich suche weder einen Liebhaber noch einen unzuverlässigen Ehemann. Aus uns kann daher nichts werden.«

12. Kapitel

Am nächsten Abend saß Ryder in der Taverne und versuchte, Natalie nicht aus den Augen zu verlieren, während sie von gierigen Blicken und zudringlichen Händen verfolgt ihrer Arbeit nachging. Er hatte sie am späten Nachmittag aufgesucht und sie erneut gebeten, Vernunft anzunehmen und die verwegene Maskerade aufzugeben, aber wie immer hatte sich das kleine Biest taub gestellt, was an seiner männlichen Eitelkeit und seiner Geduld sichtlich zehrte. Ob er ihrem nächtlichen Treiben wenigstens Einhalt gebieten könnte, wenn er erst einmal mit ihr geschlafen hätte? Aber warum machte er sich darüber eigentlich Gedanken, wenn sein einziges Ziel war, sie zu seiner Geliebten zu machen?

Nun, schließlich mußten sie ja ihre Tante finden, oder etwa nicht? Das würde noch einige Mühe kosten – wenn er das eigenwillige Weibsbild nicht vorher erwürgte!

Seit ihrem gemeinsamen Ausflug an den Strand fühlte sich Ryder noch stärker als zuvor zu Natalie hingezogen – und zugleich war er frustrierter denn je. Ja, sie hatte auf ihn reagiert, aber dann hatte sie sich zusammengerissen und ihm eine Strafpredigt gehalten, daß ihm die Ohren geklingelt hatten.

Bei der Erinnerung lächelte er. Irgendwie gelang es ihr immer wieder, an den Gentleman in ihm zu appellieren! All die frommen Reden von Ankern und alten Jungfern – und über seine Verantwortungslosigkeit! Aber er mußte sich eingestehen, daß er gegen ihre Angriffe auf seine Ehre nicht immun war, daß es ihr aus unerfindlichen Gründen gelang, echte anglikanische Schuldgefühle in ihm zu wecken. Wenn doch nur die anständige junge Dame in ihr lange genug unterdrückt würde, daß der Lüstling in ihm sie nur ein einziges Mal bekäme – ehe der Gentleman in ihm in größere Komplikationen verwickelt wurde, als ihm lieb war.

Ryder wurde aus seinen Gedanken gerissen, als plötzlich seine vier Kumpane hereinspaziert kamen. Hampton, Abbott, Randolph und Spencer wirkten höchst lächerlich. Sie waren schwer bewaffnet und trugen weiße Hemden, dunkle Reithosen und altmodische, elegante Hüte.

»Eure Tarnung ist wirklich perfekt«, sagte Ryder mit einem spöttischen Grinsen. »Es wundert mich nur, daß ihr nicht noch eine Blaskapelle und ein paar Feuerwerkskörper mitgebracht habt.«

»Ryder, jetzt ist nicht der richtige Augenblick für deinen Sarkasmus«, sagte Harry erbost. »Du mußt sofort mitkommen. Wir haben ein Schmuggelschiff auf dem Ashley River entdeckt, nicht weit von der Anlegestelle in Charles Town.«

»Wahrscheinlich wollen sie ihre Fracht irgendwo nördlich der Stadt abladen«, fügte Richard hinzu.

Ryder spannte sich an. »Seid ihr sicher, daß es ein Schmuggelschiff ist?« fragte er Harry.

»Warum sollten sie sich sonst im Schutz der Dunkelheit vom Stono heraufschleichen?« kam Harrys ungeduldige Antwort. »Wenn es ein normales Handelsschiff wäre, würden sie einfach bis Tagesanbruch warten und dann den Hafen im Cooper River anlaufen.«

Ryder nickte und sah zu Natalie hinüber. Er stöhnte, als er sah, wie ihr ein lüsterner Matrose auf den Hintern schlug, doch als sie herumwirbelte und dem Kerl eine schallende Ohrfeige gab, grinste er. Einen Augenblick lang war er hin und her gerissen zwischen dem Wunsch, sie zu beschützen, und der Entschlossenheit, die Schmuggler zu erwischen. Doch ihm war klar, daß ihm die Rolle des Anführers zufiel.

Er wandte sich an John. »Randolph, ich brauche deine Pistole und dein Pferd. Aber behalte den Säbel. Ich möchte, daß du hierbleibst und die Frau bewachst.«

»Aber Ryder!« protestierte John. »Warum soll gerade ich den ganzen Spaß verpassen?«

Ryder stand auf. »Vielleicht, weil ich ein besserer Kämpfer bin als du.«

Harry klopfte Ryder auf den Arm. »Kommt drauf an, in was für ein Gefecht du verwickelt bist, wie, Newbury?«

»Ich bin mit jeder Waffe besser als ihr«, knurrte Ryder, und als die anderen beleidigte Blicke austauschten, streckte er die Hand aus. »Deine Pistole, Randolph. Und vergiß ja nicht, die Frau im Auge zu behalten, sonst bekommst du es mit mir zu tun.«

John murmelte etwas Unverständliches, aber er gab ihm seine Pistole, und die vier Männer verließen eilig das Lokal.

Vom anderen Ende des Raums aus verfolgte Natalie Ryders Weggang mit gerunzelter Stirn. Was hatte er nun schon wieder vor? Langweilten ihn die Abende in der Taverne bereits? Waren die Männer unterwegs, um sich anderswo zu amüsieren, in einem Bordell, bei einem Pokerspiel oder einem Hahnenkampf?

Sie fluchte und ging in die Küche, um ihren Krug neu zu füllen. Was für eine Närrin sie doch gewesen war, seinen leidenschaftlichen Versprechungen am Strand auch nur den geringsten Glauben zu schenken. Sie hätte wissen müssen, daß sie sich nicht auf ihn verlassen konnte, daß er einfach ein verantwortungsloser Draufgänger war, der seinen Teil ihres Abkommens niemals einhalten würde!

Kurze Zeit später galoppierten Ryder und seine Freunde im Mondschein über die Halbinsel. Westlich von ihnen, hinter Palmen, Sumpfgras und kahlen Zypressen, floß der breite, silbrige Ashley River. Im Osten ragte der dunkle Wald vor dem Nachthimmel auf. Es war eine kalte, feuchte und neblige Nacht. Die Schreie der Eulen, die Rufe der Sumpfvögel und das Rascheln der Blätter mischten sich in das Rauschen des Flusses, das Donnern der Pferdehufe und das Schnauben der Tiere.

Als die vier um eine Kurve bogen, hob Ryder die Hand und bedeutete den anderen, ihre Pferde unter einer schützenden Eiche zum Stehen zu bringen. Durch die Nebelschwaden hindurch hatte er ein Stück weiter die Umrisse zweier Pferdewagen entdeckt. Am Ufer des Flusses waren zwei schwer beladene Boote vertäut. Nebelhafte, dunkel gekleidete Figuren eilten hin und her, luden Kisten von den Booten und schleppten sie zu den wartenden Wagen.

»Glaubst du, daß es Schmuggler sind?« fragte George mit angespannter Stimme.

»Ist das das Boot, das ihr vorhin entdeckt habt?«

»Es hat ungefähr dieselbe Größe«, erwiderte Harry. »Obwohl ich nicht erwartet hätte, jetzt zwei vorzufinden.«

»Ein größeres Schiff käme selbst jetzt im Frühling nicht den Stono hinauf«, erklärte Richard. »Ich wette, die Schmuggler laden irgendwo weiter unten an der Küste ihre illegale Fracht auf Leichter um.«

Ryder blickte zu den Schmugglern hinüber und nickte grimmig. »In den Kisten könnte sich durchaus englischer Stoff befinden.«

»Was schlägst du vor?« fragte George.

»Wir sollten uns die Burschen schnappen«, sagte Ryder.

Harry schnaubte verächtlich. »Siehst du denn nicht, daß sie uns zahlenmäßig weit überlegen sind? Das sind mindestens acht Kerle. Wenn du mich fragst, ein großes Risiko, das du da für ein Schankmädchen eingehen willst.«

Ryder sah seinen Freund mit hochgezogener Braue an. »Und das sagt der brillante Fechter, der in Salamanca sechs Infanteristen auf einmal erledigt hat?«

»Das habe ich für den König und das Vaterland getan, nicht für ein rothaariges Flittchen.«

»Genug geredet – laßt uns losreiten«, sagte Ryder.

Murrend wendeten die drei anderen ihre Pferde und folgten Ryder in Richtung der Wagen. Der Nebel wurde schnell dichter, so daß sie einerseits nicht entdeckt werden konnten, andererseits aber auch Schwierigkeiten hatten, irgend etwas zu erkennen. Als Ryder einen Fluch hörte, drehte er sich um und sah, daß Richard von seinem Pferd in den Ashley River fiel. Er stöhnte, aber ihm war klar, daß er jetzt keine Zeit hatte, um seinem Freund zu Hilfe zu eilen. Die Schmuggler hatten Richards Aufschrei ebenfalls gehört. Sie hielten in ihrer Arbeit inne, zogen Pistolen und Schwerter und starrten die Reiter drohend an.

Harry war so unvorsichtig, die Kerle direkt anzusprechen und sie zu fragen, was hier vorging, und eine Sekunde später schoß man ihm den Hut vom Kopf. »Himmel!« stieß er aus.

»Schnappen wir sie uns!« drängte George.

In der Nähe der Wagen brachten die drei ihre Pferde zum Stehen und sprangen ab. Sofort kamen von allen Seiten Schmuggler auf sie zu. Fäuste flogen, Pistolen krachten und rasiermesserscharfe Schwerter teilten den Nebel.

Zuerst kämpften die drei Männer, von den Schmugglern umzingelt, in einer Gruppe. Einen der muskulösen Kerle schlug Ryder mit Leichtigkeit nieder. Dann sah er, daß einer der bärtigen Schmuggler auf Harry zielte, zog sein Rapier und schlug dem Halunken die Pistole aus der Hand. Mit einem wütenden Aufschrei stürzte der sich auf Ryder, aber Ryder machte einen Satz zur Seite, trat ihm in den Bauch und schlug ihn anschließend nieder.

Als nächstes kam ein kleiner Mann mit gezogenem Säbel auf ihn zugerannt. Nur durch ein Täuschungsmanöver gelang es ihm, dem Hieb seines Gegners auszuweichen, doch dann kreuzten sie die Klingen, er parierte die Attacke, machte einen Satz nach vorn und schlug den Mann zurück. Der Nebel war inzwischen so dicht, daß man nichts mehr sah, aber um sich herum hörte Ryder Flüche, Säbelrasseln und Stöhnen. Die Luft war erfüllt von ätzendem Schießpulvergeruch.

Erneut machte Ryder einen Satz, um der tödlichen Waffe seines Gegners auszuweichen. Die Wucht des Hiebes brachte den Kerl ins Schwanken, so daß Ryder ihm nur noch einen leichten Stoß versetzen mußte. Plötzlich spürte er in seinem Rücken eine weitere Klinge. Er fuhr heftig herum, aber dieser Gegner schien wesentlich besser mit dem Schwert umgehen zu können, denn er wehrte jeden Stoß meisterhaft ab. Sie fochten erbittert, ihre Waffen knirschten und krachten, und der Nebel drohte, den kleinsten Fauxpas zu einem tödlichen Fehler zu machen.

Dann hörte er eine bekannte Stimme: »Verdammt!«

»Richard!«

»Allerdings! Bist du es, Newbury? Du hättest mir fast die Eier abgeschnitten!«

Ryder trat näher an seinen Gegner heran und erkannte den tropfnassen, kreidebleichen Spencer. Als er etwas tiefer blickte, sah er einen dünnen Riß in der Hose seines Freundes. »Tut mir leid, alter Knabe. Wie ich sehe, ist es dir wenigstens gelungen, wieder aus dem Fluß zu klettern.«

»Mein blödes Pferd ist gestolpert!« schnaubte Richard.

Neben ihnen drang Harrys Stimme durch den Nebel. »Newbury? Spencer? Himmel, Abbott und ich haben wie zwei Gladiatoren gegeneinander gekämpft.«

»Und wo sind die Schmuggler?« fragte George.

»Seid leise«, befahl Ryder.

Sie schwiegen, und sie hörten, daß in einiger Entfernung Wagenräder knirschten.

»Dieser verdammte Nebel!« brüllte Ryder. »Während wir wie die Blöden aufeinander eingedroschen haben, haben sich die Kerle einfach aus dem Staub gemacht!«

13. Kapitel

Am nächsten Morgen saß Natalie an ihrem Schreibtisch und überprüfte einen Fertigungsplan, als Ryder unangemeldet in ihr Büro gestürmt kam.

»Natalie, ich muß unbedingt mit dir sprechen«, drängte er.

»Du!« Sie nahm ihre Brille ab, stand auf und starrte ihn zornig an. »Wie kannst du es wagen, hier noch aufzutauchen?«

»Was soll das heißen?« fragte er verblüfft.

Sie ging um den Schreibtisch herum und stieß mit einem Finger verärgert gegen seine Brust. »Wir hatten eine Abmachung, du Schuft! Aber statt auf mich aufzupassen, bist du gestern abend einfach gegangen!«

»Aber ich habe Randolph aufgetragen dazubleiben.«

»Dein Freund ist kurz nach dir mit einer Prostituierten verschwunden.«

»Ich werde den Kerl erwürgen!« schnaubte Ryder.

»Vielleicht solltest du im Anschluß daran auch noch dich selbst erwürgen – ich bin sicher, daß du in ähnlicher Weise wie er beschäftigt warst!«

Ryder starrte Natalie an – sie rang zornig nach Luft, ihre Augen blitzten wütend und sie hatte die Fäuste geballt. Plötzlich sah er sie zufrieden an. »Du bist ja eifersüchtig!«

»Bin ich nicht!« erwiderte sie.

»O doch, das bist du. Ich wußte ja gar nicht, daß es mir gelungen ist, deine Zuneigung zu gewinnen«, stichelte er.

»Ich habe ungefähr dieselbe Zuneigung zu dir wie zu einem Mückenschwarm!«

»Und ich bin ungefähr ebenso versessen darauf, dein zartes Fleisch zu stechen«, meinte er mit einem anzüglichen Grinsen.

Da ihr die Wendung des Gesprächs ganz und gar nicht gefiel, schnauzte sie: »Wo warst du gestern abend?«

Er pfiff durch die Zähne. »Himmel, du bist heute aber wirklich schlecht gelaunt.«

»Wenn du mir nicht die Wahrheit sagen willst, kannst du genausogut gleich wieder verschwinden.«

»Aber ich will ja die Wahrheit sagen«, entgegnete er geduldig. »George, Richard, Harry und ich hatten eine Begegnung mit echten Schmugglern.«

Sie riß die Augen auf. »Wo? Wie?«

Er hob abwehrend die Hand. »Eins nach dem anderen. Wie du weißt, habe ich meine Freunde gebeten, sich in der Gegend umzusehen, in der schon des öfteren Schmuggler gesichtet wurden. Gestern abend kamen sie und berichteten, sie hätten ein Boot gesehen, das langsam den Fluß hinaufkam. Also sind wir losgeritten und haben die Schurken gestellt, als sie ihre Fracht im Norden der Stadt abluden.«

»Habt ihr sie gefangen?« fragte Natalie.

»Leider haben wir sie im Nebel verloren.«

Sie seufzte. »Sie sind also alle entkommen?«

Er nickte grimmig. »Der Nebel wurde immer dichter, und die Schmuggler haben sich in ihren Wagen und Booten davongemacht, während wir wie die Wilden aufeinander eingedroschen haben. Um ein Haar hätte ich den armen Richard entmannt.«

Natalie kicherte. »Nun, wenigstens habt ihr es versucht. Ich dachte –«

»Ich weiß, was du gedacht hast, meine Liebe.« Er blinzelte sie an. »Aber wie könnte ich eine andere Frau auch nur ansehen, nachdem du mich derart verzaubert hast?«

Sie winkte ab. »Oh, erspar mir deine Schmeicheleien!« Dann runzelte sie die Stirn. »Was die Suche nach den Schmugglern und nach meiner Tante betrifft, so scheinen wir nicht weiter als am Anfang zu sein.«

»Das sehe ich anders«, sagte Ryder. »Ich denke, wir sind der Schmugglerbande dicht auf den Fersen.«

»Aber woher willst du überhaupt wissen, daß die Kerle Stoff geschmuggelt haben?«

In seinen Augen blitzte es triumphierend auf. »Das Beste habe ich dir ja noch gar nicht erzählt. Weißt du, am Strand sind wir über eine kaputte Kiste gestolpert.« Er zog ein Stück Stoff aus der Tasche und reichte es ihr.

Natalie setzte ihre Brille auf, prüfte das Material und knirschte mit den Zähnen. »Es ist dasselbe Webmuster – der gleiche britische Stoff wie der, der uns ruiniert hat!« Sie warf den Stoffetzen auf den Tisch und nahm die Brille wieder ab. »Und was sollen wir jetzt tun?«

»Wir könnten uns weiterhin nachts in der Gegend umsehen und außerdem könnten wir die Geschäfte in der King Street überwachen, um zu sehen, ob die Schmuggler Kontakt zu ihnen aufnehmen.« Er schüttelte den Kopf. »Allerdings muß ich zugeben, daß es noch Wochen dauern kann, ehe wir das nächste Schmuggelschiff entdecken. Ich bin immer noch der Ansicht, daß wir nach England fahren und dort unsere Nachforschungen anstellen sollten.«

»Nicht, solange ich nicht meine Tante gefunden habe!«

»Ist dir noch nie der Gedanke gekommen, daß sie vielleicht selbst nach England gefahren sein könnte, um herauszufinden, woher der Stoff kommt – oder daß die Schmuggler sie vielleicht sogar nach England entführt haben könnten?«

»Doch«, sagte sie frustriert. »Aber ich meine, daß wir zuerst alles tun sollten, was wir hier tun können.« Sie bedachte ihn mit einem versöhnlichen Lächeln. »Aber ich danke dir. Durch deine Bemühungen sind wir der Lösung des Rätsels wenigstens ein Stückchen näher gekommen.«

»Ach ja?« Er grinste und zog sie an sich. »Weißt du, ich hätte nichts dagegen einzuwenden, wenn du mir deine Dankbarkeit ein wenig deutlicher zeigen würdest.«

»Du bist einfach unmöglich!« sagte sie, aber sie lächelte immer noch.

»Ich bin nicht unmöglich, ich bin verzaubert«, stellte er mit ernstem Gesicht richtig. »Aber um auf deine Eifersucht zurückzukommen –«

»Ich bin nicht eifersüchtig!«

»Wir beide wissen, daß du nicht heiraten willst«, fuhr er mit leiser Stimme fort, während er quälend sanft mit dem Finger über ihre Wange strich. »Aber falls deine körperlichen Gelüste jemals stärker werden sollten, meine Liebe, dann kannst du sicher sein, daß ich nicht nur ein hervorragender, sondern auch ein diskreter Liebhaber bin!«

Sie versuchte, sich seiner Umarmung zu entziehen. »Du bist einfach unverbesserlich! Wann wirst du es endlich in deinen Dickschädel kriegen, du Wüstling, daß ich nicht das geringste Interesse an dir habe?«

»Und ob du das hast, Liebling«, erklärte er ihr. »Am Sonntag am Strand hast du es zugegeben.«

»Das habe ich nicht!«

Sein wissendes Lächeln sagte etwas anderes. »O doch, das hast du! Dein Stöhnen, deine Seufzer haben dich verraten...«

Sie starrte ihn böse an. »Oh! Nur ein widerlicher Schuft würde solche Dinge erwähnen!«

»Ganz zu schweigen von deinem klugen, hochmoralischen Diskurs über deine Entschlossenheit, als alte Jungfer zu enden.«

»Was ist damit?«

In seinen Augen blitzte boshaftes Vergnügen auf. »Natalie, du mußt wissen, das *jeder* Wüstling nur ein Ziel im Leben hat – die Abschaffung der Jungfräulichkeit.«

Endlich gelang es ihr, sich aus seinem Arm zu befreien, aber nur mit Mühe schaffte sie es, ein Lächeln zu verbergen. »Bescheidenheit gehört nicht gerade zu deinen Stärken. Wie ich dir bereits mehrfach erklärt habe, gehört eine heiße Liebesaffäre *nicht* zu unserer Abmachung.«

Sein dreistes Grinsen strafte die vornehme Verbeugung Lügen.

»Aber meine liebe Natalie, ich versuche immer, einer Dame mehr zu geben, als ihr vereinbarungsgemäß zusteht.«

Nachdem er gegangen war, stand Natalie zitternd in ihrem Büro. Ryder hatte die Wahrheit gesagt. Sie war eifersüchtig gewesen, als sie gedacht hatte, daß er letzte Nacht mit einer Prostituierten zusammen gewesen war. Ryder raubte ihr die Selbstbeherrschung und brachte ihre Gefühle durcheinander, was ihr gar nicht gefiel. An dem Tag am Strand hatten seine zärtlichen Worte, seine sanften Berührungen und seine unglaublich zarten Küsse eine nie gekannte Sehnsucht in ihr geweckt.

Seitdem war sie verwirrter, frustrierter und unzufriedener als je zuvor. Sie erinnerte sich an den Abend, als er ihr in seiner Kutsche erklärt hatte, daß sie ihn erregte, ohne ihn auch nur zu berühren. Und jetzt stellte sie fest, daß es umgekehrt genauso war. Wenn er eine Braue hochzog, wenn er sie angrinste oder sie lüstern ansah, erschauderte sie.

Was sie jedoch am meisten ärgerte, war, daß es ihm auch noch Spaß zu machen schien, sie aus der Fassung und ihre Gefühle in Wallung zu bringen. Er war bestimmt nicht der Richtige für sie. Er machte sie wahnsinnig, aber – oh – zugleich zog er sie unwiderstehlich an.

Abends in der Taverne saß Natalie mit einem jungen Kabinensteward namens Simon Miller, der höflich nach einem Becher Wasser gefragt hatte, am Tisch. Natalie hatte den Jungen in den armseligen Kleidern und mit der Mütze, die aussah, als wäre sie eben erst durch den Dreck gezogen worden, gleich in ihr Herz geschlossen. Sie hatte ihm Hammelfleisch, Bries und Milch aus der Küche gebracht. Bei seinen Protesten hatte sie abgewinkt und darauf bestanden, daß er aß, und schließlich hatte er sich mit einer Begeisterung über den Teller hergemacht, die sie zu Tränen rührte.

Inzwischen hatte Simon ihr seine tragische Geschichte erzählt. Der Vierzehnjährige stammte aus Liverpool. Er war von zu Hause weggelaufen, um auf einem Handelsschiff anzuheuern, aber hier in Charleston war er entlassen worden, weil er nicht so viel tragen konnte wie ein erwachsener Mann. Inzwischen trieb er sich seit Wochen im Hafen herum, erbettelte sich etwas zu essen, erledigte kleinere Botengänge und versuchte, auf einem anderen Schiff anzuheuern.

»War das deine erste Seereise?« fragte Natalie.

Das magere Gesicht des Jungen verzog sich zu einem Lächeln. »Ja, Miss. Nett, daß Sie fragen.«

»Deine Mannschaftsmitglieder haben dich ja fast verhungern lassen«, sagte sie und musterte besorgt seinen dürren Körper.

Er zuckte mit den knochigen Schultern. »Draußen auf See habe ich es einmal gewagt zu widersprechen, Miss. Ich glaube, deshalb hat mich der Käpt'n auch rausgeworfen.«

Natalie strich über seinen Unterarm, auf dem eine deutliche Schwellung zu sehen war. »Hast du dir bei dem Streit auch diese blauen Flecken zugezogen?«

Er wich ihrem Blick aus. »Mitten auf dem Atlantik sind wir in einen Sturm geraten und alle wie Zweige auf dem Deck rumgeworfen worden. Ein Wunder, daß ich nicht über Bord gegangen bin.«

»Du bist noch viel zu jung für ein so hartes Leben«, sagte Natalie empört. »Du solltest zu deiner Familie zurückkehren.«

Die blassen Augen des Jungen sahen sie melancholisch an. »Meine Mum ist im Himmel, und wenn mein Dad betrunken ist, prügelt er mich schlimmer als der Quartiermeister.«

»Das tut mir leid.« Natalie runzelte die Stirn und überlegte, wie sie dem Jungen helfen könnte. »Aber auf jeden Fall gehörst du nicht an einen Ort wie diesen.«

»Und was ist mit Ihnen, Miss?« fragte er mit einem spitzbübischen Grinsen.

Natalie mußte lachen. Sie winkte Ryder, der am anderen Ende des Raumes saß, heran.

Er kam, setzte sich und blickte fragend von dem Jungen auf Natalie. »Sehe ich da etwa einen Rivalen?«

Natalie lächelte. »Ryder, das ist mein neuer Freund Simon Miller.« An Simon gewandt , sagte sie: »Das ist mein Freund Lord Newbury.«

Simon starrte Ryder an. »Schön, Sie wiederzusehen, Euer Lordschaft.«

Ryder sah den Jungen verwundert an. »Wieder?«

»Wieder?« fragte auch Natalie.

»Ja, Miss«, erklärte Simon fröhlich. »Vor ein paar Tagen hat mir Seine Lordschaft einen Silberdollar gegeben, damit ich Feueralarm auslöse.«

Als Natalie klarwurde, woher der Junge Ryder kannte, setzte sie eine bitterböse Miene auf. »Lord Newbury hat dir Geld gegeben, damit du die Feuerwehr alarmierst?« fragte sie Simon.

»Ja, Miss.«

Mit einem vernichtenden Blick auf Ryder fragte sie: »Und wo hat es gebrannt? Im Haus einer Dame?«

»Allerdings«, sagte Simon. Dann schnippte er mit den Fingern. »Waren Sie etwa die Dame, Miss? Seine Lordschaft sagte, Sie müßten unbedingt gerettet werden –«

»Oh!«

»Das mußte sie auch, Simon«, stellte Ryder lachend fest.

»Also ist es Ihnen gelungen, sie zu retten, Sir?« fragte Simon mit ernstem Gesicht.

»In gewisser Weise ja.«

»Du Schuft!« stieß Natalie zornig hervor.

Simon sah sie verwundert an. »Wollten Sie denn nicht gerettet werden?«

Ryder blinzelte Natalie belustigt zu. »Mach dir um Miss Desmond keine Sorgen, Simon. Sie war nur etwas traurig, als ihre *blauen Strümpfe* angesengt wurden.« Und ehe Natalie etwas erwidern konnte, sah er sie fragend an. »In was für eine Verschwörung bin ich hier überhaupt hineingeraten?«

Immer noch außer sich vor Zorn erwiderte sie: »Gerade du mußt von Verschwörung reden!«

Er strich sich nachdenklich über das Kinn. »Anscheinend wendet sich alles, was ich sage, letztendlich gegen mich.«

Diese Bemerkung erfüllte Natalie mit einer gewissen Genugtuung, und bald wich ihre Wut ihrer Besorgnis um Simon. Während der Junge weiteraß, beugte sie sich zu Ryder hinüber und flüsterte: »Ich überlege, wie man ihm helfen könnte. Er hat in Liverpool auf einem Handelsschiff angeheuert – auf der Reise wurde er mißhandelt und schließlich in Charleston entlassen.«

Ryder sah den Jungen nachdenklich an. »Weißt du, junger Mann, ich wohne mit ein paar Freunden in einem Haus in der Queen Street. Unser Kutscher Joseph könnte wirklich einen Stallburschen gebrauchen.«

Simons Miene wurde hart. »Ich brauche keine Almosen, Sir.«

»Du wirst mein Angebot bestimmt nicht mehr als Almosen betrachten, wenn du erst einmal ein paar Tage in unseren Ställen geschuftet hast.«

Simon richtete sich zu seiner ganzen Größe auf und hob stolz den Kopf. »Also gut, Sir. Wenn Sie mich angemessen bezahlen. Ich will fünf Schilling die Woche. Ich werde ganze Arbeit leisten, aber ich bin nicht billig.«

»Sicher.« Ryder beugte sich vor und schüttelte die schmächtige Hand des Jungen. »Außerdem könntest du der Lady und mir bei ein paar Nachforschungen behilflich sein.«

Simon wandte sich an Natalie: »Was für Nachforschungen, Miss?«

»Vor ein paar Wochen ist meine Tante verschwunden«, vertraute sie ihm an. »Das ist eine lange Geschichte, aber wir glauben, daß sie von Stoffschmugglern entführt worden ist.«

»Von Stoffschmugglern?« wiederholte der Junge und riß die Augen auf. »Tja, jetzt, wo Sie es sagen, fällt mir ein, daß ich vor ungefähr zwei Wochen eine Dame im Hafen gesehen habe, die sich nach Stoff erkundigt hat.«

Natalie erblaßte. »Ist das wahr, Simon? Die ganze Sache ist schrecklich ernst.«

»Natürlich ist es wahr. Ehrenwort.« Er legte sich die Hand aufs Herz. »Ich glaube, ich weiß sogar, wo die Lady ist.«

»Ja?« fragte Natalie.

»Ja, Miss. Wie gesagt, sie war an dem Tag im Hafen und hat überall Fragen gestellt. Und abends habe ich gesehen, wie sie sich heimlich auf ein Postschiff geschlichen hat. Wissen Sie, ich habe hinter ein paar Kisten geschlafen. Die Seemänner, die das Schiff beladen haben, sagten, sie würden nach London fahren. Also muß Ihre Tante dort sein.«

Natalie und Ryder starrten einander an. »Bist du ganz sicher?« fragte Natalie.

»O ja, Miss.« Er runzelte die Stirn. »Sie hat Ihnen ein bißchen ähnlich gesehen. Nur älter, natürlich.«

»Kennst du den Namen des Schiffes, auf das sich die Lady begeben hat?« wollte Ryder wissen.

Der Junge schüttelte den Kopf. »Tut mir leid, Euer Lordschaft. Wissen Sie, es war sehr dunkel.«

»Schon gut, Simon.« Ryder gab ihm eine Münze. »Die hast du dir redlich verdient.«

Simon riß begeistert die Augen auf. »Eine ganze Krone, Sir! Aber das ist viel zuviel!«

Ryder lächelte. »Du hast sie dir verdient, Junge. Du hast der Lady und mir mehr geholfen, als du weißt.«

Einen Augenblick später saßen Ryder und Natalie einander gegenüber in der Kutsche. Der schlafende Simon saß neben Natalie, den Kopf in ihren Schoß gelegt. Ryder beobachtete, wie Natalie den Jungen über das Haar strich und ihn besorgt ansah. Sie war wirklich ein guter Mensch, dachte er voller Stolz – und eine durch und durch begehrenswerte Frau.

»Das arme Kind«, murmelte sie. »Es ist nett von dir, daß du dich seiner annimmst, Ryder – obwohl ich immer noch nicht glauben kann, daß du ihn dafür bezahlt hast, daß er falschen Feueralarm gibt.«

»Es war ein vollkommen harmloser Scherz, meine Liebe.«

»Ach ja?« Sie sah ihn mit hochgezogenen Brauen an.

»Nun, zumindest war Simons Rolle vollkommen harmlos«, schränkte er treuherzig ein. »Und für alles andere trage ich die Verantwortung.«

»Freut mich zu hören, daß du einmal die Verantwortung für etwas übernimmst.«

Grinsend blickte er den Jungen an. »Als erstes werde ich unsere Zugehfrau bitten, sich seiner anzunehmen. Sein schmutzigbraunes Haar wird nach einer ordentlichen Wäsche wahrscheinlich blond sein. Ich hoffe, daß er keine Würmer hat.«

Natalie zuckte bei dieser Bemerkung noch nicht einmal zusammen. »Der arme Junge hat eine Menge mitgemacht, und außerdem hat er uns den ersten wichtigen Hinweis auf den Aufenthaltsort meiner Tante gegeben. Wir sind ihm etwas schuldig.«

»Allerdings. Auf jeden Fall wissen wir jetzt, daß deine Tante mit ziemlicher Sicherheit nach London gefahren ist.«

Natalie runzelte die Stirn. »Aber warum hat sie sich auf diesem Schiff versteckt?«

»Vielleicht hat sie herausgefunden, daß es ein Schmugglerschiff war, das mit legaler Fracht an Bord auslaufen wollte, und sie wollte einfach herausfinden, woher die illegale Ladung kommt.«

Natalie nickte. »Haben Harry und die anderen noch etwas über die Schmuggler herausgefunden, die ihr letzte Nacht fast erwischt hättet?«

»Nein. Und die Boote und die Wagen sind ebenfalls wie vom

Erdboden verschluckt. Wir scheinen diesen Schurken einen gehörigen Schrecken eingejagt zu haben. Aber jetzt haben wir ja eine neue Fährte.«

»Allerdings.«

Er beugte sich vor. »Dir ist natürlich klar, daß wir umgehend nach England fahren müssen.«

»Du meinst, daß *ich* umgehend nach England fahren muß«, verbesserte sie. »Du hast genug für mich getan, Ryder.«

Nach all seinen Bemühungen, sie zu gewinnen, war er nicht bereit, sie einfach allein nach England reisen zu lassen. »Du willst mich also loswerden?« fragte er erbost.

»Warum sollte ich?« fragte sie überrascht.

»Vielleicht weil du Gefühle für mich hegst, die du lieber nicht hättest.«

»Mach dich nicht lächerlich!«

Zu seinem Vergnügen sah er, daß sie errötete. »Warum willst du dann alleine fahren?«

»Ich denke einfach, daß ich deine großzügige Hilfe lange genug in Anspruch genommen habe. Ab jetzt komme ich gut allein zurecht.«

Er verzog den Mund zu einem zynischen Grinsen. »Du schaffst es ja noch nicht einmal, unbelästigt von der Taverne nach Hause zu gehen!«

Seine Stimme war so laut, daß sich Simon rührte, und Natalie legte warnend einen Finger auf ihre Lippen. »Bitte, du weckst den Jungen auf«, tadelte sie.

»Natalie«, fuhr er flüsternd fort. »Ich kann nicht zulassen, daß du alleine nach England fährst. Es ist einfach zu gefährlich.«

»Bist du vielleicht schon mal darauf gekommen, daß es für mich wesentlich gefährlicher wäre, mit dir zusammen zu reisen?« entgegnete sie.

Er lachte leise auf, doch dann wurde er wieder ernst. »Ich komme mit nach England, und damit basta.« Und ungewöhnlich zögernd fügte er hinzu: »Außerdem ist es höchste Zeit, daß ich meine Großmutter besuche.«

»Deine Großmutter?«

Er nickte. »Wie ich dir schon erzählt habe, starb meine Mutter vor vier Jahren bei einem Unfall. Aber ihre Mutter, meine Großmutter Francesca Valenza, lebt immer noch in London.«

»Lebt sie bei deinem Vater?«

»Wohl kaum. Die beiden sprechen noch nicht einmal miteinander.«

»Und was ist mit dir und deinem Vater?« fragte Natalie sanft.

»Wenn es überhaupt möglich ist, dann ist unsere Beziehung noch schlechter.«

Sie sah ihn mitfühlend an. »Oh, Ryder, ich kann unmöglich von dir verlangen, dich einer so schmerzlichen Situation auszusetzen–«

»Ich werde dich begleiten, Natalie«, sagte er entschlossen. »Außerdem werde ich meine Großmutter besuchen.«

Sie seufzte. »Du bist also fest entschlossen mitzukommen, nicht wahr?«

»Versuch bloß nicht, mich davon abzuhalten.«

Sie unterdrückte ein Stöhnen. Es war eindeutig, daß er sich nicht umstimmen ließ. »Also gut. Ich werde morgen zwei Schiffsplätze buchen.«

»Wir werden Harrys Klipper nehmen.«

»Was? Ich dachte, du wolltest ihm das Schiff zurückgeben.«

»Das werde ich auch. Hampton scheint sich im Augenblick zu langweilen, und ich bin sicher, daß er nichts dagegen hat, uns zu begleiten.«

Sie schüttelte den Kopf. »Das Ganze ist für dich immer noch ein Riesenspaß, nicht wahr?«

Er starrte sie an. »Ehrlich gesagt ist es mir inzwischen sehr ernst.«

Der Schimmer in seinen Augen verriet ihr, daß er die Wahrheit sprach. »Außerdem brauchen wir noch eine Mannschaft.«

»Ich werde Hampton dazu bringen, die Reise zu finanzieren. Er verfügt im Augenblick über erheblich mehr Geld als ich.« Plötzlich grinste er. »In der Tat bin ich fast pleite, meine Liebe, und ich weiß nicht, wie wir nach England kommen sollen, wenn nicht auf Harrys Schiff.«

Natalie starrte den charmanten Draufgänger wortlos an und fragte sich insgeheim, ob sie vielleicht verrückt geworden sei.

14. KAPITEL

Nachdem Ryder Natalie zu Hause abgesetzt und für Simon ein Lager im Stall bereitet hatte, sattelte er sein Pferd. Rastlos trieb er den großen, braunen Hengst durch die kalte Nacht an den überbevölkerten Armenvierteln der Stadt südlich der Boundary Street vorbei in Richtung King Street. Er ritt bis zum Stadttor, wendete das Pferd und führte es im Trab zurück.

In ein, zwei Tagen würde er mit einer Frau nach England fahren, die ihn interessierte, erregte, faszinierte. Die Zukunftsaussichten waren wunderbar – wenn er nicht vor der Ankunft in London an ungestillter Lust starb! Er würde seine geliebte Nonna wiedersehen, eine Vorstellung, die sein Herz schneller schlagen ließ. Aber das Wissen um die zahllosen Komplikationen und die bitteren Erinnerungen, die ihn in London erwarteten, erfüllten ihn mit Angst und Unbehagen.

Ironischerweise fielen ihm Natalies Worte wieder ein. *Ich kann unmöglich von dir verlangen, dich einer so schmerzlichen Situation auszusetzen.* Die Frau hatte einen Hang zu Untertreibungen. Schmerz war nicht einmal die Hälfte dessen, was er erwartete.

Er wußte, daß er seinen Vater in London treffen mußte – und daß er sich vor dieser Begegnung fürchtete. Trotzdem war das Gespräch unerläßlich, aus Gründen, die Natalie nicht einmal ahnte.

Wie lange noch würde seine Gnadenfrist währen? Würde sich alles entwirren, wenn sie nach London kamen und Natalie die Wahrheit erfuhr?

Die Begegnung mit seinem Vater bedeutete gleichzeitig die erneute Auseinandersetzung mit dem Schmerz, den er bei dem Gedanken an den Tod seiner Mutter empfand. Dieses Wissen brachte Ryder aus dem Gleichgewicht. Er lächelte traurig, als er an Carlotta Remington dachte – eine große, elegante Frau mit blauen Augen, rabenschwarzem Haar und einem feingeschnittenen Gesicht. Sie war mit einem edlen, milden Herz gesegnet gewesen und hatte sich immer um weniger glückliche Geschöpfe bemüht; in dieser Hinsicht waren sie und Natalie einander sehr ähnlich. Er wußte noch, daß er ihr als Kind oft geholfen hatte, Essenskörbe für die Armen zusammenzustellen, und daß er sie manchmal sogar auf ihren Rundgängen durch die heruntergekommensten Gegenden Londons begleitet hatte, wo die Massen der Elenden in dunklen, rattenverseuchten Löchern hausten.

Er erinnerte sich auch an zärtliche, glückliche Zeiten, in denen seine Mutter italienisch mit ihm gesprochen hatte. Sein Vater hatte dann immer geschimpft. Obwohl der Herzog stolz darauf war, die Tochter eines Florentiner Grafen geheiratet zu haben, die noch dazu mit einer beachtlichen Mitgift ausgestattet gewesen war, hielt er Italienisch für eine niedere, vulgäre Sprache. Trotzdem hatte Ryder die heimlichen italienischen Plauderstündchen mit seiner Mutter geliebt. Er erinnerte sich an Redensarten, die er immer ins Englische übersetzt hatte: »Das Geheimnis des Lebens ist ein großzügiges Herz« oder

»Sei glücklich, mein Sohn.«

In der Tat waren dies die letzten Worte gewesen, die sie zu ihm gesagt hatte.

Er vermißte jene Tage, vermißte seine geliebte Mutter. Und daß sein Vater ihm die Schuld an Carlottas Tod gab, verstärkte seinen Schmerz und seine Schuldgefühle noch. Er dachte an die schrecklichen Worte der Verdammnis, die sein Vater vor vier Jahren ausgestoßen hatte ...

»Du wertloser, verworfener Taugenichts, wie konntest du es wagen, heute abend bei White's zu zechen, während deine Mutter von Dieben und Mördern überfallen wurde! Ich habe dir gesagt, daß du ihr niemals erlauben sollst, diese Elendsviertel allein aufzusuchen.«

Ryder hatte versucht, sich zu verteidigen. »Ich wußte nichts von Mutters Plänen. Und wo waren Sie, Sir?«

»Ich war im Parlament, wo ich auch sein sollte – während mein verlotterter Sohn das Leben seiner Mutter versoff und verzockte. Ich hoffe, du wirst ewig dafür in der Hölle schmoren, du elender Herumtreiber!«

Noch heute schmerzten ihn die Vorwürfe seines Vaters. Manchmal brannten die Schuldgefühle wie Säure in ihm. Vielleicht wäre es einfacher, wenn er sich hier vor seinem Schmerz verbarg und sich in einem zügellosen, sinnlosen Leben verlor?

Vor vier Jahren hatte ihn nur Nonnas Weigerung, ihm die Schuld am Tod seiner Mutter zu geben, vor völliger Verzweiflung bewahrt. Nun bot ihm die Rückkehr nach England die Gelegenheit, nicht nur gegen Natalies Elend anzukämpfen, sondern auch gegen sein eigenes.

Als Natalie am nächsten Morgen erwachte, war sie angespannt und ruhelos. Sie hatte nicht viel Zeit, darüber nachzudenken, wie irrsinnig es war, mit zwei Schurken nach England zu fahren – von denen sie einer mit aller Macht anzog, obgleich er sie schamlos zu ruinieren versuchte. Aber wenigstens würde sie in männlicher Begleitung reisen, und je eher sie packten und Segel setzten, um so schneller könnte sie ihre Tante finden.

Wie sollte während ihrer Abwesenheit hier alles weitergehen? Samuel war gewissenhaft genug, um sich um das Haus zu kümmern, aber was würde aus der Fabrik? Sie stöhnte bei dem Gedanken, die Geschäfte ihrem zügellosen, verantwortungslosen Cousin zu übergeben, da er das Unternehmen bestimmt wieder einmal an den Rand des Ruins wirtschaften würde.

Trotzdem, es blieb ihr keine andere Wahl. Also zog sie sich an und ging nach unten, um mit Rodney zu sprechen. Vor dem Wohnzimmer hielt sie inne, da eine zornige Frauenstimme herausdrang.

»Rodney, du hast schon wieder getrunken«, rief die unbekannte Person. »In deinem gegenwärtigen, erbarmungswürdigen Zustand kann ich dich unmöglich mit zur Gesellschaft der heiligen Cecilie nehmen! Mutter würde in Ohnmacht fallen, und Vater würde der Schlag treffen!«

»Also bitte, Prudence, ich schwöre dir, daß ich nur einen kleinen Schluck getrunken habe, bevor ich gestern ins Bett gegangen bin«, winselte Rodney. »Wenn ich noch einen Kaffee trinke, geht es mir bestimmt wieder gut.«

»Du hast mir versprochen, daß du nie wieder einen Tropfen Alkohol anrühren willst.«

»Es tut mir wirklich leid, meine Liebe. Kannst du mir noch einmal verzeihen?«

Natalie öffnete die Tür und trat ein. Ihr Cousin saß zusammengesunken in einem Sessel und hob mit zitternder Hand eine Porzellantasse an die Lippen. Er war bleich, und seine Augen waren blutunterlaufen. Vor ihm stand eine zierliche junge Frau in einem malvenfarbenen Seidenkleid mit einem passenden Hut auf dem Kopf.

»Guten Morgen«, begrüßte sie Natalie.

Die beiden drehten sich zu ihr um, und Natalie stellte zufrieden fest, daß Prudence ein zartes Puppengesicht hatte und daß unter ihrem Strohhut schimmernde braune Locken hervorblickten.

Rodney stellte seine Tasse ab und kämpfte sich aus dem Sessel. »Natalie, darf ich dir Miss Prudence Pitney vorstellen? Prudence, meine Liebe, das ist meine Cousine, Natalie Desmond.«

Prudence ging zu Natalie und reichte ihr die Hand. »Es freut mich, Sie kennenzulernen, Miss Desmond. Rodney hat mir schon viele angenehme Dinge über Sie berichtet.«

Natalie schüttelte ihr die Hand. Sie mochte diese aufrechte junge Frau sofort. »Es freut mich ebenfalls, Sie kennenzulernen. Bitte nennen Sie mich Natalie.« Sie wandte sich mit einem Lächeln an Rodney. »Wollt ihr beide gerade aufbrechen? Falls ja, laßt euch von mir nicht aufhalten.«

Rodney errötete und ließ sich wieder in den Sessel fallen. Er winkte müde ab. »Ich-ich glaube, ich sollte wenigstens noch eine Tasse Kaffee trinken, bevor wir gehen.«

»Unbedingt«, murmelte Natalie, ehe sie sich flüsternd an Prudence wandte. »Dürfte ich vielleicht etwas mit Ihnen im Flur besprechen, während Rodney sich stärkt?«

Prudence sah sie verwundert an, doch dann nickte sie und ging mit Natalie aus dem Raum.

»Ich möchte Sie bestimmt nicht mit meinen Problemen belästigen«, fing Natalie an, »aber ich bin wirklich in Bedrängnis, Miss Pitney.«

»Bitte nennen Sie mich Prudence. Worum geht es? Kann ich Ihnen behilflich sein?«

Natalie mochte Prudence immer mehr. »Ich denke, ja. Hat Rodney Ihnen erzählt, daß seine Mutter verschwunden ist?«

»Nun, ja. Eine tragische Geschichte.«

»Zufällig habe ich einige Informationen über Tante Loves möglichen Aufenthaltsort bekommen. Anscheinend ist sie nach England gefahren –«

Prudence klatschte begeistert in die Hände. »Oh, wunderbar! Rodney wird froh sein, wenn er hört, daß sie in Sicherheit ist.«

»Nun, wir hoffen zumindest, daß sie das ist. Aber ich muß sofort nach England fahren.«

»Ich verstehe.« Prudence runzelte nachdenklich die Stirn. »Glauben Sie, daß Rodney Sie begleiten möchte?«

»Das bezweifle ich«, sagte Natalie. Sie beugte sich vor und sagte in vertraulichem Ton: »Das Problem ist, daß Rodney die Leitung der Fabrik übernehmen muß, während ich fort bin.«

»Ach ja?« murmelte Prudence, und ihre Augen blitzten interessiert auf.

»Ja. Und im Augenblick ist Rodney …« Natalie brach ab und schüttelte traurig den Kopf.

Prudences Miene verriet, daß sie verstand, was Natalie meinte.

»Zufällig habe ich Ihren Streit mitbekommen«, fuhr Natalie fort, »und ich hoffe, daß Sie Rodney noch nicht ganz aufgegeben haben. Vielleicht könnten Sie sich … um ihn kümmern, während ich fort bin?«

Prudence lächelte. »Oh, Natalie, da brauchen Sie sich keine Sorgen zu machen.«

»Nein?«

»Natürlich muß ich manchmal streng zu ihm sein«, erklärte Prudence, »aber ich versichere Ihnen, daß ich nicht die geringste Absicht habe, ihn aufzugeben. Ich bin überzeugt davon, daß er zu retten ist, und meine Mutter meint das ebenfalls.«

»Ach ja?« Natalie lächelte. »Dann wären Sie also bereit, mir zu helfen?«

»Natürlich. Sie brauchen mir nur zu sagen, was ich tun soll.«

»Dem Himmel sei Dank!« Eifrig gab Natalie Prudence die nötigen Anweisungen. »Versuchen Sie bitte, Rodney vom Trinken abzuhalten und dafür zu sorgen, daß er so oft wie möglich in die Fabrik geht. Damit wäre mir sehr geholfen. Er weiß einigermaßen das Unternehmen zu leiten. Falls Sie irgend etwas brauchen, wenden Sie sich einfach an meinen Assistenten, Mr. Gibbons.«

»Mr. Gibbons. Ich werde dran denken. Keine Angst, Natalie. Ich werde dafür sorgen, daß Rodney täglich an seinem Schreibtisch sitzt.« Ihr Blick wurde verträumt. »Ich glaube, Ihr Cousin braucht einfach eine verantwortungsvolle Aufgabe, bei der er seine Talente zur Geltung bringen kann. Das denkt auch mein Vater.«

»Ach ja?«

Prudence tätschelte Natalies Hand und lächelte. »Fahren Sie ruhig nach London, und machen Sie sich keine Sorgen. Ihr Cousin ist hier in guten Händen. Sollen wir hineingehen und ihm die wunderbare Neuigkeit von seiner Mutter erzählen?«

Kopfschüttelnd folgte Natalie der energischen jungen Frau ins Wohnzimmer. Es war wirklich ein Segen, daß sie diese wohlmeinende junge Kreuzfahrerin getroffen hatte, die sich voller Zuversicht bemühte, einen Taugenichts zu bekehren.

15. KAPITEL

Zwei Tage später, an einem kühlen Frühlingsmorgen, setzten sie Segel. Ryder stand auf dem Hauptdeck der *Wind* und beobachtete Natalie, die, gefolgt von ihrem Diener Samuel, die Gangway heraufkam. Ihr mit Litze besetztes Reisekleid und der passende federgeschmückte Hut verliehen ihr das Aussehen einer feinen Dame. Trotzdem verspürte er eine übermächtige Erregung bei dem Gedanken an die herrlichen, dekadenten Wochen, die vor ihnen lagen. Er hatte ein paar Überraschungen parat, die diese hinreißende Frau vielleicht ins Verderben stürzen und ihm endlich die Freuden erfüllter Leidenschaft zuteil werden lassen würden.

Er eilte zu ihr und nahm ihr die kleine Tasche ab, die sie trug. »Guten Morgen, meine Liebe. Bist du bereit, in die Heimat zu fahren?«

Natalie räusperte sich. »Du kannst dir nicht vorstellen, wie sehr es mich beunruhigt, loszufahren und meinem zügellosen Cousin Rodney die Leitung der Fabrik zu überlassen.«

Ryder grinste. »Ob du es glaubst oder nicht, meine Liebe, nicht alle Männer sind Idioten.«

»Er ist einer. Aber wenigstens hat seine Freundin Prudence Pitney mir versprochen, ein Auge auf ihn zu haben.«

»Ah, wie schön für sie. Was würden wir Männer nur machen, wenn es nicht immer wieder edle Frauen gäbe, die uns retten?«

Sie überquerten das Deck, und Samuel kam mit Natalies Truhe nach. Skeptisch musterte sie das Dutzend Seemänner, das damit beschäftigt war, Leinen festzumachen oder Ausrüstungsgegenstände zu verstauen. Es war ein wilder Haufen sonnenverbrannter, bärtiger und vernarbter Kerle, von denen einige malariagelbe Gesichter hatten und einer ein Holzbein. Sie alle starrten Natalie an, als sie an ihnen vorbeiging. Simon saß rittlings oben auf dem Hauptmast und band dort ein Tau fest. In seinen sauberen Kleidern und mit dem ordentlichen Haarschnitt sah der Junge viel besser aus; wie Ryder vorausgesagt hatte, war er wirklich strohblond. Sie winkte ihm zu, und er winkte zurück.

»Also hat Harry tatsächlich eine Mannschaft angeheuert«, murmelte sie. »Übrigens, wo ist er?«

»Er ist mit dem Quartiermeister unten im Frachtraum und sucht nach möglichen Lecks.«

Natalie rollte die Augen.

»Keine Angst, meine Liebe. Die *Wind* ist so seetauglich wie die Männer, die hier arbeiten«, erwiderte Ryder mit einem Grinsen.

»Woher hat Harry den Schoner überhaupt?«

»Oh, er hat ihn in Liverpool vor der Versenkung gerettet«, erklärte Ryder, aber als Natalie ihn entgeistert anstarrte, fügte er eilig hinzu: »Hamptons Vater ist Reeder. Er hat Hampton die *Wind* als Lohn für seine Tapferkeit während der Napoleonischen Kriege geschenkt.«

»Und Harry hat das Schiff zweifellos sinnvoll genutzt«, murmelte sie.

Vor der Kajütentreppe blieb Ryder stehen und nickte in Samuels Richtung.

»Kommt er mit nach London?«

»Nein.« Sie wandte sich an ihren Diener, legte ihm die Hand auf den Arm und bedachte ihn mit einem strahlenden Lächeln. »Vielen Dank, Samuel, daß du mir heute morgen so geholfen hast. Aber jetzt kannst du meine Truhe abstellen und wieder nach Hause gehen. Denk dran, das Geld, das ich dir gegeben habe, muß reichen, bis meine Tante und ich zurückkommen. Vergiß nicht, Mrs. Desmonds Blumen zu gießen – und sieh um Himmels willen zu, daß weder du noch Mr. Rodney Brandy trinkt.«

»Ja, Miss.« Samuel stellte die Truhe ab und tippte sich an den Hut. »Ich hoffe, Sie finden Mrs. Desmond und bringen sie gesund und munter zurück nach Hause.«

»Ich werde mein möglichstes tun.«

Nachdem Samuel gegangen war, nickte Ryder einem der Seemänner zu, Natalies Truhe in ihre Kajüte zu schaffen, und gemeinsam gingen sie unter Deck. Ryder führte Natalie in eine kleine Kabine mit einer schmalen Koje, einem Schrank, einem Schreibtisch und einem Stuhl. Grinsend stellte der Matrose Natalies Truhe ab und ging.

Natalie beobachtete, wie Ryder zum Schreibtisch ging und ihre Tasche abstellte. Er sah einfach zu verführerisch aus, wie er sich lässig an den Schrank lehnte. Er trug engsitzende Kniehosen, unter denen sich seine harten Oberschenkel deutlich abzeichneten, und ein nur halb zugeknöpftes weißes Hemd, das seine sonnengebräunte Brust vorteilhaft zur Geltung brachte.

Sie sah ihn stirnrunzelnd an. »Kannst du mir vielleicht sagen, warum der Matrose eben so gegrinst hat?«

Er strich sich nachdenklich über das Kinn. »Vielleicht, weil wir beide eine Kabine teilen.«

Natalie starrte ihn entgeistert an. »Du Schuft! Das werden wir bestimmt nicht tun!«

»Pst!« Ryder trat eilig einen Schritt vor und legte ihr einen Finger auf die Lippen. »Denk an Harry!«

»Was ist mit Harry?«

»Ich habe den Schoner nur deshalb bekommen, weil Harry uns für ein Liebespaar hält.«

Sie starrte ihn zornig an.

»Und wenn er dahinterkommt, daß wir ihn getäuscht haben ...« Ryder schnalzte mit der Zunge. »Ich hege nicht den geringsten Zweifel daran, daß Hampton durchaus in der Lage wäre, uns mitten auf dem Atlantik über Bord zu werfen.«

»Um Himmels willen«, rief sie. »Es ist sein Schiff. Warum gibst du es ihm nicht einfach zurück?«

»Das werde ich tun – sobald wir in London sind. Aber bis dahin sollten wir das Unternehmen und die Sicherheit deiner Tante nicht gefährden, indem wir Harry die Wahrheit gestehen.«

Natalie schnaubte. »Und wie, bitte, hast du ihm die Reise erklärt?«

Er zuckte mit den Schultern. »Ich habe gesagt, daß du meine Geliebte bist und daß du uns nach London begleitest.«

Sie stemmte die Fäuste in die Hüften. »Auch das noch!«

»Natalie, denk doch mal nach. Es war die einzige Möglichkeit, um ihn dazu zu bewegen mitzumachen.«

Sie starrte ihn aus zusammengekniffenen Augen an. »Ich wage ernsthaft zu bezweifeln, daß dies die einzige Möglichkeit war – und ich garantiere dir, daß du diese Schikane noch bereuen wirst.«

»Was Hampton angeht, so sind die Würfel nun einmal gefallen«, stellte er grimmig fest. »Willst du nun heute nach London segeln oder nicht?«

Fast wäre ihr ein höchst undamenhafter Fluch herausgerutscht. »Wirst du Harry den wahren Grund für diese Reise sagen?«

»Zu gegebener Zeit. Hampton weiß bereits, daß wir versuchen, deine Tante zu finden – und außerdem vermutet er sowieso, daß du nicht nur ein einfaches Schankmädchen bist.« Er legte den Arm um ihre Taille, zog sie eng an sich und lächelte sie lüstern an. »Aber trotzdem müssen wir unserer Mission zuliebe weiterhin so tun, als wären wir ein Liebespaar. Aber das dürfte uns nicht allzu schwerfallen, oder, meine Liebe?«

»Du willst doch bloß mit mir die Kabine teilen.«

Er verschränkte die Arme vor der Brust. »Die Aussicht darauf ist zumindest sehr verlockend.«

»Nun, ich werde schon dafür sorgen, daß du mit deiner Intrige nicht ans Ziel kommst.«

»Ach ja? Und wie?«

Sie dachte einen Augenblick nach, dann knurrte sie: »Sie, Lord Draufgänger, werden auf dem Boden schlafen!«

Er warf den Kopf in den Nacken und lachte. »Wie Sie wünschen, Miss Desmond.«

»Außerdem wirst du mir versprechen, daß du nicht versuchst, mich zu belästigen.«

»Dich belästigen?« In seinen Augen blitzte teuflisches Vergnügen auf. »Ich nehme an, das ist ein ähnliches Versprechen wie das, das ich dir erst vor kurzem gegeben habe – daß ich mich dir nicht ›aufdrängen‹ werde.«

»Genau.«

Seine Stimme war vollkommen ruhig. »Ich versichere dir, daß ich noch nie eine Frau belästigt habe.« Er musterte sie von Kopf bis Fuß, und dann fügte er mit betont sinnlicher Stimme hinzu: »Bisher war es noch nie erforderlich.«

»Trotzdem mußt du es mir versprechen«, beharrte sie auf ihrer Forderung, wobei ihre Stimme vor Nervosität zitterte.

»Also gut, ich verspreche es«, erwiderte er. »Aber vergißt du nicht etwas?«

»Was?«

Er beugte sich vor und murmelte: »Bis England ist es ziemlich weit, Natalie.«

Das war ihr bereits sehr bewußt. Und obgleich er ihr das geforderte Versprechen gegeben hatte, traute sie ihm nicht über den Weg. Schließlich hatte er ihr bereits ein ähnliches Versprechen gegeben, und sie beide wußten nur allzu gut, wie sehr er sich daran gehalten hatte.

Als Ryder Natalie wieder an Deck begleitete, entdeckte er Harry neben dem Steuermann am Steuerrad. Die anderen Seemänner waren noch mit Vorbereitungen für die Fahrt beschäftigt.

»Meine liebe Natalie!« rief Harry. »Schön, daß du da bist. Hat Ryder dir bereits seine Kabine gezeigt?«

Als ein paar in der Nähe stehende Matrosen dröhnend lachten, lief Natalie puterrot an. Sie bedachte Harry mit einem bösen Blick und fragte leise: »Warum setzt du nicht eine Anzeige in die *City Gazette,* in der du allgemein bekannt gibst, daß ich euch zwei Schurken auf eurer Reise begleite?«

Harry war sichtlich in Verlegenheit. »Tut mir leid.« Doch dann sah er Natalie mit einem nachdenklichen Stirnrunzeln an. »Wo ist überhaupt dein rotes Haar geblieben – und dein Akzent?«

Ryder fand es an der Zeit, sich einzumischen. Er packte Natalie am Arm und zog sie fort, während er über die Schulter rief: »Schankmädchen stecken eben manchmal voller Überraschungen.«

Harry blickte den beiden verwirrt hinterher, als sie zur Reling des Klippers gingen, der langsam aus dem Hafen in die Bucht hinausglitt. Simon gesellte sich zu ihnen und sah Natalie mit glänzenden Augen an.

»Ist sie nicht eine wahre Schönheit, Miss?«

Natalie blickte auf die flatternden Segel und die schlanken Maste der *Wind* und strich Simon das zerzauste Haar. »Allerdings, das ist sie.«

»Lord Newbury hat gesagt, wenn wir in London ankommen, nimmt er mich mit zu seiner Großmutter.«

Natalie sah über den Kopf des Jungen hinweg Ryder an, der fröhlich grinste. Sie mußte zugeben, daß er sich, auch wenn er ein Schuft war, liebevoll um Simon kümmerte. »Ich bin sicher, daß wir alle eine herrliche Zeit dort verbringen werden«, sagte sie.

Die *Wind* glitt langsam zur Ausfahrt des Hafens zwischen den Befestigungsanlagen der Inseln James und Sullivan. Natalie genoß das rhythmische Schaukeln des Schiffs, die kühle Brise und die schäumende Gischt. Sie lachte mit Simon über die Kapriolen einiger Möwen, die über einem Fischerboot kreisten und die Fischer belästigten.

Nach ein paar Minuten kehrte der Junge an die Arbeit zurück, und Natalie wandte sich an Ryder. »Du freust dich wirklich darauf, deine Großmutter zu sehen, nicht wahr?«

»Ja.«

»Erzähl mir von ihr.«

Seine Miene verriet Stolz. »Nonna ist ein einzigartiger Mensch, sehr weise, sehr beherrscht. In der Tat ist sie so etwas wie eine Seherin.«

»Was du nicht sagst! Ich würde sie gerne einmal kennenlernen.«

»Das wirst du auch. Ich glaube, sie war sehr glücklich mit meinem Großvater, einem Florentiner Grafen. Als meine Eltern sich kennenlernten, war sie bereits seit einigen Jahren verwitwet. Also beschloß sie, mit nach London zu gehen und dort in der Nähe ihrer Tochter und ihres Schwiegersohns zu leben.«

»Dann hast du also immer mit ihr zusammengelebt?«

»Ja.« Er lächelte wehmütig. »Ich erinnere mich noch daran, daß sie mich als Kind einmal mit in den Zirkus genommen hat, wo sie mir sämtliche Tiernamen auf italienisch beibrachte.«

»Sprichst du Italienisch?«

»*Ben poco*«, sagte er mit einem Grinsen.

»Dein Italienisch ist bestimmt genauso gut wie mein Französisch. Und wo lebt deine Großmutter jetzt?«

»Sie hat ein Stadthaus im West End, in der Nähe vom Grosvenor Square. Wahrscheinlich werde ich bei ihr wohnen, solange ich in London bin.«

»Dann wirst du also nicht zu deinem Vater ziehen?«

»Nein.« Sein Mund verzog sich zu einer harten, schmalen Linie. »Meinem Vater genügen seine Gebete – und sein Haß.«

Sie nahm seine Hand. »Das tut mir leid.« Zögernd fügte sie

hinzu: »Wenn es dir nicht zu schwerfällt, darüber zu sprechen, wüßte ich gern, weshalb du und dein Vater euch entzweit habt.«

Schweigen.

»Bitte, Ryder.«

Er seufzte und blickte angespannt über die blauen, wogenden Wellen. »In einer bitterkalten Nacht vor vier Jahren machte sich meine Mutter allein mit ihrem Kutscher auf den Weg, um Essenskörbe an die Armen in den Elendsvierteln von Southwark zu verteilen. Auf dem Rückweg in die Stadt wurde die Kutsche auf der London Bridge überfallen. Die Kerle versuchten, meine Mutter auszurauben. Dabei gingen die Pferde durch, und die Kutsche stürzte von der Brücke in die eisige Themse – meine Mutter saß noch drin.«

»Oh, Ryder, wie entsetzlich!«

»Ihr Tod war ein furchtbarer Schock für die ganze Familie«, fuhr er fort. »Und die Tragödie wurde dadurch noch verschlimmert, daß mein Vater mir die Schuld daran gab.«

»Aber wie konnte er das tun?« fragte Natalie ehrlich empört. »Es war ein Unfall, und du hattest offensichtlich nichts damit zu tun.«

»Mein Vater und ich wußten, daß meine Mutter regelmäßig derart verwegene, wenn auch noble Touren unternahm. Sie war einfach zu fromm und zu freundlich. Sie verbrachte ihre Tage und selbst ihre Nächte damit, daß sie sich um die weniger Glücklichen in so gefährlichen Elendsvierteln wie Stepney und Jacob's Island kümmerte. Mein Vater meinte, ich hätte in jener Nacht bei ihr sein müssen. Und ich hatte keine vernünftige Entschuldigung, außer daß ich in meinem Club in St. James am Spieltisch saß.«

»Und wo war dein Vater?«

»Auf einer Versammlung des geheimen Staatsrats. Damals wurde das Land von Arbeiteraufständen erschüttert, und es gab eine Parlamentskrise über das Versammlungsgesetz und die Aufhebung des Habeas corpus.«

»Eine Versammlung des geheimen Staatsrats«, wiederholte Natalie nachdenklich. »Dann ist dein Vater also ein Berater des Königs?«

»Mein Vater ist der Herzog von Mansfield«, murmelte er.

»Der Herzog von Mansfield?« Sie war verblüfft. »Ich wußte, daß du aus gutem Hause stammst – aber der Sohn eines Herzogs!«

»Mein Vater stand einst auf gutem Fuß mit George III. – bis der König vollständig dem Wahnsinn verfiel. Nach dem Tod meiner Mutter wurde mein Vater zu einem religiösen Eiferer. Wenigstens hatte er eine gute Entschuldigung dafür, daß er an dem Abend, als meine Mutter starb, nicht daheim war – während sein zügelloser Sohn eben keine solche Entschuldigung hatte.«

Sie drückte seine Hand und sah ihn mitfühlend an. »Es tut mir so leid. Aber du darfst dir nicht die Schuld an den Geschehnissen geben.«

Er sah sie fragend an. »Ach nein?«

»Natürlich nicht.«

Seine Worte klangen verbittert und erregt. »Gibt es etwas Schlimmeres für einen Sohn, als für den Tod seiner Mutter verantwortlich gemacht zu werden und dafür ewig zu büßen?«

»Aber das ist einfach nicht fair!« rief sie aus.

»Erklär das mal meinem Vater.«

»Du hast das Land wegen dieser Vorwürfe verlassen?«

»Ja. Wenigstens war ich dank des Fonds, den meine Großmutter bei meiner Geburt hatte einrichten lassen, finanziell unabhängig von ihm.«

»Wirst du ihn besuchen?«

Er zögerte, doch dann murmelte er: »Wahrscheinlich. In der Tat...«

»In der Tat, was?«

Er schüttelte den Kopf. »Egal.«

Natalie sah seine betrübte Miene und spürte, daß sie nicht weiter in ihn dringen sollte, obwohl seine Enthüllungen ihr Mitgefühl geweckt hatten. Sie legte die Hand auf seinen Arm. »Ryder, es rührt und ehrt mich, daß du bereit bist, dich um meinetwillen mit deiner schmerzlichen Vergangenheit auseinanderzusetzen.«

Er sah sie an, setzte ein spöttisches Lächeln auf und zog sie in seine Arme. »Ich könnte etwas Trost gebrauchen, meine Liebe, und würde jede Zärtlichkeit zu schätzen wissen, die du mir gibst.«

Ehe sie protestieren konnte, hatte er sich vorgebeugt und seinen Mund auf ihre Lippen gepreßt.

Genauso schnell sprangen sie auseinander, als Harrys Stimme zu ihnen herüberdrang. »He, Newbury, hör auf, die junge Dame zu belästigen, und mach dich ein bißchen nützlich.«

Ryder drehte sich stirnrunzelnd um und sah, daß sein Freund mit zwei Schwertern in den Händen herüberkam. »Warum verschwindest du nicht einfach, Hampton, und läßt uns beide allein?«

Harry lachte ungerührt. »Jetzt, wo wir auf See sind, langweile ich mich.« Er reichte Ryder einen der Säbel. »Es wird Zeit, daß wir mal ein bißchen trainieren, alter Freund. Schließlich wäre es schade, wenn wir alles, was wir in der Haymarket-Akademie gelernt haben, vergessen würden.« Er blinzelte Natalie zu. »Außerdem, wer weiß, was uns im nebligen London alles erwartet?«

Zu ihrem Entsetzen sah Natalie, daß Ryder seine Waffe anhob und den glänzenden Stahl prüfend ins Sonnenlicht hielt. »Du willst doch wohl nicht ernsthaft auf einem schwankenden Schiff mit ihm fechten?«

Ryder zuckte mit den Schultern. »Warum nicht? Hampton und ich haben schon öfter auf schwankenden Schiffen gekämpft. Und jetzt entschuldige mich bitte, meine Liebe. Harry scheint unbedingt sein Blut vergießen zu wollen.«

Natalie wollte noch etwas sagen, aber die beiden Männer bewegten sich bereits auf die Mitte des Hauptdecks zu. Sie standen ungefähr anderthalb Meter voneinander entfernt, die Beine gespreizt und die Säbel gestreckt. Natalie traute ihren Augen nicht – die beiden Kerle gehörten wirklich ins Irrenhaus!

Mit Harrys energischem *»En garde!«* begann das Gefecht. Das Kreischen des aufeinanderprallenden Stahls fuhr Natalie durch Mark und Bein. Die beiden Männer tänzelten vor und zurück, griffen an und stießen zu. Ryder parierte Harrys Hieb, und Harry sprang in Ryders Riposte. Wie es die beiden vermieden, einander von oben bis unten aufzuschlitzen, war Natalie ein Rätsel. Eine quälende Ewigkeit lang sah sie die rasiermesserscharfen Klingen blitzen und tauchen und schwingen und stoßen, während die beiden Verrückten lachend und gotteslästerliche Flüche ausstoßend umeinander herumsprangen. Ohne in ihrem wahnsinnigen Gefecht innezuhalten, tänzelten die beiden Kämpfer um den Hauptmast herum, sprangen über Luken, und tauchten unter Pumpen hindurch.

Natalie war gleichzeitig entsetzt und verwirrt. Am liebsten hätte sie weggesehen, aber ihr Blick hing in perverser Faszination an dem Gefecht. Sie fürchtete, daß Ryders Kopf jede Sekunde durch die Gegend fliegen könnte – ein furchtbarer Gedanke!

Weshalb machte ihr die Vorstellung, dieser Schuft könnte auch nur einen Kratzer abbekommen, überhaupt angst?

Sie mußte sich eingestehen, daß sie Ryder Remingtons Charme inzwischen erlegen war. Noch stärker als ihre Furcht verwirrte sie jedoch die Erregung, die sie beim Anblick der rhythmisch schwingenden Arme und Beine empfand, als er sprang und den Säbel schwang, als er seine starken Muskeln spannte und sein rabenschwarzes Haar herumwirbelte. Nie zuvor hatte sie eine derartige Panik und Faszination verspürt, nie zuvor ein derartiges Begehren. Der verwegene Teil ihrer selbst, den er unweigerlich zum Leben erweckte, machte ihr wirklich angst!

Plötzlich schrie Ryder laut auf, und die beiden Männer machten jeweils einen Satz zurück.

Harry reckte grinsend sein Schwert in die Luft, als Ryder mit gerunzelter Stirn auf den Riß in seinem Hemd blickte.

»Gibst du dich geschlagen?«

Statt einer Antwort stieß Ryder einen Kampfschrei aus und griff mit solch plötzlicher Wucht an, daß Harry kaum ausweichen konnte. Natalie beobachtete entsetzt, wie Ryder einen Satz machte und Harry zurückdrängte, bis er hinter einem Lukendeckel gefangen war.

Schließlich schlug Ryder Harry das Schwert aus der Hand und drückte ihm die Spitze seiner Waffe gegen den Bauch.

»Also gut«, sagte Harry. »Ich gebe mich geschlagen. Warum legen wir die Schwerter nicht weg und essen etwas?«

Während der gemeinsamen Mahlzeit, die sie an einem kleinen Tisch vor der Kombüse einnahmen, war Natalie ungewöhnlich still. Ryder und Harry hingegen waren nach dem Gefecht sichtlich gut gelaunt. Sie aßen mit Heißhunger, tauchten Zwiebäcke in den Eintopf und tauschten alte Geschichten aus ihrer Zeit bei der Kavallerie aus. Außerdem wetteten sie, ob sie rechtzeitig zu den Krönungsfeierlichkeiten für George IV. in London wären, der vor einem Jahr nach dem Tod seines blinden, schwachsinnigen Vaters den Thron bestiegen hatte.

Als Ryder seine Hand ausstreckte und nach dem Salzstreuer griff, sah Natalie den roten Fleck auf seinem weißen Hemd, und plötzlich wurde ihr übel. Sie stand auf und eilte aus dem Raum.

Harry blickte kurz auf. »Was hat sie denn, Newbury?« fragte er.

»Keine Ahnung.«

Mit gerunzelter Stirn folgte Ryder Natalie in die Kabine. »Natalie? Was ist los, meine Liebe?«

Sie blickte ihn mit tränengefüllten Augen an. »Bist du völlig wahnsinnig?«

»Wieso?«

Sie zeigte auf sein Hemd. »Du bist verletzt!«

Er blickte an sich hinab. »Ach, das. Das ist nur ein Kratzer, meine Liebe.« Er sah sie fragend an, und dann strich er ihr sanft eine Träne von der Wange. »Deswegen brauchst du doch nicht zu weinen.«

»Er hätte dir den Kopf abschlagen können!«

Plötzlich verzog er den Mund zu einem teuflischen Grinsen. »Natalie, allmählich glaube ich wirklich, daß du dir Sorgen um mich machst.«

Sie errötete. »Ich – ich mache mir Sorgen um dich, weil ich deine Hilfe brauche, wenn wir in England sind – und weil es mich wütend macht zu sehen, daß jemand einfach sein Leben aufs Spiel setzt.«

»Hast du dein Leben in Charleston etwa nicht aufs Spiel gesetzt?« fragte er streng.

»Das war etwas ganz anderes. Ich hatte ein Ziel – ich wollte meine Tante finden. Schließlich habe ich die ganze Maskerade nicht aus Spaß gemacht.«

»Es ist also durchaus akzeptabel, wenn man seine eigene Sicherheit aufs Spiel setzt, solange man keinen Spaß dabei hat, wie?«

Sie blitzte ihn zornig an. »Oh, du bist einfach furchtbar! Es geht darum, daß Fechten sowohl gefährlich als auch sinnlos ist.«

»Aber Liebling, willst du denn nicht, daß ich mich auf die nächste Begegnung mit den Schmugglern vorbereite? Außerdem trainieren Hampton und ich, seit wir zusammen unter Wellington bei der Kavallerie waren, regelmäßig. Wir fügen uns dabei niemals Wunden zu – außer ein paar harmlose Kratzer vielleicht. Und was ist das Leben ohne ein paar Risiken?«

»Ich glaube, das ist der Unterschied zwischen uns beiden«, sagte sie mit vor Zorn heiserer Stimme. »Du bist bereit, aus Spaß dein Leben aufs Spiel zu setzen, ich nicht.«

Er sah sie flehend an. »Natalie, bitte, du bauschst die ganze Sache unnötig auf.«

»Dein Hemd hat einen Blutfleck, und du hast die Wunde noch nicht einmal gereinigt.«

Mit einer einzigen Bewegung riß er sich das Hemd vom Leib. »Dann reinige du sie, meine Liebe.«

Natalie schluckte, als sie seinen herrlichen Oberkörper sah – die bronzefarbenen Sehnen und die glatte Haut, auf der Schweiß schimmerte. Dann blickte sie auf den kleinen Schnitt, der immer noch blutete. Sie roch seinen Moschusgeruch und spürte die Wärme und Vitalität seines Körpers. Plötzlich erschien er ihr unglaublich stark und sinnlich.

Himmel, dieser Mann machte sie noch wahnsinnig!

Sie konnte einfach nichts anders. Wie verzaubert stand sie auf, ging zu ihm hinüber und, obwohl sie sich sagte, daß sie sich die *Wunde* ansehen sollte, wußte sie, daß es anders käme. Sie legte ihre zitternden Finger auf seine Brust.

Mit einem Aufstöhnen zog er sie an sich, bis auch ihre Lippen sein glänzendes Fleisch berührten.

Erschaudernd kostete sie das Salz auf seiner Haut, und ihre Arme schlangen sich um seinen mächtigen Oberkörper.

»Wie schön du bist«, flüsterte sie. »Du hast den Körper eines Gottes. Wie kannst du nur so sorglos damit umgehen?«

Überglücklich und leicht beschämt durch diesen rührenden Beweis ihrer Zuneigung küßte Ryder Natalies Haar, ehe er ihr Gesicht zwischen seine Hände nahm.

Natalie wollte schimpfen, aber die Glut in seinen Augen machte sie sprachlos. Er beugte sich über sie und küßte ihr sanft die Tränen fort. Sie schluchzte und bot ihm ihre Lippen an – dieses Mal *wollte* sie seinen Kuß.

Er zog sie eng an sich und schob seine Zunge fordernd und verführerisch in ihren Mund. Sie klammerte sich an ihn, als der Raum sich um sie zu drehen begann. Blitze der Erregung zuckten durch ihren Körper, und die Heftigkeit ihres Verlangens, die Hitze seines Körpers und der Geschmack seines Schweißes erstickten sie.

»Ich verspreche dir, daß ich in Zukunft besser auf mich aufpassen werde«, flüsterte er ihr ins Ohr. »Denn schließlich will ich dich noch länger genießen. Du hast den Mund einer Göttin, die Augen eines Engels, den Körper einer Kurtisane. Ich verspreche dir, daß ich dich zu gegebener Zeit gründlich erforschen und beglücken werde – jeden köstlichen Zentimeter von dir.«

Aus Angst, sie könnte ihn bitten, dieses Versprechen sofort einzulösen, riß Natalie sich los. Sie rang nach Luft und flüsterte: »Ich-ich muß jetzt die Wunde reinigen.«

»Ja.« Er beobachtete, wie sie zur Waschschüssel ging und ein Tuch hineintauchte. »Aber die Schmerzen, die ich inzwischen in einem anderen Körperteil habe, werden sich wohl kaum so leicht beheben lassen.«

Fasziniert und entsetzt zugleich warf Natalie einen verstohlenen Blick auf die deutliche Wölbung in seinem Schritt. Sie beugte sich eilig über die Schüssel und wrang den Lappen aus. Als sie sich ihm wieder zuwandte, verriet ihm ihr glühendes Gesicht, daß auch sie einen Schmerz empfand, der sich bestimmt nicht durch eine kühle Kompresse lindern ließ.

Als sie an den Tisch zurückkehrten, musterte Harry lächelnd den kleinen Blutfleck auf Natalies Kleid.

16. Kapitel

Am Abend waren sie weit draußen auf dem Meer. Die *Wind*, die mit ihren geblähten Segeln und den schimmernden Decks einen herrlichen Anblick bot, glitt ruhig über die riesigen, golden gekrönten Wogen des Atlantiks. Nach dem Abendessen stand nur noch der Steuermann an seinem Posten, und ein paar Matrosen bedienten die Takelage – alle anderen lungerten herum. Ein alter Seebär lehnte am Hauptmast und spielte die wehmütigen Klänge von »Barbara Allen« auf seinem Schifferklavier. Auf dem Vorderdeck amüsierten sich vier Männer mit einem Würfelspiel.

Ryder, Simon und Harry kegelten auf dem Hauptdeck, und Natalie sah ihnen mit einem fröhlichen Lächeln zu. Die beiden Männer waren ebenso unreif und sorglos wie Simon, sie ließen die Kugel rollen und freuten sich auch über den kleinsten Sieg.

Die leidenschaftliche und gefühlvolle Begegnung mit Ryder hatte Natalie völlig aus dem Gleichgewicht gebracht. Nachdem sie sein verwegenes Gefecht mit Harry verfolgt hatte, hätte sie ihn am liebsten umgebracht, doch zugleich hatte sie sich nur mit Mühe beherrschen können, um ihm nicht einfach die Kleider von seinem vollendeten Körper zu reißen und ihn zu kosten.

Nie zuvor war sich Natalie der Macht, die Ryder über sie hatte, so bewußt gewesen. Das Wissen, daß dieser Mann sie zu Tränen rühren, aber auch schmerzlich treffen oder zu glühendem Zorn oder brennender Leidenschaft treiben konnte, war nicht gerade beruhigend. Sie war es gewohnt, ihr Leben und ihre Gefühle unter Kontrolle zu haben, und es wäre ihr nicht im Traum eingefallen, daß sie jemals irgendeinem dahergelaufenen Wüstling verfallen könnte. Aber Ryder Remington und ihre eigenen trügerischen Gefühle bewiesen ihr das Gegenteil. Die Tatsache, daß sie eine Kabine teilten, erfüllte sie mit der Sorge, daß sie sich unter Umständen sogar freiwillig von diesem Schuft ruinieren lassen würde, noch ehe sie London erreichten. Zur Hölle mit ihm! Warum nur war er so ein unwiderstehlicher Charmeur? Während Harry die Kegel wieder aufstellte, kam Ryder herüberspaziert und hielt ihr die Kugel hin. »Versuch's mal, meine Liebe.«

Sie verdrehte die Augen. »Wenigstens einer von uns sollte eine gewisse Reife zeigen.«

»Oh, sei doch nicht so langweilig«, schalt er und zog sie zur Mitte des Decks.

»Hauen Sie sie um, Miss!« ermutigte Simon sie.

Sie unterdrückte ein Lächeln, beugte sich vor und ließ die Kugel rollen. Sie wurde puterrot, als der Ball zur Seite kullerte, ohne auch nur einen einzigen Kegel zu berühren. Die Männer lachten.

Sie stemmte die Fäuste in die Hüften und starrte sie finster an. »Das Schiff hat geschwankt.«

»Und warum sind dann die Kegel nicht umgefallen?« stichelte Simon.

»Anscheinend ist die Kugel verhext«, stellte Ryder fet.

»Hättest du vielleicht Lust auf eine kleine Wette, um den Reiz des Spiels zu erhöhen, Natalie?« mischte sich Harry ein.

Ryder holte die Kugel und gab sie ihr noch einmal in die Hand. »Hier, meine Liebe, wir geben dir noch eine Chance«, sagte er mit einem Zwinkern. »Du brauchst anscheinend noch etwas Übung.«

Das teuflische Glitzern in seinen Augen verriet ihr, welche Form der »Übung« er meinte. Sie knirschte mit den Zähnen, beugte sich vor und warf die Kugel erneut. Als sämtliche Kegel umfielen, richtete sie sich mit einem triumphierenden Lächeln auf.

»Das wär's dann zum Thema Übung«, stellte sie fest und ging hocherhobenen Hauptes davon.

Als Ryder bei Einbruch der Dunkelheit in die Kabine kam, fand er Natalie in der Koje vor. Sie hatte ihre Brille aufgesetzt und las mit gerunzelter Stirn in einem Buch. Sie sah so sehr nach gelehrtem Blaustrumpf aus, daß er sie am liebsten aus dem Bett gezerrt hätte, um das leidenschaftliche Weib in ihr zu erwecken, das sich vor wenigen Stunden so begehrlich an ihn geschmiegt hatte. Bei der Erinnerung machte sein Herz einen Satz.

Er ging zu ihr hinüber, nahm ihr das Buch aus der Hand und sah lächelnd auf den Umschlag. *»Wörterbuch des Handels«* stand darauf. »Himmel, bist du ehrgeizig.«

Sie nahm ihm das Buch wieder ab. »Ich lerne immer gerne etwas dazu.«

Er unterdrückte ein amüsiertes Lächeln, setzte sich auf den Stuhl und legte die Füße auf den Rand der Matratze. »Vergnügen wie Kegeln sind dir also zu banal?«

»Ich hatte nie Zeit für solche Späße«, erwiderte sie.

»Bist du eigentlich schon als erwachsene Frau auf die Welt gekommen?« fragte er.

Sie ignorierte die Ironie. »Wie ist es deiner Meinung nach Tante Love und mir wohl gelungen, die Fabrik aufzubauen und mit den neuesten Maschinen auszustatten? Um ein solches Unternehmen erfolgreich zu leiten, muß man ständig nachforschen, lesen, Briefe schreiben, sogar reisen.«

»Du hast dein Schicksal selbst gewählt, Natalie.«

»Ich habe es gewählt?« Sie klappte das Buch zu. »Ist dir vielleicht schon mal der Gedanke gekommen, daß die Tuchfabrik heruntergekommen wäre, wenn Tante Love und ich nicht –«

»Und ist dir vielleicht schon mal der Gedanke gekommen, daß es dir besser ergangen wäre, wenn du keine Geschäftsfrau geworden wärst? Es gibt schließlich nicht nur verantwortungslose und unfähige Männer.«

»Nein – aber Männer wie du genießen den Luxus, von ihrem Erbe zu leben und ihre Tage mit ausschweifenden Vergnügungen zu verbringen.«

Er pfiff durch die Zähne. »Was habe ich nur getan, um mir solch bösartige Anschuldigungen anhören zu müssen? War es so schlimm, daß ich eben ein bißchen gekegelt habe?«

»Für dich ist alles nur ein Spiel. Was denkst du, was für ein Vorbild du für Simon bist.«

»Ach, jetzt verführe ich also auch noch ein Kind?« fragte er ungläubig.

»Auf jeden Fall gehst du nicht gerade mit gutem Beispiel voran. Was für Pläne hast du für seine Zukunft?«

Er zuckte mit den Schultern. »Vielleicht gibt er einen guten Kammerdiener für mich ab, wenn er ein bißchen älter ist.«

»Aber wenn er Kammerdiener bei einem Gentleman werden soll, dann braucht er eine anständige Erziehung und eine Ausbildung«, sagte sie verzweifelt. »Ich habe ein paar Lehrbücher mitgebracht, und morgen werde ich mit dem Unterricht beginnen.«

Er rollte die Augen. »Es wird bestimmt nicht lange dauern und wir laufen alle in Mönchskutten herum und leben von Brot und Wasser.«

»Du brauchst gar nicht so zu tun, als wäre ich ein schrecklicher

Hausdrachen«, erwiderte sie ungerührt. »Ich finde lediglich, daß uns etwas mehr Strebsamkeit und Würde gut bekäme.«

Er schüttelte den Kopf. »Was in aller Welt ist denn jetzt schon wieder los?«

»Ich weiß nicht, wovon du sprichst.«

»O doch, das tust du. Bist du immer noch böse wegen heute nachmittag?«

»Dummheit macht mich immer böse.«

Er beugte sich vor. »Was für eine Dummheit?« Als er sah, daß sie errötete, antwortete er sich selbst. »Ah, ich verstehe. *Diese* Dummheit.«

Mit vor Wut blitzenden Augen warf sie ihm das Buch an den Kopf, aber er fing es grinsend auf.

»Und wie steht es mit dem Vergnügen, Natalie?«

»Vergnügen?« schnauzte sie. »An etwas anderes kannst du wohl nicht denken, was?«

»Dafür denkst du immer nur an deine Arbeit.« Er sah sie nachdenklich an. »Erzähl mir von deinen Eltern.«

»Ich habe dir schon einmal gesagt, daß mein Vater dir allzu ähnlich ist.«

»Und deine Mutter? Du hast gesagt, sie ist Französin – darf ich also annehmen, daß sie dir nicht besonders ähnlich ist?«

»Richtig«, stellte Natalie verbittert fest. »Sie ist das genaue Gegenteil von mir – flatterhaft, leidenschaftlich, rücksichtslos.«

»Ah... ich verstehe.«

Sie nahm ihre Brille ab. »Was verstehen Sie, Lord Draufgänger?«

»Dein Verhalten ist eine Reaktion auf das Verhalten deiner Eltern.«

»Wie bitte?«

»Du hast Angst, daß du eines Tages so zügellos und vergnügungssüchtig wie dein Vater oder so impulsiv und hitzköpfig wie deine Mutter wirst. Also versteckst du deine wahre Person hinter der Fassade der züchtigen, anständigen jungen Frau.«

»Das ist einfach lächerlich!« tobte sie. »Meine Anständigkeit ist keine Fassade – ich bin genau das, was ich zu sein scheine!«

»Ein aufreizendes kleines Biest, das Seemänner in einer schmierigen Spelunke animiert?«

»Das war eine notwendige Strategie. Und wie ich schon einmal gesagt habe, verbitte ich mir, daß du irgendwelche Mutmaßungen über meine Gedanken oder Motive anstellst.«

»Aber irgendwer muß sich doch Gedanken darüber machen. Schließlich ist es unbedingt erforderlich, daß du endlich zu der Frau stehst, die du wirklich bist.«

»So?«

Er strich ihr sanft über die Wange und sah ihr tief in die Augen. Ihr leises Keuchen und die Gefühle in ihrem Blick verrieten sie und erfüllten ihn mit Freude.

»Du versteckst dich, meine Liebe, versteckst dich hinter zu vielen Problemen und zu großer Verantwortung. Du versagst dir sämtliche Vergnügungen, den ganzen Reichtum, den das Leben zu bieten hat. Ich spüre einfach, daß du nicht eher glücklich wirst, als bis du einen Mann findest, der die leidenschaftliche Französin in dir zu wecken versteht.«

»Und dieser Mann bist du?« schnauzte sie.

»Ja. Und darum bist du so wütend, nicht wahr, Natalie? Darum versteckst du dich hinter deiner stählernen Brille und hinter langweiligen Büchern.«

Sie starrte ihn schweigend an, und er fuhr mit schmeichelnder Stimme fort. »Du hast Angst, daß du dich mir irgendwann hingeben könntest – und du hast noch größere Angst, daß es dir Spaß machen könnte.«

»Das ist nicht wahr!« rief sie. »Ich lasse mir nicht von dir einreden, was für Gefühle ich habe. Und jetzt geh bitte und laß mich allein!«

»Aber ich kann nicht gehen«, erwiderte er geduldig. »Wir teilen diese Kabine.«

»Wie lange dauert es, bis wir in England sind?« wollte sie wissen.

Sein Lächeln verriet, daß er ihren Zorn genoß. »Mit Glück und dem richtigen Wind vielleicht in drei Wochen.«

Amüsiert sah er zu, wie Natalie aufsprang und ihre Truhe aufriß. »Vielleicht hättest du wenigstens die Güte, mich so lange allein zu lassen, bis ich mein Nachthemd angezogen habe.«

»Dein Nachthemd?« fragte er. »Bist du sicher, daß du dabei keine Hilfe brauchst?«

Daraufhin schleuderte ihm Natalie einen Schuh an den Kopf, so daß er eilig floh.

Natalie schnappte sich ihr Nachthemd und ihren Morgenmantel und verschwand hinter das Paravent – für den Fall, daß der Schuft, dem sie wirklich alles zutraute, es wagen sollte, den Kopf durch die Tür zu stecken. Die Richtigkeit seiner Behauptungen erschütterte sie. Sie war tatsächlich wegen der Gefühle, die er in ihr weckte, wütend auf ihn. Wie sollte sie nur drei Wochen dieser Qual überleben?

Natalie konnte einfach nicht einschlafen. Obwohl in der Kabine völlige Dunkelheit herrschte, war sie sich schmerzlich bewußt, daß Ryder nur einen Meter neben ihr auf einer Matratze lag. Selbst das leichte Schaukeln des Schiffes, das sie so beruhigend gefunden hatte, als sie vor sechs Jahren mit Tante Love nach Amerika gefahren war, störte sie nun.

Ryder lächelte, als er hörte, wie Natalie sich unruhig in der Koje wälzte. Er sehnte sich danach, neben ihrem warmen, reizvollen Körper zu liegen, und er schwor sich, daß es noch vor Ende der Reise passieren würde.

Seltsam – je arroganter, herablassender und spröder sie sich gab, um so entschlossener wurde er, ihre Geheimnisse zu lüften. Es war seine Aufgabe, fast seine Besessenheit geworden, sie dazu zu bringen, die Frau zu sein, die sie wirklich war, und sich den Teil ihrer

Persönlichkeit einzugestehen, der ihr herausforderndes Spiel in der Taverne genoß – vor allem mit ihm. Diese versteckte, leidenschaftliche Frau war ein betörendes Geschöpf, das er eines Tages in seinen Armen halten und nicht nur zu Leidenschaft, sondern zu Lebensfreude erwecken würde. Er würde ihren Stolz und ihre Hemmungen überwinden, und dann würde sie erfahren, was wahre Ekstase, was wahre Glückseligkeit war.

Mit diesen aussichtsreichen Gedanken döste er ein …

Ryder hatte das Gefühl, als hätte er höchstens eine Minute geschlafen, als er davon geweckt wurde, daß Natalie kreischend über ihm stand und mit den Armen wedelte.

»Was ist los?«

Statt einer Antwort flog sie aus der Koje und landete unsanft auf seinem Bauch. Er stieß ein überraschtes Stöhnen aus, als ihr wohlgeformter Körper auf ihn fiel.

»Natalie?«

Sie zitterte wie Espenlaub. »D-da w-war etwas in meiner K-koje!«

Er streichelte sanft ihren Rücken. »Also bitte, meine Liebe, beruhige dich. Wie du siehst, habe ich dich nicht belästigt. Vielleicht hat sich eine Spinne oder eine Kakerlake in dein Bett verirrt.«

Sie erschauderte. »Ich-ich hasse Insekten!«

Er lachte. »Also hat unser Ausbund an Tugend wenigstens eine Schwäche.«

»Das ist nicht lustig!« fuhr sie ihn an, und er spürte, wie ihr eine Träne über die Wange lief.

»Natalie?« murmelte er sanft und zog sie eng an sich. »Ich wußte nicht, daß du wirklich Angst hast. Tut mir leid, meine Liebe.«

»Bitte«, hauchte sie atemlos, als ihr klarwurde, in was für einer skandalösen Stellung sie auf ihm lag. »Laß mich sofort aufstehen.«

»Willst du dich etwa noch einmal von dieser widerlichen Kreatur in deiner Koje belästigen lassen?«

»Wäre es vielleicht besser, mich von dir belästigen zu lassen?«

Er lachte vergnügt. »Du hast also die Wahl zwischen mir und einer Kakerlake. Nun, ich hoffe doch, daß ich diesen Wettstreit gewinne. Sag mir, meine Liebe, wessen Berührung ist dir lieber?«

Und ehe sie noch etwas sagen konnte, legte er eine Hand auf ihren Nacken und zog ihren Mund an seine Lippen. Natalie versuchte, sich ihm zu entwinden, aber seine Nähe und ihre unbezähmbare Leidenschaft waren stärker als alle Hemmungen. Wogen des Glücks wallten in ihr auf, als seine Lippen sie zart und verführerisch berührten. Seine Zunge schob sich sanft in ihren Mund, und als sie stöhnte, schob er sich tief in sie hinein, bis die Wellen der Erregung über ihr zusammenschlugen. Sie war dabei, den Verstand zu verlieren. Als seine Hände tiefer glitten und ihr das Nachthemd über ihre nackten Hüften zogen, zappelte sie, aber ihre Proteste verhallten ungehört, als er sie leidenschaftlich küßte. Seine starken, verwegenen Finger auf ihrem Hinterteil verzauberten sie, und sein Streicheln entfachte zwischen ihren Schenkeln eine nie gekannte Glut.

Ihrer beider Atem ging stoßweise. »Du hast die süßesten Lippen, die ich jemals gekostet habe«, murmelte er heiser an ihr Ohr. »Dein Haar ist weich wie Seide und es riecht nach Geißblatt. Was deinen Hintern angeht – ich habe noch nie etwas so Weiches gefühlt. Noch ehe die Sonne aufgeht, werde ich meine Zähne darin vergraben.«

»Ryder!«

Natalie fuhr auf und versuchte zu protestieren, aber ihr Herz pochte so laut, daß sie ihr Flehen kaum verstand. Plötzlich schleuderte Ryder die Decke fort, die zwischen ihnen lag.

»Du bist ja nackt!« keuchte sie mit vor Lust und Panik schriller Stimme, als sie den harten, heißen Schaft seiner Begierde spürte.

»Es ist wunderbar, meine Liebe, und ich wünschte, du wärst es ebenfalls«, murmelte er und schob ihr Nachthemd hoch.

Sie versuchte, seinen entschlossenen Fingern Einhalt zu gebieten. »Ryder – bitte, nicht.«

Sie hörte, wie er seufzte. »Natalie, wenn du nein sagst, solltest du es auch so meinen«, warnte er sie. »Sonst kann ich mich nicht länger beherrschen – ebensowenig wie du es kannst.«

»Ich-ich meine es so«, stieß sie verzweifelt hervor.

Wieder strich er sanft über ihr nacktes Hinterteil. »Bist du sicher?« fragte er heiser. »Hast du deshalb eine Gänsehaut und spüre ich deshalb durch dein Nachthemd hindurch, daß deine Brustwarzen hart sind?«

»Das-das ist deine Schuld!«

»Falsch. Du hast angefangen, du kleines Biest!«

Er küßte sie erneut, nagte mit seinen Zähnen an ihr und liebkoste sie mit seiner Zunge, während seine Hände unbarmherzig an ihrem Nachthemd zerrten. Sie versuchte verzweifelt, ihn abzuwehren.

»Also gut, du erregst mich!« gab sie leidenschaftlich und zugleich zornig zu. »Aber man muß schließlich nicht jedem Wunsch nachgeben.«

»Genau das ist falsch, Natalie Desmond. Wünsche sind dazu da, daß man sie sich erfüllt.«

»Das sehe ich anders, Ryder Remington!«

Er unterdrückte einen Fluch, schob sie von sich und stand auf. Sie hörte, wie er durch die Dunkelheit stolperte, und einen Augenblick später war der Raum von dem Licht einer Öllampe erleuchtet.

Natalie wagte nicht aufzublicken, doch ein lauter Knall zwang sie dazu.

»Ihre Kakerlake, Madam«, stellte Ryder trocken fest.

Er hielt ihr seinen Stiefel hin, an dessen Sohle das Insekt klebte. Aber Natalie nahm es nur am Rande wahr. Ihr klopfte das Herz bis zum Hals, als sie Ryders wunderbaren Körper sah.

Er war splitternackt, faszinierend nackt – er hatte sehnige, muskulöse Arme, harte Schenkel und lange Beine mit erregend schwarzem Haar. Seine Miene war steinern, und in seinen Augen glühte ein leidenschaftliches, dunkles Feuer. Ihr Blick glitt an seinem prächtigen Körper hinab und blieb an seinem Glied haften, das sich stolz und prall vor seinem Bauch erhob. Der Gedanke, daß sich dieser herrliche Schaft ihre intimsten Stellen eroberte, trieb ihr die Röte ins Gesicht, doch zugleich wurden ihre Brustwarzen hart, und zwischen ihren Schenkeln loderten die Flammen der Begierde auf.

»Um Himmels willen!« rief sie. »Vielleicht besitzt du ja noch so viel Anstand, zumindest deine Blöße zu bedecken!«

Er lachte bis über beide Ohren. »Vielleicht besitzt du ja noch so viel Anstand, nicht herzusehen?«

»Oh!«

»Aber vielleicht sind Sie ja auch nur wißbegierig, Miss Desmond?« spottete er. »Sagen Sie, interessieren Sie sich neuerdings für die männliche Anatomie? Soll ich Ihnen vielleicht Ihre Brille holen, damit Sie die Einzelheiten besser erkennen?«

Sie sprach, ohne nachzudenken. »Man muß schon vollkommen blind sein, um *diese* Einzelheiten zu übersehen.«

Ryder warf den Kopf in den Nacken und lachte schallend los. »Natalie, du solltest wissen, daß ich bestimmt nicht anständig bin und daß ich im Gegensatz zu einer verstaubten Engländerin, die ich kenne, immer nackt schlafe. Das lächerliche, züchtige Ding, das du da anhast, werde ich noch vor unserer Ankunft in England über Bord werfen.«

»Du wirst nichts dergleichen tun! Würdest du jetzt vielleicht freundlicherweise –«

»Ich kann mich schlecht bedecken, denn du sitzt auf meiner Decke.«

»Oh.« Natalie sprang auf und stolperte zurück in ihre Koje.

Ryder warf den Stiefel auf den Boden, löschte das Licht und ließ sich auf seine Matratze fallen. »Sie können jetzt beruhigt schlafen, Madam. Ich versichere Ihnen, daß Sie von nichts und niemandem mehr belästigt werden.«

Als sich Natalie zitternd unter ihrer Decke verkroch, schüttelte sie verzweifelt den Kopf. Ihr irrsinniges Verlangen nach Ryder Remington würde sie niemals zur Ruhe kommen lassen.

17. Kapitel

Nach ein paar Tagen herrschte eine gewisse Routine an Bord. Natalie verbrachte viel Zeit damit, Simon Lesen und Rechnen beizubringen, und Ryder und Harry beschäftigten sich mit Arbeiten auf dem Schiff, mit Würfeln und Kartenspielen. Zu Natalies Leidwesen fochten die beiden Draufgänger jeden Tag miteinander. Sie hatte es inzwischen aufgegeben, gegen dieses verwegene Treiben zu protestieren. Manchmal, wenn sie die beiden über das Deck springen und mit ihren tödlichen Waffen herumfuchteln sah, fragte sie sich, wieso nicht schon längst einer von ihnen das Zeitliche gesegnet hatte. Aber wie durch ein Wunder überstanden sie, abgesehen von ein paar kleinen Kratzern, jedes Gefecht unbeschadet.

Natalie dachte oft darüber nach, daß die Nähe, in der sie und Ryder lebten, für ihre Gefühlswelt mindestens so gefährlich war wie das Fechten für seinen Körper. In letzter Zeit lebte sie in einem permanenten Zustand der Erregung. Die Erinnerung an die Nacht, in der sie aus dem Bett gesprungen und so unsanft auf Ryders hartem Körper gelandet war, als er sie so intim gestreichelt und so meisterhaft geküßt hatte, ließ sich einfach nicht verdrängen. Sie stellte fest, daß sie ihn mit jedem Tag mehr begehrte, und daß sie eine so kleine Kabine teilten, erhöhte ihre Sehnsucht und ihre Frustration nur noch. Sein Körper war eine prachtvolle, lebendige Bronzeskulptur, sehnig und voller vibrierender Energie, und er zeigte nicht die geringste Scham, wenn er sich täglich vor ihr an- und auskleidete. Wenn sie gegen seine Kühnheit protestierte, lachte er nur und erklärte, sie bräuchte ja nicht hinzusehen.

Aber brauchte sie das wirklich nicht? Sie merkte, wie ihr Blick wieder und wieder auf seine herrlichen Arme, seine kraftvollen Schenkel und seinen muskulösen Oberkörper fiel, und sie fragte sich, ob sie überhaupt eine Wahl hatte. Einmal war sie in die Kabine gekommen und er hatte lässig in der Badewanne gelegen. Natalie hatte zugleich Entsetzen und Verwirrung verspürt. Als sie geschimpft hatte, daß er sie hätte vorwarnen können, hatte der Schuft lediglich gegrinst und gesagt: »Damit ich deine Reaktion verpaßt hätte? Niemals!«

Auch Ryder fiel Natalies Unruhe auf – und er genoß sie in vollen Zügen. Jedesmal, wenn er bemerkte, daß sie schuldbewußt, aber zugleich fasziniert beobachtete, wie er sich ankleidete, wußte er, daß es nur noch eine Frage der Zeit war, bis sie sich ihm endlich ergeben würde. Natürlich verbannte das prüde, kleine Biest ihn jedesmal aus der Kabine, wenn sie auch nur ein Haarband ablegte, und als zusätzliche Sicherheit versteckte sie sich noch hinter diesem lächerlichen Paravent. Aber eines Morgens war er in den Raum gekommen und der Schirm fiel um, so daß er Natalie in ihrer Unterwäsche sah! Als sie rot anlief, hatte er fröhlich gezwinkert, und als sie verzweifelt versucht hatte, die Trennwand wieder aufzurichten, hatte er vor Lachen gebrüllt – bis ihn ihre Haarbürste empfindlich in den Unterleib traf.

Harry verspottete Ryder regelmäßig wegen seiner Beziehung zu Natalie. Je öfter Hampton über Natalies verändertes Verhalten, ihre plötzlich dezente Kleidung und ihre Arbeit mit Simon sprach, um so klarer wurde es Ryder, daß sein Kumpan den deutlichen Verdacht hatte, daß Natalie alles andere als ein einfaches Schankmädchen war.

Eines Tages, als sie alle drei vor der Kombüse saßen und Austerneintopf und Zwieback als Mittagsmahl zu sich nahmen, beschloß Harry, den Stier bei den Hörnern zu packen. Er zwinkerte Natalie zu und sagte: »Meine Liebe, du bist wirklich ein reizendes Geschöpf, und du hast ein neues Glitzern in die Augen meines altes Freundes gezaubert. Aber ich muß sagen, daß du ein paar seltsame Angewohnheiten für ein einfaches Schankmädchen hast. Abgesehen davon, daß du Simon unterrichtest – was nicht gerade typisch für eine Bardame ist –, läßt du auch hin und wieder ein paar deiner Bücher an Deck herumliegen.« Er nahm ein Buch von dem Stuhl neben sich und legte es auf den Tisch.

Sie starrte auf den Einband und lächelte schuldbewußt.

»Ich hätte so etwas wie Fieldings *Tom Jones* oder vielleicht Clelands *Erinnerungen eines Freudenmädchens* erwartet«, fuhr Harry mit einem zynischen Grinsen fort. »Aber Adam Smiths *Wohlstand der Nationen*? Ich hätte angenommen, daß du eine Vorliebe für ungehemmte Sinnlichkeit hast, meine Liebe – nicht für Wirtschaft.«

Ryder grinste. »Natalie bildet sich eben gerne weiter, wenn sie die Gelegenheit dazu bekommt.« Er wandte sich an sie. »Ich glaube, wir sollten unser Geheimnis lüften, meine Liebe. Wir können uns Harrys brillanten Schlußfolgerungen nicht länger verschließen.«

»Also ist Natalie kein billiges Flittchen«, stellte Harry tadelnd fest. »Das habe ich bereits die ganze Zeit vermutet.«

»Ja, ja, du hast völlig recht, Harry«, gestand Ryder widerwillig ein. »Natalie ist kein Schankmädchen.«

»Was ist sie denn?« wollte Harry wissen. »Und warum gibt sie sich als Bardame aus?«

»Warum lassen wir die Lady deine Fragen nicht selbst beantworten?« schlug Ryder vor.

»Nun, Natalie?« drängte Harry.

Sie lächelte. »Meine Arbeit in der Taverne war nur Tarnung. Mein Name ist Natalie Desmond. Ich leite zusammen mit meiner Tante eine Textilfabrik in der Wentworth Street in Charleston.«

Harry starrte Natalie verblüfft an. »Oh, ich habe schon von euch beiden gehört! Dann bist du also in Wahrheit eine echte Lady?«

»Ja.«

»Wie bist du dann in der Tradd-Street-Taverne gelandet?«

Natalie erzählte Harry, wie sie und ihre Tante in die Kolonien gekommen waren, um die Fabrik zu leiten, und wie sie durch das Verschwinden ihrer Tante gezwungen gewesen war, besondere Maßnahmen zu ergreifen.

»Wirklich eine faszinierende Geschichte«, stellte Harry anschließend fest. »Eine Lady, die sich als Schankmädchen ausgibt. Und warum wollt ihr beide jetzt nach England?«

»Simon hat uns einen Hinweis gegeben«, antwortete Ryder. »Er hat gesehen, wie sich Natalies Tante an Bord eines Handelsschiffes geschlichen hat, das anschließend nach London fuhr.«

»Ich verstehe.« Harry kratzte sich am Kopf. »Ihr denkt also, daß das Hauptquartier der Schmuggler in London ist.«

»Ja«, sagte Natalie.

»Seltsam, eigentlich würden sich Lancashire oder Manchester mit all den dort ansässigen Textilfabriken eher anbieten«, murmelte Harry. »Obwohl es in London ja auch mehrere solcher Unternehmen gibt.« Er schnalzte mit den Fingern und sah Ryder an. »Himmel, besitzt nicht sogar dein Vater eine Tuchfabrik in Stepney?«

Natalie starrte Ryder an. »Stimmt das?«

Ryder zuckte mit den Schultern. »Mein Vater ist an diversen Unternehmen beteiligt, aber er bespricht seine geschäftlichen Angelegenheiten schon seit Jahren nicht mehr mit mir.«

Bedrücktes Schweigen senkte sich über den Tisch, aber schließlich wandte sich Harry mit einem Lächeln an Natalie. »Miss Desmond, haben Sie auch Verwandte in London?«

»Nun, ich hoffe, daß ich meine Tante dort finde. Außerdem lebt mein Vater, Charles Desmond, dort. Er ist der zweite Sohn des Grafen von Worcester, und er arbeitet als Kommissionär an der Londoner Börse.«

»Hervorragend. Also kehren wir alle an den heimischen Herd zurück.« Er nickte in Ryders Richtung und fuhr fort. »Aber wie wollen Sie Ihrer Familie den lieben Newbury erklären, ganz zu schweigen von den äußerst kompromittierenden Umständen Ihrer gemeinsamen Atlantiküberquerung?«

Natalie erblaßte, und Ryder sprach in eisigem Ton: »Es besteht keinerlei Notwendigkeit, jemandem zu erzählen, wie Natalie nach England gekommen ist.«

»Das wohl nicht«, mußte Harry zugeben.

»Ich wollte Natalie vorschlagen, ihrer Familie zu erzählen, daß wir beide auf einem regulären Passagierschiff gekommen sind. Gibt es einen Grund, warum wir nicht *alle* diese Version erzählen sollten?«

»Nein, es gibt keinen Grund«, murmelte Harry, aber sein Ton verriet Argwohn und Verärgerung.

Im Verlauf des Nachmittags wurde der Wind stärker und der Himmel nahm eine bedrohlich dunkle Farbe an. Höhere Wellen als sonst umwogten das Schiff, und plötzlich teilten sich die Wolken und Regen ergoß sich wie aus Eimern über dem Deck.

Wie an jedem Tag stellten sich die beiden Männer, die Degen in den Händen, einander gegenüber auf. Der Wind zerrte an ihren Kleidern und ihren Haaren, und dicke Regentropfen behinderten die Sicht. Harry bedachte Ryder mit einem verächtlichen Blick. »Ich habe noch ein Hühnchen mit dir zu rupfen, alter Freund.«

»Ach ja?«

Harry machte einen Satz, den Ryder glänzend parierte.

»Du hast mich belogen, was Natalie betrifft«, stellte Harry vorwurfsvoll fest und näherte sich ihm mit schnellen, kraftvollen Stößen. »Sie war niemals ein echtes Schankmädchen.«

Ryder täuschte ihn und machte dann einen so kraftvollen Satz, daß Harry eilig zurückwich. »Bei unserer Wette ging es nicht darum, ob sie ein Schankmädchen ist oder nicht.«

»Unsinn.« Harry ging zum Gegenangriff über, aber dann rutschte er auf dem nassen Deck beinahe aus. »Die Tatsache, daß sie eine Lady ist und keine Hure, ist durchaus nicht unbedeutend. Ich glaube kaum, daß du in der Nacht, in der ihr beide euch kennengelernt habt, mit ihr geschlafen hast.«

Ryder lachte und wehrte die Hiebe seines Freundes mit geschickten, kreisenden Bewegungen ab. Auch er konnte auf dem rutschigen Holz nur mit Mühe das Gleichgewicht halten, doch das Gefühl von Gefahr belebte ihn. »Und warum teilen wir beide dann eine Kabine?«

Harry sprang auf den Deckel einer Luke und trieb Ryder zurück. »Zweifellos, weil du irgendein teuflisches Abkommen mit ihr getroffen hast – vielleicht, daß du ihr hilfst, ihre Tante zu finden, wenn sie sich bereit erklärt, sich als deine Geliebte zu geben.«

Ryder führte einen überraschenden Gegenangriff aus, der Harry rückwärts von der Luke fallen ließ. Ryder hechtete hinterher. »Traust du mir etwas so Hinterhältiges wirklich zu?"

Harry blockte Ryders Degen ab. »Allerdings. Dir wäre jedes Mittel recht, um mir mein Schiff abzunehmen und deine Freunde übers Ohr zu hauen.«

Als das Schiff plötzlich schwankte, tauchte Harry unter Ryders Waffe hindurch. Wütend fuhr er herum und schwenkte seine Klinge.

Ryder setzte nach. »Nur schade, daß du diese Behauptungen nicht beweisen kannst.«

Harry täuschte und griff mit mächtigen Stößen an. »Stimmt. Wenn ich sie beweisen könnte, würde ich dich ernsthaft zu einem Duell herausfordern, oder ich würde der Mannschaft befehlen, dich und die Lady den Haien zum Fraß vorzuwerfen.«

»Nicht so blutrünstig, alter Freund! Reicht es nicht, daß ich dir das Schiff in England zurückgeben werde?«

»Nein. Es geht ums Prinzip. Es ist eine Frage der Ehre.«

»Du besitzt so etwas wie Ehre?«

Harry schlug seinen Degen auf Ryders Klinge.

Während die beiden vor und zurück sprangen und die Klingen kreuzten, sah Natalie vom anderen Ende des Schiffes mit wachsendem Entsetzen zu. Der Wind pfiff durch die Masten, das glitschige Deck neigte sich gefährlich zur Seite und diese beiden Verrückten droschen aufeinander ein wie zwei Besessene.

Natalie war überzeugt, daß Ryder vor ihren Augen sterben und daß sie sich von diesem Schock niemals erholen würde. Es war egal, warum sie so empfand, ihre ganze Welt, all ihre Gefühle wurden von diesem Draufgänger auf den Kopf gestellt. Es war einfach so. Anscheinend war es das Schicksal aller Desmondschen Frauen, sich vor Verlangen nach einem hoffnungslos lasterhaften Mann zu verzehren, dachte sie erbost.

Dann sah sie, daß Harry einen aggressiven Satz machte, hörte, daß Ryder einen lauten Fluch ausstieß, und beobachtete, wie er zurücktaumelte und sich ans Gesicht griff.

Natalie rannte über das Deck. Sie zitterte so heftig, daß ihre Stimme einem zornigen Flüstern glich. »Seid ihr beide denn vollkommen übergeschnappt? Wie könnt ihr es wagen, aufeinander einzudreschen, während das Schiff bald untergeht? Man sollte euch beide in eine Irrenanstalt einliefern!«

Als Ryder die Hand sinken ließ, sah sie einen tiefen Schnitt in seinem Kinn. »Aber Natalie, es ist doch bloß ein Kratzer –«

»Fahr zur Hölle«, schrie sie und drehte sich zornig zu Harry um. »Und du erst recht!«

Ehe einer der Männer etwas erwidern konnte, stürzte Natalie die Kajütentreppe hinab. Ryder eilte ihr nach, und als er die Kabine betrat, hörte er ein herzerweichendes Schluchzen.

»Natalie, Liebling, ich wollte nicht –«

Sie drehte sich zu ihm um, trommelte ihm mit den Fäusten gegen die nasse Brust und schrie: »Verschwinde und laß mich in Ruhe!«

»Liebling, wir haben doch nur ein bißchen trainiert –«

»Mitten im Sturm?« kreischte sie. »Er hätte dir deinen verdammten Kopf abschlagen können –«

»Aber das hat er nicht getan –«

»Darum geht es nicht! Nur ein Verrückter würde sein Leben zum Vergnügen aufs Spiel setzen –«

»Ich versichere dir, ich habe zu keiner Zeit –«

»Und ob! Der Wind hat in den Segeln geheult, der Regen ist aufs Deck geklatscht, das Schiff hat geschwankt, aber trotzdem mußtet ihr beiden Geisteskranken ja unbedingt aufeinander einschlagen! Du benimmst dich wie ein verwöhntes Riesenbaby, das nichts anderes im Sinn hat als Vergnügen und Abwechslung –«

Plötzlich packte Ryder sie am Arm und zog sie an seinen heißen, festen Körper. Sie blickte ihm ins Gesicht – trotzig, doch zugleich fasziniert.

Seine Stimme war leise und heiser, und in seinen Augen lag eine unheimliche Glut. »Dann amüsier du mich, meine Liebe. Sorg für ein bißchen Abwechslung. Das kannst du besser als jeder andere.«

Sie hätte wütend sein sollen. Sie hätte ihn erwürgen sollen. Stattdessen konnte sie nur daran denken, wie naß sie war und wie sehr sie sich danach sehnte, den Schmerz und das Verlangen in ihrem Inneren zu stillen. Wie an dem magischen Tag am Strand brach ein Damm in ihr, aber dieses Mal wurde eine wahre Flut roher Gefühle freigesetzt. Sie seufzte, stellte sich auf die Zehenspitzen und gab ihm einen leidenschaftlichen Kuß. Er reagierte mit einem lustvollen Stöhnen, zog sie enger an sich und schob seine Zunge tief in ihren Mund.

»Ist dir klar, daß wir es einfach nicht länger vermeiden können?« flüsterte er. »Du bist für mich bestimmt.«

»Du meinst wohl, ich bin dazu bestimmt, mich von einem Wüstling wie dir ruinieren zu lassen.« Aber noch während sie diese Worte sagte, preßte sie ihre Lippen liebevoll auf seine Brust.

»Warum ruinieren?« spottete er, während er ihre Brust umfaßte. »Ich werde sanft sein. Du kannst mir vertrauen.«

»Wahrscheinlich genau so, wie man darauf vertrauen kann, daß Bonaparte nicht von St. Helena flieht.«

Mit einem leisen, heiseren Lachen nahm Ryder Natalie in die Arme und trug sie zur Koje. Sie zitterte, als er sie hinlegte und er sich über sie beugte. Sie vergrub ihre Finger in seinem langen, nassen Haar und wimmerte.

»Du weißt, daß ich dieses Mal nicht aufhören werde, nicht wahr?« fragte er.

Dann richtete er sich auf und begann, das Oberteil ihres Kleides aufzuknöpfen. Sie starrte ihn reglos an. Als sie die intensive Glut in seinen Augen sah, verspürte sie einen Anflug von Panik, aber dann küßte er sie erneut und schob langsam ihre Röcke hoch. In diesem Augenblick war es für jeden Protest zu spät.

18. Kapitel

Natalie zitterte vor Leidenschaft und Angst. Irgendwo in ihrem Hinterkopf wußte sie, daß sie allzu verwegen war, aber es war ihr egal. In Ryders starken Armen zu liegen, vor Leidenschaft für ihn zu brennen, tat einfach zu gut. Zum ersten Mal in ihrem Leben wurde die prüde Lady von der leidenschaftlichen Frau in ihrem Inneren verdrängt. Natalie hatte einfach nicht die Kraft, das übermächtige Verlangen einzudämmen, das in ihr aufwallte, als Ryders wunderbare Lippen ihren Mund liebkosten und sein mächtiger, harter Leib ihr weiches Fleisch unter sich begrub.

Auch Ryder schwelgte in Verlangen und Lust. Natalies Hingabe erfüllte ihn mit einem ungekannten Glücksgefühl. Endlich wurde sie sein. Irgendwo regte sich sein Gewissen, das ihn schalt, weil er sie so verantwortungslos benutzte, aber im Augenblick war er einfach gefangen in der Herrlichkeit der Liebe. Er begehrte sie so sehr, hatte so lange auf sie gewartet. Sie war wie ein Feuer, das in seinem Herzen, seinem Geist und seinen Adern loderte. Er erschauderte, als er an die Ekstase dachte, die sie miteinander teilen würden.

Er fuhr mit seinen Lippen über ihr unglaublich weiches Gesicht. Als sie leise aufschrie, bedeckte er ihren Mund und saugte ihre

Zunge, ihren Atem in sich ein. Ihr Stöhnen weckte noch wildere Sehnsüchte in ihm; ihr süßer Geschmack weckte das Verlangen nach mehr. Er reizte sie mit seiner Zunge, während er die Nadeln aus ihren Haaren zog und seine Finger in der dichten, samtigen Masse vergrub. Er preßte sie an seinen fordernden Mund und lockte sie mit seiner Zunge, bis ihr ein glückseliges Schluchzen entfuhr. All seine Sinne berauschten sich an ihrem herrlichen, weiblichen Duft.

Dann glitten seine Lippen ihren Hals hinab, und sein Herz machte einen Satz, als er ihr Keuchen vernahm. Er öffnete den letzten Knopf ihres Oberteils, zog ihr Hemd hinunter und legte ihre wunderbaren Brüste bloß. Es erfüllte ihn mit begieriger Lust, zu sehen, wie sich die beiden Hügel über ihrem keuchenden Atem hoben und senkten. Er drückte sein Ohr auf die Spalte zwischen ihren Brüsten und lauschte dem wilden Klopfen ihres Herzens. Dort wollte er sein – in ihrem Herzen und in ihrem Leib.

Er umfaßte eine der weichen Rundungen, blickte ihr ins Gesicht und wurde erneut von wildem Verlangen gepackt, als er den matten, leidenschaftlichen Glanz in ihren wunderbaren lohfarbenen Augen sah. Der Gedanke daran, wie dunkel diese herrlichen Augen glühen würden, wenn er in sie drang, entfachte einen unerträglichen Brand in seinem Glied.

»Wie schön du bist«, flüsterte er.

»Und du auch«, hauchte sie zurück.

Er beugte sich vor und nahm ihre Brustspitze in seinen Mund...

In dem Augenblick, als Ryders Lippen über die feste, schmerzende Knospe strichen, war es um Natalie geschehen. Nie zuvor hatte sie etwas Ähnliches empfunden wie diese heiße Lust, dieses zuckende, rohe Vergnügen. Sie rief seinen Namen, fuhr mit den Händen unter sein Hemd und streichelte seine starken Schultern, während sie in einen wahren Freudentaumel verfiel.

Ihre leidenschaftliche Reaktion steigerte noch seine Lust; langsam saugte er an ihrer geschwollenen Brustwarze. Sie rang nach Luft und vergrub ihre Fingernägel in seinem Fleisch.

Als er ihr wieder ins Gesicht blickte, sah er, daß ihre Wangen vor Lust und jungfräulicher Verwunderung glühten. Bei Gott, sie war ein anbetungswürdiges Geschöpf! Er fragte sich, welche Glut er auf diesen Wangen entfachen würde, wenn er sie mit sich in die unbekannten Gefilde der Ekstase nahm.

Er beugte sich vor und strich mit seinen Lippen über die weichen, festen Konturen ihrer Brust. Zärtlichkeit wallte in ihm auf, als sie ihre Finger in seinen Haaren vergrub und ihn eng an sich zog, als verzehre sie sich tatsächlich nach ihm.

»Liebling, weißt du, was dich erwartet?« murmelte er, während er an ihrem Fleisch leckte.

»Ich – ich bin eine erwachsene Frau«, kam die atemlose Erwiderung.

»Ach ja?« Mit einem heiseren Lachen nahm er ihre Hand und legte sie auf sein marmorhartes Glied.

Sie stieß ein Keuchen aus. »Nun, *so* erwachsen vielleicht auch wieder nicht.«

Trotzdem zuckte sie nicht zurück. Ryders Heiterkeit wich bald brennendem Verlangen, als Natalie sein geschwollenes Glied mit einem jungfräulichen Eifer untersuchte, der ihn qualvoll stöhnen ließ.

Er richtete sich auf und merkte, daß sie ihn fasziniert anstarrte. Dann lächelte sie, schlang ihre Arme um seinen Hals und zog sein Gesicht zu sich herab. Dieses Mal eroberte sie *seinen* Mund, wobei sie zunächst zögernd mit der Zunge über seine Lippen und Zähne glitt, ehe sie sich beherzt in ihn schob. Die glühende Leidenschaft, die zwischen ihnen loderte, hüllte sie beide vollständig ein, und Ryder konnte vor Glück kaum noch atmen.

In fieberhafter Eile zog er ihr das Kleid über den Körper, folgte der Bewegung mit seinen brennenden Lippen, löste die Bänder ihrer Unterhose, streichelte ihre weichen, weiblichen Locken. Die ganze Zeit über wand sie sich, keuchte, strich ihm über das rauhe Gesicht und die seidigen Haare und ermutigte ihn mit leisen, lüsternen Schreien. Er konnte dem Drang, sich mit ihr zu vereinigen, kaum noch widerstehen.

Sie wurde von glücklichen Schluchzern geschüttelt, als er sich wieder auf sie schob, sanft ihre Beine spreizte und sie mit seinen Fingern zu erforschen begann. Bereits bei der zartesten Berührung ihrer empfindlichen, schmerzenden Knospe bog sie sich ihm flehend entgegen. Er begehrte sie inzwischen derart, daß er das Gefühl hatte, an seinem Herzschlag zu ersticken. Aber er fuhr langsam fort, steigerte ihre Leidenschaft, bis sie naß und bereit für ihn war. Seine Finger zitterten, als er schließlich die Knöpfe seiner Hose öffnete und sein steifes, schmerzendes Glied befreite. Er preßte seinen Mund auf ihre Lippen, schob ihre Schenkel weiter auseinander und drängte gegen ihre Öffnung. So herrlich eng. Er schob weiter, hörte ihren erstickten Schrei und zog sich aus ihr zurück.

»Ich – ich bin nicht sicher, ob das so gehen wird«, murmelte sie.

Er konnte ein Lachen nicht unterdrücken. Sie war so ernst. »Oh, Natalie«, flüsterte er. »Mein armer Schatz. Jetzt ist es zu spät, um noch einen Rückzieher zu machen. Ich werde dich anfüllen, bis du um Gnade flehst.«

Er küßte sie erneut und drang tiefer in sie hinein, während sie sich unter ihm wand. Er schob seine Hände unter ihr Gesäß, vergrub seine Finger in ihrem weichen Fleisch und zog sie an sich. Sie wimmerte leise, als er in ihre enge Spalte drang. Sie umhüllte ihn wie eine heiße, nasse Schlinge, bis er darauf brannte, in ihr begraben zu sein. Er knirschte mit den Zähnen und bohrte sich durch ihr Jungfernhäutchen hindurch.

Sie schrie auf und er besänftigte sie mit seinen Lippen, während er unerbittlich weiterdrang. Er konnte jetzt nicht aufhören, und er stöhnte vor gequälter Lust, als sich die samtige, nasse Höhle um ihn schloß. Als er endlich ganz in ihr war, zitterte und keuchte sie und vergrub ihre Finger tief in seinem Fleisch.

»Es tut mir leid«, flüsterte er und küßte sie auf Mund und Wange. »Ich werde dir nie wieder weh tun, das verspreche ich.«

Natalie starrte ihn an. Einerseits hatte sie das Gefühl, als zerreiße er sie, aber zugleich hatte sie nie zuvor eine derart übermächtige Intimität verspürt wie jetzt, da er tief in ihr vergraben war und sein warmer, fester Körper ihre Nacktheit unter sich begrub. Er gab ihr das Gefühl, wild zu sein, lüstern zu sein und vor allem *sein* zu sein – lebendig und lustvoll bei allem Schmerz. Sie bog sich ihm entgegen und küßte ihn leidenschaftlich auf den Mund.

Ihre süße Hingabe erschütterte ihn. Er erwiderte ihren Kuß und bewegte sich sanft und vorsichtig, da er ihr nicht noch einmal weh tun wollte. Er zügelte seine Leidenschaft, so gut es ging, und sie hing keuchend an seinem Hals, während die langsame, heiße Reibung seines Gliedes sie zu neuen Höhen irrsinniger Erregung trieb. Schließlich bewegte sie sich vorsichtig, und er reagierte mit einer Reihe heftiger Stöße, bis sie den Kopf in den Nacken warf und schrie.

Er hob ihre Hüften an und tauchte kraftvoll in sie ein, bis sie sich ihm wimmernd entgegenbog. Sie schluchzte leise auf, als er sie höher zog, und ihre Körper verschmolzen in lustvoller Glut. Er stöhnte und sie wimmerte, als er endlich die Erlösung fand.

Als er keuchend auf ihr zusammenbrach und ihren Mund mit einem begierigen Kuß verschloß, zog sie ihn eng an ihr Herz.

19. Kapitel

Natalie döste, und Ryder sah sie zärtlich an. Was für eine Ekstase sie ihm gegeben hatte! Die Blutflecken auf dem Laken bestätigten, daß sie tatsächlich als Jungfrau zu ihm gekommen war, was seine Schuldgefühle noch stärker werden ließ. Sie war eine Lady und daher sollte ein Ehrenmann sie heiraten. Er war noch nicht dazu bereit, aber genausowenig ließe er sie ziehen.

Es war seltsam. Er hatte immer gedacht, daß sein Interesse an

Natalie nachlassen würde, sobald er mit ihr geschlafen hätte, doch jetzt stellte er fest, daß genau das Gegenteil eingetreten war. Statt sich über seinen Sieg zu freuen und sich die nächste Herausforderung zu suchen, war er hingerissener, faszinierter und – ja – besessener von ihr als je zuvor. Die bezaubernde Mischung aus billigem Flittchen und eleganter Dame würde ihn noch lange fesseln. Heute war die keusche Jungfrau von einem äußerst leidenschaftlichen Geschöpf verdrängt worden, und er sehnte sich danach, diese lüsterne Hure besser kennenzulernen, auch wenn er die anständige Frau in ihr weiter verspottete. Außerdem war es ihre eigene Schuld, wenn sie so herrlich, so begehrenswert, so verlockend war.

Aus diesem Grund streichelte er ihre wohlgeformte Hüfte und nagte an ihrem Kinn. Sie schlug die Augen auf und lächelte ihn an, und erneut wallte ein ungekanntes Glücksgefühl in ihm auf.

Dann spürte er, daß sie erstarrte, und sah, daß ihr richtig bewußt wurde, was zwischen ihnen vorgefallen war. Es war beinahe so, als wäre die anständige junge Dame wieder zum Vorschein gekommen, die nun die Kontrolle übernahm.

»Was habe ich nur getan?« keuchte sie.

Er lächelte sie zärtlich an und strich ihr sanft über die Wange. »Nur ruhig, mein Liebling. So schlimm ist es nicht.«

»A – aber das durfte unmöglich sein!«

Natalie wand sich aus Ryders Umarmung, ergriff die Decke, stand auf und wickelte sich eilig darin ein. Sie begann, in dem kleinen Raum auf und ab zu laufen – verwirrt, zerzaust und unwiderstehlicher denn je.

Mit einem nachdenklichen Stirnrunzeln setzte sich Ryder auf die Kante der Koje und sah sie an. In der Hoffnung, sie dadurch zu beruhigen, sagte er: »Ich kann deine Aufregung verstehen, Liebling. Schließlich warst du noch Jungfrau –«

Zitternd vor Empörung drehte sie sich zu ihm um. »Das hättest du wohl nicht gedacht, was? Es sieht dir ähnlich, meine Ehre anzuzweifeln, du Schuft!«

Er starrte sie zähneknirschend an. »Das, was du jetzt erlebst, haben schon viele Frauen durchgemacht, Natalie. Das ist kein Weltuntergang.«

»Sparen Sie sich die Belehrungen, Sir!«

Er lächelte. »Du wirst es überleben, und ich garantiere dir, daß es dir auch bald wieder bessergeht.«

Seine Arroganz machte Natalie wütend, vor allem, da sie das Gefühl hatte, am Rande eines Nervenzusammenbruchs zu stehen. »Ach ja? Und was ist, wenn ich ein Kind bekomme?«

Er starrte sie entgeistert an. »Nun, dann müßte ich dich wohl heiraten.«

Natalies Augen brannten. Sein offensichtlicher Widerwille schmerzte mehr, als wenn er sich rundweg geweigert hätte, die Verantwortung für sein Tun zu übernehmen. »Du schäumst ja geradezu über vor Begeisterung.«

Mit einem Stöhnen stand er auf. »Liebling ...«

Sie starrte seinen nackten Körper an, hin- und hergerissen zwischen Entsetzen und Begehren. »Würdest du bitte freundlicherweise etwas anziehen?«

Jetzt sprach wieder der Wüstling aus ihm. »Ich denke nicht, meine Liebe.«

Mit einem empörten Schnauben wandte sie sich von ihm ab.

Ryder wußte nicht mehr weiter. »Liebling, warum machst du dir gerade jetzt solche Gedanken?«

Als sie herumwirbelte, sprühten ihre Augen zornige Funken. »Du brauchst dir ja keine derartigen Gedanken zu machen, nicht wahr? Als Mann kannst du mich einfach meinem Schicksal überlassen und munter deiner Wege gehen!«

Ihre Worte rührten an sein Gewissen. Er runzelte erneut die Stirn, als er daran dachte, was für heimtückische Pläne er anfangs mit ihr gehabt hatte. Inzwischen empfand er etwas anderes als bloße Leidenschaft für sie, obwohl er nicht genau sagen konnte, welcher Art diese neuen Gefühle waren. Er wußte, daß er sich Natalie gegenüber verpflichtet fühlte und daß er eine tiefe Zuneigung zu ihr empfand – schließlich war sie kein billiges Flittchen, das man einfach flachlegen und dann im Stich lassen konnte. Außerdem brachte ihn der Gedanke, daß sie die Magie zwischen ihnen beiden leugnete, beinahe um den Verstand. Es machte ihn rasend, daß sie vor ihm floh, während es ihn so schmerzlich danach verlangte, sie in seine Arme zu ziehen.

»Ich habe dich also ruiniert, ja?« fragte er sanft.

Ihre Unterlippe zitterte, und sie wandte sich von ihm ab. Ryder sah, daß ihre zarten Schultern bebten, und er ertrug es nicht. Ebensowenig wie es seine Männlichkeit ertrug, die sich im Verlauf ihres Streits wieder zu regen begann.

Er ging zu ihr, strich ihr das zerzauste Haar zurück und streichelte über ihre samtige Schulter. Als sie erschauderte, lächelte er.

»War es denn so schlimm?«

Sie schüttelte den Kopf, und er zog sie an sich und legte ihr seine Hände auf den Bauch. »Habe ich dir weh getan?«

Natalie kämpfte mit den Tränen. »Du ... am Anfang. Nicht besonders.«

Er küßte ihre Wange und löste ihre Finger von der Decke. »Es tut mir leid, daß du so unglücklich bist. Vielleicht sollte ich dich ein wenig trösten?«

Sie fuhr herum und starrte mit weit aufgerissenen Augen auf sein geschwollenes Glied. »Das kann doch wohl nicht dein Ernst sein!«

»Nein, ich dachte eigentlich eher an einen sanften Kuß, an ein zartes Streicheln, ein paar liebevolle Worte...«

Natalie schwankte, doch sie klammerte sich immer noch verzweifelt an die Decke. Ryders Nähe war so erregend, daß sie wußte, daß sie bald schwach werden und ihm erneut in die Arme sinken würde.

Sie sah ihn verzweifelt an. »Bitte geh – oder beweise wenigstens soviel Anstand, dir etwas anzuziehen.«

Er schien ehrlich besorgt zu sein. Er streckte die Hand aus und strich ihr zärtlich mit der Fingerspitze über den Hals, bis er ihre Faust berührte, die die Decke vor ihrer Brust zusammenhielt. Sie zitterte wie Espenlaub.

»Warum läßt du nicht einfach die Decke fallen und kommst wieder mit ins Bett?« flüsterte er heiser. »Dann wird es dir gleich bessergehen.«

Sie kämpfte gegen ihre Gefühle an, aber als sein verführerischer Finger sie weiterstreichelte, fiel ihr ein, was er einst über eine erblühende Rosenknospe gesagt hatte. Fast hätte sie den letzten Rest Selbstbeherrschung verloren, aber dann hüllte sie sich noch fester in die Decke ein.

Er drehte sie zu sich um, küßte sie und flüsterte erneut, daß sie ihm folgen solle.

Mit einem gequälten Aufschrei ließ Natalie die Decke los und schlang die Arme um seinen Hals.

Ryder trug sie zur Koje zurück, legte sich über sie und küßte sie: »Bitte weine nicht, Liebling. Ich ertrage es nicht, wenn du weinst.«

»Aber du legst es darauf an, mich erneut zum Weinen zu bringen«, sagte sie.

Er richtete sich auf. »Hat es dir nicht gefallen, als ich dich geliebt habe?« fragte er heiser. »Bitte sage es mir.«

»Doch«, keuchte sie.

»Und willst du mich nicht noch einmal? Ich will dich so sehr, daß ich das Gefühl habe zu sterben.«

Statt einer Antwort zog Natalie ihn an sich und küßte ihn.

Ihre leidenschaftliche Reaktion machte ihn rasend. Er streichelte ihre Brüste, fuhr ihr mit den Händen über die seidigen Schenkel und küßte sie. Da sich sein Verlangen nicht länger bändigen ließ, schob er ihre Beine auseinander und drang erneut in sie ein. Obgleich ihre Hitze ihm den Atem nahm, gelang es ihm, sich so lange zurückzuhalten, bis ihre Schreie und Seufzer ihm bedeuteten, daß sie bereit für ihn war. Dann drang er tiefer, bis er in ihr begraben war und die herrliche Reibung ihn stöhnen ließ. Seine Lippen versiegelten ihren Mund, als sie gemeinsam zum Höhepunkt kamen.

Als er sich schließlich zurückzog, drehte sie sich schluchzend zur Wand und rollte sich in der Decke ein.

Er streichelte ihren Rücken. »Natalie? Was ist denn jetzt wieder los?«

»Könntest du mich *bitte* einen Augenblick alleine lassen?«

»Liebling, können wir nicht darüber reden?«

»Reden? Über was? Du benutzt deine Worte doch nur, um mich in die Falle zu locken.«

Er war verletzt und verärgert. »Jetzt habe ich dich also in die Falle gelockt, ja? Du hast also nicht gewollt?«

»Du hast bekommen, was du wolltest!« platzte es aus ihr heraus. »Du kannst stolz auf dich sein. Und jetzt geh bitte.«

Ryder hörte die Verletztheit und Verwirrung in ihrem Ton. Er sehnte sich verzweifelt danach, sie irgendwie zu trösten, aber er wußte, daß seine Worte nicht zu ihr durchdringen würden, solange er ihr nicht das geben konnte, was sie wirklich brauchte.

Er stand auf und zog sich an. Mit einem letzten traurigen Blick auf die zusammengekauerte Gestalt in der Koje verließ er den Raum ...

Natalie schluchzte noch eine Weile. Sie konnte einfach nicht glauben, was sie getan hatte – sie hatte den Kopf und die Selbstbeherrschung verloren und sich einem elenden Wüstling hingegeben. Aber es war wunderbar gewesen, und sie glaubte, daß sie sich in ihn verliebt hatte. Doch Ryder Remington war der letzte Mann auf Erden, dem sie jemals vertrauen durfte.

Denn offenbar konnte sie nicht einmal mehr ihren eigenen trügerischen Gefühlen trauen!

20. Kapitel

Zweieinhalb Wochen später glitt die *Wind* endlich die breite Mündung des Medway in Richtung der Themse hinauf. Natalie stand an der Reling, blickte über die Sümpfe und Felder und beobachtete die Enten und Gänse, die an den wogenden Gräsern zupften. Harry stand am Steuerrad, und Ryder war auf den Hauptmast hinaufgeklettert, um Simon beim Brassen der Rahe behilflich zu sein. Natalie hatte es inzwischen aufgegeben, seine selbstmörderischen Tätigkeiten zu kritisieren.

Nicht, daß sie selbst besonders vorsichtig wäre. Es entsetzte und faszinierte sie, daß sie tatsächlich mit Ryder geschlafen hatte. In seinen Armen hatte sie eine leidenschaftliche, verwegene Seite ihrer selbst kennengelernt, die ihr ganz und gar nicht gefiel, die sie jedoch nicht vollständig unterdrücken konnte. Aus diesem Grund war sie froh, daß sie sich endlich London näherten – wo sie sich von der Enge, in der sie hier auf dem Schiff mit Ryder lebte, erholen konnte. Vielleicht kam sie ja dann wieder zu Sinnen, auch wenn ihr das nicht allzu wahrscheinlich erschien.

Während der Reise war sie ihrer schockierenden, übermächtigen Leidenschaft für ihn noch zweimal erlegen. Das eine Mal, als mitten in der Nacht eine Windbö das Schiff erfaßt und Natalie aus der Koje geworfen hatte. Sie war direkt auf Ryder gefallen, und sein schmerzliches Stöhnen hatte sie besorgt gemacht. *Habe ich dir weh getan?* hatte sie ihn gefragt. *Ich werde dir zeigen, was weh tut,* hatte er gesagt und seine Finger in ihre heiße Höhle geschoben. Sie hatte sich nur kurz gewehrt, und das nächste, woran sie sich erinnerte, war, daß sie ihn geküßt und ihre Arme um seinen Hals geschlungen hatte und daß ihr Nachthemd hochgerutscht war…

Das zweite Mal war er plötzlich hereingeplatzt, als sie sich gerade angezogen hatte. Sie hatte nur ihre Unterhose und ein dünnes Hemdchen angehabt und in ihrer Truhe nach Strümpfen gesucht.

Er hatte Sie intensiv angesehen. Himmel, was für ein Blick! Was für ein Feuer, was für ein Verlangen, was für eine liebenswerte Unsicherheit. Mehr hatte es nicht gebraucht, um sie zum Schmelzen zu bringen – wofür sie sich über alle Maßen schämte! Sie hatte verwirrt ihre Strümpfe fallen gelassen. Er hatte sie aufgehoben und sie ihr gegeben, wobei sich ihre Hände berührt hatten und dann …

Beide Male hatte Natalie sich anschließend zurückgezogen und sich geweigert, mit ihm zu sprechen. Ryder hatte sie verärgert angestarrt und war mürrisch gegangen.

Es war gut, daß sie bald in getrennten Häusern leben würden, obgleich dieser Gedanke Natalies Stimmung nicht gerade hob, da sie mehr für diesen Draufgänger empfand, als sie sich eingestehen wollte. Seit das Schiff in den Medway eingebogen war, gingen ihr die Probleme, denen sie sich in London stellen mußte, nicht mehr aus dem Kopf. Sie mußte ihre Tante finden und sich mit ihrem Vater auseinandersetzen, der wahrscheinlich in einer noch schlechteren Verfassung als bei ihrer Abreise vor sechs Jahren war.

Sie drehte sich um und beobachtete, wie Ryder den Hauptmast hinunterrutschte und zu ihr herüberkam. Er sah wirklich gut aus in der milden Morgensonne, mit dem windzerzausten Haar, dem edlen Gesicht und dem weißen Hemd, das um seinen sonnengebräunten, muskulösen Oberkörper flatterte. Er schien ebenfalls in Gedanken vertieft zu sein. Sie wünschte sich, daß er ebenso litt wie sie, aber sie bezweifelte es. Als er sie erreichte, rieb er sich das stoppelige Kinn. »Ich denke, ich sollte nach unten gehen, mich rasieren, meine Haare zurückbinden und ordentliche Kleider anziehen – sonst kriegt die arme Nonna einen Schock.«

Sie setzte ein Lachen auf. »Du bist aufgeregt bei dem Gedanken, deine Großmutter zu sehen, nicht wahr?«

»Ja. Ich denke, daß ich bei ihr wohnen werde.« Er sah sie fragend an. »Und du wirst bei deinem Vater wohnen, oder nicht?«

Sie nickte. »Sein Haus liegt auf der Devonshire Terrace in der Nähe vom Regent's Park.«

Er atmete tief ein, streichelte ihre Wange und sah sie traurig an. »Ich werde dich vermissen.«

Trotz dieses charmanten und zärtlichen Eingeständnisses widerstand Natalie dem Drang, sich in seine Arme zu werfen. »Nun, Lord Newbury, ich hätte gedacht, daß Sie sich schon auf Ihre nächste Eroberung freuen.«

Sein Stirnrunzeln verriet ihr, daß ihm diese Worte gar nicht gefielen. »Ich bin nicht versessen darauf, eine neue Eroberung zu machen. Und wie steht's mit Ihnen, Miss Desmond? Sie scheinen es kaum erwarten zu können, mich loszuwerden. Dabei hätte ich schwören mögen, daß Sie im Verlauf der letzten Wochen einige positive Eigenschaften an mir kennengelernt haben.«

Sie errötete. »Nur weil ich während der Reise ein, zwei schwache Momente hatte –«

»Oder drei oder vier«, verbesserte er sie.

» – bin ich noch lange nicht bereit, mich als Ihre Geliebte anzusehen«, beendete sie ihren Satz mit einem schamhaften Flüstern.

Er lachte. »Nun, Natalie, willst du mich schon wieder herausfordern?« Als sie ihn empört anblitzte, hob er abwehrend die Hand. »Ganz ruhig, meine Liebe. Ich werde nicht versuchen, dich zu einer Halbweltdame zu machen, ehe wir anlegen. Es ist nur, daß ...« Er machte eine Pause, sah sie begehrlich an und seufzte tief. »Du warst eine so charmante Kabinengenossin – vor allem, wenn du aus deiner Koje gefallen bist.«

Sie kämpfte gegen die erregende Wirkung seiner Worte an und entgegnete: »Um so besser, daß wir nicht länger eine Kabine teilen müssen, Sir!«

Er lehnte sich an die Reling. »Warum?«

»Wie kannst du das noch fragen! Du weißt, daß du kein Interesse an der Ehe hast, genausowenig wie ich. Du weißt, daß wir viel zu verschieden sind –«

»In manchen Dingen sind wir einander sehr ähnlich«, fiel er ihr mit einem teuflischen Grinsen ins Wort.

Sie wandte sich ab und verschränkte die Arme vor der Brust.

Seufzend tippte ihr Ryder an die Nasenspitze. »Aber wir werden uns bestimmt nicht aus den Augen verlieren, meine Liebe. Schließlich stehen wir in vielerlei Hinsicht erst am Anfang unserer Nachforschungen.«

Sie bedachte ihn mit einem argwöhnischen Blick. »Ryder, ich werde dich nicht länger an unsere Abmachung binden, wenn du es nicht willst.«

Er runzelte die Stirn. »Ich glaube, du hast mich nicht ganz verstanden.«

»Ach nein?«

»Nein. Ich bin keinesfalls bereit, dich einfach gehen zu lassen – also werde ich mich an unsere Abmachung halten, komme, was wolle.«

Sie blickte aufs Wasser hinaus, insgeheim froh und erleichtert, daß er sie nicht einfach im Stich ließ, nachdem er sie verführt hatte, obgleich sie zynisch genug war, um zu wissen, daß seine »Ergebenheit« bestimmt nicht daher rührte, daß er ein Gentleman war, sondern daß sein Verlangen nach ihr noch nicht gestillt war.

Himmel, dachte *sie* denn noch an etwas anderes? Sie mußte das Gespräch unbedingt in andere Bahnen lenken.

»Glaubst du, daß wir meine Tante finden werden?« fragte sie.

»Wir werden unser möglichstes tun. Du sagst, sie hat keine Wohnung mehr in London?«

Natalie schüttelte den Kopf. »Sie hat sie aufgegeben, als wir nach Amerika fuhren. Obwohl sie kein besonders gutes Verhältnis zu meinem Vater hat, nehme ich an, daß sie bei ihm im Wohnzimmer sitzt und strickt oder sonst einen Unsinn macht, wenn ich dort ankomme. Wenn das der Fall ist, werde ich ihr den Hals umdrehen.«

»Das halte ich für unwahrscheinlich. Du wirst überglücklich sein, sie zu sehen. Du machst dir wirklich große Sorgen um sie, nicht wahr?«

»Ich habe einfach Angst, daß ihr etwas zugestoßen sein könnte.

Meine Tante ist eine flatterhafte und lebenslustige Frau, und sie würde mich bestimmt nicht um Erlaubnis bitten, ehe sie irgend etwas unternimmt. Aber einfach so zu verschwinden sieht ihr gar nicht ähnlich.«

Ryder nickte mitfühlend. »Versuch, nicht den Mut zu verlieren, meine Liebe.«

Er ging unter Deck, und Natalie vertiefte sich wieder in die Betrachtung der Landschaft. Sie hatten inzwischen das Hauptbecken der Themse erreicht, und die Luft war vom Ruß der Londoner Fabriken und Schornsteine geschwärzt. Auf dem Fluß drängten sich zahllose Schiffe aus aller Herren Länder, von riesigen dreimastigen Handelsschiffen bis hin zu kleineren Schonern, Schaluppen, Barkassen. Sogar ein paar der neuen Dampfer waren zu sehen. Im Norden thronte die bedrohliche Fassade des Londoner Towers über dem Wasser, um dessen Türme schwarze Raben kreisten; gegenüber am südlichen Ufer drängten sich die heruntergekommenen Hütten von Jacob's Island. Vor ihr, in der Nähe der London Bridge, erstreckten sich die dunklen Mauern der Zollbehörde, und dahinter erhob sich das im Gedenken an das Große Feuer errichtete Monument. In einiger Entfernung ragten die Kuppel und die Barocktürme der St.-Pauls-Kathedrale in die Luft.

Harry lenkte das Schiff nach Steuerbord zu einer der vielen Anlegestellen, in der modriges, fauliges Wasser gegen die Planken der Schiffe, Barkassen und Werften plätscherte. Natalie atmete tief ein. Sie waren zu Hause – und in ihrem Herzen verspürte sie die entsetzliche Angst, daß es zwischen ihr und Ryder nie mehr so wäre wie bisher.

Nun, es war bestimmt besser, daß ihre gemeinsamen Tage in der engen Kabine ein Ende hatten. Aber trotzdem schmerzte die Erwartung, ihn unweigerlich zu verlieren.

Als sie anlegten, gab Ryder Harry die *Wind* feierlich zurück und begoß das Ereignis mit einer Flasche teurem Brandy. Nachdem sie alle von Bord gegangen waren, trennten sich Ryder, Natalie und Simon von Hampton, der zum Haus seiner Familie nach Mayfair wollte. Ryder winkte eine kleine Kutsche heran; er und Natalie quetschten sich in das Innere des Gefährts, und der Kutscher schob sich neben Simon und das Gepäck draußen auf den Bock. Sie verließen die lärmenden, schmutzigen Docks, ratterten durch die grauen, gähnenden Elendsviertel des East End und schoben sich schließlich Ludgate Hill hinauf. Durch das Fenster erblickte Natalie die prächtige St.-Paul's-Kathedrale. Sir Christopher Wrens Meisterwerk hob sich wie ein großer, herrlich schimmernder Diamant von dem im Sumpf versinkenden Newgate-Gefängnis im Norden und den halbverfallenen Gemäuern des Doctor's Commons mit seinen Gerichtsgebäuden im Süden ab.

Sie fuhren durch das Stadtzentrum an den hoch aufragenden georgianischen und palladianischen Gebäuden vorbei. In den Straßen drängten sich die verschiedensten Gefährte. Mit Wolle, Baumwolle, Eisen oder Getreide beladene Rollwagen rumpelten über das Pflaster, schimmernde Mietdroschken schoben sich an Transportwagen vorbei, und von englischen Doggen gezogene Lastkarren wetteiferten mit offenen Einspännern. Sogar ein paar der neumodischen zweirädrigen Steckenpferde waren zu sehen. Auf den Gehwegen schoben sich eilig Geschäftsmänner an zahllosen Straßenverkäufern vorbei, die heiser ihre Waren feilboten, während sich in Lumpen gehüllte Straßenkinder an den eleganten Passanten vorbeidrückten und nach deren Geldbeuteln spähten.

Als Natalie einen Blick von der Bow Street erhaschte, die sich in Richtung des Theater- und Marktviertels erstreckte, erinnerte sie sich an glücklichere Tage, in denen sie mit ihren Eltern die königliche Oper besucht oder mit ihrer Mutter in Covent Garden einen Einkaufsbummel unternommen hatte. In welchem Zustand ihr Vater jetzt wohl war?

»Hat sich seit deinem Weggang viel verändert?« fragte Ryder sie.

Sie drehte sich um und starrte ihn an. Sauber rasiert und mit zurückgebundenem Haar sah er in seinem schwarzen Mantel, dem raschelnden Leinenhemd und dem Zylinder aus wie ein Gentleman. »Die Stadt erscheint mir voller – und schmutziger.«

»Ja, das liegt an den Tausenden, die immer noch in die Städte strömen, um in den neuen Fabriken Arbeit zu finden. Aber wie die Arbeiteraufstände und das Peterloo-Massaker gezeigt haben, verbessert sich ihr Los hier in den seltensten Fällen.«

Natalie sah ihn mit hochgezogenen Brauen an. »Lord Newbury«, stichelte sie, »könnte es sein, daß Sie sich wider Erwarten doch für die Schicksale ihrer Mitmenschen interessieren? Ich hätte gedacht, daß es Ihnen ausschließlich um Ihr Vergnügen geht.«

Er sah sie böse an, während sie an der Kirche St.-Martin-in-the-Fields mit ihren stattlichen Säulen und ihrem atemberaubenden, von zahllosen Tauben bevölkerten Turm vorbeifuhren. Im Süden entdeckte Natalie die vertrauten Umrisse von Whitehall, dem Westminster-Palast und der Abtei. Als sie auf der Höhe des grünen St.-James-Parks waren, sah Natalie Enten auf dem Teich.

Sie fuhren an der Rückseite des Buckingham Palasts vorbei, wandten sich nach Norden und folgten der Umzäunung des Hyde Parks, vorbei an großartigen georgianischen Stadthäusern von Kent und Adam und Nash. Vor dort aus fuhren sie durch Mayfair zur Devonshire Terrace.

Natalie spannte sich an, als der Kutscher das Gefährt vor einem braunen, dreistöckigen Stadthaus zum Halten brachte, das von Kastanienbäumen eingerahmt und von Efeu, Farn und blühenden Rosen umrankt war.

Als sie die Lippen aufeinanderpreßte und ihren Sitz umklammerte, tätschelte Ryder ihr die Hand. »So schlimm wird es schon nicht werden, meine Liebe.«

Sie lachte. »Du kennst meinen Vater nicht.«

Weiter kam sie nicht, denn in diesem Moment öffnete der Kutscher die Wagentür, Ryder sprang auf die Straße, befahl dem Mann, Natalies Truhe vom Kutschbock zu hieven, und bot ihr seinen

Arm. Er rief Simon zu, daß er gleich zurück wäre, und führte Natalie den Weg hinauf.

Sie erklommen die Stufen zu einer überdachten Eingangstür, die von wundervoll geformten griechischen Urnen flankiert wurde. Ryder klopfte, und ein stämmiger, grauhaariger Mann mit buschigen Brauen öffnete ihm.

Der Butler starrte die beiden verblüfft an, und dann schrie er: »Miss Natalie! Bei allen Heiligen, bist du es, Kind?«

»Fitzhugh!« Natalie fiel dem alten Diener um den Hals. »Wie schön, Sie wiederzusehen.«

Der Butler strahlte, und dann sah er mit zusammengekniffenen Augen Ryder an. »Und wer ist der Gentleman, Miss?«

»Ryder Remington, Marquis von Newbury«, erwiderte Natalie. »Lord Newbury und ich haben uns in Charleston kennengelernt und sind auf demselben Passagierschiff über den Atlantik gekommen. Als wir vor einer Stunde anlegten, bot er mir an, mich nach Hause zu begleiten.«

»Ah.« Der Butler runzelte die Stirn, aber zugleich machte er eine förmliche Verbeugung.

»Fitzhugh, ist mein Vater da?« fuhr Natalie ängstlich fort.

»Himmel, ich vergesse mich«, murmelte Fitzhugh. »Bitte kommen Sie doch herein und lassen Sie mich Ihr Gepäck tragen.«

Gefolgt von dem Kutscher, der fluchend Natalies Truhe schleppte, betraten sie die runde Eingangshalle. Ryder bat den Mann, bei der Kutsche zu warten, und Fitzhugh rief einen Pagen, der Natalies Sachen nach oben trug.

Während der Butler ihnen die Handschuhe und Hüte abnahm, blickte sich Natalie in der vertrauten Umgebung um. Farne und griechische Sofas standen unter einer hoch aufragenden Kuppel. Vor ihnen führte eine Eichentreppe mit Schnitzornamenten in die oberen Stockwerke hinauf. Die Wände und der Treppenschacht waren mit ausgeklügelten Gipstäfelungen, klassischen Statuen und herrlichen Ölgemälden geschmückt.

Natalie wandte sich erneut an den Butler und wiederholte: »Wo ist mein Vater, Fitzhugh?«

»Er ist nicht zu sprechen, Miss«, informierte er. »Mr. Desmond hat sich bereits vor Tagen in sein Arbeitszimmer zurückgezogen und ist noch nicht einmal zur Börse gegangen. Ehrlich gesagt, mache ich mir ziemliche Sorgen um ihn.«

Sie nickte betrübt. »Trinkt er wieder?«

»Was sonst?« entgegnete der Mann mit einem verzweifelten Seufzen. »Mr. Desmond scheint nichts anderes mehr zu wollen, als am Feuer zu sitzen und über Ihre Mutter zu reden.«

»Und was ist mit meiner Tante, Mrs. Love Desmond? Haben Sie sie in letzter Zeit gesehen?«

Fitzhughs buschige Brauen schnellten in die Höhe. »Ist Mrs. Desmond nicht bei Ihnen?«

»Nein. Sie ist vor ungefähr sechs Wochen verschwunden, und ich hatte gehofft, daß sie vielleicht in London wäre.«

Fitzhugh schüttelte bedauernd den Kopf. »Tut mir leid, Miss. Mr. Desmonds Schwägerin hat uns noch nicht einmal geschrieben.«

Natalie seufzte. »Danke, Fitzhugh. Und jetzt würde ich gern meinen Freund mit meinem Vater bekannt machen.« Sie nickte Ryder zu und ging in Richtung des Arbeitszimmers.

Fitzhugh rief ihr hinterher: »Oh, Miss, vielleicht möchten Sie –«

Natalie drehte sich um. »Ja?«

Der Butler schüttelte den Kopf. »Schon gut, Miss.«

Während Natalie und Ryder den Flur hinabgingen, runzelten sie beide nachdenklich die Stirn. Ryder blickte sich zu dem besorgten Butler um und murmelte: »Die Sache sieht nicht allzu gut aus, was, meine Liebe?«

»Ich fürchte, nein. Wahrscheinlich war es töricht von mir zu denken, daß meine Tante vielleicht hier auf mich wartet – schließlich ist ihr Verhältnis zu meinem Vater alles andere als gut. Aber ich möchte, daß du ihn kennenlernst. Vielleicht hat er ja wenigstens etwas von ihr gehört.«

Der große, abgedunkelte Raum, den sie betraten, wurde nur von einem schwachen Feuer im Kamin erhellt. An den Wänden ragten hohe Bücherregale empor, in denen dichtgedrängt teure Ledereinbände standen. Über den Regalen hingen Landschaftsbilder von Constable und Desmondsche Ahnenporträts von Gainsborough und van Dyck.

Natalie runzelte die Stirn. Ihr Vater war nirgends zu sehen. Sein Schreibtisch war mit Papieren übersät, aber sein Stuhl war leer. Auf dem mit Seide bezogenen Mahagonisofa vor dem Kamin saß ebenfalls niemand, obwohl die leere Brandykaraffe auf dem danebenstehenden Tischchen nichts Gutes verhieß.

Natalie wollte gerade vorschlagen, daß sie woanders nachsehen sollten, als sie ein deutliches Schnarchen vernahm. Mit schamrotem Gesicht führte sie Ryder um das Sofa herum.

Ihr Vater lag ausgestreckt auf dem Perserteppich vor dem Kamin.

21. Kapitel

Ryder hatte Mitleid mit Natalie, als er sah, wie sie neben ihrem Vater in die Knie ging und versuchte, ihn wachzurütteln. Die Luft war erfüllt von süßlichem Brandygeruch.

»Vater, ist alles in Ordnung? Ich bin's, Natalie.«

Als die bewußtlose Gestalt keine Antwort gab, sagte Ryder energisch. »Los, meine Liebe, drehen wir ihn auf den Rücken.«

Ryder faßte den Mann vorsichtig an den Schultern und rollte ihn auf dem Teppich herum. Sein Blick fiel auf ein ehemals schönes, aristokratisches Gesicht, das inzwischen deutliche Zeichen übermäßigen Alkoholkonsums aufwies – feine rote Äderchen auf Wangen und Nase, eine gelbliche Farbe, dicke, violette Ringe unter den Augen. Desmonds Jacke war geöffnet, und sein elegantes Leinenhemd und die Seidenkrawatte waren zerknittert und mit Flecken übersät. Charles Desmond schlug die Augen auf und starrte die beiden aus blutunterlaufenen Augen an. »Natalie!« keuchte er. »Bei Gott, bist du es, Kind?«

»Ja, Vater.«

Ehe sie noch etwas sagen konnte, richtete er sich mühsam auf und umarmte sie. »Ah, Natalie, meine Liebe! Wie schön, dich zu sehen! Ich hatte wirklich Angst, daß du nie wiederkommen würdest!«

Obgleich die überschwengliche Begrüßung Natalie rührte, überwog ihre Verlegenheit, weil Ryder ihn in diesem Zustand sah. »Was, um Himmels willen, machst du denn auf dem Fußboden?« flüsterte sie angespannt.

»Nun, ich weiß nicht genau«, erwiderte ihr Vater leicht verwirrt. Er versuchte aufzustehen, aber dann ließ er sich mit einem Stöhnen sinken und fuhr sich mit der Hand an die Stirn. »Ah, mein armer Kopf ...«

Natalie starrte Ryder entsetzt an.

Er nahm Charles' Arm. »Bitte, Sir, ich werde Ihnen helfen, sich auf einen Stuhl zu setzen.«

»Wer sind Sie?«

Natalie antwortete: »Ein Freund von mir, Ryder Remington, Marquis von Newbury.«

»Freut mich, Sie kennenzulernen«, murmelte Charles und bedachte Ryder mit einem schwachen Lächeln.

Ryder widerstand dem Drang, vor Desmonds Brandyatem zurückzuweichen, und sagte taktvoll: »Dürfte ich vielleicht anmerken, daß es in Ihrem gegenwärtigen Zustand nicht ratsam ist, allzu lange vor dem Feuer zu sitzen, Sir?«

»Ah, ja.« Charles wurde vor Verlegenheit rot, aber er gestattete Ryder, ihm auf die Beine zu helfen.

Ryder führte den schwankenden Mann zu einem Sessel. »Kann ich Ihnen etwas holen, Sir?«

Charles fuhr sich mit zitternden Fingern durch sein von grauen Strähnen durchzogenes, braunes Haar. »Ich würde meine Seele für einen Brandy geben. Natalie, sei so lieb und hol mir einen.«

Sie knirschte mit den Zähnen. »Ich werde bestimmt nicht dazu beitragen, daß du weiterhin in diesem beklagenswerten Zustand bist.«

Ryder sah sie bittend an. »Meine Liebe, er braucht einen Brandy. Aber bitte nur einen kleinen.«

Mit grimmiger Miene ging Natalie zu dem Sheraton-Büfett hinüber und schenkte ihrem Vater ein wenig Brandy ein. Dann kehrte sie zu ihm zurück und reichte ihm zögernd den Kristallschwenker.

Charles Desmond kippte den Brandy in einem Zug hinunter, atmete tief ein und sah seine Tochter reumütig an. »Es tut mir leid, meine Liebe. Das ist sicher nicht der richtige Empfang für dich. Ich hoffe, es geht dir gut?«

Natalie bedachte ihren Vater mit einem schwachen Lächeln. »Ja.«

»Wollt ihr euch setzen?«

Nachdem Natalie und Ryder auf dem Sofa Platz genommen hatten, stellte Charles sein Glas ab und sah die beiden an. »Was bringt dich nach England zurück, wenn ich fragen darf? Nicht, daß es mich nicht freuen würde, dich zu sehen, aber ich dachte, du und Tante Love wolltet euch auf Dauer in den Kolonien niederlassen.«

»Ich bin wegen Tante Love gekommen«, erklärte Natalie. »Hast du sie in letzter Zeit gesehen oder gesprochen?«

»Nein.«

»O wie schlimm!« rief Natalie und rang die Hände. »Ich hatte gehofft, sie wäre hier.«

Als Charles verwirrt von seiner Tochter zu Ryder blickte, setzte Ryder zu einer Erklärung an. »Natalies Tante ist vor ein paar Wochen verschwunden. Wir haben gehört, daß sie mit einem Handelsschiff nach London gefahren sein soll.«

»Love ist hier?« fragte Charles und kratzte sich am Kinn. »Wie seltsam, daß sie mir noch nicht einmal einen Höflichkeitsbesuch abgestattet hat. Natürlich haben wir uns seit dem Tod meines Bruders nicht allzu gut verstanden, aber –«

Natalie bedachte ihren Vater mit einem kühlen Blick. »Es war falsch von dir, ihr die Schuld an Onkel Malcolms Tod zu geben.«

Charles machte eine müde Handbewegung. »Vielleicht habe ich etwas heftig reagiert«, gab er zu.

»Das gewiß«, sagte Natalie.

Mit vor Verlegenheit rotem Gesicht wandte er sich an Ryder. »Vielleicht darf ich fragen, woher Sie meine Tochter kennen, Sir?«

»Ich habe sie in Charleston kennengelernt. Und dann haben wir festgestellt, daß wir mit demselben Schiff reisen. Ich muß zu meiner Großmutter, und Natalie will ihre Tante finden und Sie sehen, Sir. Als wir an Land gingen, habe ich ihr angeboten, sie nach Hause zu begleiten.«

»Dann seid ihr also beide nach London gekommen, um eure Lieben zu besuchen«, stellte Charles mit traurigem Lächeln fest. »Ich wünschte, meine geliebte Desiree käme aus Paris zurück, um mich zu sehen.« Er starrte ins Feuer.

Ryder bemerkte, daß Natalie die Lehne des Sofas umklammert hielt und sich nur mit Mühe beherrschte. Wie leid sie ihm tat – und wie gut er sie inzwischen verstand!

»Vater, ich bin sicher, daß Mutter dich immer noch gern hat«, flüsterte sie ohne große Überzeugung.

Plötzlich wurde ihr Vater wütend. »Mit einer verdammten Bonapartistin werde ich niemals in einem Haus leben!« verkündete er. »Diese Frau hat die Berliner Erlasse und die Kontinentalsperre gutgeheißen, die unser Land fast in den Ruin gestürzt hätte! Desiree hat sich aufgeführt, als wüßte sie nicht, daß ich, ihr Mann, den Lebensunterhalt an der Börse verdiene.«

»Ich weiß, daß Mutter extreme Ansichten vertreten hat, Vater«, warf Natalie mitfühlend ein.

Sofort schwand Charles Zorn, und er stieß einen tiefen Seufzer aus. »Trotzdem kann ich ohne sie nicht leben...«

Ryder empfand ehrliches Mitleid mit Natalie, als er sah, wie Charles den Kopf hängen ließ und elend in sich zusammensank. Er wünschte von ganzem Herzen, daß er ihr helfen könnte, aber er wußte, daß ihm die Hände gebunden waren. Charles Desmond war wahrscheinlich nicht zu retten.

»Vater, du solltest dich ein bißchen ausruhen«, schlug Natalie hilflos vor.

Charles fuhr sich mit dem Ärmel seiner Jacke übers Gesicht und murmelte: »Es tut mir leid, mein Kind. Wahrscheinlich kriege ich gleich noch das heulende Elend. Du bist bestimmt müde und hungrig. Bitte, mach es dir bequem... Fitzhugh wird sich um dich kümmern.«

»Ja, Vater.« Natalie stand auf, ging zu ihm hinüber, beugte sich vor und küßte ihn sanft auf die Stirn. »Ich bringe nur noch unseren Gast zur Tür.«

Ryder erhob sich ebenfalls. »Freut mich, Sie kennengelernt zu haben, Sir. Ich hoffe, daß ich bald noch einmal das Vergnügen haben werde, Sie zu sehen.«

»Das hoffe ich ebenfalls«, erwiderte Charles mit einem schwachen Lächeln.

Ryder folgte Natalie in den Flur hinaus. Als sie sich zu ihm umdrehte, hätte er seinen rechten Arm dafür gegeben, um ihr den schmerzlichen Blick zu nehmen. Er streckte die Hand aus und strich ihr eine Locke aus der Stirn.

»Es tut mir so leid, Liebling«, murmelte er.

»Vater ist in einem schlimmeren Zustand denn je – und Tante Love ist hier nicht aufgetaucht«, sagte sie betrübt.

»Aber wie dein Vater schon sagte, ist es vielleicht nicht allzu überraschend, daß sie nicht hier ist«, sagte Ryder in der Hoffnung, sie ein wenig aufzumuntern. »Hast du mir nicht erzählt, daß die beiden sich ernsthaft überworfen haben?«

Natalie nickte. »An dem Abend, als Onkel Malcolm bei dem Duell ums Leben kam, beschuldigte mein Vater Tante Love, eine kaltherzige Frau zu sein, die seinen Bruder dazu getrieben habe, sich dem Spiel und den Frauen zuzuwenden.«

»Großer Gott!«

»Das stimmte natürlich nicht. Tante Love mag exzentrisch sein, aber sie ist einer der warmherzigsten Menschen, die ich jemals kennengelernt habe. Sie kam einfach nicht mit den Lastern und den Frauengeschichten meines Onkels zurecht, genausowenig wie meine Mutter mit der Zügellosigkeit und den politischen Ansichten meines Vaters zurechtkam – auch wenn das kein Grund war, ihn einfach zu verlassen.«

Ryder nickte. »Kein Wunder, daß du fest entschlossen bist, niemals zu heiraten.«

»Nun, ich denke, daß die Ehe deiner Eltern auch nicht gerade mustergültig war«, stellte sie zynisch fest.

»Das stimmt«, gab er zu.

»Manchmal frage ich mich, ob es überhaupt so etwas wie eine glückliche Ehe gibt.«

Ryder lächelte wehmütig. »Die Ehe meiner Großeltern war glücklich – über zwanzig wunderbare Jahre lang, bis mein Großvater im Schlaf starb.«

Natalie bedachte ihn mit einem entschuldigenden Lächeln. »Tut mir leid. Du fährst jetzt zu deiner Großmutter, nicht wahr?«

»Ich würde mich freuen, wenn du sie kennenlernen würdest«, sagte er ernst.

»Natürlich. So bald wie möglich. Aber erst einmal solltest du allein hinfahren. Kümmere dich nicht um meine Probleme.«

Er runzelte die Stirn. »Natalie, bitte sprich nicht so, als wäre ich kein Teil deines Lebens.«

Sie setzte ein Lächeln auf. »Du mußt jetzt wirklich gehen.«

»Soll ich heute abend vorbeikommen?«

Sie schüttelte den Kopf. »Nein, verbring erst ein bißchen Zeit mit deiner Großmutter. Ich muß mich erst wieder eingewöhnen.«

Ryder dachte an die unangenehme Begegnung, die vor ihm lag und der er nicht ausweichen konnte, egal wie schmerzlich es für ihn war. Er atmete tief ein und sagte: »Morgen wirst du *meinen* Vater kennenlernen.«

Sie zog überrascht eine Braue hoch. »Nun, ich freue mich natürlich, den Grafen kennenzulernen. Aber warum –«

»Es wird kein glückliches Wiedersehen sein«, fiel Ryder ihr ins Wort. »Wie Harry schon sagte, besitzt mein Vater eine Textilfabrik, und er hat einige Kontakte in der Industrie, so daß ein Treffen mit ihm vielleicht ein guter Anfang für die Suche nach deiner Tante wäre.«

Sie sah ihn mitfühlend an. »Ryder, wenn diese Begegnung zu schmerzlich für dich ist, dann kann ich nicht zulassen, daß –«

Er legte ihr einen Finger auf die Lippen und sah sie entschlossen an. »Was habe ich gesagt, meine Liebe? Wir stellen die Nachforschungen gemeinsam an.«

»Wir sind schon ein tolles Gespann.«

Er lächelte. »Ich werde dich morgen früh abholen.« Zärtlich sah er sie an. »Ich hoffe, du ziehst etwas Hübsches an.«

»Das werde ich«, versprach sie ihm feierlich.

Als Ryder das Desmondsche Stadthaus verließ, merkte er, wie schwer es ihm fiel, Natalie auch nur für eine Nacht zu verlassen.

Er hatte sich höchst ungern von ihr getrennt, aber ihr schien sein Weggang nichts auszumachen – was ihn ärgerte. Natalie hatte zwar bei ihrer Rückkehr statt ihrer Tante nur ihren ruinierten Vater vorgefunden, aber sie war nicht zusammengebrochen und hatte nicht seinen Trost gesucht. Ganz im Gegenteil – sie hatte all ihren Mut zusammengenommen und ihm gesagt, daß er am Abend nicht kommen sollte; sie hatte ihr Leben wieder selbst in die Hand genommen, und nun fürchtete er, daß ihre gemeinsame Suche nach Tante Love das einzige war, das sie beide aus ihrer Sicht noch zusammenhielt.

Vielleicht war es wirklich besser, daß sie nicht länger die enge Kabine teilten; in der Tat riet ihm sein Gewissen, sie gehen zu lassen, ehe sie von ihm geschwängert würde. Aber der Lüstling in ihm war fasziniert, verzauberter von Natalie als je zuvor. Die Intimität, die sich an Bord des Schiffes zwischen ihnen entwickelt hatte, war wunderbar, doch noch sehr zerbrechlich; die Tatsache, daß sie sich anschließend jedesmal von ihm zurückgezogen hatte, hatte ihn frustriert und die Sehnsucht nach mehr in ihm geweckt. Er fühlte sich wie ein Mann, der von kleinen, köstlichen Häppchen in Versuchung geführt worden war und nun die ganze Mahlzeit begehrte. Und es machte ihm zu schaffen, daß die züchtige junge Dame in Natalie immer noch entschlossen war, die leidenschaftliche Frau, die er in den Armen gehalten hatte, zu bezwingen. Seine Mission, sie zu voller Sinnlichkeit zu erwecken, war noch lange nicht beendet...

Als Ryder in dem von Adam entworfenen Stadthaus seiner Großmutter am Grosvenor Square eintraf, führte ihn der Butler Carsley in den Salon. Ryder betrat den großen, sonnendurchfluteten Raum und entdeckte seine Großmutter auf einem Stuhl in der Nähe der Flügeltüren. Sie hatte ihre Brille auf und konzentrierte sich auf eine Strickarbeit. Zärtlichkeit wallte in ihm auf, als er sie sah. Nonna war eine statuenhafte, wunderbare ältere Frau mit einem edlen, von kleinen Falten durchzogenen Gesicht und einem silbrigen Haarknoten. Sie trug ein hochgeschlossenes Kleid aus grauem Seidenbrokat, zahlreiche schöne Ringe, die Granatbrosche und die Perlen, die sein Großvater ihr geschenkt hatte. Sie summte eine alte italienische Melodie, die Ryder noch aus seiner Kindheit kannte.

Nonna hatte sein Kommen nicht bemerkt; ihr Gehör war nicht mehr das beste, und sie war ganz in ihre Arbeit vertieft. Er sah sich in dem vertrauten Zimmer um. Ein Großteil der Möbel und Kunstgegenstände stammte aus Italien; das Walnuß-Büfett mit den Einlegearbeiten aus Elfenbein, die vergoldeten, venezianischen Stühle, das Sofa, die Cozzi-Vasen und die herrlich geschnitzten Doccia-Statuetten. Sein beifälliger Blick fiel auf die Decke mit den wunderbaren Laubsägearbeiten, den vergoldeten Verzierungen und den Veroneser Rundplastiken, und dann wanderte er weiter die mit atemberaubenden, von Canaletto und Bellotto gemalten Bildern von Venedig geschmückten Wände hinab.

Er schlich auf Zehenspitzen von hinten an ihren Stuhl heran und hielt ihr die Augen zu. »Wer bin ich?« flüsterte er.

»Ryder!« Francesca Valenza ließ ihre Strickarbeit fallen und stand unsicher auf.

Ryder umarmte seine zerbrechliche Großmutter und küßte sie auf die Wange. Der Duft ihres Lavendelparfüms brachte alte Erinnerungen zurück. »Nonna, ich hoffe, ich habe dich nicht erschreckt. Ich freue mich so, dich zu sehen.«

Francesca hielt sich die Hand aufs Herz und starrte ihren Enkel unter Freudentränen an. »Ryder, *nipote mio!* Ich dachte, ich würde dich nie wiedersehen! Endlich bist du wieder daheim!« Sie drückte seine Hand.

Er lächelte. »Ich weiß, daß ich überraschend komme, aber ich hatte keine Zeit, um vorher zu schreiben. Ich bin ziemlich überstürzt in Charleston aufgebrochen.«

»Du bist hier«, stellte sie gerührt fest. »Alles andere ist unwichtig.«

Er sah sie besorgt an. »Geht es dir gut?«

Sie winkte ab. »Ich bin eine alte Frau und werde von Tag zu Tag steifer. Aber ich kann mich nicht beklagen. Ich habe schon viele Freunde begraben, die halb so alt waren wie ich.«

Ryder bückte sich, hob das Strickzeug seiner Großmutter auf und legte die halb fertige malvenfarbene Decke auf den Stuhl. »Wieder ein Geschenk für die Armen?«

Francesca nickte ernst. »Es gibt so viele leidende Menschen in den Sälen von St. Thomas, die sich im Fieber winden oder schwindsüchtig zittern. Die Damen der Wohltätigkeitsgesellschaft in St. Thomas kommen kaum nach.«

Er bedachte sie mit einem tadelnden Blick. »Nonna, du verbringst einfach zu viel Zeit in den Elendsvierteln der Stadt. Wer weiß, was für Krankheiten du dort bekommst oder welche Schurken dich dort überfallen? Denk doch um Himmels willen daran, was mit Mutter passiert ist.«

Francesca tätschelte ihrem Enkel beruhigend den Arm. »Mein Lieber, mach dir keine Sorgen um eine alte Frau wie mich. In meinem hohen Alter genieße ich den Luxus, daß mir derartige Gefahren egal sind.«

Er schüttelte den Kopf. »Aber, Nonna, nachdem deine eigene Tochter –«

Sie nahm seine Hand und sah ihn eindringlich an. »Eines Tages werden wir über deine Mutter sprechen. Aber jetzt setz dich erst einmal und erzähl mir, wie es dir in den letzten Jahren ergangen ist.«

»Natürlich.« Ryder führte seine Großmutter zum Sofa und setzte sich neben sie.

»Was bringt dich nach London zurück, mein Junge?« fragte Francesca.

Er nahm ihre Hand und küßte sie. »Ich wollte dich sehen.«

»Das ist nicht der wahre Grund«, stellte sie mit einem weisen Lächeln fest, und als er protestieren wollte, sah sie ihn streng an. »Also bitte, Ryder, ich weiß, daß du deine alte Nonna liebst, aber irgend etwas sagt mir, daß es bei dieser Reise um eine andere Frau geht – um eine ganz besondere Frau.«

Er grinste. »Du hast immer noch das Zweite Gesicht, nicht wahr?«

Ihre gütigen, haselnußbraunen Augen sahen ihn traurig an. »Manchmal sind meine Visionen eher ein Fluch als ein Segen.«

Doch dann zwang sie sich, eine heitere Miene aufzusetzen. »Aber erzähl mir von deiner Lady. Hast du sie in Charleston kennengelernt?«

Ryder konnte nur verwundert den Kopf schütteln. Er erzählte ihr mit kurzen Worten, wie sie beide sich kennengelernt hatten und gemeinsam nach London gekommen waren, wobei er die skandalösen Umstände ihrer ersten Begegnung und die Tatsache, daß sie während der Reise ein Liebespaar geworden waren, verschwieg.

Aber Nonna ließ sich nicht so leicht täuschen. Sie blickte ihren Enkel aus zusammengekniffenen Augen an und schalt: »Du hast diese feine junge Dame zu deiner Geliebten gemacht, nicht wahr?«

Ryder errötete. »Nonna! Bitte, du darfst nicht –«

»Oh, ich werde es keiner Menschenseele verraten, keine Angst. Aber ich habe recht, nicht wahr? Sie ist deine Geliebte?«

Er lächelte. »Nun, nicht ganz.«

Francesca sah ihn böse an. »Willst du damit etwa sagen, daß du sie ruiniert und dann ihrem Schicksal überlassen hast?«

Er lachte. »Warum ist für Frauen eins der größten Vergnügen des Lebens eigentlich immer gleichbedeutend mit ›Ruin‹?« Als Francesca nichts erwiderte und ihn weiterhin böse anblitzte, murmelte er. »Du kennst mich einfach zu gut.«

»Allerdings, und du bist ein schlimmer Junge. Aber trotzdem liebe ich dich.«

»Und genau das ist es, was ich an dir so mag«, sagte er. »Du akzeptierst mich so, wie ich bin.«

»Ich weiß, daß dein Herz am rechten Fleck sitzt – auch wenn der Rest von dir manchmal eine ordentliche Tracht Prügel verdient.«

Er lachte und nickte.

»Wirst du der jungen Dame anbieten, sie zu heiraten?«

»Natalie ist tatsächlich etwas ganz Besonderes, das gebe ich zu«, seufzte er. »Aber selbst wenn ich um ihre Hand anhalte, wird sie wahrscheinlich ablehnen.«

»Sie würde den Sohn eines Grafen verschmähen? Weshalb das?«

»Die Geschichte ihrer Familie ist äußerst tragisch«, erwiderte Ryder und erzählte seiner Großmutter von Natalies Vater, Onkel und Cousin.

»Die Arme«, murmelte Francesca. »Aber sie denkt doch sicher nicht, daß du genauso bist?«

»Natalie hat Angst davor zu heiraten – genau wie ich. Du hättest sehen sollen, in was für einem jämmerlichen Zustand ihr Vater war, als ich sie nach Hause begleitet habe. Ich kann es ihr wirklich nicht verübeln, daß sie allen Männern gegenüber argwöhnisch ist.«

»*Engländern* gegenüber vielleicht«, verbesserte Nonna mit angewidertem Blick. »Kein Wunder, daß sie einen solchen Hang zur Zerstreuung haben, wenn selbst ihr König ein Taugenichts ist, der sich in Schulden stürzt, während sein armer Vater dem Wahnsinn verfällt. Jetzt läßt er auch noch Piccadilly von John Nash ausheben, um dort seiner eigenen Eitelkeit ein Denkmal zu setzen. Denk nur an all die guten Dinge, die er mit seinem Reichtum bewirken könnte, wenn er ihn für die Armen verwenden würde!«

Ryder konnte nur mit Mühe ein Grinsen unterdrücken. George IV. war nicht gerade Nonnas Lieblingsgestalt.

Mit einer leidenschaftlichen Geste fuhr sie fort. »Und dann noch dieses Debakel im letzten Jahr, als Seine Majestät seine Krönung verschob, während er versuchte, sich von Prinzessin Caroline scheiden zu lassen. Gott sei Dank wurde der Gesetzentwurf vom House of Lords zurückgewiesen. Carolines Verhalten auf dem Kontinent war vielleicht nicht ganz korrekt, aber der König von England ist ein Schuft – er läßt sich längst von einer neuen Mätresse trösten.«

Ryder lachte vergnügt. »Es erstaunt mich immer wieder, wie sehr du sämtliche Engländer verachtest – mit Ausnahme deines Enkelsohns, der einst zu den Favoriten in Carlton House gehörte.«

Francesca richtete sich zu ihrer vollen Größe auf. »Du, mein Junge, bist ein halber Italiener –«

»Und stolz darauf«, stellte er fest.

»Du hast die Güte deiner Mutter und nichts von der Grausamkeit deines Vaters.« Sie faltete die Hände. »Bist du zurückgekommen, um hierzubleiben?«

Er schüttelte traurig den Kopf. »Ich glaube nicht, Nonna.«

»Aber wo willst du hin?«

Er zuckte mit den Schultern. »Vielleicht ins sündige Paris, nun, da die Monarchie wiederhergestellt ist.« Plötzlich dachte er daran, Natalie mitzunehmen und sie mit Gebäck und Champagner und teuren Geschenken zu verwöhnen. Himmel, sie hatte ihn wirklich für sich gewonnen!

»Ich glaube, du wirst länger in London bleiben, als du denkst«, sagte Francesca. »Außerdem prophezeie ich dir, daß du bald erwachsen werden und um die Hand dieser jungen Dame anhalten wirst. Schließlich wirst du eines Tages den Titel und all die Pflichten deines Vaters erben. Da brauchst du eine passende Frau, mein Junge.«

Ryder runzelte die Stirn und erwiderte: »Du willst doch nur, daß ich seßhaft werde – und Urenkel für dich zeuge.«

»Stimmt. Aber meine Motive sind nicht nur eigennützig.« Sie legte die Hand auf seinen Arm. »Daß deine Eltern eine lieblose Ehe geführt haben, heißt nicht, daß du und deine Lady nicht so glücklich miteinander werden könnt wie ich und dein Großvater. Gott sei seiner Seele gnädig.« Sie bekreuzigte sich.

Ryder sah sie ernst an. »Ich habe Natalie erst heute von dir und Großvater erzählt.«

Francesca strahlte vor Glück. »Was habe ich dir gesagt? Wir beide denken einfach gleich, mein Junge. Wann werde ich die junge Dame kennenlernen?«

»Ich könnte Natalie bald einmal zum Abendessen mitbringen. Wie wäre das?«

»Molto buono.«

»Aber erst einmal müssen wir versuchen, Natalies Tante zu finden.«

Francesca sah Ryder mitfühlend an. »Dann wirst du also auch deinen Vater besuchen?«

»Woher weißt du das?«

Sie zuckte mit den Schultern. »Die Textilfabrik in Stepney. William Remington könnte dir vielleicht ein paar nützliche Informationen geben.«

Ryders Gesicht spannte sich an. »Hast du meinen Vater in letzter Zeit einmal gesehen?«

»Ich habe William seit Carlottas Beerdigung nicht mehr gesehen, und ich wollte es auch nicht«, kam ihre verbitterte Antwort. Sie nahm Ryders Hand. »Es war falsch und grausam von ihm, dir die Schuld am Tod deiner Mutter zu geben.«

»Ich habe aber Schuldgefühle«, sagte er, und ehe sie ihm widersprechen konnte, fuhr er eilig fort. »Doch ich werde Vater besuchen müssen, wenn ich Natalie helfen will.« Er drückte die Hand seiner Großmutter. »Hast du eine Vorstellung, wo sich ihre Tante aufhalten könnte?«

Francesca schloß die Augen und konzentrierte sich. Nach einer Weile flüsterte sie: »Seltsam.«

»Was?« fragte er.

Francescas Worte klangen heiser und bedrohlich. »Ich sehe Verruchtheit, Böses. Worte des Schreckens und der Finsternis: Hunger, Feuer, Pestilenz.« Sie öffnete die Augen und starrte Ryder an. »Was hat das alles zu bedeuten?«

Er war ebenfalls beunruhigt. »Ich weiß es nicht. Wahrscheinlich ist Natalies Tante in großer Gefahr!«

Francesca runzelte die Stirn. »Da bin ich mir nicht so sicher. Aber ich habe das untrügliche Gefühl, daß etwas Schreckliches passieren wird. Am besten findet ihr die Frau so schnell wie möglich.«

22. Kapitel

Früh am nächsten Morgen stand Ryder am Grab seiner Mutter auf dem Friedhof von St. Margaret's, der sich im Schatten der mittelalterlichen Pracht der nahegelegenen Abtei von Westminster erstreckte. Mit seinem schwarzen Frack und dem Seidenzylinder sah er aus wie ein Gentleman. Er stand in der milden Aprilsonne und hielt einen Strauß gelber Rosen in der Hand, die er bei einem Straßenhändler gekauft hatte.

Seine Mutter hatte gelbe Rosen geliebt.

Ryder setzte den Zylinder ab, beugte sich vor und stellte die Blumen in die leere Bronzeurne, die vor Carlottas Grabstein stand. Er bekreuzigte sich und sprach ein stummes Gebet.

Er hatte ihren Grabstein noch nicht gesehen, und der Anblick erfüllte ihn mit neuer Trauer. Nach ihrem Tod war er bis zur Beerdigung in London geblieben, aber dann war er nach Amerika aufgebrochen, ehe der Grabstein fertig gewesen war...

Nun war er lange fort gewesen, und der Stein war von grünen Flechten überzogen.

Der Stein trug den Stempel seines Vaters. Er war aus schlichtem Marmor, ohne jede Verzierung, ohne sentimentale Platitüden. Einzig »Carlotta«, darunter »Frau von William, Herzog von Mansfield« sowie der Geburts- und Todestag der mit vierundvierzig Jahren viel zu jung Verstorbenen standen darauf.

Wenn er nur etwas gegen ihren sinnlosen Tod hätte unternehmen können! Aber damals war er zu sehr mit seinen billigen Vergnügungen beschäftigt gewesen, um seine Mutter so zu beschützen, wie er es als ergebener Sohn hätte tun sollen.

»Es tut mir leid, Mama«, flüsterte er mit tränenerstickter Stimme.

Bevor Ryder London verlassen hatte, war er ein zügelloser Draufgänger gewesen. Er hatte mit Brummell an den Spieltischen gesessen und sich mit Byron herumgetrieben und war des öfteren der persönlichen Einladung des Prinzregenten zu Pferderennen nach Brighton gefolgt. Aber der Tod seiner Mutter hatte alles verändert. Obgleich er im Ausland auch weiterhin ein ausschweifendes Leben geführt hatte, hatte er plötzlich das übermächtige Gefühl, daß er in den letzten vier Jahren nur vor sich selbst davongelaufen war.

Er erinnerte sich an Nonnas mahnende Worte, daß er eines Tages den Titel und die Verantwortlichkeiten seines Vaters erben würde. War er überhaupt bereit dazu?

Er runzelte die Stirn. Nonna hatte ihn gedrängt, endlich erwachsen zu werden und Natalie zu heiraten. Noch vor einem Monat hätte er den Gedanken weit von sich geschoben. Er sollte sein ungezwungenes Leben aufgeben? Sich mit einer einzigen Frau zusammentun? Nie im Leben! Aber seit er Natalie kannte, war er herausgefordert, neugierig, fasziniert – sowohl geistig als auch emotional. Irgend etwas hatte sich verändert. Es bestand nicht der geringste Zweifel, daß er viel für sie empfand, daß er Teil ihres Lebens geworden war. Er wußte nur nicht genau, wie er seine Zuneigung deutlich machen sollte, ohne zudringlich zu wirken.

Was er zweifellos war, denn schließlich hatte er sie an Bord des Schiffes verführt und begehrte sie immer noch. Er hatte sie letzte Nacht entsetzlich vermißt, konnte es kaum erwarten, sie endlich wiederzusehen – aber zu seinen Gunsten stellte er fest, daß ihm nicht nur ihre Küsse gefehlt hatten, sondern einfach die Freude des Zusammenseins.

Irgendwie spürte er, daß seine Mutter sich darüber freuen würde, wenn er endlich bereit war, sein Leben neu zu ordnen. Sein Herz zog sich schmerzlich zusammen, als er ein letztes Mal den Grabstein anstarrte und sich eine Träne aus dem Auge wischte. »Ich vermisse dich, Mama«, flüsterte er. »Und ich werde dich immer lieben.«

Mit der Kutsche seiner Großmutter fuhr Ryder von Westminster zur Devonshire Terrace, um Natalie abzuholen. Während das Gefährt die Park Lane hinunterratterte, dachte er an die zweite Herausforderung, der er sich heute noch stellen mußte. Alles in ihm wehrte sich dagegen, seinem Vater gegenüberzutreten, aber falls Nonna recht hatte und Natalies Tante wirklich in Gefahr war, dann mußte er alles versuchen, um sie zu retten.

Als Natalie ihm die Tür öffnete, stellte er fest, daß sie einfach bezaubernd aussah in ihrem goldfarbenen Satinkleid, dem spitzenbesetzten Schultertuch und dem federgeschmückten Hut. Er half ihr in die Kutsche, sie nahmen einander gegenüber Platz, und der Wagen setzte sich in Bewegung.

»Wie geht es deinem Vater, Liebling?« fragte er Natalie.

Sie sah ihn traurig an. »Fitzhugh war die halbe Nacht auf den Beinen und hat sich um Vater gekümmert. Er versinkt noch in Selbstmitleid.«

Ryder sah sie verwirrt an. »Das tut mir wirklich leid. Aber ist deine Mutter nicht schon vor acht Jahren gegangen? Ich hätte gedacht, daß der Schmerz sich inzwischen etwas gelegt hat.«

»Leider wird sein Zustand immer schlimmer statt besser. Er ist viel vergrämter als zu der Zeit, als ich ihn verlassen habe. Inzwischen ist er von seinem Elend geradezu besessen.«

»Und es gibt nichts, was wir tun können, um ihm zu helfen?«

»Ich weiß es einfach nicht«, erwiderte sie mit gerunzelter Stirn.

»Würde deine Mutter aus Paris zurückkommen, wenn du sie darum bitten würdest?«

In Natalies goldbraunen Augen flackerte Verbitterung auf. »Kommt nicht in Frage.«

»Heißt das, du bist nicht bereit, sie darum zu bitten?« fragte Ryder mit sanfter Stimme.

Natalie blickte aus dem Fenster. »Jedenfalls jetzt noch nicht.« Sie seufzte und sah ihn um Verzeihung bittend an. »Und wie geht es deiner Großmutter?«

»Hervorragend, danke.« Er bedachte sie mit einem angespannten Lächeln und nahm sich vor, sie nicht noch mehr zu beunruhigen, indem er ihr von Nonnas Vision erzählte. Um sie aufzumuntern, streckte er den Fuß aus, hob ihren spitzenbesetzten Saum ein wenig an und erhaschte einen aufregenden Blick auf ihre weißen Seidenstrümpfe. Er musterte ihr hochgeschlossenes Kleid mit den satinbezogenen Knöpfen und ihr jungfräuliches Umhängetuch und spottete: » Du siehst aus wie eine Vision des Anstandes.«

Sie lächelte. »Du hast mich gebeten, etwas Hübsches anzuziehen. Außerdem habe ich schließlich nicht jeden Tag die Ehre, einen Herzog kennenzulernen.«

»Ich hätte gedacht, daß sämtliche Adligen Englands sich um dich gerissen haben, als du dein Debüt gegeben hast.«

»Ich habe niemals mein Debüt gegeben«, erwiderte sie knapp.

»Du warst kein einziges Mal am Hof?«

»Und auch auf keiner Soiree in Carlton House.«

Er grinste. »Ach ja – solche frivolen Vergnügungen sind unter Ihrem Niveau, nicht wahr, Miss Desmond?«

Sie lächelte. Offensichtlich gefiel ihr diese Neckerei. »Als ich fünfzehn wurde, begann Tante Love, sich wegen meines Debüts den Kopf zu zerbrechen. Sie besuchte die großen Damen der besseren Gesellschaft, um sicherzustellen, daß ich die richtigen Einladungen bekäme. Aber als wir erfuhren, daß Rodney in Charleston wiederholte Male wegen Trunkenheit festgenommen worden war, beschlossen wir, nach Amerika zu segeln. Seitdem hatte ich keine Zeit mehr, um Bälle und Soireen zu besuchen und mich von irgendwelchen Männern hofieren zu lassen.«

Ryder lächelte, aber Natalies Worte beunruhigten ihn. Würde sie, sobald ihr Leben wieder in geordneten Bahnen verlief, ihre Blaustrumpf-Allüren ablegen und sich einen Ehemann suchen? Bei diesem Gedanken knirschte er mit den Zähnen – und zugleich schalt er sich einen Idioten. Er war nicht bereit, um ihre Hand anzuhalten, aber zugleich würde er jedem Dandy, der versuchen sollte, sie auf dem Pall Mall anzusprechen, den Hals umdrehen.

Seine Gedanken wurden unterbrochen, als die Kutsche vor William Remingtons prächtigem Stadthaus am Hanover Square zum Stehen kam. Ryder sprang auf den Gehweg und half Natalie aus dem Gefährt. Dann traten sie beide durch das schmiedeeiserne Eingangstor, gingen einen einfachen Weg hinauf und erklommen die Stufen zu dem schlichten dreistöckigen Gebäude mit der strengen braunen Backsteinfassade, die jeglicher Verzierung entbehrte.

Als Ryder klopfte, wurde ihm von einem stämmigen, kahlköpfigen Butler in einer tadellosen schwarzen Uniform geöffnet, der ihn überrascht anstarrte. »Euer Lordschaft! Ihr seid zurück!«

Ryder schob Natalie lächelnd durch die Tür. »Schön, Sie zu sehen, Withers.«

»Schön, *Sie* zu sehen, Sir. Wie geht es Ihnen?«

»Ganz gut. Ist mein Vater da?«

Der Butler nickte. »Seine Lordschaft ist oben in der Kapelle.«

»In der Kapelle?« wiederholte Ryder mit einem zynischen Grinsen.

»Seine Lordschaft hat vor drei Jahren im zweiten Stock von William Inwood eine Kapelle einrichten lassen.«

»Wie praktisch«, bemerkte Ryder spöttisch.

»Wenn Sie und die Dame im Salon warten würden, gehe ich schnell hinauf und sage Bescheid, daß Sie da sind.«

Withers nahm Ryders Hut und Natalies Tuch und führte die beiden ins Wohnzimmer. Der Raum war noch genauso, wie Ryder ihn in Erinnerung gehabt hatte – mit Walnußpaneelen verkleidet, dunkel und kalt wie ein Grab. Die Möbel waren fast ausschließlich im strengen Hepplewhite-Stil, obwohl Ryder auch ein paar neuere Gegenstände entdeckte, die den religiösen Eifer seines Vaters verrieten – einen schwarz lackierten Schrank mit Marmoreinlegearbeiten, die die Apostel zeigten, zwei Mahagonistühle, in deren Bezüge die Kreuzigung und die Wiederauferstehung eingestickt waren. Die Tische und Wände waren mit religiösen Kunstwerken verziert, mit Skulpturen von Donatello und Ölgemälden von Tizian. Nach kurzer Zeit wurde die Tür geöffnet, und William Remington kam herein. Ryder sprang auf, und Natalie machte es ihm eilig nach. Ryder stellte fest, daß auch sein Vater sich nicht verändert hatte. Er war immer noch der große, kantige, strenge Mann in schwarzen Kleidern; er hatte noch dieselben stechenden, grauen Augen, die so hervorragend zu seinem grauen Haar paßten, immer noch denselben verächtlichen Blick, dieselben harten Züge.

Als William Remington einen Augenblick innehielt, um seinen Sohn anzusehen, hatte Ryder tatsächlich den Eindruck, als flackere Gefühl in seinen Augen auf. Doch dann erlosch der Funke und wurde von der steinernen Miene ersetzt.

»Soso, der verlorene Sohn ist zurückgekehrt«, stellte William Remington trocken fest.

Ryder machte eine spöttische Verbeugung. »Euer Ehren.« Dann wandte er sich an Natalie. »Darf ich Ihnen Miss Natalie Desmond vorstellen?«

Als der Herzog Natalie kalt musterte, machte sie einen tiefen Knicks. »Euer Ehren.«

Er stieß einen abgrundtiefen Seufzer aus. »Setzt euch, ihr beide.«

Natalie und Ryder warteten höflich, bis der Herzog sich auf einen der Stühle gesetzt hatte, ehe sie auf dem Sofa Platz nahmen.

William Remington verzog eine seiner silbrigen Brauen und sah seinen Sprößling an. »Und wie komme ich zu dieser Ehre?«

»Ich bin nach London zurückgekommen, um Großmutter zu sehen.«

»Geht es Comtessa Valenza gut?« fragte er desinteressiert.

»Ja, außerdem bin ich in London, weil ich Miss Desmond helfen möchte. Wir haben uns in Charleston kennengelernt und sind mit demselben Schiff nach England gekommen.«

Der Herzog bedachte Natalie mit einem kühlen, abschätzenden Blick und wandte sich erneut an seinen Sohn. »Fahr fort.«

»Miss Desmond hat eine Tante, Love Desmond, mit der zusammen sie eine Textilfabrik in Charleston leitet. Aber ihr Unternehmen steht kurz vor dem Ruin wegen der britischen Stoffe, die nach Amerika geschmuggelt werden. Wir vermuten, daß Mrs. Desmond nach London gekommen ist, um diese Schmuggler ausfindig zu machen.«

»Du bist also auf der Jagd nach Stoffschmugglern!« Remington lachte trocken. »Was für eine seltsame Beschäftigung für dich.«

Ryder sah ihn starr an. »Da Sie eine Textilfabrik in Stepney besitzen, dachte ich, daß Sie uns vielleicht ein paar nützliche Informationen geben könnten.«

Der Herzog zuckte mit den Schultern. »Ich habe mit der Leitung der Fabrik in Stepney nichts mehr zu tun. Aber wenn du willst, kann ich meine Geschäftspartner Oswald Spectre und John Lynch ansprechen – obwohl ich ernsthaft bezweifle, daß sie etwas über Schmuggel wissen.«

»Das hätte ich auch nicht erwartet«, erwiderte Ryder ruhig. »Aber irgendwo müssen Miss Desmond und ich ja mit unseren Nachforschungen beginnen. Und wir sind am Ende unserer Weisheit angelangt. Vielleicht können uns Lynch und Spectre ja irgendwelche Hinweise geben. Schließlich ist die Sicherheit von Miss Desmonds Tante in Gefahr.«

Remington wandte sich mit argwöhnischem Blick an Natalie. »Wer sind Sie überhaupt, junge Frau?«

Ryder wurde zornig. »Euer Ehren, ich lasse es nicht zu, daß man in diesem Ton mit Miss Desmond spricht.«

Ein zynisches Lächeln umspielte die dünnen Lippen des Herzogs. »Du meinst, ich habe nicht das Recht, mich nach dem Hintergrund einer Frau zu erkundigen, mit der mein Sohn und Erbe offensichtlich ... zu tun hat?«

Als Ryder aufspringen wollte, legte ihm Natalie die Hand auf den Arm. »Schon gut«, murmelte sie und drehte sich dann stolz zu seinem Vater um. »Was möchten Sie wissen, Sir?«

»Sind Sie Engländerin?«

»Ja.«

»Aber Sie haben meinen Sohn in Charleston kennengelernt?«

»Ja.«

»Woher stammt Ihre Familie?«

»Ich komme aus London. Ich bin die Tochter von Charles Desmond.«

»Ah ja. Der jüngere Sohn des Grafen von Worcester. Gute Familie – obwohl Sie nicht die Richtige für meinen Sohn sind.«

Mit zornrotem Gesicht sprang Ryder auf. Er stemmte die Fäuste in die Hüften und sagte mit leiser, leidenschaftlicher Stimme: »Sie, Sir, haben überhaupt nicht darüber zu befinden, wen ich mir zur Ehefrau nehme. Sie haben das Recht, mir Ratschläge zu erteilen, in der Nacht verwirkt, als meine Mutter starb und wir unsere letzte Unterhaltung hatten. Außerdem ist Miss Desmond zehnmal soviel wert wie Sie, Ihr Titel und Ihr Reichtum zusammengenommen.«

Der Herzog lachte nur. »Dies sind nicht die Worte eines jungen Mannes, der eines Tages erben möchte.«

»Dann enterb mich doch, *Vater*«, entgegnete Ryder mit tödlich leiser Stimme. »Ruf doch deinen Anwalt. Es überrascht mich, daß du das nicht schon getan hast.«

William Remington stand auf. Seine Miene war vor Ärger und Verachtung starr. »Wie ich sehe, hast du dich nicht im geringsten verändert, Ryder – immer noch der alte Hitzkopf und Draufgänger.«

Ryders Augen blitzten zornig. »Wie ich sehe, habt Ihr Euch auch nicht verändert, Euer Ehren. Aber ich spare mir die Beleidigungen – schließlich ist eine Dame im Raum.«

Mit zuckender Wange zog der Herzog eine reich verzierte Taschenuhr hervor und klappte sie auf. »Allmählich wird die Unterhaltung ermüdend. Ich habe keine Zeit, um mich weiter um euch zu kümmern. Ich erwarte jeden Augenblick meine neue Betschwester, Harriet Foxworth.«

»Lassen Sie sich nicht von uns aufhalten«, sagte Ryder.

Remington klappte die Uhr wieder zu, stand auf und verließ ohne ein weiteres Wort den Raum.

Die Kutsche hatte den Hanover Square kaum verlassen, als Natalie in Tränen ausbrach.

Ryder sah sie besorgt an. »Liebling, ich hätte dich nicht mitnehmen sollen«, sagte er und reichte ihr ein Taschentuch. »Was für schreckliche Dinge er zu dir gesagt hat. In dem Moment, als dieser scheinheilige Wichtigtuer dich beleidigt hat, hätten wir gehen sollen –«

»Mich?« fiel sie ihm ungläubig ins Wort. »Glaubst du etwa, daß ich meinetwegen weine?«

»Warum denn sonst?«

»Ich weine *deinetwegen*!«

»Oh, Natalie.« Ryder konnte sich nicht länger zurückhalten. Er streckte die Hand aus und zog sie auf seinen Schoß. »Oh, mein armer Liebling«, flüsterte er, küßte zärtlich ihre Braue und streichelte ihren Rücken. »Warum solltest du meinetwegen weinen?«

Sie starrte ihn entgeistert an. »Ryder, laß mich sofort los! Es könnte uns jemand sehen!«

Er fluchte leise und zog die beiden Vorhänge zu. Dann beugte er sich vor und küßte sie auf den Mund – langsam und lange. »Und jetzt erzähl mir, warum du weinst.«

Sie atmete tief ein und sah ihn traurig an. »Wegen dir – wegen deines Vaters. Ihr beide habt euch kein einziges Mal berührt. Ihr habt euch noch nicht einmal nach dem Befinden des anderen erkundigt. Du hast ihn sogar ›Euer Ehren‹ genannt. Das einzige Mal, als du ›Vater‹ zu ihm gesagt hast, war voller Verachtung. Ich habe mich so elend gefühlt.«

»Oh, Natalie, Liebes.« Er preßte seine Lippen auf ihre feuchte Wange. »Bitte weine nicht um mich.«

»Ich kann es nicht ändern«, schluchzte sie.

Er nahm sie fest in die Arme. »Was würde ich dafür geben, jetzt mit dir allein zu sein«, sagte er mitfühlend. »Ich brauche dich.«

Gerührt, aber immer noch traurig, sah sie ihn an. »Du haßt es, nicht wahr?«

Er sah sie verblüfft an. »Was hasse ich?«

Sie mußte die Tränen zurückhalten. »Du hättest niemals mit mir nach London kommen sollen. Du hast dein sorgenfreies Leben verloren und bist durch die Hölle gegangen, und das alles wegen mir. Jetzt mußt du steife, förmliche Kleider tragen und dich mit deinem Vater herumschlagen.«

Er holte tief Luft. »Seit dem Tod meiner Mutter herrscht eine solche Bitterkeit zwischen uns …«

»Oh, es ist mehr als Bitterkeit. Dein Vater muß aus Eis sein. Wie konnte er überhaupt davon sprechen, daß er mit Harriet Soundso beten geht, wenn doch offensichtlich ist, daß er keinerlei Gefühle, weder christliche noch andere, in seinem Herzen hat – zumindest nicht für seinen eigenen Sohn. Und seine Kleider – ganz schwarz. Hast du seine Manschettenknöpfe gesehen? Sie waren aus schwarzem Onyx mit kleinen, goldenen gotischen Kreuzen. Allein der Anblick hat mich erschaudern lassen.«

Ryder nickte betrübt. »Ich glaube, mein Vater hat sich den Tod meiner Mutter mehr zu Herzen genommen, als er je zugeben würde. Vielleicht versteckt er hinter seinem religiösen Fanatismus nur seinen Schmerz.«

»Jedenfalls ist es ungerecht, daß er dir die Schuld an allem gibt!«

Er setzte ein Lächeln auf und küßte den Rücken ihrer behandschuhten Hand. »Mach dir deswegen keine Sorgen, meine Liebe. Mit ein wenig Glück brauchen wir ihn nicht noch einmal zu sehen.«

»Aber er ist dein Vater!« weinte sie. Dann wurde sie blaß. »Und du darfst mich auf keinen Fall noch einmal mitnehmen. Ich kann nicht zulassen, daß er dich enterbt.«

Ryder bedachte Natalie mit einem argwöhnischen Blick. »Natalie, ich würde niemals zulassen, daß die Meinung, die mein Vater von dir hat, unsere Beziehung in irgendeiner Weise beeinflußt.«

»Was für eine Beziehung haben wir denn, Lord Newbury?« fragte sie verbittert.

»Du weißt ganz genau, was für eine Beziehung wir haben«, sagte er mit gerunzelter Stirn. »Tu nicht so, als wäre zwischen uns nichts passiert, Natalie.«

Mit angespanntem Gesicht sah sie aus dem Fenster. »Aber er könnte dich enterben.«

»Wie ich eben auch zu meinem Vater gesagt habe, überrascht es mich, daß er das nicht schon längst getan hat. Glaubst du etwa, daß mich sein Titel oder sein Vermögen auch nur im geringsten interessieren?«

»Später werden sie das bestimmt.«

In seinen Augen blitzte es zornig auf. »Natalie, ich weigere mich, dieses absurde Gespräch noch länger fortzuführen. Wenn du aufhörst, mich zu sehen, nur weil ich enterbt werden *könnte*, dann muß ich annehmen, daß du ein wahrhaft selbstsüchtiges, gewinnsüchtiges Geschöpf bist und daß du es tatsächlich nur auf meinen Titel und mein Vermögen abgesehen hast.«

Sie rang nach Luft. »Du-du weißt, daß das nicht stimmt! Du bist derjenige, der mich verfolgt hat – und der mir ziemlich lästig war, wenn ich das hinzufügen darf! Ich will nicht heiraten – und *dich* schon gar nicht! Wie kannst du die Tatsachen nur so verdrehen?«

»Ich lerne von dir«, schnauzte er mit einem mörderischen Stirnrunzeln.

»Nun, ich bin nicht gewinnsüchtig«, fuhr sie in gerechter Empörung fort. »In der Tat bin ich sogar selbstlos. Ich will nur dein Bestes.«

Bei dieser Bemerkung wurde Ryders drohende Miene plötzlich von einem breiten Lächeln überdeckt. Er neigte den Kopf, bis sein Mund sanft über Natalies Lippen strich. »Ach ja? Dann mach den Mund auf, Liebling, und küß mich lang und innig.«

»Oh, du Schuft!«

Aber als seine Lippen hungrig über die ihren strichen und seine Hände ihre Arme packten, ergab sie sich.

William Remington betrat die abgedunkelte, düstere Kapelle im zweiten Stock seines Hauses. Unter den dunklen, geschnitzten gotischen Bögen entdeckte er seine neue Betschwester Harriet Foxworth. Harriet saß auf einem Walnußkirchenstuhl vor dem Granitaltar mit seinen plumpen Säulen und den Kerzen, die ein großes Ölgemälde des Letzten Abendmahls beleuchteten.

Beim Anblick seiner teuren Freundin wurde William warm ums Herz. Sie war eine liebenswerte und willkommene Gesellschafterin, vor allem nach der unerwarteten und angespannten Begegnung mit seinem Sohn.

William seufzte. Sein Verhältnis zu Ryder war schlecht, und er fühlte sich zumindest teilweise dafür verantwortlich. Aber der Junge war so zügellos – sein Mangel an Strebsamkeit und Eifer machte ihn rasend. Er nahm an, daß die junge Frau, der Ryder angeblich »half«, die Ausschweifungen seines Sohnes zur Genüge kannte.

Aber dann verdrängte er die unangenehme Realität und ging über den weichen roten Teppich hinüber zu Harriet. Sie trug schwarze Witwenkleider und einen Schleier. Sie starrte ehrfurchtsvoll auf den Altar, und in ihrem Schoß lagen ihre Bibel und ein Gebetbuch.

Er lächelte. Er hatte Harriet vor kurzem in St. Margaret's kennengelernt, wo sie während der Messe nebeneinandergesessen hatten. Anschließend waren sie in Westminster herumspaziert, hatten sich angenehm unterhalten, und sie hatte ihm ihre Geschichte erzählt. Sie hatte erst vor einem Jahr ihren Mann, ein Mitglied des niederen Adels, verloren und war von Bath nach London gezogen, um hier bei ihrer Tochter und ihrem Schwiegersohn in der St. James Street zu leben.

Sie waren sofort Freunde geworden. Harriet war zwar eine Novizin in Kirchendingen, aber sie war eine gelehrige und eifrige Schülerin. Zum ersten Mal hatte es ihn nicht gestört, daß ein Mensch gesellschaftlich unter ihm stand. William hatte nicht oft einen so frommen Menschen getroffen, und seit ihrer ersten Begegnung hatten sie sich fast täglich zum gemeinsamen Gebet getroffen.

Als er sie erreichte, murmelte er: »Guten Morgen, meine Liebe.«

Sie legte ihre Bücher weg, stand auf und zog den Schleier zurück, hinter dem sich ein hübsches Gesicht mit angenehmen, feinen Zügen, leicht geröteten Wangen und erstaunlich wenig Falten für eine Frau mittleren Alters verbarg.

»Guten Morgen, William«, sagte sie mit ihrer melodischen Stimme. »Ich hoffe, ich bin nicht zu früh?«

»Nein, meine Liebe. Ich muß mich entschuldigen, denn ich bin zu spät. Ich habe heute morgen eine Überraschung erlebt.«

»So?«

William runzelte die Stirn. »Mein Sohn ist aus Amerika zurückgekommen.«

»Was du nicht sagst!«

»Und er hat eine höchst unpassende junge Dame mitgebracht.«

»Oh. Aber ich würde deinen Sohn wirklich gern kennenlernen.«

»Ryder und ich sind nicht besonders gut aufeinander zu sprechen. Er kam nur, weil er –«

»Ja?«

William preßte seine dünnen Lippen ungeduldig zusammen. »Genug davon. Wir müssen mit unseren Gebeten anfangen.«

»Oh, natürlich«, sagte Harriet ernst.

Er sah sie streng an. »Hast du die Textstellen aus Jesaja und der Offenbarung gelesen, die ich dir aufgegeben habe?«

»Ja.« Sie zuckte nervös mit den Schultern. »Aber ehrlich gesagt erschienen sie mir alle ein wenig finster.«

»Finster?« fragte er mit drohender Miene.

»Ja. Drachen, die ungeborene Kinder verschlingen, Seeungeheuer, die sich auf Heilige stürzen. Was die Prophezeiungen von Feuer und Schwefel angeht –«

»Die Menschen sind schlecht und sie werden für ihre Sünden verdammt werden«, verkündete William.

»O weh«, murmelte sie. »Aber hat John Wesley nicht geglaubt, daß die Menschen im Grunde gut sind und daß sie durch den Glauben Erlösung finden können?«

»John Wesley?« William wurde zornrot. »Wie kannst du es wagen, den Namen eines solchen Ketzers an diesem heiligen Ort auszusprechen?«

»Es tut mir leid, William.« Harriet warf ihm einen unschuldigen Blick zu und tätschelte ihm besänftigend die Hand. »Weißt du, das ist alles noch sehr neu für mich.«

Seine Miene wurde weicher, und seine Augen blitzten wohlgefällig auf. »Aber du bist eine eifrige Schülerin.«

Sie lächelte. »Ja, das bin ich.«

Er räusperte sich. »Es gibt noch etwas, für das wir Buße tun müssen.«

Sie blinzelte. »Aber William, du hast mich gestern doch nur geküßt.«

»Matthäus sagt, ›wer eine Frau ansieht und sie begehrt, der hat in seinem Herzen schon mit ihr die Ehe gebrochen‹.«

Sie lachte. »Ich bin eine Witwe, William – was einen Ehebruch unmöglich macht.«

William lächelte. »Natürlich. Wir müssen einfach den Verlockungen des Bösen widerstehen.«

»Allerdings«, pflichtete sie ihm bei. »Aber müssen wir jetzt wirklich wegen eines harmlosen Kusses in Sack und Asche gehen?«

William bedachte sie mit einem tadelnden Blick. »Komm, wir müssen unsere Beichte ablegen und unsere Gebete sprechen. Danach werden wir ein Gespräch über anglikanische Theologie und über die Verruchtheit solcher Ketzer wie Wesley führen.«

Harriets Augen blitzten belustigt auf. »Und nach dem, eh, Gespräch werden wir wahrscheinlich noch mehr Abbitte tun müssen, nicht wahr?«

»Zweifellos«, sagte William Remington und führte Harriet zum Altar.

23. Kapitel

Eine halbe Stunde später fanden sich Ryder und Natalie in der heruntergekommenen Gegend von Stepney wieder. Die Kutsche ratterte durch dunkle, gewundene Gassen, aus denen Ruß und der faule Gestank von verrottendem Abfall, Mist und Abwässern durch die Fenster stiegen. Ryder blickte betrübt auf die armseligen Gebäude – klapprige Hütten, lärmende Tavernen, Fabriken jeder Art, Arbeitshäuser, Armenhäuser, Fieberhäuser.

Die unglücklichen Seelen, die dazu verdammt waren, ihr Leben im Londoner East End zu verbringen, teilten ein trauriges, verzweifeltes Schicksal. Ryder hatte bereits mehrere pockennarbige Prostituierte gesehen, die auf der Straße ihrem Gewerbe nachgingen, eine Gruppe verschlagen dreinblickender Diebe, die ihre Beute an der Hintertür eines Ladens zu verkaufen versuchten, sowie einen Kerl, der zwei vorbeigehende Seemänner durch die offene Tür einer Spielhölle locken wollte. Am traurigsten machte ihn der Anblick der Kinder – Blumenmädchen, die an den Mänteln vorbeieilender Geschäftsmänner zupften, zerlumpte Zeitungsjungen, die die Schlagzeilen der billigen Blätter brüllten, Kleinkinder mit hervortretenden Augen, die von ausgezehrten Müttern mit hoffnungslosem Blick mitgeschleppt wurden.

Natalie saß inzwischen wieder auf dem gegenüberliegenden Sitz – wenn auch mit glühenden Wangen.

»Ich hatte vergessen, wieviel Elend es im East End gibt«, murmelte sie, als sie eine gebeugte alte Frau mit einem Besen sah, die hinter einem Bengel herschrie: »Dieb! Dieb!«

»Ja – ich wünschte, wir könnten die Probleme dieser Menschen lösen«, erwiderte Ryder mit grimmiger Miene. »Außerdem finde ich es nicht gerade angenehm, daß mein Vater seine Fabrik ausgerechnet hier errichtet hat. In der Gegend gibt es zahllose Taschendiebe, Räuber und Scharlatane. Die Nähe zu den Lagerhäusern und dem Hafen ist für ein solches Unternehmen wahrscheinlich wichtig, aber es gefällt mir nicht, dich einer Gefahr auszusetzen.«

»Ryder, ich bin keine zarte Blume, die beim Anblick der ersten Ratte zu welken beginnt«, erwiderte Natalie. »Glaubst du, daß die Geschäftspartner deines Vaters uns helfen können?«

Er lachte. »Da würde ich mir keine allzu großen Hoffnungen machen, meine Liebe. Die beiden Männer sind genauso exzentrisch wie mein Vater.«

»Inwiefern?«

»Oswald Spectre ist ein notorischer Geizkragen, der seine Tage damit verbringt, seine Goldsovereigns zu zählen, und John Lynch ist ein widerlicher Schurke, der nachts in einen dunklen Umhang gehüllt durch die Straßen von London schleicht und Lastern frönt, die ich lieber nicht genauer beschreibe.«

»Wie beunruhigend«, murmelte Natalie.

Als die Kutsche vor einem rußgeschwärzten Fabrikgebäude hielt, half Ryder Natalie hinaus und führte sie über die schlammige Straße. Er zog sie eilig zurück, als eine riesige Ratte über den Weg huschte, die ihr um Haaresbreite über die Füße gelaufen wäre. Natalie griff sich ans Herz und starrte dem abscheulichen Tier hinterher, das sich in einen stinkenden Müllhaufen flüchtete.

Ryder sah sie mit hochgezogenen Brauen an. »Wie war das mit Ratten?«

Sie zog ebenfalls die Brauen hoch. »Ich war lediglich überrascht – aber gewelkt bin ich nicht.«

Er lächelte. »Wir können umkehren, meine Liebe. Es ist noch

nicht zu spät. Ich kann auch allein mit Lynch und Spectre sprechen.«

»Mach dich nicht lächerlich. Es würde mir nicht im Traum einfallen, das Treffen mit den beiden Männern zu verpassen.«

Sie betraten das Gebäude durch eine verkratzte Tür und gingen einen dunklen, schmalen Korridor hinunter. Ryder hörte bereits das Quietschen der Webstühle und das Rattern der Antriebswellen. Als sie um eine Ecke bogen, wären sie fast mit einer großen, unangenehmen Frau in schwarzen Kleidern zusammengestoßen. Sie schien ungefähr Mitte Dreißig zu sein, war groß und knochig, hatte dunkle Haare, eine riesige Nase, eine große Warze auf der linken Wange und einen dunklen Damenbart über ihren farblosen, wulstigen Lippen. Der Blick aus ihren braunen Augen war von einer beunruhigenden Intensität.

Ryder lüftete seinen Hut. »Mrs. Lynch«, grüßte er. »Sie erinnern sich sicher noch an mich. Ryder Remington, William Remingtons Sohn.«

»Ah ja, Euer Lordschaft.« Die Frau machte einen Knicks, aber ihre Stimme war hart und kalt.

Ryder wandte sich an Natalie. »Meine Liebe, das ist Essie Lynch, die Frau von John Lynch, einem der Partner meines Vaters.« An Essie gewandt sagte er: »Darf ich Ihnen eine Freundin vorstellen? Miss Natalie Desmond.«

»Miss Desmond«, grüßte Essie steif.

»Freut mich, Sie kennenzulernen«, sagte Natalie.

Mit einem kurzen Nicken drehte sich die Frau um und ging davon.

Natalie sah ihr kopfschüttelnd nach. »Eine seltsame Frau.«

Ryder lachte. »Warte nur, bis du erst ihren Mann kennenlernst.«

Als sie den Webraum betraten, sah Natalie sofort die Unterschiede zwischen dieser Fabrik und dem Unternehmen, das sie und ihre Tante in Charleston leiteten. Diese Halle war dunkel und schmutzig, ihre in Amerika hingegen war hell und luftig. Die Arbeiter – fast ausschließlich Frauen und Kinder – stammten offensichtlich aus armen Verhältnissen. Viele von ihnen waren vollkommen ausgemergelt, die meisten waren in nichts als Lumpen gehüllt. Natalies Herz zog sich schmerzlich zusammen, als sie ein erbärmlich schwaches Kind mit leeren Augen sah, das die Kettfäden eines stillstehenden Webstuhls einfädelte. Der Junge war höchstens sechs Jahre alt.

»Oh, Ryder.« Natalie mußte regelrecht schreien, um sich bei dem Lärm Gehör zu verschaffen. »Sie lassen Kinder arbeiten und zahlen ihnen bestimmt Hungerlöhne.«

»Ich werde mich darum kümmern«, erwiderte er knapp. »Wir brauchen unbedingt ein Gesetz gegen die Ausbeutung von Kindern – von *allen* Fabrikarbeitern.«

»Soll das heißen, daß du eines Tages doch deinen rechtmäßigen Platz im House of Lords einnehmen willst?« fragte sie herausfordernd.

Er lächelte. »Manchmal passieren die seltsamsten Dinge, meine Liebe.«

Dann führte er sie eine Treppe hinauf ins Zwischengeschoß, wo weitere Webstühle standen. Von dort gingen sie wieder einen engen Flur hinunter durch eine offene Tür in ein düsteres, unaufgeräumtes Büro. Hinter dem mit Papieren übersäten Schreibtisch saß ein großer Mann mit Hängebacken und Wurstfingern. Da er damit beschäftigt war, einen beeindruckenden Siegelring mit dem Ärmel seiner schwarzen Samtjacke zu polieren, bemerkte er ihr Eintreten zunächst nicht.

»Mr. Spectre«, sagte Ryder.

Der glatzköpfige, knollennasige Kerl mit dem speckig glänzenden Gesicht blickte auf und sah sie neugierig aus seinen dunklen Schweinsäuglein an. Seine Stimme war ungewöhnlich schrill und feminin. »Lord Newbury! Was für eine Überraschung, Sie wieder in England zu sehen!«

Ryder wandte sich an Natalie. »Miss Desmond, ich möchte Ihnen einen der Geschäftspartner meines Vaters vorstellen. Oswald Spectre.«

»Angenehm.« Natalie streckte eine Hand aus, und Spectre schüttelte sie. Sie verzog unmerklich das Gesicht, als ihr sein Kaffee- und Würstchenatem entgegenschlug und die Feuchtigkeit seines Fleischs durch ihren Handschuh drang.

»Nehmen Sie doch Platz«, sagte Spectre mit einem Lächeln und wies auf zwei Walnußstühle vor seinem Tisch. Nachdem sie sich gesetzt hatten, fragte er: »Was kann ich für Sie tun?«

Ryder beugte sich vor. »Miss Desmond und ich sind in London, weil wir eine Bande von Stoffschmugglern verfolgen.«

»Schmuggler?« Spectre brach in gackerndes Gelächter aus. »Darf ich fragen, wie Sie dazu kommen?«

Ryder erzählte ihm kurz von der Fabrik in Charleston, von Natalies verschwundener Tante und von den Informationen, aufgrund derer sie nach England gekommen waren.

Spectre spielte mit einer Schreibfeder und sah stirnrunzelnd von Ryder zu Natalie. »Und Sie denken, ich könnte Ihnen in dieser Angelegenheit behilflich sein?«

»Mr. Spectre«, sagte sie. »Wir haben Grund zu der Annahme, daß der Schmugglerring die Ware von hier aus nach Charleston verschifft. Haben Sie vielleicht irgend etwas gehört, was uns weiterhelfen könnte – irgendwelche Gerüchte?«

Spectre zuckte mit den Schultern und legte die Feder beiseite. »Tut mir leid, Miss Desmond, aber ich fürchte, ich kann Ihnen nicht weiterhelfen.«

»Sie haben also nichts über Stoffschmuggler hier in der Gegend gehört?« fragte Ryder mit skeptischem Blick.

Spectre strich sich mit seinen kurzen Fingern über die schwammige Wange. »Nun, Sie könnten es im Zollhaus an der Themse versuchen, obwohl ich bezweifle, daß die Agenten Ihnen von möglichen Untersuchungen berichten werden. Ich denke, daß Stoffschmuggler ihre Waren nicht ordnungsgemäß verzollen.«

»Das stimmt«, gab Ryder zu.

Spectre spuckte auf seinen Ring und rieb ihn erneut am Stoff seiner Jacke. »Kann ich sonst noch etwas für Sie tun, Lord Newbury?«

»In der Tat, das können Sie.« Ryder bedachte Natalie mit einem entschlossenen Lächeln und wandte sich dann erneut an ihren Gastgeber. »Seit wann beschäftigen Sie Kinder in der Fabrik?«

Spectre lachte. »Seit wir das Unternehmen vor sieben Jahren gegründet haben.«

Ryder sah ihn drohend an. »Ich bezweifle, daß mein Vater es billigt, wenn Sie junge Menschen ausbeuten.«

In Spectres kleinen braunen Augen blitzten Argwohn und Verärgerung auf. »Lord Newbury, Ihr Vater hat sich vor ein paar Jahren aus der Geschäftsleitung zurückgezogen, aber ich habe auch zuvor nicht feststellen können, daß er sich viele Gedanken über Kinderarbeit macht.«

Ryders Stimme wurde lauter. »Eines Tages werde ich die Pflichten meines Vaters übernehmen, und wenn Sie sich jetzt einfach über meine Wünsche hinwegsetzen, werde ich das bestimmt nicht vergessen.«

Jetzt wirkte Spectre ehrlich bestürzt. Seine dünnen Lider zuckten, als er blinzelte, und seine Stimme wurde ein jämmerliches Winseln. »Haben Sie schon daran gedacht, daß die jungen Arbeiter auf der Straße ein noch härteres Leben haben, wenn wir sie entlassen?«

»Bitte ersparen Sie mir eine Rede über menschliche Güte«, erwiderte Ryder. »Und lassen Sie mich Ihnen versichern, daß ich persönlich dafür sorgen werde, daß jedes dieser Kinder einen Platz in einer von der Kirche oder einer Wohltätigkeitsgesellschaft geförderten Schule erhält.«

»Ein nobles Vorhaben, Sir«, schnaubte Spectre.

»Haben Sie verstanden, was ich von Ihnen erwarte?«

»Allerdings.«

»Und ich will, daß die anderen Arbeiter angemessene Löhne bekommen«, fuhr Ryder fort. »Die meisten von ihnen sehen halb verhungert aus, und alle sind in Lumpen gehüllt.«

»Da müssen Sie mit John sprechen«, murmelte Spectre. »Er kümmert sich um die finanziellen Dinge.«

»Ist er da?«

»Wahrscheinlich«, kam die zögernde Antwort. »Obwohl ich heute noch nicht mit ihm gesprochen habe.«

Ryder und Natalie verabschiedeten sich, verließen das Büro und gingen den Flur hinunter in einen anderen Raum, der so aufgeräumt war, wie Spectres unaufgeräumt gewesen war. Als die beiden durch die Tür traten, entdeckte Ryder Lynch an seinem Schreibtisch. Der dürre Kerl mit dem kohlrabenschwarzen Haar und den harten, falkenartigen Zügen schrieb gerade etwas in ein Buch. Hinter ihm hingen ein schwarzer Umhang und ein finster wirkender, breitkrempiger Hut.

Als Lynch die Besucher erblickte, runzelte er die Stirn, klappte das Buch zu und stand auf.

Seine grauen Augen starrten sie vollkommen reglos an. Anders als Spectre sprach er mit leiser, krächzender Stimme. »Ah... Lord Newbury. Es ist eine ganze Weile her, seit ich zum letzten Mal das Vergnügen hatte.« Sein Blick fiel auf Natalie.

»Mr. Lynch«, sagte Ryder. »Die Lady und ich haben etwas mit Ihnen zu besprechen.«

Lynch machte eine spöttische Verbeugung. »Bitte, setzen Sie sich.«

Es folgte dasselbe Gespräch wie mit Spectre, nur daß Ryder feststellen mußte, daß John Lynch wesentlich weniger hilfsbereit, dafür aber um so argwöhnischer und feindseliger war. Während der gesamten Unterhaltung starrte der Kerl Natalie unverschämt an. Seine kalten Augen fixierten sie wie die Augen eines Raubvogels, der ein kleines, hilfloses Beutetier erspäht hatte. Als er sich auch noch mit der Zunge über seine dünnen Lippen fuhr, wäre

Ryder fast aufgesprungen, um ihm ins Gesicht zu schlagen. Aber Natalie legte ihm beschwörend die Hand auf den Arm.

Nachdem sie sich erfolglos nach den Schmugglern erkundigt hatten, sagte Ryder: »Übrigens, Mr. Spectre sagte uns, daß Sie für die Löhne verantwortlich sind.«

Lynch kniff die Augen zusammen. »Das stimmt.«

»Ich habe Mr. Spectre davon in Kenntnis gesetzt, daß ich erwarte, daß Sie sämtliche Kinder entlassen – und daß die anderen Arbeiter angemessene Löhne bekommen. Ich nehme an, Sie zahlen keinem der Arbeiter mehr als fünf Shilling die Woche?«

Lynch schnaubte verächtlich. »Fünf Shilling sind schon zuviel.« Und dann fügte er hinzu: »Warum überlassen Sie diese Dinge nicht einfach mir, Lord Newbury?« Er heftete seinen beleidigenden Blick auf Natalie. »Sie haben doch sicher andere, angenehmere Dinge zu tun.«

Ryder sprang auf, packte Lynch an seiner schwarzen Seidenkrawatte und zerrte ihn auf die Füße.

»Wenn Sie sie noch ein einziges Mal ansehen, Sie verdammter Bastard, dann ist es das letzte, was Sie sehen werden.«

Angesichts dieser Drohung blieb Lynch beinahe beunruhigend ruhig. Er bedachte den zornigen Riesen mit einem eisigen Lächeln und krächzte: »Also bitte, Lord Newbury, ich wollte der Lady keinesfalls zu nahe treten.«

Mit einem Fluch stieß Ryder Lynch auf seinen Stuhl zurück. »Vielleicht sollte ich meinem Vater vorschlagen, die Vorgänge in dieser Fabrik gründlich zu untersuchen – und sich auch die Bücher genau anzusehen.«

Diese Bemerkung saß. Der Buchhalter kniff den Mund zusammen, und seine Augen wurden zu kleinen, spitzen Nägeln. »Ach, verstehen Sie sich neuerdings so gut mit dem Herzog?«

»Das geht Sie überhaupt nichts an«, schnauzte Ryder. »Nun – soll ich mit meinem Vater über die Dinge sprechen, die ich hier gesehen habe?«

»Das wird nicht nötig sein«, kam die kalte Antwort.

»Soll das heißen, daß ich bei meinem nächsten Besuch hier in der Fabrik keine ausgebeuteten Kinder mehr sehe – und auch keine halb verhungerten Arbeiter in Lumpen?«

Lynch schwieg.

Ryder schlug die Faust auf den Tisch. »Antworten Sie mir, Sie elender Hundesohn.«

»Wir werden Ihren Wünschen nachkommen«, knurrte Lynch.

Als sie gingen, zitterte Natalie vor Wut. »Was für ein ekelhafter Mensch! Er hat gesprochen wie eine Schlange – wenn Schlangen sprechen könnten.«

»Allerdings«, pflichtete Ryder ihr wütend bei. »Am liebsten hätte ich ihm den Hals umgedreht, als er dich so lüstern angestarrt hat.«

»Und warum hast du es nicht getan?« stichelte sie.

Er lachte und legte einen Arm um ihre Taille. »Das wäre bestimmt kein angenehmer Anblick gewesen, meine Liebe.«

»Dann habe ich ihm also das Leben gerettet.«

»Obwohl er es nicht verdient hat.«

Als sie die Treppe hinuntergingen, wurde sie wieder ernst. »Ich wünschte nur, daß die Gespräche mehr ergeben hätten. Nun sind wir auch nicht schlauer als vorher.«

»Stimmt.« Mehr zu sich selbst murmelte Ryder: »Es würde mich nicht überraschen, wenn einer der beiden oder sogar beide etwas zu verbergen hätten. Spectre ist ein schmieriger Blutegel, und was Lynch angeht, läuft es mir eiskalt den Rücken runter, wenn ich mir vorstelle, was für verruchte Gedanken er wahrscheinlich hegt.«

»Was sollten sie denn zu verbergen haben?« fragte Natalie.

Ryder zuckte mit den Schultern und führte sie durch den Webraum. »Keine Ahnung – zumindest müßten sie irgendwelche Gerüchte gehört haben. Aber selbst wenn sie was vom Stoffschmuggel wissen, verraten sie es uns bestimmt nicht.«

Bevor sie den Raum verließen, drehte sich Natalie noch einmal zu dem schmächtigen Kerlchen um, das sie vorhin gesehen hatte. »Glaubst du, daß Lynch und Spectre die Kinder tatsächlich entlassen werden?«

»Glaubst du, daß sie die Löhne der armen Leute erhöhen werden?« erwiderte er humorlos. Er sah sich noch einmal stirnrunzelnd um, dann trat er auf den Korridor hinaus. »Keine Angst, meine Liebe. Ich werde dafür sorgen, daß es in der Fabrik keine Kinderarbeit mehr geben wird. Vielleicht kann man den Familien irgendwie helfen. Mit einer angemessenen Spende werde ich sicher eine kirchliche oder öffentliche Schule bewegen können, diese unglücklichen Kinder aufzunehmen. Ich muß ja sowieso eine Schule für Simon finden.«

Sie starrte ihn an. »Willst du diesen Kindern ehrlich helfen?«

Er führte sie auf die Straße. »Überrascht es dich, daß ich in der Lage bin, an andere zu denken und auch mal selbstlos bin?«

»Nein, es überrascht mich nicht.« Aber als er ihr die Tür zur Kutsche aufhielt, fügte sie traurig hinzu: »Ich bezweifle nur, daß du jemals wirklich glücklich sein kannst mit all dieser Verantwortung.«

Nachdem sie eingestiegen waren, nahm er ihr gegenüber Platz, schloß die Tür und erwiderte zynisch: »Ah, ja – eigentlich bist du ja diejenige, die die Last der Welt auf ihren Schultern trägt, so daß ich weiterhin meinem billigen Vergnügen frönen kann, nicht wahr, meine Liebe?«

Sie berührte ihn sanft am Arm. »Ryder, du weißt, daß ich dich und deine Bemühungen sehr schätze.«

Er umklammerte ihre Hand, aber sah sie weiterhin stirnrunzelnd an.

Als die Kutsche anfuhr, schwiegen sie beide kurz.

»Anscheinend sind wir mal wieder am Ende einer Sackgasse angelangt«, murmelte Natalie nach einer Weile.

»Möglich.«

Sie verzog nachdenklich das Gesicht. »Und was sollen wir jetzt unternehmen, um die Schmuggler zu finden? Das ganze East End ist ein Labyrinth aus Fabriken und Lagerhäusern. Sollen wir etwa von Fabrik zu Fabrik gehen? Von Dock zu Dock?«

Ryders Blick verriet gleichzeitig Verärgerung und eiserne Entschlossenheit. »Du tust gar nichts mehr! Du stellst hier keine Nachforschungen an, meine Liebe.«

»Aber warum nicht? Schließlich habe ich in Charleston auch Nachforschungen angestellt.«

»Das war etwas anderes. Wir sind hier nicht im verschlafenen, provinziellen Charleston. London ist voll des Wahnsinns, voll der Laster, voll der Gefahren. An jeder Ecke lauern Diebe und Verbrecher. Undenkbar, daß du dich in eine derartige Gefahr begibst. Ich muß darauf bestehen, daß du alle weiteren Nachforschungen mir überläßt.«

»Jetzt mach aber mal einen Punkt! Ich lasse mir von dir nichts verbieten –«

Seine Stimme wurde drohend. »O doch, das wirst du, Natalie. Eher lege ich dich übers Knie, als daß ich dich nachts in den Straßen von London herumlaufen lasse.«

Sie sah ihn verwundert an. »Warum bist du denn plötzlich so streng und unnachgiebig?«

»Ich bin unnachgiebig, weil es deiner Sicherheit dient.«

»Ich will aber mitkommen.«

»Nein.«

»Ryder, ich bestehe darauf.«

»Verdammt, Natalie, meine Mutter wurde nachts auf einer Londoner Straße umgebracht!« brüllte er. »Ich war nicht da, als sie mich brauchte, aber ich werde dafür sorgen, daß dir so etwas nicht widerfährt.«

Natalies Ärger schmolz dahin, als ihr klarwurde, daß er sich aufrichtig Sorgen um sie machte. Sie wußte, daß es unvernünftig wäre, sich ihm jetzt noch länger zu widersetzen. »Es tut mir leid, Ryder.«

Er seufzte, berührte ihre behandschuhte Hand und fuhr mit ernster Stimme fort: »Weißt du was? Wir treffen ein Abkommen. Tagsüber werden wir gemeinsame Nachforschungen anstellen, und nachts ziehe ich alleine los.«

»Ryder, das ist nicht fair«, sagte sie.

»Etwas anderes kann ich nicht zulassen.«

»Natürlich. Schließlich hast du bei diesem Geschäft ja auch sämtliche Vorteile.«

In seiner aufreizenden Art fing Ryder an zu grinsen. »Wie immer, meine Liebe.«

»Oh, du Schuft!«

Als sie mit ihren Fäusten auf seine Brust zu trommeln begann, lachte er nur, packte ihre Handgelenke, zog sie auf seinen Schoß und lähmte sie durch einen Kuß.

In dieser Nacht ging Harry Hampton durch eine dunstige, stinkende, schlammige Gasse des East End, als er plötzlich von hinten gepackt und in einen finsteren Hauseingang gezerrt wurde. Ein massiger Unterarm hielt seinen Hals in tödlicher Umklammerung. Zuerst schlug er verzweifelt um sich, doch dann spürte er den Lauf einer Pistole an der Schläfe und erstarrte.

»Nimm meinen Geldbeutel und verschwinde!« schrie er. »Er ist in meiner Brusttasche.«

»Beruhige dich, Hampton«, sagte eine bekannte Stimme, ehe er losgelassen wurde.

Harry wirbelte zu dem Schurken herum, der ihm so hinterhältig aufgelauert hatte. »Newbury! Mein Gott, willst du mich umbringen?«

»Tut mir leid«, murmelte Ryder mit einem reumütigen Grinsen. »Ich glaube, ich bin ein bißchen nervös, weil ich vorhin selbst überfallen worden bin – ganz zu schweigen davon, daß ich ein Dutzend Einladungen von äußerst zweifelhaften Damen bekommen habe und in einen Streit mit einem höchst unangenehmen Zuhälter geraten bin.«

Harry rollte die Augen. »Was in aller Welt soll dieser Unsinn? Erst schickst du mir eine Nachricht und bittest mich, dich um Mitternacht in dieser gefährlichen Gegend zu treffen, und dann erwürgst du mich fast!«

»Es tut mir leid, Harry. Ich dachte, du wärst ein Dieb – oder ein Schmuggler.«

»Ein Schmuggler? Wie originell.« Harry sah sich besorgt in der finsteren Gasse um, die von einer einzigen schwachen Gaslaterne beleuchtet wurde. »Himmel, das da drüben sieht aus wie die Fabrik deines Vaters.«

»Das *ist* die Fabrik meines Vaters.«

»Was in aller Welt haben wir dann hier verloren?«

»Hast du das immer noch nicht begriffen?« fragte Ryder ungeduldig. »Wir suchen nach Schmugglern.«

»Nach Schmugglern? In der Fabrik deines Vaters?« Harrys Stimme wurde lauter.

»Gib es doch gleich in ganz Stepney bekannt!« schnauzte Ryder ihn an. »Vielleicht könntest du dann auch noch ein paar Taschendiebe herrufen.«

»Tut mir leid.« Jetzt sprach Harry leise. »Aber warum suchst du ausgerechnet vor der Fabrik deines Vaters nach den Schmugglern?«

Ryder atmete tief ein. »Hampton, wenn du je einem Menschen erzählst, was ich dir jetzt sage –«

»Bitte, du brauchst mir nicht noch einmal zu beweisen, daß du durchaus in der Lage bist, einen Menschen umzubringen, Newbury.«

Ryder grinste. »Du weißt ja über Natalies Situation Bescheid.«

»Ja. Der Stoffschmuggel in Charleston, die verschwundene Tante und so.«

»Nun, ich bin davon überzeugt, daß die Schmuggler von der Fabrik meines Vaters aus operieren.«

»Was du nicht sagst. Aber warum?«

»Natalie hat mir in Charleston ein Stück des geschmuggelten

Stoffs gezeigt. Es hatte genau das Webmuster der Remingtonschen Textilien.«

»Großer Gott! Das ist ja schrecklich.«

»Allerdings.«

»Weiß Natalie darüber Bescheid?«

»Noch nicht. Gott sei Dank hat sie den fertigen Stoff nicht aus der Nähe gesehen, als wir heute in der Fabrik waren, und außerdem ist sie ohne ihre Brille halb blind.« Plötzlich lächelte er stolz. »Obwohl sie mich dann immer noch sieht.«

»Ach ja?« fragte Harry fasziniert.

Ryder riß sich zusammen. Er räusperte sich und fuhr ernst fort: »Aber jetzt, da wir in London sind, wo Remington-Stoffe nicht nur hergestellt, sondern auch verkauft werden, ist es durchaus möglich, daß Natalie früher oder später dahinterkommt.«

»Ich verstehe«, murmelte Harry. »Das sind keine guten Aussichten für den Herzog von Mansfield, was?«

»Nein. Das ist einer der Gründe, weshalb ich ihr von meinem Verdacht noch nichts gesagt habe. Ich glaube, daß ich irgendwo in meinem Herzen doch noch etwas für meine Familie empfinde. Und der andere Grund ist der, daß Natalie sich bestimmt nicht hätte abhalten lassen, heute nacht mitzukommen, wenn sie Bescheid wüßte.«

»Und nachdem du deine Mutter auf der London Bridge verloren hast, willst du Natalie natürlich keiner Gefahr aussetzen«, murmelte Harry ungewohnt einfühlsam.

»Nein«, erwiderte Ryder mit heiserer Stimme.

»Was schlägst du also vor?«

»Wir werden den Schmugglerring auffliegen lassen.«

»Und deshalb stehen wir hier in der Dunkelheit und setzen unser Leben aufs Spiel?«

»Wenn du ein Schmuggler wärst, würdest du deinen Geschäften dann etwa am hellichten Tag nachgehen?« fragte Ryder erbost.

»Keine Ahnung.« Harry sah sich erneut um.

»Einen anderen Ausgangspunkt für unsere Nachforschungen haben wir nicht, außer vielleicht ein paar von den Tavernen am Hafen, wo wir uns unauffällig umhören könnten. Einer der Schmuggler muß schließlich ein Schiff haben.«

»Das sollte man meinen. Und wer ist deiner Meinung nach der Anführer der Bande?«

»Einer der Partner meines Vaters – entweder Lynch oder Spectre. Vielleicht sogar beide zusammen.«

»Und du bist nicht bereit, dich direkt an deinen Vater zu wenden?«

»Wir kommen immer noch nicht besonders gut miteinander aus. Außerdem werde ich in einer wesentlich besseren Position ihm gegenüber sein, wenn ich die Schuldigen ausgemacht habe.«

Harry seufzte. »Newbury... du glaubst doch nicht, daß der Herzog etwas mit der Sache zu tun hat, oder?«

Ryder schüttelte den Kopf. »Das bezweifle ich. Er ist viel zu sehr mit seinen Gebeten beschäftigt – und damit, den Rest der Welt wegen seiner Verworfenheit zu verdammen.«

»Du tust mir wirklich leid, alter Junge.« Harry verzog angewidert das Gesicht und schüttelte eine große Kakerlake von seiner Hose. »Ich nehme an, da können wir uns auf eine lange Nacht gefaßt machen.«

»Ja, so sieht's aus«, stimmte Ryder ihm zu. »Und wenn wir auf diese Weise nichts herausfinden, fangen wir morgen oder übermorgen nacht in den umliegenden Tavernen an.«

24. Kapitel

Während der folgenden Tage sah Natalie Ryder so gut wie nie. Er kam hin und wieder bei ihr vorbei, aber er schien vergessen zu haben, daß sie tagsüber gemeinsam Nachforschungen anstellen wollten, wenn sie ihn nachts alleine losziehen ließ. Jedesmal, wenn sie davon sprach, daß sie erneut ins East End fahren sollten, um dort noch andere Fabriken zu besuchen oder sich in den Tavernen umzusehen, behauptete er, daß derartige Unternehmungen zu gefährlich für sie seien.

Aber trotz seiner hochtrabenden Reden fürchtete sie, daß er bereits genug davon hatte, sie zu hofieren und daß er neue Abenteuer – und neue Leidenschaften – suchte. Obgleich die Erinnerung an ihr Zusammensein auf dem Schiff und an Ryders verstohlene Küsse sie immer noch erregte, war sie davon überzeugt, daß sie sich ihm niemals wieder hingeben dürfte, wollte sie nicht vollkommen niedergeschlagen sein, wenn sie sich schließlich trennen mußten. Ryder hingegen schien durch seine nächtlichen Streifzüge zu demonstrieren, daß er die ganze Zeit über nichts anderes als eine flüchtige Affäre gewollt hatte.

Natalie verbrachte viel Zeit mit ihrem Vater, aber sie schien nicht in der Lage zu sein, Charles Desmond aus seinem Sumpf aus Alkohol und Selbstmitleid zu ziehen. Sie machte sich immer noch Sorgen um ihre Tante und besuchte zahlreiche Freunde der Witwe in der Hoffnung, dort etwas zu erfahren. Aber ihre Versuche erwiesen sich als fruchtlos.

Eines Tages jedoch erhielt sie einen Hinweis darauf, daß sie und Ryder auf der richtigen Spur waren. Sie war zur Schneiderin ihrer Familie in der Bond Street gefahren, um sich dort ein neues Kleid zu bestellen – und die Frau zeigte ihr ein Stück Stoff mit einem Webmuster, das identisch war mit dem, das sie in Charleston gefunden hatte! Aber als Natalie fragte, woher der Stoff kam, konnte die Frau nur sagen, daß sie den Ballen bereits seit längerem in ihrem Laden liegen hatte und daß sie nicht mehr wußte, von welchem Stoffhändler sie ihn gekauft hatte.

Natalie verließ das Geschäft und betrat den Juwelierladen nebenan, um dort die Taschenuhr ihres Vaters zur Reparatur abzugeben. In der Eingangstür stieß sie mit Essie Lynch zusammen, die gerade heraustreten wollte. Als sie Natalie sah, trat Essie zurück und ließ sie mit einem Stirnrunzeln vorbei. Natalie bemerkte, daß die Frau mit den harten Zügen wieder ganz in Schwarz gekleidet war. In einer Hand hielt sie ein kleines Päckchen, in der anderen einen Blumenstrauß.

»Mrs. Lynch«, sagte Natalie und betrat das Geschäft. »Ja, nun, ich mache gerade meine Einkäufe.«

Natalie nickte in Richtung des Straußes roter Rosen. »Die Blumen, die Sie da haben, sind wirklich hübsch.«

Essie zögerte kurz, dann sagte sie: »Unser einziges Kind ist auf dem Friedhof St. John's-at-Hampstead begraben. Ich besuche ihr Grab jeden Dienstag.«

Instinktiv legte Natalie ihre Hand auf Essies Arm. Sie spürte, wie die Frau zusammenzuckte, aber Essie zog den Arm nicht weg. »Das tut mir leid. Es gibt wahrscheinlich nichts Schmerzlicheres als den Verlust eines Kindes.«

Einen Augenblick lang schien Essies reglose Fassade zu bröckeln, doch dann nickte sie kurz und ging zur Tür.

Als Natalie verwirrt zum Tresen ging, schüttelte der ältliche, bebrillte Juwelier den Kopf. »Guten Morgen, Miss. Sagen Sie, sind Sie eine Freundin von Mrs. Lynch?«

»Nein, wir sind miteinander bekannt.«

»Sie ist wirklich seltsam«, sagte der Mann in vertraulichem Ton.

»Was meinen Sie damit?«

»Seit vielen Jahren kommt Essie regelmäßig in meinen Laden. Sie muß inzwischen die größte Sammlung an Trauerschmuck in ganz England haben.«

»*Trauer*schmuck?« wiederholte Natalie überrascht.

»Ja. Heute hat sie einen Ring mit dem königlichen Siegel gekauft, der anläßlich des Todes von George I. angefertigt wurde. Ich weiß nicht, warum sie diese makabren Dinge so schätzt. Jeden Dienstag kauft sie im Covent Garden ihre Blumen, und dann kommt sie hierher und kauft teuren Schmuck. Nicht, daß ich mich darüber beschweren würde – die Frau ist eine meiner besten Kundinnen.«

»Das sollte man meinen«, murmelte Natalie nachdenklich, während sie die Taschenuhr ihres Vaters hervorholte.

An diesem Abend holte Ryder Natalie ab, um mit ihr bei seiner Großmutter zu essen. Während der Fahrt zu Francesca Valenzas Haus erzählte sie ihm von dem Stoffballen, den sie bei ihrer Schneiderin gesehen hatte. »Meinst du nicht auch, daß das eine wichtige Spur ist?«

Er zuckte lediglich mit den Schultern. »Vielleicht.«

»Ich werde noch andere Geschäfte in Mayfair aufsuchen und sehen, ob ich dort den gleichen Stoff finde«, sagte Natalie. »Früher oder später müßte ich doch jemanden finden, der mir sagen kann, woher er ihn hat.«

»Warum überläßt du diese Dinge nicht mir?« fragte er verärgert.

Jetzt hatte Natalie genug. »Weil du mich von allem ausschließt.«

Er bedachte sie mit einem kühlen Blick. »Es geht mir nur um deine Sicherheit.«

»Das ist nicht fair, und außerdem stimmt es auch nicht ganz. Du erzählst mir ja noch nicht einmal, wie du deine Tage verbringst – von den Nächten ganz zu schweigen.«

»Denkst du etwa, daß ich dich betrüge?« fragte er angespannt.

»Betrügen?« fragte sie mit einem spöttischen Lachen. »Wie sollen Sie mich denn betrügen, Lord Newbury? Schließlich sind wir einander in keiner Weise verpflichtet.«

Ihre Worte ärgerten Ryder, vor allem, weil sie allzu wahr waren. »Ganz so sehe ich es nicht, Natalie«, erwiderte er. »Und außerdem lasse ich mich von dir nicht dazu überreden, dich in Gefahr zu bringen.«

»Aber ich habe nicht die leiseste Ahnung, was du überhaupt tust!« rief sie leidenschaftlich. »Du bist so geheimnisvoll und distanziert geworden. Da ist mir der Draufgänger, den ich aus Charleston kenne, fast noch lieber. Dort hast du mir wenigstens erzählt, was du vorhattest.«

Sie beide wußten, was sie meinte. Er schwieg, als die Kutsche vor Francesca Valenzas Haus zum Stehen kam, aber einen Augenblick später, als er sie durch den dämmrigen Garten in Richtung der Eingangstür führte, nahm er ihren Arm und zog sie unter einen riesigen Lorbeerbaum.

Die Frühlingsbrise wehte den Duft von Nektar und die Geräusche raschelnder Blätter zu ihnen herüber, als Ryder Natalie begehrlich ansah und ihre elegante Frisur und ihr smaragdgrünes Seidenkleid beifällig musterte. »Du siehst wunderschön aus heute abend«, murmelte er in heiserem Verlangen.

»Du siehst auch sehr gut aus«, gab sie atemlos zu.

Ryder beugte sich vor und küßte Natalie mit einer Leidenschaft, die sie erregte, vor allem, da er sie so eng an seinen harten, warmen Körper preßte.

»Wie komme ich denn zu dieser Ehre?« fragte sie mit einem leichten Zittern in der Stimme.

»Denkst du immer noch, daß ich mein Verlangen woanders stille?« fragte er.

Sie lachte.

»Nun, Natalie?«

»Das war nicht gerade der Kuß eines Mannes, dessen Verlangen bereits gestillt ist«, gab sie zu.

»Na, siehst du.« Er küßte ihre Wange. »Ich wünschte, es gäbe eine Möglichkeit für uns, allein zu sein, Liebling. Ich habe dich in den letzten Tagen furchtbar vermißt.«

Obgleich seine Worte sie bewegten, war Natalie fest entschlossen, sich nicht wieder von ihrer Leidenschaft überwältigen zu lassen. »Ryder, du weißt, wie ich darüber denke. Ich mag dich, aber –«

»Ach, tatsächlich?«

»*Aber* es ist wirklich besser, wenn wir –«

»Zur Hölle mit dem, was besser ist«, unterbrach er sie und küßte sie erneut. »Ich begehre dich viel zu sehr.«

Trotz ihrer Verwirrung legte Natalie ihre Hände auf seine Brust und sah ihn ernst an. »Es tut mir leid, Ryder, aber ich fürchte, noch nicht einmal ein Charmeur wie du kann alles haben, was er begehrt – und vielleicht ist dir der Preis sowieso zu hoch.«

»Willst du damit etwa sagen, daß du statt eines Geliebten einen Ehemann willst?« fragte er verwirrt.

»Ich will damit sagen, daß ich keins von beidem will«, kam ihre heftige Antwort. »Ich spreche von den emotionalen und den anderen Gefahren für uns beide. Du weißt, daß die Gefühle, die wir füreinander hegen, unmöglich sind. Und außerdem verbringst du deine Nächte ja bereits woanders –«

»Mit der Suche nach deiner Tante«, fiel er ihr leidenschaftlich ins Wort.

»Wenn das wahr ist, warum erzählst du mir dann nicht, was du tust?« brach es verzweifelt aus ihr heraus.

»Läßt du dich von mir an ein verschwiegenes Plätzchen führen, wenn ich es dir erzähle?« stichelte er und strich mit seinen Lippen über ihre Wange.

»Oh, du bist einfach unverbesserlich!«

»Allerdings.« Er küßte sie erneut.

»Ryder, bitte«, murmelte sie atemlos und schob ihn fort. »Deine Großmutter.«

Während er sie lächelnd zur Tür geleitete, hoffte sie inständig, daß die Luft ihre heißen Wangen kühlen würde.

Francesca Valenza erhob sich von dem Sofa in ihrem glitzernden Salon und begrüßte Natalie mit offenen Armen. »Natalie, meine Liebe!« rief sie fröhlich aus und küßte das Mädchen auf die Wange. »Ich habe das Gefühl, als würde ich dich bereits seit einer Ewigkeit kennen. Du bist einfach eine Schönheit, genau wie Ryder gesagt hat. Ich bin sicher, daß du die einzig Richtige für ihn bist.«

Überwältigt von diesem herzlichen Empfang erwiderte Natalie: »Er hat mir auch viel von Ihnen erzählt, Comtessa Valenza. Es freut mich sehr, Sie kennenzulernen.«

»Bitte nenn mich Francesca«, sagte die alte Frau.

»Mit Vergnügen«, entgegnete Natalie.

»Guten Abend, Nonna«, sagte Ryder und beugte sich vor, um seine Großmutter auf die Wange zu küssen.

»Mein hübscher Enkelsohn«, murmelte Francesca und umarmte ihn blinzelnd. »Dir geht's nicht gerade schlecht, wie?«

Als er lachte, fügte sie hinzu: »Aber jetzt kommt ins Eßzimmer. Dann können Natalie und ich uns besser kennenlernen.« Mit gesenkter Stimme sagte sie: »Mein alter Küchenchef Pietro wird einen Herzschlag bekommen, wenn wir zu spät am Tisch sitzen.«

»Ist das auch eine deiner Visionen«, spottete Ryder, »daß dein Florentiner Koch sein Leben in der Küche über einem Topf mit kalter, abgestandener Suppe aushaucht?«

»Das wird er ganz bestimmt, wenn wir uns jetzt nicht ein bißchen beeilen.«

Dann führte sie die beiden in ein mit Eichenpaneelen ausgekleidetes Eßzimmer an einen großen Tisch, auf dem glänzende Boulton-Kandelaber standen. Er war mit feinstem irischen Leinen, Baccarat-Kristall und Florentiner Porzellan gedeckt. Ryder zog seiner Großmutter den Stuhl am Kopfende des Tisches zurück, und Natalie nahm ihm gegenüber an einer der Seiten Platz.

Nachdem Francesca ein kurzes Gebet gesprochen hatte, servierten zwei livrierte Pagen das üppige Festmahl, das ihr italienischer Koch zubereitet hatte – Fischsuppe, geschmorte Taube, Röstkartoffeln mit Salbei und Rosmarin und Aubergine mit Kräutern. Zu jedem der wunderbaren Gänge gab es einen anderen Wein, und nach kurzer Zeit fühlte sich Natalie warm und zufrieden. Ryders Großmutter erfuhr viel von Natalies Vergangenheit, ohne daß sie neugierig wirkte, und Natalie fühlte sich zu der heiteren, eleganten Frau hingezogen.

Ihre Zuneigung wurde offenbar erwidert. Bald wandte sich die Comtessa an Ryder und fragte warm: »Also, mein Junge, wann wirst du dieses Juwel heiraten?«

Er lächelte. »In der Tat haben Natalie und ich diese Möglichkeit soeben in deinem Vorgarten erwogen.« Er blinzelte. »Was hast du noch zu diesem Thema gesagt, meine Liebe? Irgend etwas davon, daß der Preis zu hoch wäre?«

Francesca wandte sich an Natalie, die vor Scham am liebsten im Boden versunken wäre. »Was hat dieser Schurke angestellt?« Als Natalie noch heftiger errötete, hob Francesca eine ihrer schlanken, beringten Hände. »Egal. Ich bin wirklich ein neugieriges altes Weib.«

»O nein, durchaus nicht, Comtessa«, stellte Natalie diplomatisch fest, während sie Ryder mit einem kurzen Zornesblick bedachte. »Ihr Enkel hat mir in den letzten Wochen sehr geholfen. Aber im Augenblick bin ich sehr beschäftigt, zum Beispiel mit der Suche nach meiner verschwundenen Tante.«

»Davon hat Ryder mir erzählt.« Francesca runzelte die Stirn und legte einen ihrer schlanken Finger an ihr Kinn. »Aber ich denke, daß deine Tante bald gefunden werden wird.«

»Wirklich?« fragte Natalie überrascht.

Francesca sah sie verwundert an. »Hat Ryder dir denn nichts von meiner Vision erzählt?«

Natalie sah ihn abermals wütend an. »Nein.«

Ryder bedachte sie mit einem versöhnlichen Lächeln. »Meine Liebe, Nonna hatte das Gefühl, daß deine Tante in Gefahr sein könnte. Ich wollte dich nicht beunruhigen.«

»Ach so«, sagte Natalie ärgerlich, »du gehst lieber sämtliche Risiken alleine ein.« Sie wandte sich an Francesca. »Haben Sie sonst noch eine Ahnung, was meine Tante betrifft?«

Francesca sah Natalie mitfühlend an, schüttelte den Kopf und tätschelte ihr beruhigend die Hand. »Es tut mir leid, meine Liebe. Aber mach dir keine Sorgen. Ich bin sicher, daß deine Tante zu gegebener Zeit auftauchen wird. Sprechen wir lieber wieder über dich und meinen Enkel.« Mit einem vergnügten Blitzen in den Augen nickte sie in Ryders Richtung und fragte Natalie in vertraulichem

Ton: »Vielleicht würdest du ihn ja heiraten, wenn er verspräche, endlich erwachsen zu werden?«

Natalie lachte.

»Er ist ein guter Junge«, fügte Francesca hinzu, »und ich weiß, daß er es noch rechtzeitig schaffen wird.«

Wenn ich ihn nicht vorher erwürge, dachte Natalie und lächelte Francesca an.

Der Rest der Mahlzeit verlief in angenehmem Plaudern, aber bei der Nachspeise wurde Francesca plötzlich nachdenklich. Sie legte ihre Gabel beiseite, sah Ryder an und sagte ernst: »Mein lieber Enkelsohn, es gibt etwas, das ich dir schon seit Jahren erzählen will.« Sie nickte in Natalies Richtung. »Und ich möchte, daß die junge Dame es auch hört, da ihr beide offensichtlich etwas Besonderes füreinander empfindet.«

Natalie errötete, aber Ryder sah sie offen an. »Ja, das tun wir.«

Nach kurzem Zögern setzte Francesca zum Sprechen an. »In der Nacht, in der deine Mutter starb, hatte ich eine Vision.«

Ryder erstarrte, stellte sein Brandyglas ab und richtete sich kerzengerade auf. »Ja, Nonna?«

Francesca sah ihn unendlich traurig an. »Es schmerzt mich, es dir zu erzählen, aber ich fürchte, der Tod deiner Mutter war kein Unfall.« Sie schloß die Augen und fuhr fort. »Ich habe Hände gesehen – grausame Hände –, die meine Tochter von der London Bridge in die eisige Themse gestoßen haben.«

Ryder und Natalie tauschten besorgte Blicke aus, und dann sagte er: »Aber vielleicht waren es die Diebe.«

»Nein, nein, der Überfall war reine Tarnung«, fiel ihm Francesca ins Wort. Sie öffnete die Augen und starrte Ryder düster an. »Das wahre Motiv war Carlottas Ermordung.«

Sie alle schwiegen, und Francescas traurige Worte hingen schwer im Raum. »Aber – aber das ist ja entsetzlich, Nonna«, sagte Ryder schließlich mit bestürztem Gesicht. »Wenn das wahr ist, warum hast du es mir dann nicht schon damals erzählt?«

Francesca sah ihn trübsinnig an. »Oh, mein Junge, das konnte ich nicht. Nicht, solange du in deiner Trauer gefangen warst. Wie hätte ich damals deinen Schmerz noch vergrößern können?«

»Aber warum erzählst du es mir dann jetzt?«

Francesca seufzte. »Weil die Vision in letzter Zeit immer wieder zurückkommt. Und mein Gefühl sagt mir, daß die Gefahr noch nicht vorüber ist.«

Natalie und Ryder waren in Gedanken vertieft, als sie wieder in der Kutsche saßen. Ihn quälte das, was Francesca ihm eröffnet hatte. Gütiger Himmel, zu denken, daß seine Mutter vielleicht ermordet worden war!

Und was hatte Nonna gemeint, als sie gesagt hatte, daß die Gefahr noch nicht vorüber sei? Wurden er und Natalie nicht nur von den Schmugglern bedroht? Trieb sich irgendwo in London immer noch ein Mörder herum, der ihnen etwas antun wollte? Vor Ryders geistigem Auge entstand ein schreckliches Mosaik, das ihm ganz und gar nicht gefiel.

Natalies Gedanken waren nicht weniger beunruhigend. Sie sah ihn mitfühlend an und seufzte. »Oh, Ryder, wenn das, was deine Großmutter dir heute abend erzählt hat, stimmt... Haben sich ihre Visionen bisher als zutreffend erwiesen?«

Er nickte ernst. »Ich erinnere mich an einen Vorfall in meiner Kindheit. Eins von Nonnas Küchenmädchen wurde tot im Keller gefunden. In der Nacht, als es geschah, hatte Nonna die Vision, daß das Mädchen von ihrem Liebhaber erstochen worden sei. Sie sprach mit der Polizei, und diese Information führte nicht nur dazu, daß man die Mordwaffe fand, die in einer dunklen Gasse auf der Isle of Dogs versteckt war, sondern man faßte auch den Mörder, der die Tat gestand und dafür in Tyburn gehängt wurde.«

»Gütiger Himmel! Wie schrecklich!«

Ryder runzelte die Stirn. »Wenn Nonna also denkt, daß meine Mutter ermordet wurde, dann trifft das höchstwahrscheinlich zu.«

»Aber wer…?« Sie starrte ihn an. »Du kannst doch unmöglich deinen Vater verdächtigen.«

»Ich kann ebensowenig ausschließen, daß er es war«, stellte Ryder grimmig fest.

»Oh, Ryder. Es tut mir so leid.« Natalie nahm seine Hand.

Er schwieg. Er wünschte sich verzweifelt, sie könnten allein sein, aber heute abend standen ihnen zu viele Dinge im Weg.

Nach einem Augenblick sah sie ihn tadelnd an. »Weißt du, du hättest mir wirklich von der Vision deiner Großmutter erzählen sollen, in der es um meine Tante ging.«

»Natalie, du hättest dir nur Sorgen gemacht, das weißt du ganz genau. Außerdem ist es nach dem, was Nonna heute abend gesagt hat, durchaus möglich, daß deine Tante gar nicht mehr in Gefahr schwebt.«

Sie lachte humorlos. »Ich glaube, deine Großmutter hat nur versucht, mich aufzumuntern.«

»Wir werden sie finden. Aber zuerst muß ich dich nach Hause bringen« – er sah sie sehnsüchtig an und seufzte – »auch wenn ich wünschte, daß der Abend noch nicht vorüber wäre.«

Natalie wandte den Blick von ihm ab, da seine Worte sie beunruhigten und zugleich verdächtig erregten.

Seine Stimme war leise und verführerisch: »Fühlst du es auch, mein Liebling?«

Und wie! »Ryder, bitte hör auf, mich mit dieser Sache zu quälen!« Sie sah ihn hilflos an.

»Ach, quäle ich dich?«

Ihr Blick war herzerweichend. »Du weißt, daß wir keine gemeinsame Zukunft haben. Außerdem besteht immer die Gefahr einer Schwangerschaft.«

»Bist du schwanger?« fragte er sie unverblümt.

Sie sah erneut aus dem Fenster und dachte daran, wie erleichtert sie am Abend nach ihrer Ankunft in London gewesen war, als diese Last von ihren Schultern fiel. »Nein.«

»Und du denkst, ich würde mich den Verpflichtungen entziehen, die mir daraus erwachsen würden?« fragte er. »Himmel, du hältst mich wirklich für einen verantwortungslosen Schurken, nicht wahr?«

Sie stemmte die Fäuste in die Hüften. »Wie du genau weißt, denke ich, daß wir niemals zueinander passen werden. Und warum sollten wir das Risiko eingehen, ein unschuldiges Kind unter unserem Elend leiden zu lassen?«

»Wie deine Eltern es mit dir getan haben?«

Sie schwieg.

Er tätschelte ihr die Hand, aber dann sah er sie ironisch an. »Keine Angst, meine Liebe. Heute abend bist du vor mir sicher. Ich habe noch etwas vor.«

»Was?« Plötzlich war sie wütend auf ihn.

Seine Miene war steinern. »Wenn ich es dir sagen würde, würdest du dir nur unnötige Sorgen machen und vielleicht würdest du dich sogar selber in Gefahr bringen.«

»Ich habe es satt, immer ausgeschlossen zu werden!« schnaubte sie. »Ich will an den Nachforschungen teilnehmen!«

»Ich werde nicht riskieren, daß auch nur ein einziges Haar auf deinem wunderhübschen Kopf gekrümmt wird.«

»Nein, du wirst dich mit irgendeinem billigen Flittchen vergnügen, nachdem ich dich abgewiesen habe«, tobte sie.

Seine Stimme klang leidenschaftlich. »Natalie, wenn ich nicht noch eine Verabredung hätte, würde ich dir an Ort und Stelle beweisen, wie falsch du mit dieser Vermutung liegst.«

Sie kämpfte verzweifelt gegen ihr eigenes Verlangen an. »Ryder, bitte... ich weiß, es war ein schwerer Abend für uns beide. Bring mich bitte nur nach Hause.«

Das tat er, aber als er sie verließ, war er ebenso frustriert, wie er hoffte, daß sie es war.

Eine halbe Stunde später schlich Ryder durch eine schmutzige, vertraute Gasse in Stepney. Er schob sich durch die neblige Dunkelheit an Abfallhaufen und Schlammpfützen, streunenden Katzen und Hunden vorbei. Aus einer nahegelegenen Taverne drang der rauhe Lärm einer Schlägerei zu ihm heraus.

Es hatte ihn fast umgebracht, Natalie einfach abzusetzen. Insgeheim hatte er gehofft, sie zu einem kleinen Stelldichein bewegen zu können. Er brauchte sie, vor allem jetzt, nachdem Nonna ihm von ihrer schrecklichen Vision berichtet hatte. Und selbst die Möglichkeit, daß sie schwanger würde, hätte ihn nicht abgehalten.

Großer Gott, was war nur mit ihm los? Wenn er seine Gefühle nicht besser unter Kontrolle bekam, würde er Natalie bestimmt noch eines Tages heiraten, was ihrer Meinung nach in einer Katastrophe enden würde. Aber er konnte einfach nicht aufhören, an sie zu denken, sie zu begehren...

Er lächelte. Sie versuchte so verzweifelt, ihm zu widerstehen und erneut die anständige junge Dame zu spielen. Im Grunde konnte er es ihr nicht verübeln, denn, wie sie richtig festgestellt hatte, waren sie einander in keiner Weise verpflichtet. Aber in gewisser Weise fühlte er sich ihr inzwischen doch verpflichtet, und vor allem war er nicht bereit, sie einfach kampflos aufzugeben.

Was, wenn sie beschloß, *ihn* gehen zu lassen, nachdem sie ihre Tante gefunden hätten? Der Gedanke machte Ryder wütend. Er war es nicht gewohnt, daß ihm eine Frau den Laufpaß gab. Normalerweise hatte er sich immer heimlich davongemacht und seine Geliebte verzweifelt und unglücklich zurückgelassen. Aber der Gedanke, daß Natalie einfach den Kopf in den Nacken werfen und aus seinem Leben verschwinden könnte, machte ihn rasend. Und die Tatsache, daß er sie von seinen momentanen nächtlichen Unternehmungen ausschloß – wenn auch aus edlen Motiven –, war einer Verbesserung ihrer Beziehung bestimmt nicht gerade förderlich. Sie dachte, daß er sich in irgendeinem Bordell amüsierte, während er sich mit Verbrechern, Ratten und Kakerlaken herumärgerte.

Wenigstens schienen er und Harry dem Schmugglerring dicht auf den Fersen zu sein. In den letzten Nächten hatten sie blinkende Lichter im zweiten Stock der Fabrik entdeckt – geisterhafte Lichtkreise, die von Raum zu Raum wanderten. Auf jeden Fall ging dort etwas Geheimnisvolles vor.

Während er sich dem Gebäude näherte, griff er nach seiner Pistole. Er war entschlossen, die Wahrheit zu erfahren – und zwar bald. In Sichtweite der Eingangstür erstarrte er, als leise Stimmen und das Schnauben von Pferden zu ihm herüberdrangen. Er spähte angestrengt durch den Nebel und entdeckte drei Männer, die Kisten auf einen Wagen luden! Er zog sich in den Hauseingang zurück, von dem aus er und Harry normalerweise die Fabrik überwachten, und als er gegen einen festen Gegenstand stieß, blickte er hinab. Harry... zusammengesunken und schnarchend!

»Hampton!« Er beugte sich vor und schüttelte seinen Freund. »Um Himmels willen, Mann, wach auf! Ich glaube, die Schmuggler laden gerade Waren auf.«

»Was ist?« fragte Harry verwirrt und rieb sich den Kopf.

Ryder zog ihn auf die Füße. »Was ist passiert? Hast du getrunken?«

Harry stöhnte und schüttelte den Kopf. »Irgendwer hat mir von hinten mit einer Eisenstange auf den Kopf geschlagen – zumindest hat es sich so angefühlt.«

»Großer Gott«, knurrte Ryder. »Nimm deine Pistole. Wir müssen uns diese Kerle auf der Stelle schnappen.«

Sie zogen ihre Waffen und schlichen in die Gasse hinaus. Inzwischen verschloß einer der Arbeiter den Wagen, der mit Kisten vollgestopft war. Ryder sah, daß sie aufbruchbereit waren.

Auch Harry schien es zu sehen. »Halt!« rief er. »Stehenbleiben!«

Während Ryder seinen voreiligen Freund am liebsten erwürgt hätte, drehte sich der Kutscher um und feuerte einen Schuß in ihre Richtung, der sie nur um Haaresbreite verfehlte. Sie warfen sich auf den schmutzigen Weg.

»Wirklich eine brillante Strategie, Hampton«, fuhr Ryder ihn an und spuckte irgendeine widerliche Substanz aus, die ihm ins Gesicht gespritzt war.

»Warum ist dir nicht wenigstens eine schlauere Bemerkung eingefallen? Zur Hölle mit dir und deiner Ungeduld!«

»Tut mir leid, alter Freund«, murmelte Harry.

Ryder stöhnte, als er hörte, wie der Wagen die Straße hinunterratterte, doch dann hörte er glücklicherweise eine verzweifelte Stimme: »He, Jungs! Wartet auf euren alten Mawkins!«

Ryder sprang auf die Füße. Einer der Kerle war zurückgelassen worden!

Er stürzte sich auf den kleinen, gedrungenen Mann, packte ihn am Kragen und hielt ihm die Pistole an den Kopf. »Nicht so eilig, Freundchen.«

»Nur ruhig«, kreischte der dickliche kleine Kerl. »Ich hab' nich' auf Sie geschossen.«

Ryder spannte den Hahn seiner Waffe. »Vielleicht nicht, Mawkins. Aber Sie werden derjenige sein, der mir ganz schnell ganz viel erzählt.«

25. Kapitel

Drei Stunden später war Ryder äußerst frustriert und leicht betrunken. Er saß mit Harry und Mawkins in der Ecke einer heruntergekommenen Taverne nicht weit von der Fabrik. Obwohl er versucht hatte, nüchtern zu bleiben und sich auf das Gespräch zu konzentrieren, wußte er inzwischen nicht mehr, wie viele Runden Grog die anderen beiden getrunken hatten, während er und Harry ihr ›Opfer‹ befragt hatte. Und jetzt hatte Harry den Kopf auf den Tisch gelegt und schnarchte zufrieden vor sich hin, während Mawkins – ein untersetzter, dicklicher Mann mit einem runzligen, schnauzbärtigen Gesicht – Unmengen zu vertragen schien.

Ryder hatte festgestellt, daß Mawkins zweifellos der gesprächigste Mensch war, dem er je begegnet war – der Kerl sprach über alles außer Schmuggel. Ryder wußte inzwischen genauestens über Mawkins' drei Kinder, seine Frau und seine verwitwete Schwiegermutter Bescheid. Außerdem hatte er erfahren, wie sein Gesprächspartner das zügellose Leben des Königs und das schwere Los der Arbeiterklasse sah.

»Denken Sie nur an all diese neuen Maschinen«, sagte Mawkins gerade. »Die Dampfmotoren, Druckerpressen, Pflüge und so. Jetzt frage ich Sie, haben diese Dinger den Arbeitern in irgendeiner Weise geholfen? Nein! Sie wurden von ihrem Land vertrieben und placken sich in den Fabriken ab, um schließlich einfach abgeschlachtet zu werden, falls sie es wagen, gegen ihr Los aufzubegehren.«

»Ich habe durchaus Verständnis für die Belange der Arbeiter. Aber würden Sie mir jetzt bitte –«, setzte Ryder an.

Mawkins fuhr ungerührt fort: »Die Arbeiter sind gezwungen, ihr Leben in heruntergekommenen Hütten zu verbringen, in denen es vor Ungeziefer nur so wimmelt. Erst letzte Woche hätte ich in der Dunkelheit fast meinen eigenen Sohn erschlagen, weil ich dachte, er wäre eine Ratte.«

»Wie schrecklich! Aber trotzdem will ich wissen, wer Sie angeheuert hat, um heute nacht den Wagen zu beladen –«

Mawkins schwenkte seinen Humpen. »Das hab' ich doch schon gesagt. Irgend so'n Kerl namens George.«

»George *wer*?« Ryder war am Ende seiner Geduld. »Allein in London gibt es bestimmt eine Million Georges.«

»Könnte sein«, stimmte Mawkins ihm ungerührt zu und nahm einen Schluck von seinem Rum. Dann runzelte er die Stirn und legte einen seiner Stummelfinger an sein Kinn. »Wissen Sie, meine Tante Lucy war mit 'nem George verheiratet. George Mills. Oder war es Wills?«

Ryder schlug auf den Tisch. »Verdammt noch mal!«

»Er hat meine arme Tante grün und blau geschlagen, un' dann hat er das ganze Haushaltsgeld versoffen, jawohl. Am Schluß is' er wegen seiner Schulden im Knast gelandet un' in Newgate am Gefängnisfieber gestorben.«

»Mann, erzählen Sie mir etwas, das mir weiterhilft!« drängte Ryder. »Das würde ich mir durchaus einen Goldsovereign kosten lassen.«

Mawkins strahlte, so daß zwei lückenhafte, faule Zahnreihen sichtbar wurden. »Sie sin' wirklich großzügig. Warum ham Sie das denn nich' gleich gesagt?«

»Reden Sie.«

»Alles, was ich von George weiß, is', daß er im Hafen einen Kerl namens Lawson treffen sollte.«

»Warum haben Sie mir das nicht sofort gesagt?« platzte es aus Ryder heraus.

Mawkins zuckte mit den Schultern. »Sie ham ja nich' danach gefragt.«

Während der nächsten Nächte beobachteten Ryder und Harry abwechselnd die Fabrik und machten ihre Runde durch die Tavernen in der Nähe des Hafens. Sie blieben mit Mawkins in Kontakt und bezahlten ihn, damit er sie mit Informationen versorgte und ihnen bei der Überwachung der Fabrik behilflich war.

Wann immer es ihnen möglich war, mischten sich Ryder und Harry unter die heruntergekommenen Seemänner und Prostituierten und versuchten, etwas über den Mann namens Lawson herauszubekommen. Obwohl sie sich anfangs an ihre schäbige Umgebung anzupassen versuchten, machten sie nur wenige Fortschritte, da die Matrosen, Huren und Tavernenbesitzer verstummten, sobald man ihnen eine Frage stellte.

In einer kühlen Nacht kam Ryder dann doch ein wenig weiter, als er mit zwei Seemännern in einer Bar in der Nähe der Themse würfelte. Während er die Würfel warf, bemerkte er eine Prostituierte – ein blondes Weib mit dick geschminkten Lippen und Wangen –, die ihn lüstern von der anderen Seite des Raumes her ansah. Als er ihr zulächelte, kam sie herüber und setzte sich unter dem beifälligen Gelächter der beiden anderen Männer auf seinen Schoß.

»Hallo, mein Engel«, flüsterte sie und klimperte mit den Wimpern. »Na, wenn du kein großer, schöner Kerl bist...«

Einer der Matrosen flüsterte hinter vorgehaltener Hand: »Paß auf, Kumpel, sonst macht Polly dich fertig.«

»Allerdings, die Kleine is' echt heiß«, fügte der andere Seemann hinzu.

Polly musterte Ryder wohlgefällig. »Oh, ich glaube nich', daß wir uns Sorgen machen müssen, daß diese Kanone so schnell leergeschossen is'.«

Unter dem dröhnenden Gelächter der anderen beiden setzte Ryder ein breites Lächeln auf, während er innerlich mit den Zähnen knirschte. Es gefiel ihm gar nicht, diese pockennarbige Hure auf dem Schoß sitzen zu haben und ihr abscheuliches Parfüm einzuatmen, das ihren noch unangenehmeren Körpergeruch nur unzureichend überlagerte. Aber er wußte, daß er kein Spielverderber sein durfte, wenn er das Vertrauen dieser Leute gewinnen wollte.

Er nahm die Würfel und sagte so beiläufig wie möglich: »Übrigens, ich bin auf der Suche nach einem alten Freund, Lawson. Hat einer von euch zufällig was von ihm gehört?«

Die beiden Matrosen sahen einander an und zuckten mit den Schultern, aber Polly machte den Mund auf, während sie Ryder neckisch durch die Haare fuhr. »Oh, ich kenne Lawson, Schätzchen.«

»Ach ja?« fragte Ryder. »Und wie kann ich ihn erreichen?«

Sie lächelte, musterte ihn erneut und fuhr sich mit der Zunge über die bemalten Lippen. »Komm mit raus, mein Engel, dann erzähl ich's dir vielleicht.«

Die beiden Seemänner grinsten vergnügt, als Ryder Polly den

Arm tätschelte. »Geh schon mal vor, Süße. Ich komme gleich nach.« Sie lachte, stand auf und spazierte aus der Taverne.

Ryder sah die beiden Männer mit hochgezogenen Brauen an. »Glaubt ihr, daß sie wirklich was weiß?«

Einer der beiden sah ihn grinsend an. »Sie weiß, daß sie geil auf dich is', Kumpel!«

Verärgert sagte Ryder: »Ja, ja – aber weiß sie auch was von Lawson?«

»Es gibt nur einen Weg, um das rauszufinden, mein Freund«, stichelte der andere, und sie brachen in lautes Gelächter aus.

Ryder hatte nicht bemerkt, daß Natalie am anderen Ende der Taverne saß und ihn beobachtete. Sie trug ein einfaches schwarzes Kleid, einen breitkrempigen schwarzen Hut, hatte ihr Gesicht hinter einem Schleier versteckt und verfolgte sein Treiben mit zunehmender Eifersucht und Verärgerung.

In den letzten Tagen hatte Ryders beständige Abwesenheit sie an den Rand des Wahnsinns getrieben. Sie wußte, daß ihre Sorge teilweise darin begründet war, daß ihre Tante immer noch nicht aufgetaucht war, aber gleichzeitig mußte sie zugeben, daß sie von dem Gedanken geradezu besessen war, Ryder triebe sich vielleicht mit irgendwelchen billigen Flittchen herum.

Heute abend hatte sie beschlossen, die Sache selbst in die Hand zu nehmen – nur um ihre schlimmsten Befürchtungen bestätigt zu sehen. Genau wie sie vermutet hatte, saß dieser Lüstling mit einem widerlichen Grinsen da, während irgend so ein schrill gekleidetes Weibsbild auf seinem Schoß herumhüpfte. Jetzt fuhr diese Person ihm auch noch durch das Haar – etwas, was sie selbst in Charleston getan hatte! Am liebsten wäre Natalie aufgesprungen und hätte dieser Hure die Augen ausgekratzt.

Natalie wurde vor Eifersucht beinahe verrückt. Sie dachte traurig, daß sie jetzt verstand, wie aufgeregt Ryder gewesen sein mußte, als er beobachtet hatte, wie sie in der Taverne in Charleston mit anderen Männern flirtete.

Neben ihr saß der Kutscher ihres Vaters. Timothy und Natalie waren seit ihrer Kindheit miteinander befreundet, und sie vertraute ihm. Der Diener mochte und respektierte auch Tante Love, und als Natalie ihm von Loves Verschwinden erzählt und ihm erklärt hatte, daß sie unbedingt Nachforschungen anstellen mußte, hatte er sich schließlich bereit erklärt, sie um der Witwe willen zu begleiten. Aber es war nicht zu übersehen, daß Timothy mit der Wahl des Etablissements alles andere als einverstanden war. Sein rundes Gesicht war in sorgenvolle, mißbilligende Falten gelegt, er hatte sich noch nicht einmal die Mühe gemacht, seinen Umhang, seinen Hut oder seine Handschuhe abzulegen, und er hielt seine Pferdepeitsche drohend in der Hand.

»Dies ist wirklich nicht der richtige Ort für eine Dame, Miss«, flüsterte er mindestens zum zehnten Mal. »Und ich verstehe einfach nicht, warum wir Lord Newbury beschatten. Der Mann ist offensichtlich ein übler Draufgänger – er spielt, trinkt und flirtet mit Prostituierten.«

Natalie knirschte mit den Zähnen, als sie sah, wie Ryder die Würfel nahm, während die grinsende Hure immer noch auf seinem Schoß saß. »Das weiß ich auch. Aber außerdem weiß ich, daß Lord Newbury den Schmugglern auf der Spur ist, die meine Tante wahrscheinlich verschleppt haben.«

Timothy warf die Hände in die Luft. »Das alles ergibt für mich keinen Sinn. Man sollte mich in die Irrenanstalt stecken, daß ich mich dazu habe überreden lassen, Sie in diese Spielhölle zu begleiten.« Noch während er sprach, torkelte ein Betrunkener an ihrem Tisch vorbei und starrte Natalie lüstern an. »Un', wie wär's mit uns beiden, Süße?«

Timothy erhob sich von seinem Platz. Er war ein stämmiger Hüne und sah wirklich bedrohlich aus. »Wie wär's mit einem Bad in der Themse, Kumpel?« schnauzte er.

Der Betrunkene stolperte eilig davon, und Timothy setzte sich in grimmiger Zufriedenheit wieder hin.

Natalie, die durch den Zwischenfall abgelenkt worden war, blickte erneut zu Ryders Tisch hinüber und sah, daß die Prostituierte aufstand und aus der Taverne ging. Ihre Erleichterung war jedoch nur von kurzer Dauer, denn einen Augenblick später ergriff Ryder seinen Umhang, seinen Hut und seine Handschuhe und folgte der Frau.

»Entschuldige mich einen Augenblick, Timothy«, sagte Natalie und sprang auf.

Aber er war genauso schnell wie sie und packte sie am Arm. »O nein, Sie gehen nicht, Miss. Nicht ohne mich.«

»Also gut.«

Auf der nebligen Straße vor der Taverne sah sich Ryder nach der Prostituierten um, die sich in Luft aufgelöst zu haben schien. In einiger Entfernung entdeckte er die Umrisse eines Menschen und wollte gerade losgehen, als ihm plötzlich eine Kugel um die Ohren pfiff!

Er hatte noch nicht einmal Zeit, um richtig zu fluchen. Zum zweiten Mal innerhalb einer Woche warf er sich auf die schlammige, stinkende Straße. Er blickte auf und erhaschte einen Blick auf die Person, die auf ihn geschossen hatte – eine fliehende Silhouette im flackernden Licht einer Straßenlaterne. Die Gestalt war in einen schwarzen Umhang gehüllt und trug einen wohlbekannten breitkrempigen Hut.

»Bleib stehen, du verdammter Bastard!« schrie er, sprang auf und stürzte dem Angreifer nach. Er rannte durch enge Gassen, wich Müllhaufen aus, umrundete Betrunkene und sprang über huschende Nachttiere hinweg. Unerbittlich verfolgte er sein Opfer durch ein Labyrinth aus Abzweigungen, Kurven und Ecken im stinkenden, schäbigen Elendsviertel von Stepney.

Als er in Höchstgeschwindigkeit um eine Ecke bog, wurde er von einem explosionsartigen Schmerz in seiner Magengegend gestoppt. Irgendwer hatte ihm einen Knüppel in den Bauch gerammt.

Er krümmte sich vor Schmerz und stürzte auf die Straße. Mit

einem Keuchen blickte er auf, und wieder sah er die Gestalt mit dem vertrauten Umhang und dem bekannten Hut, die weiter flüchtete. Dann hörte er hinter sich Schritte und überlegte, ob ihm der Schurke nun den Rest geben wollte.

»Hoffentlich bist du stolz auf dich«, sagte eine bekannte Stimme in angewidertem Ton.

»Natalie.« Stöhnend richtete Ryder sich auf, doch als er endlich saß, traf ihn der Schmerz erneut mit voller Wucht. Seine Rippen fühlten sich an, als wären sie von den Rädern einer Kutsche zerquetscht worden. Er starrte Natalie finster an, die ganz in Schwarz gekleidet und deren Gesicht hinter einem Schleier verborgen war. Neben ihr stand ein Mann und runzelte die Stirn. »Was in aller Welt machst du hier?« fragte er schwach.

»Was machst *du* hier?« kam die Gegenfrage. »Hast du zuviel getrunken oder bereitest du dich auf diese Weise vor, wenn du eine deiner Freundinnen beglücken willst?«

»Verdammt, sehe ich so aus, als wollte ich irgend jemand beglücken?« fragte er mit matter Stimme.

»Timothy, hilf Lord Newbury auf die Beine«, fuhr Natalie ungerührt fort. »Der arme Kerl hat anscheinend nichts Besseres zu tun, als sich mit irgendwelchen Prostituierten und Raufbolden herumzutreiben.«

Timothy beugte sich vor, packte Ryder unter den Armen und zerrte ihn ächzend hoch. »Kommen Sie, ich bringe Sie nach Hause, Sir.«

»Wenn's sein muß«, stieß Ryder mühsam hervor.

Irgendwie überstand er den Weg bis zu Natalies Kutsche. Als er sah, wie sie mit geballten Fäusten und zusammengekniffenem Mund neben ihm schritt, wußte er, daß sie sehr wütend war.

Nun, er war noch wütender. Wie hatte sie es wagen können, sich einfach einer solchen Gefahr auszusetzen!

Timothy half ihnen beiden in die schimmernde schwarze Kutsche und schwang sich auf den Bock. Einen Augenblick später setzte sich das Gefährt in Bewegung. Die Spannung war unerträglich, als Ryder und Natalie einander gegenübersaßen und sich in der Dunkelheit anfunkelten.

»Also gut, Natalie, wir können es ebensogut gleich hinter uns bringen«, sagte er hitzig. »Und anschließend werde ich dir wegen deines verwegenen Treibens heute nacht gründlich den Hintern versohlen.«

»Wegen *meines* verwegenen Treibens?« schrie sie und warf ihren Schleier zurück. »Wie kannst du es wagen, so etwas zu sagen nach allem, was *du* heute nacht getan hast?«

Er rollte die Augen und zog seine schmutzverkrusteten Handschuhe aus. »Was habe ich denn getan?«

»Getrunken, gespielt, mit Prostituierten geflirtet – und es auch noch *genossen* –, während Tante Loves Leben in Gefahr ist.«

»Ah ja«, schnauzte er und unterdrückte ein klägliches Stöhnen. »Ich habe mich prächtig amüsiert, indem ich auf mich habe schießen und mir die Rippen habe brechen lassen.«

»Erspar mir dieses Gerede. Ich habe keine Kugeln und keinen Angreifer gesehen. Wahrscheinlich hast du einfach nur sturzbetrunken dagelegen –«

»Ich war nicht betrunken!«

»Zudem habe ich gesehen, wie du diesem *Flittchen* auf die Straße gefolgt bist.«

»Sie hat gesagt, sie hätte Informationen für mich.«

»Was für Informationen?«

»Über die Schmuggler.«

»Du lügst!«

»Gut. In dem Fall fühle ich mich nicht verpflichtet, dir noch etwas zu erklären.«

Plötzlich wurde Natalie ernst. »Was hat dieses Weib dir erzählt?«

»Nichts«, erwiderte er erbost. »Sie verschwand, noch ehe ich ihr eine einzige Frage stellen konnte. Und dann kamst du leider zu spät, denn sonst hättest du noch gesehen, wie mir eine Kugel am Kopf vorbeipfiff und wie ich hinter der Gestalt in dem Umhang hergerannt bin, die auf mich geschossen hat.«

»Ich habe niemanden in einem Umhang gesehen!«

»Gott sei Dank«, sagte er erleichtert. »Es reicht, wenn einer von uns beiden heute nacht beinahe umgebracht worden wäre.«

Natalie hegte immer noch gewisse Zweifel an seiner Geschichte. »Es hat also tatsächlich jemand auf dich geschossen?«

»Ja, und dann hat er versucht, meine Rippen mit einem Knüppel einzuschlagen.«

Natalie wurde immer unsicherer. »Bist du wirklich verletzt worden?«

Ryder verdrehte die Augen. »Wovon rede ich denn wohl die ganze Zeit? Nachdem auf mich geschossen wurde, habe ich den Schurken verfolgt, aber als ich um eine Ecke bog, wurde ich niedergeschlagen.«

Sie sah ihn skeptisch an. »Mach dein Hemd auf.«

Sofort grinste er. »Nun, Mylady –«

»Werd nicht unverschämt!« schnauzte sie. »Dies ist eine rein medizinische Untersuchung.«

»Ah ja, rein medizinisch.« Er verzog das Gesicht, warf den Umhang ab und öffnete mehrere Knöpfe an seinem Hemd.

»O mein Gott!« Natalie zuckte zusammen, als sie die großen blutunterlaufenen Flecken sah, die sich auf Ryders schöner Brust gebildet hatten. »Du bist wirklich geschlagen worden!«

»Allerdings«, pflichtete er ihr verbittert bei. »Und ich könnte durchaus ein bißchen Trost vertragen, meine Liebe, statt all dieser ungerechtfertigten Anschuldigungen.«

Sie lächelte. »Wenn ich zu dir komme, um dich zu trösten, versprichst du mir dann, daß du mir nicht den Hintern versohlst?«

»Natalie, im Augenblick täte es mir wahrscheinlich mehr weh als dir, wenn ich dich übers Knie legen würde. Aber wenn du noch ein einziges Mal auf eigene Faust losziehst, dann kann ich für nichts garantieren.«

Sie glitt auf den Sitz neben ihm. »Du hast also nicht mit der Prostituierten geflirtet?«

Wieder setzte er sein teuflisches Grinsen auf. »Du bist ein eifersüchtiges, kleines Biest, nicht wahr?«

»Beantworte meine Frage oder ich erwürge dich.«

Er pfiff durch die Zähne. »Was wolltest du wissen?«

Sie sah ihn zornig an. »Hast du diese Kurtisane begehrt?«

»Also bitte, Natalie! Sie hat noch nicht einmal gut gerochen.«

»Aber warum bist du ihr dann nach draußen gefolgt?«

»Das habe ich doch schon gesagt. Sie sagte, sie hätte Informationen bezüglich der Schmuggler für mich.«

»Glaubst du, daß sie mit der Bande zu tun hat?«

Obwohl Ryder einen Verdacht hatte, war er nicht bereit, ihn Natalie mitzuteilen. »Ich habe wirklich keine Ahnung.«

Sie sah ihn mit zusammengekniffenen Augen an. »Du mußt mir alles erzählen, was du herausgefunden hast.«

»Nein«, entgegnete er stur. »Du bringst dich dann nur wieder in Schwierigkeiten.«

Natalie war am Ende ihrer Geduld. »Es ist also in Ordnung, wenn du unvorsichtig bist, aber wenn ich es bin, ist es das nicht.«

Als er seinen Arm um sie legte, stöhnte er vor Schmerz auf. Sein Lächeln sah leicht gezwungen aus. »Du hast vollkommen recht, meine Liebe.«

»Ich glaube allen Ernstes, daß dir diese idiotischen Nachforschungen auch noch Spaß machen«, stellte sie verbittert fest. »Ich bin nicht einmal sicher, daß es dir in irgendeiner Weise wichtig ist, ob wir Tante Love finden oder nicht. Du bist einfach nicht glücklich, wenn du nicht ständig in Gefahr schwebst, wenn du nicht mit irgendwelchen Huren flirten oder dich mit zwielichtigen Gestalten prügeln kannst.«

Er packte ihr Kinn und zwang sie, ihn anzusehen. »Natalie, diese

Nacht hat mir bestimmt keinen Spaß gemacht. Aber das wird sich noch ändern. Würdest du jetzt freundlicherweise den Mund halten und mich wie versprochen trösten?«

Sie unterdrückte ein Lächeln, beugte sich vor und hauchte ihm einen eiligen, flüchtigen Kuß auf die Schwellung – was nur dazu führte, daß er sie eng an sich zog und seinen Mund auf ihre Lippen preßte. Sie stöhnte vor Lust, als er ihren Mund verwegen mit seiner Zunge erforschte. Plötzlich hatte sie das Gefühl, daß es eine Ewigkeit her war, seit sie zum letzten Mal eine solch süße Vertrautheit miteinander gehabt hatten. Sie hörte, wie er nicht nur vor Schmerzen stöhnte, während er ihre Brust streichelte. Sie versuchte, seine Hand fortzuschieben, aber er drückte ihre Finger fest an sein Herz.

Dann sagte er mit heiserer Stimme: »Natalie, als du dachtest, daß ich heute nacht eine andere Frau wollte, hat dich dieser Gedanke erregt und eifersüchtig gemacht?«

»Ich –«

»Sag die Wahrheit, Natalie.«

»Ja«, gab sie schamlos zu.

»Soll ich dir ein Geheimnis verraten?«

»Was?«

Er lachte, als er ihre erwartungsvolle Miene sah. »Ich bin nicht sicher, ob ich es dir erzählen soll. Weißt du, dann wirst du große Macht über mich besitzen.«

Jetzt lächelte sie. »Das würde mir gefallen. Also, nun erzähl schon.«

Er schockierte und erregte sie noch mehr, indem er ihre Finger tiefer schob, bis sie seine Erektion zu fassen bekamen. »Das schaffst nur du.«

Natalie stöhnte. Sie wußte, daß sie sich vollkommen unvernünftig benahm und daß sie ihm auf der Stelle ihre Hand entziehen sollte. Fast fürchtete sie, daß er sie belog. Aber als sie den steifen Beweis seiner Leidenschaft berührte, konnte sie nur noch daran denken, wie lange es her war, seit sie sich geliebt hatten, und wie sehr sie ihn begehrte – mit einem Verlangen, daß sich noch steigerte, als er ihre Lippen erneut mit seinem heißen Mund verschloß. Sie streichelte ihn, spürte, daß er durch ihre Berührung noch härter wurde, und stellte sich vor, wie wunderbar es war, wenn er sich tief in sie schob. Ihr Mund wäre wie ausgetrocknet gewesen, wenn ihn nicht seine heiße, nasse Zunge befeuchtet hätte.

Ryder streckte die Hand aus und zog die Vorhänge der Kutsche zu. »Wie lange dauert es noch, bis wir zu Hause sind? Mindestens eine halbe Stunde, glaubst du nicht?«

»Ryder, du kannst unmöglich...«

Er atmete schwer und streichelte ihren Bauch. »Liebling, ich kann einfach nicht länger warten.«

Natalie versuchte verzweifelt, einen Rest ihres Verstandes zu wahren. »Ryder, bitte, noch bin ich nicht – schwanger.«

Er lachte leise und sinnlich. »Das solltest du niemals zu einem Mann sagen, Liebling. Das ist einfach eine zu große Herausforderung.«

»Ryder –«

Trotz ihrer Proteste fühlte Natalie, daß sie die übermächtigen Gefühle nicht mehr unter Kontrolle hatte, die in ihr aufwallten, als seine brennenden Lippen ihren Hals hinabglitten, als er ihr Oberteil aufknöpfte und ihr zärtliche Worte ins Ohr flüsterte. Sie begehrte ihn. Zweifellos war ihre Eifersucht schuld daran, und die Atmosphäre von Gefahr und Aufregung, die sie heute nacht umgab, hatte ihr Verlangen noch verstärkt.

Ah, wie leicht sie sich dem Wahnsinn ergab, den dieser Wüstling auslöste! Aber wäre es eine solche Sünde, diesen süßen Gefühlen ein letztes Mal nachzugeben – vor allem, da sie ihn wirklich liebte?

Oh, und ob sie ihn liebte! Sie beugte sich vor und begann, seine Prellungen mit zarten Küssen zu bedecken.

»Ah, Liebste, das ist der Himmel auf Erden«, murmelte er.

Sie glitt mit ihrer Zunge über seine angeschwollenen Brustwarzen und umkreiste sie sanft. Er vergrub eine Hand in ihrem Haar und zog sie zurück zu seinem Mund. Ihre Lippen verschmolzen miteinander und entfachten ein brennendes Verlangen in ihnen beiden. Sie klammerte sich an ihn, als ihr heiß und schwindlig wurde.

»Es ist, als hätten wir uns seit Jahren nicht mehr geliebt, mein Liebling«, flüsterte er. »Ich halte es einfach nicht mehr aus.«

»Ich weiß«, flüsterte sie zurück. »Ich glaube, ich halte es auch nicht mehr aus.«

Seine Stimme war rauh, als er seine Hand in ihr Kleid schob und ihren Busen nahm. »Glaubst du, daß ich kein Gewissen habe, Natalie? Glaubst du, daß ich nicht weiß, daß ich dich besser gehen lassen sollte? Nun, ich weiß es, meine Liebe, aber ich begehre dich einfach zu sehr.«

Seine Worte und seine Berührungen waren so erregend, daß Natalie am Rande des Wahnsinns stand. Sie erschauderte und bedeckte sein Gesicht mit leichten Küssen.

Er nahm ihre Arme, zog sie auf sich und stöhnte. »Setz dich auf meinen Schoß, Liebste. Ich kann dich nicht heben.«

Sie sah ihn verlegen an und stammelte: »Kannst du denn – das andere tun?«

Er lachte. »Wenn Sie mir ein wenig helfen, Mylady – und wenn sich keiner von uns allzu sehr bewegt.«

Taumelnd vor Verlangen setzte sie sich rittlings auf seinen Schoß. Innerhalb von Sekunden hatte Ryder das Oberteil ihres Kleides ganz aufgeknöpft, schob ihre Röcke hinauf und ihre Unterhose hinunter. Als sie erschauderte, nahm er die Spitze ihrer Brust in den Mund und saugte vorsichtig daran, während er sie mit seinen Fingern zwischen den Schenkeln streichelte. Er lockte sie mit sanften Berührungen, und als sie sich ihm entgegenschob, wurde er kühner. Er vergrub sein Gesicht an ihrer nackten Brust und schob zwei Finger in ihren Schoß.

Sie fuhr hoch, aber er hielt sie fest. Bald wimmerte sie vor Lust und vergrub ihre Nägel in seinen Schultern. Einen wunderbaren Augenblick später zog er seine Finger aus ihr und sie keuchte, ehe sie selig aufstöhnte, als sie ihn ganz in sich aufnahm.

»O Himmel!« Er fühlte sich so herrlich, so groß und unerbittlich an, daß sie sich fragte, ob sie je wieder würde atmen können.

»Beweg deine Hüften, Liebling«, krächzte er. »Nur keine Angst.«

Sie begegnete seinem brennenden Blick und bewegte sich, zunächst mit der Zurückhaltung eines jungen Mädchens, doch dann mit dem rohen Verlangen einer erwachsenen Frau. Ryder stöhnte, verschränkte seine Unterarme hinter ihrem Rücken und küßte sie. Ihre Vereinigung mochte für sie keine Strafe sein, aber für Ryder war sie die Hölle. Seine Rippen brannten, und es war eine ebensolche Qual, ihren wunderbaren Körper nicht so eingehend erforschen zu können, wie es ihm gefiel. Aber ihr langsamer, tiefer, vollkommener Ritt weckte in ihm ein Gefühl intensiver, fiebriger Freude. Sein Herz dröhnte in seinen Ohren, sein Atem ging stoßweise, und jeder Zentimeter seines Körpers konzentrierte sich auf das wunderbare Gefühl, endlich Erleichterung zu finden.

Dann begann sie heftig zu keuchen und mit den Hüften zu kreisen.

Schließlich beschloß er, daß sie seine Qual ruhig teilen könne. Aber der Schluchzer, der ihr entfuhr, als er sie fest auf sich zog und sich mit wilden Stößen in ihr ergoß, zeugte eindeutig von Glückseligkeit...

Natalie erschauderte und klammerte sich an Ryder, als der Höhepunkt sie erbeben ließ. O Gott, was hatte sie getan? Sie hatte sich erneut einem Mann hingegeben, von dem sie wußte, daß er nicht der Richtige für sie war!

Aber in diesem Augenblick, so dicht an Ryder gepreßt, daß sie seinen Herzschlag spüren konnte, fühlte sich Natalie einfach zu wohl, um etwas anderes zu wollen.

Beim Geräusch der Faust, die krachend auf seinen Schreibtisch schlug, blickte John Lynch auf und sah den grimmigen Ryder Remington, der drohend über ihm aufragte.

»Ah, Lord Newbury. Was kann ich für Sie tun?« fragte er mit gelangweilter Stimme.

»Ich denke, letzte Nacht haben Sie bereits genug getan«, erwiderte Ryder in wütendem Ton.

»Was meinen Sie?«

»Sie wissen ganz genau, was ich meine, Sie verdammtes Schwein.« Ryder ging hinüber zur Wand, nahm den schwarzen Umhang und den Hut vom Haken und warf sie vor Lynch auf den Tisch. »Irgend jemand, der diese Sachen anhatte, hat letzte Nacht auf mich geschossen, mich mit einem Knüppel niedergeschlagen und mich dabei fast umgebracht.«

Lynch zog eine dünne Braue hoch und sah sein Gegenüber reglos an. »Ich war es nicht, Lord Newbury.«

»Gehören diese Kleidungsstücke Ihnen?« fragte Ryder, außer sich vor Zorn.

»Natürlich.« Lynch lachte zynisch. »Aber denken Sie allen Ernstes, daß ich der einzige Gentleman in London bin, der einen solchen Hut und einen solchen Umhang besitzt?«

Ryder packte ihn am Kragen. »Ich weiß verdammt gut, daß Sie derjenige sind, der mich überfallen hat. Ich bin Ihnen und Ihrer Schmugglerbande zu dicht auf den Fersen, nicht wahr?«

Lynch sah ihn kühl an. »Lord Newbury, ich weiß wirklich nicht, wovon Sie sprechen. Außerdem wird Ihnen meine Frau bestätigen, daß ich gestern nacht bei ihr zu Hause war.«

Ryder drückte den Mann auf seinen Stuhl zurück und richtete sich auf. »Falls Sie das noch einmal versuchen, bringe ich Sie um.«

Lynch kämpfte vergeblich gegen ein herablassendes Lächeln an. »Ich habe das Gefühl, daß Sie ziemlich in der Klemme sitzen, Lord Newbury. Vielleicht sollten Sie sich zuerst einmal Gedanken um Ihre eigene Sicherheit machen.«

Ryder starrte ihn haßerfüllt an. »Soll das eine Warnung sein, Mr. Lynch?«

»O nein. Lediglich ein freundschaftlicher Rat.«

Ryder schüttelte die Faust. »Nächstes Mal werde ich auf Ihren Angriff vorbereitet sein, Sie verdammter Hundesohn. Und ich werde Sie mit Ihren eigenen Waffen schlagen.«

»Ich versichere Ihnen, ich weiß immer noch nicht, wovon Sie sprechen.« Lynch erhob sich. »Haben Sie mir sonst noch etwas zu sagen?«

»Ja. Wie ich sehe, beschäftigen Sie weiterhin Kinder in der Fabrik. Ich habe Plätze für sie in einer Schule, die von der Wohltätigkeitsgesellschaft des West End unterhalten wird. Haben Sie die Löhne der anderen Arbeiter erhöht?«

Endlich blitzten Lynchs Stahlaugen wütend auf. »Derartige Veränderungen nehme ich nicht eher vor, als bis Ihr Vater sie verlangt.«

»Sie werden vom Herzog hören – und vielleicht sehen Sie sich bis dahin schon mal nach einer neuen Anstellung um«, erwiderte Ryder, machte auf dem Absatz kehrt und verließ das Büro.

Als er um eine Ecke bog, stieß er mit Essie Lynch zusammen und trat mit einem schmerzlichen Stöhnen zurück. Er tippte sich an den Hut und grüßte sie in angespanntem Ton. »Mrs. Lynch.«

Essie beäugte ihn neugierig. »Ich wollte John gerade sein Essen bringen.«

»Können Sie mir sagen, wo Ihr Mann letzte Nacht war?«

Essies Blick wurde wachsam. »Nun, natürlich bei mir zu Hause, wo sonst?«

»Wie nett.« Ryder verzog das Gesicht, preßte die Hand auf seine schmerzenden Rippen und wandte sich zum Gehen.

»Oh, Lord Newbury?« rief Essie ihm nach.

»Ja?«

»Sie bewegen sich ein wenig seltsam«, murmelte sie und musterte ihn eingehend. »Ich hoffe, Sie haben sich bei unserem Zusammenstoß nicht verletzt.«

Ryder starrte Essie einen Augenblick lang wortlos an, aber ihre Worte schienen ehrlich gemeint zu sein. »Danke für Ihre freundliche Anteilnahme«, sagte er mürrisch.

Dann ließ er sie stehen und ging nachdenklich zur Tür.

26. Kapitel

Die nächsten Tage verbrachte Ryder mit der Suche nach dem Schmuggler namens Lawson. Außer Harry und Mawkins weihte er noch drei alte Londoner Freunde – James Hutton, Samuel Brandon und Hugh Channing – in seine Pläne ein. Die Männer verbrachten ihre Nächte entweder damit, daß sie die Fabrik in Stepney beobachteten oder sich in der Hoffnung auf zusätzliche Hinweise auf die Schmugglerbande in den Tavernen im Hafenviertel herumdrückten.

Manchmal bedauerte Ryder, daß er John Lynch direkt auf die Schmuggler angesprochen hatte. In Lynchs Büro hatte er nichts Neues erfahren, aber es war wohl kein Fehler gewesen, dem Schurken deutlich zu machen, daß er den Schmugglern auf den Fersen war. Er wußte offenbar sowieso, daß Ryder die Fabrik in Stepney überwachte – sonst hätte er ihn niemals vor der Taverne angegriffen. Seit seinem Erscheinen in der Fabrik war Ryder nicht noch einmal überfallen worden, was seine Überzeugung, daß Lynch tatsächlich etwas mit der Sache zu tun hatte, nur noch festigte.

Wenn Ryder mit Natalie zusammen war, verspürte er eine neuartige Sehnsucht und Süße zwischen ihnen, aber zugleich gab es auch Spannungen und Zweifel. Es war klar, daß sie, genau wie er, ständig an ihre wilde Begegnung in der Kutsche dachte und sich fragte, was sie zu bedeuten hatte. Er konnte ihr seine Gefühle nicht offenbaren, wollte sie jedoch auf keinen Fall aufgeben. Aus diesem Grund konnte er verstehen, daß sie böse auf ihn war.

Angesichts seiner nächtlichen Abwesenheit beschuldigte Natalie ihn weiterhin, ihr Informationen vorzuenthalten, obgleich er ihr beständig entgegenhielt, daß seine Weigerung, sie einzubeziehen, nur zu ihrem Besten sei. Er warnte sie regelmäßig davor, sich in irgendeine Gefahr zu begeben, aber sie verkündete jedesmal stur, daß sie alles Erforderliche tun würde, um ihre Tante zu finden und die Schmugglerbande zu stellen. Daher machte sich Ryder permanent Sorgen um sie. In einer kühlen Aprilnacht gelang ihm ein weiterer Vorstoß. Er saß in einer Taverne in der Nähe der Themse, als plötzlich Sam Brandon hereinkam, eine aufgedonnerte Prostituierte mit flammendrotem Haar, rougeüberzogenen Wangen und einem üppigen Busen im Schlepptau. Sam grinste über beide Ohren, und auch die dralle Hure hatte den dick bemalten Mund zu einem selbstgefälligen Lächeln verzogen.

»Ryder«, grüßte Sam. »Pearl hat ein paar Informationen über Lawson für dich.«

»Ach, ja?« fragte Ryder und bedachte das Weib mit einem Lächeln, als sie und Sam sich setzten.

Die Hure musterte Ryder mit einem lüsternen Blick. »Allerdings, Süßer, aber ein Grog würde es mir bestimmt leichter machen zu singen«, sagte sie.

»Wie du meinst.« Ryder winkte ein Schankmädchen heran.

»So ist's besser«, stellte die Prostituierte einen Augenblick später fest, nachdem sie einen ordentlichen Schluck getrunken hatte.

»Was weißt du über Lawson?« fragte Ryder.

Die Frau sah Sam an, und dann zwinkerte sie Ryder zu. »Ich hab' gehört, bei der Sache is' ein halber Sovereign für mich drin, Süßer.«

Ryder nahm eine Goldmünze aus seinem Geldbeutel und legte sie auf den Tisch. Als die Hure danach greifen wollte, legte er seine Hand darüber. »Nicht so schnell. Ich möchte erst die Informationen.«

Sie starrte ihn gierig an. »Von 'nem hübschen Kerl wie dir würde ich mich durchaus auch anders bezahlen lassen.«

»Leider bin ich bereits vergeben«, erwiderte Ryder. »Aber mein Gold ist es noch nicht.«

Die Hure lachte heiser und nahm einen weiteren Schluck von ihrem Grog. »Du willst dem alten Lawson doch wohl nich' ans Leder, oder? Wir sin' nämlich sozusagen Freunde, wenn du weißt, was ich meine.«

Ryder lächelte. »Ich will ihm lediglich ein Geschäft vorschlagen.«

Zufrieden fuhr die Prostituierte fort. »Nun, Süßer, alles, was ich weiß, is', daß Lawson morgen nacht zu den Kolonien aufbricht.«

»Und wo liegt sein Schiff?« fragte Ryder.

Die Frau runzelte die Stirn, doch dann schnalzte sie mit den Fingern. »Soweit ich weiß, an den West India Docks.«

Ryder grinste Sam zufrieden an und hob die Hand, damit die Hure die Münze nehmen konnte.

Am nächsten Abend versammelten sich Ryder und seine Kumpane an dem Dock in einer Gegend des Londoner East End, die Isle of Dogs genannt wurde. Die fünf Männer versteckten sich hinter einem Stapel Kisten, und Ryder dachte, daß noch nicht einmal ein Hund sich in diese widerliche Ecke wagen sollte. Die Werften waren über und über mit Abfall, zerborstenen Kisten und Fässern bedeckt, und es stank nach Müll, Moder und fauligem Wasser. Aus einer nahegelegenen Mülltonne quollen vergammelte Fischreste hervor, und Ryder und seine Freunde hatten inzwischen mindestens ein Dutzend fette Ratten und ein paar streunende Katzen verscheucht, die ihr Versteck hatten teilen wollen.

In dieser Gegend gab es zahllose heruntergekommene Lagerhäuser und abgesackte Anlegestellen, an denen sich die verschiedensten Schiffe drängten. Zwei betrunkene Matrosen torkelten durch die Nebelschwaden am Dock und grölten ein Seemannslied, während direkt neben ihnen ein paar dreckige Werftarbeiter Kisten von einer Fregatte luden.

Aber Ryders Interesse galt der Schaluppe, die direkt gegenüber von ihrem Versteck lag und von der ein Hafenarbeiter gesagt hatte, daß sie Lawson gehörte. Gelbes Licht flackerte auf den grauen Decks des Schiffes und aus dem Inneren drangen ausgelassenes Gelächter und schrille Frauenstimmen zu ihnen herüber. Ryder sah zwar nicht viel durch den dichten Nebel hindurch, aber er war sicher, daß die Mannschaft ein Abschiedsfest feierte.

»Was sollen wir machen – sollen wir etwa die ganze Nacht hier herumsitzen und das Schiff beobachten?« fragte Harry ungeduldig.

»Sie haben sicher die gesamte Fracht an Bord, sonst würden sie jetzt nicht feiern«, sagte Hugh.

»Der Alte, den ich befragt hatte, sagte, daß das Schiff gegen Mitternacht auslaufen müßte«, erwiderte Ryder. Dann zog er seine Taschenuhr hervor. »Bleiben uns also noch zwei Stunden.«

»Aber warum warten wir noch?« fragte James entnervt.

»Den Geräuschen zufolge besteht die Mannschaft aus mindestens zwölf Männern«, sagte Ryder. »Sie sind uns zahlenmäßig eindeutig überlegen. Es ist besser, sie trinken noch ein paar Gläser Rum, bevor wir sie uns schnappen. Wir werden jeden Vorteil brauchen, der sich uns bietet.«

Die Männer knurrten. Die Tatenlosigkeit und das unangenehme Versteck machten sie ungeduldig.

»Verdammt!« rief Harry angewidert.

»Was ist denn jetzt schon wieder?« fragte Ryder.

»Ich mußte schon wieder eine Ratte verjagen. Das Vieh war größer als meine Tante Matilda. Allmählich habe ich wirklich die Schnauze voll, Newbury. Ich schleiche mich jetzt an Bord und sehe, was die Kerle treiben. Ihr anderen könnt mir Deckung geben.«

»Harry, nein!« sagte Ryder.

Aber sein Befehl kam zu spät. Hampton stürmte bereits mit gezogenem Säbel die Gangway hinauf. Ein bärtiger Seemann, der offenbar Wache schob, drehte sich mit erhobener Muskete zu ihm um.

»Was geht hier vor sich?« rief Harry gebieterisch.

Ryder stöhnte. Warum war Hampton nur so ein elender Hitzkopf? Einen Augenblick später sah er, daß Harrys Hut von einer Kugel durchlöchert durch die Luft segelte.

Als der Wachposten laut schrie, um seine Kumpane zu alarmieren, winkte Ryder seinen Freunden eilig zu. »Los, Jungs! Es ist mal wieder Zeit, Hampton vor seiner eigenen Dummheit zu retten!«

Die vier Männer stürzten mit gezogenen Schwertern die Rampe hinauf, und innerhalb von Sekunden kamen ihnen ein Dutzend laut fluchender Schmuggler mit wirbelnden Schwertern und ein paar kreischenden Prostituierten entgegen.

Als Ryder die Klinge mit einem stämmigen Seebären kreuzte, der die ganze Zeit gotteslästerliche Flüche ausstieß, hatte er das Gefühl, mitten in der Hölle gelandet zu sein.

»Die Sache gefällt mir nicht, Miss Natalie. Nicht im geringsten.«

»Also bitte, Timothy. Willst du Tante Love finden oder nicht?«

Natalie und Timothy waren auf dem Weg zum Pier. Unter Protest hatte sich der Kutscher schließlich bereit erklärt, sie erneut zu begleiten. Natalie war überzeugt, daß Ryder wesentlich mehr wußte, als er ihr erzählte, und sie war fest entschlossen, die Wahrheit herauszufinden.

Sie gingen an einer Reihe von Lagerhäusern vorbei, und schließlich landeten sie inmitten des Durcheinanders an den West India Docks. Der Anblick, der sich ihr bot, verblüffte sie. Vor einer Schaluppe fand gerade eine Schlägerei zwischen lauter Betrunkenen statt. Ryder und seine Kumpane stritten mit einer Horde stämmiger Matrosen und halb bekleideter Prostituierten. Ryder überragte die anderen und schwang sein Schwert in Richtung eines sich bedrohlich nähernden Seemannes, während eine kreischende Frau an seinem Rücken hing und wild mit den Fäusten auf seinen Kopf einschlug. So, wie sie alle herumtorkelten und entsetzlich fluchten, war es eindeutig, daß sie sturzbetrunken waren.

Oh, sie hätte es wissen sollen! Statt dessen hatte sie sich letzte Woche von diesem Schuft erneut verführen lassen und obendrein auch noch seine gewandten Lügen geglaubt!

Wütend fuhr sie zu Timothy herum. »Na wunderbar! Dieses Mal ist Lord Newbury gleich in einen Riesentumult verwickelt. Geh und alarmier die Flußpolizei.«

Timothy starrte sie entgeistert an. »Aber, Miss Natalie, ich kann Sie unmöglich hier alleine lassen-«

»Oh, ich werde schon zurechtkommen. Aber jetzt beeil dich!«

Der Kutscher zögerte kurz, doch dann ging er protestierend davon. Natalie verfolgte das Schauspiel mit angewidertem Blick. Es war Ryder gelungen, die Hure abzuwerfen, aber als er sein Schwert in Richtung eines anderen Matrosen schwang, folgte ihm das schreckliche Weib und schlug ihm von hinten mit einem Brett auf den Kopf. Er schwankte einen Moment, doch dann stürzte er sich erneut ins Gefecht. Er traf den Seemann mit der Seite seines Schwerts, schnappte sich die kreischende, zappelnde Hure und warf sie kopfüber in die Themse. Einer der Matrosen folgte ihr, um sie zu retten, aber als sie beide laut schrien, daß sie nicht schwimmen könnten, verzog Ryder entnervt das Gesicht und sprang ihnen nach.

»Eine Schande«, sagte Natalie.

Plötzlich kamen von allen Seiten Männer mit Schlagstöcken herbeigeeilt, aber die Flußpolizisten wirkten ebenso verwirrt wie die anderen. Die Wachmänner schienen nicht zu wissen, wen sie nun festnehmen sollten – Ryder und seine Kumpane, die Prostituierten oder die Seeleute. Einer der Polizisten ließ seinen Stock auf einen die Fäuste schwingenden Matrosen sausen, eine Prostituierte schlug auf einen Wachmann ein, und Ryder sprang in aller Gemütsruhe in den Fluß, um eine andere zu retten. Natalie beobachtete, wie er die Frau an Land zerrte und dann selbst aus dem Wasser kommen wollte, doch das verwegene Weib trat ihm kräftig auf die Finger, so daß er erneut untertauchte.

»Einfach schamlos«, murmelte Natalie.

Timothy kehrte eilig zu Natalie zurück und verfolgte die Rauferei mit wachsendem Entsetzen. »Soll ich Lord Newbury aus der Themse helfen?« fragte er.

»Oh, lassen Sie sich den Idioten ruhig noch ein bißchen abstrampeln.«

Schließlich kam Ryder doch an Land, wo er von der Hure einen Schlag über den Schädel bekam, ehe sie von einem der Wachmänner vertrieben wurde. Dann landeten ein Mann und eine Frau auf Ryder, so daß er abermals in die Knie ging.

Jetzt reichte es wirklich! entschied Natalie. Mit einem Fluch stürzte sie los, gefolgt von Timothy.

Als sie näher kamen, stellte Natalie fest, daß sich die Anzahl der Kämpfenden sichtlich verringert hatte. Sie blickte auf und sah, daß die Schaluppe langsam in der Dunkelheit verschwand, während Ryder fluchend die Faust schüttelte und mehrere Seemänner johlend vom Deck herüberwinkten. Als Natalie und Timothy den Rand des Docks erreicht hatten, waren nur noch Ryder, seine Kumpane und ein paar Prostituierte übrig, die von der Flußpolizei umrundet wurden.

Ryder bemerkte Natalie zuerst gar nicht. Er stritt gerade heftig mit einem der Polizisten. »Meine Freunde und ich haben lediglich versucht, die Schmuggler aufzuhalten –«

»Dann hätten Sie uns zuvor benachrichtigen oder sich an die Zollbeamten wenden sollen, Sir«, kam die strenge Antwort des Polizeihauptmanns. »Wir dulden hier keine Selbstjustiz. Nein, Sir, es ist mir egal, daß Sie der Sohn eines Herzogs sind.«

»Also gut.« Jetzt blickte Ryder in Natalies Richtung. »Natalie, was machst denn du hier?« rief er verblüfft.

»Offensichtlich verderbe ich dir schon wieder den Spaß«, erwiderte sie.

»Hast du die Polizei benachrichtigt?«

»Ja – und zwar mit dem größten Vergnügen.«

»Euer Lordschaft, wollen Sie Anzeige gegen diese Frauen erstatten?« fragte ein anderer Wachmann.

Ryder blickte geistesabwesend zu den tropfnassen Huren hinüber, die von den anderen Polizisten in Schach gehalten wurden. Er verzog das Gesicht. »Nein. Schaffen Sie mir diese verrückten Weiber nur aus den Augen.«

»Sehr wohl, Euer Lordschaft.«

»Ich nehme an, wir anderen können dann gehen?« fragte er den Hauptmann, während er Natalie ansah. »Da drüben steht eine Dame, die ich gern sicher nach Hause geleiten würde.«

Der Hauptmann nickte. »Sehr wohl, Euer Lordschaft. Nur sorgen Sie bitte dafür, daß so etwas nicht noch einmal passiert.«

Die Polizisten ließen die Prostituierten laufen, die sich eilig davonmachten. Ryder sah seine Freunde an, die verwirrt herumstanden und verständnislos die Köpfe schüttelten. »James, Sam, Hugh, alles in Ordnung mit euch?«

»Ja, Ryder«, sagte Sam und rieb sich das lädierte Kinn.

»Irgendeins der Weiber hat mir tatsächlich ein Knie zwischen die Beine gerammt«, stöhnte Hugh.

»Mir hat jemand einen Holzpflock über den Schädel geschlagen«, murmelte James. »Ich sehe noch alles doppelt.«

»Nun, genieß es, solange du kannst«, stichelte Ryder. Dann sah er sich verwundert um. »Mein Gott! Wo ist Hampton?«

»Keine Ahnung«, erwiderte Sam.

»Als ich ihn das letzte Mal gesehen habe, wurde er gerade von einer Hure mit einem Enterhaken verfolgt«, sagte Hugh.

»Verdammt!« fluchte Ryder. »Wir haben Harry verloren!«

Nach allgemeiner Verwirrung schwärmten alle, einschließlich Flußpolizisten, Natalie und Timothy, aus und suchten ihn. Die Suche war gründlich, aber erfolglos, obwohl Ryder sogar erneut ins Wasser sprang, um dort nach seinem Freund zu suchen.

Schließlich kam er wieder an Land, und während die Wachmänner aufgaben und die Docks verließen, ging er zu Natalie und den anderen und sagte verzweifelt: »Gütiger Himmel, entweder ist Hampton hinüber und treibt irgendwo auf der Themse herum, oder die Schmuggler haben ihn mitgenommen.«

Natalie lachte zynisch. »Willst du damit etwa sagen, daß Harry sich vielleicht jetzt mit all den Prostituierten da draußen auf dem Meer befindet? Ich bin sicher, er denkt, er wäre gestorben und im Himmel gelandet.«

»Vielleicht ist er wirklich gestorben und im Himmel gelandet«, erwiderte Ryder trübsinnig. »Du könntest wenigstens etwas mehr Mitgefühl zeigen.«

»Verzeih mir, wenn ich kein allzu großes Mitleid mit dir und deinen zügellosen, raufenden Kumpanen habe«, schnauzte sie, obwohl sie ängstlich auf die Themse hinausblickte und sich bei dem Gedanken, daß Harry tatsächlich etwas passiert sein könnte, insgeheim die größten Sorgen machte.

»Können wir jetzt vielleicht gehen?« fragte Timothy ungeduldig.

Ryder sah den Kutscher an. »Sie können gehen. Ich werde Miss Desmond nach Hause begleiten.«

Während Natalie die Augen rollte, starrte Timothy Ryder böse an. »Verzeihen Sie, Sir, aber ebensogut könnte ich Miss Natalie dem Teufel höchstpersönlich anvertrauen.«

Ryder bedachte Natalie mit einem finsteren Blick. »Kommst du nun mit oder nicht?«

Obgleich seine Arroganz sie wahnsinnig machte, beschloß sie eilig, daß sie die erneute Auseinandersetzung ebensogut sofort hinter sich bringen konnten. Sie nickte ihrem Kutscher zu. »Schon gut, Timothy. Ich vertraue darauf, daß Lord Newbury mich sicher nach Hause geleiten wird.«

»Dann sind Sie genauso verrückt wie er, Miss.«

»Bitte, Timothy. Fahr nach Hause.«

Mit einem mißbilligenden Kopfschütteln ging der Kutscher davon.

Ryder verabschiedete sich von seinen Freunden und begleitete Natalie zu einer zweirädrigen Kutsche, die in der Nähe stand. Er half ihr hinein und sprach mit dem Kutscher.

Sobald sie die Docks verlassen hatten, ging er in die Offensive. Obgleich sie sein Gesicht in der Dunkelheit kaum erkannte, hörte sie seiner Stimme an, wie wütend er war.

»Natalie, was hast du dir eigentlich dabei gedacht? Du hast alles zerstört, indem du hier aufgetaucht bist und dann auch noch die Flußpolizei gerufen hast. Meine Freunde und ich standen vor einem großen Durchbruch bei unseren Nachforschungen.«

»Ha!« schrie sie. «Was für eine Verbindung gibt es, bitte schön, zwischen dem Handgemenge, das ich eben miterlebt habe, und dem Schmugglerring?«

»Hast du nicht zugehört, als ich mit der Polizei gesprochen habe? Auf der Schaluppe waren Schmuggler, die eine Abschiedsfeier mit ein paar Huren hatten. Wir wußten aus zuverlässiger Quelle, daß die Schurken mit einem Schiff voll Stoff auslaufen wollten. Und jetzt sind sie uns entwischt.«

»Ich glaube, daß du lügst«, unterbrach sie ihn vehement.

»Du glaubst *was*?«

»Ich glaube, daß du all diesen Unsinn von den Schmugglern nur erfunden hast. Ich glaube, daß es dir einfach gefällt, nachts durch die Gegend zu ziehen, dich zu prügeln und herumzuhuren, und daß du dir diese Geschichte nur ausgedacht hast, um eine Rechtfertigung zu haben, wenn ich plötzlich auftauche.«

»Natalie, verdammt, die Kerle waren tatsächlich Schmuggler!«

»Und woher weißt du das? Und warum beantwortest du mir nie meine Fragen?«

»Weil es zu deinem Besten ist.«

Sie verschränkte die Arme vor der Brust. »Nun, ich glaube dir nicht mehr.«

Er seufzte. »Also gut, dann werde ich es dir erzählen. Der Name des Schmugglers ist Lawson, und eine Hure aus dem Hafenviertel hat uns von ihm erzählt. So – bist du nun zufrieden?«

»Und was hat es dich gekostet, diese Hure zum Reden zu bringen?« schnaubte sie.

»Einen halben Sovereign.«

Natalies Stimme wurde schrill vor Zorn. »Und was hast du ihr sonst noch gegeben?«

»Ich hätte ihr genauso den Hintern versohlen sollen, wie ich ihn dir versohlen sollte!« tobte er. »Du mußt verstehen, daß ich dich an den Nachforschungen nicht teilnehmen lassen kann –«

»›Nachforschungen‹. Daß ich nicht lache!«

»Lach, soviel du willst, aber dir haben wir es zu verdanken, daß sich unsere erste heiße Spur in Luft aufgelöst hat. Lawson ist wahrscheinlich schon auf dem Meer und lacht mindestens genauso wie du über unser Pech. Außerdem möchte ich nicht wissen, was mit Harry geschehen ist.«

Langsam kamen ihr Zweifel. »Es hat mir nicht gefallen, als diese Hure auf deinem Rücken saß«, gab sie zögernd zu.

Plötzlich grinste er. »Sie können darauf reiten, so oft Sie wollen, Mylady. Oder auf jedem anderen Körperteil von mir – ganz wie es Ihnen gefällt.« Er beugte sich vor, küßte sie und zog ihre Hand an seine Hose.

Sie wich zurück und verzog das Gesicht. »Du stinkst nach Themse.«

»Wir werden kurz anhalten, dann werde ich mich saubermachen«, murmelte er.

»Wir werden anhalten? Wo?«

Er lachte. »Das wird eine Überraschung.«

Sie unterdrückte eine zynische Erwiderung, zog ihre Handschuhe aus und untersuchte sein zerschundenes Kinn. Als er zusammenzuckte, fuhr sie zurück. »Du siehst wirklich übel aus.«

»Was du nicht sagst! Ich bezweifle allen Ernstes, daß auch nur ein Zentimeter meines Körpers ungeschoren davongekommen ist.«

»Das tut mir leid«, flüsterte sie. »Wir sind mit unserer Suche nach Tante Love immer noch nicht weitergekommen, stimmt's?«

Er schwieg, aber drückte ihr mitfühlend die Hand, als die Kutsche vor einem bescheidenen georgianischen Haus nicht weit vom Haymarket zum Stehen kam.

Als Ryder ausstieg, sah Natalie ihn fragend an. »Was tun wir hier?«

»Das ist eine Überraschung.« Er streckte die Hand aus und zog ihr den Schleier vor das Gesicht.

»Was für eine Überraschung soll das sein, wenn ich mein Gesicht verbergen muß?«

Er lachte. »Ich rate dir, es auch verborgen zu lassen.«

»Aber warum –«

»Nur Geduld, meine Liebe.«

Ryder klopfte an die Eingangstür des Hauses, und einen Augenblick später wurde ihnen von einer Frau mittleren Alters in einem rosafarbenen Satinkleid geöffnet. »Lord Newbury! Ich hab' Sie seit der Zeit nicht mehr gesehen, als Sie immer mit Lord Brummell kamen.«

»Guten Abend, Favor«, begrüßte sie Ryder, beugte sich vor und küßte sie auf die Wange. »Dürfen meine Freundin und ich hereinkommen?«

Die Frau musterte Natalie, und dann lächelte sie Ryder an. »Aber sicher. Wissen Sie, die meisten Herren fühlen sich nicht verpflichtet, ihre eigene Begleiterin mitzubringen. Aber kommen Sie doch rein, ehe Sie sich in der Kälte den Tod holen.«

Ryder zerrte die widerwillige Natalie hinter sich her ins Haus.

Im Licht der Flurlampe sah Favor ihn stirnrunzelnd an. »Heilige Bridget, was ist denn mit Ihnen passiert? Sie sehen so aus und riechen so, als wären Sie in die Themse gestürzt.«

»Das bin ich auch«, sagte Ryder, während er ihr eine Goldmünze gab. »Ich brauche unbedingt ein Zimmer – und eine Badewanne.«

»Sofort, mein Lieber.« Favor schob sich ein wenig näher an ihn heran und blinzelte. »Können wir sonst noch irgend etwas für Sie tun?«

Er räusperte sich. »Nein, danke. Wo bitte ist der Raum?«

Sie stieß einen enttäuschten Seufzer aus und zeigte zu der Treppe. »Oben, erste Tür rechts. Ich schicke die Mädchen mit heißem Wasser rauf.«

»Sind Sie sicher, daß das Zimmer frei ist?« fragte er bedeutungsvoll.

Sie kicherte. »Natürlich, Sie alter Schwerenöter.«

»Danke, Favor.«

Ryder zog Natalie hinter sich her durch den Korridor. Als sie lautes Kichern hörte, blickte sie in einen schlecht beleuchteten Salon, wo sie zu ihrem Entsetzen mehrere dürftig bekleidete Frauen entdeckte, die auf den Schößen modisch gekleideter Dandys saßen. Sie hatte sich immer noch nicht von diesem Anblick erholt, als Ryder sie an grellen, karminroten Tapeten und skandalösen Gemälden von halbnackten Frauen mit obszönen Mienen vorbei die Treppe hinaufscheuchte.

Er führte sie in einen Raum mit einem großen Bett, auf dem eine rote Samtdecke lag – und über dem ein riesiger, goldgerahmter Spiegel hing.

»Das hier ist ein Bordell!« kreischte sie.

Er warf den Kopf zurück und lachte. »Hast du etwa erwartet, daß wir an der Westminster Abtei halten, um dort ein Bad zu nehmen?«

»Aber warum mußt du –«

»Nonna bleibt immer sehr lange auf. Ich kann unmöglich in diesem Aufzug nach Hause kommen, dann träfe sie der Schlag.« Er trat einen Schritt auf sie zu und zog sie an sich. »Außerdem macht es mir nicht das geringste aus, mit dir allein zu sein.«

Sie schob ihn fort. »In einem *Bordell*?«

Ein Klopfen an der Tür unterbrach die Auseinandersetzung. Ryder machte auf, und drei lächelnde Mädchen kamen mit Eimern voll dampfenden Wassers herein.

»Hallo, Ryder, mein Süßer«, flötete die erste von ihnen und starrte ihn lüstern an.

»Hallo, Felicity«, murmelte er.

»Warum warst du so lange nicht mehr da, Schätzchen?« fragte die zweite und klimperte mit den Wimpern.

Ryder blinzelte der wütenden Natalie zu und antwortete: »Ich bin eben ein vielbeschäftigter Mann, Modesty.«

»Das sieht man, mein Großer«, sagte die dritte Frau und bedachte Natalie mit einem feindseligen Blick.

»Tut mir leid, Comfort«, erwiderte er, »aber ich muß sagen, daß ihr nicht allzu sehr unter meiner Abwesenheit zu leiden scheint.«

»Ah, da irrst du dich, mein Lieber«, widersprach Felicity und befeuchtete sich die Lippen, während sie ihn verführerisch anlächelte. »Wir weinen jede Nacht in unsere Kissen, nicht wahr, Mädchen?« Die Huren brachen in lautes Jammern aus.

Natalie ertrug diese Erniedrigung noch mehrere Male, bis die Wanne endlich randvoll mit Wasser war. Die lüsternen Blicke, mit denen diese Weiber Ryder musterten, und die bösen Blicke, mit denen sie sie bedachten, zeigten ihr deutlich, daß sie alle schon sein Bett geteilt haben mußten.

Nachdem die Frauen gegangen waren, stürzte sie sich wütend auf ihn. »Hast du allen Ernstes mit diesen – diesen widerlichen Weibern geschlafen?«

»Das ist lange her, meine Liebe«, versicherte er ihr, während er seelenruhig sein Hemd aufknöpfte.

»Und woher haben sie diese lächerlichen Namen?«

Er lachte. »Ich nehme an, das ist so etwas wie eine Familientradition. Favor hat das Bordell eröffnet, und Modesty, Felicity und Comfort sind ihre Nichten.«

Natalie sah angeekelt aus. »Oh, allein der Gedanke... Wie kann sie nur ihre eigenen Nichten derart korrumpieren! Und wenn ich daran denke, daß du –«

»Nicht mehr«, fiel er ihr ins Wort. Er zog sein Hemd aus und sah sehnsüchtig auf die Wanne. »Nun, warum kommst du nicht herüber und schrubbst mir den Rücken?« Er lächelte. »Wenn du ein braves Mädchen bist, überlege ich mir vielleicht noch mal, ob ich dir den Hintern versohle oder nicht.«

»Fahr doch zur Hölle!«

Er lachte erneut und zog seine übrigen Kleider aus. Auch wenn Natalie ihn am liebsten umgebracht hätte, konnte sie den Blick einfach nicht von seinem prachtvollen Körper abwenden, als er in die Wanne stieg. Er bestand nur aus makellosen, sonnengebräunten Muskeln und glattem Fleisch. Sie verspürte Mitgefühl, als sie sah, wie er seinen steifen Körper in die Wanne senkte und dabei vor Schmerz zusammenfuhr.

Einen Augenblick später klopfte es erneut. Natalie stürzte zur Tür, riß sie auf und starrte Felicity böse an, die lächelnd in der Halle stand.

»Was ist denn jetzt noch?« fragte Natalie.

»Tante Favor sagt, wenn Sie uns die Kleider Seiner Lordschaft geben, weckt sie das Mädchen, damit es sie wäscht und zum Trocknen vor den Ofen hängt.«

»Hervorragend.« Natalie schnappte sich Ryders übelriechende Kleider und warf sie Felicity ins Gesicht.

Unter Ryders unerträglichem Gelächter warf sie die Tür wieder zu. »Bist du immer noch böse auf mich, meine Liebe?« rief er.

Sie wirbelte herum und zerrte ihren Hut und ihren Schleier vom Kopf. »Was denkst du denn! Ich kann es einfach nicht glauben, daß du die Frechheit besitzt, mich in dieses schmierige Bordell zu schleppen – ganz zu schweigen davon, daß du mir auch gleich noch sämtliche Schlampen vorführst, mit denen du geschlafen hast.«

Er sah sie ernst an. »Du vergißt unser Geheimnis.«

Sie schnaubte. »Du bist offenbar ein Mann, der es liebt, seine Geheimnisse mit vielen Menschen zu teilen.«

»Aber am liebsten mit dir«, stichelte er, doch als sie ihn weiterhin zornig anblickte, fügte er mit schmeichelnder Stimme hinzu: »*Nur* mit dir.«

Natalie kämpfte verzweifelt gegen ihr aufkommendes Verlangen an. »Das glaube ich erst, wenn ich es sehe.«

»Bittet Mylady etwa um eine Demonstration?«

»Bittet Mylord etwa um eine erneute Abreibung?«

Ungerührt hielt er die Seife hoch. »Warum wäschst du mir nicht die Haare?« Er roch an einer rabenschwarzen Strähne und verzog angewidert das Gesicht. »Ich fürchte, sie riechen noch schlimmer als vergammelter Fisch.«

Sie starrte ihn wütend an, doch dann gab sie nach. »Es wäre mir ein Vergnügen, dir Seife in die Augen zu schmieren.«

Natalie ging zur Wanne, kniete sich daneben und rieb mit der Seife über seine Haare, bis sie über und über schaumbedeckt waren. Er lehnte sich mit geschlossenen Augen zurück, und sein edles Gesicht verriet genießerische Zufriedenheit. Ihr Mund wurde trocken, als sie ihn ansah. Seine Brust glänzte im sanften Licht der Lampe, seine Beine waren wohlgeformt und mit drahtigem schwarzen Haar bedeckt, und seine Männlichkeit schimmerte wunderschön unter der Wasseroberfläche.

Sie unterdrückte den Wunsch, die Hand auf sein herrliches Glied zu legen, denn schließlich war sie wütend auf diesen Schurken – vor allem, weil er sie hierhergebracht hatte. Doch als sie die bösen Kratzer und Schwellungen an seinem Kinn und seinen Schultern sah, wurde ihre Wut durch ein Gefühl der Zärtlichkeit und des Verlangens ersetzt. Wenigstens hatte sie heute abend versucht, ihm ihren Standpunkt klarzumachen, und sie war ehrlich erleichtert, daß er mit diesen Nutten nichts angefangen hatte. Sie merkte, daß sie ihn allmählich als *ihren* Mann betrachtete. Oh Himmel! Ebensogut konnte sie den Mond, die Sterne oder die wilden Pferde, die sie einmal in der englischen Heidelandschaft gesehen hatte, ihr eigen nennen.

Aber heute nacht gehörte er ihr. Dieser Gedanke erregte sie ungemein. Sie legte die Seife fort und fuhr ihm mit den Fingern durch die dichte, seidige Masse seines Haars.

Er stöhnte. »Ah, Liebling, das fühlt sich wunderbar an.«

Als sie das heisere Verlangen in seiner Stimme hörte, atmete sie tief ein und fuhr mit ihrer langsamen Massage fort. An ihren Eingeweiden nagte die Lust, und sie mußte zugeben, daß die skandalöse Umgebung die verbotene Erregung noch steigerte.

Sie badete ihn und strich mit zitternden Fingern über seine weiche Haut und seine herrlichen Muskeln, während sie seinen Körper sehnsüchtig musterte und dann zu dem dekadenten roten Bett hinübersah.

Schließlich gewann ihre Neugier die Oberhand. »Was glaubst du, wofür der Spiegel da ist?« fragte sie.

Er brach in schallendes Gelächter aus. »Natalie, meine Liebe, hast du denn so wenig Phantasie?«

Beleidigt schnappte sie sich einen der Wassereimer, die die Frauen dagelassen hatten, und stülpte ihn ihm über den Kopf. Als er hustete, spuckte, fluchte und sich die Seife aus den Augen rieb, lachte sie zufrieden.

»Und jetzt sag mir, wofür der Spiegel da ist«, wiederholte sie.

Auf einmal stand er vor ihr, und das Wasser perlte seine prächtige Nacktheit hinab. Die drohende Entschlossenheit in seinem Blick war gleichzeitig erregend und beängstigend. »Wenn ich so darüber nachdenke, sollte ich es dir vielleicht zeigen.«

Natalie kreischte und zappelte, als Ryder aus der Wanne stieg, sie packte und zum Bett hinübertrug. Lachend ließ er sie darauf nieder, legte sich über sie und küßte sie gierig. Die skandalöse Situation und sein nasser, prächtiger Körper erregten sie.

»Du hast mich hierhergebracht, um mich erneut zu verführen!« keuchte sie.

Vollkommen ungerührt schob er seine Zunge in ihr Ohr. »Nun, Miss Desmond, wenigstens das haben Sie verstanden.«

»Du Schuft!«

»Vielleicht brauche ich dich ja nur einmal anständig zu nehmen, um dich an deinen Platz zu verweisen und deinem unseligen Treiben ein Ende zu bereiten.«

»Gerade du mußt von unseligem Treiben sprechen!«

Noch während sie sprach, preßte er seinen Mund hart auf ihre Lippen, und aus ihrer Kehle drang ein erstickter lustvoller Schrei. Sie legte jede Zurückhaltung ab, als Ryder ihr Kleid und ihr Hemd herunterzog und an ihren Brüsten saugte. Er nagte an ihrem weichen Fleisch und streifte ihre Kleider ab. Schwindlig vor Lust vergrub sie ihre Finger in seinem nassen Haar.

Seine Augen sprühten dunkle Blitze, als er ihr sein vor Verlangen starres Gesicht zuwandte. Die harte Spitze seiner Männlichkeit preßte sich an ihren Bauch, als er sie leidenschaftlich und zugleich zärtlich musterte.

Natalie hatte das Gefühl, wahnsinnig zu werden, wenn er sie nicht sofort nahm.

Er streichelte ihre Wange und lächelte. »Letzte Woche habe ich eins meiner Geheimnisse mit dir geteilt, Natalie. Heute nacht will ich dir ein weiteres Geheimnis offenbaren.«

»Was?« flüsterte sie.

Er beugte sich hinab und nagte an ihrem Ohrläppchen, bis sie wohlig erschauderte. »Gib dich mir hin«, drängte er heiser. »Du hältst immer irgend etwas zurück. Du brauchst keine Angst vor mir zu haben, Liebling.«

Seine Worte erregten sie derart, daß es ihr schwerfiel zu atmen. Aber immerhin gelang ihr noch ein schwacher Protest. »Ich-weiß nicht, was du meinst.«

»O doch, das tust du.« Er zog sich zurück und umfing sie mit seinem leidenschaftlichen Blick.

Und als sie ihn ansah, *wußte* sie es, und ihr Herz klopfte in rasender Freude allein bei dem Gedanken daran. Aber es schmerzte sie, daß er so viel erwartete, ihr hingegen nur so wenig gab.

»Ich soll also meine Seele opfern, Mylord, nur um Ihnen noch eine lustvolle Nacht zu schenken?« fragte sie unsicher und zugleich ein wenig verletzt.

Sein Gesichtsausdruck wurde ernst. »Ich fürchte, eine Nacht reicht dazu nicht aus, meine Liebe...« Er machte eine Pause, um sie sanft zu küssen, und schob seinen Finger in sie hinein. »Ich glaube, es wird Jahre dauern, vielleicht ein ganzes Leben lang.«

Natalie wand sich, aber dann reckte sie sich ihm lustvoll entgegen. »Ich-wenn ich es tue«, flüsterte sie und vergrub ihre Nägel in seinen Schultern, »wirst du mir dann zeigen, wozu der Spiegel da ist?«

»Du kleines Biest!« Das Leuchten in seinen Augen verriet, daß er ihr nicht nur das zeigen würde.

Ryder erregte Natalie mit langsamen Küssen, mit einem Verschmelzen ihrer Münder, mit einem Stoß seiner Zunge, während er ihre Brüste liebkoste. Sie keuchte, als er schließlich mit den Lippen ihren Hals liebkoste. Sie beobachtete ihn im Spiegel und flüsterte ihm schamlos Ermutigungen zu. Seine heiße Zunge strich kreisend über ihre Brüste und schob sich dann unerbittlich tiefer hinab. Seine Lippen, seine Zunge und sein heißer Atem glitten über ihren zitternden Bauch.

»Und jetzt paß gut auf, Liebling«, flüsterte er.

Als er sich hinabbeugte und die weichen kastanienbraunen Locken zwischen ihren Schenkeln nahm, sträubte sie sich verzweifelt gegen diese Intimität und versuchte, sich ihm zu entwinden. Aber er lachte heiser, drückte sie fest auf das Bett, schob ihre Schenkel auseinander und fuhr mit seinen Lippen und seiner Zunge über ihre verborgenste Körperstelle. Sie zitterte und wimmerte vor Lust – und dann wagte sie es, erneut in den Spiegel zu sehen und dachte, vor Glückseligkeit zu sterben. Mit einem Stöhnen gab sie jede Gegenwehr auf und ließ ihn gewähren.

Das Geräusch ihrer Unterwerfung steigerte Ryders Erregung ins Unerträgliche. Er wollte, daß sie ihm völlig ausgeliefert, daß sie sein Eigentum war. Er legte ihre Knie über seine Schultern, lockte sie endlos mit federleichten Zungenschlägen, fuhr mit seinen Händen über ihre seidigen Schenkel und ihr prächtiges Hinterteil, weidete sich an ihr, bis sie sich ihm schluchzend entgegenbog. Er hielt sie fest und saugte sie tief in sich ein, bis sie auf dem Höhepunkt ihre Wonne herausschrie.

Er ließ ihre Knie über seine Arme gleiten und starrte ihr ins Gesicht. Ihre Wangen glühten, ihr Mund war weit geöffnet, ihr Blick verhangen und ihre Miene verriet erfüllte Ekstase. Sie hatte sich ihm auf eine ganz besondere Weise hingegeben – und in diesem Moment wußte er, daß sie sein Leben war.

Ehe er über diese wunderbare, erschütternde Erkenntnis nachdenken konnte, spürte er ihre weichen Finger an seinem harten Glied.

»Bitte«, flüsterte sie. »Ich will dich in mir – jetzt.«

»Liebling, darum brauchst du mich nicht zu bitten. Mein Gott, ich werde nie genug von dir bekommen!«

Als Ryder ihre Beine um seine Hüften legte, verspürte Natalie Erregung und gleichzeitig Angst, als ihr klarwurde, welche Gewalt gleich über ihr zusammenbrechen würde. Sie blickte erneut auf und sah seinen gebräunten, muskulösen Rücken, als er in sie drang. Er füllte sie an, bis sie das Gefühl hatte, vor Lust zu zerbersten, und sie begegnete jedem hungrigen Stoß mit gleicher Leidenschaft. Es war unerträglich erregend, sein Treiben zu beobachten. Sie schluchzte glückselig auf und beobachtete fasziniert die rhythmischen Bewegungen seiner Pobacken, als er sie mit aller Kraft nahm. Sie keuchte und klammerte sich an den Laken fest.

Er lächelte, als er sah, wie schamlos sie sie beide beobachtete. »Verstehst du es jetzt, Liebling?« murmelte er.

»Ah ja... ich glaube, ich verstehe«, keuchte sie, reckte sich ihm entgegen und spürte seine mächtige Reaktion.

»Bist du sicher?«

»J-ja.«

Er lachte. »Ich glaube, meine Liebe, daß wir diese wunderbare Lektion noch ein wenig weiterführen sollten.«

Natalie war kurzfristig verwirrt, als Ryder von ihr abließ, doch dann ließ sie sich widerstandslos von ihm umdrehen und auf die Knie ziehen. Heiße Ekstase überflutete sie, als er sich von hinten in ihre Weiblichkeit schob.

»Jetzt kann ich uns nicht mehr im Spiegel sehen«, murmelte sie.

»Aber ich«, erwiderte er vergnügt.

In der Tat hatte er sie beide voll im Blick. Er sah ihre Körper, wie sie sich in sinnlicher Harmonie vereinigten. Er zog Natalie eng an sich und nahm sie langsam und tief. Er umklammerte ihre Taille mit dem Unterarm und knetete mit der freien Hand ihre Brust. Die Hitze, die Reibung waren der Himmel für ihn. Sein Herz war von Liebe erfüllt, als er ihr genüßliches, hingebungsvolles Stöhnen vernahm. Als sie sich ihm entgegenschob und ihn drängte, weiterzumachen, brach seine Leidenschaft heiß und unbezähmbar los. Er trieb seinen Schwanz mit tiefen, drängenden Stößen in sie hinein, bis sie aufschrie, und er vor Erleichterung zu zittern begann ...

Lange Zeit später zog sich Ryder sanft aus Natalie zurück, rollte auf die Seite und beobachtete, wie sie schlief. Sie wirkte vollkommen friedlich und erfüllt von seiner Leidenschaft, und ihr Anblick machte ihn stolz.

Er wußte, daß er sie bald wecken mußte, um sie nach Hause zu bringen, aber er konnte den Blick einfach nicht von ihr abwenden. Er sah ihren wunderschönen Körper an, ihr zerzaustes kastanienbraunes Haar. Er verbrachte einen langen Augenblick damit, eine seidige Strähne um seinen Finger zu wickeln und ihren betörenden Duft einzuatmen. Dann strich er ihr sanft über den Rücken, über die Rundung ihrer Hüfte und stöhnte bei dem Gedanken an die Süße ihrer Hingabe.

Wie sollte er sie *jemals* gehen lassen, wenn allein der Gedanke daran, sie heute nacht nach Hause zu bringen, ihn derart marterte?

Seine Augen füllten sich mit Tränen. Sie hatte sich ihm hingegeben, gut – aber er hatte dabei sein Herz verloren.

27. Kapitel

Zweieinhalb Wochen später saß Natalie vor dem Ankleidetisch in ihrem Schlafzimmer und strich sich über das Haar. Sie wartete auf Ryder, der sie abholen wollte, um mit ihr eine Soiree in Regent's Park zu besuchen.

Sie lächelte. Er war wirklich süß gewesen seit der Nacht, in der sie sich in dem Bordell geliebt hatten – jedesmal, wenn sie an die Stunden wilder, ungezügelter Leidenschaft dachte, errötete sie. In letzter Zeit erschien ihr Ryder wie ein kleiner Junge, der ein großes Geheimnis hatte. Natürlich kannte sie inzwischen eines seiner großen Geheimnisse – und er wußte zweifellos über fast all ihre Geheimnisse ebenfalls Bescheid.

Er kam jede Woche ein paarmal bei ihr vorbei und nahm sie mit zum Teetrinken oder zu einer Spazierfahrt im Park. Er machte öfters prickelnde Bemerkungen, musterte sie mit lüsternen Blicken, bei denen ihr regelrecht schwindelte, und überhäufte sie mit Geschenken – Rosen, Handschuhen, Bonbons, einem neuen Hut.

Natalie hatte große Angst, daß sie diesen Draufgänger wirklich liebte und daß ihr diese Liaison noch eine Menge Herzschmerz bereiten würde. Sie und Ryder waren so verschieden, daß sie sich unweigerlich früher oder später voneinander trennen würden, und der Gedanke, daß diese Zeit der Zärtlichkeit zwischen ihnen nicht von Dauer war, stimmte sie traurig.

Wie zum Vorzeichen dessen, was sie erwartete, verschwand

Ryder auch weiterhin jede Nacht, ohne ihr jemals zu sagen, was er tat. Sie traute seinen Motiven immer noch nicht – vielmehr fürchtete sie, daß er die Schattenseiten Londons mit all ihren billigen Verlockungen in vollen Zügen genoß und ihr immer noch wichtige Informationen vorenthielt. Es frustrierte sie zunehmend, daß sie bisher weder die Schmuggler noch Tante Love ausfindig gemacht hatten. Leider hatte sie bisher nicht viel tun können, um ihre Tante zu finden, da ihr Vater mit jedem Tag tiefer im Abgrund der Trunksucht und Depression zu versinken schien. Seine Ausfälle nahmen allmählich bizarre und beängstigende Formen an. Erst kürzlich hatte Fitzhugh Charles mitten in der Nacht betrunken auf der Straße gefunden, wo er die Vögel gefüttert und mit lauter, schiefer Stimme eine melancholische Ballade gesungen hatte. In der nächsten Nacht war Charles ausgerutscht und die Treppe heruntergefallen, wobei er sich den Fuß verstaucht hatte. Natalie hatte versucht, ihren Vater vom Trinken abzuhalten und ihn zu einer Spazierfahrt auf dem Land oder einem Abend in der königlichen Oper zu bewegen, aber sie schaffte es einfach nicht, ihn aus dem Morast der Verzweiflung zu ziehen.

Und noch etwas anderes machte ihr Sorgen. Heute abend würde sie zum ersten Mal seit mehr als sechs Jahren in der sogenannten besseren Gesellschaft erscheinen. Ryder würde als Sohn eines Herzogs zweifellos sofort gnädige Aufnahme finden; soweit sie wußte, hatte er, ehe er ins Exil gegangen war, keinen Skandal verursacht, und die Leute verziehen einem Mann sowieso schneller als einer Frau. Und Ryders Großmutter, die sie heute abend begleiten würde, hatte sich offenbar bereits vor langer Zeit ihren Platz in den gehobenen Kreisen gesichert.

Aber Natalie hatte Zweifel, was sie selbst betraf, nachdem sie jahrelang mit ihrer Tante in den immer noch verrufenen »Kolonien« gelebt hatte. Mit ihren zweiundzwanzig Jahren galt sie außerdem als alte Jungfer und noch dazu als eigenartiges Geschöpf.

Als es klopfte, rief Natalie »Herein«, und ihr ältliches Mädchen,

Cara, eine große, grauhaarige Frau mit einem freundlichen, faltendurchzogenen Gesicht, trat ein.

Sie lächelte. »Lord Newbury wartet unten auf Sie, Miss – er ist wirklich ein feiner, gutaussehender Junge.«

Natalie lachte, als Cara Ryder als »Jungen« bezeichnete. »Ich hege immer noch gewisse Zweifel, ob ich heute abend ausgehen soll, vor allem, da Vater in einem solch erbärmlichen Zustand ist«, jammerte Natalie, während sie einen Ohrring geraderückte, aber als sie Caras kummervolle Miene sah, strich sie sich über die sorgfältig zurechtgezupften Locken und fügte hinzu: »Obwohl du dich mit meiner Frisur wieder einmal selbst übertroffen hast.«

Cara strahlte. »Sie müssen ausgehen und sich ein bißchen amüsieren, Miss. Machen Sie sich um Ihren Vater keine Sorgen – Fitzhugh und ich werden uns um ihn kümmern. Und was Ihre Tante betrifft, so wird sie sicherlich zu gegebener Zeit auftauchen. Verzeihen Sie, Miss, aber Mrs. Desmond war schon immer eine recht flatterhafte Person.«

Natalie konnte ein Lächeln nicht unterdrücken. »Nun, heute nacht werde ich sie bestimmt nicht finden.« *Aber dafür kann ich Ryder wenigstens ein einziges Mal davon abhalten, sich erneut in Schwierigkeiten zu bringen.*

»Und jetzt beeilen Sie sich, Miss. Ihr Gentleman ist bestimmt schon ganz ungeduldig.«

Natalie nickte, stand auf und ging mit rauschenden Seidenröcken und raschelnden Satinunterröcken zur Tür. Cara reichte ihr ein besticktes und juwelenbesetztes Handtäschchen und legte ihr ein leichtes Kaschmirtuch um die Schultern.

»Oh, Miss, Sie sehen einfach wunderschön aus«, flüsterte sie und wischte sich eine Träne aus dem Auge.

Natalie legte ihr die Hand auf den Arm. »Danke, Cara. Ist mein Vater in seinem Arbeitszimmer?«

Cara schüttelte traurig den Kopf. »Wenn Sie mit Ihrem jungen Mann zu ihm wollen, vergessen Sie es, Miss. Fitzhugh hat ihn bewußtlos auf dem Rückweg vom Jericho gefunden. Er mußte den Gärtner holen, um ihn ins Haus zu bringen und die Treppe raufzuschleppen.«

»O weh«, murmelte Natalie. »Ich werde noch kurz zu ihm hineinschauen, wenn ich runtergehe.«

»Gut, Miss, aber machen Sie schnell, Seine Lordschaft wartet bereits.«

Natalie verließ den Raum und ging den Flur hinab. Sie klopfte an der Tür zum Zimmer ihres Vaters, und als keine Antwort kam, trat sie einfach ein.

Charles Desmond lag laut schnarchend und leichenblaß in seinem herrlichen, überdachten Rosenholzbett.

»O Vater«, flüsterte Natalie elend. »Was sollen wir nur mit dir machen?«

Sie durchquerte den Raum und schüttelte ihn sanft am Arm. Er blinzelte, und einen Augenblick später versuchte er, sie anzusehen. »Hallo, meine Liebe«, sagte er undeutlich.

Sie zwang sich zu einem freundlichen Lächeln. »Ist mit dir alles in Ordnung? Cara sagte, Fitzhugh hätte dich bewußtlos im Garten gefunden.«

»Ich werde es wohl überleben«, murmelte er und winkte schwach ab. »Leider.«

Allmählich wurde Natalie wütend. »Nun, wenn du dich nicht endlich vom Brandy fernhältst, habe ich da gewisse Zweifel.«

»Na und, wem würde das schon was ausmachen?« fragte er mit Grabesstimme.

»Mir würde es etwas ausmachen!«

»Ich weiß, meine Liebe«, erwiderte er zerknirscht. »Du hast etwas Besseres verdient als einen versoffenen alten Vater.«

Natalie seufzte. »Vater, ich muß jetzt gehen. Lord Newbury begleitet mich auf eine Soiree. Würdest du heute nacht bitte nüchtern bleiben?«

Er ignorierte die Frage und sah sie mit dem Stolz eines Vaters an.

»Ah, meine Liebe, du siehst einfach wunderbar aus in dem Kleid. Weißt du, du bist das Ebenbild deiner Mutter in diesem Alter.«

»Ach ja?« fragte Natalie heiser.

»Ja.« Charles' braune Augen leuchteten. »Wenn ich dich so sehe, erinnert mich das an glücklichere Zeiten mit Desiree – an die Zeit, als ich sie umworben und sie zu Empfängen im Carlton House begleitet habe, ins Theater und nach Vauxhall; und an die ersten Jahre unserer Ehe, als wir so wunderbare Ausflüge nach Brighton und Bath unternommen haben.«

»An einige dieser Dinge erinnere ich mich«, flüsterte Natalie.

»Und jetzt sind sie ein für allemal vorbei.«

»Das darfst du nicht sagen«, tadelte sie ihn. »Bitte, kannst du nicht wenigstens mir zuliebe versuchen, etwas optimistischer zu sein?«

Er nickte. »Ich werde es versuchen, meine Liebe.«

Aber seine Stimme klang resigniert, und Natalie machte sich noch größere Sorgen, als sie ihn zum Abschied auf die Wange küßte und den Raum verließ.

Im Flur stieß sie mit dem Butler zusammen, der gerade mit einem Essenstablett für ihren Vater kam. »Fitzhugh, bitte versuchen Sie, Vater heute nacht vom Trinken abzuhalten«, flehte sie ihn an.

Der alte Diener konnte nur den Kopf schütteln. »Sie müssen wissen, daß ich schon alles versucht habe, Miss Natalie. Aber wenn wir den Brandy weggießen, droht er den Pagen, sie zu entlassen, wenn sie nicht sofort losstürzen und eine neue Flasche holen.«

»Ich weiß, Fitzhugh.«

»Als Sie gestern in der Oxford Street waren, um Besorgungen zu machen, war der Arzt da, um nach ihm zu sehen«, fuhr Fitzhugh mit besorgter Stimme fort. »Er sagte, daß uns wohl nichts anderes übrig bleibt, als Mr. Desmond nach St. Pancras einzuweisen, um ihn dort, eh, beobachten zu lassen.«

Natalie sah ihn empört an. »Ich werde auf keinen Fall zulassen, daß mein Vater in eine Irrenanstalt kommt – zumindest jetzt noch nicht.«

»In Ordnung, Miss«, antwortete Fitzhugh. »Ich wollte Ihnen ja nur berichten, was der Arzt gesagt hat.«

Sie nahm seinen Arm. »Ich weiß, Fitzhugh. Und ich stelle Ihre Ergebenheit gegenüber meinem Vater gewiß nicht in Frage.«

Er lächelte. »Ich wünsche Ihnen einen schönen Abend mit Lord Newbury.«

»Danke, Fitzhugh.«

Natalies Laune wurde etwas besser, als sie die Treppe hinunterging und Ryder erblickte, der sie in der Eingangshalle erwartete. Er mochte ein Draufgänger sein, aber ihr Herz machte vor Aufregung einen Satz, als sie ihn sah. Himmel, er sah einfach umwerfend aus in seinem förmlichen schwarzen Samtmantel mit der passenden Satinweste, dem gestärkten weißen Leinenhemd und den lederbraunen Hosen. Sein skandalös schwarzes Haar hatte er zu einem Zopf zusammengebunden, und in einer seiner weißbehandschuhten Hände hielt er einen schwarzen Seidenzylinder. Der beifällige Blick, mit dem er sie musterte, erhöhte nur noch ihr Gefühl atemloser Vorfreude.

Ryder war ebenfalls hingerissen von der Vision, die da die Treppe heruntergeschwebt kam. Natalie trug ein Kleid aus reicher, burgunderfarbener Seide mit extravaganten Puffärmeln, einem tiefen Ausschnitt, einer hohen Taille im Empirestil und einem gerade geschnittenen Rock, der weich um ihre herrlichen, in Seidenstrümpfe gehüllten Knöchel fiel. Ihr reiches braunes Haar war zu ausgeklügelten Locken aufgetürmt, so daß die zarten Züge ihres wunderbaren Gesichts besonders gut zur Geltung kamen. Sie trug ein Perlendiadem, eine passende Kette und Ohrringe.

In den letzten Wochen waren seine Gefühle für sie immer stärker geworden, dachte er voller Zärtlichkeit. Er liebte sie über alle Maßen, auch wenn ihn dieser Gedanke hin und wieder ein wenig ängstigte.

»Guten Abend, mein Liebling«, murmelte er, nahm ihre Hand und gab ihr einen zarten Kuß. »Du siehst so gut aus, daß ich dich am liebsten an Ort und Stelle verschlingen würde.«

Sie errötete. »Bitte, Ryder, wir bewegen uns heute abend in feinen Kreisen. Wo ist deine Großmutter?«

»Sie wartet in der Kutsche.«

Natalie seufzte. »Gut. Ich hatte gehofft, sie meinem Vater vorstellen zu können, aber er liegt mal wieder oben in seinem Bett, nachdem er im Garten zusammengebrochen ist.«

Ryder sah sie mitfühlend an. »Das tut mir wirklich leid, mein Schatz.«

»Ich denke immer noch, daß wir nicht ausgehen sollten«, fuhr sie mit besorgter Stimme fort. »Irgendwie ist es wohl kaum die rechte Zeit für gesellige Abende, solange wir noch nicht wissen, wo meine Tante ist.«

»Ich weiß, aber wir dürfen die Feierlichkeiten auf keinen Fall verpassen«, besänftigte er sie. »Es ist die Silberhochzeit von Lord und Lady Litchfield, und ihr Sohn Sam Brandon ist einer meiner besten Freunde.«

»Oh! Ich wußte gar nicht, daß es eine Silberhochzeit ist. Ich habe noch nicht einmal ein Geschenk gekauft.«

»Keine Angst, Liebling, ich war in der Bond Street und habe etwas Passendes besorgt.« Er bot ihr seinen Arm. »Gehen wir? Nonna wartet bestimmt bereits.«

Natalie legte ihre Hand auf seinen Ärmel. »Natürlich.« Als sie zur Haustür gingen, fragte sie: »Gibt es etwas Neues von Harry?«

Er schüttelte den Kopf. »Leider nicht. Ich erkundige mich jeden Tag bei der Flußpolizei, aber bisher haben sie nichts herausgefunden.« Er seufzte tief. »Gott sei Dank machen Hamptons Eltern gerade eine Reise auf dem Kontinent. Sir Jasper und Lady Millicent würde der Schlag treffen, wenn sie wüßten, daß ihr Sohn und Erbe verschwunden ist. Wir können nur hoffen, daß er wieder auftaucht, ehe sie aus Neapel zurückkommen.«

Natalie nickte mitfühlend.

Vor dem Haus wartete eine hübsche schwarze Kutsche mit zwei grauen Pferden auf sie. Als Natalie den livrierten Pagen sah, der vom Bock heruntersprang, um ihnen die Tür zu öffnen, dachte sie, daß sie wirklich stilecht auf der Soiree vorfahren würden.

Ryder half ihr hinein, und sie glitt auf den Sitz neben Francesca.

»Natalie, meine Liebe, wie schön, dich wiederzusehen!« grüßte Francesca und küßte ihr warm die Wange. »Du siehst einfach göttlich aus – ich schwöre dir, ich habe noch nie zuvor ein so herrliches Kleid gesehen.«

»Sie sehen ebenfalls wunderbar aus, Comtessa«, erwiderte Natalie und sah Francesca in ihrem hellgrauen Seidenkleid bewundernd an.

»Und ich habe das Vergnügen, heute abend die beiden schönsten Damen der Stadt begleiten zu dürfen«, fügte Ryder hinzu, als er sich setzte und die Tür der Kutsche schloß.

Francesca blinzelte ihrem Enkel fröhlich zu. »Ist er nicht galant?«

»Allerdings«, pflichtete Natalie ihr bei.

Das Gefährt setzte sich schaukelnd in Bewegung. »Ryder hat mir erzählt, daß deine liebe Tante immer noch verschwunden ist«, stellte Francesca mitfühlend fest.

»Leider ja.«

Francesca runzelte die Stirn. »Seltsam, ich habe das Gefühl, daß du heute abend etwas Wichtiges erfahren wirst.«

»Ach ja?« fragte Natalie.

»Warum gerade heute abend, Nonna?«

»Ich weiß es nicht. Es ist nur so ein Gefühl.«

Natalie sagte: »Mir wäre wirklich jede Information willkommen, aber im Augenblick fällt es mir schwer, nicht die Hoffnung zu verlieren.«

»Ich weiß, meine Liebe«, sagte Francesca und tätschelte ihre Hand. »Obwohl ich doch hoffe, daß du dich durch diese unglückliche Angelegenheit nicht davon abhalten läßt, meinen Enkel so schnell wie möglich zu heiraten. Weißt du, du bist einfach die Richtige für ihn.«

Ryder und Natalie lächelten einander an.

»Meine größte Hoffnung ist die, daß ich noch lange genug lebe, um zu erleben, wie ihr eure Silberhochzeit feiert, so wie Lord und Lady Litchfield«, fuhr Francesca fort. »Obwohl ich gehört habe, daß der Lüstling Teddy Brandon immer noch mit der leichtlebigen jungen Schauspielerin verkehrt, die drüben in der Drury Lane im *King Lear* mitspielt.«

»Was du nicht sagst«, murmelte Ryder.

Seine Großmutter wandte sich an Natalie. »Falls der Junge dich jemals derart brüskieren sollte, dann hast du meine Erlaubnis, auf ihn zu schießen – solange du ihn dabei nicht lebensgefährlich verletzt.«

»Danke, das werde ich tun«, erwiderte Natalie, und Ryder warf den Kopf zurück und brach in schallendes Gelächter aus.

Während die Kutsche in den Regent's Park einbog, unterhielt Francesca die beiden mit weiteren Klatschgeschichten. Natalie blickte durch das Fenster auf John Nashs halb fertiges Meisterwerk, auf die prächtigen Häuser, die die baumbestandene Parklandschaft säumten. Schließlich brachte der Kutscher das Gefährt vor einer vierstöckig aufragenden griechischen Villa mit klassischen Ziergiebeln, ausladenden Balustraden mit Urnen und Statuen und hoch aufragenden korinthischen Säulen mit gemeißelten Kapitellen zum Stehen. Das Haus war hell beleuchtet, und an der Haustür empfing ein Butler gerade ein elegant gekleidetes Paar.

Ryder begleitete die beiden Damen die breite Eingangstreppe hinauf in das palastartige Gebäude. Natalie war einen gewissen Luxus durchaus gewöhnt, aber der Anblick der mit Marmor ausgelegten Eingangshalle war geradezu überwältigend. Das Foyer hatte die Größe einer kleinen Kapelle, es war mit griechischen Statuen und herrlichen Rondellen voll teurer Kunstwerke geschmückt, und in der Mitte ragte eine weiße Kuppel auf, deren reiche Schnörkelverzierungen, blaßgelbe Blumengravuren und vergoldete Ausschmückungen einem den Atem nahmen.

Der Butler führte sie zum Ballsaal, aus dem Musik und fröhliches Stimmengewirr drangen. In der Tür zu dem riesigen, kreisrunden Saal blieb Natalie kurz stehen, spähte hinein und versuchte, alles auf einmal aufzunehmen – die Damen in ihren glitzernden Ballkleidern, die in den Armen elegant gekleideter Herren über die Tanzfläche schwebten, das Streichquartett, das auf dem Podium saß und ein elegantes Barockmenuett zum besten gab; die prächtigen, vergoldeten Wände, das sanft schimmernde Parkett, die herrlichen italienischen Fresken an der Decke. Die Luft war schwer von Blumenduft und Gelächter, und Gespräche mischten sich mit den Klängen der Musik.

Der Butler verkündete »Comtessa Valenza, Lord Newbury und Miss Desmond«, und unter den beifälligen Blicken der anderen Gäste betraten die drei den Saal und reihten sich in die Schlange der Neuankömmlinge ein. Sie wurden von Lord und Lady Litchfield freundlich begrüßt und Ryder sprach ihre Glückwünsche aus und überreichte das Geschenk. Als Teddy Brandon, Lord Litchfield, Natalie die Hand küßte, musterte sie den aufgeblasenen, dickbäuchigen Gentleman mit der Glatze und dem Monokel, und es fiel ihr schwer zu glauben, daß er ein solcher Lüstling war.

Natalies Ängste, nicht akzeptiert zu werden, legten sich bald, als Francesca sie herumführte, um sie mit ihren eleganten Freundinnen bekannt zu machen. Die Comtessa genoß zweifellos großes Ansehen, denn sie wurde sowohl von der Grande Dame Lady Castlereigh als auch von der Freundin des Königs, Lady Anne Barnard, freundlich begrüßt. Sie plauderten kurz mit dem charmanten Sir Walter Scott, der eine kleine Gruppe von Bewunderern mit einer Geschichte unterhielt, in der es darum ging, wie er die verlorene Krone sowie das verlorene Schwert und Zepter von Schottland gefunden hatte.

Dann trafen sie den königlichen Maler Sir Lawrence Thomas und den Hofdichter Mr. Southey.

Bald darauf setzte sich Francesca zu ein paar Freundinnen, während Ryder und Natalie sich zu seinen Kumpanen Sam, Hugh und James gesellten, die heute abend mit ihren Frauen oder Verlobten erschienen waren. Obwohl sich Natalie in der Gesellschaft von Ryders Freunden durchaus wohl fühlte, langweilte sie der Klatsch über den König.

»Ich habe gehört, daß die Krönung doch im Juli stattfinden soll«, sagte Hugh.

»Ja, aber ob Caroline auch zur Königin gekrönt wird?« überlegte James.

»Nicht, wenn der König es verhindern kann«, meinte Sam. »Zugegeben, das Scheidungsverfahren im House of Lords war ein Debakel, und es hat Seiner Majestät nicht den gewünschten Erfolg gebracht. Aber trotzdem scheint er entschlossen zu sein, Caroline niemals neben sich auf den Thron zu lassen.«

»Kann man es ihm verübeln?« fragte Hugh empört. »Die Prinzessin von Wales ist nicht viel mehr als eine Hure.«

»Nun, sie kann es ja wohl kaum schlimmer treiben als der ehemalige Prinz selbst«, protestierte seine Frau, die lebhafte Lady Bess.

»Allerdings«, sagte Miss Sarah Truesdale, die Verlobte von James. »Ich weiß gar nicht mehr, wie viele Mätressen er schon hatte.«

»Im Augenblick ist es Lady Conyngham – sie ist so reich, daß sie nicht weiß, wohin mit all ihren Diamanten, und außerdem ist sie auch noch erzkatholisch«, informierte James sie.

»Und die armen Ladies Hertford und Jersey heulen sich jetzt die Augen aus«, fügte Sam lachend hinzu.

»Glaubt ihr, daß der König bei seiner Krönung wenigstens nüchtern sein wird?« fragte Ryder.

»Durchaus möglich. Hauptsache, er und Lady Conyngham verschlafen nicht, nachdem sie die ganze Nacht *gebetet* haben«, meinte Hugh, und alle lachten.

Als die Gruppe anfing, sich über eine allseits bekannte verheiratete Frau zu unterhalten, die sich vor kurzem die Blöße gegeben hatte, im Club ihres Geliebten in der St. James' Street aufzutauchen, versuchte Natalie, nicht allzu böse zu gucken. Sie fand diesen Klatsch geschmacklos und gemein. Ryder spürte offenbar, daß sie genug hatte, denn nach ein paar Minuten forderte er sie zum Tanzen auf. Sie gingen auf das Tanzparkett und reihten sich in die elegante Quadrille ein.

Ehe sie die ersten Schritte beendet hatten, hielt Natalie plötzlich inne, als sie eine bekannte schwarzgekleidete Gestalt erblickte. »Ryder, ist das nicht dein Vater?« fragte sie.

Er drehte sich um und starrte den hochgewachsenen Gentleman mit den breiten Schultern und dem grauen Haar fassungslos an. »Allerdings. Ich frage mich nur, wie er dazu kommt, hier aufzutauchen.«

»Wir müssen hinübergehen und ihn begrüßen.«

Er runzelte die Stirn. »Nachdem er dich bei unserem Besuch derart herablassend behandelt hat?«

Sie legte ihm die Hand auf den Arm. »Ryder, wir müssen dem Protokoll Genüge tun. Schließlich befinden wir uns hier in der Öffentlichkeit. Du willst ihn doch sicher nicht in Verlegenheit bringen.«

»Also gut.«

Mit grimmiger Miene geleitete Ryder Natalie von der Tanzfläche. Sie trafen William Remington vor dem Büfett an, wo er gerade zwei Gläser mit Punsch füllte.

»Euer Ehren«, sagte Ryder und verbeugte sich.

»Ryder. Miss Desmond«, erwiderte der Herzog, offenbar angenehm überrascht.

Natalie machte einen Knicks. »Euer Ehren.«

»Natalie und ich sind einigermaßen überrascht, Euch hier zu sehen«, stellte Ryder mit kühler Stimme fest.

Der Herzog lachte trocken. »Normalerweise bin ich eher selten auf derartigen Festen, nicht wahr? Ich bin mit meiner Betschwester hier. Harriet bedrängt mich seit Wochen, daß ich öfter ausgehen soll.«

»Wie schön«, stellte Natalie fest und sah, daß Ryders Vater sie tatsächlich anlächelte. Gut gelaunt und entspannt war er fast so gutaussehend und beeindruckend wie sein Sohn.

»Kommt mit – ich möchte, daß ihr sie kennenlernt«, sagte er.

Ryder und Natalie folgten ihm zu einer großen, braunhaarigen Lady, die ihnen den Rücken zugewandt hatte und mit ein paar anderen Damen sprach. Als Natalie die Frau sah, erschauderte sie. Diese Person war ihr nur allzu bekannt!

»Ah, hier bist du, Harriet, meine Liebe«, grüßte der Herzog sie. Als sie sich umdrehte gab er ihr ein Glas Punsch und sagte: »Ich möchte, daß du meinen Sohn Ryder und seine Freundin Miss Desmond kennenlernst.«

Ehe der Herzog die gegenseitige Vorstellung beenden konnte, drehten sich alle zu Natalie um, die laut nach Luft rang.

»Ist alles in Ordnung, meine Liebe?« fragte Ryder besorgt und nahm ihren Arm.

Natalie starrte die Frau mit weit aufgerissenen Augen an. »Sie sind nicht Harriet Foxworth!« rief sie plötzlich aus. »Sie sind –«

Doch ehe sie noch ein weiteres Wort sagen konnte, machte die Frau, die sich Harriet Foxworth nannte, einen Satz und kippte ihr den gesamten Punsch über das Kleid.

28. Kapitel

Natalie kochte vor Wut, als die angebliche Harriet Foxworth sie nach oben in Lady Litchfields Schlafzimmer zerrte. Sie setzte sich an den Ankleidetisch und starrte die Frau grimmig an, die versuchte, die Flecken aus ihrem Kleid zu entfernen.

Voller Unmut stellte Natalie fest, daß »Harriet« von ihrer Qual nichts anzumerken war; ihr braunes Haar wies nicht eine einzige zusätzliche graue Strähne auf, und ihre Züge waren so makellos und angenehm wie eh und je. Sie hatte dieselbe große, schlanke, elegante Figur, und ihre Taten verrieten, daß sie im Grund ihres Herzens immer noch ein flatterhaftes, launenhaftes und exzentrisches Wesen war.

»Oje«, jammerte sie und tupfte mit einem feuchten Tuch an Natalies Kleid herum, »ich habe dein schönes Kleid vollkommen ruiniert.«

In diesem Augenblick war es um Natalies Beherrschung geschehen. »Würdest du bitte damit aufhören, dir wegen meines Kleides Sorgen zu machen, und mir in Gottes Namen erklären, was du hier tust, *Tante Love*?«

Die Frau holte tief Luft. »Nun, ich könnte dich dasselbe fragen, Natalie. Außerdem besteht kein Grund, unfreundlich zu sein.«

»Kein Grund!« tobte Natalie. »Ich mache mir seit zwei Monaten die größten Sorgen um dich, weil ich denke, daß du tot in irgendeiner dunklen Gasse liegst, und die ganze Zeit amüsierst du dich köstlich, indem du mit einem Herzog herumläufst und *betest!*«

»Um Himmels willen, du brauchst es ja nicht gleich im ganzen Königreich herumzuposaunen«, schalt Love. »Ich hatte einen wichtigen Grund für das, was ich getan habe.«

»Welchen Grund könnte es dafür geben, mich in Angst und Schrecken zu versetzen?«

Love war damit beschäftigt, ihren Ohrring geradezurücken. »Als ich in London ankam, habe ich dir sofort geschrieben, Natalie«, sagte sie. »In dem Brief habe ich alles erklärt. Ich nahm an, daß du dich weiter um die Fabrik in Charleston kümmern würdest, wie ich es von einer pflichtbewußten Nichte erwartet hätte.«

»Wie sollte ich mich um die Fabrik kümmern, wenn ich dachte, daß du entführt worden warst? Nachdem ich schließlich den Hinweis bekam, daß du nach London gesegelt warst, bin ich sofort gekommen, um dich zu suchen.«

»Also hast du meinen Brief nicht bekommen«, stellte Love verärgert fest.

Natalie holte tief Luft. »Dieser Disput bringt uns offensichtlich auch nicht weiter. Vielleicht fangen wir besser von vorne an. Warum bist du überhaupt verschwunden, ohne mir vorher Bescheid zu sagen, und was machst du hier in England – noch dazu in der Rolle der Harriet Foxworth?«

Love blickte in den Spiegel und zupfte an ihrer Frisur herum. »Nun, ganz einfach. Ich hielt es für besser, heimliche Nachforschungen anzustellen, meine Liebe, genau wie ich in meiner Nachricht an dich geschrieben hatte. Und dann mußte ich Charleston überstürzt verlassen.«

»Warum?«

»Weil ich den Namen des Schiffes herausbekommen hatte, auf dem der englische Stoff nach Charleston geschmuggelt wird. Also habe ich mich an Bord geschlichen, kurz bevor es nach England auslief.«

Natalie starrte ihre Tante entgeistert an. »Du bist als blinder Passagier hierhergekommen?«

Love verzog das Gesicht und fing an, mit ihrer Perlenkette zu spielen. »In der Tat, und ich kann es wirklich nicht empfehlen. Nie wieder werde ich den Atlantik im dumpfen, stinkenden Frachtraum eines Schiffes überqueren. Dort laufen die widerlichsten Tiere herum – Kakerlaken, Käfer, Ratten.«

»Ich kann es einfach nicht glauben«, murmelte Natalie .

»Aber schließlich lernte ich einen der jungen Matrosen kennen. Ich konnte ihn bestechen, und er hat mich mit Essen und Wasser versorgt.«

Natalie starrte ihre Tante entgeistert an. War sie vielleicht vollkommen übergeschnappt? »Du bist also nach London gekommen. Und dann?«

»Natürlich bin ich den Schmugglern gefolgt, und sie haben mich direkt zu einer Textilfabrik in Stepney geführt.«

Natalie spürte, wie sich ihre Nackenhaare sträubten. »Du willst doch wohl nicht behaupten –«

In Loves Augen trat ein triumphierendes Glitzern. »O doch.«

Natalie stöhnte. »Himmel!«

»Hast du etwa immer noch nicht bemerkt«, fuhr Love aufgeregt fort, »daß der Stoff, der uns ruiniert, aus der Fabrik des Herzogs von Mansfield stammt?«

»O mein Gott!« rief Natalie, als ihr das Entsetzliche dieser Offenbarung bewußt wurde. »Darum also bist du in die Rolle seiner Betschwester geschlüpft?«

»Natürlich. Aber ist es nicht faszinierend, daß du heute abend hier mit seinem Sohn aufgetaucht bist? Ich muß schon sagen, er ist wirklich ein äußerst attraktiver Bursche.«

Natalie lachte verbittert auf. »Du weißt ja noch nicht einmal die Hälfte von allem.«

»Was soll das heißen?«

Natalies Augen blitzten böse auf. »Ich habe Ryder Remington in Charleston kennengelernt, als ich versucht habe, dich und die Schmuggler zu finden.«

Love griff sich an die Wange. »Oh! Du glaubst doch wohl nicht, daß der Junge etwas mit der Sache zu tun hat, oder?«

»Es wäre durchaus möglich«, stellte Natalie grimmig fest. »Weißt du, ich habe ihm in Amerika ein Muster des geschmuggelten Stoffes gezeigt. Er mußte doch wissen, daß der Stoff aus der Fabrik seines Vaters kam.«

»Vor allem mit diesem einzigartigen Webmuster«, warf ihre Tante ein.

»Aber er hat mir gegenüber nie zugegeben, daß sein Vater etwas damit zu tun hat. Was bin ich doch für eine Närrin!« jammerte Natalie.

»Du meinst, du hattest keine Ahnung, woher der Stoff kam?«

Natalie schüttelte den Kopf. »Ich habe einen Ballen des Stoffs hier in der Bond Street entdeckt, aber die Ladeninhaberin konnte mir nicht sagen, woher er kam. Wenn ich daran denke, daß ich mit Ryder in der Fabrik in Stepney war und mir nie etwas aufgefallen ist … Natürlich habe ich den Stoff nie aus der Nähe gesehen.«

»Und ohne deine Brille bist du so gut wie blind«, erinnerte Love sie.

»Stimmt.«

»Und ihr beide wart tatsächlich zusammen in Williams Fabrik?«

Natalie nickte. »Der Herzog hat uns vorgeschlagen, seine Partner John Lynch und Oswald Spectre zu befragen. Aber natürlich konnte uns keiner der beiden weiterhelfen.«

»Das überrascht mich nicht«, bemerkte Love. »Ich nehme an, daß einer der beiden Schurken hinter der ganzen Sache steckt.«

»Und William Remington hat nichts damit zu tun?«

Love winkte ab. »Bei seinem Reichtum braucht er wohl kaum noch Waren zu schmuggeln. Außerdem ist der Mann viel zu sehr mit seinen Gebeten beschäftigt.«

Natalie hätte ihre Tante am liebsten angeschrien. »Wenn du denkst, daß er nicht für den Schmuggel verantwortlich ist, warum spielst du dann weiter die fromme Betschwester?«

Love lächelte. »William hat mir einiges von der Fabrik in Stepney erzählt – und außerdem mag ich ihn inzwischen wirklich sehr.«

»Das kann doch wohl nicht dein Ernst sein!« sagte Natalie. »Du findest Gefallen an einem religiösen Eiferer? Willst du mir etwa weismachen, keine deiner Freundinnen hätte dich bisher erkannt?«

»Du weißt, daß ich mich früher nie in den sogenannten besseren Kreisen bewegt habe«, sagte Love. »Außerdem ist dies der erste Abend, an dem ich William dazu überreden konnte, mich auf ein Fest zu begleiten. Zugegeben, Lady Cowper und Lady Castlereigh haben mich etwas seltsam angesehen, als William mich vorgestellt hat. Sie haben sich bestimmt gefragt, wer in aller Welt Harriet Foxworth sein könnte, aber wenigstens waren sie höflich. Wer würde es auch wagen, einen Herzog zu kritisieren?«

»Wie du meinst, Tante Love«, murmelte Natalie.

»Natalie, bitte denk nicht schlecht von mir, nur weil ich die Sache genieße.«

»Genieße sie nur«, sagte Natalie mit grimmigem Blick.

»Meinst du nicht, daß ich endlich auch einmal ein bißchen Spaß haben sollte?« Love begann erneut, an Natalies Kleid herumzutupfen. »Als Malcolm noch lebte, hat er mich die ganze Zeit mit irgendwelchen Duellen, anderen Frauen und seiner Spielleidenschaft brüskiert. Vielleicht erinnerst du dich noch daran, daß ich mir, als du fünfzehn wurdest, die Haare gerauft habe, um ein passendes Debüt für dich zu organisieren?«

»Mir ist klar, daß unsere Familie immer nur eine Belastung war«, murmelte Natalie.

»In der Tat. Vor sechs Jahren war die Situation schließlich so dramatisch, daß Rodneys Versagen in Amerika geradezu ein Geschenk Gottes für uns beide war.«

»Das ist eine recht eigentümliche Interpretation der Dinge.«

»Aber um auf deine ursprüngliche Frage zurückzukommen: In den letzten paar Wochen haben mich durchaus ein paar Freunde und Freundinnen erkannt, wenn ich unterwegs war, um Einkäufe zu machen, aber es ist mir gelungen, sie dazu zu bewegen, nichts zu verraten.«

Natalie wurde wütend. »Du hättest wenigstens Vater darüber informieren können, daß du hier bist.«

»Nachdem er mir die Schuld für Malcolms Tod gegeben hat?« fragte Love.

Natalie seufzte. »Ich verstehe. Aber was ist mit William Remington? Früher oder später wird er dir auf die Schliche kommen und wissen, daß du ihn getäuscht hast, um Informationen über seine Fabrik zu bekommen.«

»Ja, ich nehme an, daß er zumindest sehr ärgerlich sein wird.

Aber wenigstens habe ich ihn heute abend dazu bewegen können auszugehen. Ist das nicht wunderbar? Vor allem da er sich nun bereits seit Jahren wegen seiner verstorbenen Frau quält.«

Jetzt mußte Natalie lächeln. »Oh, Tante Love, du bist einfach unmöglich! Was soll ich nur mit dir machen?«

»Nun, wirst du mich jetzt für den Rest deines Lebens hassen oder gibst du mir vielleicht einen Kuß und begrüßt mich so, wie es sich für eine liebende Nichte gehört?«

Lachend stand Natalie auf und umarmte ihre Tante. »Ich bin wirklich froh, daß du gesund und munter bist, auch wenn du mich und mein Kleid um Jahre hast altern lassen.«

»Ja, wir müssen sehen, daß wir es wieder hinkriegen.« Love tauchte den Lappen erneut ins Wasser und rieb an den Flecken herum.

Kurze Zeit später kehrten die beiden Frauen unter den neugierigen Blicken der anderen Gäste in den Ballsaal zurück. Als sie sich zu Ryder und seinem Vater gesellten, blickte Natalie überrascht auf, als der Herzog sie zum Tanzen aufforderte. Obgleich Ryder mißbilligend die Stirn runzelte, sagte er nichts, als sie seiner Einladung folgte. Sie ließ sich auf die Tanzfläche führen, auch wenn sie sich aufgrund der Enthüllungen ihrer Tante lieber auf Ryder gestürzt und ihn erwürgt hätte.

Der Herzog wirbelte Natalie zu den Klängen eines Schubert-Walzers herum.

»Wie ich sehe, ist es Harriet gelungen, Ihr Kleid einigermaßen in Ordnung zu bringen«, murmelte er und musterte sie mit einem beifälligen Blick.

»Ja, Euer Ehren.«

»Kennen Sie sie?«

Natalie erschauderte und sah ihn argwöhnisch an. Darum also hatte er sie um diesen Tanz gebeten! Ryders Vater wollte wissen, welche Beziehung sie zu seiner »Betschwester« hatte.

Sie bedachte ihn mit einem strahlenden Lächeln. »Nun, Euer Ehren, Mrs. Foxworth und ich haben einander recht gut kennengelernt, während sie mein Kleid gesäubert hat.«

Er lachte. »Harriet ist eine gute Frau – und sie scheint Sie zu mögen, junge Dame.«

»Ich hoffe nur, daß mein Kleiderschrank ihre Zuneigung ebenfalls zu schätzen weiß«, erwiderte Natalie, und der Herzog lachte erneut.

»Sie sind ein humorvolles Geschöpf«, murmelte er. »Das gefällt mir.«

Sie sah ihn an. »Aber für Ihren Sohn bin ich nicht die Richtige?«

Er seufzte und runzelte traurig die Stirn. »Vielleicht war ich etwas voreilig, als ich Sie zum ersten Mal sah. Ich nehme an, das plötzliche Auftauchen meines Sohnes war wie ein Schock für mich. Wir verstehen uns seit ein paar Jahren nicht mehr besonders gut.«

»Das habe ich bemerkt.«

»Aber seit ich Harriet kenne...« Er lächelte. »Nun, vielleicht genügt es zu sagen, daß ich an einem Punkt in meinem Leben angekommen bin, an dem es mir gefallen würde, wenn Ryder zur Ruhe käme und die Verantwortung übernähme, die einem zukünftigen Herzog zukommt.«

»Vielleicht würden Sie sich ja auch gern mit ihm versöhnen?« fragte Natalie.

»Sie sind eine aufgeweckte junge Frau.«

»Es war für Ryder nicht leicht, mit Ihren Vorwürfen zu leben«, fügte Natalie verwegen hinzu.

Der Herzog sah sie erschüttert an und fragte dann überraschend demütig: »Haben Sie vielleicht einen Vorschlag, Miss Desmond?«

Natalie schüttelte den Kopf. »Ich fürchte, das Problem können nur Sie beide allein lösen.« Am anderen Ende des Saales stand Ryder neben Sam und beobachtete wütend, wie sein Vater mit Natalie tanzte. Es ärgerte ihn zuzusehen, wie der Mann, den er so haßte, die Frau, die er liebte, in den Armen hielt.

»Ich kann es einfach nicht glauben, daß Vater Natalie zum Tanzen aufforderte«, murmelte er. »Ich werde hingehen und ihr kleines Tête-à-Tête unterbrechen.«

Sam starrte ihn fassungslos an. »Bist du vollkommen übergeschnappt, Newbury? Dein Vater tanzt mit der Frau, die du liebst – das ist fast so gut wie seine schriftliche Zustimmung zur Wahl deiner zukünftigen Frau. Und jetzt willst du alles kaputtmachen?«

Seine zukünftige Frau, dachte Ryder plötzlich voller Besitzerstolz. Ja, genauso wollte er Natalie sehen – als seine zukünftige Braut. Er wollte sie, wollte sie mehr als alles andere.

An Sam gewandt, platzte er zornig heraus: »Aber um Himmels willen, sie tanzen *Walzer* miteinander!«

»Daß heißt noch lange nicht, daß du deswegen gleich einen Anfall bekommen mußt«, widersprach Sam. »Oder bist du so versessen darauf, enterbt zu werden?«

»Das ist mir vollkommen egal!«

»Aber was ist mit Natalie? Ist es ihr auch egal?«

Ryder merkte, daß er gegen die Zwänge der Konvention nicht aufbegehren konnte, also starrte er weiterhin wütend zu seinem Vater hinüber, der Natalie in den Armen hielt und sogar lachte! Zähneknirschend stellte er fest, daß Natalie zu allem Überfluß auch die beifälligen Blicke anderer Herren auf sich zog.

Als der Tanz endete, durchquerte er den Raum und nahm Natalies Arm. An seinen Vater gewandt, sagte er knapp: »Entschuldigen Sie, Sir, aber ich glaube, daß Natalie ein wenig frische Luft gebrauchen könnte.«

Ehe William Remington etwas erwidern konnte, zog sein Sohn Natalie bereits hinter sich her.

Draußen auf der Veranda starrte Ryder sie zornig an. »Hat dir der Walzer mit meinem Vater Spaß gemacht?«

»Ryder, er ist ein Herzog und hat mich um den Tanz gebeten! Was hätte ich denn sagen sollen?«

»Du hättest ihm sagen sollen, daß er zur Hölle fahren soll.«

»O ja, eine hervorragende Idee.«

»Es gefällt mir nicht, wenn er dir zu nahe kommt!«

Als Natalie seine wutverzerrte Miene sah, verspürte sie eine Mischung aus Mitgefühl und Verzweiflung. Mit leiser, eindringlicher Stimme sagte sie: »Ich nehme an, dein Verhalten sollte mich nicht überraschen angesichts der Dinge, die ich soeben erfahren habe.«

Er sah sie mit zusammengekniffenen Augen an. »Was hat mein Vater dir erzählt?«

Sie lachte verbittert auf. »*Er* hat mir nichts erzählt. Aber er hätte mir etwas erzählen können. Und darum bist du so wütend, nicht wahr?«

Ryder ging rastlos auf der kleinen Terrasse auf und ab. »Natalie, ich wollte einfach nicht, daß dieser Widerling dich berührt. Das ist alles.«

»Ach ja? Warum hast du mir nicht von Anfang an erzählt, daß der Stoff, der nach Charleston geschmuggelt wird, aus der Fabrik deines Vaters stammt?«

»Was?« Ryder fuhr zu ihr herum. »Woher weißt du das – wenn mein Vater es nicht erzählt hat?«

»Du gibst also zu, daß es stimmt!« rief sie.

Er packte ihren Arm. »Natalie, erzähl mir sofort, woher du das weißt.«

Sie blitzte ihn zornig an. »Die neue Betschwester deines Vaters – Harriet Foxworth – ist niemand anderes als meine Tante Love!«

Überrascht ließ er sie los. »Das ist ein Witz.«

»O nein! Tante Love ist den Schmugglern nach England gefolgt – bis zur Fabrik deines Vaters in Stepney.«

Ryder raufte sich die Haare. »O Gott! Ich wußte, daß du es früher oder später herausfinden würdest.«

»Und warum hast du mir dann nicht bereits in der Nacht, als wir uns kennengelernt haben, die Wahrheit gesagt?« fragte sie.

»Natalie, ich schwöre dir, ich habe erst in dem Augenblick, als du mir das Muster in deiner Fabrik gezeigt hast, erfahren, daß es Remingtonsche Stoffe sind.«

Sie lachte hart auf. »Warum nur glaube ich dir nicht? Aber selbst wenn du die Wahrheit sagst, frage ich mich, weshalb du sie mir nicht schon damals gesagt hast.«

»Weil ich wußte, daß ich die Schmuggler nur in England finden konnte. Ich wollte herausfinden, was die Fabrik in Stepney mit der Sache zu tun hat. Aber leider sind meine Nachforschungen genau wie deine so gut wie ergebnislos verlaufen.«

»Ach ja? Nun, wenigstens hast du dich prächtig amüsiert, während du dich nachts in der Stadt herumgetrieben hast, nicht wahr?«

Er biß die Zähne zusammen. »Natalie, ich schwöre dir, ich habe mich *nicht* amüsiert.«

»Aber du hast mir immer noch nicht erklärt, warum du mir die Wahrheit verschwiegen hast.«

Er sah sie ernst an. »Es ging um deine Sicherheit und um die Ehre meines Vaters. Außerdem hättest du mich bestimmt verdächtigt, etwas mit der Sache zu tun zu haben, Natalie. Das tust du doch jetzt, oder nicht?«

Ungerührt fragte sie: »Nun, hast du etwas mit der Schmuggelei zu tun?«

Er rang nach Luft. »Das kann unmöglich dein Ernst sein!«

»O doch!« schrie sie, kurz davor, in Tränen auszubrechen. »Und vielleicht verheimlichst du mir ja immer noch etwas oder du beschützt jemanden. Das Schlimme ist, ich weiß einfach nicht mehr, was ich glauben soll! Aber ich hätte wissen müssen, daß ich dir nicht trauen kann. Nun bleibt mir keine andere Wahl mehr, als die Zollbehörden zu informieren.«

Er lachte. »Viel Glück, meine Liebe. Ich glaube kaum, daß irgend jemand erpicht darauf ist, deine amerikanischen Zölle durchzusetzen.«

»Was schlägst du dann vor?«

Er seufzte resigniert. »Ich habe vor, morgen mit meinem Vater zu sprechen. Ich werde ihm von dem Schmuggel erzählen und darauf bestehen, daß er der Sache ein Ende macht. Ich wollte nicht, daß es so weit kommt, aber ich weiß inzwischen, daß nur mein Vater in der Lage sein wird, eine gründliche Untersuchung in der Fabrik durchzuführen und die Schuldigen zu entlarven.«

Sie starrte ihn ungläubig an. »Gibst du mir dein Wort, daß du mit der Sache nichts zu tun hast und daß du morgen mit deinem Vater sprichst?«

»Ja.«

»Gut.«

Als sie an ihm vorbeigehen wollte, packte er ihren Arm. »Und was ist mit uns, Natalie?«

Sie konnte es einfach nicht glauben! »Das fragst du noch, nachdem du mich so getäuscht hast?«

Er lachte grimmig auf. »Gut gemacht, Natalie. Ich wußte, daß du eine passende Entschuldigung finden würdest, um mich loszuwerden!«

»Es ist keine Entschuldigung! Du hast mein Vertrauen mißbraucht!«

»Ach ja?« Er blitzte sie wütend an. »Aber du fandest ja schon immer, daß wir nicht zueinander passen, nicht wahr? Und nun, da du deine Tante gefunden hast und deine Probleme gelöst sind, brauchst du mich nicht mehr.«

»Wage es ja nicht, mir die Schuld an deinem Fehlverhalten und deinen Lügen zu geben!« schrie sie. »Ich habe immer gewußt, daß du nichts weiter als ein widerlicher Schuft und Abenteurer bist!«

Ehe er etwas erwidern konnte, fegte sie an ihm vorbei und kehrte in den Ballsaal zurück.

Ryder stand schweigend da, die Fäuste zornig in die Hüften gestemmt. Er konnte es einfach nicht glauben! In dem Augenblick, in dem er erkannte, wie sehr er Natalie liebte, wie sehr er sie als Teil seines Lebens begehrte, verlor er sie!

29. Kapitel

Am nächsten Morgen sprach Ryder bei seinem Vater vor. Infolge der nächtlichen Auseinandersetzung mit Natalie war er immer noch vollkommen durcheinander. Seine Beziehung zu ihr hing an einem seidenen Faden – den zu halten er fest entschlossen war. Vielleicht konnte er ihr Wohlwollen zurückgewinnen, wenn er dem Schmuggel ein für allemal ein Ende setzte. Außerdem konnte er sich einfach nicht länger vor seiner Verantwortung drücken – weder vor der Verantwortung, die seine Zukunft mit Natalie barg, noch vor der Verantwortung, die sein Erbe und seine Identität betraf.

Withers führte ihn in das Arbeitszimmer des Herzogs, in dem Hunderte von ledergebundenen theologischen Büchern standen. Er sah seinen Vater hinter seinem Schreibtisch, wo er etwas in ein Buch eintrug. Der Herzog blickte geistesabwesend auf, als sein Sohn den Raum betrat.

»Ryder, was für eine Überraschung«, sagte er und erhob sich von seinem Stuhl.

Ryder deutete eine Verbeugung an. »Dies ist kein Höflichkeitsbesuch, Euer Ehren.«

»Dann werde ich also keinen Tee bestellen«, erwiderte William matt. »Bitte, nimm Platz.«

Die beiden Männer setzten sich, Ryder auf das Korbsofa, William in einen Sessel, und sahen einander argwöhnisch an.

»Es geht um Miss Desmond«, begann Ryder.

William zog eine Braue hoch. »Du willst mir doch wohl nicht erzählen, daß du mich um die Erlaubnis bitten willst, sie zu heiraten?«

Ryders Stimme krächzte vor Zorn. »Wie ich Ihnen bereits gesagt habe, geht es Sie überhaupt nichts an, was ich und Miss Desmond tun. Falls ich die Absicht hätte, sie zu heiraten, wären Sie wahrscheinlich der letzte, den ich um Erlaubnis bitten würde.«

»Fahr fort«, sagte der Herzog kühl.

»Ich bin hier, um eine sehr ernste Angelegenheit mit Ihnen zu besprechen. Sie wissen doch über die Probleme Bescheid, die Miss Desmond und ihre Tante mit ihrer Textilfabrik in Charleston haben?«

William seufzte und schnippte ein Staubflöckchen vom Ärmel seiner Jacke. »Ja, ich glaube, ich erinnere mich. Du hast erwähnt, daß ihr Unternehmen von Stoffschmugglern an den Rand des Ruins getrieben wurde. Und was geht mich das an?«

»Es geht Sie deshalb etwas an, weil der geschmuggelte Stoff aus Ihrer Fabrik hier in Stepney stammt.«

Plötzlich hatte Ryder die volle Aufmerksamkeit seines Vaters. Der Kopf des Herzogs fuhr herum, und sein Gesicht wurde zornrot. »Das ist doch wohl hoffentlich nur ein Scherz.«

»O nein, Euer Ehren.«

»Und welche Beweise hast du dafür, daß die Fabrik in Stepney mit der Sache zu tun hat?« fragte William.

»Miss Desmond hat mir in Amerika ein Stück des geschmuggelten Stoffs gezeigt. Es hatte eindeutig das typische Remington-Webmuster.«

William lachte zynisch auf. »Das ist einfach absurd. Ich wüßte es, wenn die Fabrik in Stepney mit Schmuggel zu tun hätte.«

»Ach ja?« fragte Ryder spöttisch. »Soweit ich herausgefunden habe, kümmern Sie sich doch gar nicht mehr um die Fabrik. Und was diese beiden Gestalten betrifft, die sich Ihre Geschäftspartner nennen, so habe ich noch nie in meinem Leben größere Schurken gesehen.«

Der Herzog runzelte die Stirn. »Was hast du außer dem Stück angeblich geschmuggelten Stoffs sonst noch für Beweise?«

»Ich habe die Fabrik in Stepney nachts beobachtet, und dort sind wirklich seltsame Dinge passiert – flackernde Lichter im oberen Stockwerk, Wagen, die in der Dunkelheit beladen werden. Ich vermute, daß John Lynch der Rädelsführer ist.«

»Und wie kommst du zu dieser brillanten Schlußfolgerung?«

»Eines Nachts, als ich Nachforschungen angestellt habe, hat der Bastard auf mich geschossen und mich mit einem Knüppel geschlagen.«

Der Herzog sah Ryder mit ungewohnter Besorgnis an. »Bist du verletzt worden, mein Junge?«

»Ersparen Sie mir Ihre Besorgnis«, schnaubte Ryder. »Lynch hat versucht, mich umzubringen.«

»Hast du mit John über den Vorfall gesprochen?«

»Allerdings, und natürlich hat er alles abgestritten. Aber schließlich haben meine Freunde und ich die Spur der Schmuggler bis zum Hafen verfolgt, zu einem Schiffer namens Lawson. Wir haben versucht, ihn in den Docks zu stellen, aber es hat nicht geklappt.«

Der Herzog schwieg.

»Nun, Euer Ehren, was werden Sie in der Sache unternehmen?« fragte Ryder.

William sah ihn finster an. »Ob deine Behauptungen nun alle stimmen oder nicht, auf jeden Fall gibt es genug Beweise, um eine gründliche Untersuchung in der Fabrik zu veranlassen. Falls derartiges dort geschieht, versichere ich dir, daß die Verantwortlichen auf der Stelle entlassen und angezeigt werden.«

»Gut.«

»Eine Frage noch«, sagte der Herzog.

»Ja?«

»Warum hast du so lange gewartet, ehe du mir davon erzählt hast?«

»Ich hatte gehofft, daß ich die Schuldigen selbst überführen könnte«, gab Ryder zu. »Und ob Sie es glauben oder nicht, ich habe mir um Eure Ehre Sorgen gemacht. In der Tat wußte Miss Desmond nichts davon, daß die Fabrik in Stepney mit der Sache zu tun hat, bis wir gestern abend auf dem Empfang bei Lord und Lady Litchfield ihre Tante gefunden haben.«

»Miss Desmond hat ihre Tante auf einer Soiree gefunden?«

»Genau.« Ryder lächelte matt. »Sie waren sogar Zeuge des rührenden Wiedersehens.«

William erblaßte. »Du willst doch nicht ernsthaft behaupten –«

»Ich glaube, daß Sie am besten Harriet Foxworth selber fragen«, sagte Ryder.

»Worauf du dich verlassen kannst«, entgegnete William mit ungewohnter Heftigkeit.

Ryder stand auf und nickte seinem Vater zu. »Dann wünsche ich Ihnen noch einen schönen Tag.«

Der Herzog erhob sich ebenfalls. »Einen Augenblick, Ryder.« Er zwang sich zu einem schwachen Lächeln. »Wie geht es deiner Großmutter? Es hat mich gefreut, Francesca gestern abend zu sehen, obwohl wir nur ein paar Worte gewechselt haben. Sie sah sehr gut aus.«

»Es geht ihr hervorragend«, erwiderte Ryder und nach kurzem Zögern fügte er hinzu: »Übrigens, sie denkt nicht, daß Mutters Tod ein Unfall war.«

Der Herzog runzelte die Stirn. »Ach nein?«

Mit verbitterter Stimme sagte Ryder: »Vielleicht können Sie ja jetzt nicht mehr nur behaupten, daß ich verantwortungslos bin, sondern obendrein auch noch ein Mörder.«

William verzog schmerzlich das Gesicht. »Ryder, vielleicht habe ich –«

Aber seine Entschuldigung verhallte ungehört, da sein Sohn bereits die Tür hinter sich zugeschlagen hatte.

Kurze Zeit später betrat William die Kapelle, in der Harriet Foxworth ihn bereits erwartete.

»Guten Morgen, *Harriet*«, sagte er in sarkastischem Ton.

Die Bibel und das Gebetbuch in der Hand sprang sie auf. »Guten Tag, William. Ich muß sagen, du wirkst heute morgen ziemlich, eh, abgelenkt.«

»Ach ja?« Er lächelte schwach.

Sie zwang sich, ebenfalls zu lächeln. »Bist du bereit, um mit mir über die Textstellen aus der Offenbarung zu sprechen?«

»Ah, die Offenbarung. Vielleicht haben sich mir selbst ein paar Dinge offenbart.«

Sie erblaßte. »Was meinst du?«

Er sah sie mit hochgezogenen Brauen an. »Wäre es möglich, daß ich von einer bestimmten Person, der ich vertraut habe, getäuscht und belogen worden bin?«

»O Himmel!« rief sie, legte die Bücher beiseite und griff sich ans Herz. »Du hast es also bereits herausgefunden?«

»Sagen wir, ich hatte soeben eine höchst interresante Unterhaltung mit meinem Sohn über Schmuggler – und über zwei höchst ungewöhnliche Frauen, die zusammen eine Textilfabrik in Charleston geleitet haben.«

Sie rang nach Luft. »Dann weißt du also –«

»Daß du in Wirklichkeit Love Desmond, die Tante der, eh, Freundin meines Sohnes bist«, beendete der Herzog den Satz mit zorniger Stimme.

Sie rang die Hände und sah ihn flehend an. »William, ich wollte dir zu gegebener Zeit alles erklären –«

»Ach ja?« Sein Stirnrunzeln war unübertrefflich. »Aber vorher mußtest du mich belügen, mich täuschen und mich ausnutzen, um an dein Ziel zu gelangen, nicht wahr – *Love?*«

Sie war aufrichtig bestürzt. »Nein! Nein! Du verstehst überhaupt nichts.«

»Dann erzähl mir bitte die Wahrheit, von Anfang an.«

Sie nickte elend. »Wie du bereits weißt, habe ich zusammen mit Natalie in Charleston eine Textilfabrik geleitet.«

»Sprich weiter.«

»Als die Schmuggler anfingen, unser Unternehmen zu ruinieren, habe ich versucht, sie zu finden. Ich habe mich an Bord ihres Schiffes geschlichen und bin hier in London gelandet. Ich bin ihnen bis zu deiner Fabrik in Stepney gefolgt, und das ist der Grund, weshalb ich versucht habe, deine Bekanntschaft zu machen –«

»Um von mir etwas über die Schmuggler zu erfahren?« fragte er mit bebender Stimme.

»Ja«, gab sie kleinlaut zu.

»Und dann auch noch in einer Kirche«, fuhr er zornig fort. »Du hast behauptet, du seist die Witwe irgendeines kleinen Adligen und wolltest für seine Seele beten. Du hast einen heiligen Ort für deine unheiligen Taten mißbraucht.«

Sie ließ den Kopf hängen. »Ja, das ist wahr, William. Mein Vorgehen war schändlich. Aber du mußt mir glauben, daß ich bereits nach kurzer Zeit die Überzeugung gewann, daß du mit der Schmuggelei nicht das geringste zu tun hast.«

Seine Züge wurden etwas weicher. »Aber warum hast du dich dann weiterhin mit mir getroffen?«

Sie sah ihn liebevoll an. »Weil… nun, ehrlich gesagt, habe ich dich sehr gern.«

Beinahe hätte er gelächelt, doch dann kehrte der alte Argwohn in seinen Blick zurück. »Warum sollte ich dir glauben?«

Sie trat einen Schritt vor und legte ihm die Hand auf den Arm. »Weil ich dir bei allem, was mir heilig ist, schwöre, daß ich dieses Mal die Wahrheit sage. Vielleicht habe ich dich anfangs getäuscht, aber ich bin aus ehrlichen und ehrenwerten Gründen deine Freundin geblieben. Wirst du mir verzeihen, William?«

Er starrte sie lange reglos an, doch dann schwankte er. »Nun, ich bin mir nicht sicher. Du warst ein sehr böses Mädchen.«

»Ja, das stimmt. Es betrübt mich sehr.«

Er ging auf sie zu, und in seinen Augen blitzte plötzlich teuflisches Vergnügen auf. »Dann soll ich dich also bestrafen?«

»Mich bestrafen?« fragte sie. »Du meinst wie letzte Woche, als wir beide so ungezogen waren?«

Er zog sie lachend in seine Arme. »Love… weißt du, der Name klingt gar nicht schlecht.«

»Ich denke, in unseren Gesprächen geht es um nichts anderes als Liebe, nicht wahr?« fragte sie in gespielter Unschuld. »Beten... Hoffnung... Liebe... und natürlich Strafe.«

»Hmm«, murmelte er und preßte seine Lippen an ihren Hals. »Wahrscheinlich wird es eine Lebensaufgabe, dich für all den Unsinn, den du verzapfst, zu bestrafen.«

Am Nachmittag fuhr Ryder zu Natalie. Er fand sie im Rosengarten hinter dem Haus ihres Vaters. In ihrem Schoß lag ein aufgeschlagenes Buch, aber sie starrte wehmütig auf die Blumen. Es war ein warmer, berauschender Tag, und die Luft war schwer vom Duft des Nektars. In einiger Entfernung beschnitt der Gärtner die Büsche am Rand des Kräutergartens, aus dem eine wilde Mischung von Düften wie Salbei, Minze oder Zitronenmelisse herüberwehte. Vögel sangen in den Kastanienbäumen und fochten lautstark Streitigkeiten am Rand des sprudelnden Brunnens aus.

Natalie wirkte wie ein Farbklecks in der bereits leuchtenden Umgebung. Sie trug ein pinkfarbenes Musselinkleid, und ihr Haar war zu munteren Locken aufgesteckt. Es verwirrte ihn, daß sie körperlich so nahe und gleichzeitig gefühlsmäßig so weit von ihm entfernt sein konnte. War sie immer noch böse auf ihn, weil er ihr so viele Informationen vorenthalten hatte? Aber vielleicht ließe sie sich ja durch seine jetzigen Bemühungen besänftigen.

Ryder trat an die Steinbank, auf der Natalie saß, beugte sich vor und küßte sie auf die Wange. »Guten Tag, meine Liebe.«

»Ryder.« Als sie zu ihm aufblickte, wirkte sie plötzlich nicht mehr zornig, sondern traurig und resigniert, was ihn aus unerfindlichen Gründen noch stärker beunruhigte. Sie bedeutete ihm, sich neben sie zu setzen.

Er folgte ihrer Aufforderung und sah sich bewundernd um. »Das ist wirklich ein wunderschöner Platz.«

»Ja. Im Haus ist es so dunkel und deprimierend, daß ich manchmal einfach raus muß.«

»Wie geht es deinem Vater?«

Sie stöhnte. »Frag mich lieber nicht. Ich habe darauf bestanden, daß wir Tante Love bald einmal zum Essen einladen, obwohl ich mich vor der Begegnung zwischen den beiden wirklich fürchte.«

Er drückte mitfühlend ihre Hand. »Wenigstens weißt du jetzt, daß Love gesund und munter ist.«

»Ja. Das ist wirklich eine Beruhigung.«

Seine Miene verriet ein gewisses zynisches Vergnügen. »Obwohl ich fürchte, daß deine Tante meinem Vater einiges erklären muß.«

Sie sah ihn an. »Hast du schon mit dem Herzog gesprochen?«

»Ja. Heute morgen. Ich habe ihm alles gesagt.« Er strich ihr mit dem Zeigefinger über die vollen Lippen, und plötzlich lächelte er. »Nun, fast alles.«

»Und was hat das Gespräch ergeben?«

»Wie wir bereits angenommen hatten, hat mein Vater mit dem Schmuggel nichts zu tun. Aber er hat versprochen, eine gründliche Untersuchung in der Fabrik in Stepney durchzuführen, um die Schuldigen zu finden.«

»Gut.« Sie seufzte. »Das war's dann also.«

»Nicht ganz. Da ist immer noch die Sache zwischen uns beiden, meine Liebe.« Er nahm ihre Hand und sah ihr tief in die Augen. »Ich will, daß du mich heiratest, Natalie.«

»Was?« Sie legte ihr Buch beiseite und sprang auf. »Wie kommst du denn darauf?«

Er stand auf und legte die Hand auf ihren Arm. »Findest du etwa, daß mein Antrag übereilt ist, nach allem, was wir bisher geteilt haben?« Er lächelte. »Ich weiß, daß ich zuerst mit deinem Vater hätte sprechen sollen, aber ich konnte es einfach nicht länger abwarten.«

»Das kannst du nie«, murmelte sie, immer noch verwirrt.

»Du weißt, daß ich gut für dich sorgen kann«, fuhr er mit ernster Stimme fort. »Eines Tages werde ich den Titel und das Vermögen meines Vaters erben.«

»So?« fragte sie. »Ich kenne dein draufgängerisches Wesen inzwischen gut genug, um zu wissen, daß du wohl kaum bereit sein wirst, auch die Pflichten deines Vaters zu übernehmen.«

»Dir zuliebe, Natalie, werde ich auch diese Pflichten übernehmen.«

Sie sah ihn mit gemischten Gefühlen an. »Du hast mir immer noch nicht gesagt, warum du mich heiraten willst.«

»Ich kann dich unmöglich gehen lassen, Liebling. Keine andere Frau bewegt mich so, wie du es tust. Ich begehre dich.«

Diese Begründung war falsch. Obgleich es Natalie erregt hatte, als Ryder ihr während der Fahrt in der Kutsche zum ersten Mal gestanden hatte, daß er geradezu versessen auf sie war, empfand sie es nicht gerade als schmeichelhaft, daß er ihr einzig aus dem Grund einen Heiratsantrag machte, daß er gerne mit ihr schlief!

»Das ist typisch für dich! Aber wie kommst du nur auf den Gedanken, daß es mich interessieren könnte, ob ich dich errege oder nicht?«

Der schreckliche Lüstling lächelte nur. »Wenn ich mich recht entsinne, waren Sie das letzte Mal, als wir allein waren, geradezu versessen darauf, mich zu erregen, Mylady.«

Fast hätte sie ihm eine Ohrfeige gegeben. Unter Tränen schrie sie ihn an: »Nun, inzwischen ist es mir egal!«

Er nahm ihr Kinn, zwang sie, ihn anzusehen, und fragte vollkommen ernst: »Ist es dir etwa auch egal, daß ich dich liebe?«

Natürlich war es ihr nicht egal. In der Tat sank sie bei diesem Geständnis auf die Bank zurück, und er setzte sich neben sie. Sie faltete die Hände im Schoß und warf ihm einen verstohlenen Blick aus den Augenwinkeln zu. Immer noch blickte er vollkommen ernst. Himmel! Daß sie ihn erregte, war eine Sache – ein Kompliment, aber bestimmt keine Voraussetzung für eine dauerhafte Bindung. Aber Liebe... Liebe eröffnete vollkommen neue Möglichkeiten, wenn auch beängstigende.

»Und wann hast du bemerkt, daß du mich liebst?« fragte sie.

»In dem Bordell – nachdem du dich mir hingegeben hast.«
Sie errötete. »Ah ja, das hätte ich mir denken können.«
Er nahm ihre Hand. »Nun, Natalie? Willst du mich heiraten?«
Obwohl ihr die Tränen der Rührung in die Augen stiegen, und ihre Züge weich wurden, schüttelte sie traurig den Kopf. »Ich – ich weiß deinen ehrlich gemeinten Antrag sehr zu schätzen, aber du weißt, daß ich ihn nicht annehmen kann.«
»Warum nicht?«
In ihren Augen flackerte eine gewisse Gereiztheit auf. »Nach allem, was zwischen uns vorgefallen ist, fragst du noch? Wie soll ich dir jemals vertrauen?«
»Habe ich dir nicht erklärt, weshalb ich dich nicht informiert habe?« widersprach er und drückte erneut ihre Hand. »Und habe ich nicht jetzt alles ins Lot gebracht?«
»Vielleicht«, gab sie zu. »Aber das ändert nichts an der Tatsache, daß du mir wichtige Informationen vorenthalten hast – und daß du so etwas durchaus wieder tun könntest. Außerdem hast du mich jede Nacht allein gelassen, um dich in den dunklen Ecken von London herumzutreiben.«
»Natalie, das war unumgänglich.«
Sie blitzte ihn zornig an. »Und wennschon! Auf jeden Fall hast du dich bei deinen ›Nachforschungen‹ prächtig amüsiert.«
Er stöhnte. »Liebling, können wir diese Sache nicht einfach hinter uns lassen und so tun, als wäre nichts geschehen?«
Sie wandte den Blick von ihm ab. »Ich glaube nicht.«
»Du bist einfach nicht bereit, mir irgend etwas zu verzeihen, nicht wahr?« fragte er.
»Darum geht es nicht.«
»Nein?«
Sie sah ihn schmerzerfüllt an. »Wir sind einfach zu verschieden, Ryder. Und ich will nicht diejenige sein, die deinen ungehemmten Geist in seine Schranken verweist.«
Er sprang auf. »Aber das ergibt keinen Sinn! Warum sollte ich

um deine Hand anhalten, wenn ich die Ehe als Gefängnis betrachten würde?«

Sie schüttelte fatalistisch den Kopf. »Ich weiß es nicht. Vielleicht aus deinem Ehr- und Pflichtgefühl heraus.«

»Nicht aus Liebe oder Lust?«

Sie erhob sich ebenfalls. »Ryder, kannst du ehrlich behaupten, daß du glücklich bist, seit wir nach London gekommen sind?«

»Nicht vollkommen. Aber das ist eine unfaire Frage. Seit wir hier sind, haben wir ein Problem nach dem anderen –«

»Genau darum geht es. Du mußt in die Welt zurückkehren, in die du gehörst. Woanders wirst du niemals vollkommen glücklich sein. Du mußt dort leben, wo du frei bist, wo du deine Nächte so verbringen kannst, wie du es willst.«

»Natalie, ich will meine Nächte mit dir verbringen!«

»Weil du eine gewisse Leidenschaft für mich empfindest«, protestierte sie. »Weil ich ein flüchtiges Abenteuer, eine nette Abwechslung für dich bin. Selbst wenn wir heiraten würden, wärst du das Leben mit mir früher oder später leid und wir würden geradewegs auf eine Katastrophe zusteuern.«

»Du vertraust und glaubst mir einfach nicht, nicht wahr?« fragte er in schmerzlicher Resignation.

Sie ließ den Kopf hängen. »Nein.«

»Und das ist dein letztes Wort?«

»Ja.«

Er nahm ihr Kinn und hob ihren Kopf, so daß sie ihn ansehen mußte. »Sag mir eins – glaubst du, daß du zu gut für mich bist?«

»Niemals!« widersprach sie vehement. »Unsere Liebesbeziehung hat mir – alles bedeutet. Du hast mir die Augen für eine Welt geöffnet, die ich bis dahin nicht kannte, und dafür werde ich dir ewig dankbar sein.«

Mit neuer Hoffnung sah Ryder, daß ihr die Tränen in die Augen stiegen und daß ihre Unterlippe gefährlich zu zittern begann. »Du liebst mich, nicht wahr?« fragte er.

Diese unerwartete Frage ließ Natalie noch stärker ins Schwanken geraten. »Ich – ich glaube, darum geht es nicht –«

»Ach nein? Verzeih mir, aber ich glaube, genau darum geht es.«

»Das liegt daran, daß du dich immer von deinen Gefühlen leiten läßt«, platzte sie heraus. »Aber so kann ich einfach nicht leben. Du hast von Anfang an gewußt, daß ich nicht heiraten wollte – und daß mein Leben nach strengen Regeln verläuft. Ehrlich gesagt bin ich für die Ehe wahrscheinlich ebensowenig geeignet wie du.«

»Soll ich mich etwa mit dem Gedanken trösten, daß auch kein anderer dich bekommen wird?« fragte er verbittert.

Sie kämpfte mit den Tränen. »Ja.«

Er ließ seine Hand sinken. »Das ist ein schlechter Trost, meine Liebe. Und du weißt, daß ich dich zwingen könnte, mich zu heiraten. Nach allem, was wir miteinander geteilt haben, kann ich dein Verhalten durchaus als Bruch eines Versprechens sehen.«

»Du würdest einen derartigen Skandal riskieren?« rief sie entsetzt. »Denk doch nur an die Schande, die das über deine eigene Familie bringen würde.«

»Solange du mich heiratest, ist mir alles andere egal.«

»Du bist einfach unmöglich! Du kannst dich einfach nicht geschlagen geben, und du erträgst es einfach nicht, wenn dich auch nur eine einzige Frau abweist, nicht wahr, Ryder?«

»Also bitte!«

»Was? Du machst mir erst in dem Augenblick einen Heiratsantrag, in dem du fürchtest, daß du mich verlieren könntest. Und plötzlich erklärst du mir, daß du mich liebst und mir vollkommen ergeben bist. Anscheinend verletzt es deine Eitelkeit, daß ich dir nicht zu Füßen liege.«

Er wurde zusehends frustrierter. »Natalie, meine Motive sind ganz anderer Natur. Ich bin einfach zur Vernunft gekommen, und mir ist klargeworden, daß wir zusammengehören. Ich weiß, daß du mich liebst, und so oder so werde ich dich bekommen. Entweder du heiratest mich oder du wirst es eines Tages sehr bereuen.«

Sie schüttelte ungläubig den Kopf. »Oh! Ich soll deinen Antrag also dankbar annehmen, nur weil du es beschlossen hast? Nun, vergiß deine Pläne, meinen Ruf zu zerstören. Ein Skandal würde mich nicht sonderlich berühren, denn ich habe die Absicht, in Kürze mit Tante Love nach Charleston zurückzukehren und mich dort wieder um die Fabrik zu kümmern.« Sie reckte trotzig das Kinn und sah ihn an. »Du siehst, du hast keine Macht über mich.«

Ryders Herz zog sich schmerzlich zusammen. Wie konnte sie nach allem, was sie miteinander geteilt hatten, so etwas sagen? Hatte sie denn gar kein Gefühl? War sie aus Eis?

Plötzlich zog er sie eng an sich und starrte sie zornig an. »Als wir uns das letzte Mal geliebt haben, als ich tief in dir war und du dich vor lauter Leidenschaft an den Laken festgekrallt hast, hat es sich aber ganz anders angefühlt.«

Seine Worte brachen Natalie das Herz. »Ryder, bitte mach die Sache nicht noch schwieriger, als sie ohnehin schon ist.« Und mit gebrochener Stimme fügte sie hinzu. »Bitte bring mich nicht zum Weinen.«

Aber er starrte sie weiter ungerührt an. »Wenn ich dich zum Weinen bringen muß, damit du mich heiratest, dann mach dich darauf gefaßt, unzählige Tränen zu vergießen, meine Liebe.«

Das tat sie, nachdem er sie losgelassen hatte und davongegangen war.

30. Kapitel

Zwei Abende später saß Ryder mit Sam und Mawkins in einer Taverne. Er war unrasiert, sein Blick war trübe, sein zerzaustes Haar hing unordentlich über seine Schultern, und sein Hemd war halb aufgeknöpft.

In dem Lokal herrschte ausgelassenes Treiben. Schmuddelige

Kerle tranken, spielten Karten, warfen Dartpfeile, lachten und stritten in den höchsten Tönen. Gegenüber von Ryders Tisch standen vier betrunkene Matrosen um ein Klavier herum und grölten eine zotige Ballade, während eine nicht weniger betrunkene Prostituierte auf den Tasten herumklimperte.

Nicht, daß Ryder und seine Kumpane in der Verfassung gewesen wären, um das allgemeine Durcheinander noch als störend zu empfinden. Die drei Männer hatten Grog getrunken und gezockt, bis ihnen die Karten und Würfel vor den Augen verschwommen waren. Jetzt kippten sie nur noch Rum in sich hinein und unterhielten sich hochphilosophisch über Natalie und Frauen im allgemeinen.

»Wer soll diese Frau verstehen?« fragte Ryder die anderen mit düsterer Stimme. »Ich war ihr Retter – ich habe für ihre Sache gekämpft wie ein Ritter. Ich habe Leib und Leben für sie riskiert. Ich habe ihr geholfen, ihre Tante zu finden, und ich habe das Geheimnis der Schmuggler gelöst. Und nun, da sie mich nicht länger braucht, läßt sie mich einfach fallen.«

»So sin' die Frauen nun mal«, stellte Mawkins fest und starrte Ryder aus blutunterlaufenen Augen an. »So was machen sie immer – sie benutzen die Männer un' dann lassen sie sie eiskalt im Regen stehen.«

»Ich habe ihr sogar angeboten, sie zu heiraten«, fuhr Ryder fort. »Aber meint ihr, sie hätte mir auch nur zugehört?«

»Das tun sie nie.«

»Warum bildet sie sich nur ein, daß ich meine Nächte lieber hier verbringe als bei ihr?« fragte er, machte eine ausladende Handbewegung und nahm einen weiteren Schluck von seinem Rum.

»Wer weiß schon, was im Hirn einer Frau vor sich geht?« sagte Mawkins. »Nehmen Sie nur mal meine Cousine Rose. Sie is' einfach los un' hat einen Kurzwarenhändler geheiratet. Dann hat sie sein ganzes Geld zum Fenster rausgeschmissen, bis sie alle beide eines Tages noch nich' mal mehr die Miete für ihre Wohnung bezahlen konnten. Un' dann is' sie einfach mit einem Maler durchgebrannt, jawohl. Jetzt säuft sich ihr armer Mann um den Verstand, bis er eines Tages im Irrenhaus landet.«

»Wie schrecklich! Ich frage euch, wie viele Opfer muß ein Mann eigentlich bringen?«

»Sie woll'n einfach alles.«

»Und wir dürfen Harry nicht vergessen«, warf der inzwischen halb bewußtlose Sam ein.

»Ja, Harry!« rief Ryder aus und schlug mit der Faust auf den verkratzten Tisch. »Ihretwegen ist Hampton verschwunden, und Gott allein weiß, ob wir ihn jemals wiederfinden. Aber ich frage euch, macht ihr das irgend etwas aus?«

»Den Weibern is' einfach alles egal«, sagte Mawkins. »Sie sin' alle gleich. Keine von ihnen is' zufrieden, ehe sie nich' das Geld von einem Mann auf den Kopf gehauen, ihm seine Juwelen abgeschnitten un' ihn dann noch entmannt hat.«

Ryder erschauderte bei dieser Vorstellung. »Vergeßt nicht, welchen Schaden sie dem Herzen eines Mannes zufügen.«

»Ja, das Herz eines Mannes is' für die Weiber Freiwild. Sie reißen's raus, kochen es gar un' dann servier'n sie's sonntags mit dem Kohl.«

Noch während Mawkins dieses Horrorszenarium entwarf, kam eine stämmige Hure an ihren Tisch spaziert und bedachte Ryder mit einem lüsternen Blick. »Hallo, mein Süßer«, sagte sie mit schwülstiger Stimme und fuhr ihm mit der Hand durchs Haar. »Du hast bestimmt nichts gegen ein bißchen weibliche Gesellschaft, wie?«

Ryders Augen blitzten zornig auf, als er sie von sich stieß. »Verschwinde, du elendes Weib. An meine Juwelen lasse ich heute nacht niemanden ran.«

Während Ryder seinen Kummer im Alkohol ertränkte, saß Natalie mit ihrem Vater und Love am Essenstisch. Es hatte sie viel Überredung gekostet, ihre Tante dazu zu bewegen, ins Haus ihrer Nichte und ihres Schwagers zu kommen.

Das Eßzimmer des Desmondschen Hauses wurde von reichverzierten goldenen Kandelabern und von einem gemütlichen Kaminfeuer beleuchtet; der Tisch war mit schneeweißem Leinen, Goldrand-Porzellan und Sheffield-Silber gedeckt. Die Pagen servierten ein üppiges Mahl aus geröstetem Fasan, gedünstetem Lachs, Spargel, Kartoffeln in Sahnesauce und Bries.

Obgleich das Essen hervorragend war, hatte Natalie kaum Appetit. Sie wußte, daß es richtig gewesen war, Ryders Antrag abzulehnen, aber die Trennung von ihm war mehr, als sie ertrug. Und um alles noch schlimmer zu machen, litt sie seit der Soiree bei Lord und Lady Litchfield regelmäßig an Übelkeit. Diese Tatsache und die Erkenntnis, daß ihre Periode inzwischen überfällig war, weckten eine Befürchtung in ihr, an die sie nicht zu denken wagte.

Die Spannungen zwischen Charles und Love verstärkten ihre eigene Anspannung und ihr Unwohlsein nur noch. Nachdem er seine Schwägerin mit knappen Worten begrüßt hatte, hatte sich Charles Desmond in Schweigen gehüllt. Er kippte literweise Wein in sich hinein, während Natalie und Love eine oberflächliche Unterhaltung über die erwartete Krönung des Königs führten und darüber, ob Queen Caroline nun ebenfalls gekrönt werden würde oder nicht. Nur ein einziges Mal blickte er interessiert auf. Das war, als Natalie und Love über Napoleon Bonapartes Tod auf St. Helena sprachen und über die Möglichkeit, daß nun vielleicht endlich die lang ersehnte Stabilisierung der französischen Monarchie herbeigeführt werden könnte.

Als sie das Dessert zu sich nahmen, wußte Natalie, daß es an der Zeit war, den Graben zwischen ihrer Tante und ihrem Vater zu schließen. Sie blickte die beiden an und sagte: »Vater, Tante Love, ich habe euch heute abend aus einem bestimmten Grund zusammengeführt.«

»Offensichtlich«, sagte Charles und nippte an seinem Wein.

»Vater, glaubst du nicht, daß du inzwischen genug getrunken hast?« fragte sie sanft.

Er hob seinen Kelch und verkündete mit dramatischer Stimme: »Denen, deren Herzen schwer sind, gebet Wein.«

Natalie sah ihre Tante an, die ihr ein mitfühlendes Lächeln schenkte. Dann räusperte sie sich. »Vater«, sagte sie geradeaus. »Meinst du nicht, daß du Tante Love jetzt lange genug böse gewesen bist?«

Charles runzelte die Stirn. »Nach allem, was sie Malcolm angetan hat?«

»Vater, Onkel Malcolm –«

»War ein zügelloser Mensch, der seine Frau und sein Kind permanent durch übermäßigen Alkoholkonsum, durch seine ungezügelte Spielleidenschaft und durch irgendwelche Weibergeschichten brüskiert hat«, beendete Love empört den Satz.

Charles wandte sich erbost an Love. »Ah ja, gib nur Malcolm die Schuld an allem!« erklärte er mit einer wegwerfenden Handbewegung. »Es ist ja auch egal, daß du ihn erst so weit getrieben hast!«

»Du gibst also immer noch *mir* die Schuld am Versagen deines Bruders?« fragte Love zornig und ungläubig zugleich. Dann warf sie ihre Serviette auf den Tisch. »Ich frage mich, warum ich heute abend überhaupt gekommen bin.«

»Um Himmels willen, laß dich von uns nur nicht aufhalten«, schnauzte Charles, aber Natalie legte ihrer Tante beruhigend die Hand auf den Arm. »Tante Love, wir müssen diesem Streit endlich ein Ende machen – vor allem, da wir jetzt bald nach Charleston zurückkehren können.«

»Natalie, ich habe nicht vor, nach Charleston zurückzukehren.«

»Was?« schrie Natalie, aber als sie bemerkte, daß ihr Vater kurz vorm Einschlafen stand, wandte sie sich an ihn. »Vater, kannst du und Tante Love –«

Charles' Kopf fuhr hoch, und er riß die Augen auf. »Oh, fahrt doch beide nach Charleston zurück!« sagte er angewidert. »Stürzt euch wieder auf meinen Neffen Rodney. Das ist das einzige, was ihr Frauen könnt – einen Mann unterjochen und ihn in den Ruin stürzen.«

»Ich wette, du würdest alles dafür tun, um Desiree zurückzubekommen«, schnauzte Love voller Verachtung. »Vielleicht würdest du dafür ja sogar dein Leben endlich einmal selbst in die Hand nehmen.«

Die Spitze verfehlte ihre Wirkung nicht. Charles' wütende Miene fiel in sich zusammen; er vergrub das Gesicht in den Händen und stöhnte kummervoll auf.

Das hatte Love nicht gewollt. Sie stand auf, ging zu ihm und legte ihm die Hand auf die Schulter. »Es tut mir leid, Charles, wirklich. Ich bin einfach zu impulsiv. Was ich gesagt habe, war grausam...«

»Du hast recht«, schluchzte er. »Es ist alles unsere Schuld. Die Schuld der Desmondschen Männer. Wir bringen den Frauen, die wir lieben, nur Unglück. Ich – ich habe sie nicht verdient!«

»Charles, bitte«, flehte Love. »Quäl dich doch nicht so. Vielleicht hilft es dir ja, wenn ich zugebe, daß ich Malcolm von ganzem Herzen geliebt habe.«

Charles umklammerte ihre Hand. »Ich weiß«, murmelte er. »Und ich gebe dir nicht die Schuld an dem, was geschehen ist. Wirklich nicht. Ich gebe mir selbst die Schuld daran.«

»Das darfst du nicht«, sagte Love. »Du kannst ja nichts dafür, daß du so bist. Es ist wohl ein unglückliches Erbe. Wer weiß schon, weshalb ein Mensch so ist, wie er ist.«

Charles' Stimme klang gequält. »Ich weiß, daß ich verdammt bin, genau wie mein Bruder. Ich weiß, daß ich die Liebe meiner süßen Desiree nie mehr bekommen werde...«

Kopfschüttelnd überließ Love Charles seinem Elend und zog Natalie hinaus auf den Flur. »Es tut mir leid, daß es so gekommen ist, meine Liebe. Du weißt, wie es mit ihm ist – und er scheint unglücklicherweise immer gerade meine negativen Seiten zum Vorschein zu bringen.«

»Ich weiß, aber wenigstens redet ihr jetzt miteinander«, erwiderte Natalie. Dann sah sie ihre Tante fragend an. »Was soll das heißen, du kommst nicht mit mir zurück nach Charleston?«

Ungerührt zupfte Love an ihrer Frisur herum. »Ich glaube, darüber sprechen wir lieber ein anderes Mal. Außerdem muß ich jetzt gehen. William hat mich eingeladen, im Covent Garden mit ihm Rossini zu hören.«

»Ach ja?«

Love strahlte über das ganze Gesicht. »Er hat mir mein kleines Täuschungsmanöver verziehen.«

»Oh, du meinst, daß du so getan hast, als wärst du Harriet Foxworth?«

»Ja. Und nun besteht zu dem Versteckspiel keine Veranlassung mehr.«

Natalie runzelte argwöhnisch die Stirn. »Was genau geht zwischen dir und dem Herzog von Mansfield vor sich?«

»Darüber kann ich jetzt nicht sprechen, meine Liebe«, erwiderte Love und zwickte ihre Nichte in die Wange. »Aber wir müssen uns bald einmal zum Tee treffen. Warum kehrst du nicht zu deinem Vater zurück? Ich habe Charles noch nie in einem schlimmeren Zustand erlebt. Ehrlich gesagt, mache ich mir ziemliche Sorgen um ihn.«

»Ich auch«, gab Natalie zu.

»Ohne Desiree ist er wirklich verloren, auch nach all den Jahren noch«, murmelte Love. »Hoffen wir nur, daß die Abwesenheit deiner Mutter ihn nicht eines Tages umbringen wird.« Aber plötzlich hellte sich ihre Miene auf. »Nun, ich muß los. Kopf hoch, meine Liebe.«

Als Natalie ins Eßzimmer zurückkehrte, ließ sie den Kopf tiefer hängen denn je.

In den folgenden Tagen bereitete Natalie alles für ihre Rückkehr nach Amerika vor. Sie machte sich Sorgen um ihren Vater, dem es einfach nicht besserging. Außerdem machte sie sich Sorgen um sich selbst, da ihre Periode immer noch nicht eingetreten war und da ihr häufiger übel wurde. Sie dachte über die Möglichkeit einer Schwangerschaft nach, ein Gedanke, der sie zugleich in Erstaunen und Panik versetzte. Außerdem hatte sie Schuldgefühle, weil sie nicht mit Ryder darüber sprach.

Aber wie sollte sie ihm von ihren Befürchtungen erzählen, wenn er sowieso schon darauf bestand, sie zu heiraten – obgleich eine Ehe ihrer beider Verderben wäre? Aus diesem Grund bestärkte die befürchtete Schwangerschaft sie nur in dem Entschluß, nach Amerika zurückzukehren, statt hier eine Ehe einzugehen, unter der sie, Ryder und das Kind nur leiden würden.

Ryder kam ein paarmal zu Besuch, aber unter dem Vorwand, daß ihr Vater sie brauchte, sorgte sie immer dafür, daß er bald wieder ging. Er hatte erneut um ihre Hand angehalten, und erneut hatte sie ihn abgewiesen, auch wenn es ihr das Herz gebrochen und sie ein schlechtes Gewissen hatte bei dem Gedanken, daß sie vielleicht sein ungeborenes Kind mit nach Amerika nahm.

Zwei Tage vor ihrer geplanten Abreise besuchte Natalie ihre Tante in ihrem gemütlichen kleinen Hotel in Mayfair. Die beiden Frauen saßen im Wohnzimmer der Suite, tranken Tee und aßen Gebäck, frische Erdbeeren und Käse.

Nachdem die Höflichkeiten ausgetauscht waren, kam Natalie ohne Umschweife zum Grund ihres Besuchs. »Tante Love, was hast du damit gemeint, als du gesagt hast, daß du nicht mit mir zurück nach Amerika kommst?«

»Genau das.«

»Aber warum?«

Love setzte ein strahlendes Lächeln auf. »Weil ich beschlossen habe, William Remington zu heiraten.«

Natalie sprang auf. »Was? Das kann doch wohl nur ein Scherz sein!«

»Setz dich, meine Liebe. Es ist durchaus kein Scherz.«

Verwirrt sank Natalie wieder auf ihren Stuhl. »Aber – aber der Herzog von Mansfield ist der kälteste Mensch, der mir je begegnet ist. Außerdem ist er ein religiöser Fanatiker.«

»Ich glaube, daß Williams religiöser Eifer nur eine vorübergehende Erscheinung ist«, erwiderte Love ungerührt, während sie in ein Teilchen biß. »Außerdem ist er reich wie Krösus, und ich liebe ihn. Also?«

»Tante Love!«

»Einem Herzog kann man ein paar Extravaganzen doch wohl verzeihen«, fuhr Love lächelnd fort, und leicht errötend fügte sie hinzu: »Im übrigen hat er ein paar ungewöhnliche Eigenschaften, die ich sehr mag.«

Einen Augenblick war Natalie einfach zu überrascht, um etwas zu sagen. »Aber wie willst du mit einem Mann leben, der keinerlei Gefühle hat?«

Love tätschelte ihrer Nichte die Hand. »Meine Liebe, du urteilst viel zu hart über William. Zugegeben, er ist oft ein bißchen herablassend, aber ich habe festgestellt, daß sich hinter seiner kalten Fassade ein sehr verletzlicher Mensch verbirgt. Und ein äußerst leidenschaftlicher noch dazu.«

»Leidenschaftlich?« Natalie riß die Augen auf.

Love lachte. »Fällt es dir so schwer zu glauben, daß ich in meinem Alter auch noch fleischliche Gelüste haben könnte?«

Natalie rollte die Augen. »Du kannst mich nicht mehr überraschen. Du bist also entschlossen hierzubleiben?«

»Ja.«

Natalie biß sich auf die Lippe, doch dann fragte sie: »Aber was ist mit der Fabrik in Charleston – und mit Rodney?«

Love zuckte mit den Schultern. »Wenn du Lust hast, kannst du sie ohne mich weiterleiten. Ansonsten denke ich, daß es höchste Zeit ist, daß Rodney sich endlich einmal durchschlägt.« Sie runzelte die Stirn. »Vielleicht war ja sogar ein Körnchen Wahrheit in dem, was dein Vater gesagt hat – vielleicht mischen wir Desmondschen Frauen uns tatsächlich ein bißchen zu sehr in die Angelegenheiten unserer Männer ein. Was ihnen nie besonders gut bekommen ist, soweit ich mich erinnere.«

Natalie seufzte und legte die Hand auf ihren plötzlich rebellierenden Magen. »Also gut, mach, was du willst. Ich fahre nach Amerika zurück.«

»Und was ist mit diesem jungen Mann – Williams Sohn? Ryder scheint ein netter, gutaussehender Gentleman zu sein. Stell dir nur einmal vor, du könntest Marquise und eines Tages Herzogin werden.«

»Erst einmal wirst du ja wohl Herzogin«, stellte Natalie trocken fest.

»O ja, das wird bestimmt amüsant.« Love klatschte vor Begeisterung in die Hände. »Aber warum sollten wir den Titel nicht innerhalb der Familie weitergeben?«

Natalie schwieg. Die Worte ihrer Tante erinnerten sie an ihre Schuldgefühle gegenüber Ryder, weil sie ihn einfach verließ, und um alles noch schlimmer zu machen, plagte ihr Magen sie wieder.

»Tante Love«, sagte sie schließlich in angespanntem Ton, »Ryder ist in vielerlei Hinsicht ein netter Mensch, aber –«

»Bist du noch wütend auf ihn, weil er dir nicht erzählt hat, daß der geschmuggelte Stoff aus Williams Fabrik in Stepney kam?«

»Nein, es ist viel mehr als das«, gestand Natalie ihr in schmerzlicher Resignation. »Im Grunde seines Herzens ist er ein Abenteurer, und ich fürchte, daß er eine Frau nie ganz glücklich machen wird. Wenn wir heiraten würden, würde er sich eingeengt fühlen, und es ginge uns beiden schlecht. Auch wenn er es behauptet, glaube ich nicht, daß er jemals ganz zur Ruhe kommen wird.«

Love wirkte immer noch nicht überzeugt. »Aber hat er dir nicht schon bewiesen, daß er dir treu ergeben ist, meine Liebe? Schließlich ist er mit dir nach England gekommen und hat dir geholfen, das Rätsel zu lösen.« Dann hielt sie inne und sah ihre Nichte verwundert an. »Hat er etwa noch nicht um deine Hand angehalten?«

Natalie seufzte tief. »Doch, aber ich habe ihn abgewiesen.«

»Oh, Natalie!«

»Tante Love, gerade du solltest das verstehen nach allem, was du in deiner Ehe mit Onkel Malcolm durchgemacht hast!«

»Ryder Remington ist nicht Malcolm Desmond, mein Kind«, erwiderte Love ernst. »Ich kenne den Jungen nicht besonders gut, aber ich habe das Gefühl, daß er ganz nach seinem Vater kommt –«

»Er wird nur unglücklich werden, wenn er mich heiratet!« erklärte Natalie. »Er ist nicht geschaffen für ein Leben mit Titeln, Verantwortung und gesellschaftlichen Zwängen. Er wird niemals glücklich sein ohne seine Freiheit.«

»Aber warum hat er dann um deine Hand angehalten? Ich habe den Eindruck, daß es zwischen euch beiden eine tiefe Bindung gibt.«

Die letzten Worte ihrer Tante ließen eine neue Woge von Schuldgefühlen über Natalie zusammenbrechen. Ihr innerer Aufruhr und ihre Übelkeit bewogen sie dazu, sich schwankend von ihrem Stuhl zu erheben und ans Fenster zu gehen, von wo aus sie einen Obstverkäufer beobachtete, der gerade seinen Karren über das Kopfsteinpflaster schob.

»Ich muß gehen«, murmelte sie.

Sie hörte, daß ihre Tante sich ebenfalls erhob. »Natalie, was ist los mit dir? Du bist ja weiß wie die Wand!«

»Ich... das Gebäck ist mir nicht bekommen. Ich fühle mich –«

»Schwindlig?« fragte ihre Tante.

Mit rotem Gesicht fuhr Natalie herum. »Ich habe wohl eine leichte Magenverstimmung.«

Love lächelte und legte Natalie die Hand auf den Arm. »Du bist schwanger, stimmt's?«

»Natürlich nicht!« entgegnete Natalie, aber dann schwankte sie, als sie erneut von Übelkeit überwältigt wurde.

»Komm hierher und leg dich hin, ehe du umfällst«, schalt Love.

Sie führte Natalie zu dem Sofa, holte ein feuchtes Tuch und wischte dem Mädchen damit über die Stirn.

»Du trägst also Ryder Remingtons Kind in dir?«

»Tante Love, du bist einfach unmöglich!«

»Ihr habt gemeinsam den Atlantik überquert, nicht wahr?« stellte ihre Tante fest.

»Das heißt ja wohl noch lange nicht, daß ich seine Geliebte bin! Was denkst du eigentlich von mir?«

»Ich denke, daß du eine Frau bist, die liebt – und die Todesangst hat, den falschen Mann gewählt zu haben.«

»Ich bin kein billiges Flittchen, das durch die Gegend zieht und irgendwelche Verhältnisse pflegt!«

»Das habe ich auch niemals behauptet, meine Liebe. Aber wie du weißt, habe ich den jungen Mann bereits kennengelernt, und ich kenne seinen Vater, eh, *sehr* gut.«

Natalie starrte sie entgeistert an. »Willst du damit etwa sagen, du und William Remington –«

Love blinzelte. »Wie gesagt, William ist ein äußerst leidenschaftlicher Mensch.«

»Ich kann es einfach nicht glauben!«

»Und jetzt ist dir morgens nach dem Aufstehen übel –«

»Es ist vier Uhr nachmittags!«

Love bedachte ihre Nichte mit einem unergründlichen Lächeln. »Meine Liebe, du kannst mich nicht täuschen. Weißt du, ich kannte deine Mutter, und ihr war auch in den seltsamsten Augenblicken schlecht, als sie dich erwartete.«

Natalie ballte schweigend die Fäuste.

Love legte ihr die Hand auf den Arm und sagte leidenschaftlich: »Meine Liebe, du kannst unmöglich nach Amerika zurückfahren. Du mußt Ryder sagen, daß du ein Kind von ihm erwartest.«

Mit Tränen in den Augen sah Natalie ihre Tante an. »Aber dann wird er darauf bestehen, mich zu heiraten.«

»Genau darum geht es ja«, sagte Love sanft.

»Ich kann es ihm nicht sagen«, flüsterte sie elend und schüttelte den Kopf. »Ich kann es einfach nicht. Das wäre so, als würden meine schlimmsten Befürchtungen wahr.«

»Aber was willst du in Amerika machen? Eine alleinstehende Frau, schwanger und ohne Mann?«

»Ich – ich weiß es nicht! Ich werde schon einen Ehemann finden – oder ich erfinde einfach einen.«

Love schüttelte den Kopf. »Du mußt es ihm sagen. Alles andere wäre unfair und unehrenhaft.«

Plötzlich kam Natalie ein schrecklicher Verdacht. »Wenn du Ryder etwas davon erzählst, werde ich dir das nie verzeihen.«

»Ich?« Love sah Natalie unschuldig an. »Meinst du, ich würde jemals etwas so Voreiliges tun? Du mußt doch wissen, daß du mir vertrauen kannst, mein Kind.«

31. Kapitel

»Du nimmst *meinen Erben* mit nach Amerika?«

Natalie saß mit ihrem Vater am Frühstückstisch, als Ryder unangemeldet in den Raum gestürzt kam und ihr diese Frage stellte. Am liebsten wäre sie im Erdboden versunken, vor allem, weil ihr Vater daneben saß – obwohl wenigstens keiner der Dienstboten anwesend war.

Als Ryder diese zornige Frage stellte, starrte Natalie ihn wortlos an. Er sah aus wie ein gefährlicher, wütender Fremder – ganz in Schwarz und mit steinernem Gesicht –, und zum ersten Mal, seit sie ihn kannte, fürchtete sie sich vor ihm. Sie wußte einfach nicht, wie sie reagieren sollte.

Ryder seinerseits fixierte Natalie mit einem zornigen und zugleich verletzten Blick. Er konnte einfach nicht glauben, daß sie ihm dies angetan hatte – daß sie sein Kind unter dem Herzen trug und ihn noch nicht einmal darüber hatte informieren wollen. Dachte sie denn niemals an seine Gefühle? Gott sei Dank hatte sich ihre Tante eingemischt und ihm die Wahrheit gesagt, ehe es zu spät und Natalie ganz für ihn verloren war.

Die beiden sahen einander argwöhnisch an, bis die Spannung unerträglich wurde. Schließlich mischte sich Charles Desmond, der einmal halbwegs nüchtern war, ein. Er stand unsicher auf, und starrte Ryder finster an. »Lord Newbury, was hat Ihr Eindringen zu bedeuten, und wie können Sie es wagen, etwas derart – Skandalöses von meiner Tochter zu behaupten?«

Ryder wandte sich mit eisiger Höflichkeit an Natalies Vater: »Mr. Desmond, ich möchte mich für meinen Auftritt entschuldigen. Trotzdem muß ich unbedingt mit Ihrer Tochter sprechen. Es tut mir leid, daß ich den normalen Lauf der Dinge umkehren muß – eigentlich hätten sich meine Anwälte zunächst mit einem förmlichen schriftlichen Antrag an Sie gewandt.« Er machte eine Pause und bedachte Natalie mit einem bitterbösen Blick. »Aber das Täuschungsmanöver Ihrer Tochter macht es erforderlich, daß ich etwas übereilt handele. Doch ich versichere Ihnen, daß meine Vertreter gleich morgen früh bei Ihnen vorstellig werden.«

Charles räusperte sich und trat verlegen von einem Bein auf das andere. »Nun ja, ich denke, ich lasse euch beide jetzt besser allein, damit ihr die, eh, Angelegenheit besprechen könnt.«

Natalie sah ihren Vater flehend an. »Bitte laß mich nicht mit ihm allein.«

»Natalie!«

Ryders Stimme zwang sie, ihn anzusehen, doch als sie seine zornige Miene erblickte, fuhr sie erschreckt zurück. »Ja?« flüsterte sie.

»Willst du wirklich in Anwesenheit deines Vaters über die Einzelheiten sprechen?« fragte er bedrohlich leise.

Sie schüttelte elend den Kopf, und Ryder wandte sich erneut an Charles. »Sir, würden Sie uns jetzt bitte entschuldigen?«

Nickend verließ Charles den Raum.

Ryder starrte Natalie grimmig an. Er schob einen Stuhl beiseite und trat auf sie zu, aber sie sprang furchtsam auf und floh. Am Fenster holte er sie ein und zog sie in seine Arme.

Obwohl er nicht grob zu ihr war, zappelte sie und versuchte verzweifelt, sich ihm zu entwinden.

»Wag es bloß nicht! Wenn du mir etwas antust, wenn du meinem Kind etwas antust.«

»*Unserem* Kind!« Ryder nahm ihr Gesicht zwischen seine Hände und sah sie leidenschaftlich an. »*Unser Kind*, Natalie. Und wer hat hier wem etwas angetan? Wer hat wen getäuscht? Du bist diejenige, die mir mein Baby nehmen wollte – und die Frau, die ich liebe.«

Die Frau, die ich liebe. Die Worte trafen Natalie mitten ins Herz. Sie starrte ihn an. »Ryder, ich habe getan, was ich für das Beste hielt – für uns beide.«

»Unsinn. Du hast mir weh getan, Natalie.«

Der Schmerz in seinen Augen verletzte sie. »Oh, du hättest es ja noch nicht einmal gewußt«, schrie sie jämmerlich. »Ich bin so wütend auf Tante Love!«

»Sie trifft keine Schuld. Gott sei Dank hatte sie den Anstand – und die Vernunft –, mir von der Sache zu erzählen.«

»Ich werde dich nicht heiraten, Ryder!« platzte sie heraus.

Er ließ die Hände sinken und verzog das Gesicht zu einem drohenden Lächeln. »Meine Liebe, dir bleibt gar keine Wahl. Ich werde morgen offiziell um deine Hand anhalten, und dein Vater wird meinen Antrag annehmen.«

»Natürlich! Nach der Szene, die du gerade veranstaltet hast!«

»Für die einzig und allein du verantwortlich bist. Außerdem werde ich zu meinem Vater gehen, wenn du mich nicht heiraten willst, und ich werde dafür sorgen, daß er seinen ganzen Einfluß geltend macht. Ich bin sicher, daß er bestimmt nicht zulassen wird, daß du mein Kind, seinen Enkel, raubst.«

Sie starrte diesen dunklen, unerbittlichen Fremden an. Plötzlich wirkte er ganz wie der Sohn eines Herzogs, und erschüttert wurde ihr klar, wie er in Zukunft sein würde. »O nein, das kann ich nicht tun! Ich verwandle dich in deinen Vater!«

Seine Worte waren ein eindringliches Flüstern. »Wenn du versuchst, dich mir zu widersetzen, wird es noch schlimmer kommen, Natalie.«

Sie wandte sich von ihm ab, um ihre Tränen zu verbergen. »Du weißt, daß du einen schrecklichen Fehler begehst. Du weißt, daß wir einfach nicht zueinander passen.«

»Dann werden wir eben gemeinsam leiden, meine Liebe, denn ich werde dich niemals gehen lassen.«

Ryder trat hinter sie, legte seine Arme sanft um ihren Bauch, zog sie eng an sich und preßte seine Lippen auf ihre Wange. Bei dieser unerwarteten Zärtlichkeit entfuhr ihr ein schmerzerfülltes Schluchzen.

Sie umklammerte seine Arme. »Ryder, bitte.«

»Genug des Streits, Liebling«, unterbrach er sie. »Die Entscheidung ist gefallen.«

Sie wußte, daß er recht hatte; es gab einfach keinen Ausweg mehr. Sie ließ resigniert von ihm ab, aber er zog sie noch enger an sich. Natalie wünschte sich verzweifelt, daß er gehen würde, ehe sie in Tränen ausbrach, aber heute blieb ihr offensichtlich nichts erspart. Seine Hand strich zärtlich über ihren Bauch, wo ihr gemeinsames Baby wuchs, und sie hatte einen dicken Kloß im Hals.

»Seit wann weißt du es?« fragte er.

Sie zitterte. »Seit ungefähr einer Woche.«

»Und du hast es mir einfach verschwiegen?«

»Ich wollte dich nicht in die Falle locken.«

»Und jetzt bist du diejenige, die das Gefühl hat, in der Falle zu sitzen?«

»Ich – ich weiß nicht.«

»Willst du mein Kind?« fragte er.

Fast hätte sie laut geschluchzt. »O ja.«

Er atmete erleichtert auf, schob ihr Haar zur Seite und küßte sie auf den Hals. »Dann wird alles gut werden. Vertrau mir, mein Liebling.«

Sie wischte sich die Tränen von der Wange. »Hast du das nicht schon einmal gesagt, kurz bevor du das erste Mal mit mir geschlafen hast?«

Er lächelte. »Sie haben keine allzu heftige Gegenwehr geleistet, Mylady – und ebenso gewiß werden Sie bereitwillig meine Frau werden.«

»Du bist dir deiner wirklich sicher, nicht wahr?«

»Ja – ich bin sicher, daß wir dafür sorgen werden, daß es klappt – zwischen uns und mit unserem Kind.« Er nagte an ihrem Ohr. »Du weißt, daß wir etwas übereilt heiraten müssen, daß wir nicht noch die sonst übliche Verlobungszeit abwarten können. Aber vielleicht könnten wir ja wenigstens deine Mutter in Paris benachrichtigen?«

»Nein«, widersprach sie leise.

»Hat sie dir so weh getan, Liebling?«

Ihre Stimme brach. »Du hast mir auch weh getan.«

»Mehr als du mir?«

Sie schwieg.

»Glaubst du, daß es so furchtbar werden wird, mit mir verheiratet zu sein?« fragte er sanft. Er drehte sie zu sich um, hob ihren Kopf und umfaßte ihren zitternden Mund mit seinen Lippen, erstickte ihren schmerzerfüllten Aufschrei.

Dies war der bittersüßeste Augenblick in Natalies Leben. Ryders Kuß war besitzergreifend, doch zugleich unendlich zart.

Sie wandte sich ab. »Jetzt hast du bekommen, was du wolltest. Jetzt weine ich.«

Er seufzte. »Ich wollte dich niemals wirklich zum Weinen bringen, ich wollte nur, daß du mich heiratest.« Er streichelte erneut ihren Bauch, und in seinen Augen blitzten Stolz und Liebe auf. »Und du hast behauptet, daß ich keine Macht über dich habe.«

Ihr Zittern verstärkte sich.

»Was ist los, Liebling?«

Mit elender Miene gestand sie: »Der zukünftige Herzog von Mansfield wurde in einer Kutsche oder vielleicht in einem Bordell gezeugt!«

Er lachte und legte seinen Kopf auf ihr Haupt. »Ich glaube eher, in dem Bordell. Ich glaube, ich wußte es bereits, als ich uns in dem Spiegel gesehen habe.«

»Ich habe gar nichts gesehen«, stellte sie schniefend fest. »Ich war ja die ganze Zeit auf den Knien.«

»Ich auch«, stichelte er voller Zärtlichkeit. »Und ich werde auch jetzt wieder auf die Knie gehen, wenn ich dich dann bekomme.«

Sie sah ihn traurig an. »Weißt du, was das Schlimmste ist?«

»Was?«

Sie umklammerte seine Handgelenke. »Es tut mir wirklich leid, daß ich dir weh getan habe, Ryder.«

Und endlich schmiegte sie sich an ihn und ließ ihren Tränen freien Lauf.

Am Nachmittag fuhr Ryder zu seinem Vater. Natalies anfängliche Weigerung, ihn zu heiraten, schmerzte ihn immer noch, aber inzwischen überwogen Hoffnung und Freude. Sie würden heiraten; er würde dafür sorgen, daß es gelang. Mit Natalie an seiner Seite wäre alles möglich.

William Remington erhob sich, als sein Sohn das Arbeitszimmer betrat. »Ryder, was kann ich für dich tun?«

Ryders Ton war kühl und förmlich. »Ich bin gekommen, um Sie darüber zu informieren, daß ich Natalie Desmond heiraten werde. Aus Respekt für meine Mutter gebe ich Ihnen diese eine Chance, mir Ihre Zustimmung zu geben. Aber zugleich warne ich Sie, daß jedes Wort, daß Sie gegen Miss Desmond sagen, dazu führen wird, daß wir einander nie wiedersehen.«

William sah seinen Sohn bestürzt an. »Mein Sohn, ich – natürlich gebe ich dir meinen Segen. Aber sag mir eines, trägt diese junge Frau dein Kind unter ihrem Herzen?«

»Das geht Sie überhaupt nichts an!« Ryder starrte seinen Vater haßerfüllt an und wandte sich zum Gehen.

William folgte ihm. »Ryder – bitte. Natalies Tante hat es mir erzählt.«

Ryder starrte ihn sprachlos an.

»Love sagte, daß Natalie in der Angelegenheit recht halsstarrig sei. Sie dachte, ihr bräuchtet vielleicht Hilfe – nun, Hilfe bei den gesetzlichen Dingen. Sollte das der Fall sein, werde ich dir gerne meine Anwälte zur Verfügung stellen, und falls ihr eine Sonderheiratserlaubnis braucht, ich stehe mit dem Erzbischof auf recht gutem Fuß.«

Ryder sah seinen Vater argwöhnisch an. »Woher kommt dieser plötzliche Sinneswandel, Euer Ehren?«

William Remington schwieg lange, ehe er langsam zum Sprechen ansetzte: »Es tut mir leid, daß ich Miss Desmond anfangs verurteilt habe. Ich kenne ihre Tante sehr gut, und ich weiß inzwischen, daß sie eine junge Dame aus sehr gutem Haus ist. Love und ich werden ebenfalls bald heiraten.«

Ryder war angenehm überrascht. »Ach ja?«

»Außerdem sorge ich mich um das Kind. Du kannst natürlich nicht zulassen, daß einer deiner Nachkommen unehelich geboren wird, und ebensowenig kannst du zulassen, daß Miss Desmond jemand anderen heiratet.«

»Ist das alles?« fragte Ryder angespannt.

Der Herzog schüttelte den Kopf und fuhr fort. »Außerdem habe ich das Gefühl, daß ich vielleicht nicht immer das Beste für dich getan habe, mein Sohn, und ich hätte gern eine neue Chance – dir gegenüber und natürlich meinem Enkel gegenüber.«

Ryder sah seinen Vater mit gemischten Gefühlen an. »Ich kann Ihnen nichts versprechen, Euer Ehren, aber da Sie es offenbar ehrlich meinen, nehme ich Ihre Hilfe gerne an.«

»Danke, Ryder.«

»Ich danke dir, Vater.«

Dies war das erste Mal seit Jahren, daß Ryder William Remington ohne zornigen Unterton ›Vater‹ nannte, und als die beiden sich zum Abschied die Hände schüttelten, war es das erste Mal seit Carlottas Tod, daß sie einander berührten.

32. KAPITEL

Weniger als eine Woche später standen Ryder und Natalie vor dem Altar der St.-Margarets-Kirche, während der Vikar die Trauungszeremonie vollzog. Hinter ihnen saßen die Hochzeitsgäste. Die Feier fand im kleinen, aber ehrenwerten Kreis statt, mit Mitgliedern beider Familien, wenigen ausgewählten Freunden und ein paar Kabinettsministern, die Ryders Vater kannten.

Natalie blickte Ryder an, als er das Ehegelübde sprach. Er sah wunderbar, wenn auch streng aus in seinem schwarzen Samtfrack, dem Rüschenhemd, den braunen Hosen, den schwarzen Schuhen mit Messingschnallen und den weißen Handschuhen. Sein langes schwarzes Haar, das zu einem Zopf zusammengebunden war, verriet seine heimliche Verwegenheit, auch wenn sein Gesicht ernst und edel war, als er ihr die Treue schwor.

Er versucht so verzweifelt, ehrenwert zu sein, dachte sie voller Zärtlichkeit. Aber konnte er langfristig glücklich sein, wenn er in einer Ehe gefangen war? Sie fürchtete, daß er sich Illusionen machte, daß er von seiner Leidenschaft für sie und seinem Verlangen, das Richtige zu tun, getrieben wurde. Sie hoffte inständig, daß ihre Beziehung gelingen würde, auch wenn sie insgeheim befürchtete, daß sie auf eine Katastrophe zusteuerten, weil er sich eines Tages gefangen fühlen würde und sie nicht die Macht besäße, um etwas daran zu ändern.

Ryder sah Natalie an, als sie ihr Gelübde sprach. Sie sah einfach göttlich aus in ihrem französischen Brautkleid aus weißem Satin mit Spitzenbesatz. Sie trug einen kleinen Rosenkranz im Haar, und ihre Frisur war von einem hauchdünnen Schleier bedeckt, der über ihr Gesicht und ihre cremefarbenen Schultern fiel. Er bewunderte ihr tief ausgeschnittenes Dekolleté und die hohe Taille ihres Kleides und dachte darüber nach, daß die gängige Mode ihr auch dann gut zu Gesicht stehen würde, wenn ihr Bauch mit dem Kind dicker würde...

Seinem Kind. In der letzten Woche hatte er viel an das Baby gedacht, das sie haben würden, hatte überlegt, ob es wohl ein Junge oder Mädchen würde, hatte sich vorgestellt, wie er es zum ersten Mal in den Armen hielte, wie Natalie ihm die Brust gäbe. Sie hatte ihn verletzt, als sie ihm das Kind – und sich selbst – hatte nehmen wollen. Und auch jetzt noch zeigten der leicht gekräuselte Mund und die feinen Linien um ihre Augen, daß sie ihn nicht ganz aus freien Stücken heiratete. Warum konnte sie nur nicht glauben, daß er in der Lage war, sich ihr zuliebe zu ändern, daß er ein guter Ehemann und Vater würde?

Während der Hochzeitsvorbereitungen hatte sie Distanz gewahrt, aber er hatte die Absicht, den Graben, der zwischen ihnen klaffte, heute nacht zu überbrücken. Er würde seine Braut hofieren, sie verführen und sie dann die ganze Nacht lieben – leidenschaftlich und doch sanft zugleich, um ihr und dem Baby nicht zu schaden. Erregung und ein übermächtiges Verlangen wallten in ihm auf, als er daran dachte, seine Braut in seinen Armen zu halten, endlich wieder allein mit ihr zu sein.

Er verspürte Besitzerstolz und Freude. Was für ein Narr er doch gewesen war, je zu denken, daß es ihm reichen würde, Natalie ein paarmal zu verführen. Er liebte sie und er wäre niemals zufrieden gewesen, ohne sie ganz zu besitzen. Jetzt hatten die Heimlichkeiten ein Ende. Ab heute waren sie eins. Und irgendwann würden sie einander trauen und verstehen.

Freudig streifte er Natalie den Ring über den Finger, und der Vikar erklärte sie zu Mann und Frau. Ryders Herz machte einen Satz, als Natalie ein strahlendes Lächeln aufsetzte. Er beugte sich vor, gab ihr einen Kuß und lächelte zufrieden, als die Hochzeitsgäste zustimmend murmelten.

Als er und Natalie vom Altar zurücktraten, waren sein Vater und Love Desmond die ersten, die ihnen gratulierten. William sah ernst und würdevoll aus in seinem förmlichen schwarzen Anzug, und Love trug ein elegantes lavendelfarbenes Seidengewand.

»Ich freue mich für dich, mein Sohn«, sagte William Remington mit einem freundlichen Lächeln.

»Danke, Vater.« Als Ryder William die Hand schüttelte, verspürte er das eigenartige Bedürfnis, ihn zu umarmen. Als er sah, wie der Herzog Natalie die Wange küßte, drehte er sich um und umarmte statt dessen Love.

Auch Natalie freute sich über die herzlichen Glückwünsche von Ryders Vater. Als William ihr die Wange küßte, wurde ihr klar, daß sie ab jetzt ein Teil der Remingtonschen Familie war, Ryders Frau bis zum Tod. Wieder hoffte sie, daß es zwischen ihr und Ryder gut würde, vor allem um des Kindes willen. Neben ihr plauderte ihr Bräutigam stolz und fröhlich mit Love, aber sie hatte immer noch Zweifel, ob er all die Jahre hindurch zufrieden sein würde.

Jetzt kam Love herüber und umarmte Natalie. »Meine Liebe, du siehst einfach hinreißend aus.« Sie wischte sich eine Träne aus dem Auge und fragte vorsichtig: »Du bist mir doch nicht mehr böse, weil ich dein Geheimnis verraten habe, oder?«

Natalie bedachte ihre Tante mit einem warmen Lächeln. »Wenn ich dir jedesmal lange böse wäre, wenn du etwas Unmögliches tust, dann käme ich zu nichts anderem mehr.«

Love tätschelte ihr die Hand. »So ist es am besten, Liebling. Wart's nur ab.«

Es fiel Natalie schwer, Loves Worte anzuzweifeln, als Francesca mit Freudentränen in den Augen herüberkam und sie herzlich in die Arme schloß. »Meine liebste Natalie, ich kann dir gar nicht sagen, wie glücklich ich bin, daß ich diesen Tag noch erleben darf«, sagte sie gerührt. »Du und mein Enkel, ihr seid wirklich ein wunderbares Paar.«

»Danke, Comtessa«, erwiderte Natalie.

»Diese Ehe ist gottgewollt. Sie wird lange und fruchtbar sein, du wirst sehen.«

»Ist das wieder eine Vision?« fragte Natalie.

Francesca drückte ihr die Hand. »Das ist eine Gewißheit.«

Nach einem Augenblick wandte Francesca sich Ryder zu, und Natalies Vater kam, um seiner Tochter zu gratulieren. Zwar war er nüchtern und trug förmliche Kleider, aber er war kreidebleich, seine Augen waren blutunterlaufen und er schwankte leicht. Als er Natalie umarmte, spürte sie, wie er zitterte, und roch den Alkohol in seinem Atem.

»Meine Liebe, ich freue mich so für dich.«

Sie sah ihn besorgt an. »Ist alles in Ordnung, Vater?«

Er machte eine wegwerfende Handbewegung. »Natürlich. Mach dir keine Sorgen.«

Aber Natalie beobachtete mit gerunzelter Stirn, wie er zu Ryder stolperte, um ihm die Hand zu schütteln.

Nachdem sie sich in das Heiratsregister eingetragen hatten und somit auch den gesetzlichen Anforderungen Genüge getan war, fuhren sämtliche Gäste zum Hochzeitsfrühstück ins Desmondsche Haus. Die zwanzig Personen drängten sich im Eßzimmer, in das die Bediensteten noch zwei zusätzliche Tische gestellt hatten, die in Hufeisenform angeordnet waren, um eine gewisse Gemütlichkeit zu schaffen. Nachdem sie alle Platz genommen hatten, servierten die livrierten Pagen Eier, Schinken, Obst, Brötchen, Hochzeitstorte und Champagner.

Einen Augenblick später stand Natalies Vater auf, um den ersten Toast auf das Brautpaar auszusprechen. »Meine Freunde«, setzte er unsicher an. »Laßt uns auf meine wunderbare Tochter Natalie und ihren frisch gebackenen Ehemann, Lord Newbury, anstoßen.« Er sah seine Tochter an, schneuzte sich und fuhr mit zittriger Stimme fort. »Ich hoffe, sie werden ihr Leben lang glücklich miteinander sein, wie es ihrer Mutter und mir nicht vergönnt war.«

Die Hochzeitsgäste tauschten betroffene Blicke aus, als sie die Gläser erhoben. Charles leerte sein Glas in einem Zug und bedeutete einem der Pagen, ihm nachzuschenken.

Während der Mahlzeit tauschten die Gäste munter die neuesten Klatschgeschichten aus. Es war die Rede von einer kürzlich erfolgten Auseinandersetzung zwischen den konservativen und den liberalen Abgeordneten wegen einer Reform des Zivilrechts und des Parlaments selbst. Aber genau wie auf Lord und Lady Litchfields Soiree ging es hauptsächlich um die bevorstehende Krönung.

»Glaubt ihr, daß sich der König tatsächlich im Juli krönen läßt?« fragte Lady Litchfield. »Oder müssen die Handwerker die zusätzlichen Galerien in der Abtei genau wie im letzten Sommer wieder abbauen?«

»Wie ich hörte, werden inzwischen täglich die Einladungen erwartet«, stellte Francesca fest. »Der König scheint es dieses Mal also ernst zu meinen.«

»Wenn er es wirklich ernst meint«, bemerkte Teddy Brandon, »dann weist er die Handwerker am besten an, noch einen Käfig zu bauen, in den er Königin Caroline während der Feierlichkeiten einsperren kann.«

Diese Worte bewirkten einen kollektiven Schrei der Entrüstung bei den Damen, und plötzlich verglichen alle die angeblichen Tugenden der entehrten, rundlichen Königin mit den Eigenschaften ihres zügellosen, unersättlichen Ehemannes.

»Nach Prinzessin Charlottes Tod«, erklärte Lord Chalmsley, »hätte man meinen sollen, daß der König seine Trennung von Caroline noch einmal überdenkt. Er hat seine direkte Erbin verloren, und man fragt sich, wem die Monarchie im Fall seines Todes zufallen wird. Der kleinen Victoria etwa?«

»Wahrscheinlich ist es schwierig, genügend Kinder zu bekommen«, sagte Teddy Brandon, »wenn man beständig unter Verstopfung, Rippenfellentzündung und Fettleibigkeit leidet.«

Brandons anzüglicher Kommentar führte dazu, daß die Damen sich erneut empörten, während einer der Männer trocken feststellte, daß König Georges Vorliebe für großmütterliche Typen seine Chancen auf Kindersegen wohl nicht gerade erhöhte. An dieser Stelle mischte Ryders Vater sich ein und lenkte die Konversation entschlossen in andere Bahnen, indem er sich zu einigen kürzlich erschienenen theologischen Schriften des Erzbischofs von Canterbury äußerte. Da dieses Thema niemanden besonders interessierte, wandten sich alle wieder ihrem Essen zu. Natalie fragte sich, ob ihr Schwiegervater den Themenwechsel wohl ihr zuliebe bewirkt hatte, um ihr mögliche Peinlichkeiten wegen ihres Zustandes zu ersparen.

Zehn Minuten später beugte sich Ryder zu ihr hinüber und flüsterte ihr ins Ohr: »Liebling, ich fürchte, dein Vater fällt gleich um.«

»O nein!« flüsterte sie zurück, als sie sah, daß Charles' Kopf gerade auf seinen Teller sank.

Glücklicherweise hatte Love bereits zwei Pagen herangewinkt, die vorsprangen und Charles davor bewahrten, ganz in die Rühreier zu fallen. Sie halfen ihm auf und brachten ihn unter den verstohlenen Blicken der anderen Gäste aus dem Raum. Als einen Augenblick später Fitzhugh aufgeregt im Türrahmen stand, erhob sich Love und ging zu ihm hinüber. Auch Natalie entschuldigte sich und ging hinaus.

»Was ist los?« fragte sie Love in angespanntem Flüsterton. »Geht es Vater schlecht?«

Love bedachte ihre Nichte mit einem beruhigenden Lächeln. »Es ist alles in Ordnung, meine Liebe. Fitzhugh schafft es nur nicht, deinen Vater zu wecken.«

»O nein! Ich muß sofort zu ihm!«

»Mach dich nicht lächerlich! Du kannst unmöglich dein eigenes Hochzeitsfrühstück verlassen. Ich werde mich um Charles kümmern, und falls es erforderlich ist, rufe ich eben den Arzt. Geh jetzt wieder ins Eßzimmer zurück, Natalie. Ich versichere dir, daß du deinen Vater nur noch mehr in Verlegenheit bringst, wenn du seinetwegen jetzt auch noch deine Gäste verläßt.«

Natalie nickte bekümmert und ging zurück.

»Liebling, was ist los?« fragte Ryder, während er aufsprang, um ihr den Stuhl zurechtzurücken.

»Vater geht es nicht gut.«

»Mußt du zu ihm?«

Sie schüttelte den Kopf. »Tante Love kümmert sich um ihn.«

»Wir werden sie ablösen, sobald alle Gäste gegangen sind«, sagte er bestimmt.

Als er ihr unter dem Tisch die Hand drückte, lächelte sie. Manchmal war er wirklich fürsorglich und liebenswert.

Nachdem die Gäste dem Brautpaar nochmals alles Gute gewünscht hatten und gegangen waren, eilten Ryder und Natalie die Treppe hinauf.

Vor der Tür zu Charles' Zimmer trafen sie auf den Arzt. »Wie geht es meinem Vater, Dr. Sturgess?« fragte Natalie.

Der dünne, bärtige Mann schüttelte traurig den Kopf. »Nicht gut. Er sieht einfach erbärmlich aus.«

»Ich habe bemerkt, daß er in letzter Zeit ziemlich gelb ist«, warf Ryder ein.

»In der Tat. Er wird sich noch zu Tode trinken.« Dr. Sturgess sah Natalie grimmig an. »Aber ich fürchte, daß er nicht nur unter dem übermäßigen Alkoholkonsum leidet. Er hat einfach ein gebrochenes Herz. Er weigert sich, von seiner selbstzerstörerischen Besessenheit von Ihrer Mutter abzulassen. Wenn er so weitermacht, wird er kein Jahr mehr leben, meine Liebe.«

Natalie nickte betrübt, und der Arzt wandte sich zum Gehen.

Ryder beobachtete, wie seine Braut mit sich rang. Ihr herrliches

Gesicht verriet Stolz, Angst und Liebe. Es machte ihn traurig, daß die Probleme ihrer Familie ihr solche Schmerzen bereiteten.

»Liebling, wie kann ich dir nur helfen?« fragte er sanft.

Sie schwieg.

»Natalie?« drängte er.

Schließlich sah sie ihn mit ernster Miene an. »Wir müssen nach Paris fahren und meine Mutter nach Hause holen.«

Ryder strich ihr vorsichtig über die Wange. »Natürlich, meine Liebe. Habe ich dir jemals einen Wunsch abgeschlagen?« Er beugte sich vor und fügte zärtlich hinzu: »Außer natürlich dem Wunsch, mich zu verlassen. Wir werden gleich morgen früh ein Dampfschiff nach Calais nehmen – und wir werden deine Mutter nach Hause bringen.«

»Oh, Ryder, ich danke dir.«

Mit einem strahlenden Lächeln warf sie sich in seine Arme, und Ryder hatte das Gefühl, als hätte er endlich den Siebten Himmel erreicht.

33. Kapitel

Nachdem sie den Großteil des Tages bei Charles verbracht hatten, unterrichteten sie Francesca, William und Love über ihre Pläne und fuhren zu dem Hotel in Piccadilly, in dem sie Räume für ihre Hochzeitsnacht gebucht hatten. Die prächtige Suite war mit antiken Möbeln, Textiltapeten, Orientteppichen und Samtvorhängen bestückt. Natalie und Ryder saßen im Kerzenlicht an einem kleinen Tisch in der Nähe des Fensters, aßen Hummer und tranken Champagner. Sie trug ein blaßblaues, spitzenbesetztes Negligé und er einen burgunderfarbenen Morgenmantel.

Ryder hatte Natalie eine ganze Weile angestarrt und war zu dem Schluß gekommen, daß er sie wesentlich köstlicher fand als die herrlichen Speisen und den wunderbaren Trank auf dem Tisch. Ihr kastanienbraunes Haar fiel in seidigen Wellen über ihre Schultern, und er konnte es kaum erwarten, endlich mit den Fingern durch diese weiche Masse zu fahren. Ihre Wangen wurden von einem zarten rosafarbenen Hauch überzogen, und ihre Augen glühten in einer Mischung aus Unsicherheit und sehnsüchtiger Erwartung. Er würde dafür sorgen, daß die Unsicherheit schwand und daß sich die Sehnsucht zu ungezügelter Leidenschaft steigerte. Er konnte es nicht erwarten, sie endlich in die Arme zu nehmen und die Ehe mit ihr zu vollziehen.

Natalie fand den glühenden, intensiven Blick ihres Mannes erregend und beunruhigend zugleich. Sie dachte an die vor ihr liegende Nacht und daran, daß sie nun für den Rest des Lebens das Bett mit ihm teilen würde, und ihr Magen zog sich furchtsam zusammen. Sie murmelte eine Entschuldigung, stand auf und ging hinüber ans Fenster. Eine sanfte Brise streichelte ihr Gesicht, als sie auf die Silhouette der St.-James-Kirche blickte, die von der untergehenden Sonne in leuchtendes Gold getaucht wurde.

Ryder trat hinter sie und legte seine Arme um ihre Taille. »Hast du keinen Hunger, Liebling?« murmelte er und nagte zärtlich an ihrem Hals.

Sie unterdrückte einen Schauder der Erregung und drehte sich zu ihm um. »Nicht unbedingt.«

Er runzelte besorgt die Stirn. Sie war ihm körperlich so nahe, doch zugleich war sie meilenweit von ihm entfernt. Sie war seine Frau, aber er hatte immer noch Zweifel, ob sie ganz ihm gehörte, ob sie ihm von nun an ihr Leben anvertraute.

»Du mußt jetzt für zwei essen«, tadelte er.

»Ich weiß. Aber ich kann es nicht ändern. Ich habe in letzter Zeit einfach keinen Appetit.«

Er zog sie eng an sich und küßte sie auf die Braue. »Wir werden sehen, mit was für Köstlichkeiten ich dich in Paris verwöhnen kann.«

Sie schenkte ihm ein bezauberndes Lächeln, aber ihr Blick verriet, daß sie sich immer noch Gedanken machte. »Ich bezweifle, daß ich dort allzusehr ans Essen denke.«

»Du machst dir Sorgen um deinen Vater, nicht wahr?«

Sie nickte. »Wenn sich nichts verändert, könnte er sterben, Ryder. Und zwar bald.«

»Mach dir keine Sorgen«, beruhigte er sie. »Wir werden deine Mutter finden und sie hierher zurückbringen.«

Sie lächelte. »Du kümmerst dich immer um meine Probleme – erst suchst du Tante Love und jetzt versuchst du, meinem Vater zu helfen.«

Ryder berührte ihre Nasenspitze. »Liebling, es ist mir ein Vergnügen, dir zu helfen. Und was die Reise nach Paris angeht – gibt es einen herrlicheren Ort, um seine Hochzeitsreise zu verbringen? Und vielleicht kommt ja sogar etwas dabei heraus.«

»Falls Mutter sich überhaupt bereit erklärt, mit uns nach London zu kommen«, erwiderte Natalie skeptisch.

Er sah ihr in die Augen. »Du bist immer noch sehr böse auf sie, nicht wahr?«

Sie nickte ernst. »Habe ich etwa keinen Grund dazu? Sie hat meinen Vater und mich im Stich gelassen und lebt seit Jahren, als hätte es uns nie gegeben.«

»Ich weiß. Es schmerzt mich nur zu sehen, wie traurig du bist.«

Sie löste sich abrupt aus seiner Umarmung. »Aber es schmerzt dich nicht genug, um mich nicht zu dieser Ehe zu zwingen.

Ihre Worte trafen ihn mitten ins Herz. »Habe ich dich durch diese Eheschließung denn derart ins Elend gestürzt?«

Sie rang die Hände. »Nein, nicht unbedingt ins Elend, aber weißt du, ich bezweifle immer noch, daß unsere Ehe auf Dauer gutgehen wird.«

»Hatten wir denn eine andere Wahl, Natalie?«

Sie lächelte traurig. »Nein, ich glaube nicht, obwohl ich fürchte, daß du dich eines Tages allzu eingeengt fühlen wirst.«

Er trat erneut auf sie zu und nahm sie in die Arme. »Warum überläßt du diese Sorge nicht einfach mir?«

»Du scheinst mir all meine Sorgen abnehmen zu wollen.«

Er nahm ihr Gesicht in seine Hände. »Natalie, sieh mich an.«

Sie starrte ihn trotzig an, während er leise sprach: »Ich weiß, daß du dir um deinen Vater Sorgen machst und daß du dich auf das Wiedersehen mit deiner Mutter nicht gerade freust. Ich weiß, daß du immer noch böse auf mich bist, weil ich dich gezwungen habe, mich zu heiraten. Aber wir sind jetzt miteinander verheiratet und wir werden das Beste draus machen. Falls du vorhast, diese Probleme zu benutzen, um heute nacht eine Barriere zwischen uns zu errichten, laß dir gesagt sein, daß es nicht funktionieren wird.«

Mit schuldbewußtem Blick machte sie sich von ihm los. Wieder folgte er ihr und zog sie in seine Arme, und wieder hielt er sie eng an sich gepreßt. Ein Stöhnen drang über ihre Lippen, als sie die Heftigkeit seines Verlangens in ihrem Rücken spürte.

»Weißt du, wie lange ich darauf gewartet habe, endlich wieder mit dir alleine zu sein?« murmelte er.

Sie erschauderte. »Ja.«

»Hast du Angst, daß ich dir weh tun werde? Daß ich dem Baby weh tun werde?«

»Nein.« Ihre Stimme klang erstickt.

»Warum weinst du dann?« Er umfaßte ihre Brüste und preßte seinen Mund an ihren weichen Hals.

Natalie seufzte, als sein Duft und seine Hitze ihre Haut vor Verlangen prickeln ließen. »Wenn wir so eng beieinander sind, fühle ich mich dir nahe, als wäre ich ein Teil von dir. Und das macht mir angst.«

»Weil du fürchtest, daß du mich eines Tages aufgeben mußt?«

»Ja.«

»Niemals!« Er streichelte sanft ihren Bauch. »Erinnerst du dich noch daran, daß ich einmal gesagt habe, wir beide wären uns vielleicht ähnlicher, als du denkst?«

»Ja.«

»Vielleicht hast du Angst, dem Teil deines Selbst nachzugeben, der mir so ähnlich ist – dem verwegenen, leidenschaftlichen Teil, dem skandalösen Frauenzimmer, das ich in der Taverne in Charleston kennengelernt habe.«

Sie drehte sich zu ihm um und sah ihn neugierig an. »Falls du damit sagen willst, daß ich Angst davor habe, die Kontrolle über mein eigenes Leben zu verlieren, dann hast du recht.«

Obgleich seine Augen belustigt aufblitzten, war seine Stimme ernst. »Liebling, du brauchst keine Angst vor mir zu haben. Du kannst alles sein, was du willst – ein schamloses Weib oder ein echter Blaustrumpf. Ich bin überzeugt davon, daß wir immer einen Weg finden, um unseren verschiedenen Bedürfnissen gerecht zu werden.«

»Glaubst du das wirklich?« fragte sie hoffnungslos.

Er zog sie eng an seinen Körper. »Ich muß es glauben, Liebling, denn alles andere wäre unerträglich. Es wird uns vielleicht einige Anstrengung kosten, aber ich weiß, daß wir miteinander glücklich sein können.«

Sie lächelte zaghaft. »Oh, ich hoffe so, daß du recht hast.«

Er erwiderte ihr Lächeln. »Versprichst du mir etwas?«

»Was?«

»Versprichst du mir, daß du es zumindest versuchen wirst?«

»Natürlich werde ich es versuchen«, sagte sie warm.

Er seufzte erleichtert auf und begann, sanft ihren Hals zu küssen. »Und wirst du zulassen, daß es dir vielleicht sogar Spaß macht?«

Sie lachte atemlos. »Wie sollte es mir keinen Spaß machen mit dir?«

»Nicht nur die Augenblicke, die wir gemeinsam im Bett verbringen, Liebling, obwohl sie wirklich himmlisch sind. Ich möchte, daß du mir versprichst, daß du dich einfach ein bißchen gehenläßt – daß du dir unsere Hochzeitsreise nicht von all deinen Sorgen verderben läßt.«

»Ich denke, das ist das mindeste, was ein Bräutigam verlangen kann«, stellte sie lächelnd fest. »Also gut, ich verspreche es.«

Sein leidenschaftlicher Blick ließ sie erwartungsvoll erzittern. »Und heute nacht werden wir damit anfangen. Es wird keine Barrieren geben, sondern nur dich und mich und unsere Liebe.«

Sie sagte nichts, aber das lustvolle Keuchen, mit dem sie auf seinen Kuß reagierte, war Antwort genug. Als sie die Härte seiner Leidenschaft spürte, glitt sie sanft mit den Händen seinen Rücken hinab.

»Keine Angst, Liebling, ich werde sanft sein«, flüsterte er. »Aber denk immer daran, daß du mir gehörst – du bist meine Frau, meine Liebe. Heute und in Ewigkeit.«

Ryder nahm seine Frau bei den Händen und führte sie zum Bett. Als er ihr das Nachthemd abstreifte, sah sie ihn immer noch unsicher an, doch ihre Skepsis erregte ihn noch mehr. Er würde sich als ihres Vertrauens würdig erweisen, er würde die Nähe zwischen ihnen schaffen, die sein Herz ersehnte.

Er ließ seinen glühenden Blick über ihren wunderschönen, reifen Körper wandern, und plötzlich verspürte er eine heiße Freude bei dem Gedanken, daß sie nun endlich ihm gehörte. Er fuhr ihr mit der Hand durch das Haar, küßte eine der seidigen Strähnen und atmete ihren süßen Duft tief ein.

»Mein Gott, du bist einfach wunderbar.«

Er berührte eine ihrer geschwollenen Brüste, und als sie nach Luft rang, beugte er sich über sie und nahm die dunkle Brustwarze in den Mund.

Sie schrie vor Lust und Schmerz auf, und er zog sich eilig zurück.

»Meine Brüste sind sehr empfindlich«, murmelte sie.

»Wofür zweifellos ich verantwortlich bin«, stellte er stolz und zufrieden fest.

Sie lächelte, und als sie den Gürtel seines Morgenmantels öffnete und ihn gierig musterte, wallte erneut Erregung in ihm auf.

Er hob sie auf das Bett, zog seinen Morgenmantel aus, legte sich neben sie und gab ihr einen leidenschaftlichen Kuß. Nach einer Weile glitt sein Mund über ihren Hals und dann über ihre vollen Brüste. Sie reagierte, indem sie sein Gesicht an ihre Brustwarzen schob und ihn ermutigte, tief daran zu saugen. Jetzt verrieten ihm ihr Keuchen und ihre Bewegungen Zufriedenheit, als er ihren schönen, festen Busen streichelte, küßte und knetete.

Er schob sich tiefer und suchte mit den Lippen nach Zeichen der Veränderung auf ihrem Bauch. Sie war immer noch vollkommen flach und zitterte.

»Ich kann es nicht erwarten, bis du endlich rund bist mit meinem Kind«, flüsterte er und streichelte ihren Bauch mit der Hand, »bis ich spüre, wie er sich bewegt und wie sich dein Körper mit jedem Tag verändert.«

»Und was ist, wenn *er* eine *sie* ist?«

Er lachte und ließ seine Zunge über ihren Nabel gleiten. »Falls wir erst ein Dutzend Mädchen kriegen, ist mir das auch recht. Ich möchte schließlich nicht, daß du, nachdem du mir einen Erben geschenkt hast, behaupten kannst, du hättest deine Pflicht erfüllt.«

»Auf diesen Gedanken käme ich niemals«, sagte sie atemlos.

Er sah sie begehrlich an. »Und ich würde es niemals zulassen.«

Mit diesen Worten glitten seine Lippen noch tiefer. Als er ihre Schenkel auseinanderschob, erstarrte sie. Er spreizte ihre Beine sanft mit den Händen und flüsterte: »Wir sind jetzt verheiratet, mein Liebling. Du bist jetzt meine Frau.«

Sie erschauderte und entspannte sich mit einem schmerzlichen Seufzer. Er bedeckte sie mit heißen Küssen, bis sie sich vor Lust wand und ihre Hände in seinem Haar vergrub. Als er sie mit seinen Fingern erforschte, schrie sie auf und warf den Kopf in den Nacken. Er blickte auf und sah ihre Verletzlichkeit und ihren inneren Kampf, doch als er seine Finger in sie schob, sah er, daß sie sich auf die Lippen biß und sich an die Laken klammerte. Sie war so wunderbar mit ihren harten Brustwarzen und dem reichen, kastanienbraunen Haar, das sich wie ein Schleier über den Kissen ergoß. Und sie gehörte ihm...

Sein Blut war in Wallung und sein Glied war marmorhart. Aber immer noch lag er zwischen ihren Schenkeln, immer noch wollte er die Qual für sie beide erhöhen. Er nahm sie mit den Lippen und mit der Zunge, bis sie sich ihm mit einem fieberhaften Schrei vollkommen ergab. Dann starrte er ihr ins Gesicht – auf die brennenden Wangen, in die verhangenen Augen, auf den feuchten, geöffneten Mund. »Liebst du mich, Natalie?« fragte er heiser.

Ihre Augen schimmerten feucht. »Ja.«

»Dann sag es.«

»Ich liebe dich, Ryder.«

Der Klang dieser süßen, sehnsüchtig erwarteten Worte aus ihrem Mund trieb ihm fast die Tränen in die Augen. Als er sich auf sie legte, überraschte sie ihn, indem sie ihn umdrehte, bis er mit dem Rücken gegen das Kopfbrett gelehnt saß. Der gedankenverlorene Blick, mit dem sie sich auf ihn setzte, bewegte ihn, sie tief auf sich zu ziehen, ihre Brust mit dem Mund zu liebkosen und mit den Händen ihren Rücken und ihr Hinterteil zu streicheln.

»Laß mich...« Sie atmete schwer. »Laß mich dich küssen.«

Er ließ sie los und stöhnte, als er ihre Lippen spürte. Zuerst küßte sie seinen starken Hals und dann seine muskulöse Brust, während sie seine Männlichkeit fest zwischen ihre Finger nahm.

Er wurde von heißem Verlangen gepackt. Er keuchte und konnte dem Drang, sie einfach zu nehmen, ehe er sich in ihre Hand ergoß, kaum noch widerstehen.

Dann beugte sie sich über ihn und nahm sein Glied in den Mund. Nasse, samtige Hitze hüllte ihn ein. Er schloß die Augen und biß die Zähne aufeinander. Ein Schrei formte sich in seiner Kehle und er vergrub eine Hand in ihrem Haar. Ihre Zunge vollführte einen wilden, verruchten Tanz auf seiner gepeinigten Männlichkeit. Er hielt es einfach nicht länger aus.

»Natalie, du weißt gar nicht, was du da tust«, krächzte er. »Mein

Gott, Frau, du bringst mich um – wenn ich dich nicht vorher umbringe.«

Statt einer Antwort lachte sie, richtete sich auf und schob ihre Zunge tief in seinen Mund. Inzwischen war Ryder vollkommen außer sich vor Lust.

Seine Berührung war heftig, fast grob, als er sie packte, hochhob, auf den Rücken warf und sich zwischen ihre gespreizten Schenkel schob. Er führte die Hand zwischen ihre Körper und streichelte sie mit seinem rauhen Daumen, bis sie schrie. Dann drang er langsam in sie ein.

Gott, sie war so heiß, so eng! Sie hüllte ihn in einen feurigen Dunst des Wahnsinns ein.

Sie stand tatsächlich am Rande des Wahnsinns: »Nimm mich, Ryder. O bitte!«

»Sag mir, daß du mir gehörst«, flüsterte er. »Allein mir.«

Sie schluchzte. »Ich gehöre dir. Dir allein, Liebling.«

Die Süße dieser Worte war mehr, als Ryder ertrug. Er drang noch ein wenig tiefer, bis er spürte, daß sie sich um ihn herum zusammenzog. Er erschauderte, und dann warf sie sich ihm entgegen, nahm ihn und schrie mit einer Freude auf, die ihm das Herz brach.

Unter Aufbietung all seiner Kraft hielt er sich zurück. Er drückte sein Verlangen mit zahllosen wilden Küssen aus, während er sie mit sanften, tiefen Stößen nahm. Er zog sich zurück, blickte ihr tief in die Augen und beobachtete, wie sie vor Verlangen brannte, während er ihre Unterlippe zwischen seine Zähne nahm. Er umfaßte ihre Hände und verschränkte ihre Finger, und dann machte sie mit einem verwegenen Stoß ihrer Hüfte den letzten Rest seiner Selbstbeherrschung zunichte. Er warf sich auf sie, vereinigte sich mit ihr und füllte sie mit seinem Saft, bis sie mit einem gemeinsamen Schrei der Erfüllung zusammenbrachen.

34. Kapitel

Eine gute Woche später standen Natalie und Ryder am Fenster eines anderen Hotels, dieses Mal im romantischen Paris, von wo aus sie den Place de la Concorde überblicken konnten. Die lange Reise von London war ermüdend gewesen, und nach einem frühen Abendessen auf ihrem Zimmer trugen sie bereits ihre Nachtgewänder. Ryder stand hinter Natalie, die Hände um ihren Bauch geschlungen und das Kinn auf ihren Kopf gelegt, während sie gemeinsam den Sonnenuntergang beobachteten. Dies war ein glücklicher Augenblick für ihn. Er hielt seine Braut in den Armen und sah Paris mit den Augen eines frischgebackenen Ehemannes.

Das prächtige Mansardengebäude lag direkt über dem ruhigen Platz. An diesem warmen Juniabend spazierten elegant gekleidete Menschen über das reich bepflanzte und mit zahlreichen von Tauben umflatterten Statuen ausgestattete Achteck. Der Duft verschiedener Blumen stieg aus den begrünten Gräben, die den Platz umgaben. Im Westen erstreckten sich die majestätischen, von Kastanienbäumen gesäumten Champs-Élysées, die in dem halbfertigen Arc de Triomphe ihren Abschluß fanden, im Osten erhoben sich die Tore der Gärten der Tuilerien und im Süden promenierten Bürger am Ufer der Seine oder über den Pont de la Concorde, auf dem man die Denkmäler französischer Helden bewundern konnte. Am anderen Ufer des glitzernden, dicht befahrenen Flusses ragte die beeindruckende griechische Fassade der Abgeordnetenkammer in den Abendhimmel hinauf.

Ryder fragte sich, was Natalie bei diesem ersten Parisbesuch empfand. Sie war wohl kaum zum ersten Mal in Frankreich, denn als Kind hatte sie, ehe der Konflikt mit Napoleon an Schärfe zugenommen hatte, mit ihren Eltern den Kontinent bereist. Als junger Mann hatte er in Wellingtons Kavallerie in Waterloo gekämpft, und er hatte zu den Truppen gehört, die Paris im Sommer 1815 besetzt hatten, als die französische Trikolore gefallen und die weiße Flagge der Bourbonen über der Stadt gehißt worden war. Nun, da Bonaparte nicht mehr lebte, schien die Monarchie nach fast dreißig Jahren des Krieges, der Unruhen und des Todes wieder sicher zu sein. Als Ryder auf den friedlichen Platz hinaussah, fiel es ihm schwer zu glauben, daß Ludwig XVI., Marie Antoinette und mindestens tausend andere unglückliche französische Seelen genau hier unter der Guillotine ihr Ende gefunden hatten. Und weiter überlegte er, was diese vielen schrecklichen Jahre Frankreich gebracht hatten. Trotz des revolutionären Eifers, der das Land so lange bedeckt hatte – es hatte endlose Kämpfe zwischen dem König und den Revolutionären, zwischen den Royalisten und den Bonapartisten gegeben –, gab es immer noch Millionen französischer Bauern, denen es nach wie vor ums nackte Überleben ging.

Doch selbst diese unschönen Gedanken konnten Ryders Glück nicht beeinträchtigen, als er mit seiner Frau den wunderbaren Ausblick genoß. Er dachte an das Baby, das sie in sich trug, und hoffte, daß die Ereignisse der vergangenen Woche sie nicht allzusehr angestrengt hatten. Am Tag nach der Hochzeit hatten sie eins der neuen Dampfschiffe von Dover nach Calais genommen, und dann hatten sie die mühsame Überlandreise nach Paris begonnen. Die Gasthäuser, in denen sie übernachtet hatten, waren nicht gerade luxuriös gewesen, aber trotzdem hatten sie die gemeinsamen Nächte in vollen Zügen genossen. Ryder fühlte sich seiner Braut näher als je zuvor, aber er wußte, daß sie immer noch Teile ihres Herzens vor ihm verborgen hielt. Nun, da sie endlich in der sorgenfreien Stadt Paris angekommen waren, hoffte er, daß sie nicht ausschließlich mit der Auseinandersetzung mit ihrer Mutter beschäftigt sein würden, sondern daß er Zeit hätte, um sie zu verwöhnen, um sie in die besten Geschäfte und Restaurants zu führen, in die Oper, ins Theater, in Museen…

Auch Natalie hegte zärtliche Gefühle, als sie auf den herrlichen Platz hinausblickte. Die erste Woche ihrer Hochzeitsreise mit

Ryder war trotz der anstrengenden Fahrt in der Postkutsche geradezu idyllisch gewesen. Ihr Ehemann hatte sich als charmanter, aufmerksamer Begleiter und als wunderbarer Liebhaber erwiesen. Kleine, erregte Schauder rannen ihr über den Rücken, als sie sich an die herrlichen Liebesnächte erinnerte, die sie geteilt hatten. Vor allem an eine Nacht erinnerte sie sich, als es ihr vollkommen egal war, daß das Gasthaus, in dem sie übernachteten, schmutzig und die Matratze, auf der sie geschlafen hatten, durchgelegen war. Ryder hatte sie erregt, bis sie vollkommen außer sich gewesen war. Dann hatte er sie tief und langsam geliebt und war eingeschlafen, noch während er in ihr gewesen war. Bis zum Anbruch der Dämmerung war er noch zweimal wach geworden und hatte sie erneut genommen. Es war einfach wunderbar gewesen, und inzwischen war sie süchtig nach der Intimität, die sie teilten – und sie liebte ihn mehr denn je. Allmählich befürchtete sie, daß sie im Grunde ihres Herzens ein wirklich verruchtes Wesen war – eine faszinierende, doch zugleich beängstigende Vorstellung. Aber sie hatte die Woche genossen und konnte nur beten, daß es zwischen ihnen so bliebe.

Jetzt waren sie in Paris, und die Magie und die Lebendigkeit der Stadt verstärkten ihre Gefühle noch. Aber als Natalie daran dachte, daß sie aus einem ernsten Grund gekommen waren, runzelte sie leicht die Stirn.

Ryder bemerkte die Veränderung. Er strich ihr über das Haar und beugte sich zu ihr hinab. »Du siehst besorgt aus, meine Liebe. Gefällt dir die Aussicht nicht?«

Sie blickte lächelnd zu ihm auf. »Oh, sie ist einfach wunderbar – ich hatte ja keine Ahnung, daß Paris eine so herrliche Stadt ist. Meine Mutter wollte immer, daß wir einmal hierherkommen, aber als ich endlich alt genug war, fand mein Vater, daß es zu gefährlich wäre. Ich habe viel über Paris gelesen, und ich erinnere mich an die Beschreibungen meiner Mutter, aber auf etwas so Schönes war ich nicht gefaßt.«

»Und warum runzelst du dann die Stirn? Denkst du an morgen?«

»Ja. Ich denke an die Begegnung mit meiner Mutter.«

»Es wird auch für sie eine große Überraschung werden – wenn wir sie überhaupt finden. Zu schade, daß nicht genug Zeit war, um ihr vorher zu schreiben.«

Natalie schwieg.

»Wie war es, ehe deine Mutter ging?« fragte Ryder.

»Turbulent.« Sie sah ihn grimmig an. »Ich war damals vierzehn.«

»Hat dein Vater damals auch schon so viel getrunken?«

»Nein. Ich erinnere mich daran, daß er gerne gespielt und getrunken hat, aber zumindest besaß er damals noch so viel Verantwortungsbewußtsein, daß er täglich an die Börse ging.«

»Erinnerst du dich noch an die Trennung deiner Eltern? Du sagtest, sie wären aus politischen Gründen auseinandergegangen.«

Sie nickte. »In der Zeit, als Wellington durch Spanien zog und Napoleon eifrig damit beschäftigt war, die Preußen zu bekämpfen, hatten meine Mutter und mein Vater eine heftige Auseinandersetzung. An die Einzelheiten des Streits erinnere ich mich nicht mehr, obwohl ich ihre Schreie im Wohnzimmer deutlich gehört habe. Am nächsten Morgen hat meine Mutter London verlassen, und seitdem ist sie nicht mehr zurückgekommen.«

Er küßte sie auf den Kopf und atmete den süßen, erregenden Duft ihrer Haare ein. »Armer Schatz. Und sie hat sich noch nicht einmal von dir verabschiedet?«

Natalie starrte aus dem Fenster. »Ehrlich gesagt hat sie es versucht. Sie klopfte an meine Tür und sagte, daß sie ginge, aber ich habe mich geweigert, ihr zu öffnen.«

»Und in all den Jahren hat sie niemals versucht, Kontakt zu dir aufzunehmen?«

»Eine Zeitlang hat sie mir Briefe geschrieben, aber ich habe sie ungelesen verbrannt.«

Er zog sie an sich. »Bist du immer noch böse auf sie, Liebling?«

Sie drehte sich zu ihm um und sah ihn mit hochgezogenen Brauen an. »Du bist schließlich auch immer noch böse auf deinen Vater.«

»Das ist etwas anderes«, stellte Ryder leise fest. »Er hat mir die Schuld am Tod meiner Mutter gegeben.«

»Und meine Mutter hat mich im Alter von vierzehn allein gelassen.«

Er nickte. »Du hast recht. Es tut mir leid.«

Sie zuckte mit den Schultern. »Vielleicht ist es trotzdem an der Zeit, daß ich wieder mit ihr spreche. Aber ich bezweifle, daß sie jemals zu meinem Vater zurückkehren wird.«

»Noch nicht einmal jetzt, da Bonaparte tot ist?«

Sie drehte sich wieder um und starrte auf die Seine hinaus. »Napoleons Tod mag einen Sinneswandel bei ihr bewirken, aber ich glaube, daß die Veränderung nicht ausreichen wird. Wenn überhaupt, wird meine Mutter wohl noch wütender als vorher auf die Briten sein, weil sie ihren Favoriten ins Abseits manövriert haben. Sie war immer sehr eigensinnig, egozentrisch und eitel.«

»Wir werden sie überzeugen, meine Liebe«, schwor er leidenschaftlich und blickte zu dem luxuriösen Bett mit den Seidenbrokatvorhängen und der Flasche eisgekühlten Champagner, die auf dem Nachttisch stand. »Aber du bist bestimmt ziemlich erschöpft. Meinst du, ich könnte dich überreden, mit mir ins Bett zu kommen?«

Sie bedachte ihn mit einem herzerwärmenden Lächeln. »Dazu brauchst du mich niemals zu überreden«, flüsterte sie, stellte sich auf die Zehenspitzen und küßte ihn.

Es war früher Nachmittag, als Ryder und Natalie sich am nächsten Tag auf den Weg zu ihrer Mutter machten. Sie hatten lange geschlafen, hatten sich geliebt, und dann hatte Ryder darauf bestanden, seine Frau mit einem ausgedehnten Frühstück im Bett zu verwöhnen.

Jetzt verließen sie ihr Hotel, spazierten unter den Arkaden der Rue de Rivoli entlang und bewunderten den Ausblick auf die Terrassen und Statuen in den Gärten der Tuilerien. Sie wirkten wie ein ordnungsgemäß verheiratetes Paar. Natalie trug ein hochgeschlossenes Tageskleid aus feinem blauen Musselin und einen Strohhut mit Seidenblumen, und Ryder trug einen schwarzen Frack, einen Seidenzylinder und lederfarbene Hosen. Es war ein milder Tag, in den Kastanienbäumen sangen die Vögel, und eine hübsche offene Kutsche klapperte fröhlich den Boulevard hinab.

An der Ecke bogen sie nach Norden in die Rue de Castiglione ein, vorbei an Geschäften und Lokalen, und bald hatten sie den Place Vendôme erreicht, den prachtvollen, ehemaligen Paradeplatz, der inzwischen von Appartementhäusern umrundet war. Ryder blickte auf die Bronzesäule in der Mitte des Platzes, von der die Statue Napoleons entfernt worden war.

»Bist du sicher, daß deine Mutter hier lebt?« fragte er und sah sich skeptisch zwischen den grauen Steinbögen und den hoch aufragenden Kolonnaden um.

»Nein – aber auf dem Absender stand immer ein Gebäude an der Place Vendôme.«

Ryder sah seine Frau tadelnd an. »Aha! Also hast du zumindest einen Blick auf die Umschläge geworfen, ehe du sie ins Feuer geworfen hast.«

Darauf sagte sie nichts. Als sie an der Vendôme-Säule vorbeigingen, starrte sie verblüfft auf das nackte Metall und fragte: »Müßte hier nicht eigentlich eine Statue stehen?«

»Allerdings – Bonaparte höchstpersönlich hat hier gethront«, antwortete Ryder. »Nach der Schlacht von Austerlitz 1805 ließ Napoleon die tausend Kanonen, die er erbeutet hatte, einschmelzen und aus der geschmolzenen Bronze die Säule und eine Statue modellieren. Während der Restauration 1814 wurde sein Standbild dann heruntergerissen.«

Natalie schüttelte den Kopf. »Heruntergerissen? Diese Franzosen sind einfach zu kriegerisch. Aber jetzt bin ich sicher, daß meine Mutter hier lebt. Sie hätte bestimmt eine Wohnung mit Blick auf ihren Helden gewählt – auch wenn er inzwischen nicht mehr da ist.«

Sie fanden die angegebene Hausnummer und traten durch den Torbogen eines herrlichen Mansardengebäudes. Im Foyer trafen sie auf einen ältlichen Gentleman, den Natalie in bestem Französisch nach dem Appartement ihrer Mutter fragte. Natalie und Ryder lachten, als der Herr in fast perfektem Englisch antwortete: »Ah, ja! Madame Desmond! Dritter Stock. Erste Suite links.«

Sie stiegen die Stufen bis in die dritte Etage hinauf, und allzu schnell standen sie vor einer großen Doppeltür mit hübschen Paneelen und gehämmerten Goldknäufen.

Als Ryder den furchtsamen Blick seiner Frau bemerkte, küßte er sie eilig auf die gerunzelte Braue. »Kopf hoch, Liebling. So schlimm kann es gar nicht werden.«

Auf sein Klopfen hin öffnete ihnen ein großer, schlanker Butler, der sie fragend ansah. »Madame, Monsieur. Was kann ich für Sie tun?«

»Sagen Sie Madame Desmond, daß ihre Tochter und ihr Schwiegersohn sie sehen möchten«, sagte Ryder.

»Wie bitte, Monsieur?« fragte der Butler erstaunt.

Natalies Herz machte einen Satz, als sie die Stimme ihrer Mutter hörte. »Jacques, wer ist es?«

Einen Augenblick später kam eine große Frau mittleren Alters in einem tief ausgeschnittenen, blauen Satinkleid in die Eingangshalle. Ryder sah mit einem Blick, daß Desiree Desmond die ältere Ausgabe seiner schönen Ehefrau war. Sie hatte das gleiche herzförmige Gesicht und die gleichen braunen Augen. Sie war eine elegante Erscheinung und hatte ihr von silbrigen Strähnen durchzogenes kastanienbraunes Haar zu einer kunstvollen Lockenfrisur aufgetürmt.

»Natalie, mein Liebling!« rief sie aus. »*Mon Dieu*, bist du es wirklich?«

Desiree eilte auf ihre Tochter zu und fiel ihr um den Hals. Als

Natalie das vertraute blumige Parfüm ihrer Mutter einatmete, wallten unerwartete Gefühle in ihr auf. Trotz ihres Zorns fühlte sie sich in den Armen ihrer Mutter sicher und warm. Die Herzlichkeit der Begrüßung entwaffnete sie, und ihre Abwehr wurde von einem überraschenden Gefühl der Zusammengehörigkeit zunichte gemacht.

Desiree küßte ihre Tochter auf die Wange und dann wischte sie sich eine Träne aus dem Gesicht. »Oh, meine Liebe, ich kann einfach nicht glauben, daß du wirklich gekommen bist! Wie oft habe ich von diesem Augenblick geträumt, in dem wir einander endlich wiedersehen. Und du bist inzwischen eine bezaubernde junge Dame geworden!«

»Danke, Mutter«, erwiderte Natalie steif. »Du siehst ebenfalls gut aus.«

Desirees Blick fiel auf Ryder. »Und wer ist der reizende Gentleman, den du mitgebracht hast?«

»Darf ich dir meinen Ehemann vorstellen? Ryder Remington, Lord Newbury.«

»Deinen Ehemann?« Desirees überraschter Blick kehrte von Ryder zu Natalie zurück. »Aber meine Liebe, ich wußte gar nicht, daß du verheiratet bist.«

»Es gibt vieles, was du nicht weißt«, entgegnete Natalie in verbittertem Ton.

Einen Augenblick schien Desiree nicht zu wissen, was sie sagen sollte, doch dann riß sie sich zusammen und wandte sich mit einem nervösen Lachen an Ryder. »Nun, Sie sind wirklich ein äußerst attraktiver junger Mann, Lord Newbury.«

»Danke, Madame«, erwiderte Ryder und küßte ihr die Hand. »Es ist mir ein Vergnügen, Sie kennenzulernen.«

»Kommt doch rein«, drängte Desiree, und an den Butler gewandt sagte sie: »Jacques, bitte bringen Sie uns einen *café au lait.*«

»Sehr wohl, Madame.«

Desiree führte das Paar in einen hohen, mit goldfarbenen Paneelen verkleideten Salon, dessen Sitzgruppe aus karminroten Samtsofas und vergoldeten Stühlen bestand. Obwohl Natalie eine gewisse Eleganz durchaus gewohnt war, sah sie sich mit großen Augen in dem opulenten Zimmer um. Ihr Blick wanderte von der mit reichen Stuckarbeiten und ausladenden Kristallüstern geschmückten Decke zu den vergoldeten italienischen Fresken, die drei der Wände bedeckten, und von dort weiter zu dem herrlichen Portrait der jungen Desiree mit der Signatur des bekannten Pariser Künstlers Vigée-Lebrun, das über dem Kamin zwischen den Fenstern hing. Natalie hatte einen Kloß im Hals, als sie die verblüffende Ähnlichkeit zwischen sich und dem Gemälde bemerkte, und sie erinnerte sich daran, daß das Bild im Heim ihrer Eltern in London gehangen hatte – ehe ihre Mutter gegangen war.

Desiree bedeutete ihnen, Platz zu nehmen, und Ryder zog Natalie zu einem roten samtbezogenen Kanapee, während ihre Gastgeberin sich auf einen Stuhl gegenüber sinken ließ.

»Was bringt euch nach Paris, meine Lieben?« fragte sie heiter. »Darf ich hoffen, daß ihr meinetwegen gekommen seid?«

Als Natalie ihre Mutter mit einem kühlen Blick bedachte, sprang Ryder eilig ein: »Wir sind auf unserer Hochzeitsreise, Madame.«

Desiree sah ihre Tochter an. »Und seit wann bist du verheiratet, Liebling?«

»Seit einer Woche.«

Desiree sah sie vorwurfsvoll an. »Und du hast mich noch nicht einmal zu deiner Hochzeit eingeladen?«

Natalie wich dem Blick ihrer Mutter aus. »Ich dachte nicht, daß du Interesse daran gehabt hättest oder daß du gekommen wärst, wenn ich dich eingeladen hätte.«

Desiree schien bestürzt. Sie seufzte. »Ich kann es dir nicht verdenken, meine Süße. Ich habe versucht, dir alles in meinen Briefen zu erklären.«

Natalie starrte ihre Mutter trotzig an. »Ich habe sie nicht gelesen.«

Desiree rang nach Luft, doch die Spannung legte sich ein wenig, als der Butler mit dem Kaffee kam. Desiree reichte Ryder und Natalie die Tassen aus Sèvres-Porzellan und die Teller mit köstlichem Erdbeer-Sahne-Gebäck.

Während sie aßen, wandte sich Desiree mit einem tapferen Lächeln an ihre Tochter. »Nun, meine Liebe, Hauptsache, du bist jetzt hier. Nun können wir alles nachholen. Du mußt mir unbedingt erzählen, was du in den letzten Jahren gemacht hast.«

Gehorsam berichtete Natalie, wie sie die letzten acht Jahre verbracht hatte. Sie erzählte ihrer Mutter, daß sie mit Tante Love nach Amerika gegangen war, um dort die Fabrik zu leiten, und daß sie später auf der Suche nach Stoffschmugglern und ihrer verschwundenen Tante nach England zurückgekommen war.

Während Natalie eine Pause machte, um an ihrem Kaffee zu nippen, sah Desiree sie augenzwinkernd an. »Du hast dich also Hals über Kopf ins Abenteuer gestürzt, meine Liebe?«

»Nicht unbedingt«, erwiderte Natalie steif. »Ich hatte einfach entsetzliche Angst um Tante Love.«

»Aber natürlich.« Desiree sah Ryder bewundernd an. »Und was hat dein prachtvoller Ehemann mit der ganzen Sache zu tun?«

Natalie nickte Ryder zu, der von sich erzählte und davon, wie er Natalie kennengelernt hatte. Er vervollständigte Natalies Bericht, indem er erklärte, daß sie zusammen nach England gekommen waren und daß sie vor ihrer Hochzeit die Schmuggelbande hatten auffliegen lassen und Tante Love wiedergefunden hatten.

Desiree klatschte begeistert in die Hände. »Oh, ich habe noch nie eine so romantische Geschichte gehört! Ich bin froh, daß ihr beide so amüsante Dinge erlebt habt.« Sie sah ihre Tochter an. »Du warst ein so ernstes Kind, als ich ging.«

»Was sich nach deinem Verschwinden nicht gerade geändert hat«, stellte Natalie grimmig fest.

Wieder senkte sich verlegenes Schweigen über die Runde, doch dann bedachte Desiree ihre Gäste mit einem erneuten Lächeln.

»Oh, wir werden uns prächtig amüsieren! Ich muß euch unbedingt die Stadt zeigen, euch meinen Freunden vorstellen. Heute abend bin ich zu einem Empfang bei Monsieur Talleyrand-Périgord eingeladen. Ihr müßt unbedingt mitkommen. Wo wohnt ihr?«

»Unser Hotel liegt an der Place de la Concorde«, erwiderte Ryder.

»Nun, Talleyrands Haus liegt praktisch nebenan! Aber ihr müßt unbedingt zu mir ziehen! Ich habe genug Platz.« Als sie Natalies und Ryders skeptischen Blick sah, lachte sie. »Oh, was sage ich da? Natürlich, ihr seid frisch verheiratet! Da seid ihr natürlich lieber allein! Und gibt es einen romantischeren Ort als Paris?«

»Wir wissen Ihr Verständnis zu schätzen, Madame«, sagte Ryder. »In der Tat sind wir lieber allein – aber wir werden Sie sicher regelmäßig besuchen, solange wir hier sind.«

Desiree sah ihre Tochter zärtlich an. »Schade, daß es so viele Jahre gedauert hat, bis wir uns endlich wiedergesehen haben.« Sie seufzte und dann fragte sie mit zögernder Stimme: »Trägst du es mir nach, daß ich euch damals verlassen habe, mein Liebling?«

Natalie blitzte ihre Mutter zornig an. Statt die Frage zu beantworten, ging sie in die Offensive: »Willst du eigentlich noch nicht einmal wissen, warum ich heute gekommen bin?«

Desiree runzelte verwundert die Stirn. »Habt ihr nicht gesagt, daß ihr auf Hochzeitsreise seid? Da ist es doch wohl nur natürlich, daß ihr mich besuchen kommt.«

»Wir sind tatsächlich deinetwegen nach Paris gekommen, Mutter.« Als Natalie den freudigen Blick ihrer Mutter bemerkte, hob sie abwehrend die Hand. »Aber mach dir lieber keine allzu großen Hoffnungen auf ein nettes, kleines Wiedersehen. Ich habe dich bereits vor langer Zeit aufgegeben.«

Während Desiree erschüttert seufzte, nahm Ryder die Hand seiner Frau. »Liebling, nimm dich ein bißchen zusammen«, warnte er.

Aber Desiree winkte ab und wandte sich ernst an Natalie.

»Meine Liebe, ich verstehe deinen Ärger. Aber du mußt wissen, daß es mich sehr geschmerzt hat, dich zu verlassen.«

»Ach ja?«

Desiree sah ihre Tochter flehend an. »Warum bist du gekommen, wenn du nicht das Bedürfnis hattest, deine Mutter zu sehen?«

»Ich bin wegen Vater hier.«

Desiree erstarrte.

»Willst du denn nicht wissen, wie es ihm geht?« platzte es aus Natalie heraus.

Zum ersten Mal schien Desiree ins Wanken zu geraten. Sie wandte den Blick ab und blinzelte ein paarmal. »Glaubst du allen Ernstes, daß ich nicht täglich an ihn denke?«

»Allerdings«, erwiderte ihre Tochter vehement.

Ryder nahm erneut ihre Hand. »Natalie –«

»Nein, laß sie nur sagen, was sie denkt«, drängte Desiree. »Sie ist eben zur Hälfte eine impulsive Französin, und ich kann es ihr nicht verdenken.«

»Nun, Mutter?«

Mit leiser Stimme fragte Desiree: »Wie geht es Charles?«

»Er stirbt«, sagte Natalie.

»O mein Gott«, rief Desiree und riß die Augen auf.

»Er säuft sich zu Tode.« Natalies Augen blitzten halb verbittert und halb triumphierend auf. »Der Arzt sagt, daß er wohl höchstens noch ein Jahr zu leben hat. Außerdem sagt er, daß Vater nicht am Alkohol, sondern an einem gebrochenen Herzen stirbt.«

Unsicher erhob sich Desiree von ihrem Stuhl und ging schwankend ans Fenster. »Ich-ich hatte keine Ahnung, daß Charles mein Fortgehen derart zugesetzt hat.«

»Wie hättest du es auch wissen sollen! Du wußtest ja nie etwas – und es hat dich auch niemals interessiert.«

»Das ist nicht wahr.«

«O doch! Sag mir, würdest du mit mir zurückkommen, um Vater zu retten?«

Ryder sah, daß Desiree den Fenstersims so stark umklammerte, daß ihre Knöchel sich weiß verfärbten. »Ich kann es nicht, Natalie.«

Natalie sprang auf. »Das ist der Beweis. Es ist dir egal, was aus ihm wird.«

Desiree fuhr zu ihr herum. Ihre Augen schimmerten feucht, und ihre Stimme zitterte. »Du verstehst überhaupt nichts. Es geht nicht darum, ob es mich interessiert. Es geht ums Prinzip. Dein Vater hätte jederzeit kommen und hier mit mir leben können.«

»Um Pferdewetten abzuschließen und Tarot zu spielen? Um sich dem zügellosen Leben des königlichen Palastes zu ergeben?«

Natalie fuchtelte wütend mit den Armen. »Der Mann schafft es ja kaum, in London zu überleben, und dann soll er hier im Pariser Sündenpfuhl zurechtkommen? Hättest du ihn allen Ernstes den Gefahren einer Immigration ausgesetzt, während England und Frankreich im Krieg lagen? Dieser Schuft Napoleon hätte meinen Vater doch sofort in die Folterkeller der Conciergerie werfen lassen.«

Ryder stöhnte, aber Natalie genoß ihren kleinen Sieg. Desirees Augen blitzten zornig auf, als ihre Tochter ihren geliebten Napoleon niedermachte. »Ich sehe, daß man mit dir nicht vernünftig reden kann«, rief sie voller Leidenschaft. »Du bist genau wie Charles – uneinsichtig und stur bis zum Schluß.«

»Und du? Du bist selbstsüchtig und eitel bis zum Unerträglichen.«

Desiree trat einen Schritt auf ihre Tochter zu. »Du verstehst gar nichts, Natalie. Daß ich gehen mußte, bedeutet noch lange nicht, daß ich dir gegenüber nicht loyal gewesen wäre. Es gibt bestimmte Schmerzen, die eine Frau einfach nicht erträgt.«

»Dann erklär mir bitte, worum es ging. Wenn du das kannst.«

Ehe Desiree etwas sagen konnte, kam der Butler herein. »Madame«, sagte er zu ihr. »Monsieur Dubois ist gekommen, um Sie zum Essen auszuführen.«

Desiree erblaßte und Natalie sah ihre Mutter verächtlich an.

»Wolltest du mir nicht erklären, daß du Vater und mir die Treue gehalten hast? Um Himmels willen, Mutter, halte bloß deine Verabredung ein! Wir wollen schließlich nicht, daß du ein Rendezvous mit deinem Geliebten verpaßt.«

»Natalie, bitte, laß mich dir erklären«, flehte Desiree.

»Ryder und ich gehen jetzt.«

Sie wandte sich zum Gehen, und Ryder bedachte Desiree mit einem entschuldigenden Blick, ehe er ihr folgte.

Desiree eilte ihnen nach und faßte ihn am Arm. »Sorgen Sie dafür, daß sie zurückkommt. Bitte.«

Er lächelte freundlich. »Madame, bitte verzeihen Sie Natalies Impulsivität. Keine Sorge, ich werde dafür sorgen, daß sie zu Ihnen zurückkommt. Aber wie Sie sicher bemerkt haben, hat meine Frau Ihr Temperament geeerbt, was die Sache nicht gerade leichter macht.«

»Allerdings«, seufzte Desiree.

35. Kapitel

Natalie war äußerst schlecht gelaunt, als sie Desirees Haus verließen. Da Ryder die Bombe entschärfen wollte, ehe sie explodierte, bestand er darauf, daß sie über den Boulevard des Italiens spazierten und dort ein Gläschen Wein zu sich nahmen.

Er hatte großes Mitgefühl mit seiner Frau, verstand, daß sie sich von ihrer Mutter betrogen und verlassen fühlte. Aber zugleich war ihm klar, daß ihr Zorn auf Desiree dem, was sie in Paris zu erreichen hoffte, entgegenstand und daß ihr selbstzerstörerischer Haß nur Leid über sie bringen würde. Er wußte, daß Natalie Vernunft annehmen mußte, wenn sie ihr Ziel erreichen wollte.

Sie entschieden sich für ein kleines Café, setzten sich an einen der Tische entlang des farbenprächtigen Boulevards, nippten an ihrem Wein und nagten an ihrem Käse, während die Spaziergänger an ihnen vorüberflanierten. Ein Leierkastenmann drehte die Kurbel seines Instruments, während sein Äffchen herumflitzte und Spenden erbat. Ryder lächelte, als er sah, wie Natalie dem quietschenden Tierchen einen Franc in die Pfote drückte.

Plötzlich entriß der kleine Schurke ihr die Handtasche und rannte kreischend davon. Ryder und Natalie stürzten dem Missetäter nach, und der Leierkastenmann tat sein möglichstes, um ihnen behilflich zu sein, doch das Tier versteckte sich schreiend hinter Natalie. Als das kleine Drama schließlich sein Ende fand und die Tasche zurückerobert war, kehrten Natalie und Ryder lachend an ihren Tisch zurück. Er blinzelte sie an. »Schön, dich wieder lächeln zu sehen, meine Liebe.«

Sofort setzte sie eine bekümmerte Miene auf. »Die Szene mit meiner Mutter tut mir leid. Und das, obwohl ich dir versprochen habe, daß ich versuchen würde, unsere Hochzeitsreise zu genießen.«

Er lächelte. »Ich nehme an, daß ich mich heute nacht im Bett dafür rächen werde.«

Sie lachte und errötete, aber als sie ihr Glas hob, sah sie ihn erneut nachdenklich an.

»Was denkst du, Liebling?« fragte er.

Sie seufzte. »Manchmal frage ich mich, ob es überhaupt glückliche Ehen gibt oder ob sie nicht alle eines Tages in Lügen und Betrügereien enden.«

Er nahm ihre Hand. »Unsere wird niemals so enden.«

Sie lächelte. »Ich weiß deine Bemühungen zu schätzen.«

»Und ich werde mich auch künftig bemühen«, versprach er ernst.

Obgleich sein Ton ehrlich klang, sah sie ihn weiterhin zweifelnd an. »Ich weiß, daß du das jetzt denkst. Aber wenn sich die erste Leidenschaft erst einmal gelegt hat –« Sie machte eine Pause, und sah ihn an: »Wag es ja nicht zu lachen! Ich will damit lediglich sagen, daß etwas anderes anstelle der Leidenschaft treten muß.«

Ryder konnte nur mit Mühe ein Lachen unterdrücken. »Liebling, die sogenannte erste Leidenschaft wird sich niemals legen. Ich begehre dich immer mehr statt weniger. Andererseits, wenn Ihre Leidenschaft nachlassen sollte, Mylady, dann müssen Sie damit zurechtkommen, nicht ich. Aber ich werde schon einen Weg finden, um sie zu neuem Leben zu erwecken.«

»Das wirst du bestimmt«, bestätigte sie lachend.

»Allerdings. Außerdem verbindet uns bereits mehr als bloße Leidenschaft – nämlich unsere Liebe, unser Kind und unsere Entschlossenheit, meinem ungezügelten Leben ein Ende zu machen.«

Wenn er sich nicht eines Tages nach diesem Leben zurücksehnte, dachte sie. Sie lächelte ihn zärtlich an. Hoffentlich hatte er recht!

Er drückte ihre Hand. »Natalie, was deine Mutter betrifft ...«

»Ja?« fragte sie angespannt.

»Du warst ihr gegenüber ziemlich hart.«

Sie stellte seufzend ihr Weinglas ab.

»Weißt du, sie hat uns beide überraschend herzlich willkommen geheißen.«

»Weil sie Schuldgefühle hat«, erklärte Natalie.

»Nicht vielleicht, weil sie dich wirklich liebt?« schlug er vor.

»Eine liebende Mutter verläßt ihre vierzehnjährige Tochter nicht einfach so!«

»Ob sie das nun getan hat oder nicht, Tatsache ist, daß du sie immer noch liebst.«

»Das tue ich nicht!«

Er nahm ihr Kinn und zwang sie, ihn anzusehen. »Ach nein? Und warum weinst du dann?«

Tatsächlich zitterte Natalie vor Anstrengung, ihre Tränen zurückzuhalten. »Weil sie mir weh getan hat – und weil sie meinem Vater weh getan hat.«

»Ich weiß, Liebling. Aber du hast ihr nie die Chance gegeben, dir alles zu erklären.«

Sie schwieg.

»Du hast ihre Briefe verbrannt, und selbst jetzt noch wehrst du all ihre Erklärungsversuche zornig ab.«

Sie schwieg immer noch.

»Was die Probleme zwischen deinen Eltern angeht, so sind sie wohl kaum die alleinige Schuld von einem.«

Sie sah ihn herausfordernd an. »Du gibst ja auch ausschließlich deinem Vater die Schuld am Scheitern seiner Ehe.«

Er lächelte. »Himmel, du bist wirklich unnachgiebig.«

»Ich sage nur die Wahrheit, oder nicht?«

»In der Vergangenheit mag es so gewesen sein«, gab er zu. »Aber vielleicht bin ich inzwischen an einem Punkt angelangt, an dem mir klar wird, daß das Leben nicht nur aus schwarz und weiß besteht. Nimm zum Beispiel den Freund deiner Mutter. Warum denkst du, daß er ihr Liebhaber ist?«

Sie sah ihn ungläubig an. »Ryder – wir sind hier in *Paris*!«

Er kniff sie lachend ins Kinn. »Was sagst du da, du ungezogenes Mädchen? Verurteilst du deine Mutter wegen Dingen, die du an dir selbst bemerkst?«

Sie starrte ihn an.

»Hast du nicht vielleicht deshalb Angst, weil du heute festgestellt hast, daß du deiner Mutter ähnlicher bist, als dir lieb ist? Vielleicht hast du auch einfach nur bemerkt, daß Desiree Desmond nicht das Ungeheuer ist, als das du sie jahrelang gesehen hast. Du hast dich acht Jahre an deinen Zorn und deinen Schmerz geklammert, und jetzt mußt du deine Vorurteile aufgeben. Und das ängstigt eine ernste, halsstarrige Engländerin wie dich zu Tode, nicht wahr?«

Angesichts der Klugheit ihres Ehemanns lächelte Natalie schuldbewußt. »Vielleicht bin ich ihr ja tatsächlich in gewisser Weise ähnlich – und ja, der Gedanke macht mir angst.«

»Mir nicht«, stellte er heiser fest.

Sie nippte an ihrem Wein. »Du wolltest schon immer die leidenschaftliche Französin in mir zum Vorschein bringen, nicht wahr?«

»Und, ist es mir gelungen?«

Sie lachte. »Ich bin sicher, daß es dir gelungen ist.«

»Nun, Natalie, wirst du deiner Mutter noch eine Chance geben?«

Sie seufzte. »Was soll ich tun?«

»Besuch sie noch ein paarmal, lern sie besser kennen. Laß die Vergangenheit ruhen und vergiß für eine Weile deinen Zorn. Und wenn du sie besser kennst, könnt ihr vielleicht einmal in Ruhe miteinander sprechen.«

»Warum sollten wir das tun?« fragte sie mit neuem Trotz.

Er strich ihr mit dem Finger über die vollen Lippen und erwiderte ernst: »Weil es um das Leben deines Vaters geht.«

Sie nickte ernst. »Du hast recht. Mutter hat weiß Gott Fehler genug, aber ich war ihr gegenüber heute wirklich zu hart. Wir können sie ja morgen noch einmal besuchen.«

»Braves Mädchen.« Er nickte in Richtung ihres Glases. »Und jetzt trink deinen Wein aus, damit wir endlich ein paar der wunderbaren Geschäfte aufsuchen können. Wollen wir doch mal sehen, ob wir nicht noch ein passendes Spielzeug finden, das der Dame meines Herzens gefällt. Schließlich habe ich noch den ganzen Tag, um dich zu korrumpieren, nicht wahr?«

»Du Teufel! Meine Mutter wird dich lieben – wenn sie es nicht schon tut.«

Einen Augenblick später hallte ihr Gelächter den Boulevard des Italiens hinunter.

36. Kapitel

Im Verlauf der nächsten Woche befolgte Natalie den Rat ihres Ehemannes. Sie verbrachte viel Zeit mit ihrer Mutter, und sie bemühte sich, ihre Verbitterung zu unterdrücken und den Elternteil besser kennenzulernen, der sie vor so langer Zeit verlassen hatte.

Es fiel ihr leichter als erwartet, ihren Zorn im Zaum zu halten, denn Paris war einfach eine zauberhafte Stadt. Innerhalb kürzester Zeit hatte die sonnige Metropole sie in ihren Bann gezogen, und die Tatsache, daß sie frisch verheiratet und unbändig verliebt war, verstärkte die Hochstimmung noch. Obgleich sie bezweifelte, daß Ryder auf Dauer in ihrer Ehe glücklich sein könnte, war sie im Augenblick zu selig, um sich allzu viele Sorgen um ihre und Ryders Zukunft zu machen oder um weiter auf Desiree böse zu sein.

Natalie war einfach hingerissen von der Stadt Voltaires und Racines, Lescots und Goujons, Perciers und Fontaines. Zusammen mit Desiree und ihrem ständigen Begleiter, Monsieur Dubois, spazierten Ryder und sie durch den Louvre und die Gärten der Tuilerien, fütterten die Tauben auf den Stufen von Sacré-Cœur und dinierten auf der malerischen Terrasse des Café de la Rotonde. Sie sahen Molières *Schule der Frauen* im Théâtre Français und hörten Spontinis *La Vestale* in der Académie de Musique. Sie schlenderten über die breiten Boulevards mit ihren zahllosen Verkaufsständen, beobachteten Akrobaten, lauschten Orchestern und Chören und verfolgten pompöse Beerdigungsprozessionen. Bei einem Einkaufsbummel erstand Natalie bei Petite Jeanette auf dem Boulevard des Italiens ein neues Kleid und Ryder im Marais-Viertel einen modischen Hut.

Genau wie die Pariser die Besucher aus England beobachteten, beobachtete Natalie ihre eigene Mutter, und so erfuhr sie, wie Desiree zum Leben und zu allen anderen Dingen stand. Sie entdeckte, daß ihre Mutter eine hervorragende gesellschaftliche Taktikerin war. Obgleich sie insgeheim eine schamlose Bewunderung für Bonaparte empfand und im Bourbonenkönig Ludwig XVIII. einen trostlosen Langweiler sah, behielt sie ihre republikanische Überzeugung für sich. Sie bewies ein ebensolches politisches Talent wie der hochgeschätzte Talleyrand, mit dem sie seit langer

Zeit befreundet war, auch wenn er Bonaparte am Schluß den Rücken zugewandt hatte. Desiree zögerte nicht, Ryder und Natalie zu einer öffentlichen Lesung des literarischen Salonlöwen Chateaubriand in der Académie Francaise mitzunehmen, auch wenn er als ehemaliger Anhänger Bonapartes inzwischen in den Adelsstand erhoben und ein treuer Gefolgsmann des Königs geworden war. Und trotz ihrer offensichtlichen Antipathie gegen Großbritannien besuchte sie mit den frisch Verheirateten eine Dinnerparty von Sir Charles Stuart in der Britischen Botschaft am Faubourg Saint-Honoré. In der Tat trauerte Desiree offensichtlich nicht allzusehr um den jüngst verstorbenen Kaiser, und Natalie kamen leise Zweifel an der Tiefe der Verbundenheit, die sie dem ehemaligen Ersten Konsul gegenüber empfunden hatte.

Die Beziehung zwischen Mutter und Tochter war höflich, aber immer noch ein wenig gespannt. Natalie wußte, daß ihre Reserviertheit bei nichtigen Anlässen zutage trat, zum Beispiel, wenn sie über eine von Desirees typischen empörenden Bemerkungen nicht lachte oder wenn sie auf eine ihrer Fragen kurz angebunden reagierte.

Außerdem erfuhr sie einiges über die verwegene Seite ihrer Mutter. Desiree war begeistert von Pferdewetten, von Würfel-, Karten- und diversen anderen Glücksspielen. Sie spielte regelmäßig, aber anders als die meisten männlichen Verwandten von Natalie setzte sie sich selbst eine Höchstgrenze und hielt sich daran. Überraschend oft gewann sie sogar.

Aufgrund ihrer zahlreichen Gemeinsamkeiten wurden Desiree und Ryder schnell Freunde. An einem sonnigen Nachmittag, als Monsieur Dubois vor dem Café de la Régence zum Schachspielen verabredet war, verbrachten Desiree und Ryder Stunden beim Kartenspiel. Natalie saß auf dem Sofa und las Scotts *Ivanhoe*, während die beiden abwechselnd austeilten und lachend nach den Karten griffen. Am liebsten hätte Natalie an dem Spaß teilgehabt, aber sie wurde immer ärgerlicher, weil ihre Mutter sich so offensichtlich nicht für Charles Desmonds Schicksal interessierte; in der Tat hatte sie Charles in den letzten Tagen kein einziges Mal erwähnt. Außerdem gefiel es Natalie nicht, daß Desiree fast ständig in Begleitung des aufmerksamen Monsieur Dubois erschien.

Nachdem Desiree zum fünften Mal verloren hatte, sammelte sie die Karten ein, wandte sich an ihre Tochter und erklärte: »Dein Ehemann hat wirklich teuflisches Glück beim Spiel. Ich bin sicher, daß du gegen ihn niemals gewinnst.«

»Wir spielen nicht«, sagte Natalie steif.

»Zumindest keine solchen Spiele«, fügte Ryder mit einem süffisanten Grinsen hinzu.

Desiree brach in schallendes Gelächter aus, beugte sich über den Tisch und klopfte Ryder spielerisch mit den Karten auf den Arm. »Du bist wirklich ein Draufgänger, mein Freund, und so groß und hübsch.« Zu Natalie sagte sie: »Wie kannst du deine Hände auch nur für einen einzigen Tag von ihm lassen?«

Angesichts dieser für Desiree typischen, schamlosen Frage knurrte Natalie nur, während Ryder mit einem erneuten Grinsen bemerkte: «Das tut sie ja gar nicht.«

Jetzt mußte selbst Natalie lachen, doch dann wurde ihre Aufmerksamkeit erneut auf Desiree gelenkt.

»Henri! Was machst du denn schon wieder hier?« rief sie.

Natalie blickte in Richtung der Tür, wo der Butler Monsieur Dubois, einen drahtigen, kleinen Franzosen mit einem gewachsten Schnurrbart und einem beständigen Lachen in den Augen, hereinführte. In der Zeit, die sie zu viert verbracht hatten, hatte Natalie festgestellt, daß Henri ein durchaus angenehmer Gesellschafter war, auch wenn es ihr nicht paßte, daß er sich ständig in der Nähe ihrer Mutter aufhielt. Heute trug er einen schwarzen Frack, eine Weste aus silberfarbener Moiréseide und graue Hosen, unter denen sich ein für einen Mann mittleren Alters beachtlich schmucker Körper abzeichnete.

Der elegante Franzose ging zum Kartentisch und küßte Desiree die Hand. *«Ma chère.«* Dann nickte er Natalie und Ryder zu. »Madame. Monsieur.«

»Oh, genug mit den Höflichkeiten. Setz dich«, sagte Desiree.

Lächelnd tat Henri wie ihm geheißen.

»War Ihr Schachspiel so schnell beendet, Monsieur?« fragte Ryder.

Henri lachte. »Oh, mein Freund Pierre hat es mir heute leichtgemacht. Eigentlich schade, aber der arme Kerl ist am Boden zerstört, weil seine Liaison mit Madame Renault in die Brüche gegangen ist.«

»Schade«, bemerkte Desiree ungerührt, während sie die Karten mischte.

»Ich dachte, wir könnten vielleicht alle vier im Café de Paris zu Abend essen«, fuhr Henri fort.

»Natalie und ich würden gerne mitkommen«, sagte Ryder, »aber ich muß darauf bestehen, daß Sie heute abend meine Gäste sind.«

»O nein, nein, ihr seid unsere Gäste«, erklärte Desiree.

»Ryder hat recht«, mischte sich Natalie ein. »Du und Monsieur Dubois habt uns bereits viel zu oft eingeladen – zum Essen, ins Theater, zu einer Fahrt auf der Seine.«

Henri blinzelte Natalie zu. »Vielleicht können wir diesen kleinen Disput ja mit einem Würfelspiel beenden.«

»Ihr Franzosen und eure verdammte Vorliebe für Glücksspiele«, knurrte Natalie, aber Henri sammelte bereits die Karten ein und holte die Würfel hervor. »Der Gewinner bezahlt, ja?«

»Ich finde, daß der Verlierer bezahlen sollte«, sagte Ryder.

»Aber das ergibt keinen Sinn«, sagte Desiree.

Die drei diskutierten noch eine Weile, doch schließlich einigte man sich auf Ryders Bedingungen. Natalie wurde von ihrem Ehemann überredet mitzuspielen, und in stummem Einverständnis machten sich die beiden daran, das Spiel zu verlieren.

»Anscheinend haben wir das Brautpaar besiegt«, stellte Henri ironisch fest.

»Du weißt, daß sie absichtlich verloren haben«, sagte Desiree mit einem tadelnden Blick auf Ryder.

Der grinste nur. »Ja, aber Sie haben beachtliches Talent, Madame. Sie hätten uns wohl so oder so besiegt.«

»Allerdings, Desiree ist einfach unschlagbar«, stimmte Henri ihm bewundernd zu. Er nahm Desirees Hand und küßte ihre beringten Finger. »Du bist eine Frau mit vielen Talenten, nicht wahr, *ma belle?* Immerhin haben wir soeben ein Abendessen gewonnen.«

Natalie knirschte mit den Zähnen, als sie sah, daß Monsieur Dubois zum zweiten Mal in einer Stunde die Hand ihrer Mutter küßte.

Als Ryder den trotzigen Gesichtsausdruck seiner Frau bemerkte, räusperte er sich. »Wollen wir dann gleich gehen?«

»Ich würde gern erst noch in unser Hotel fahren«, sagte Natalie mit gerunzelter Stirn.

»Ist alles in Ordnung, meine Liebe?« fragte Desiree besorgt.

»Warum geht ihr drei nicht allein essen?« Natalie rieb sich die Stirn und verzog das Gesicht. »Ich habe Kopfschmerzen.«

»Oh, mein armer Liebling«, rief Desiree.

»Madame, in einem solchen Augenblick wollen wir Ihnen bestimmt nicht Ihren Ehemann rauben«, sagte Henri galant.

Ryder sah Natalie zweifelnd an. »Können wir das Essen vielleicht auf morgen abend verschieben? Ich glaube, Natalie könnte ein bißchen frische Luft vertragen.«

»Aber natürlich«, stimmte Desiree zu.

Ryder und Natalie verabschiedeten sich und verließen das Haus. Eine Zeitlang gingen sie schweigend in Richtung der Seine.

»Du hast gar kein Kopfweh, nicht wahr, Liebling?« fragte Ryder.

»Nein«, gab Natalie mit einem schuldbewußten Lächeln zu. »Aber du hattest recht, ich mußte einfach da raus.«

»Willst du darüber sprechen?«

Sie biß sich auf die Lippe. »Können wir vielleicht erst noch ein bißchen spazierengehen?«

»Natürlich.«

Er nahm ihre Hand, und sie schlenderten gemeinsam am Ufer des Flusses entlang, sahen auf die Boote, die Bäume, die Promenierenden. Es war ein milder Spätnachmittag, und die Luft war schwer vom Duft der Pflanzen und den Gerüchen der Seine.

Natalie empfand das Szenarium als verträumt und romantisch – vor allem, da Ryder an ihrer Seite war –, und sie merkte, wie sich ihre Stimmung besserte. Dann entdeckte sie auf einer entfernten Brücke einen farbenprächtigen Heißluftballon, und ihr Gesicht glühte vor Aufregung.

»Ryder, sieh nur! Ein Ballon!«

Er blickte auf und lächelte. »Laß uns hingehen, um zu beobachten, wie er in die Luft steigt.«

Wie zwei aufgeregte Kinder eilten sie zum Pont Neuf, der außergewöhnlichsten Brücke von Paris. Überall drängten sich Menschen an fliegenden Händlern und Verkaufsständen vorbei und amüsierten sich, indem sie die Vorführungen der Drahtseilkünstler, der Jongleure und der Fechter verfolgten.

Die Hochstimmung war ansteckend. Als Natalie sah, daß er interessiert zu den Fechtern hinübersah, nahm sie seinen Arm und führte ihn entschlossen zu der Stelle, an der der Ballon bald steigen würde. Sie stellten sich neben die anderen Zuschauer, und kurz darauf segelte der wunderschöne blaue Ballon mit den goldfarbenen Verzierungen in den wolkenlosen Himmel hinauf, und die beiden Männer an Bord winkten stolz zu ihnen herunter.

Als Natalie das herrliche Gefährt über die Seine gleiten sah, nahm sie Ryders Hand und zog ihn zurück zur Seine. Er lief ihr lachend nach.

Nach kurzer Zeit wurden sie von einem Bootsmann entdeckt, der sie aufforderte, eine Rundfahrt mit seinem kleinen Schiff zu unternehmen. Sie gingen die Stufen hinab, Ryder bezahlte und half Natalie an Bord. Der lächelnde Fährmann ruderte dem Ballon hinterher, der immer noch über der Seine hing. Ryder saß gutgelaunt neben seiner Frau im Heck und blickte auf die Prachtgebäude des

Louvre, an denen sie gerade vorbeiglitten. Das Sonnenlicht glitzerte auf der Oberfläche der Seine und warf leuchtende Tupfen auf die anderen Boote, die ihren Weg kreuzten. Sie sahen dem Ballon hinterher, bis er so klein war wie eine leuchtend blaue Murmel.

»Fühlst du dich jetzt besser, Liebling?« fragte Ryder.

Natalie nickte.

Er hob ihre Hand und küßte sie. »Willst du mir nun erzählen, warum du immer noch so böse auf deine Mutter bist?«

Sie sah ihn mit gemischten Gefühlen an. »Muß ich es dir erzählen?«

Er nickte. »Ist es, weil Monsieur Dubois sie derart hofiert?«

»Zum Teil.«

Er atmete tief ein. »Natalie, ich habe dich und Desiree in der letzten Woche oft beobachtet. Sie hat alles in ihrer Macht Stehende getan, um sich mit dir zu versöhnen, und auch du warst sicherlich durchaus höflich. Aber du hältst sie immer noch auf Armeslänge von dir fern.«

»Ich weiß. Aber ist das etwa ein Wunder?«

»Nein, nicht unbedingt. Aber wie willst du sie dazu überreden, mit uns nach London zurückzukommen, wenn du sie nicht an dich heranläßt?«

»Ich weiß nicht«, murmelte sie. »Es ist nur – Mutter macht mich manchmal so wütend!«

»Und warum?« fragte er sanft.

»Weil sie einfach nichts ernst nimmt!« platzte es aus Natalie heraus. »Ihr ganzes Leben besteht aus Karten- und Würfelspielen, aus Einkäufen – *und* aus ihrem treu ergebenen Schoßhündchen Monsier Dubios. Sie denkt nicht ein einziges Mal an meinen Vater oder an irgendeine andere Verpflichtung, die sie vielleicht haben könnte, während ich –«

»Ja, Liebling?«

Mit zusammengebissenen Zähnen knurrte sie: »Ich habe tausend Verpflichtungen, die ich sehr ernst nehme!«

»Ich weiß«, sagte er mitleidig und küßte ihre Wange. »Und ich hoffe, daß ganz oben auf deiner Liste die Pflicht steht, mich zu lieben.«

Natalie mußte lachen. Er wirkte so liebenswert ernst. »Weißt du, das Ganze ist dir gegenüber einfach nicht fair«, stellte sie fest. »Schließlich ist dies unsere Hochzeitsreise und wir sollten an etwas anderes denken als an die Probleme meiner Familie.«

»Beschwere ich mich etwa?« Er lächelte und schlang einen Arm um ihre Taille. »Solange ich Zeit genug habe, um dich zu verwöhnen, und solange ich mich jede Nacht für die entgangenen Vergnügungen rächen kann, ist es mir egal.«

Sie lächelte, gab ihm einen Kuß und strich ihm mit den Fingerspitzen über das Kinn. »Du bist einfach wunderbar.«

Er verzog das Gesicht zu einem breiten Grinsen. »Auf diese Weise nehme ich Ihnen Ihr Mißtrauen, Mylady, damit ich meine verruchten Pläne leichter verwirklichen kann.«

Sie lachte, doch dann fragte sie nachdenklich: »Wärst du lieber mit jemandem wie ihr zusammen?«

Er sah sie überrascht an. »Wie ihr? Meinst du Desiree?«

Sie nickte.

»Das kann doch wohl nicht dein Ernst sein, Natalie.«

»Warum nicht?«

»O Natalie!« Er zog sie enger an sich. »Liebling, niemals würde ich eine Frau wie Desiree heiraten wollen – auch wenn sie durchaus ihre Reize hat.«

»Warum nicht?«

»Weil sie und ich uns viel zu ähnlich sind – wir sind beide verwegene Herumtreiber. Sie wäre keine Herausforderung für mich.«

»Und ich, bin ich eine Herausforderung?«

»Großer Gott, ja.« Er stöhnte.

»Also bitte, fluch nicht«, tadelte sie, obgleich sie ein Lächeln nicht unterdrücken konnte.

Seine blauen Augen funkelten vergnügt. »Verstehst du, was ich meine? Ich kann noch nicht einmal einen Satz beenden, ohne daß du mich dafür rügst – obwohl du selber oft genug fluchst, meine Liebe. Auch wenn deine Flüche lustiger sind.«

»Meine Flüche sind lustig?« fragte sie, aber sie lächelte immer noch.

»Ob du es glaubst oder nicht, Natalie«, fuhr er fort. »Ich will eine Frau, die ihre Pflichten ernst nimmt – solange diese Pflichten *mir* gegenüber bestehen.«

»Oh, du Schuft!«

Er beugte sich vor, um sie zu küssen. Natalie bot ihm ihre Lippen, doch dann fuhr sie verlegen zurück, als sie sah, daß der Fährmann sie beobachtete.

Er sah sie an. »Liebling, ich glaube, es ist an der Zeit, daß du unter vier Augen mit deiner Mutter sprichst – daß du ihr endlich sagst, was du empfindest.«

Sie seufzte. »Ich nehme an, du hast recht.«

»Wie wäre es mit morgen?«

»Morgen? So schnell?«

Er drückte ihre Hand. »Danach wirst du dich viel besser fühlen. Außerdem«, fügte er boshaft hinzu, »werde ich dafür sorgen, daß du dich darüber freust, es endlich gesagt zu haben.«

Sie sah ihn verstohlen an. »Ach ja?«

»Ja. Und da wir gerade von lohnenswerten Dingen sprechen...« Er strich ihr mit den Lippen über das Ohr und murmelte heiser: »Weißt du, meine Liebe, das Schaukeln des Bootes ist irgendwie romantisch und verführerisch. Spürst du es auch?«

Sie stammelte: »Ich – ich –«

»Erinnerst du dich an das, was wir in der Kutsche getan haben?«

Natalie war aufrichtig entsetzt. »Ryder, das kannst du unmöglich hier wollen. Der Fährmann!«

Ryder zuckte mit den Schultern. »Der versteht kein Englisch.«

»Er wird es sehen!«

Ryder lachte nur, und Natalies weiterer Protest wurde von seinen Lippen erstickt. Er zog sie eng an sich und flüsterte ihr verruchte Dinge ins Ohr, bis ihre Wangen glühten. Gerade als sie fürchtete, er wäre ernsthaft auf eine Wiederholung ihrer leidenschaftlichen Begegnung in der Kutsche aus, zog er sich zurück und blinzelte ihr zu.

»Verstehst du jetzt, was ich meine? Es ist so herrlich, dich zu necken – und du läßt dich so wunderbar leicht verführen.«

»Oh!«

Der Fährmann brach in lautes Gelächter aus, als Natalie Ryder ihre Handschuhe um die Ohren schlug.

37. Kapitel

Am nächsten Nachmittag lud Ryder Monsieur Dubois auf einen Wein zu Tortoni's ein, so daß Natalie ihre Mutter allein sprechen konnte. Nachdem die Männer gegangen waren, setzte sich Desiree neben sie auf eins der Sofas im Salon und legte ihr die Hand auf den Arm. »Liebling, ich hoffe, es geht dir heute besser.«

Natalie sah sie an. »Mutter, ich hatte gestern kein Kopfweh.«

Desiree runzelte verwundert die Stirn. »Deine Kopfschmerzen waren also nur eine Ausrede? Aber warum habt ihr das Abendessen verschoben?« Dann lächelte sie und schnalzte mit den Fingern. »Ich weiß es – du wolltest mit deinem Ehemann allein sein.«

»Nein. Nicht, daß ich nicht gern mit Ryder allein wäre, aber ich brauchte...« Natalie atmete tief ein. »Ich wollte einfach hier raus.«

»Aber warum?« Desiree war bestürzt.

Natalie blitzte sie zornig an. »Warum? Das fragst du noch? Du hast ein Verhältnis mit Monsieur Dubois, nicht wahr?«

Desiree blickte ihre Tochter offen an. »Nein, Natalie, das habe ich nicht.«

»Nun, ich glaube dir nicht.«

Desiree schüttelte traurig den Kopf. »Wenn das so ist, was soll ich da noch sagen, meine Liebe? Zugegeben, Henri würde sich freuen, wenn sich unsere Beziehung vertiefen würde, aber er hat bereits vor langer Zeit akzeptiert, daß ich eine verheiratete Frau bin und daß ich ihm nicht mehr als Freundschaft bieten kann.«

»Aber warum macht er dir dann immer noch den Hof?«

Desiree lachte fröhlich auf. »Natalie, er ist Franzose! Ein Franzose gibt sich niemals geschlagen – vor allem nicht in Herzensangelegenheiten.«

Natalie schwieg und spielte geistesabwesend mit dem Spitzenbesatz ihres Aufschlags herum. »Willst du damit etwa sagen, daß du in all den Jahren keine Geliebten hattest?«

Desirees Antwort war kühl und bestimmt. »Ich habe niemals Ehebruch begangen.«

»Aber du tust immer so, als wäre dir Vater vollkommen egal!«

»Natalie, als ich nach Frankreich zurückkam, hatte ich ein gebrochenes Herz. Mir blieb nur noch die Wahl, mein Leben wieder in die Hand zu nehmen oder vor Schmerz zu sterben.«

»Aber es ist dir egal, wenn Vater stirbt?«

Desirees hellbraune Augen verrieten unendliche Traurigkeit. »Es ist mir nicht egal. Ich werde immer eine große Zuneigung zu Charles empfinden. Aber ich kann einfach nicht zulassen, daß er mich noch einmal kaputtmacht.«

»Kaputtmacht?« Natalie war außer sich. »Aber du bist diejenige, die gegangen ist, ohne auch nur einen einzigen Gedanken an unsere Gefühle zu verschwenden. Und wenn du ihn immer noch liebst, warum kehrst du dann nicht zu ihm zurück?«

Desiree nahm Natalies Hand. »Oh, Natalie. Du hast keinen einzigen meiner Briefe gelesen, nicht wahr?«

»Nein.«

Desiree stand auf und ging ans Fenster. Das goldene Sonnenlicht fiel auf ihr trauriges, wehmütiges Gesicht, als sie auf den Place Vendôme hinausblickte.

»Charles und ich hatten unterschiedliche politische Auffassungen, weshalb wir uns immer wieder furchtbar gestritten haben. Er betrachtete Napoleon als grausamen Despoten, der nicht eher zufrieden sein würde, als bis er ganz Europa in die Knie gezwungen hätte, während ich den Kaiser als einen wagemutigen, weitsichtigen Menschen sah und ehrlich dachte, Frankreichs Schicksal läge in seinem republikanischen Regime.« Sie blickte über die Schulter und lächelte ihre Tochter zaghaft an. »Ich gebe zu, daß Charles' Geschäfte an der Börse unter Bonapartes Kontinentalsperre sichtlich gelitten haben, aber Charles hat nie verstanden, welche bedeutenden politischen Unterschiede es zwischen den beiden Ländern gab. Kurz nachdem der Kaiser die Schlacht von Dresden triumphal gewann, verlangte Charles von mir, daß ich Bonaparte abschwören sollte, weil er ein unbarmherziger Tyrann sei.«

»Und das hast du nicht getan?«

»Natürlich nicht!« rief Desiree leidenschaftlich aus. »Dein Vater hatte nicht das Recht, mir vorzuschreiben, was ich glauben sollte, oder von mir zu verlangen, Frankreich aufzugeben. Und dann...« Sie zuckte hilflos mit den Schultern.

»Was passierte dann, Mutter?«

Mit vor Schmerz heiserer Stimme fuhr Desiree fort: »Dann sagte er, er würde erst dann wieder das Bett mit mir teilen, wenn ich meine französische Staatsbürgerschaft aufgegeben hätte.«

Natalie starrte sie entgeistert an. »Und deshalb bist du gegangen?«

Desiree sah ihre Tochter eindringlich an. »Natalie, ich bin Französin! Ich konnte unmöglich meinem Geburtsland den Rücken zukehren! Und ebensowenig konnte ich mit meinem Ehemann in einer Ehe leben, deren Sinn verlorengegangen war. Da du selbst eine verheiratete Frau bist, mußt du mich doch verstehen!«

Es gelang Natalie nur mit Mühe, ein schuldbewußtes Lächeln zu unterdrücken. »Aber wie konntest du ihn verlassen, wenn du ihn geliebt hast?«

»Ich habe ihn verlassen, *weil* ich ihn liebte – weil ich den Schmerz einfach nicht länger ertrug.« Sie seufzte tief. »Und ich liebe ihn auch heute noch.«

»Das glaube ich dir nicht.«

Desiree setzte sich wieder neben ihre Tochter. »Ich weiß, daß du verbittert bist, Liebling. Ich habe lange und hart um dich gekämpft – ich habe verlangt, daß ich dich mitnehmen darf –, aber dein Vater hat sich strikt geweigert, dich gehen zu lassen.«

»Das – das wußte ich nicht«, murmelte Natalie. »Aber wie konntest du mich einfach verlassen? Ich kann einfach nicht glauben, daß eine liebende Mutter so etwas über sich bringt, vor allem jetzt, da ich selbst –«

»Jetzt, da du selbst schwanger bist, Liebling?« fragte Desiree.

Natalie wandte sich verlegen ab. »Woher weißt du das?«

Desiree nahm ihre Hand. »Oh, Natalie, eine Frau sieht einer anderen Frau eine solche Freude einfach an.«

Natalie sah ihre Mutter fragend an. »Hat es dir Freude gemacht, als du mich erwartet hast, Mutter?«

»Oh, Liebling, es war die größte Freude meines Lebens.«

Natalie konnte vor Bewegtheit nicht sprechen.

Desiree drückte ihr die Hand. »Erzähl mir, mein Liebling, habt ihr wegen deiner Schwangerschaft so überstürzt geheiratet?«

Natalie räusperte sich verlegen. »Himmel, du bist wirklich eine aufmerksame Beobachterin. In der Tat hat Ryder mich fast vor den Altar gezerrt.«

Desirees Augen blitzten belustigt auf. »Du bist wirklich mit einem Teufel verheiratet! Er ist nicht gerade der Typ Mann, der ein Mädchen lange in Ruhe läßt, nicht wahr? Aber was dich betrifft, meine Liebe, hast du vielleicht etwas mehr französisches Blut in dir, als du dachtest.«

»Vielleicht«, gab Natalie mit einem verlegenen Lächeln zu.

»Aber du bist doch glücklich mit ihm, oder?« fragte Desiree ungewöhnlich zartfühlend.

Natalie sah sie mit einem strahlenden Lächeln an. »Ich war noch nie glücklicher.«

»Oh, sehr gut!« Desiree sah ihre Tochter flehend an. »Liebling, nun, da du die Vergnügungen der Körper kennst, verstehst du doch sicher, daß ich die Entfremdung zwischen mir und deinem Vater einfach nicht ertragen habe.«

»Ich versuche es zu verstehen, Mutter.«

»Und was dich betrifft –«

»Ja?«

Desiree schüttelte traurig den Kopf. »Ich hatte das Gefühl, daß du eine verlorene Seele warst. Du warst Charles so ähnlich.«

Natalie verzog wehmütig das Gesicht. »Aber jetzt hast du den Eindruck, daß ich dir ähnlicher bin, als du dachtest?«

»Ja. Und ich kann nur beten, daß du mir noch einmal eine Chance gibst.« Desiree sah Natalie bittend an.

Obwohl Desirees Worte sie tief bewegten, war Natalie noch nicht ganz bereit, all ihren Zorn und Schmerz aufzugeben. »Ich – ich werde es versuchen, Mutter. Mehr kann ich dir nicht versprechen.«

»Dann werde ich meine ganze Hoffnung in dieses Versprechen setzen«, sagte Desiree voller Leidenschaft.

Natalie bedachte ihre Mutter mit einem mitfühlenden Blick. »Weißt du, es wäre eine solche Hilfe, wenn du zu Vater zurückkehren würdest. Vor allem, wenn du ihn tatsächlich noch liebst. Und nun, da Bonaparte nicht mehr lebt –«

»Es tut mir leid, Natalie, aber dafür ist es zu spät.«

»Vater wird sterben.«

Desiree kämpfte mit den Tränen, als sie traurig nickte. Mit kaum hörbarer Stimme flüsterte sie: »Ich weiß.«

Ein paar Stunden später war Natalie wieder in ihrem Hotelzimmer und nahm gemeinsam mit Ryder ein Bad. Eingehüllt in den Dampf des parfümierten Wassers hielt Ryder seine Frau eng umschlungen, streichelte ihr den Rücken und küßte ihr sanft das Haar. In seinem Arm zu liegen und seinen Herzschlag zu spüren, war für Natalie wie ein Traum. Sie liebte ihn so sehr. Sie liebte ihn dafür, daß er sie hierhergebracht hatte, daß er ihr bei der Auseinandersetzung mit ihrer Mutter half. Sie war ihm schon lange nicht mehr böse, weil er sie zur Heirat gezwungen hatte. In Augenblicken wie diesem erschienen ihr ihre Zweifel einfach lächerlich. Er war so gut zu ihr, so unwiderstehlich, so freundlich und charmant. In der Tat empfand sie ihre Liebe zu ihm wie einen Sturz in einen tiefen Schacht. Aufregend. Beängstigend.

Sie preßte ihre Lippen an seine nasse Brust und lauschte seinem lustvollen Stöhnen. Verspürte er dieselbe Erregung wie sie? Oder war ihm ihre Ehe bereits zuviel? Riß er sich vielleicht nur des Kindes wegen zusammen?

Ihre gemeinsame Zeit hier in Paris war trotz der Schwierigkeiten mit Desiree idyllisch. Wenn sie erst einmal wieder in London wären, wenn sie wieder die Unsicherheiten und Verpflichtungen des Alltags erlebten, wären sie dann immer noch so glücklich – wäre Ryder dann immer noch so sorglos und frei? Erst gestern hatte er gesagt, daß er und Desiree einander allzu ähnlich waren. Würden seine verwegenen, unbekümmerten Eigenschaften ihre Ehe irgendwann auf die Probe stellen, genau wie Desirees Launenhaftigkeit zu ihrer Trennung von Charles beigetragen hatte? Was sie und Ryder betraf, hatten sie überhaupt einen gemeinsamen Nenner? Könnte sie ihn weiterhin lieben, ohne ihn zu verändern?

»Wie war das Gespräch mit deiner Mutter?« fragte er.

Sie drehte sich um und starrte ihn an. Er sah einfach umwerfend aus mit seinem nassen, glänzenden Haar und mit den Wassertropfen in seinem rauhen Gesicht. »Ich glaube, wir sind uns ein bißchen nähergekommen. Weißt du, sie wollte mich nach Paris mitnehmen, aber mein Vater hat es nicht zugelassen.«

»Hilft dir dieses Wissen?«

»Ich fühle mich ihr ein wenig verbundener.«

»Das freut mich. Hast du sie gebeten, mit uns nach London zurückzukommen?«

»Ja. Ich glaube, sie liebt Vater immer noch, aber sie ist nicht bereit, zu ihm zurückzukehren.«

Ryder nahm ihr Kinn und zwang sie, ihn anzusehen. »Wir werden sie schon dazu überreden mitzukommen, meine Liebe. Ich werde dir dabei helfen, so gut ich kann.«

»Das tust du immer«, flüsterte sie in dankbarer Zärtlichkeit. Dann runzelte sie die Stirn. »Ich weiß jetzt, warum meine Eltern sich getrennt haben.«

»Und warum?«

»Mein Vater hat meine Mutter aus seinem Bett verbannt.«

»Ah, das erklärt die Entfremdung.«

Sie nickte ernst. »Ich glaube, ohne Leidenschaft könnte ich auch nicht leben.«

Er zog amüsiert die Brauen hoch. »Nun, Lady Newbury, wie sind Sie nur zu dieser faszinierenden Erkenntnis gekommen? Sie können ja wohl nicht gerade behaupten, daß Sie seit unserer Eheschließung auch nur eine Nacht darauf hätten verzichten müssen.«

Natalie kicherte.

Dann flüsterte er verrucht: »Könnte es sein, daß Sie sich nach unserer ersten Begegnung an Bord des Schiffes nach weiteren Zärtlichkeiten gesehnt haben?«

Obgleich sie errötete, erwiderte sie ungerührt: »Lord Newbury, ich glaube, Sie überschätzen sich.«

»Ach ja? Und wie bitte, kommt es, daß ich dich vor kurzem schwanger vor den Altar zerren mußte?«

Sie spritzte ihm Wasser ins Gesicht. »Du Schuft! Nur ein unverschämter Kerl wie du läßt sich über ein solches Thema aus!«

Er lachte vergnügt. »Ich werde mich darüber auslassen, so oft es erforderlich ist.«

Sie stöhnte, als sie merkte, daß sein Körper ebenfalls auf dieses Thema reagierte. »Nun, vielleicht ist es mir *ein wenig* schwergefallen, auf deine Leidenschaft zu verzichten«, gab sie mit blitzenden Augen zu.

Er lachte erneut, nahm ihre Hand und legte ihre Finger auf sein steifes Glied. »Manchmal ist es wirklich hart, darauf zu verzichten, nicht wahr, meine Liebe?«

Sie sah ihn lachend an. »Erwarten Sie etwa, daß ich Ihrer Eitelkeit auch noch schmeichle, Mylord?«

»Statt meiner Eitelkeit zu schmeicheln, solltest du lieber meinen Körper streicheln.«

Das tat sie. Er stöhnte und seine blauen Augen blickten sie leidenschaftlich an. Natalie drehte sich abrupt zu ihm um und setzte sich rittlings auf seinen Bauch. »Ich denke, es ist an der Zeit, daß ich für meine Bemühungen belohnt werde.«

»Belohnt?« fragte er. »Aber du bist gestern nacht bereits im voraus belohnt worden.«

Sie sah ihn verführerisch an und rieb ihre intimsten Stellen an ihm. »Erinnerst du dich an die beiden doppelten Portionen Eiscreme, die wir im Café de Paris gegessen haben?«

»Natalie... o mein Liebling.« Ryder wurde von einer Welle unerträglicher Lust gepackt, als sie sich auf ihn setzte. »Paß auf, meine Liebe. Das Baby.«

»Ich passe auf. Vertrau mir, mein Liebling. Ich werde ganz sanft zu dir sein.«

Das war sie, aber als alles vorbei war, war Ryder angenehm erschöpft, und um die Wanne herum floß mehr Wasser, als noch in ihr war.

38. Kapitel

An einem sonnigen Nachmittag ein paar Tage später spazierten Ryder und Natalie durch die Gärten des Palais Royal. Ryder fand, daß seine Frau in ihrem neuen Kleid aus gestreiftem, pflaumenfarbenem Taft mit der schmalen Taille, den Puffärmeln und dem runden Ausschnitt einfach wunderbar aussah. Auf dem Kopf trug sie einen mit Seidenrosen dekorierten Hut, und in der Hand hielt sie einen spitzenbesetzten Sonnenschirm.

Außerdem verspürte er teuflischen Stolz bei dem Gedanken, daß es ihm gelungen war, sie in diese faszinierende, dekadente Stadt der Heiligen und der Sünder zu locken. Natalie genoß die Hochzeitsreise in vollen Zügen, und dafür liebte er sie. Es freute ihn zu sehen, daß sie die Umgebung mit staunenden Augen bewunderte.

Auf der Promenade herrschte reges Treiben. Ehepaare oder ganze Familien saßen auf den Terrassen und aßen Eis, alte Männer spielten im Schatten der Kastanienbäume Domino, kleine Hunde flitzten kläffend herum, und Porträtmaler in fleckigen Mänteln gingen inmitten des Durcheinanders ihrem Gewerbe nach. An zahlreichen Verkaufsständen priesen die Händler alles, von feinster Seide über Hüte und Schmuck bis hin zu handbemaltem Porzellan, und die Luft war erfüllt vom Duft starken Kaffees, französischen Weißbrots, Tabak, Blumen, Parfüms und menschlichen Schweißes.

Um den Platz herum drängten sich Cafés, Restaurants und Billardsalons. Prostituierte versuchten, königliche Wachmänner auf den säulenbewehrten Galerien zu verführen, während Zigarren rauchende Zocker in den schattigen Eingängen der Spielhöllen lungerten und nach reichen Dandys Ausschau hielten, die sich beim Würfeln oder Billard ausnehmen ließen.

Natalie beobachtete fasziniert, wie ein farbenfroh gekleideter Gaukler eine kleine Gruppe mit dem *Becherspiel* unterhielt. Mit schwindelerregendem Tempo verschob der Mann drei Walnußschalen auf einem Tisch. Sobald er sie losließ, zeigte ein junger Stutzer auf eine der Schalen, und die Leute brachen in Rufe der Bewunderung aus, als der Gaukler sie grinsend anhob, ohne daß eine

Erbse zum Vorschein kam. Der Spieler nahm dem erbosten Dandy einen Franc ab, und schon kam ein anderer Gentleman, um seine Wette abzuschließen.

»Wie macht er das nur?« fragte Natalie, während die Nußschalen erneut über den Tisch geschoben wurden. »Ich hätte geschworen, daß der junge Mann richtig getippt hat.«

Ryder beugte sich lachend zu ihr hinab. »Das Ganze ist ein Trick, meine Liebe. Reine Geschicklichkeit. Der Kerl versteckt die Erbse in der Hand zwischen zwei Fingern.«

»Schändlich!« Sie blickte ihn an. »Aber woher weißt du das? Erzähl mir bloß nicht, daß du auch schon so gemogelt hast.«

»Ich?« Er sah sie mit Unschuldsmiene an. »Niemals.«

Als Natalie sah, daß der Betrüger erneut eine Münze einkassierte, sagte sie erbost: »Gib mir einen Franc.«

Grinsend gehorchte Ryder ihrem Befehl, und Natalie trat mit hoch erhobener Hand an den Tisch. Sie beobachtete, wie der Mann die Erbse unter die Nußschale legte und wie er die Schalen in Windeseile verschob. Am Ende des Spiels zeigte sie auf die mittlere Schale und sah ohne jede Überraschung, daß sich nichts darunter verbarg. Doch statt dem Kerl die Münze zu geben, hob sie eilig die beiden anderen Schalen an, so daß die Umstehenden zu ihrer Verwunderung sahen, wie sie alle betrogen waren. Während die Menge ihrer Empörung Luft machte, packte Natalie den Kerl beim Handgelenk, riß es hoch, und die Erbse fiel zu Boden.

Jetzt brach die Hölle los. Die Umstehenden überhäuften den Betrüger mit bösen Beschimpfungen, spuckten ihm ins Gesicht und schüttelten die Fäuste. Der bedrängte Mann flüchtete und ließ seinen Tisch und die Schalen zurück.

Mit grimmiger Zufriedenheit gab Natalie Ryder die Münze zurück. »Ist was?«

Er schüttelte verwundert den Kopf. »Du bist wirklich ein rachsüchtiges kleines Biest.«

»Er hat es ja wohl verdient.«

»Erinner mich bloß dran, daß *ich* mich in deiner Gegenwart immer korrekt benehme.«

»Ha! Du benimmst dich so gut wie nie korrekt.«

»Stimmt, und ich fürchte mich schon jetzt vor den Folgen.«

Lachend gingen sie weiter, und plötzlich sprang Ryder in eine Gruppe von Jongleuren und schnappte sich zum Vergnügen der umstehenden Kinder drei leuchtende Bälle. Er versuchte, sie in die Luft zu werfen und gleichzeitig wieder aufzufangen, aber der Versuch ging gründlich daneben, und im Eifer des Gefechts verlor er sogar noch seinen Hut. Die Kinder und Natalie brüllten vor Lachen, als Ryder dem Jongleur die Bälle zurückgab, seinen Hut auflas und weiterging.

Als sie an einem Stand mit britischen Töpferwaren vorbeikamen, sah Natalie Ryder nachdenklich an. »Meinst du, wir könnten bald nach London zurückfahren?«

Er blieb stehen. »Liebling, bist du denn nicht glücklich hier? Gefällt dir Paris nicht? Hast du Angst, daß dich diese dekadente Stadt zu einer Hedonistin machen könnte?«

Sie lachte. »Oh, Paris ist einfach wunderbar, und ich wünschte, wir könnten hierbleiben. Aber ehrlich gesagt scheinen wir meine Mutter einfach nicht überreden zu können, und ich mache mir ernsthafte Sorgen um meinen Vater.«

»Der Arzt hat uns versichert, daß keine unmittelbare Lebensgefahr besteht«, stellte Ryder fest. »Und ich denke, daß wir nicht so schnell aufgeben sollten. Vielleicht überlegt Desiree es sich ja doch noch.«

»Vielleicht, aber trotzdem will ich Vater nicht mehr lange alleine lassen«, murmelte sie. Sie blickte sich um. »Meinst du, wir finden hier ein passendes Geschenk für ihn?«

»Ganz bestimmt.« Er nahm ihren Arm und sah sich suchend um. »Ich glaube, irgendwo in der Nähe gibt es ein Tabakgeschäft und einen Kramladen.«

Plötzlich blieb er wie angewurzelt stehen. Nicht weit von ihm stand eine bekannte Person mit einer hübschen jungen Frau im Arm.

»Harry Hampton! Mein Gott, bist du es?« rief er laut.

Sowohl der Mann als auch die Frau drehten sich zu ihnen um. Der Mann lächelte überrascht und kam winkend auf sie zugeeilt. Der Gentleman war wirklich Harry Hampton, und er sah alles andere als unglücklich aus, besonders, da er sich in Begleitung dieser hinreißenden, dunkeläugigen Schönheit befand.

»Ryder!« rief Harry und schüttelte seinem Freund die Hand.

»Hampton! Was für eine Überraschung!«

»Um Himmels willen, was macht ihr beide denn in Paris?«

Ryder legte den Arm um seine Frau und lächelte stolz. »Wir sind auf Hochzeitsreise.«

»Auf Hochzeitsreise?« Harry sah Natalie fassungslos an.

»Aber ich frage mich«, fuhr Ryder verärgert fort, »wie in aller Welt *du* nach Frankreich gekommen bist?«

Harry brach in schallendes Gelächter aus. »Das ist eine lange Geschichte, mein Freund.«

Ryder wollte gerade etwas sagen, als die beiden Paare zur Seite springen mußten, um einem kleinen Trupp Akrobaten Platz zu machen, der sich zwischen ihnen hindurchdrängte. Ryder rief: »Wir treffen uns im Café de Foy.« Harry winkte zur Bestätigung, und wenige Augenblicke später saßen sie gemeinsam auf der Terrasse des Cafés und aßen Erdbeereis.

»Meinen Glückwunsch«, begann Harry. »Und wann habt ihr beide geheiratet?«

»Vor zweieinhalb Wochen«, sagte Ryder und lächelte Harrys charmante Begleiterin an. »Es sieht ganz so aus, als wärst du der Liebe verfallen. Würdest du uns freundlicherweise deiner Freundin vorstellen?«

»O, ja, tut mir leid.« Mit einem zärtlichen Lächeln in Richtung der jungen Dame sagte er: »Lord und Lady Newbury – Mademoiselle Genevieve Foulard.«

Natalie reichte ihr lächelnd die Hand und sagte: »Angenehm.«

Die junge Frau erwiderte den Händedruck und sagte: »*Enchanté, Madame.*«

Natalie sah Harry fragend an. »Spricht sie kein Englisch?«

»Kein Wort.«

»Und sprichst du Französisch?«

»Kein einziges Wort.«

Ryder und Natalie tauschten bedeutungsvolle Blicke aus. »Ich bin sicher, daß sie andere Möglichkeiten der Kommunikation gefunden haben«, murmelte er.

»Wahrscheinlich«, kam die mißbilligende Bestätigung.

Ryder räusperte sich. »Nun, Hampton, erzähl doch mal, was du hier in Frankreich machst.«

Harry lachte. »Erinnerst du dich noch an die Nacht in den Docks?«

»Wie könnte ich die jemals vergessen?«

»Nun, während der Auseinandersetzung hat mir jemand mit einem Knüppel auf den Kopf geschlagen. Danach bin ich durch die Gegend gestolpert, habe Sterne gesehen und konnte mich nur noch daran erinnern, daß ich mich auf das Schiff der Schmuggler hatte stehlen wollen. Also bin ich die Gangway hinauf – nur daß es anscheinend die falsche Gangway war, so daß ich im Frachtraum eines anderen Schiffes landete und erst in Frankreich wieder zu mir kam!«

»Das ist doch wohl nicht wahr!« rief Ryder empört.

»Ich schwöre dir, es ist die Wahrheit«, sagte Harry.

»Aber warum hast du uns dann keine Nachricht zukommen lassen?« wollte Ryder wütend wissen. »Wir dachten schon, du wärst von den Schmugglern entführt und irgendwo den Haien zum Fraß vorgeworfen worden.«

»Tut mir leid, alter Freund«, sagte Harry zerknirscht, nahm Genevieves Hand und küßte sie. »Ich nehme an, daß mich die Begegnung mit Genevieve im Hafen von Calais vollkommen verwirrt hat.«

»Zweifellos«, stellte Ryder trocken fest.

»Und du hast sie ohne Anstandsdame mit nach Paris genommen?« fragte Natalie empört.

Harry legte den Arm schützend um die Schulter des Mädchens. »Sie war in Schwierigkeiten.«

»Das ist sie wohl immer noch«, warf Natalie ein.

Ryder und Natalie saßen noch ein paar Minuten mit den beiden am Tisch und Natalie versuchte, sich mit Genevieve auf französisch zu unterhalten. Obwohl sie nicht alles verstand, erfuhr sie, daß Harrys Mädchen erst siebzehn war, die Tochter eines Schuhmachers und daß sie Paris zum ersten Mal in ihrem Leben besuchte.

Als sie ihr Eis gegessen hatten, lud Ryder Harry und Genevieve ein, mit ihnen, Desiree und Henri gemeinsam zu Abend zu essen, und die beiden nahmen begeistert an.

»Freust du dich nicht, daß wir Harry gefunden haben, Liebling?« fragte Ryder, als sie durch die Gärten zurückspazierten. »Ich kann es immer noch nicht fassen.«

Natalie räusperte sich. »Ich bin einfach entsetzt. Offensichtlich hat Harry eine Siebzehnjährige verführt. Hast du gesehen, wie er sie die ganze Zeit berührt, wie er sie auf die Wange geküßt und ihr ins Ohr geflüstert hat?«

Ryder runzelte die Stirn. »Ja. Ich muß unbedingt mit ihm darüber sprechen.«

»Sie ist praktisch noch ein Kind!«

»Nicht ganz. Hast du denn nicht gesehen, daß die beiden heftig verliebt sind?«

»Aber gibt ihm das das Recht, sie zu ruinieren?«

Er seufzte. »Vielleicht hat er ja durchaus ehrenwerte Absichten.«

»Soweit ich sehe, wohl kaum!«

Ryder legte lachend den Arm um Natalies Taille. »Oh, meine Liebe! Der arme Harry wird den Tag noch bereuen, an dem wir ihn gefunden haben.«

39. Kapitel

Abends trafen sich die drei Paare wie verabredet zum Essen im eleganten Tour d'Argent am linken Ufer der Seine, wo sie sich an Champagner und gerösteter Ente labten. Inzwischen hatten alle das nette, schüchterne, französische Mädchen ins Herz geschlossen. Desiree sprach mit Genevieve lange in ihrer Muttersprache, dann tätschelte sie ihr die Hand und wandte sich an die anderen.

»Was für eine entsetzliche Geschichte«, murmelte Desiree. »Die arme Genevieve ist von ihrem trunksüchtigen Vater aus dem Haus geworfen worden. Sie verkaufte Blumen auf einem Markt in der Nähe des Hafens von Calais, als Harry sie fand.«

»Stimmt«, bestätigte Harry mit einem zärtlichen Lächeln. »Aber jetzt haben ihre Sorgen ein Ende.«

»Und was genau haben Sie mit ihr vor?« fragte Desiree empört. »Sie wissen doch, daß sie erst siebzehn ist.«

Harry küßte Genevieve die Hand. »In allen wichtigen Dingen ist sie viel älter.«

Desiree rollte die Augen, und Natalie knirschte mit den Zähnen, während Ryder die Frage wiederholte: »Also, was hast du mit ihr vor?«

Harry zuckte mit den Schultern und sagte lächelnd: »Nun, ich denke, ich sollte sie zunächst einmal meinen Eltern vorstellen.«

»Himmel!« rief Desiree und bekreuzigte sich. »Zunächst sollten Sie sie vielleicht erst einmal heiraten.«

Harry lachte vergnügt, als Natalie sagte: »Genevieve ist herzlich willkommen, unter unserem Schutz nach London zu reisen.«

Doch als Desiree meinte, Genevieve könnte gern bei ihr in Paris bleiben, wurde er ungewohnt heftig. »Vielen Dank, Madame, aber Genevieve kommt mit mir nach England. Keine Widerrede.«

»Hast du Genevieve überhaupt gefragt, ob sie einverstanden ist?« fragte Natalie.

Harry wandte sich hilfesuchend an Desiree. »Madame, würden Sie ihr bitte die Frage stellen?«

Desiree stellte dem Mädchen eilig ein paar Fragen auf französisch und plötzlich riß Genevieve ängstlich die Augen auf, sah Harry an, nahm seinen Arm und redete wild drauflos.

Harry sprach beruhigend auf sie ein und wandte sich mit einem stolzen Lächeln an Desiree. »Ich nehme an, Sie haben die Antwort auf Ihre Frage bekommen, Madame.«

Desiree warf hilflos die Arme in die Luft.

»Aber vielleicht gibt es ja eine Lösung, mit der alle Beteiligten einverstanden sind«, murmelte Ryder und sah Desiree an. »Madame, könnten wir uns vielleicht kurz auf dem Balkon unterhalten?«

Desiree sah ihn fragend an, stand aber auf und folgte ihm.

»Desiree, wenn Sie sich wirklich solche Sorgen um Genevieve Foulard machen«, setzte Ryder an, »dann sollten Sie uns vielleicht nach London begleiten. Mit Ihnen als Anstandsdame hätte das Ganze den Anschein einer durchaus respektablen Reise.«

Sie sah ihn stirnrunzelnd an. »Ist das Ganze vielleicht ein Trick, um mich zur Rückkehr zu Natalies Vater zu bewegen?«

»Wir erwarten ja gar nicht, daß Sie wieder zu ihm zurückkehren«, sagte er geduldig, »nur daß Sie ihn einmal besuchen. Sie sind herzlich eingeladen, während Ihres Aufenthalts in London bei Natalie und mir zu wohnen.«

Desiree schwankte, und Ryder nahm ihren Arm. »Die Revolution ist vorbei. Bonapartes Reich ist untergegangen, er ist tot und die französische Monarchie ist wiederhergestellt. England und Frankreich haben Frieden geschlossen.«

Sie zog eine ihrer feinen Brauen hoch. »Und was ist der Grund für diese Geschichtsstunde, mein Freund?«

»Ich versuche lediglich, Ihnen klarzumachen, daß die Gründe für Ihre Abreise aus London nicht mehr existieren.«

Desiree nickte traurig. »Ich gebe ja zu, daß sich das Klima in

Frankreich nach Napoleons Niederlage verändert hat. Paris hat viel von seinem ehemaligen Glanz verloren, und selbst Versailles ist nicht mehr das, was es einmal war. In der Abgeordnetenkammer sitzen lauter Reaktionäre, und die Öffentlichkeit war lange nicht mehr so royalistisch wie seit der Ermordung des Herzogs von Berri durch einen Anhänger Bonapartes.«

»Genau das meine ich, Desiree«, sagte Ryder. »Das Frankreich, das Sie so geliebt haben, gibt es nicht mehr. Gehen Sie zurück nach London. Es gibt nichts mehr, worüber Sie und Charles Desmond sich streiten müßten!«

Desiree stieß ein verächtliches Schnauben aus. »Darauf würde ich mich an deiner Stelle lieber nicht verlassen. Charles und ich haben uns während unserer ganzen Ehe leidenschaftlich gestritten.«

»Aber dort, wo Zorn und Leidenschaft herrschen, gibt es häufig auch Liebe«, stellte Ryder weise fest. »Auf jeden Fall ist es so bei Natalie und mir.« Er nickte in Richtung des Speisesaals. »Natalie würde am liebsten auf der Stelle nach London zurückfahren. Soll ich ihr jetzt etwa erklären, daß es uns nicht gelungen ist, Sie zur Rückkehr zu bewegen, daß wir ihrem Vater mit leeren Händen gegenübertreten werden?«

Desiree folgte seinem Blick und sah mit tränenverhangenen Augen auf ihre geliebte Tochter.

»Glauben Sie etwa, daß Natalie es Ihnen jemals verzeihen würde, wenn Charles stirbt, ohne daß Sie auch nur versucht haben, ihn zu sehen?«

Zitternd fuhr sie zu ihm herum. »Oh, du bist einfach gemein.«

Er drückte ihre Hand. «Ihre Tochter braucht Sie, Madame. Wenn Sie Ihren Mann besuchen, wird sie wissen, daß Sie es wenigstens versucht haben.« Er lächelte. »Und wenn Sie uns obendrein noch helfen könnten, die hübsche Genevieve vor Hampton zu retten, um so besser.«

Später in ihrem Hotel sagte Ryder zu Natalie: »Deine Mutter ist einverstanden. Sie wird uns nach London begleiten.«

Natalie, die vor dem Ankleidetisch saß, ließ ihre Bürste fallen und sah ihn ungläubig, doch zugleich überglücklich an. »Das hat sie gesagt? Aber warum hat sie ihre Meinung plötzlich geändert?«

Er ging zu ihr, hob die Bürste auf und fuhr damit durch ihr dichtes, seidiges Haar. »Sie hat sich bereit erklärt, als Genevieves Anstandsdame zu fungieren.«

»Oh.« Obgleich Natalie sich für das Mädchen freute, verspürte sie eine gewisse Eifersucht. »Mutter will mit nach England kommen, um einer Fremden zu helfen? Ihre eigene Tochter ist ihr egal?«

Er beugte sich zu ihr hinab und küßte sie auf die Wange. »Natürlich kommt sie deinetwegen, meine Liebe, und wegen deines Vaters. Sie brauchte nur eine passende Entschuldigung. Desiree schwankt bereits seit Tagen, sie dachte bereits darüber nach, ehe wir Harry und Genevieve getroffen haben. Ich glaube, heute abend ist ihr endlich klargeworden, daß es vielleicht für immer zu spät sein wird, wenn sie deinen Vater nicht bald besucht.«

Natalie stand auf und schmiegte sich an ihren Mann. »Oh, Ryder, ich danke dir!«

»Gern geschehen, mein Liebling.«

Sie sah ihn an: »Jetzt hast du schon wieder einen Kampf für mich ausgefochten und gewonnen.«

»Weißt du denn nicht, daß es mir ein Vergnügen ist, mich für dich in den Kampf zu stürzen?«

Plötzlich sah sie ihn ängstlich an. »Wärst du lieber frei?«

»Niemals!« flüsterte er leidenschaftlich, nahm sie in die Arme und trug sie hinüber zum Bett.

Natalie konnte nur hoffen, daß Ryder so glücklich wie sie selber war. Die Entscheidung ihrer Mutter, nach London zurückzukehren, hatte ihr neue Zuversicht bezüglich ihrer eigenen Ehe gegeben.

Zwei Tage später nahmen die fünf die Postkutsche zur Küste. Natalie merkte, daß sich Genevieve bei der Ankunft im Hafen von Calais blaß und nervös an Harry klammerte, bis sie an Bord des kleinen Dampfschiffs waren, das Ryder für die Überfahrt gechartert hatte. Sobald sie abgelegt hatten, war sie wieder wie verwandelt – entspannt und sorglos, lachend und frei.
Es war ein milder Morgen und das Meer war ruhiger als sonst. Natalie und Desiree lagen gemütlich in ihren Liegestühlen, nippten Wein und versuchten, Genevieve ein wenig Englisch beizubringen. Die junge Frau war eine gelehrige Schülerin und sie kannte inzwischen einige Wörter.
Bald jedoch wurde Natalie vom Unterricht abgelenkt, als Ryder und Harry erneut mit ihren Degen herumzufuchteln begannen. Sie hätte wissen müssen, daß sie die Hochzeitsreise bestimmt nicht ohne Fechtstunde hinter sich bringen würde. Offensichtlich hatte Harry seine Waffe mit nach Frankreich genommen, und auch Ryder war nicht unbewaffnet aufgebrochen für den Fall, daß man sie unterwegs überfiel.
Als sie jetzt die beiden Männer wie die Wilden herumspringen sah, fragte sie sich, ob diese Verrückten sich wohl jemals ändern würden. Auch die Matrosen lachten und schüttelten angesichts der Kapriolen der beiden Engländer die Köpfe.
Nach kurzer Zeit stellten Desiree und Genevieve ihre leeren Kelche ab und dösten friedlich ein. Natalie wunderte sich darüber, daß die beiden so seelenruhig schlafen konnten, während Ryder und Harry wie die Wilden über das Deck hüpften und aufeinander eindroschen. Ihre Mutter und Genevieve waren eben zwei echte Französinnen, die das irrwitzige Gefecht mit einer lässigen Handbewegung und einem »*C'est la vie*« abtaten. Sie hingegen war Engländerin, und sie stand kurz vor einem Herzinfarkt.

Vielleicht sollte sie versuchen, französischer zu werden, dachte sie. Wenn sie und Ryder dauerhafte Liebe verbinden sollte, mußte sie lernen, ihn gewähren zu lassen. Sie hatte sich immer an die Sicherheit geklammert, die ihr eine ruhige, konservative Haltung bot und hatte andere immer mit ihren strengen Maßstäben gemessen. Aber Ryder hatte ihr während der Hochzeitsreise die Hemmungen genommen, und jetzt erschienen ihr derartige Konventionen als nicht mehr so wichtig. Sie wollte nur, daß Ryder glücklich war, so glücklich wie in Paris.

Als Harrys Säbel den Hals ihres Mannes nur um Haaresbreite verfehlte, rang sie nach Luft und wandte den Blick ab. In diesem Augenblick öffnete Genevieve die Augen und sah sie verwirrt an.

»Tut mir leid, meine Liebe«, murmelte Natalie.

Genevieve lächelte.

»Ich hoffe doch, daß Harry die Absicht hat, dich zu heiraten«, fügte Natalie hinzu, und Genevieve fragte verständnislos: »*Pardon, Madame?*«

»Schon gut.« Sie tätschelte dem Mädchen beruhigend die Hand. »Schlaf noch ein bißchen, meine Liebe. Wenn wir Glück haben, reißt Ryder Harry in Fetzen und dann können wir jemand Passenderen für dich suchen.«

»*Oui, Madame.*« Genevieve, die offensichtlich nichts verstanden hatte, döste wieder ein.

Als das Gefecht endlich vorbei war und Harry zum Steuermann hinüberging, schlenderte Natalie zur Reling, wo ihr Ehemann stand. Er blinzelte ihr fröhlich zu und sah einfach umwerfend und zugleich teuflisch verwegen aus mit seinem windzerzausten rabenschwarzen Haar. Sein Hemd war fast bis zur Hüfte offen, so daß der erregende Schimmer blanken Schweißes auf seiner muskulösen Brust zu sehen war.

Sie musterte ihn und stellte erleichtert fest, daß er nirgendwo zu bluten schien. »Hast du noch alle Finger, alle Zehen – und deinen Kopf?« fragte sie.

Er zog sie lachend in seine Arme. »Wenn du in meiner Nähe bist, bin ich immer vollkommen kopflos.«

Doch dann sah er sie neugierig an. »Was ist los, meine Liebe?

Du kriegst ja gar keinen Tobsuchtsanfall, weil ich gefochten habe.«

Sie zuckte mit den Schultern. »Vielleicht habe ich mich inzwischen daran gewöhnt, mit einem Kindskopf verheiratet zu sein.«

»Was meinst du, was für ein amüsanter Spielpartner ich für unsere Kinder sein werde.«

»Wenn du und Harry sie nicht alle zu kleinen Draufgängern macht.«

Er lachte. »Keine Angst, Liebling. Mit ein bißchen Glück ist Hampton viel zu sehr mit einer bestimmten jungen Dame beschäftigt, um sich in Zukunft noch irgendwelche Gefechte mit mir zu liefern.«

Natalie stellte sich auf die Zehenspitzen und warf einen Blick auf das reizende, schlafende Mädchen. »Wenn Harry Genevieve nicht heiratet, möchte ich, daß du ihn zu einem Duell herausforderst.«

Ryder pfiff anerkennend durch die Zähne. »Du bist wirklich ziemlich blutrünstig geworden – fast so verwegen wie deine Mutter, die übrigens ebenfalls darauf bestanden hat, daß ich Harry zur Vernunft bringe.«

»Mutter hat ganz recht«, stellte Natalie fest. »Es geht ums Prinzip. Ich verwette meine gesamte Mitgift darauf, daß Harry Genevieve bereits entjungfert hat.«

»Stimmt«, gab Ryder treuherzig zu.

»Dieser Schuft!«

Ryders Miene wurde ernst. »Natalie, er ist völlig verrückt nach ihr.«

»Dann soll er sie auch heiraten!«

Ryder lächelte und nickte in Richtung des Mädchens. »Sieh nur, meine Liebe.«

Natalie drehte sich um und sah, daß Genevieve wach geworden war und schluchzend in ihrem Liegestuhl saß. Sofort eilte sie los, aber Ryder packte ihre Hand, schüttelte den Kopf und wies in Richtung des Hecks. Wie ein Wilder rannte Harry zu Genevieve hinüber. Er kniete sich vor sie und nahm sie sanft in die Arme. Sie klammerte sich an ihn wie eine Ertrinkende, während er ihr beruhigend über den Rücken strich und sie auf die Wange küßte.

»Was geht da vor sich?« wollte Natalie wissen. »Genevieve weint! Himmel, wenn Harry sie zum Weinen gebracht hat –«

»Das hat er nicht.« Ryder drehte Natalie in Richtung der Reling und legte seine Arme um sie.

»Was ist dann passiert?«

»Genevieve leidet unter Alpträumen. Ihr Vater hat sie immer furchtbar geschlagen. Sie war halb verhungert, völlig erschöpft und verängstigt, als Harry sie gefunden hat. Sie konnte nicht schlafen, wenn er nicht neben ihr lag. Harry hat mir erzählt, daß er verzweifelt versucht hat, sich ihr nicht unsittlich zu nähern, aber …«

Er lächelte. »Nun, meine Liebe, du weißt, wie verführerisch es sein kann, wenn zwei Menschen Nacht für Nacht das Quartier teilen.«

Natalie konnte nur mit Mühe ein Lächeln unterdrücken.

Er legte sich die Hand aufs Herz. »Ich schwöre dir, das ist die Wahrheit.«

»Aber woher weiß Harry all diese Dinge, wenn er noch nicht einmal Französisch spricht?«

Ryder zog seine Frau eng an sich und küßte ihr Haar. »Das habe ich doch schon gesagt. Sie kommunizieren eben auf eine andere Weise. Genau wie wir.«

Natalie drehte sich erneut zu dem Paar um. Desiree war ebenfalls wach geworden und beobachtete die rührende Szene in hilfloser Verwirrung. »Aber wie wird ihre Zukunft aussehen? Wird Harry –«

»Er wird sie heiraten. Er nimmt sie mit nach Hause, um sie seinen Eltern vorzustellen. In der Tat ist er sogar froh, daß deine Mutter sich bereit erklärt hat, als Anstandsdame zu fungieren.«

»Aber warum hat er uns gegenüber dann den sorglosen Lüstling gemimt?« fragte Natalie erbost.

»Er war einfach böse, weil wir uns unaufgefordert eingemischt haben und weil wir seine durchaus edlen Motive in Frage gestellt haben.«

»Oh, Ryder!«

Sie schmiegte sich an ihren Ehemann und sah noch einmal zu den beiden hinüber – Harry kniete immer noch vor dem Liegestuhl und sprach beruhigend auf das zitternde Mädchen ein, das die Arme um seinen Hals geschlungen hatte. Es war der süßeste Anblick, den Natalie je gesehen hatte. Und er stärkte ihre Hoffnung, daß selbst der verwegenste Abenteurer durch Liebe zu heilen war.

40. Kapitel

Am späten Nachmittag fuhren Ryder und seine Braut in einer zweirädrigen Kutsche vor Francesca Valenzas Londoner Wohnung vor. Desiree würde sich später zu ihnen gesellen; sie war mit Harry und Genevieve zum Haus der Hamptons in Mayfair gefahren, um dafür zu sorgen, daß Genevieves Begegnung mit Sir Jasper und Lady Millicent den erforderlichen Rahmen fand.

Ryder und Natalie waren bereits bei Charles Desmond gewesen, um nach ihm zu sehen und ihm die Neuigkeit zu überbringen, daß Desiree wieder in London war, aber Fitzhugh hatte ihnen mit grimmiger Miene mitgeteilt, daß Charles unpäßlich sei und den Rest des Tages im Bett verbringen müßte. Es hatte Ryder das Herz gebrochen zu sehen, wie seine Braut die Treppe hinaufgestürzt war. Anschließend hatten sie dem Butler gesagt, sie kämen morgen wieder, und waren gefahren. Ryder wußte, daß Natalie sich um die Gesundheit ihres Vaters größere Sorgen als vorher machte, und er hoffte, daß es ihnen gelingen würde, Desiree dazu zu überreden, sie am nächsten Morgen zu begleiten.

Ryder geleitete Natalie über den von duftenden Rosen, Margeriten und Ringelblumen gesäumten Weg zur Haustür. Auf sein Klopfen hin führte der Butler sie auf die hintere Terrasse, wo Francesca saß und sich an einem Aquarell versuchte.

Als sie das Paar entdeckte, legte sie den Pinsel beiseite und stand eilig auf. »Ryder, Natalie! Gott sei Dank seid ihr zurück.«

Ryder umarmte seine Großmutter, und dann eilte Francesca mit offenen Armen auf Natalie zu. Nach der Begrüßung gingen die drei zu einer Steinbank hinüber, und Ryders Großmutter setzte sich zwischen Ryder und Natalie.

»War eure Parisreise schön?«

»Wunderbar«, erwiderte Ryder, doch dann sah er seine Großmutter nachdenklich an. »Nonna, du siehst gut aus, aber deine Begrüßung war allzu überschwenglich. Ist irgend etwas passiert?«

Sie nickte unglücklich und unklammerte seine Hand. »Mein Junge, es geht um deinen Vater.«

Ryder erblaßte. »Was ist mit ihm?«

»Er wurde verletzt – jemand hat ihm ein Messer in die Schulter gestoßen.«

»Großer Gott!« rief Natalie.

»Ist er in Lebensgefahr?« fragte Ryder angespannt.

Francesca schüttelte eilig den Kopf und tätschelte Ryder die Hand. »Nein, mein Lieber, nicht mehr. Der Zwischenfall ereignete sich ungefähr eine Woche nach eurer Abreise. Zunächst fürchteten wir wirklich um sein Leben, aber der Arzt sagt, inzwischen habe er die kritische Phase überstanden. Er ist immer noch schwach, aber auf dem Weg der Besserung.«

»Wie in aller Welt ist denn das passiert?« fragte Ryder.

Mit einem Kopfnicken in Natalies Richtung fuhr Francesca fort. »Es geschah, nachdem Natalies Tante mit dem Herzog zu Abend gegessen hatte.«

»Ist Tante Love etwas passiert?« rief Natalie. »Sagen Sie nur nicht, daß sie auch verletzt wurde.«

Francesca bedachte das Mädchen mit einem beruhigenden Lächeln. »Nein, es geht ihr bestens – obwohl sie das furchtbare Geschehen mit ansehen mußte.«

»Was für ein furchtbares Geschehen?« rief Ryder aus.

»Nun, Mrs. Desmonds Aussage zufolge kam es zu der Auseinandersetzung, nachdem dein Vater eine Untersuchung in der Fabrik in Stepney durchgeführt hatte.«

Ryder nickte. »Ich wußte, daß Vater vorhatte, die Schmugglerbande auffliegen zu lassen, aber ich wußte nicht, daß dieses Vorhaben lebensgefährlich sein würde.«

»Anscheinend ist William den Schurken allzusehr auf den Leib gerückt«, jammerte Francesca. »Soweit ich weiß, waren seine beiden Geschäftspartner – John Lynch und Oswald Spectre – wenig mitteilsam.«

»Bitte fahr fort.«

»Offensichtlich war John Lynch der wahre Schuldige, denn er war derjenige, der deinen Vater abends zu Hause aufgesucht und niedergestochen hat.«

»O mein Gott«, murmelte Ryder.

»Wie schrecklich!« sagte Natalie.

»Wie ist es passiert?« wollte Ryder wissen.

Francesca legte einen Finger an die Wange. »Ich weiß keine Einzelheiten, aber offensichtlich hat sich Lynch durch den Hintereingang geschlichen und William dann im Wohnzimmer angegriffen.«

»Und meine Tante hat das alles gesehen?« fragte Natalie.

Francesca nahm ihre Hand. »Mrs. Desmond hat dem Herzog wahrscheinlich sogar das Leben gerettet, denn als sie den Raum betrat und laut zu schreien begann, flüchtete Lynch.«

Als Natalie entsetzt den Kopf schüttelte, fragte Ryder: »Und was hat Oswald Spectre mit der ganzen Sache zu tun?«

»Anscheinend überhaupt nichts. Direkt nachdem er den Herzog niedergestochen hatte, fuhr Lynch weiter zu Spectre und schlug ihm dort eine Eisenstange über den Kopf.«

»Hat Spectre überlebt?« fragte Ryder.

»Ja, aber seitdem ist er bettlägerig, da er fortwährend Schwächeanfälle hat.«

»Und was ist mit Lynch? Hat man ihn gefaßt?«

Francesca verzog das Gesicht. »Das ist das Schlimmste an der ganzen Geschichte. Nachdem er deinen Vater und Spectre angegriffen hatte, wurde er erhängt aufgefunden. Sein Tod wurde als Selbstmord bezeichnet.«

Mit einem Schrei des Entsetzens griff sich Natalie an die Brust.

»John Lynch hat sich erhängt?« wiederholte Ryder.

»Offensichtlich. Seine Frau Essie hat ihn gefunden.«

»Das ist einfach unglaublich!« rief Ryder.

»Allerdings«, bestätigte Francesca.

Natalie sah ihren Mann flehend an. »Wir müssen sofort zu deinem Vater – und zu Tante Love.«

Er streckte den Arm aus und drückte ihre Hand. »Natürlich, meine Liebe.«

»Ja, fahrt nur«, drängte seine Großmutter. »Aber ihr kommt heute abend zurück, ja? Euer Zimmer ist schon gemacht.«

»Du bist einfach zu lieb, Nonna«, sagte Ryder. »Aber ich dachte, meine Braut und ich sollten vielleicht in ein Hotel ziehen, bis wir etwas Passendes gefunden haben.«

»Mach dich nicht lächerlich«, protestierte Francesca. »Ich habe ein halbes Dutzend Gästezimmer, die nie benutzt werden. Mir ist klar, daß ihr versessen darauf seid, möglichst bald ein eigenes Heim zu haben, aber bis dahin werdet ihr doch sicher mit einer dummen alten Frau unter einem Dach leben können.«

Ryder und Natalie lächelten, und Natalie sagte warm: »Es wird uns ein Vergnügen sein, bei Ihnen zu wohnen, Comtessa – wenn es keine allzu große Belastung für Sie ist.«

»Bestimmt nicht.«

»Aber es gibt da noch ein Problem«, fügte Natalie hinzu. »Wir haben meine Mutter aus Paris mitgebracht.«

Francesca klatschte begeistert in die Hände. »Ah, dann war eure Mission also erfolgreich?«

»Ja. Eigentlich hatte ich gehofft, daß wir alle im Haus meines Vaters wohnen könnten – sozusagen, um meiner Mutter und meinem Vater einen Schub in die richtige Richtung zu geben –, aber Mutter hat sich strikt geweigert, zu ihm zu ziehen.«

»Aber wenn sie nicht bei deinem Vater ist, wo ist sie dann?«

Dieses Mal sprach Ryder: »Sie ist mit Harry und seiner Verlobten zu seinen Eltern gefahren.«

»Ihr habt Harry gefunden?« rief Francesca erstaunt. »Und er hat eine Verlobte?«

Ryder lächelte. »Das ist eine lange Geschichte, Nonna.«

»Ich verstehe.«

»Ich habe meine Mutter gebeten, uns später hier zu treffen«, warf Natalie ein. »Wenn sie also kommt –«

»Wenn sie kommt, werde ich ihr als erstes ihr Zimmer zeigen.«

»Nonna, du bist einfach ein Juwel«, sagte Ryder stolz. Dann nahm er die Hand seiner Frau und zog sie auf die Füße.

»Kümmert euch erst einmal um deinen Vater«, erwiderte Francesca. Als sich ihr Enkel hinabbeugte, um sie zu küssen, murmelte sie: »Und, Ryder...«

»Ja?«

Während Natalie sich die Röcke glattstrich, flüsterte Francesca eindringlich: »Ich habe seit Tagen das Gefühl, daß die Gefahr noch nicht vorüber ist. Sei vorsichtig, mein Lieber. Und paß auf Natalie auf.«

Ryders Miene war ernst, als er mit seiner Frau das Haus verließ.

Im Haus des Herzogs sprach Ryder zunächst mit dem Butler, und Withers ging nach oben, zu Love Desmond, die bei seinem Vater saß. Einen Augenblick später kam der Kammerdiener zurück und bat das Paar ins Zimmer des Herzogs in der dritten Etage hinauf.

Ryder und Natalie glitten leise in Williams Schlafzimmer. Er lag schlafend in seinem mit reichem Schnitzwerk versehenen Bett, das von burgunderfarbenen Vorhängen umgeben war. Er wirkte viel blasser und dünner, als Ryder ihn in Erinnerung gehabt hatte, und Ryder verspürte gleichzeitig Angst und Zärtlichkeit beim Anblick des einst so kraftvollen, kalten Mannes, der jetzt so farb- und hilflos darniederlag.

Love saß auf einem Stuhl neben Williams Bett. Als sie das Paar erblickte, sprang sie auf und eilte zu ihnen. Mit glücklichem Gesicht umarmte sie sie und flüsterte: »Oh, meine Lieben, ich bin so froh, daß ihr zurück seid!«

Ryder nickte angespannt in Richtung seines Vaters. »Wie geht es ihm?«

»Wenn er schläft, gut, aber wenn er wach ist, schlecht«, erwiderte Love. »Der Herzog von Mansfield erträgt es nicht besonders gut, ans Bett gefesselt zu sein.«

Ryder lächelte schwach.

»Und wie geht es dir, Tante Love?« fragte Natalie besorgt. »Ryders Großmutter hat uns erzählt, was passiert ist. Wir waren völlig entsetzt.«

»Dieser Teufel John Lynch!« erklärte Love. »Ich nehme an, ihr habt schon gehört, daß er sich aufgehängt hat?« Als Ryder und Natalie die Gesichter verzogen, fuhr sie fort: »Nach dem, was er dem armen William angetan hat, ist's wohl nicht schade um ihn!«

»Nonna sagte, Sie hätten den Überfall mitbekommen«, meinte Ryder.

Love sah ihn schmerzerfüllt an. »Oh, es war ein Alptraum! Ich war in der Bibliothek, um ein Buch zu holen, als ich William plötzlich schreien hörte. Natürlich bin ich sofort zu ihm gerannt. Ihr könnt euch sicher vorstellen, wie entsetzt ich war, als ich ihn blutend am Boden liegen sah, ein Messer in der Schulter. Und dieser Schurke Lynch beugte sich über ihn und wollte ihn allen Ernstes umbringen. Ich habe aus Leibeskräften geschrien, und dann ist Lynch durch den Garten geflüchtet.«

»Hast du sein Gesicht gesehen?« fragte Ryder.

Love schüttelte den Kopf. »Nein«, sagte er. »Ich konnte es nicht sehen, weil er mir den Rücken zugewandt hatte, aber ich habe seinen schwarzen Umhang und den breitkrempigen Hut gesehen, von dem William später sagte, daß er ihn oft trug. Anscheinend hatte er den Umhang sogar noch an, als seine Frau die Polizei rief, um ihn von dem Seil abschneiden zu lassen, mit dem er sich aufgehängt hatte.«

Natalie erschauderte, und Ryder zog sie in seine Arme.

»Ist alles in Ordnung mit dir, meine Liebe?« fragte Love ihre Nichte mitfühlend. »Ich habe euch noch nicht einmal nach eurer Hochzeitsreise gefragt.«

»Himmel, unter den gegebenen Umständen habe ich das auch nicht erwartet«, erwiderte Natalie warm.

»Nun, habt ihr euch wenigstens amüsiert?« wollte Love wissen, und das alte Blitzen kehrte in ihre Augen zurück.

»Sehr«, erwiderte Ryder, »und es gibt sogar ein paar Überraschungen.«

»Oh?« Love sah von Ryder zu Natalie.

»Wir haben Mutter mitgebracht«, verkündete Natalie.

Love lächelte. »Das freut mich für dich, meine Liebe!«

»Außerdem haben wir Harry gefunden – und seine neue Verlobte«, sagte Ryder.

»Großer Gott! Das ist tatsächlich eine Überraschung!«

Sie unterhielten sich noch eine Weile im Flüsterton, bis eine schläfrige, knurrige Stimme vom Bett herüberdrang. »Love, wer ist da?«

Sie drehte sich zum Bett um. »William, mein Lieber, ich hoffe, wir haben dich nicht geweckt.«

»Unsinn. Wenn ich noch länger schlafe, könnt ihr mich gleich in mein Grab legen.«

»Ryder und Natalie sind hier. Sie sind aus Paris zurück.«

»Dann bring sie hierher, damit ich sie sehen kann.«

Ryder ging hinüber zum Bett und sah auf seinen Vater hinab. Erneut stellte er fest, wie schwach und krank William aussah, als er da so auf dem Rücken lag und ihn erwartungsvoll anblickte. Remingtons Augen blitzten nicht mehr wie Eis, sondern strahlten menschliche Wärme aus. Verschwunden war der starke, unüberwindbare Herzog und an seiner Stelle lag ein gebrechlicher, verletzter Mann, der dem Tod nur knapp entronnen war. Die Erkenntnis, daß sein Vater sterblich und verwundbar war, weckte in Ryder lange verdrängte Gefühle. Er berührte zaghaft die Hand seines Vaters und der Herzog erwiderte den Händedruck.

»Euer...« Ryder räusperte sich. »Vater, Natalie und ich waren vollkommen entsetzt, als wir von dem schrecklichen Überfall hörten – wir sind wirklich froh, daß du bald wieder gesund sein wirst.«

»Danke, mein Sohn«, erwiderte William gerührt.

»Du klingst schon wieder recht kräftig«, fügte Ryder ermutigend hinzu.

»Das sagt Love auch immer.« Der Herzog wandte sich an Natalie und blinzelte ihr überrascht zu. »Und wie geht's der Braut?«

Natalie beugte sich vor und küßte William auf die Stirn. Als sie sich wieder aufrichtete, stellte sie erleichtert fest, daß er lächelte. »Hervorragend, Euer Ehren.«

»Kümmerst du dich auch gut um meinen zukünftigen Enkelsohn?« fragte William, und als Natalie errötete, fügte er eilig hinzu: »Ich wollte dich nicht in Verlegenheit bringen, meine Liebe, aber schließlich sind wir hier unter uns.«

»Als William so schwer verwundet war«, warf Love ein, »habe ich ihn zahllose Male daran erinnert, daß er unmöglich sterben und seinen ersten Enkel verpassen kann – und schließlich gab er mir recht.«

Natalie sah William lächelnd an. »Eurem Enkel geht es bestens, Euer Ehren.«

Die vier unterhielten sich noch ein Weilchen, und Ryder und Natalie versuchten, die beiden anderen durch eine detaillierte Beschreibung ihrer wunderbaren Erlebnisse in Paris vom Leid des Herzogs abzulenken. Als Ryder erste Ermüdungserscheinungen bei seinem Vater wahrnahm, nahm er die Hand seiner Frau und verabschiedete sich.

Love begleitete sie noch in die Eingangshalle. »Ich kann euch gar nicht sagen, wie froh ich bin, daß ihr zurück seid.«

»Wie lange wird Vater noch das Bett hüten müssen?« fragte Ryder.

»Der Arzt hat ihm bereits erlaubt, jeden Tag ein bißchen aufzustehen, aber er ist noch ziemlich schwach, und seine Wunde tut weh. Gestern hat er seinen armen Kammerdiener übel beschimpft, nur weil der ein paar Schritte mit ihm gegangen ist.«

»Vielleicht könnte ich ja jeden Tag vorbeikommen und ein wenig mit Vater spazierengehen«, dachte Ryder laut nach. »Er ist einfach zu stolz und arrogant, um vor seinem Sohn eine derartige Schwäche zu zeigen.«

»Würdest du das wirklich tun, Ryder?« fragte Love. »Das wäre in der Tat eine große Hilfe – zudem braucht William dich.«

»Ach ja?«

»Nun, er liegt inzwischen seit fast zwei Wochen im Bett, und in der Zeit konnte er sich nicht um seine Geschäfte kümmern. Sein Sekretär tut, was er kann, aber da sowohl Lynch als auch Spectre ausgefallen sind, kümmert sich niemand um die Fabrik in Stepney. Auch Williams andere Geschäfte liegen brach, und außerdem hat er dem Parlament einen Gesetzentwurf vorgelegt – ein neues Gesetz über Wilderei –, um den sich jetzt niemand mehr kümmert.«

»Ich werde tun, was in meiner Macht steht«, versicherte Ryder ihr.

»Dem Himmel sei Dank.«

Withers trat zu ihnen und wandte sich an Love. »Madame, Mrs. Lynch ist schon wieder da, um dem Herzog ihre Aufwartung zu machen.«

Natalies Tante seufzte. »Die arme Essie kommt fast jeden Tag.

Offensichtlich hat sie Schuldgefühle wegen Johns Betrügereien. Vielleicht könntet ihr beide ja mit ihr reden? Ehrlich gesagt beginnen mich ihre Besuche zu ermüden, und außerdem lasse ich William nur ungern allein, wenn er wach ist.«

»Natürlich werden wir mit ihr sprechen«, sagte Ryder.

Als Ryder und Natalie den Salon betraten, erhob sich die schwarzgekleidete Essie Lynch und trat auf sie zu. Genau wie Love gesagt hatte, wirkte die Frau nervös und angespannt; sie knetete ein Taschentuch zwischen ihren Fingern, und Natalie bemerkte zu ihrem Entsetzen auf ihrer Wange einen großen blauen Fleck.

»Lord und Lady Newbury – was für eine Überraschung.«

»Wir sind gerade von unserer Hochzeitsreise nach Paris zurückgekehrt«, sagte Ryder.

»Wie geht es dem Herzog?« fragte Essie.

»Er ist auf dem Weg der Besserung.«

Sie zupfte weiter an ihrem Taschentuch herum. »Es erleichtert mich, das zu hören.« Sie hob den Kopf und sagte mit einer Mischung aus Stolz und Unsicherheit: »Sie müssen wissen, daß mich Johns Verbrechen ehrlich entsetzt haben.«

»Das ist uns klar, Mrs. Lynch«, beruhigte Ryder sie.

Essie betupfte sich die Augen und fuchtelte nervös mit den Händen in der Luft herum. »Nun, ich wußte wirklich nicht, daß er etwas mit einer Schmugglerbande zu tun hatte – und daß er dann auch noch niemand Geringeren als den Herzog von Mansfield überfallen mußte. Ich möchte mich bei Ihnen beiden für seine abscheulichen Taten entschuldigen.«

»Und ich möchte Ihnen unser beider Mitgefühl aussprechen für die Dinge, die Sie ertragen mußten«, erwiderte Natalie und sah Essie mitfühlend an. »Mrs. Lynch, ich möchte Ihnen gewiß nicht zu nahe treten, aber woher haben Sie den blauen Fleck auf der Wange? Hat John Sie geschlagen?«

Jetzt wirkte Essie noch nervöser als vorher; sie wurde knallrot, befingerte die Schwellung und blickte zu Boden. »Als ich John gefunden habe«, murmelte sie, »war ich so entsetzt, daß ich in Ohnmacht gefallen bin und mich dabei gestoßen habe.«

»Ach«, sagte Natalie erstaunt. »Das tut mir wirklich leid.«

»Ja. Aber jetzt muß ich wieder gehen«, sagte Essie plötzlich. »Bitte richten Sie dem Herzog meine Grüße aus.«

»Das werden wir tun«, sagte Ryder mit gerunzelter Stirn.

Nachdem Essie gegangen war, legte Ryder den Arm um Natalies Taille. »Eine seltsame Frau – und sehr nervös.«

Natalie nickte. »Ich glaube, sie hat uns angelogen, als sie gesagt hat, sie wäre gestürzt. Ich glaube, dieser Schuft John Lynch hat sie geschlagen.«

»Das wäre durchaus möglich. Aber wenn dem so ist, dann um so besser, daß er tot ist – obwohl es mir auch nicht gerade leichtfällt, mit Essie warm zu werden.«

»Zumindest hat sie deinem Vater ihr Mitgefühl ausgesprochen.« Natalie sah Ryder betrübt an. »Oh, Ryder, ich fühle mich für all das verantwortlich!«

»Du?« fragte er verblüfft. »Warum solltest du dich dafür verantwortlich fühlen?«

»Wenn ich nicht hinter den Schmugglern her gewesen wäre, dann wären all diese furchtbaren Dinge nicht passiert – vor allem wäre dein Vater nicht überfallen worden. Vielleicht hätten Tante Love und ich aufgeben und die Situation in Charleston ertragen sollen.«

»Mach dich nicht lächerlich«, sagte Ryder und zog sie an sich. »Wir dürfen Unrecht nicht aus Angst hinnehmen – ich glaube, daß auch mein Vater das so sieht.«

Sie seufzte. »Nun, wenigstens ein Rätsel wäre gelöst.«

Er strich ihr über das Haar. »Das hoffe ich doch sehr. Trotzdem muß ich zugeben, daß es mir schwerfällt zu glauben, daß John Lynch sich selbst aufgehängt hat – das wäre einfach zu makaber.«

Sie starrte ihn an. »Und was ist deiner Meinung nach statt dessen passiert?«

Ryder bedauerte seine unvorsichtigen Worte bereits. Er küßte Natalie auf die Stirn und sagte: »Keine Angst, meine Liebe. Ich bin sicher, daß du recht hast und die Gefahr vorüber ist.«

Aber in seinem Innersten wußte er, daß dem nicht so war. Sollte die Gefahr tatsächlich vorüber sein? Nonnas Warnung sagte eindeutig etwas anderes.

»Guten Abend, Sir. Hier bin ich, genau wie Ihr Kutscher mir befohlen hat.«

»Mawkins, schön, Sie wiederzusehen, alter Freund«, erwiderte Ryder mit einem Lächeln.

Spätnachts vor der Fabrik seines Vaters in Stepney schüttelte Ryder Mawkins' schwielige Hand, ehe er stirnrunzelnd zu dem Kerl hinübersah, den sein Helfer mitgebracht hatte.

Mawkins wies mit dem Daumen auf den ungeschlachten Fremden mit der vernarbten Wange, der die dunkle Jacke und die Stoffmütze eines Hafenarbeiters trug. »Ich hab' meinen Onkel Tom mitgebracht. Natürlich is' er nich' der, der in Newgate ins Gras gebissen hat.«

»Freut mich zu hören«, erwiderte Ryder lachend. Er schüttelte Tom die Hand und wandte sich dann wieder an Mawkins. »Also dann. Ich habe eine Menge Arbeit für euch beide.«

Mawkins blickte sich verwundert um. »'Tschuldigung, aber warum sollten wir Sie eigentlich mitten in der Nacht vor der Fabrik treffen?«

Ryder winkte in Richtung des dunklen Gebäudes. »Weil ich will, daß ihr die Fabrik beobachtet, bis ihr irgendwas Verdächtiges bemerkt.«

»Was Verdächtiges?« fragte Tom verwirrt.

»Nich' schon wieder die Schmuggler, oder?« fragte Mawkins mit gerunzelter Stirn.

»Allerdings«, erwiderte Ryder grimmig. »Einer der Schurken hat versucht, meinen Vater zu ermorden.«

»Himmel!« rief Mawkins.

»Und wie ich aus zuverlässiger Quelle erfahren habe, ist die Gefahr noch nicht vorüber.«

Mawkins kratzte sich am Kinn. »Was Sie nich' sagen. Un' was soll'n Tom un' ich machen?«

»Spitzt einfach die Ohren und haltet die Augen auf«, befahl Ryder. »Vor allem möchte ich, daß ihr Ausschau haltet nach einem Mann namens Oswald Spectre. Ich werde euch noch genau beschreiben, wie er aussieht. Gebt mir sofort Bescheid, wenn ihr Spectre seht oder sonst irgend etwas Ungewöhnliches bemerkt. Wenn ihr meine Befehle befolgt, ist mindestens ein Sovereign für jeden von euch drin.«

Mawkins und Tom grinsten zufrieden, und dann hörten sie aufmerksam zu, als Ryder ihnen weitere Anweisungen gab.

41. Kapitel

»Ich sage dir, Natalie, ich habe nicht den geringsten Wunsch, diesen unerträglichen Kerl zu sehen!«

Am nächsten Morgen zerrten Ryder und Natalie Desiree im wahrsten Sinne des Wortes den Weg zu Charles Desmonds Stadthaus hinauf. Seit dem gestrigen Nachmittag, als Desiree die beiden in Francesca Valenzas Heim getroffen hatte, hatte die unbezähmbare Französin eine Ausrede nach der anderen vorgebracht, um ihren Ehemann nicht besuchen zu müssen, und es war Ryder und Natalie nur mit heftigen Schmeicheleien und leichten Drohungen gelungen, sie aus dem Haus zu bringen.

Sie sah einfach wunderbar aus in ihrem tiefausgeschnittenen blauen Seidenkleid und der Spitzenhaube. Ihre Frisur war tadellos, und sie war mit ihrem teuren Parfüm offenbar sehr großzügig umgegangen. Natalie war verblüfft über den Gegensatz zwischen der sturen Haltung und der äußeren Erscheinung ihrer Mutter. Sie behauptete, ihren Gatten höchst ungern zu besuchen, aber ihre Aufmachung verriet etwas ganz anderes. Vielleicht hegte Desiree insgeheim doch stärkere Gefühle für Charles, als sie zugeben wollte?

»Mutter, du weißt, daß Vater krank ist«, sagte sie. »Und wenn er dich sieht, hilft ihm das bestimmt.«

»Wenn er mich sieht, wird das unser beider Tod sein«, verkündete Desiree.

Ryder und Natalie sahen einander verzweifelt an, doch in diesem Augenblick öffnete ein strahlender Fitzhugh die Tür und rief: »Madame Desmond! Sie ahnen ja gar nicht, wie sehr wir uns freuen, Sie endlich wiederzusehen!«

Desiree räusperte sich. »Guten Tag, Fitzhugh. Meine Tochter und ihr Ehemann haben mich mehr oder weniger entführt und mich gezwungen, meinen Mann zu besuchen. Ist Charles zu Hause?«

»Natürlich, Madame. Bitte folgen Sie mir.«

Das Trio betrat den Salon und sah, daß Charles im Sessel vor dem Kamin saß und leise schnarchte. Natalie, die ihren Vater gestern nur kurz in seinem abgedunkelten Schlafzimmer gesehen hatte, sah ihn nun genauer an. Erleichtert stellte sie fest, daß sich sein körperlicher Zustand seit ihrer Hochzeit wenigstens nicht verschlechtert zu haben schien. Seine Haut war immer noch gelblich, aber er war auf den Beinen und obendrein noch ordentlich gekleidet.

Dann sah sie ihre Mutter an, die sich um eine ausdruckslose Miene zu bemühen schien, aber die plötzliche Sanftheit in ihren braunen Augen verriet, daß sie noch voller Gefühle für ihren Ehemann war. Natalie schlich sich auf Zehenspitzen zu Charles hinüber und schüttelte ihn sanft. »Vater ... Ryder und ich sind aus Paris zurück, und wir haben Mutter mitgebracht.«

Charles Desmond fuhr auf und sah sich verwundert um. Der Blick aus seinen blutunterlaufenen Augen fiel auf Desiree, die am anderen Ende des Raumes neben Ryder stand. Er sah aus, als hätte er einen Geist gesehen.

Er stand schwankend auf und sprach mit unsicherer Stimme. »Desiree! Mein Gott, du bist wieder da!«

»Du hattest schon immer das Talent, das Offensichtliche zu bemerken, Charles«, erwiderte seine Frau mit zittriger Stimme.

»Aber – aber was machst du hier?«

Sie hob stolz den Kopf und antwortete: »Deine Tochter und dein Schwiegersohn haben mich hierhergelotst, damit ich dich vor dir selbst rette.«

»Mich retten?« wiederholte er verwirrt. »Vor mir selbst?«

»Was Mutter sagen will, ist, daß wir alle dachten, ein Besuch von ihr würde dich bestimmt aufheitern«, warf Natalie taktvoll ein, und Desiree fügte sarkastisch hinzu: »Wenn dich überhaupt noch irgend etwas aufheitern kann.«

Während Ryder die Augen rollte, wurde Charles zornrot. »Wie großmütig von Ihnen, sich extra hierherzubemühen, Madame«, schnaubte er. »Aber Sie hatten ja schon immer eine Vorliebe für hoffnungslose Fälle, nicht wahr?«

Als Natalie sah, wie ihre Mutter wütend die Augen zusammenkniff, blickte sie Ryder verzweifelt an. Er lächelte, klatschte in die Hände und sagte mit gezwungener Fröhlichkeit: »Nun, ist es nicht schön, daß wir jetzt alle zusammen sind? Wollen wir uns nicht setzen und einen Tee trinken?«

Charles und Desiree nahmen an entgegengesetzten Enden des Raumes Platz wie die Generäle zweier verfeindeter Armeen. Natalie läutete dem Butler, und Fitzhugh erschien prompt mit Tee. Trotz des heißen Getränks und der frischen Teilchen blieb die Atmosphäre kühl. Desiree und Charles funkelten einander zornig an, während Ryder und Natalie belanglose Gespräche führten und ihrem Vater Einzelheiten ihrer Hochzeitsreise berichteten.

So sehr sie sich auch bemühten, gelang es den beiden frisch Verheirateten nicht, die Spannung zu lösen. Als Natalie nervös von den Kleidern erzählte, die sie in Paris erstanden hatte, wandte sich Charles plötzlich an Desiree und stellte spöttisch fest: »Komisch, du siehst aus, als wärst du soeben dem neuesten Modejournal entstiegen, meine Liebe. Es wundert mich, daß du keine Trauerkleider trägst wegen deines geliebten Napoleons.«

Desiree warf ihre Serviette auf den Teller und sagte erzürnt: »Wie kannst du es wagen, so über unseren Kaiser zu sprechen!«

»Er ist niemandes Kaiser mehr«, schoß Charles zurück, »es sei denn, du zählst die Würmer. ›Kaiser der Würmer‹ – das klingt doch wirklich nett, findest du nicht?«

»Ich finde, daß du abscheulich bist!«

In Charles' Augen blitzte bitterer Triumph. »Und ich finde, Sie sollten ruhig etwas weniger stolz sein, Madame, nun, da Bonaparte seine letzte Schlacht verloren und den wohlverdienten Ruheplatz zwei Meter unter der Erde gefunden hat.«

»Du hattest niemals auch nur den geringsten Respekt vor dem Kaiser oder vor den Dingen, für die er stand!« rief Desiree.

»Und du hattest niemals auch nur die geringste Wertschätzung für deinen eigenen Ehemann oder für das Land, das er liebt!«

Desiree sprang auf. »Das muß ich mir nicht länger anhören!«

Charles erhob sich ebenfalls schwankend von seinem Stuhl. »Und ich brauche eine treulose Ehefrau, die mich verlassen und zweifellos mit jedem Lüstling auf dem Kontinent geschlafen hat, nicht zurückzunehmen!«

Während Natalie entsetzt nach Luft rang und Ryder schmerzlich das Gesicht verzog, zitterte Desiree vor Wut. »Das ist eine widerwärtige Lüge! Wie kannst du auch nur eine Sekunde annehmen, daß ich mich jemals wieder mit dir versöhnen wollte?«

»Vielleicht sollte ich dem Parlament einen Antrag auf unsere Scheidung vorlegen, genau wie es der König letztes Jahr mit seiner eigenen untreuen Frau versucht hat!«

»Als ob gerade George der Inbegriff der Tugend wäre! Ich hätte wissen sollen, daß du auf meinen Besuch derart undankbar reagieren würdest. Aber ich werde dir die Mühe einer Scheidung ersparen, indem ich nach Frankreich zurückkehre.«

»Gute Reise!«

Desiree machte auf dem Absatz kehrt und stürzte zur Tür, als Ryder sich ihr plötzlich in den Weg stellte.

»Himmel!« zischte sie. »Geh mir aus dem Weg! Der Mann ist einfach unerträglich!«

»Madame«, flüsterte er mit heiserer Stimme und zwang sie, sich wieder umzudrehen. »Sie werden ihm eine Chance geben!«

Einen Augenblick lang starrten Desiree und Charles einander haßerfüllt an, doch dann trat Natalie zwischen sie. »Vater, Mutter, ihr habt euch seit über acht Jahren nicht mehr gesehen. Könntet ihr da nicht wenigstens mir zuliebe ein paar höfliche Worte wechseln?«

»Und eurem zukünftigen Enkel zuliebe«, fügte Ryder streng hinzu.

Die beiden starrten einander noch einen gespannten Augenblick lang an, doch dann gab Charles überraschenderweise nach. Er räusperte sich und murmelte: »Du siehst wirklich gut aus.«

Doch der Waffenstillstand war nur von kurzer Dauer. »Und du siehst erbärmlich aus«, erwiderte Desiree. »Lebst du inzwischen eigentlich ausschließlich von Brandy?«

»Und du von modischen Stutzern?« fragte Charles.

»Allerdings!« entgegnete Desiree mit einer wegwerfenden Handbewegung. »Erst letzte Woche hatte ich eine charmante *ménage à trois* mit den beiden britischen Exilanten Byron und Brummell – Lord Byron hat mir sogar sein letztes Gedicht gewidmet. So ein netter Kerl! Kein Wunder, daß ich so schnell genug von dir hatte!«

Während Ryder stöhnte, und Natalie die Hände rang, breitete Charles die Arme aus. »Ich gebe auf! Schafft mir diese Hure aus den Augen – ich bitte euch!«

Da Ryder merkte, daß weitere Einmischung im Augenblick zwecklos war, nahm er Desiree am Arm. »Wir werden wiederkommen, Sir«, teilte er Charles mit.

»Das werden wir nicht!« rief Desiree.

»Macht euch nur keine Mühe!« pflichtete Charles ihr bei.

Ohne ein weiteres Wort führte Ryder Desiree und Natalie aus dem Raum.

»Der Mann ist ein Tier! Ein Irrer!« erklärte Desiree.

Auf der Rückfahrt zu Francesca Valenzas Haus versuchte Ryder, seine Schwiegermutter zu beruhigen, die kurz vor einem hysterischen Anfall stand, während Natalie schweigend neben ihr saß.

»Desiree, bitte, Sie dürfen nicht so schnell aufgeben«, sagte er. »Heute war erst die erste Begegnung mit Charles. Ich finde, unter den gegebenen Umständen verlief sie sogar recht angenehm.«

»Du mußt den Verstand verloren haben«, schnauzte Desiree.

»Wir werden morgen zu ihm zurückkehren. Vielleicht haben wir uns ja bis dahin alle ein wenig beruhigt«, fuhr Ryder gelassen fort.

»In meinem ganzen Leben kehre ich nicht mehr in dieses Haus zurück!« erwiderte Desiree. »Ich fahre mit dem nächsten Schiff nach Frankreich zurück.«

»So ist's richtig, Mutter«, mischte sich Natalie zornig ein. »Gib einfach auf, fahr nach Frankreich zurück und laß Vater sterben! Ich hätte wissen sollen, daß ich von dir keine Loyalität zu erwarten habe!«

»Liebling«, sagte Desiree mit flehendem Blick, »der Mann hat mich entsetzlich beleidigt. Du warst doch dabei. Er hat mich eine Hure genannt.«

»Du warst diejenige, die behauptet hat, daß sie mit zwei Männern gleichzeitig ausgegangen ist und daß einer der beiden dir auch noch Liebesgedichte geschrieben hat!«

»Das habe ich nur gesagt, weil dein Vater mich mit seinen Beleidigungen wahnsinnig gemacht hat. Natalie, du mußt doch wissen, daß ich niemals –«

»Mach dir nicht die Mühe, dich mir gegenüber zu rechtfertigen, Mutter«, fiel ihr Natalie ins Wort. »Du kannst wohl kaum erwarten, daß ich den Worten einer Frau, die ihr Kind und ihren

Ehemann verlassen hat, auch nur den geringsten Glauben schenke.«

Desiree wandte sich hilfesuchend an Ryder. »Bitte, sorg du dafür, daß sie Vernunft annimmt.«

Ryder nahm die Hand seiner Frau. »Meine Liebe, es ist eindeutig, daß sie beide Fehler gemacht haben –«

»Und es ist ebenso eindeutig, daß keine Hoffnung auf Versöhnung besteht, solange nicht *einer von beiden*« – sie starrte ihre Mutter an – »sich ehrlich darum bemüht.«

Desiree wollte gerade protestieren, aber Ryder hob abwehrend die Hand und schüttelte den Kopf.

In Francescas Haus angekommen rannte Natalie wortlos die Treppe hinauf. Ryder sah ihr resigniert nach, doch dann zog er seine Schwiegermutter in das kleine Arbeitszimmer, das Francesca ihm zur Verfügung gestellt hatte.

Er lehnte sich gegen die geschlossene Tür und sah Desiree flehend an. »Sie müssen ihm noch eine Chance geben!«

Sie verschränkte die Arme vor der Brust. »Der Mann ist einfach unerträglich!«

»Und Sie, haben Sie sich etwa ehrlich bemüht?«

Desiree starrte ihn wütend an, doch er trat ungerührt auf sie zu. »Madame, wenn Charles wegen seiner Trinkerei stirbt, dann wird Natalie Ihnen die Schuld daran geben.«

Desiree warf die Hände in die Luft und begann fluchend, in dem kleinen Raum auf und ab zu gehen.

»Wollen Sie Natalie noch einmal verlieren?« fragte Ryder ruhig.

Sie drehte sich hilflos zu ihm um. »Nachdem es so lange gedauert hat, bis ich sie endlich wieder in die Arme schließen konnte? Natürlich nicht!«

»Aber im Augenblick macht es ganz den Eindruck.«

»Was soll ich denn tun?« weinte sie.

Ryder sah sie an und dachte, daß sie Natalie allzu ähnlich war – willensstark und trotzig bis zum bitteren Ende. Welche Ironie des

Schicksals! In Paris hatte er mit seiner Frau verhandelt, Desiree eine Chance zu geben, und nun drängte er seine Schwiegermutter, Charles eine Chance zu geben.

Ruhig sagte er: »Desiree, ich möchte ein Abkommen mit Ihnen treffen. Ich möchte, daß Sie Charles eine Woche lang jeden Tag besuchen.«

»*Eine Woche lang?*« Erneutes Fluchen.

»Bitte tun Sie, worum ich Sie bitte. Nur eine Woche lang. Wenn Sie beide sich bis dahin immer noch nicht versöhnt haben, gebe ich Ihnen meinen Segen, wenn Sie nach Frankreich zurückkehren.«

»Aber warum sollte ich es noch eine ganze Woche lang versuchen?« fragte Desiree mit gequälter Stimme. »Was für einen Sinn hat das denn?«

Ryder legte ihr die Hand auf die Schulter. »Dann kann ich Natalie davon überzeugen, daß Sie Ihr möglichstes versucht haben. Können Sie ernsthaft jetzt nach Frankreich zurückkehren und Ihre Tochter in dem Glauben lassen, daß sie Ihnen nicht wichtig genug ist, um sich ehrlich zu bemühen?«

Desiree starrte schweigend auf den Teppich.

»Also Desiree, abgemacht?«

»Also … gut.« Sie holte tief Luft und fügte ungewöhnlich zaghaft hinzu: »Charles sah wirklich nicht gut aus, nicht wahr?«

Ryder schüttelte traurig den Kopf. »Wenn er nicht aufhört zu trinken, wird er sterben. Ist sein Leben nicht eine Woche Ihrer Zeit wert?«

Desiree wandte sich blinzelnd ab und blickte aus dem Fenster. Nach einem Augenblick seufzte sie und erwiderte: »Natürlich ist es das wert, mein Freund.«

»Dann empfinden Sie vielleicht doch mehr für ihn, als Sie zugeben wollen?« fragte Ryder sanft.

Desiree sah ihn schmerzerfüllt an. »Gefühle haben nicht viel damit zu tun, ob ein Mann und eine Frau glücklich miteinander leben können.«

Als Ryder das Arbeitszimmer verließ, runzelte er nachdenklich die Stirn. Vielleicht enthielten Desirees Worte ein Körnchen Wahrheit, und zwar nicht nur in bezug auf ihr Leben mit Charles, sondern auch hinsichtlich seines Lebens mit Natalie. Genau wie ihre Mutter beharrte Natalie darauf, daß sie einfach zu verschieden waren – auch wenn er fest entschlossen war, ihr das Gegenteil zu beweisen. Er eilte die Treppe zu ihrem gemeinsamen Zimmer hinauf und fand seine Braut schluchzend auf dem Bett. Der Anblick ihrer zitternden Gestalt erfüllte ihn mit Schmerz. Er hatte nicht gewußt, daß die Auseinandersetzung zwischen ihren Eltern sie derart erschüttert hatte …

Natalie war wirklich am Ende ihrer Kräfte angelangt. Der Streit ihrer Eltern hatte unglückliche Erinnerungen an ihre Kindheit heraufbeschworen, und die gräßliche Szene hatte ihr nicht nur erneut vor Augen geführt, daß ihr Vater dem sicheren Tod entgegenging, sondern sie fragte sich abermals, ob sie und Ryder nicht eines Tages genauso enden würden.

Und dann war da noch das Baby. Würden sie und Ryder sich irgendwann ebenso gefangen fühlen, würden sie sich genauso anschreien und das Leben ihres Kindes zerstören, wie ihre Eltern es mit ihr getan hatten?

Ryder setzte sich auf die Bettkante, nahm seine Frau in die Arme und streichelte ihr beruhigend den Rücken. »Liebling, bitte weine nicht.«

»Er ist ihr egal!«

Er küßte zärtlich ihre Braue. »O nein, das ist er nicht. Sie hat sich bereit erklärt, ihn eine Woche lang täglich zu besuchen.«

Natalie sah ihn verblüfft an. »Was?«

Ryder wischte eine Träne von Natalies Wange und lächelte. »Ich bin der festen Überzeugung, daß Desiree deinen Vater wirklich liebt – aber vor allem hat sie furchtbare Angst, dir weh zu tun.«

»A-aber sie hat uns beide vor acht Jahren ohne zu zögern verlassen!«

»Oh, Natalie.« Ryder strich ihr mit den Lippen über die Wangen und die verquollenen Augenlider. »Wenn Desiree sich bereit erklärt, deinem Vater eine Chance zu geben, dann ist das mindeste, was du tun kannst, ihr ebenfalls eine Chance zu geben.«

Statt einer Antwort schniefte Natalie nur.

»Wirst du es noch einmal versuchen?« Als sie immer noch nichts erwiderte, sagte er: »Denk an die Freude, die dir zuteil geworden ist, weil du mir eine Chance gegeben hast.«

Sie dachte einen Augenblick nach, und dann räusperte sie sich: »Du bist auf jeden Fall angenehmer als meine Mutter.«

Er sah sie fasziniert an. »Ach ja?«

Sie lächelte. »Also gut. Ich werde es versuchen.«

»Keine Tränen mehr?«

Sie seufzte und spielte an seiner Krawatte herum. »Ich scheine in letzter Zeit unter extremen Gefühlsschwankungen zu leiden – das liegt bestimmt an dem Baby.«

»Armer Liebling.«

Zögernd fügte sie hinzu: »Und ich frage mich, ob wir nicht eines Tages wie Mutter und Vater enden und das Leben unseres Kindes zerstören.«

Plötzlich wirkte Ryder sehr ernst. »Ich glaube nicht, daß einer von uns so selbstsüchtig ist, mein Liebling.«

Sie sah ihn zärtlich an. »Du bestimmt nicht – daß du es überhaupt mit mir, mit meiner Familie, mit meinen unerträglichen Stimmungsschwankungen aushältst ...«

Er küßte sie. »Immerhin sind Sie schwanger, Mylady. Angesichts dieser Tatsache erfüllt es mich mit Stolz, Ihre Launen zu ertragen.«

Plötzlich sah sie ihn schelmisch an. »Weißt du, ich bin einfach ein schwieriger Mensch.«

»Ich weiß.«

Sie schlang die Arme um seinen Hals. »Und außerdem erwarte ich ein Höchstmaß an Mitgefühl.«

Er lachte. »Ich glaube, ich weiß einen Weg, um Sie zu trösten,

Mylady.« Langsam knöpfte er ihr Kleid auf und küßte die weiche Haut an ihrem Hals.

Sie lächelte zufrieden. »Das ist doch nur eine billige Ausrede, um mich schamlos auszunutzen.«

»Auszunutzen?« wiederholte er in gespielter Empörung. »Wenn Sie nicht schwanger wären, Lady Newbury, dann würde ich Sie auf der Stelle zur Strafe bis zur Besinnungslosigkeit kitzeln.«

Sie sah ihn sehnsüchtig an, nahm seine Hand und legte sie auf ihren Bauch. »Ich wüßte eine wesentlich sinnvollere Beschäftigung für deine Finger.«

Ryder stöhnte. Mit seiner freien Hand strich er ihr verführerisch über die Lippen. »Und ich wüßte eine wesentlich sinnvollere Beschäftigung für deinen Mund, als mich zu beleidigen.«

»Was für eine?« fragte sie.

Er tat so, als lege er sie übers Knie. »Das weißt du ganz genau, kleines Biest. Und jetzt komm und zeig's mir.«

Die nächsten Augenblicke verbrachten die beiden mit einer Demonstration dessen, was sie unter sinnvoller Beschäftigung verstanden.

42. Kapitel

In den nächsten Wochen hatten Ryder und Natalie alle Hände voll zu tun. Ryder kümmerte sich hervorragend um die Geschäfte seines Vaters, und außerdem versuchte er, die Gesetzesvorlage des Herzogs im House of Lords und im House of Commons durchzubringen.

Hauptgesprächsthema war natürlich überall die bevorstehende Krönung von George IV., die für den 19. Juli festgesetzt war. Francesca, Ryder und Natalie erhielten eine Einladung zu den Feierlichkeiten, zum Bankett und zum Empfang am 25. Juli. Selbst Desiree wurde von der allgemeinen Begeisterung angesteckt und verkündete, daß sie ihre Rückkehr nach Paris verschieben würde, um die Festlichkeiten mit ihnen zusammen zu genießen. Ryder und Natalie werteten dies als positives Zeichen.

Jeden Morgen fuhren sie mit Desiree zu Charles. Anfangs saßen Ryder und Natalie wartend im Flur und lauschten besorgt Desirees Kreischen und Charles' Schreien aus dem Salon, und einmal hörten sie sogar, wie irgendein Gegenstand klirrend zerbrach. Aber mit jedem Tag wurden die ruhigen Augenblicke länger – und sie stellten fest, daß Charles Desmond immer besser aussah. Seine gelbliche Gesichtsfarbe wich einem deutlich natürlicheren Ton.

Der Eindruck von Charles' allmählicher Genesung verstärkte sich, als Fitzhugh eines Tages fröhlich verkündete: »Mr. Desmond hat kaum einen Tropfen getrunken, seit Madame aus Paris gekommen ist, und außerdem hat er sich in der Bond Street neue Garderobe bestellt.« Dann, als die vereinbarte Woche vorüber war und Desiree weiterhin ihren Mann besuchen fuhr, kamen Natalie und Ryder zu dem Schluß, daß sich ein echter Wandel abzeichnete. Charles begann sogar, Desiree Geschenke zu schicken. Einmal überraschte Natalie ihre Mutter mit einer Flasche teuren Parfüms und ein anderes Mal schwenkte sie einen eleganten, handbemalten Fächer.

Angesichts der Tatsache, daß Ryder mit den Pflichten seines Vaters belastet war, erklärte sich Natalie bereit, die Fabrik in Stepney zu leiten. Zunächst lehnte Ryder in Erinnerung an Nonnas Warnung dieses Angebot kategorisch ab, aber da die beiden Männer, die er mit der Überwachung des Gebäudes beauftragt hatte, keinerlei verdächtige Aktivitäten bemerkten und nachdem er sich durch einen Besuch bei Oswald Spectre davon überzeugt hatte, daß der Kerl immer noch bettlägerig und somit harmlos war, gab er schließlich nach. Es war nicht leicht, Natalie Widerstand zu leisten, denn sie langweilte sich entsetzlich, während er übermäßig beschäftigt war. Außerdem konnte er ihre Hilfe wirklich brauchen.

Trotzdem befahl er Mawkins und Tom, die Fabrik weiterhin jede Nacht zu beobachten.

Natalie stellte fest, daß in dem Unternehmen das reinste Chaos herrschte. Sie richtete sich in John Lynchs Büro ein und sprach mit den Anwälten des Herzogs, die verzweifelt versuchten, ihre Überprüfung der schlechtgeführten Bücher zum Abschluß zu bringen. Natalie erfuhr, daß eine große Summe Geld und ein Teil des Stoffs zu fehlen schien. Die Anwälte nahmen an, daß John Lynch für die Diebstähle verantwortlich war.

Die Arbeitsbedingungen in der Fabrik ließen Natalie erblassen; die Männer und Frauen waren nach wie vor überarbeitet und unterbezahlt. Sie verbrachte viel Zeit damit, zusätzliche Arbeitskräfte anzuheuern, einen angemesseneren Produktionsplan und ein gerechtes Lohnsystem zu erstellen und dafür zu sorgen, daß das gesamte Gebäude die dringend erforderliche Sanierung erfuhr.

Eines Nachmittags blickte sie von ihrem Schreibtisch auf und entdeckte eine vertraute, schwarz gekleidete Gestalt, die im Türrahmen stand und sie eigenartig anstarrte. Sie rang nach Luft und griff sich an die Brust.

»Mrs. Lynch, Sie haben mich vielleicht erschreckt.«

Die Frau trat vor und fragte erbost: »Was machen Sie hier in Johns Büro?«

Natalie stand auf. »Tut mir leid, Mrs. Lynch. Es ist sicher ein Schock für Sie, mich hier zu sehen.«

»Allerdings.«

Natalie setzte eilig zu einer Erklärung an. »Da sowohl der Herzog als auch Mr. Spectre momentan bettlägerig sind, habe ich mich bereit erklärt, vorübergehend die Leitung der Fabrik zu übernehmen. Wissen Sie, in Amerika habe ich ein ganz ähnliches Unternehmen geführt.«

Falls Essie von Natalies unkonventioneller Vergangenheit überrascht oder gar schockiert war, so ließ sie sich nichts anmerken.

Statt dessen schnauzte sie: »Sie sollten sich lieber nicht in Dinge einmischen, die Sie nichts angehen.«

Diese Bemerkung ärgerte Natalie, und sie richtete sich zu ihrer vollen Größe auf. »Mrs. Lynch, ich verstehe zwar Ihre Gefühle, aber ich bin inzwischen ein Mitglied der Remingtonschen Familie, und als solches geht mich die Fabrik durchaus etwas an. Ich bin der Meinung, daß meine Arbeit hier das mindeste ist, was ich tun kann, während mein Schwiegervater sich von seiner Verletzung erholt.«

Beim letzten Satz zuckte Essie sichtlich zusammen. »Ich-vielleicht haben Sie recht, Lady Newbury. Wie geht es dem Herzog?«

»Er ist auf dem Weg der Besserung, danke.« Doch plötzlich sah Natalie ihr Gegenüber verwundert an. »Mrs. Lynch, was wollen Sie überhaupt hier?«

Essie blickte zu Boden. »Ich bin gekommen, um, – eh –, Johns persönliche Dinge aus seinem Schreibtisch zu holen.«

Natalie stöhnte. »Tut mir leid. Wie gefühllos muß ich auf Sie wirken, daß ich einfach so im Büro Ihres Mannes stehe und Sie obendrein noch frage, was Sie hier machen. Was für ein schwieriger und schmerzlicher Augenblick muß dies für Sie sein.«

Essie schwieg, aber der zuckende Wangenmuskel verriet ihren inneren Aufruhr.

»Ich wollte gerade nach unten gehen«, fuhr Natalie taktvoll fort, »um meinen täglichen Rundgang durch die Hallen zu machen.« Sie winkte in Richtung des Schreibtischs. »Bitte sehen Sie die Schubladen durch und nehmen Sie alles mit, was John gehört hat.«

»Danke«, sagte Essie steif.

Natalie wandte sich zum Gehen, doch dann drehte sie sich noch einmal um: »Kann ich Ihnen irgendwie behilflich sein?«

»Nein, danke.«

Natalie biß sich auf die Lippe, doch dann entschied sie, daß Ehrlichkeit immer das beste war. »Mrs. Lynch, es tut mir leid, Ihnen das sagen zu müssen, aber die Anwälte haben festgestellt, daß im

Laufe der letzten Monate eine Menge Geld und ein Großteil der Warenbestände aus der Fabrik verschwunden sind.«

Essie starrte Natalie finster an und fragte mit schriller Stimme: »Und Sie denken, daß ich etwas darüber weiß?«

»Nein, ganz bestimmt nicht. Ich habe mich lediglich gefragt, ob John Ihnen gegenüber vielleicht irgend etwas erwähnt hat...« Als Essie sie zornig anstarrte, fügte Natalie eilig hinzu: »Anscheinend habe ich mich geirrt. Ich lasse Sie jetzt allein, Mrs. Lynch.«

Ryder fuhr täglich zu seinem Vater. Obwohl der Herzog immer noch schwach war, bestand der Arzt darauf, daß er jeden Tag ein paar Minuten spazierenging, und Ryder begleitete seinen Vater auf seinem wackligen Rundgang durch den Flur. Es erfüllte ihn mit einer gewissen Genugtuung, daß sein Vater seine körperliche Unterstützung brauchte. Ryder wußte, daß ihn jeder Schritt schmerzte – William war oft kreidebleich und kurzatmig. Aber genau wie Ryder vorausgesagt hatte, war er zu stolz, um vor seinem Sohn zu jammern.

Eines Nachmittags allerdings schien der Herzog ungewöhnlich starke Schmerzen zu haben. Als er und Ryder das Ende des Gangs erreicht hatten, keuchte er: »Großer Gott, Sohn, können wir nicht mal eine kurze Pause machen?«

»Natürlich.« Ryder half seinem Vater auf das Sofa, das an einer Wand stand, und William Remington brach fast darauf zusammen.

Ryder setzte sich neben ihn, beobachtete, wie er den Arm bewegte und das Gesicht verzog, und hörte, wie er leise stöhnte. »Du hättest mir sagen sollen, daß es dir nicht gutgeht. Bist du sicher, daß deine Wunde nicht eitert?«

Mit schmerzverzerrter Miene schüttelte William den Kopf. »Der Arzt sagt, daß die Wunde bestens verheilt und daß diese Schmerzen normal sind, nun, da ich anfange, meinen Arm und meine Schulter wieder zu bewegen.«

»Wenigstens geht es dir wesentlich besser als Oswald Spectre«, stellte Ryder grimmig fest. »Ich war gestern bei ihm. Er liegt immer noch den ganzen Tag im Bett.«

»Dieses Monster Lynch!« William schüttelte abermals den Kopf. »Ich hatte keine Ahnung, daß mein Geschäftspartner ein solcher Schurke war.«

Ryder sprach mit ehrlicher Besorgnis. »Es tut mir wirklich leid, daß meine Jagd nach den Schmugglern dich derart in Gefahr gebracht hat.«

William schwieg einen Augenblick. Dann sah er Ryder in die Augen und sagte zerknirscht: »Mir tut es auch leid, mein Sohn.«

Ryder lachte. »Was tut dir leid? Daß du heute ein so unleidlicher Patient bist?«

»Nein – daß ich dir so lange die Schuld am Tod deiner Mutter gegeben habe.«

Als Ryder nichts sagte, legte William die Hand auf seine geballte Faust. »Ryder, du mußt wissen, daß ich mich, nachdem ich deine Mutter verlor, vor Schuldgefühlen verzehrt habe. Ich war derjenige, der für Carlotta verantwortlich war, und ich habe meine Pflicht sträflich vernachlässigt. Ich war immer viel zu sehr mit all meinen Pflichten im Parlament beschäftigt oder hatte irgendeine andere Ausrede, um kein treusorgender Ehemann zu sein. Als sie so sinnlos und grausam ums Leben kam, mußte ich etwas tun, um meinen Schmerz, meine höllische Schuld zu lindern. Also habe ich dir die Schuld zugeschoben, mein Junge – grausam und ungerechtfertigt. Ich versteckte meine Scham hinter dem Zorn auf dich und hinter meinem religiösen Fanatismus.«

»Und woher kommt nun dieser Sinneswandel?« fragte Ryder argwöhnisch.

»Ich kenne – und liebe – eine wunderbare Frau«, gestand der Herzog leise. »Ich weiß jetzt, daß ich immer nur ein scheinheiliger Heuchler war. Bei aller zur Schau gestellten Frömmigkeit wurde mein Herz von Haß und Bitterkeit regiert. Aber meine liebe Love hat mir die Augen geöffnet. Sie hat mir wieder Hoffnung gegeben und hat mir den Glauben daran geschenkt, daß ich für meine Sünden Abbitte leisten kann.«

»Das freut mich zu hören, Vater«, sagte Ryder, zögerte kurz und fügte dann hinzu: »Aber du mußt wissen, daß auch ich wegen Mutters Tod Schuldgefühle hatte.«

»Das ist keine Entschuldigung für mein Verhalten dir gegenüber – und es nimmt mir auch nicht meine eigene Verantwortung«, erwiderte William. »Kannst du mir verzeihen?«

Ryder atmete tief ein. »Ja.«

Dieses eine Wort zauberte ein glückliches, dankbares Lächeln auf das Gesicht des Herzogs. »Danke, mein Sohn. Du bist sehr glücklich mit Natalie, nicht wahr?«

Ryder sah seinen Vater an. »Um ehrlich zu sein – wenn ich Natalie nicht derart lieben würde, könnte ich dir – oder mir – wohl immer noch nicht verzeihen.«

»Dann bin ich deiner Braut auf ewig zu Dankbarkeit verpflichtet«, sagte William, legte seinem Sohn die Hand auf die Schulter und versuchte aufzustehen. »Nun, ich glaube, ich kehre jetzt besser in mein Zimmer zurück.«

Als er schwankte, beeilte sich Ryder, ihn festzuhalten. Einen Augenblick lang starrte er in das schmerzverzerrte, verletzliche Gesicht des Herzogs und dann – zum ersten Mal seit Jahren – umarmte er ihn.

Natalie sah ihren Ehemann immer seltener, und diese Tatsache stimmte sie traurig. Natürlich hatte sie in der Fabrik in Stepney alle Hände voll zu tun, aber er saß oft noch bis spät in die Nacht über den Büchern seines Vaters oder in Sitzungen des Parlaments. Natalie merkte, daß Ryder ein perfekter Herzog wäre, doch genau das sollte er niemals sein. Sein Gesicht war oft angespannt und nachdenklich und sie sehnte sich nach dem alten Glitzern in seinem Blick. Sie fragte sich, wie sie jemals auf den Gedanken hatte kommen können, ihn verändern zu wollen. Plötzlich wurde ihr bewußt, daß sie ihn nicht zu einem ernsten, soliden Gentleman machen wollte, sondern daß sie statt dessen einen Weg finden mußte, um dauerhaft mit dem Draufgänger glücklich zu sein. Jedesmal, wenn sie an ihr ungeborenes Kind dachte oder daran, wie sehr sie ihn liebte, schwor sie sich, daß sie eine Möglichkeit fände, um ihren Traum wahr werden zu lassen, und die Aussicht, daß die diversen Probleme ihrer Familien bald ein Ende hätten, stärkte ihren Optimismus noch.

Eines Nachts, als Ryder immer noch über seinen Büchern saß, beschloß sie, die Dinge in die Hand zu nehmen. Sie legte ein Tuch um ihre Schultern, schlich auf Zehenspitzen in die Küche, packte Wein, Käse, Brot und Obst in einen Picknickkorb und blickte aus dem Fenster in Francescas herrlichen, mondbeschienenen Garten, über den sich gerade eine Eule erhob. Der Anblick erinnerte sie daran, daß Ryder ihr beigebracht hatte, die Vergnügungen der Welt überhaupt wahrzunehmen. Und nun war er derjenige, dem diese Dinge vorenthalten waren, aber sie war fest entschlossen, diesen Zustand zu ändern. Sie nahm den gefüllten Korb, ging fröhlich summend zur Tür seines Arbeitszimmers und klopfte an.

»Herein«, drang es beschäftigt durch das Holz.

Den Korb in der Hand glitt sie durch die Tür und zog sie hinter sich zu. Ryder saß vor einem Berg von Papieren, die Haare gerauft, unrasiert und mit geöffnetem Hemd.

Als er aufblickte, sah er seine wunderhübsche Frau, und ihr Anblick wärmte ihm das Herz. Er legte das Papier, das er gerade gelesen hatte, aus der Hand und bedachte sie mit einem fragenden Lächeln.

»Natalie, warum bist du denn so spät noch auf?«

Sie lächelte, trat an den Schreibtisch und stellte den Korb ab. »Ich dachte, ich sollte dich vielleicht mit einem mitternächtlichen Picknick überraschen.«

Ryder mußte lachen. »Eigentlich bin ja eher ich derjenige, der auf solch verrückte Ideen kommt.«

»Im Augenblick wohl kaum«, stellte sie nüchtern fest.

»Tut mir leid, meine Liebe«, sagte er und unterdrückte nur mit Mühe ein Gähnen. »Ich weiß deinen Einfall zu schätzen, aber ich habe noch Unmengen zu tun. Sei ein braves Mädchen und geh wieder ins Bett.«

Sie schüttelte den Kopf. »Nein.«

Er stand lächelnd auf, ging um den Tisch herum und lehnte sich lässig dagegen. »Du mußt also wieder mal deinen Dickschädel durchsetzen.«

Sie nickte und trat auf ihn zu. »Wie du sehr wohl weißt, haben schwangere Frauen das Recht dazu.«

Er streckte die Hand aus und spielte mit einem Band ihres Umhängetuchs. »Aber mußt du denn morgen früh nicht in die Fabrik?«

»Doch. Aber ich gehe nicht eher ins Bett, als bis du mitkommst.«

Wieder lächelte er. »Nun, meine Liebe, das klingt äußerst vielversprechend.«

Sie blickte zum Kamin. »Das Feuer sieht sehr einladend aus.«

»Ah ja. Es ist recht kühl für eine Juninacht.«

Sie trat noch näher und sagte mit einem verführerischen Blick: »Ich kann dich jederzeit wärmen.«

Er zog sie eng an sich und küßte sie. »Nun, das klingt geradezu unwiderstehlich.«

Sie nahm seine Hand. »Aber komm erst kurz mit nach draußen. Ich will dir etwas zeigen.«

Er sah sie überrascht an. »Um diese Zeit? Natalie, es ist kühl und du bist barfuß.«

Sie lachte. »Also bitte. Du klingst ja noch ›erwachsener‹ als ich.«

Ehe er weiterprotestieren konnte, zerrte sie ihn in den Garten hinaus, wo sie im taubenetzten Gras standen, sich vom Licht des Mondes bescheinen ließen, dem Rauschen des Wassers im Brunnen lauschten und den Duft der Rosen einatmeten.

»Was machen wir hier?« fragte er lächelnd.

Sie atmete tief ein und blickte in den Nachthimmel hinauf. »Wir sehen uns die Sterne an.«

Er folgte ihrem Blick. »Ach ja. Die Sterne.«

»Und wir lauschen.«

»Auf was? Den Brunnen?«

»Ja. Aber wenn du die Ohren spitzt, hörst du die Nachtigall.«

Er lauschte angestrengt, und plötzlich vernahm er den süßen, klagenden Gesang. »Ja... ein wunderbares Geräusch.«

»In dem Kastanienbaum hat ein Rotkehlchen sein Nest gebaut«, fuhr sie fort und zeigte nach oben.

»Ach ja?« Er versuchte, irgend etwas zu erkennen.

»Und all die kleinen Vögel schlafen jetzt.«

»Genau wie du es tun solltest«, sagte er und versuchte, eine strenge Miene aufzusetzen.

»Aber vorhin, beim Sonnenuntergang, habe ich beobachtet, wie die Rotkehlchenmutter die ganze Zeit hin und her geflogen ist und ihre Jungen gefüttert hat. Sie haben so süß gezirpt, daß ich an unser Baby gedacht habe.«

Mit einem tiefen Seufzer zog er sie an seine Brust. »Oh, Natalie, du bist ja inzwischen genauso romantisch wie ich.«

»Weil du deine Welt mit mir geteilt hast«, gab sie fröhlich zu. »Aber das Beste habe ich dir noch gar nicht erzählt.«

Er sah sie verwundert an. »Und das wäre?«

Sie zeigte auf die Pflanzen neben dem Brunnen. »Sieh nur – die Rosen. All die kleinen Knospen gehen auf. Erinnerst du dich noch daran, wie du mir einmal beschrieben hast, wie eine Rose erblüht? Ist es nicht einfach wunder –«

Weiter kam sie nicht, denn Ryder schlang seine Arme fest um sie und preßte seine Lippen auf ihren Mund.

»Du zitterst ja«, flüsterte er.

»Ja, aber nicht vor Kälte.«

Er hob sie hoch und flüsterte mit vor Erregung heiserer Stimme: »Barfuß und schwanger. Das ist genau das Richtige.«

Er trug sie zurück in sein Arbeitszimmer und legte sie zärtlich auf den Teppich vor dem Kamin. Dann holte er den Picknickkorb und öffnete ihn, und sie machten sich gemeinsam über den Inhalt her. Während sie an ihrem Wein nippten und an ihrem Käse nagten, hüllten das Knistern des Feuers und der Duft des Zedernholzes sie wohlig ein.

Ryder küßte sie sanft auf die Wange. »Wie bist du auf den Gedanken gekommen, mich heute nacht von der Arbeit abzuhalten? Nicht, daß ich mich darüber beschweren will...«

Sie streckte sich genüßlich aus. »Ich bin zu dem Schluß gekommen, daß Sie im Augenblick allzu viele Probleme und allzu große Verantwortung haben, Mylord.«

Fast wäre er in dröhnendes Gelächter ausgebrochen. »Du kleines Biest! Jetzt schlägst du mich mit meinen eigenen Waffen.«

»Zu Recht«, bekräftigte sie mit ernster Miene.

»Du näherst dich also tatsächlich meinem Standpunkt an?«

»Genau wie du dich meinem Standpunkt angenähert hast.«

»Wir haben uns also gegenseitig angesteckt«, stichelte er.

»Ja.« Sie lächelte. »Und ich fürchte, daß die Krankheit unheilbar ist, Mylord.«

»Aber Natalie!« Er tat entsetzt. »Willst du damit etwa andeuten, daß du bereit bist, mehr Zeit mit den angenehmen Dingen des Lebens zu verbringen?«

»Ich wußte nie, wie angenehm das Leben sein kann, ehe ich dir begegnet bin«, gab sie zu. »Aber ich glaube, jetzt bin ich bekehrt.«

Er lächelte und schob ihr eine Traube in den Mund. »Wir werden noch genügend Zeit für Vergnügungen haben, meine Liebe. Es ist nur so, daß man im Leben tatsächlich auch Probleme und Verantwortung hat.«

»Aber so ist es doch immer«, sagte sie. »Eines Tages wirst du die Pflichten deines Vaters übernehmen. Ich fürchte, daß unsere Ehe deinen sorglosen Geist in Fesseln gelegt hat.«

Er lachte. »Aber das wolltest du doch die ganze Zeit, oder nicht, meine Liebe? Du wolltest, daß ich endlich erwachsen werde und Verantwortung übernehme.«

»Da bin ich mir nicht mehr so sicher.«

»Ach nein?«

Sie starrte ihn mit großen Augen an und flüsterte: »Ich möchte den Draufgänger zurück, in den ich mich in Charleston verliebt habe.«

Einen Augenblick lang sah er sie glücklich an, doch dann runzelte er die Stirn. »Und was ist, wenn erst einmal das Kind da ist? Kann ich denn gleichzeitig ein Draufgänger und ein vorbildlicher Vater sein?«

»Du kannst das Leben genießen – und deine Kinder genießen«, erwiderte sie. »Es muß doch irgendein Kompromiß möglich sein.«

In seinen Augen blitzte leidenschaftliche Entschlossenheit auf. »Allerdings, und wir werden ihn finden, meine Liebe.«

»Aber dazu müssen wir weiter miteinander sprechen«, stellte sie nüchtern fest. »In den letzten Tagen habe ich unsere Gespräche sehr vermißt.«

Er nahm ihre Hand. »Ich auch. Also erzähl mir etwas, mein Schatz – teile deine Gedanken mit mir.«

Sie strahlte über das ganze Gesicht. »Ich möchte dir ein wunderbares Geheimnis anvertrauen.«

Er sah sie lüstern an. »Ein Geheimnis? Ich kann es kaum erwarten.«

Sie errötete. »Aber erzähl du zuerst.«

Er schwieg, doch dann murmelte er: »Ich habe mich heute mit Vater versöhnt.«

»Oh, Ryder! Ich freue mich so für dich!«

»Er hat mich um Vergebung gebeten, weil er mir die Schuld an Mutters Tod gegeben hat.«

»Das war auch höchste Zeit.«

»Und in vielerlei Hinsicht muß ich mich dafür bei dir und bei deiner Tante bedanken«, fuhr er fort. »Die Freundschaft zu Love hat Vater geholfen, seine Schuldgefühle und seine Verbitterung abzulegen.«

Sie lächelte breit. »Weißt du, Ryder, wir müssen für so vieles dankbar sein – zum Beispiel, daß wir Tante Love und daß sie und der Herzog einander gefunden haben. Und nun, da du dich mit deinem Vater versöhnt hast, habe ich auch Hoffnung für meine Eltern. Ich glaube wieder daran, daß Geschichten gut ausgehen können – vielleicht ja sogar unsere.«

Er küßte ihre Hand. »Natürlich wird sie das, mein Liebling. Aber jetzt sag mir dein Geheimnis.«

Sie sah ihn schüchtern an. »Es ist nur ein ganz kleines Geheimnis.«

»Sag es.«

Sie legte seine Hand auf die kleine Wölbung auf ihrem Bauch. »Ich glaube, ich spüre, wie unser Baby zu wachsen beginnt.«

Er strich ihr sanft mit der Hand über die leichte Schwellung und sah sie überglücklich an. »O ja! Hat es sich schon in dir bewegt?«

»Nein, noch nicht, aber ich hoffe, daß ich es bald fühlen kann.«

Er streichelte sie liebevoll. »Oh, Natalie, das ist kein kleines Geheimnis. Das ist ein kleines Wunder.«

Ryder hielt seine Frau eng an sich gepreßt, und als er sie losließ, entdeckte sie in seinen Augen einen feuchten Glanz.

»Ryder.« Sie war so bewegt, daß ihr selbst die Tränen kamen. »Du willst dieses Kind wirklich, nicht wahr?«

»Mehr als mein eigenes Leben – so sehr, wie ich dich liebe«, flüsterte er.

Er beugte sich über sie und zeigte ihr das Ausmaß seiner Liebe auf wunderbar zärtliche Art.

43. Kapitel

Früh am nächsten Morgen wurde Ryder von einem Klopfen an der Tür geweckt. Er blickte auf das zerknüllte Bett neben sich und sah, daß Natalie bereits gegangen war.

Das Klopfen wurde lauter, und er hörte Nonnas Stimme. »Ryder, du mußt sofort aufstehen.«

Er stieg aus dem Bett, griff nach seinem Morgenmantel, stolperte zur Tür, riß sie auf und starrte in Nonnas besorgtes Gesicht. »Was ist los?«

»Unten sind zwei Männer, die dich sprechen möchten. Sie sagen, es wäre dringend. Irgend etwas wegen der Fabrik in Stepney.«

Ryder raufte sich die Haare. »O Gott, ich hoffe, es gibt keine Schwierigkeiten. Natalie ist bestimmt schon auf dem Weg dorthin!« Er begleitete seine Großmutter in die Eingangshalle, wo Mawkins und Tom auf ihn warteten. Die beiden Männer wirkten müde und grimmig, sie waren unrasiert und hielten ihre schäbigen Mützen in den Händen.

Ryder sah Mawkins ängstlich an. »Ja?«

Mawkins trat verlegen von einem Fuß auf den anderen. »Guten Tag, Sir. Tom un' ich ham jede Nacht vor der Fabrik in Stepney Wache geschoben, wie Sie gesagt ham –«

»Ja, ja, bitte ersparen Sie mir eine lange Einleitung. Was ist passiert, Mann?«

»Vor ein paar Stunden ham wir gesehen, wie sich Mr. Spectre reingeschlichen hat, un' außerdem hat er noch'n paar Hafenratten durch die Hintertür reingelassen.«

»Hafenratten?«

»Sie wissen schon – solche Piratentypen.«

»O Gott.« Ryder stöhnte. »Ich wußte noch nicht einmal, daß Oswald Spectre sich so weit erholt hat, daß er bis zur Fabrik gehen kann! Sind Sie sicher, daß er es war?«

»Ja – er oder sein Zwillingsbruder. Un' soweit wir wissen, is' der Kerl immer noch da.«

»Verdammt! Spectre muß die ganze Zeit etwas mit den Schmugglern zu tun gehabt haben. Und Natalie kommt vielleicht genau in diesem Moment dort an!«

Nonna legte ihm die Hand auf den Arm. »Ich habe dich gewarnt. Ich habe gesagt, daß die Gefahr noch nicht vorüber ist.«

Ryder malte sich bereits die schrecklichsten Dinge aus. »Gütiger Himmel – Natalie! Ich muß sofort zu ihr!«

Er riß sich los und stürzte nach oben, um sich anzuziehen.

Während Ryder in der Kutsche seiner Großmutter ins East End raste, kam Natalie in der Fabrik in Stepney an. Sie kam gerne eine halbe Stunde vor den Arbeitern, um ihren Tag zu planen und den Papierkram zu erledigen. Als sie durch den Webraum ging, musterte sie voller Stolz die saubere und aufgeräumte Ansammlung von Maschinen und Rohmaterial sowie die Körbe voller Garn und Vorgespinst.

Sie stieg die Stufen zur Zwischenetage hinauf und wandte sich in Richtung von John Lynchs Büro. Sie trat ein, doch dann rang sie nach Luft, als sie die schwarzen Hosenbeine eines Mannes unter dem Schreibtisch hervorlugen sah, der offenbar auf dem Boden lag.

Mit vor Entsetzen wild klopfendem Herzen eilte Natalie hinter den Tisch, um genauer nachzusehen. Nur mit Mühe konnte sie einen Schrei unterdrücken, als sie Oswald Spectre erkannte – er war tot, aus einer Wunde in seiner Brust quoll noch das frische Blut, und er starrte sie aus weit aufgerissenen Augen an. Das kleine Loch in seinem blutgetränkten Leinenhemd verriet ihr, daß er erschossen worden war. Direkt neben ihm waren mehrere Bretter aus dem Boden gerissen worden, und Natalie sah eine kleine, geöffnete Truhe voller Goldsovereigns. Ein paar der Münzen steckten noch in Spectres leblosen Händen.

Natalie wich entsetzt zurück, doch plötzlich vernahm sie aus dem Augenwinkel eine Bewegung. Erschrocken fuhr sie herum und entdeckte neben der Tür eine Gestalt in einem schwarzen Umhang und mit einem breitkrempigen Hut. Sie starrte die Gestalt mit schreckgeweiteten Augen an, eine Erscheinung, die eine tödliche Pistole in den Händen hielt!

»John Lynch«, keuchte sie und fuhr sich mit der Hand ans Herz. »Sie leben?«

Plötzlich riß sich die Gestalt den Hut vom Kopf, und Natalie starrte dem Wahnsinn ins Gesicht.

Ryder sprang aus der Kutsche und rannte durch die Gasse zu der Fabrik. Gott sei Dank war die Tür nicht verschlossen! Er riß sie auf und stürzte durch den Gang in den Webraum.

Als er dort niemanden entdeckte, eilte er die Treppe zum Zwischengeschoß hinauf. Dort oben war Natalie, und sie schwebte in entsetzlicher Gefahr, das wußte er.

Sein Herz krampfte sich vor Angst um sie und das Kind zusammen. Bitte, gib mir noch genügend Zeit, flehte er stumm. Bitte, gib mir noch genügend Zeit!

»O mein Gott! Sie sind es!« schrie Natalie.

»Ja, ich bin es«, erwiderte die Gestalt. »Ist es mir etwa gelungen, Sie zu täuschen, Lady Newbury?«

Stumm vor Entsetzen konnte Natalie nur nicken.

»Habe ich Sie nicht davor gewarnt, sich in Dinge einzumischen, die Sie nichts angehen?«

Natalie fand ihre Stimme wieder. »Dann waren Sie also für den Schmuggel verantwortlich!«

»Genau«, sagte Essie Lynch, und ihre Augen glühten vor Irrsinn und Stolz. »Ich war einfach cleverer als ihr alle, nicht wahr? Ich habe euch alle getäuscht. Sogar Ihren Ehemann, als ich ihn in der Nähe des Hafens überfallen habe.«

»Wollen Sie sagen, daß Sie sich die ganze Zeit als John Lynch verkleidet haben?« fragte Natalie.

Essies Lachen war das Lachen einer Wahnsinnigen. »Genau. Ich vermute, Mr. Spectre hat eben wirklich einen Schreck gekriegt, als ich ihn erwischt habe.«

»Sie haben ihn – umgebracht?«

Essie nickte vergnügt. »Als Spectre mich in Johns Kleidern sah, dachte ich schon, er würde einen Herzinfarkt kriegen und mir die Mühe ersparen, seine wertlose Seele zur Hölle zu schicken. Er war sich sicher, daß Johns Geist zurückgekommen war, um sich an ihm zu rächen. Und in gewisser Weise hatte er damit ja auch durchaus recht.«

Natalie kämpfte gegen die aufsteigende Panik an. »Gütiger Himmel! Sie sind tatsächlich eine Mörderin!«

»Ja.« Essies Hand zitterte, und ihre Stimme hatte den schrillen Klang einer Verrückten. »Ich wollte nicht, daß es so kommt, denn schließlich hatte ich mit Ihnen ja keinen Ärger. Aber nun, da Sie mir auf die Schliche gekommen sind, müssen Sie ebenfalls sterben.«

»O nein, bitte, das dürfen Sie nicht tun«, flehte Natalie und dachte verzweifelt an ihr ungeborenes Kind.

Während Essie sich ihr drohend näherte, wurden draußen auf der Treppe eilige Fußschritte laut. Essie trat hinter die Tür zurück, als eine dritte Person in den Raum gestürmt kam, und Natalies Herz machte einen erleichterten Satz, als sie Ryder und die Sorge und Liebe in seinen Augen sah. Aber dieses Gefühl wurde bald von Verzweiflung verdrängt, als ihr bewußt wurde, daß er nun ebenfalls gefährdet war.

Wie sollte sie ihn nur warnen?

Noch ehe sie den Mund aufmachen konnte, trat Essie hinter der Tür hervor. »Keinen Schritt weiter, Lord Newbury!«

Ryder wirbelte herum, und als er Essie sah, schob er sich schützend zwischen sie und seine Frau.

»Mrs. Lynch, was hat das Ganze zu bedeuten?« fragte er.

»Warum sind Sie als Mann verkleidet und warum bedrohen Sie meine Frau mit einer Pistole?«

»Ich bedaure, daß Sie hierhergekommen sind, Lord Newbury«, sagte Essie mit schriller Stimme. »Jetzt muß ich Sie beide umbringen.«

Während Ryder die Frau ungläubig anstarrte, flüsterte Natalie hinter ihm: »Essie steckt hinter der ganzen Sache. Sie hat sich als John ausgegeben und Oswald Spectre umgebracht.«

Ryder warf einen Blick auf Spectres Leiche, und dann sah er eilig zu Essie zurück. In ihrer hageren Wange zuckte ein Muskel und die Hand, die die Pistole hielt, zitterte. Die Frau war eindeutig verrückt. Er wußte, daß irgend jemand mit ihr sprechen, sie aufheitern, sie ablenken mußte. »Stimmt es, was meine Frau sagt, Mrs. Lynch?« fragte er. »Sind Sie der Kopf der Schmugglerbande?«

»Ja«, kreischte sie. »Mein schwacher, dummer Ehemann hat mir nur dabei geholfen! Er hat den Stoff geklaut und ich habe die Bücher manipuliert und die Verschiffung der Waren organisiert. Aber John dachte, er wäre schlauer als ich. Der Bastard fing an, mir meinen Anteil vorzuenthalten und versteckte einen Teil der Einnahmen in der Fabrik.«

»Darum also waren Sie gestern hier!« rief Natalie.

»Ja. Johns Gier war schließlich sein Verderben. Er war sowieso ein elender Feigling – und strohdumm.« Sie starrte Ryder an. »Außerdem hat er Ihre Mutter umbringen lassen.«

»Was?« Ryders Frage war kaum hörbar.

»Carlotta Remington hatte John bereits seit längerer Zeit in Verdacht gehabt. Ihre Mutter war ein Mensch, der sich einfach in alles eingemischt hat – genau wie Ihre Frau. Irgendwann fing sie an, sich Sorgen um die Arbeiter zu machen. Sie kam dahinter, daß John den Leuten Hungerlöhne bezahlte und den Rest in die eigene Tasche steckte. John war schon immer ein habgieriger Idiot. Als Carlotta ihm auf die Schliche kam, heuerte er die Kerle an, die die Kutsche Ihrer Mutter auf der London Bridge überfallen haben.«

»Mein Gott!« rief Ryder.

»Und als Ihr Vater John verdächtigte, etwas mit dem Schmuggel zu tun zu haben, beschloß er, sowohl den Herzog als auch mich auszuschalten. Er wollte all sein Geld holen und sich mit einer Prostituierten davonmachen. Aber ich war zu schlau für ihn.«

»Sie haben ihn umgebracht?« fragte Natalie.

»An dem Tag, als ich ihn zur Rede stellte, hatten wir eine heftige Auseinandersetzung. Sie haben doch den blauen Fleck auf meiner Wange gesehen, nicht wahr, Lady Newbury?«

Natalie nickte nur.

»Aber ich war schon immer die stärkere von uns beiden«, fuhr Essie stolz fort. »Ich schlug ihn nieder, band ein Seil um seinen Hals und hängte ihn an einen Balken im Wohnzimmer.« Sie lächelte kalt. »Er wachte auf, und ich habe mit Vergnügen zugesehen, wie er um sich trat, wie er an seinen eigenen Schreien erstickte und langsam starb.«

»O großer Gott!« keuchte Natalie.

»Dann waren Sie auch diejenige, die meinen Vater niedergestochen und Oswald Spectre niedergeschlagen hat«, stellte Ryder fest.

»Ja! Keiner von euch wollte meine Warnungen hören. Spectre hatte uns bereits seit Jahren im Verdacht. Nach Johns Tod war er fest entschlossen, das Geldversteck zu finden. Und der Schuft dachte, er könnte Johns Stelle und den illegalen Schmuggel übernehmen. Stellt euch nur seine Überraschung vor, als ich ihn bereits erwartete, um mich an ihm zu rächen, als er Johns Versteck endlich fand.«

Ryder trat vorsichtig auf Essie zu. »Damit werden Sie niemals durchkommen.«

»O doch, das werde ich!« Sie zog sich langsam zurück. »Ich werde euch beide umbringen.«

»Aber nicht mit einem Schuß«, stellte er mit kalter Stimme fest. Er blickte über seine Schulter und sagte: »Natalie, wenn sie mich erschießt, renn sofort los und hol Hilfe, ehe sie nachladen kann.«

Essies Hand zitterte, als sie in den Korridor trat. »Halten Sie den Mund! Wenn Sie ihr sagen, daß sie weglaufen soll, erschieße ich sie als erste.«

»Sie würden eine Mutter und ihr ungeborenes Kind erschießen?« fragte Ryder ungläubig.

Essie sah ihn unsicher und verzweifelt an. »Sind Sie schwanger?« rief sie Natalie zu.

»Denken Sie an Ihre Tochter, Mrs. Lynch«, bat Natalie. »Bitte nehmen Sie meinem Kind nicht den Vater.«

Essie begann zu schwanken. »In der Nacht, als meine kleine Mary starb, hat sich John geweigert, einen Arzt zu rufen. Möge er dafür auf ewig in der Hölle schmoren.« An Ryder gewandt fügte sie verächtlich hinzu: »Er behauptete, der Herzog würde ihm nicht genug bezahlen und er könnte sich den Arzt nicht leisten.«

»Das mit Ihrer Tochter tut uns sehr leid, Mrs. Lynch«, sagte Ryder sanft. »Bitte, setzen Sie nicht das Leben eines anderen Kindes aufs Spiel.«

Während Essie unentschlossen von einem zum anderen sah, nutzte Ryder die Gelegenheit und trat noch einen Schritt vor, aber sie war bereits draußen im Flur.

»Bleiben Sie stehen oder ich schieße!« schrie die wahnsinnige Frau, als Ryder sich auf sie stürzen wollte.

»Ryder, nein!« Natalie war sich sicher, daß die Verrückte ihn töten würde.

Dann hörte sie, wie Essie schrie. Die Frau war der Treppe zu nahe gekommen, hatte das Gleichgewicht verloren, fuchtelte wild mit den Armen durch die Luft und stürzte in die Tiefe. Ryder versuchte noch, sie aufzufangen, doch er kam zu spät. Entsetzt verfolgten er und Natalie, wie ihre Angreiferin mit einem lauten Krachen auf dem Boden des Webraums aufprallte. Sie war auf der Stelle tot.

Natalie fiel Ryder in die Arme. »O Ryder! Was für eine schreckliche Person!« Sie warf noch einen Blick auf die Leiche und erschauderte. »Aber es schmerzt mich, sie so zu sehen.«

»Bitte sieh nicht hin, mein Liebling.« Ryders Arme zitterten, als er Natalie eng an sich zog. »Essie Lynch war eine habgierige Mörderin, die nur das bekommen hat, was sie verdient hat.«

Natalie sah ihn mit feuchten Augen an. »Ich weiß. Aber unserem Kind hätte sie nichts getan.«

Ryders Stimme krächzte, als er seine Hand schützend auf ihren Bauch legte.

»Ich wäre eher gestorben, als daß ich das zugelassen hätte.«

»O, Ryder! Ich liebe dich so sehr – so sehr!«

Sein verzweifelter Kuß verriet, daß er für sie dasselbe empfand.

44. Kapitel

»Mein armer Liebling, du warst bestimmt außer dir vor Angst«, sagte Desiree mindestens zum zehnten Mal, und Natalie erwiderte: »Schon gut, Mutter, schon gut.«

Sie und Ryder aßen mit Charles und Desiree im Desmondschen Haus zu Abend. Natalie wußte, daß sie alle von den Ereignissen des Vormittags erschüttert waren.

Am Nachmittag hatte Ryder Francesca Valenza über die wahren Umstände des Todes ihrer Tochter aufgeklärt. Sowohl Großmutter als auch Enkelsohn hatten geweint, aber Natalie hatte gespürt, daß sie erst durch diese tragischen Enthüllungen Heilung und Frieden erfahren würden. Anschließend war Ryder zu seinem Vater gefahren, um ihm von den Vorfällen in der Fabrik zu berichten.

Und jetzt freute sich Natalie an dem Gedanken, daß ihre Eltern immer besser miteinander auszukommen schienen. Vor allem ihr Vater war wie verwandelt. Sein Gesicht hatte eine gesunde Farbe angenommen, seine Augen waren fast klar und seine frühere edle Schönheit kam erneut zum Vorschein. Und Desirees Augen leuchteten heute abend besonders hell.

»Wenigstens ist die Gefahr jetzt vorbei und Natalie ist nichts passiert«, stellte Ryder fest.

»Ja, aber mein armer Liebling hat sich so gefürchtet!« jammerte Desiree. »Ich hoffe nur, das Kind ist wohlauf.«

Natalie sah ihren Ehemann bewundernd an. »Ich habe mich gar nicht so sehr gefürchtet, Mutter – von dem Moment an, als Ryder kam, war alles gut.«

Ryder sah seine Frau ebenso liebevoll an. »Es war vollkommen klar, daß Natalie und dem Kind nichts passieren würde. Schließlich hatte die Frau nur einen einzigen Schuß in der Pistole.«

Desiree erschauderte, und dann sagte sie an ihre Tochter gewandt: »Wie romantisch. Einen Mann zu haben, der für dich sterben würde.«

»Ich würde für dich ebenfalls sterben, meine Liebe«, sagte Charles und drückte Desiree die Hand. »In der Tat, habe ich nicht mein möglichstes versucht, um mich während der Trennung von dir mit Alkohol umzubringen?«

Charles und Desiree tauschten ein glückliches Lächeln aus, während Ryder und Natalie einander fröhlich zuzwinkerten.

Dann nickte Charles Ryder zu. »Dein Vater wurde von drei Schurken getäuscht, die ihn schamlos betrogen und deine arme Mutter ermordet haben. Aber wenigstens wird keiner von ihnen einem aus deiner Familie jemals wieder etwas zuleide tun.«

»Ja«, pflichtete Ryder ihm bei. »Meinem Vater geht es inzwischen wieder so gut, daß er sich wieder um seine Geschäfte kümmern –«

» – und Tante Love heiraten kann«, beendete Natalie den Satz.

»Wunderbar!« rief Desiree.

»Tante Love hat mir heute erzählt, daß sie und William kurz nach der Krönung des Königs heiraten werden.«

»Wie schön!« meinte Desiree und klatschte in die Hände. »Wir werden uns prächtig amüsieren – erst bei den Krönungsfeierlichkeiten, dann auf der Hochzeit des Herzogs mit Tante Love und dann auf Harrys und Genevieves Fest. Als ich gestern bei den Hamptons war, habe ich festgestellt, daß Harrys Eltern das Mädchen geradezu anbeten.«

»Wer würde eine junge Dame, die in der Lage ist, Hampton zu bekehren, wohl nicht anbeten?« fragte Ryder treuherzig.

»Auch Desiree und ich haben etwas zu verkünden«, erklärte Charles.

»Ach ja?« fragten Natalie und Ryder wie aus einem Mund.

Charles sah seine Tochter an und sagte: »Meine Investitionen in der Ostindiengesellschaft haben mir ein hübsches Sümmchen eingebracht, und deine Mutter und ich haben beschlossen, eine ausgedehnte Reise über den Kontinent zu machen.«

Natalie sah verwirrt von der lächelnden Desiree zu ihrem Vater. »Was soll das heißen?«

Stolz und gerührt zugleich erklärte Charles: »Das heißt, daß deine Mutter und ich wieder zusammen sind.«

Natalie wandte sich hocherfreut an Desiree. »Oh, Mutter, ist das wahr?«

»Ja, mein Liebling«, kam die strahlende Antwort.

»Ich freue mich so für euch beide!« rief Natalie aus. »Aber dürfte ich vielleicht fragen, was diese Versöhnung bewirkt hat?«

Charles ergriff das Wort. »Desiree hat sich bereit erklärt, bei mir zu bleiben – solange ich nichts trinke.«

»Oh, Mutter! Willst du wirklich bleiben?« fragte Natalie.

Desiree nickte unter Tränen. »Ich habe bereits zu viel von deinem Leben verpaßt, mein Schatz. Den Fehler will ich bei meinen Enkelkindern bestimmt nicht wiederholen.«

Sie nahm die Hand ihrer Tochter, sah sie liebevoll an und erkannte an ihrem strahlenden Lächeln, daß Natalie ihre Liebe erwiderte und ihr verzieh. Und nachdem sie die rührende Versöhnung ihrer Eltern erlebt hatte, war sie zuversichtlicher denn je, daß sie und Ryder ebenfalls dauerhaft glücklich werden könnten.

Die nächsten Wochen vergingen wie im Flug. Natalie half ihrer Tante bei den Hochzeitsvorbereitungen, und sie und Ryder besuchten zahlreiche Soireen und Empfänge im Zusammenhang mit der Krönung.

Nun, da die drängendsten Probleme in London gelöst waren, begann Natalie, sich über die Fabrik in Charleston Sorgen zu machen. Als sie eines Tages mit Love über ihre Ängste sprach, lachte diese nur und reichte ihr einen Brief, den sie gerade aus Amerika bekommen hatte. Verwundert las Natalie, daß ihr Cousin Rodney sich gebessert hatte, daß er Prudence Pitney heiraten würde und keine Hilfe mehr benötigte. Als sie das Blatt zusammenfaltete, lächelte sie und seufzte erleichtert auf.

Am 19. Juli nahmen Ryder, Natalie, Francesca, Charles, Desiree, Love und William an der Krönung teil. Sie saßen auf der oberen Galerie der Westminster Abtei, und Ryder freute sich über Natalies Begeisterung, als sie den farbenfrohen Festzug sahen. Wie zwei Kinder saßen sie auf den Kanten ihrer Stühle und hielten sich an den Händen.

Am Anfang der Krönungsprozession tanzte eine Reihe junger Mädchen herein, die den mit einem Teppich ausgelegten Gang mit Blumen übersäten. Den Frauen folgte der Wappenkönig mit der Krone von Hannover. Bald darauf erschien George – Ryder fand, daß der Monarch ausgezehrt aussah und sich nur mühsam auf den Beinen hielt. Das ausschweifende Leben, seine schlechte Gesundheit und die Krönungsrobe lasteten schwer auf ihm. Sein Gefolge war eine fast komisch anmutende Gruppe von Preiskämpfern in Pagengewändern, die seine Schleppe trugen.

Während der langweiligen Zeremonie lauschten Ryder und seine Braut der frommen Predigt des Erzbischofs von York und sahen, wie dem König die Krone aufgesetzt wurde. Anschließend gingen sie mit dreihundert weiteren Glücklichen zum Bankett in der Westminster Hall. Sie saßen auf den prächtigen rotbespannten Stühlen und sahen, wie der Königsmacher in einer schimmernden

Rüstung mit einem federbesetzten Helm in das Gebäude ritt, gefolgt von den lächelnden Blumenmädchen und dem König selbst, der in einer ausladend überdachten Sänfte hereingetragen wurde. Als Natalie und Ryder sich unter die anderen Gäste mischten, erfuhren sie die schockierende Neuigkeit, daß Königin Caroline während der Krönung die königlichen Wachen verblüfft hatte, indem sie mit den Fäusten gegen die Tür der Abtei getrommelt und Einlaß gefordert hatte, der ihr natürlich verweigert worden war.

Abends gingen Ryder und Natalie in den St.-James-Park, um das Feuerwerk zu sehen. Sie standen auf einer der chinesischen Brücken, die extra zu diesem Anlaß über den See gespannt worden waren, und beobachteten, wie herrliche römische Kerzen leuchtende Kaskaden in den schwarzen Himmel schossen, die sich schimmernd im dunklen, glitzernden Wasser spiegelten.

»Ein neuer König – ein neuer Anfang«, murmelte Ryder gedankenverloren.

»So ist es«, pflichtete Natalie ihm bei.

»In den nächsten Wochen haben wir noch zahlreiche Anlässe zum Feiern, meine Liebe«, fügte er hinzu. »Als erstes werden deine Eltern ihr Gelübde in der Bow Church erneuern, dann heiraten Harry und Genevieve in St. James und dann mein Vater und deine Tante in St. Margaret's.«

»Ich freue mich schon auf all diese Feierlichkeiten«, sagte Natalie. »Habe ich dir schon erzählt, daß ich gestern eine Einladung an den Hof erhalten habe?«

Er lachte. »Das ist so üblich bei den Bräuten aus besseren Familien. Du mußt die absurden traditionellen Federn und dein Hochzeitskleid anziehen und dich in die lächerliche Prozession am Piccadilly einreihen.«

»Ich würde lieber zu Hause bleiben«, murmelte sie ernst.

»Unsinn. Niemand kann eine Einladung des Königs ausschlagen. Ich muß uns eine glänzende neue Kutsche kaufen und das Wappen unserer Familie auf den Türen anbringen lassen.«

Sie seufzte. »Ich nehme an, das bedeutet, daß ich nun ein Mitglied der sogenannten besseren Gesellschaft bin.«

Er zwinkerte ihr zu. »Allerdings, das sind Sie, Lady Newbury. Kein dickköpfiger Blaustrumpf mehr.«

»O Ryder«, jammerte sie. »Wir werden vollkommen seriös.«

Er lachte. »Du sprichst das Wort aus, als wäre es giftig. Habe ich dich inzwischen derart korrumpiert?«

Sie sah ihn an und fand, daß er in seinen förmlichen Kleidern einfach wundervoll aussah. »Ich frage mich nur, wohin uns das alles führt.«

Er zog sie an sich und schlug vor: »Nach Hause ins Bett?«

Sie lächelte. »Du weißt genau, was ich meine. Ich weiß, daß wir uns einem Kompromiß zwischen unseren Welten annähern, aber wir können ja wohl kaum den Rest unseres Lebens damit verbringen, daß wir von einem Fest zum nächsten eilen.«

»Wir brauchen irgendeine sinnvolle Beschäftigung – ist es das, was du meinst?«

»Mehr oder weniger. Wir sollten zumindest daran denken, unseren Kindern ein gutes Vorbild zu sein.«

»Da stimme ich dir zu.«

»Ja?« fragte sie überrascht.

Er kniff sie ins Kinn. »Wir werden uns also nicht länger herumtreiben und keine gefährlichen Abenteuer mehr bestehen.«

»Aber was sollen wir dann machen?«

Er runzelte die Stirn. »Du willst doch wohl nicht nach Amerika zurückkehren, oder? Das erlaube ich nicht. Schließlich bist du schwanger.«

Sie schüttelte den Kopf. »Ich will im Augenblick gar nicht zurück. Wie ich dir schon erzählt habe, scheint Rodney sein Leben selbst in die Hand genommen zu haben, so daß ich in Charleston nicht mehr gebraucht werde.«

Als er ihre betrübte Miene sah, flüsterte er: »Aber *ich* brauche dich, Natalie. Vergiß das niemals.«

Sie nahm lächelnd seine Hand. »Unser Kind wird uns beide brauchen.«

»Stimmt. Außerdem habe ich einen Vorschlag, meine Liebe.«

»Ja?«

»Mein Vater hat uns doch zur Hochzeit ein Gut in Kent geschenkt. Warum gehen wir nicht dorthin, kümmern uns ein bißchen um die Landwirtschaft und sehen, wie viele Babys wir in den nächsten zehn Jahren zur Welt bringen können?«

Sie strahlte ihn glücklich an. »Ryder! Ist das dein Ernst? Das klingt einfach wunderbar.«

Er zwinkerte. »Vor allem der Teil mit den Babys.«

»Aber was ist mit deinem Vater und seinem Herzogtum?«

»Natalie, die Männer in meiner Familie werden alle weit über neunzig. Über das Herzogtum können sich mein Vater und deine Tante die Köpfe zerbrechen.«

Sie lächelte. »Das klingt wirklich idyllisch. Aber bist du sicher, daß du deine Reisen nicht vermissen wirst?«

Er schüttelte den Kopf. »Wenn unsere Kinder älter sind, werden wir die ganze Familie mitnehmen. Bis dahin möchte ich, daß Nonna bei uns lebt und daß uns der Rest unserer Familie so oft wie möglich besucht – damit unsere Kinder ihr reiches kulturelles Erbe zu schätzen lernen.«

Sie lächelte. »Du und ein Bauer! Ich habe mir nie vorstellen können, daß du dich jemals an einem Ort niederlassen oder gar deine Abenteuer aufgeben würdest.«

Er legte einen Finger auf ihre Nasenspitze und erwiderte ernst: »Du vergißt, wie sehr ich dich liebe. Ich erinnere mich noch daran, daß du einmal gesagt hast, du wärst ein Anker und ich ein Stück Treibholz. Du hattest recht. Ich habe mich einfach treiben lassen ohne sicheren Hafen, ohne etwas Beständiges. Das habe ich in dir gefunden. Du hast mein Leben wieder ganz gemacht, du hast mir Freude und einen Sinn geschenkt, und ich werde dich niemals aufgeben.«

Beruhigt und erleichtert warf sich Natalie in seine Arme. »Oh, Ryder, ich liebe dich ja so sehr. Was du mir gegeben hast, ist, daß ich die verschiedenen Möglichkeiten erkenne, die sich einem Menschen bieten, wenn ich alles aus einer anderen Perspektive sehe. Vielleicht hast du dich treiben lassen, ich aber war vollkommen festgefahren, ich sah nichts mehr außer meiner eigenen, kleinen Welt. Mit dir habe ich meine Freiheit gefunden. Ich glaube, daß wir eine wunderbare Ehe führen und die besten Eltern sein werden, die es jemals gegeben hat.«

»Amen.«

Als eine wunderbare Rakete über ihren Köpfen zerbarst, die eine leuchtende Zukunft versprach, zog Ryder seine Frau eng an sich und gab ihr einen zärtlichen Kuß zur Besiegelung ihrer Liebe.

Epilog

1828

Ryder und Natalie standen in der Halle vor dem sonnendurchfluteten Salon ihres riesigen Gutshauses. Ryder hielt ihre Jüngste, Franny, nach ihrer Großmutter und Urgroßmutter »Carlotta Francesca« getauft, auf dem Arm. Mit ihren einundzwanzig Monaten war sie ein pausbäckiges, gelocktes, fröhliches Baby, der Augapfel ihres Vaters.

Ryder und Natalie lauschten an der Tür. Drinnen saß Francesca Valenza in ihrem Schaukelstuhl und las ihren beiden anderen Urenkeln eine Geschichte vor. Mit ihrem dichten, kastanienbraunen Haar und ihren leuchtend blauen Augen waren die zwei perfekte Mischungen beider Elternteile.

Als Nonna merkte, daß man ihr auch von draußen zuhörte, unterbrach sie sich, setzte die Brille ab und blickte böse auf. »Kommt rein, ihr zwei! Warum versteckt ihr euch denn hinter der Tür?«

Lächelnd trat das Paar in den Salon. »Wir wollten dich nicht stören, Nonna«, sagte Ryder, doch sofort brach lauter Trubel aus.

»Gehst du mit mir fischen, Papa?« piepste der sechsjährige William.

»Natürlich, mein Junge. Aber erst mußt du Nonna noch ein bißchen zuhören.«

»Darf ich dir helfen, wenn du Frannys Kleid bestickst?« fragte die vierjährige Love ihre Mutter.

»Aber sicher, mein Schatz«, entgegnete Natalie liebevoll. »Sobald ich –«

»Genug, ihr zwei!« schalt Francesca erschöpft. »Ihr lenkt die Kinder von ihrer Geschichte ab! Sie waren ruhig wie zwei Engel, bis ihr gekommen seid.«

»Tut mir leid, Nonna«, sagte Ryder und tätschelte dem Baby den Rücken, während es vergnügt an seinen langen Haaren zog.

»Ich werde langsam alt«, fuhr Nonna fort. »Ihr habt die Kinder ja noch den ganzen Tag. Könnt ihr mir sie da nicht wenigstens jeden Morgen ein paar Minuten lassen?«

»Natürlich, Nonna«, sagte Ryder.

»Das ist wohl nur gerecht«, pflichtete ihm Natalie bei.

Aber keiner von ihnen rührte sich.

Francesca schickte ein Stoßgebet gen Himmel. »Wißt ihr denn nichts mit euch anzufangen?«

Ryder dachte kurz nach, und dann lächelte er. »Mir wird schon etwas einfallen«, sagte er ernst und führte Natalie aus dem Raum.

»Einen Augenblick«, rief Nonna ihm nach.

»Ja?« fragte Ryder.

»Laßt mir das Baby hier«, befahl die Großmutter. »Sie ist alt genug, um mir ebenfalls zuzuhören.«

Ryder sah das Baby stirnrunzelnd an, aber Franny zappelte bereits ungeduldig auf seinem Arm herum.

»Bist du sicher?« fragte er Nonna.

»Laß sie einfach runter. Du wirst schon sehen.«

Unsicher setzte Ryder seine Tochter ab, und prompt stolperte Franny zu ihren Geschwistern. Sie ließ sich fallen, steckte den Daumen in den Mund und sah ihre Eltern trotzig an.

»Ich glaube, sie will bleiben«, sagte Ryder stolz, und mit einem dramatischen Seufzer bot er Natalie seinen Arm. »Laß uns gehen, meine Liebe. Offensichtlich sind wir hier nicht erwünscht.«

Sie traten in den Flur hinaus, und Francesca vertiefte sich erneut in ihr Buch.

Natalie blickte noch einmal zurück. »Sieh sie dir nur an, Ryder«, flüsterte sie. »Wie die Orgelpfeifen. Aber sie werden so schnell groß. Dein Vater und Tante Love werden überrascht sein, wenn sie nächste Woche kommen.«

»Genau wie übernächste Woche Desiree und Charles. Und danach kommen schon Harry, Genevieve und ihre Brut.«

»Genevieve ist mir jederzeit willkommen – aber Harry...«, stöhnte Natalie, doch Ryder grinste nur.

»Ihr beiden Draufgänger versucht am besten, euch zu benehmen«, schalt sie. »Keine Gefechte vor den Kindern!«

Er zog spöttisch eine Braue hoch. »Warum sollten wir vor den Kindern fechten? Es ist viel schöner, wenn uns die Bauern auf dem Dorfplatz zusehen.«

»Du bist einfach unmöglich!« Sie lächelte. »Und was machen wir, solange die Kinder die Geschichte hören?«

Ryder zog sie in die Arme. »Nun, Nonna sagt, wir sollen uns beschäftigen. Wie wäre es, wenn wir versuchen würden, noch einen Nachkommen zu zeugen?«

»Noch ein Kind?« flüsterte Natalie.

»Wenn Sie dazu bereit sind, Mylady«, stichelte er. »Ein Gentleman sollte immer nach so etwas fragen.«

»Du und fragen?« Als er vergnügt lächelte, versicherte sie ihm: »Ich bin immer bereit, Mylord, und das wissen Sie ganz genau. Aber wenn wir noch ein Kind bekommen, verschiebt sich unsere Reise auf den Kontinent nochmals um ein paar Jahre.«

Er lachte.

»Meine Liebe, wir beide werden sehr alt. Wir werden später noch genügend Zeit zum Reisen haben. Aber bis dahin amüsiere ich mich prächtig mit dir und den Kindern auf dem Land«, – er machte eine Pause und tätschelte ihr Hinterteil – »und ich werde dafür sorgen, daß du mir noch einen ganzen Stall voll Nachkommen schenkst.«

»Ja, du gibst dir wirklich große Mühe«, pflichtete sie ihm bei. »Allerdings war mir nicht ganz klar, was du säen und ernten wolltest, als du auf die Idee kamst, Bauer zu werden.«

Er zog sie enger an sich und küßte ihren Hals. »Da wir gerade vom Säen sprechen …«

Sie erschauderte wohlig und warf einen letzten verstohlenen Blick in den Salon. »Du willst also allen Ernstes noch so eine Orgelpfeife?« fragte sie.

Ryder sah seine Frau liebevoll an und strich ihr sanft über die Lippen. »Ja, ich will noch ein Kind.«

Sie lächelte ihn glücklich an. »Nun, wenn das so ist…« Und als er sie in seine starken Arme nahm und die Treppe hinauftrug, fügte sie leise hinzu: »Dann will ich es auch.«